NORA ROBERTS
Die Stunde der Schuld

Buch

Naomi ist elf, als sie eines Nachts ihrem Vater in den Wald folgt, weil sie denkt, dass er dort ihr Geburtstagsgeschenk – ein neues Fahrrad – versteckt. Dort findet sie jedoch in einer Art Bunker unter der Erde eine Frau, die dort von ihrem Vater gefangen gehalten wurde. Sie befreit die junge Frau, und sie fliehen gemeinsam. Der Vater wird daraufhin festgenommen – und dadurch berühmt-berüchtigt. Jahre später, sie ist inzwischen eine erfolgreiche Fotografin, hat Naomi endlich einen Ort gefunden, an dem sie neu anfangen und vielleicht endlich glücklich werden kann: Sie kauft ein altes, baufälliges Haus, tausende von Kilometern von da entfernt, wo sie aufwuchs. Sie lebt zurückgezogen, doch durch die Umbaumaßnahmen lernt sie zwangsläufig die Bewohner der kleinen Stadt Sunrise Cove kennen, die Naomi sehr herzlich aufnehmen – vor allem der attraktive Xander Keaton. Doch dann tauchen weitere Leichen auf …

Autorin

Durch einen Blizzard entdeckte Nora Roberts ihre Leidenschaft fürs Schreiben: Tagelang fesselte sie 1979 ein eisiger Schneesturm in ihrer Heimat Maryland ans Haus. Um sich zu beschäftigen, schrieb sie ihren ersten Roman. Zum Glück - denn inzwischen zählt sie zu den meistgelesenen Autorinnen der Welt. Nora Roberts hat zwei erwachsene Söhne und lebt mit ihrem Ehemann in Maryland. Unter dem Namen J.D. Robb veröffentlicht Nora Roberts seit Jahren ebenso erfolgreich Kriminalromane.

Von Nora Roberts bei Blanvalet bereits erschienen:

Mitten in der Nacht · Das Leuchten des Himmels · Ein Haus zum Träumen · Im Sturm der Erinnerung · Im Schatten der Wälder · Die letzte Zeugin · Ein dunkles Geschenk

Die Irland-Trilogie: Töchter des Feuers · Töchter des Windes · Töchter der See
Die Templeton-Trilogie: So hoch wie der Himmel · So hell wie der Mond · So fern wie ein Traum
Die Sturm-Trilogie: Insel des Sturms · Nächte des Sturms · Kinder des Sturms
Die Insel-Trilogie: Im Licht der Sterne · Im Licht der Sonne · Im Licht des Mondes
Die Zeit-Trilogie: Zeit der Träume · Zeit der Hoffnung · Zeit des Glücks
Die Ring-Trilogie: Grün wie die Hoffnung · Blau wie das Glück · Rot wie die Liebe

Die Nacht-Trilogie: Abendstern · Nachtflamme · Morgenlied
Die Blüten-Trilogie: Rosenzauber · Lilienträume · Fliedernächte
Die Sternen-Trilogie: Sternenregen · Sternenfunken · Sternenstaub

Nora Roberts

Die Stunde der Schuld

Roman

Deutsch von Margarethe van Pée

blanvalet

Die Originalausgabe erschien 2016 unter dem Titel »The Obsession«
bei Berkley, an imprint of Penguin Random House LLC, New York.

Verlagsgruppe Random House FSC® N001967

1. Auflage

Redaktion: Leena Flegler
Umschlaggestaltung: www.buerosued.de
Umschlagabbildungen: Mauritius Images/Teo Moreno Moreno/Alamy;
www.buerosued.de
LH · Herstellung: wag
Druck und Einband: GGP Media GmbH, Pößneck
Printed in Germany
ISBN: 978-3-7341-0528-9
www.blanvalet.de

Für Elaine, Jeanette, JoAnne, Kat, Laura, Mary, Mary Kay, Nicole, Pat und Sarah – und die eine traumhaft schöne Woche im Jahr, wenn wir alle zusammen sind.

BELICHTUNG

Wir sehen jetzt durch einen Spiegel
in einem dunkeln Wort …

Korinther 13,12

1

29. August 1998

Sie hätte nicht sagen können, was sie geweckt hatte, und ganz gleich, wie oft sie die Nacht in Gedanken wieder durchlebte, ganz gleich, wohin der Albtraum sie jedes Mal jagte, sie kam nie dahinter.

Der Sommer verwandelte die Luft in nassen, brodelnden Eintopf: einen Eintopf, der nach Schweiß und aufgeweichtem Grünzeug roch. Der summende Ventilator auf ihrer Kommode rührte lediglich darin herum, trotzdem war es, als schliefe man in dem Dampf, der aus dem Topf aufstieg.

Aber sie war daran gewöhnt, auf sommerfeuchter Bettwäsche zu liegen, bei weit geöffneten Fenstern, durch die das unermüdliche Zirpen der Grillen drang – in der schwachen Hoffnung, dass eine leichte Brise durch die Jalousien wehen würde.

Es war nicht die Hitze, die sie weckte, auch nicht das leise Donnergrollen des Gewitters, das sich in der Ferne zusammenbraute. Naomi war mit einem Mal hellwach, als hätte jemand sie geschüttelt oder ihr ins Ohr geschrien.

Sie setzte sich auf, blinzelte in die Dunkelheit und hörte trotzdem nichts außer dem Surren des Ventilators, dem hohen Gesang der Zikaden und dem trägen, wiederholten Schu-hu einer Eule: alles ländliche Sommergeräusche, die sie so gut kannte wie ihre eigene Stimme. Kein Grund also für dieses bange Gefühl, das ihr auf einmal die Kehle zuschnürte.

Wach spürte sie plötzlich die Hitze, wie in heißes Wasser getauchte Gaze legte sie sich um jeden Körperteil. Sie wünschte sich, es wäre bereits Morgen und sie könnte sich hinausschleichen und sich im Fluss abkühlen, bevor die anderen wach würden.

Aber zuerst die Pflicht, so lautete die Regel. Nur war es *so heiß*, dass sie das Gefühl hatte, die Luft wie einen Vorhang auseinanderziehen zu müssen, um überhaupt einen Schritt vor den anderen setzen zu können. Und es war Samstag (oder würde es alsbald sein), und manchmal lockerte Mama an Samstagen die Regeln ein bisschen – sofern Daddy gute Laune hatte.

Auf einmal grollte der Donner. Entzückt sprang sie aus dem Bett und stürzte ans Fenster. Sie liebte Gewitter. Wie sich die Bäume im auffrischenden Wind bewegten, wie der Himmel dunkel und unheimlich wurde, wie die Blitze zuckten und leuchteten.

Vielleicht würde dieses Gewitter ja Regen, Wind und kühlere Luft bringen. Vielleicht …

Sie stützte die Arme auf das Fensterbrett und richtete den Blick fest auf die Mondsichel, die dunstig durch die Hitze und die Wolken schimmerte.

Vielleicht …

Sie wünschte es sich so sehr – ein Mädchen, das in zwei Tagen zwölf würde, aber immer noch an Wünsche glaubte. Ein schweres Gewitter, dachte sie, mit Blitzen und Donner wie Kanonengrollen.

Und einer Unmenge Regen.

Sie schloss die Augen, hob ihr Gesicht und versuchte, die Luft zu riechen. Dann stützte sie das Kinn auf und musterte die Schatten.

Wieder wünschte sie sich, es wäre bereits Morgen, und da Wünsche nichts kosteten, wünschte sie sich auch gleich, es wäre schon der Morgen ihres Geburtstags. Sie wünschte sich *so sehr* ein neues Fahrrad. Sie hatte diesbezüglich unzählige Andeutungen fallen gelassen.

Sie stand eine Weile da, in ihrem Sabrina-total-verhext-T-Shirt, ein großes, schlaksiges Mädchen, dem – obwohl sie es täglich überprüfte – immer noch keine Brüste wuchsen. In der Hitze klebten ihr die Haare im Nacken. Sie schob sie über die Schulter. Am liebsten hätte sie sie kurz geschnitten – so richtig kurz, wie diesen Pixie-Schnitt in ihrem Märchenbuch, das die Großeltern ihr geschenkt hatten, bevor sie einander nicht mehr hatten treffen dürfen.

Aber Daddy fand nun mal, Mädchen müssten lange Haare haben und Jungen kurze. Deshalb wurden ihrem kleinen Bruder in Vick's Barbershop in der Stadt auch regelmäßig die Haare geschnitten, während sie selbst ihr Haar nur zu einem Pferdeschwanz zusammenbinden durfte.

Andererseits wurde Mason ihrer Meinung nach ohnehin maßlos verwöhnt, weil er eben ein *Junge* war. Er hatte einen Basketballkorb *mit* Korbbrett und einen offiziellen Wilson-Basketball zum Geburtstag bekommen. Und er durfte in der Little League Baseball spielen, was nach Daddys Regeln ebenfalls nur Jungen vorbehalten war (und das rieb Mason ihr auch ständig unter die Nase), und da er dreiundzwanzig Monate jünger war (das wiederum rieb *sie* ihm immer unter die Nase), hatte er auch nicht so viele Pflichten.

Es war nicht fair, aber wenn sie das laut sagte, bekam sie nur umso mehr Pflichten auferlegt und riskierte ein Fernsehverbot.

Aber all das war ihr egal – solange sie nur ein neues Fahrrad bekäme!

Es blitzte leicht auf – nur ein schwaches Schimmern tief am Himmel. Es würde kommen, sagte sie sich. Das Wunschgewitter würde kommen und Kühle und Nässe mit sich bringen. Wenn es in Strömen regnete, würde sie im Garten kein Unkraut jäten müssen.

Die Vorstellung begeisterte sie so sehr, dass sie beinahe das nächste Aufblitzen verpasst hätte. Allerdings war es diesmal kein Blitz. Es war der Strahl einer Taschenlampe.

Ihr erster Gedanke war, dass jemand hier herumstrolchte und womöglich sogar versuchen wollte einzubrechen. Sie war schon drauf und dran, zu ihrem Vater zu rennen.

Doch dann sah sie, dass es ihr Vater *war*. Er bewegte sich vom Haus weg in Richtung Waldrand, schnell und zielsicher im Schein der Taschenlampe.

Vielleicht lief er gerade zum Fluss, um sich dort abzukühlen? Würde er böse werden, wenn sie jetzt auch dort hinginge? Wenn er gute Laune hätte, würde er lachen.

Sie überlegte nicht lange, griff zu ihren Flip-Flops, steckte ihre kleine Taschenlampe ein und huschte aus dem Zimmer.

Sie wusste genau, welche Stufen knarrten – das wussten alle –, und vermied sie schon aus alter Gewohnheit. Daddy mochte es nicht, wenn sie oder Mason nach dem Schlafengehen noch mal runterliefen, um etwas zu trinken.

Erst an der Hintertür schlüpfte sie in ihre Flip-Flops, dann zog sie die Tür gerade so weit auf, dass sie nicht quietschte, und schlich hinaus.

Eine Minute lang befürchtete sie, sie hätte den Lichtstrahl aus den Augen verloren, aber dann sah sie ihn wieder und lief ihm nach. Sie würde sich so lange nicht zeigen, bis sie die Laune ihres Vaters abschätzen könnte.

Er entfernte sich vom flachen Band des Flusses und bewegte sich tiefer in den Wald hinein.

Wohin war er unterwegs? Neugier trieb sie an und die Aufregung, mitten in der Nacht durch den Wald zu laufen. Das Donnergrollen und die zuckenden Blitze trugen zu dem Abenteuer bei.

Sie hatte keine Angst, auch wenn sie sonst nie so tief in den Wald vordrang, weil es ihr verboten worden war. Würde sie dabei ertappt, würde ihre Mutter ihr das Fell gerben, also ließ sie sich besser nicht erwischen.

Ihr Vater bewegte sich schnell und mit sicheren Schritten. Offensichtlich wusste er genau, wohin er ging. Sie hörte das Rascheln des trockenen Laubs unter seinen Stiefeln und blieb ein ganzes Stück zurück, damit er sie nur ja nicht hörte.

Ein lautes Kreischen ließ sie zusammenzucken. Sie schlug die Hand vor den Mund, um ihr Kichern zu unterdrücken. Nur eine Eule auf nächtlicher Jagd.

Wolken verdeckten den Mond. Sie wäre beinahe gestolpert, als sie mit dem nackten Zeh gegen einen Stein stieß, und wieder schlug sie die Hand vor den Mund, diesmal jedoch, um einen leisen Schmerzensschrei zu ersticken.

Als ihr Vater stehen blieb, schlug ihr das Herz bis zum Hals. Sie stand stocksteif da, wie eine Statue, und traute sich kaum zu atmen. Zum ersten Mal fragte sie sich, was sie tun sollte, wenn er sich jetzt umdrehte und auf sie zukäme. Rennen könnte sie nicht, dachte sie, das würde er ganz sicher hören. Vielleicht könnte sie ins Gebüsch kriechen und sich dort verstecken? Und einfach hoffen, dass dort keine Schlangen schliefen?

Als er weiterlief, blieb sie noch einen Augenblick lang stehen. Womöglich sollte sie besser nach Hause gehen, bevor sie ernsthafte Schwierigkeiten bekäme. Doch das Licht wirkte auf sie wie ein Magnet und zog sie geradezu magisch an.

Einen Moment lang schwankte es auf und ab. Sie hörte ein Knacken und Kratzen, und irgendwas quietschte – wie die Hintertür ihres Hauses.

Und plötzlich war das Licht verschwunden.

Sie stand inmitten des dunklen Waldes, atmete flach, und

trotz der heißen, schweren Luft kroch Kälte über ihre Haut. Sie machte einen Schritt zurück, dann noch einen, und mit einem Mal verspürte sie den unbändigen Drang davonzulaufen. Ihre Kehle war wie zugeschnürt, sie konnte kaum noch schlucken. Die Dunkelheit schien sich um sie zu legen – und zwar viel zu eng.

Lauf nach Hause, lauf! Leg dich wieder ins Bett, und mach die Augen zu!

Die Stimme in ihrem Kopf überschlug sich regelrecht. Sie war schrill wie das Zirpen der Zikaden.

»Angsthase«, murmelte sie vor sich hin und schlang die Arme um den Oberkörper. »Sei doch kein Angsthase!«

Sie schlich vorwärts, musste sich den Weg beinahe ertasten. Die Wolken zogen über sie hinweg, und fahles Mondlicht fiel auf eine verfallene Hütte.

Als hätte es hier mal gebrannt, dachte sie, sodass nur die Grundmauern und ein alter Schornstein stehen geblieben waren.

Der kurze Moment der Angst war verflogen, sobald sie fasziniert beobachtete, wie das bleiche Mondlicht über die rußschwarzen Steine und die verkohlten Balken glitt.

Wieder wünschte sie sich, es wäre schon Morgen. Da hätte sie sich genauer umsehen können. Wenn sie sich tagsüber hier herschleichen würde, könnte dies *ihr* Ort werden. Ein Ort, an den sie sich mit ihren Büchern zurückziehen könnte, um zu lesen – ohne dass ihr Bruder ständig an ihr herumnörgelte. Und sie könnte in Ruhe zeichnen oder einfach nur dasitzen und träumen.

Irgendjemand hatte hier einmal gelebt, also gab es vielleicht ja sogar Geister hier. Die Vorstellung begeisterte sie. Sie würde schrecklich gern mal einem Geist begegnen.

Aber wo war ihr Vater hingegangen?

Dann fiel ihr das Klappern und Knarren wieder ein. Vielleicht war es wie eine andere Dimension, und er hatte eine Tür geöffnet, um dort hineinzugelangen?

Er hatte Geheimnisse – aber das hatten wohl alle Erwachsenen. Geheimnisse, die sie mit niemandem teilten, Geheimnisse, die ihren Blick hart werden ließen, wenn man die falschen Fragen stellte. Vielleicht war er ja ein Forscher, jemand, der durch eine magische Tür in eine andere Welt ging?

Es würde ihm sicher nicht gefallen, dass sie so etwas dachte, denn von anderen Welten, Geistern und Hexen stand nichts in der Bibel. Aber vielleicht würde es ihm auch nur nicht gefallen, dass sie so dachte, weil es *wahr* war.

Sie riskierte noch ein paar Schritte, wobei sie angestrengt auf jedes Geräusch lauschte. Aber sie hörte nur den Donner, der näher kam.

Als sie sich erneut den Zeh anstieß, entschlüpfte ihr doch ein leiser Schmerzensschrei, und sie hüpfte auf einem Bein auf und ab, bis der Schmerz nachließ. Blöder Stein, dachte sie und blickte nach unten.

Dann sah sie im bleichen Schein des Mondes, dass es gar kein Stein, sondern eine Tür gewesen war. Eine Tür in der Erde! Eine Tür, die knarren würde, wenn sie sie öffnete. Vielleicht eine Zaubertür?

Sie ließ sich auf alle viere nieder, fuhr mit den Händen darüber – und handelte sich prompt einen Splitter ein.

Von Zaubertüren bekam man keine Splitter. Das hier war bloß ein alter Erdkeller oder ein Sturmschutz. Aber obwohl sie enttäuscht an ihrem wehen Finger saugte, war es immer noch eine Tür in der Erde – im Wald, an einer alten ausgebrannten Hütte!

Und ihr Vater war dort hinuntergegangen …

Ihr Fahrrad! Vielleicht hatte er ihr Fahrrad hier unten versteckt und baute es gerade zusammen! Selbst auf die Gefahr hin, sich einen weiteren Splitter einzuziehen, presste sie ein Ohr auf das alte Holz und kniff die Augen zusammen.

Sie glaubte zu hören, wie er unten auf und ab marschierte. Und er gab grunzende Laute von sich. Sie stellte sich vor, wie er ihr Fahrrad zusammenbaute – glänzend neu und rot – und wie er mit seinen großen Händen das richtige Werkzeug auswählte, während er durch die Zähne pfiff, wie er es immer tat, wenn er an etwas arbeitete.

Er war dort unten und tat etwas Besonderes für sie. Sie würde sich den ganzen Monat lang mit keiner Silbe über ihre Pflichten beschweren (was sie sowieso nur in Gedanken tat).

Wie lange brauchte man, um ein Fahrrad zusammenzubauen? Sie sollte besser nach Hause zurücklaufen, damit er nicht merkte, dass sie ihm gefolgt war. Aber sie wollte es so gern sehen – nur ganz kurz!

Vorsichtig kroch sie auf die ausgebrannte Hütte zu und kauerte sich hinter den alten Schornstein. Er würde bestimmt nicht lange brauchen – er konnte gut mit Werkzeug umgehen. Wenn er wollte, könnte er sogar eine eigene Werkstatt haben. Er arbeitete nur deshalb für das Kabelunternehmen in Morgantown, damit es seiner Familie gut ging.

Sagte er jedenfalls ständig.

Als ein Blitz über den Himmel zuckte, blickte sie auf. Der Donner, der folgte, war eher ein Krachen als ein Grollen. Sie hätte wirklich besser nach Hause laufen sollen – aber inzwischen ging das nicht mehr. Er würde jeden Moment aus dem Erdkeller rauskommen, und dann würde er sie bestimmt einholen.

Wenn er sie jetzt erwischte, dann gäbe es garantiert kein glänzendes rotes Fahrrad zum Geburtstag. Wenn jetzt das Gewitter losbräche, würde sie eben nass werden. Es wäre eine wunderbare Abkühlung.

Er würde ja doch höchstens noch fünf Minuten unten

bleiben, redete sie sich ein, und als die Minuten verstrichen waren, gab sie ihm weitere fünf. Dann musste sie pinkeln. Sie versuchte einzuhalten, versuchte, es zu ignorieren und zurückzudrängen, gab schließlich auf und kroch ein Stück rückwärts zwischen die Bäume.

Sie verdrehte die Augen, zog die Shorts hinunter und hockte sich hin, die Füße so weit wie möglich auseinander, damit sie sich nicht nass machte. Danach zappelte sie so lange, bis sie wieder halbwegs trocken war. Gerade als sie ihre Shorts wieder hochziehen wollte, ging knarrend die Luke in der Erde auf.

Mit der Shorts um die Knie, dem nackten Hintern nur Zentimeter über dem Boden und fest zusammengepressten Lippen, um die Luft anzuhalten, hielt sie stocksteif inne.

Beim nächsten Blitz sah sie ihn ganz deutlich. Er sah wild aus – sein kurz geschnittenes Haar fast weiß im Wetterleuchten, die Augen dunkel und die Zähne zu einem breiten Grinsen gebleckt.

Halb erwartete sie, dass er im nächsten Augenblick den Kopf zurückwerfen und wie ein Wolf heulen würde. Zum ersten Mal in ihrem Leben empfand sie echte Angst, und ihr Herz schlug ihr bis zum Hals.

Als er sich zwischen den Beinen rieb, brannten ihre Wangen heiß wie Feuer. Dann warf er die Luke zu, die mit einem Knall ins Schloss fiel, und schob den Riegel vor – ein hartes, kratzendes Geräusch, das ihr durch Mark und Bein ging. Ihre Knie zitterten von der ungewohnten Haltung, während er trockenes Laub über die Luke schob.

Er blieb noch einen Moment lang stehen – die Blitze zuckten jetzt direkt über ihren Köpfen – und ließ den Lichtkegel seiner Taschenlampe über die Luke wandern. Von seinem Gesicht waren nur die Konturen zu erkennen, und mit seinem kurzen weißen Haar sah es aus wie ein Totenschädel mit dunklen, seelenlosen Höhlen statt der Augen.

Er blickte sich um, und einen schrecklichen Moment lang befürchtete sie, er würde sie direkt ansehen. Dieser Mann, das wusste sie instinktiv, würde ihr wehtun, er würde seine Hände und Fäuste gegen sie einsetzen wie jener andere Vater, der seine Hände und Fäuste einsetzte, um für die Sicherheit seiner Familie zu sorgen, es nie getan hätte.

Ein hilfloses Wimmern stieg in ihr auf, als sie dachte: *Bitte, Daddy, bitte!*

Aber er wandte sich bloß ab und ging mit langen, zielsicheren Schritten den Weg zurück, den er gekommen war.

Erst als sie nichts mehr hörte außer den Geräuschen der Nacht und dem aufkommenden Brausen des auffrischenden Winds traute sie sich, ihre schmerzenden Glieder zu bewegen. Das Gewitter war im Anmarsch, aber ihr Vater war weg.

Sie zog ihre Shorts hoch, richtete sich auf und wischte sich Kiefernnadeln und Blätter von den Beinen.

Der Mond war wieder hinter dicken Wolken verschwunden, und das Gefühl des Abenteuers war in schreckliche Angst umgeschlagen.

Ihre Augen hatten sich mittlerweile an die Dunkelheit gewöhnt. Sie eilte auf die mit Blättern bedeckte Luke im Boden zu, die für sie nur deshalb zu erkennen war, weil sie wusste, dass sie da war.

Sie hörte ihren eigenen Atem. Die Luft war kühl geworden, jetzt hätte sie es lieber warm gehabt. Ihr war eiskalt, wie im Winter, und ihre Hand zitterte, als sie sich bückte, um die dicke Laubschicht wegzuschieben.

Sie starrte auf den Riegel, der schwer und verrostet quer über der alten Holzluke lag. Ihre Finger glitten darüber. Eigentlich wollte sie ihn gar nicht aufschieben. Lieber wollte sie wieder daheim sein, in Sicherheit, und in ihrem Bett liegen. Und sie wollte dieses wilde Gesicht ihres Vaters nicht mehr vor Augen haben.

Trotzdem zerrten ihre Finger wie von selbst an dem Riegel, und als er sich nicht bewegte, nahm sie beide Hände und biss die Zähne zusammen, bis er mit einem schabenden Geräusch zurückglitt.

Dort unten stand garantiert ihr Fahrrad, sagte sie sich, während sich ein schreckliches Gewicht auf ihre Brust legte. Ihr glänzendes rotes Geburtstagsfahrrad. Das würde sie dort unten vorfinden.

Langsam hob sie die Luke an und spähte hinab in die Dunkelheit. Sie schluckte, angelte die kleine Taschenlampe hervor und richtete den schmalen Lichtkegel auf die Treppe.

Als sie hinunterstieg, fürchtete sie schon, das Gesicht des Vaters würde in der Öffnung über ihr auftauchen. Dieser wilde, schreckliche Ausdruck. Und er würde die Luke zuschlagen und sie einschließen. Beinahe wäre sie wieder hinaufgeklettert – als sie das Wimmern hörte.

Sie erstarrte.

Dort unten war ein Tier. Warum sollte ihr Daddy ein Tier hier unten halten? Einen Hund etwa? War *das* ihre Geburtstagsüberraschung? Der Welpe, den sie sich immer gewünscht hatte, aber nie hatte haben dürfen? Selbst Mason hatte keinen Hund bekommen.

Tränen brannten in ihren Augen, als sie auf den festgetretenen Lehmboden sprang. Sie würde um Vergebung bitten müssen für ihre schrecklichen Gedanken über ihren Vater – Gedanken waren schließlich genauso sündig wie Taten.

Mit Staunen und aufkeimender Freude im Herzen ließ sie den Lichtkegel der Taschenlampe herumwandern – es war das Letzte, was sie für lange Zeit fühlen sollte. Denn wo sie einen kleinen Hund erwartete, der in einer Kiste saß und winselte, sah sie plötzlich eine Frau vor sich.

Ihre Augen waren weit aufgerissen und glänzten wie Glas, aus dem sich Tränen lösten. Hinter dem Klebeband über ihrem Mund würgte sie schreckliche Laute hervor. Ihr Gesicht und ihr Hals waren von Schrammen und blauen Flecken übersät.

Sie trug keine Kleider am Leib – gar nichts –, versuchte aber auch nicht, sich zu bedecken.

Nein, sie konnte nicht, *konnte* sich nicht bedecken. Ihre Hände – blutig von den offenen Stellen an den Handgelenken – waren mit Stricken an die Metallpfosten über der alten Matratze gefesselt, auf der sie lag. Und auch die weit gespreizten Beine waren an den Knöcheln gefesselt.

In einem fort drangen grässliche Laute aus ihrem Mund, taten in den Ohren weh, rumorten im Bauch.

Naomi bewegte sich wie in Trance. In ihren Ohren brauste es, als wäre sie zu lange unter Wasser gewesen und könnte nicht mehr an die Oberfläche zurück. Ihr Mund war so trocken, dass die Worte in ihrer Kehle kratzten.

»Nicht schreien. Du darfst jetzt nicht schreien, okay? Er könnte dich hören und zurückkommen. Okay?«

Die Frau nickte und blickte sie aus geschwollenen Augen flehend an.

Naomi schob ihre Fingernägel unter den Rand des Klebebands. »Du musst leise sein«, flüsterte sie. Ihre Finger zitterten. »Bitte sei leise.«

Dann zog sie das Klebeband ab.

Das Geräusch war fürchterlich. Obwohl jetzt eine raue rote Stelle auf ihrem Gesicht prangte, schrie die Frau nicht auf.

»Bitte …« Ihre Stimme klang eingerostet. »Bitte, hilf mir. Bitte lass mich nicht hier.«

»Du musst hier weg. Du musst weglaufen.«

Naomi blickte zur Luke. Was, wenn er jetzt zurückkäme? O Gott, was sollte sie machen, wenn dieser wilde Mann, der wie ihr Vater ausgesehen hatte, zurückkäme?

Sie versuchte, die Fesseln aufzuknoten, aber die Knoten waren zu fest gezogen. Frustriert rieb sie sich die Finger. Dann wandte sie sich ab und sah sich mithilfe ihrer kleinen Taschenlampe um.

Sie entdeckte eine Flasche Schnaps – bei ihnen zu Hause den Regeln des Vaters zufolge verboten – und weitere Stricke, die sauber aufgerollt am Boden lagen. Eine alte Decke, eine Laterne. Zeitschriften mit nackten Frauen auf dem Umschlag, eine Kamera und… Oh nein. Nein, nein. Fotos von Frauen an der Wand. Genau wie diese Frau: nackt und gefesselt, blutüberströmt und panisch.

Und Frauen, die mit toten Augen in die Kamera starrten.

Ein alter Stuhl, Kanister und Dosen mit Lebensmitteln auf einem Regal an der Wand. Ein Haufen Lumpen – nein, Kleider, zerrissene Kleider –, und die Flecken darauf waren Blut.

Sie konnte das Blut riechen.

Und Messer waren da. So viele Messer.

Naomi schaltete regelrecht ab. Sie griff sich ein Messer und begann, an den Fesseln zu sägen.

»Du musst ganz still sein, ganz still.«

Sie erwischte die Haut der Frau, die jedoch keinen Mucks von sich gab.

»Beeil dich. Bitte, beeil dich. Bitte, bitte.« Sie unterdrückte ein Stöhnen, als ihre Arme endlich frei waren und unbeherrscht zitterten, sowie sie sie herunternehmen wollte. »Es tut so weh… O Gott, o Gott, es tut so weh!«

»Denk nicht darüber nach. Denk einfach nicht darüber nach. Da tut es nur noch mehr weh.«

Es tat weh, ja, es tat weh nachzudenken. Auch sie würde nicht über das Blut nachdenken, über die Bilder, den Haufen mit den zerrissenen, schrecklichen Kleidern.

Naomi machte sich daran, die Fußfesseln durchzuschneiden. »Wie heißt du?«

»Ich … Ashley. Ich bin Ashley. Wer ist er? Wo ist er?«

Sie hätte es nicht sagen können. Sie hätte es nicht aussprechen können. Wollte es nicht mal denken. »Er ist wieder zu Hause. Ein Gewitter ist aufgekommen. Kannst du es hören?«

Auch sie war zu Hause, redete Naomi sich ein, während sie auch die zweite Fußfessel löste. Zu Hause im Bett, und das alles war bloß ein schrecklicher Traum. Es gab keinen alten Erdkeller, in dem es nach Schweiß, Urin und Schlimmerem roch, es gab keine Frau, keinen wilden Mann. Sie würde in ihrem eigenen Bett aufwachen, und das Gewitter hätte Abkühlung gebracht.

Alles würde wieder sauber und kühl sein, wenn sie aufwachte.

»Du musst aufstehen. Du musst hier raus. Du musst laufen.«

Laufen, laufen, laufen, in die Dunkelheit, weglaufen. Das hier ist nie passiert.

Über Ashleys geschundenes Gesicht strömte der Schweiß, als sie versuchte aufzustehen, doch ihre Beine wollten sie nicht tragen. Sie fiel zu Boden, ihr Atem ging pfeifend.

»Ich kann noch nicht laufen – meine Beine … Es tut mir leid, es tut mir leid! Du musst mir helfen. Bitte, hilf mir, hier rauszukommen.«

»Dir sind nur die Beine eingeschlafen.« Naomi schnappte sich die Decke und legte sie um Ashleys Schultern. »Du musst versuchen aufzustehen.«

Mit Naomis Hilfe stand Ashley schließlich auf.

»Stütz dich auf mich. Ich schieb dich die Leiter hoch, aber du musst versuchen zu klettern. Du musst es versuchen.«

»Ich schaffe es. Ich schaffe es.«

Langsam hangelten sie sich die Leiter hinauf. Regen peitschte herein, und beinahe wäre Ashley ausgerutscht. Naomis Muskeln brannten von der Anstrengung, das Gewicht der Frau zu halten und sie hochzuschieben. Am Ende sackte Ashley keuchend auf dem Waldboden zusammen.

»Du musst weglaufen …«

»Ich weiß nicht, wo ich bin. Es tut mir leid, ich weiß nicht mal, wie lang ich dort unten in dieser Höhle war. Ein, zwei Tage … Ich hab nichts zu essen und nichts zu trinken gekriegt, seit er … Ich bin verletzt.«

Tränen strömten über ihr Gesicht, aber sie schluchzte nicht, sie sah Naomi nur unverwandt an.

»Er … Er hat mich vergewaltigt, er hat mich gewürgt, und er hat mich mit dem Messer verletzt und geschlagen. Irgendwas ist mit meinem Knöchel. Ich kann nicht auftreten. Kannst du mich hier wegbringen? Zur Polizei?«

Der Regen rauschte nur so herab, und die Blitze machten den Himmel morgenhell.

Trotzdem wachte Naomi nicht auf.

»Warte kurz …«

»Geh nicht wieder nach unten!«

»Warte.«

Sie kletterte wieder hinunter, an diesen schrecklichen Ort, und griff sich ein Messer. Nicht alles Blut daran war frisch. Manche Blutflecken waren auch alt und vertrocknet, und es war viel. Obwohl ihr schlecht davon wurde, durchwühlte sie den Haufen Kleider und fand ein T-Shirt und eine zerrissene Shorts.

Dann kletterte sie wieder nach oben. Als Ashley die Kleidungsstücke sah, nickte sie. »Okay. Du bist clever.«

»Schuhe hab ich keine gesehen, aber mit dem Shirt und der Shorts wird es leichter für dich. Die Sachen sind zerrissen, aber …

»Das spielt keine Rolle.«

Ashley biss die Zähne zusammen, als Naomi ihr in die Shorts half und Ashleys Arme behutsam in das T-Shirt hob.

Dann hielt sie inne, als sie sah, dass die Bewegung die Schnitte auf Ashleys Oberkörper aufgerissen hatte. Frisches Blut sickerte aus den Wunden.

»Du musst dich auf mich stützen.«

Weil Ashley so sehr zitterte, legte Naomi ihr wieder die Decke um die Schultern.

Tu es einfach, sagte sie sich. Denk nicht nach, tu es einfach.

»Du musst laufen, auch wenn es wehtut. Wir halten Ausschau nach einem guten, dicken Stock, aber wir müssen jetzt los. Ich weiß zwar nicht, wie spät es ist, aber am Morgen sehen sie in meinem Zimmer nach. Wir müssen bis zur Straße kommen. Danach sind es noch gut zwei Kilometer bis in den Ort. Du musst laufen …«

»Wenn es sein muss, krieche ich auch.«

Mit Naomis Hilfe richtete Ashley sich auf. Es ging nur langsam voran, und an ihren mühsamen Atemzügen merkte Naomi, dass das Laufen der Frau große Schmerzen bereitete. Sie fand einen abgebrochenen Ast, auf den sie sich stützen konnte, was ein bisschen half, wenn auch nicht viel, weil der Pfad durch den Regen völlig aufgeweicht war.

Sie überquerten den Fluss – der durch den Regen zu einem reißenden Strom geworden war – und liefen weiter.

»Es tut mir leid, es tut mir so leid … Ich weiß noch nicht mal deinen Namen.«

»Naomi.«

»Das ist ein hübscher Name … Ich muss mal eine Minute stehen bleiben.«

»Okay, aber wirklich nur eine Minute.«

Ashley lehnte sich an einen Baum. Keuchend stützte sie sich auf den abgebrochenen Ast. Schweiß und Regen liefen ihr übers Gesicht.

»Ist das ein Hund? Ich höre Hundegebell.«

»Das ist wahrscheinlich King. Die Hardys wohnen direkt dort drüben.«

»Können wir nicht zu ihnen laufen? Wir könnten die Polizei anrufen und Hilfe holen.«

»Nein, das ist zu nah.«

Mr. Hardy war genau wie ihr Vater Presbyter in der Kirche. Er würde erst ihren Vater anrufen, bevor er die Polizei alarmierte.

»Zu nah? Ich hab das Gefühl, wir wären schon meilenweit gelaufen.«

»Noch nicht mal zwei Kilometer.«

»Okay …« Ashley schloss einen Moment lang die Augen und biss sich auf die Lippe. »Okay. Kennst du den Mann? Den, der mich gefangen genommen hat? Der mir wehgetan hat?«

»Ja. Wir müssen jetzt weitergehen. Wir müssen einfach weitergehen.«

»Wie heißt er?« Ashley stieß sich mühsam vom Baum ab und humpelte weiter. »Ich halte besser durch, wenn ich den Namen weiß.«

»Sein Name ist Thomas Bowes. Thomas David Bowes.«

»Thomas David Bowes. Wie alt bist du?«

»Elf. Am Montag werde ich zwölf.«

»Herzlichen Glückwunsch zum Geburtstag. Du bist wirklich clever. Stark und mutig. Du hast mir das Leben gerettet, Naomi. Du hast noch vor deinem zwölften Geburtstag ein Menschenleben gerettet. Vergiss das nie!«

»Nein. Das werde ich nicht vergessen. Das Gewitter hat aufgehört.«

Sie hielt sich im Wald. So dauerte es zwar länger, als wenn sie die Straße entlanggegangen wären, aber sie wusste jetzt, was Angst war, und deshalb hielt sie sich bis an die Ortsgrenze von Pine Meadows lieber im Wald.

In Pine Meadows ging sie zur Schule und zur Kirche, und ihre Mutter machte dort auf dem Markt ihre Einkäufe. Im Büro des Sheriffs war sie noch nie gewesen, aber sie wusste, wo es war.

Im Osten wurde der Himmel bereits hell, und das erste Licht spiegelte sich in den Pfützen, als sie an der Kirche vorbeiliefen und die schmale Brücke überquerten, die sich über den Fluss spannte. Ihre Flip-Flops machten klatschende Geräusche auf dem Asphalt, und Ashleys Stock schlug bei jedem angestrengten Humpelschritt fest auf.

»Wo sind wir hier?«

»In Pine Meadows.«

»Wo liegt das? Ich war in Morgantown, ich geh an der WVU aufs College.«

»Das ist vielleicht zwanzig Kilometer von hier weg.«

»Ich hab trainiert. Laufen. Ich bin Marathonläuferin, ob du es glaubst oder nicht. Und ich hab trainiert, wie jeden Morgen. Er hatte am Straßenrand geparkt. Die Motorhaube war auf, als hätte er eine Panne. Ich musste mein Tempo ein bisschen verlangsamen, und da hat er mich gepackt. Er hat mich mit irgendwas geschlagen. Und dann bin ich in diesem Erdloch aufgewacht. Ich muss wieder stehen bleiben.«

Nein, nein, nicht stehen bleiben, nicht nachdenken, nur weitergehen!

»Wir sind gleich da. Siehst du, dort unten an der Straße, das weiße Haus – siehst du das Schild dort vorn?«

»Sheriff-Büro Pine Meadows. Gott sei Dank! Oh, Gott sei Dank!« Ashley begann zu weinen, ein raues Schluchzen, das sie beide schüttelte, als Naomi ihren Arm um Ashleys Taille legte, sie erneut stützte und den Rest des Wegs mit sich schleifte.

»Wir sind gleich in Sicherheit. Jetzt kann nichts mehr passieren.«

Als Ashley auf der schmalen Veranda zu Boden sackte, wickelte Naomi die Decke fest um sie und hämmerte an die Tür.

»Ist um diese Uhrzeit überhaupt schon jemand da? Ich glaube nicht, es ist zu früh …«

»Ich weiß nicht …« Naomi klopfte noch einmal.

Der junge Mann mit den zerzausten Haaren, der die Tür aufmachte, kam Naomi vage bekannt vor.

»Was soll das?«, fragte er – und sein Blick fiel auf Ashley. »Du lieber Himmel!« Er riss die Tür auf und ging neben Ashley in die Hocke. »Ich bringe Sie rein.«

»Hilfe, helfen Sie uns!«

»Es ist alles gut. Es wird alles gut.«

Naomi fand ihn schmächtig, aber er hob Ashley hoch, als wäre sie eine Feder – und errötete ein wenig, als die Decke verrutschte und das zerrissene T-Shirt die linke Brust entblößte.

»Liebes«, sagte er zu Naomi, »mach uns die Tür auf. Hattet ihr einen Unfall?«

»Nein«, antwortete Naomi. Sie hielt ihnen die Tür auf und dachte für einen Augenblick darüber nach, ob sie weglaufen oder hineingehen sollte. Sie ging hinein.

»Ich setze Sie jetzt hierhin … Geht's?« Er musterte die Blutergüsse an Ashleys Hals und kniff die Augen zusammen. »Liebes, siehst du den Wasserspender dort drüben? Holst du bitte … Wie heißen Sie überhaupt?«

»Ashley. Ashley McLean.«

»Holst du Ashley bitte ein Glas Wasser?« Er drehte sich zu ihr um und sah das Messer, das Naomi immer noch festhielt. »Das gibst du besser mir, ja?«, sagte er in unverändertem Ton. »Genau, so.«

Er nahm das Messer aus Naomis schlaffer Hand und legte es hoch oben auf ein Regal.

»Ich muss sofort ein paar Leute anrufen. Einer davon ist Arzt. Er wird kommen und Sie untersuchen. Aber wir werden ein paar Fotos machen müssen. Verstehen Sie?«

»Ja.«

»Und ich rufe den Sheriff an. Er wird Ihnen Fragen stellen. Sind Sie dazu in der Lage?«

»Ja.«

»Gut. Trinken Sie einen Schluck Wasser. So ist es gut«, sagte er zu Naomi und strich ihr liebevoll über die nassen Haare, als sie Ashley den Pappbecher hinhielt.

Er nahm ein Telefon vom Schreibtisch und tippte ein paar Zahlen ein.

»Sheriff, ich bin's, Wayne. Ja, ich weiß, wie spät es ist. Wir haben eine verletzte Frau hier. Nein, Sir, kein Unfall. Sie ist augenscheinlich überfallen worden und muss gründlich untersucht werden.« Dann wandte er sich ab und redete leise weiter, doch Naomi konnte hören, wie er sagte: »Verdacht auf Vergewaltigung… Ein Kind hat sie hierhergebracht. Ich glaub, es ist die Kleine von Tom und Sue Bowes.«

Ashley ließ den Becher sinken und starrte Naomi an. »Bowes…«

»Ja, Naomi Bowes. Du musst trinken.«

»Du auch, Baby.« Dann stellte Ashley den Becher weg und zog Naomi an sich. »Du auch…«

Als sie zusammenbrach, als in ihr mit einem Mal alles zusammenbrach, legte Naomi den Kopf an Ashleys Schulter und weinte.

Ashley blickte Wayne über Naomis Kopf hinweg an. »Ihr Vater hat mir das angetan. Es war Thomas David Bowes, der das getan hat. Und es war Naomi, die mich gerettet hat.«

Wayne keuchte auf. »Sheriff, Sie sollten sich beeilen.«

2

Als der Sheriff kam, zog sich Wayne mit Naomi in ein anderes Zimmer zurück und spendierte ihr einen Schokoriegel und eine Cola. So was war bei ihnen zu Hause verboten, aber Naomi widersprach nicht. Wayne holte einen Erste-Hilfe-Kasten und versorgte die Schnitte und Kratzer, die sie sich bei der langen Wanderung durch den Wald zugezogen hatte, ohne dass sie es bemerkt hätte.

Er roch nach Fruchtkaugummi – ein gelbes Päckchen ragte aus seiner Brusttasche.

Von diesem Morgen an würde sie diesen Kaugummi für immer mit Freundlichkeit verbinden.

»Naomi, hast du vielleicht eine Lieblingslehrerin?«

»Äh, ich weiß nicht … Miss Blachard vielleicht.«

»Wenn du willst, kann ich sie anrufen und bitten herzukommen, damit sie bei dir bleibt.«

»Nein … Schon okay. Sie wird es sowieso erfahren. Alle werden es erfahren.« Ihr Brustkorb schmerzte bei dem Gedanken, und sie wandte den Blick ab. »Aber ich will nicht dabei sein, wenn sie es erfahren.«

»Schon gut. Gleich kommt eine nette Krankenschwester, um Ashley ins Krankenhaus zu begleiten. Möchtest du auch so jemanden? Vielleicht jemanden, der dich nicht kennt?«

»Ich will niemanden. Was passiert jetzt überhaupt?«

»Der Sheriff unterhält sich noch eine Weile mit Ashley, und dann bringen sie sie ins Krankenhaus nach Morgantown, um sie wieder gesund zu machen.«

»Sie hat sich den Knöchel verstaucht.«

»Das richten sie schon wieder, keine Sorge. Willst du vielleicht einen anderen Schokoriegel?«

Naomi blickte auf das Snickers hinab, das sie nicht angerührt hatte. »Nein, Sir. Ich hatte einfach noch nie Süßigkeiten zum Frühstück.«

»Auch nicht an Ostern?« Lächelnd klebte er ein Pflaster auf eine kleine, aber tiefe Schramme.

»Das ist ein heiliger Tag. Er ist zum Beten da und nicht für Osterhasen.«

Während die Worte ihres Vaters noch in ihrem Kopf widerhallten, sah sie das Mitleid in den Augen des Deputys. Aber er sagte nichts, sondern tätschelte nur ihr Bein. »Gut. Wir besorgen dir gleich ein anständiges Frühstück. Kommst du hier eine Minute allein zurecht?«

»Bin ich verhaftet?«

Dieses Mal war es nicht Mitleid, sondern wieder diese Kaugummi-Freundlichkeit, als er sanft wie eine Mutter die Hand auf ihre Wange legte. »Warum solltest du verhaftet werden, Liebes?«

»Ich weiß nicht ... Sie werden meinen Daddy verhaften.«

»Darüber brauchst du dir jetzt keine Gedanken zu machen.«

»Ich hab ihn gesehen. Ich hab ihn gesehen, als er aus diesem Keller im Wald kam, und er sah irgendwie falsch aus. Ich hatte Angst.«

»Du brauchst keine Angst mehr zu haben.«

»Was ist mit meiner Mama und mit meinem Bruder?«

»Ihnen geht es gut.« Er wandte den Kopf, als die Tür aufging. Sie kannte Miss Lettie – sie ging in ihre Kirche –, aber sie hatte ganz vergessen, dass sie auch im Sheriff-Büro arbeitete.

Lettie Harbough kam mit einer roten Tasche herein. Sie hatte ein trauriges Lächeln auf ihrem runden Gesicht.

»Hallo, Naomi. Ich hab ein paar trockene Sachen für dich mitgebracht. Sie gehören meiner Tochter. Sie ist zwar nicht so groß wie du und auch nicht so schlank, aber sie sind zumindest sauber und trocken.«

»Danke, Miss Lettie.«

»Aber gerne. Wayne, der Sheriff braucht dich. Naomi und ich kommen fürs Erste allein klar. Du kannst dich im Waschraum umziehen, okay?«

»Ja, Ma'am.«

Die Kleider waren ihr zu weit, aber es war ein Gürtel dabei, mit dem sie die Jeans festschnüren konnte.

Als sie wiederkam, saß Lettie an dem kleinen Tisch und trank Kaffee aus einem großen blauen Becher. »Ich hab dir auch eine Bürste mitgebracht. Ist es dir recht, wenn ich dir die Haare bürste? Sie sind ganz durcheinander.«

»Danke.«

Naomi setzte sich hin, obwohl sie sich nicht sicher war, ob sie angefasst werden wollte. Nach den ersten Bürstenstrichen jedoch entspannte sie sich.

»So schöne Haare …«

»Das ist doch nur langweiliges Blond.«

»Nein, wirklich nicht. Es sind alle möglichen Blondtöne enthalten, und jetzt sind vom Sommer auch noch Strähnchen drin. Und deine Haare sind so schön und dick … Ich werd dir jetzt ein paar Fragen stellen, Süße, vielleicht auch schwere Fragen. Aber es ist wichtig.«

»Wo ist Ashley?«

»Sie bringen sie jetzt ins Krankenhaus. Sie hat nach dir gefragt, ob wir dich zu ihr bringen können. Möchtest du?«

»Ja, Ma'am, bitte. Ich möchte zu ihr.«

»In Ordnung. Aber jetzt muss ich dich zuerst fragen, ob dein Vater dir je wehgetan hat. Ich weiß, dass es schlimm ist, so etwas zu fragen.«

»Er hat Mason oder mich nie angerührt. Meine Mama verhaut uns, wenn wir was falsch gemacht haben, aber das hat nichts zu bedeuten. Sie hat nicht das Herz, uns richtig zu verprügeln, deshalb tun wir alle drei nur so, als ob es schlimm wäre. Daddy sagt nämlich: Wer sein Kind liebt, züchtigt es.«

»Der Spruch hat mir noch nie gefallen. Aber ich muss dich auch noch fragen, ob er dich jemals auf eine schlimme Art berührt hat.«

Naomi starrte geradeaus, während Lettie ihr die Haare bürstete. »Sie meinen, wie das, was er mit Ashley gemacht hat. Er hat sie vergewaltigt. Ich weiß, was Vergewaltigung ist, Ma'am. In der Bibel werden die Sabinerinnen vergewaltigt. Das hat er nie bei mir gemacht. Er hat mich nie unzüchtig berührt.«

»Gut. Hat er deiner Mutter jemals wehgetan?«

»Ich glaube nicht. Manchmal …«

»Schon in Ordnung.« Mit einer geübten Bewegung drehte Lettie ein Band um Naomis Pferdeschwanz. »Du musst mir nur die Wahrheit sagen.«

»Manchmal hat er so ausgesehen, als würde er ihr wehtun wollen, aber er hat es nie getan. Wenn er richtig böse wurde, ist er einfach für ein oder zwei Tage verschwunden. Um sich abzukühlen, hat Mama immer gesagt. Ein Mann braucht Zeit für sich, um abzukühlen. Sie wusste es nicht, Miss Lettie. Mama wusste nicht, dass er Leuten wehtat, sonst hätte sie Angst gehabt. Noch mehr Angst.«

»Leute?«

Naomi sah sie nicht an, als Lettie sich wieder hinsetzte. »Ashley meinte, sie wäre ein, zwei Tage lang dort unten gewesen. Aber da waren noch mehr Stricke und Fotos – an der Wand hingen Fotos von anderen Frauen, die genauso gefesselt waren wie Ashley. Schlimmer als sie. Ich glaube, einige von ihnen waren tot. Mir wird schlecht …«

Lettie kümmerte sich um sie, hielt ihr die Haare zurück, als sie sich über die Toilette beugte, und wischte ihr das Gesicht mit einem kühlen Waschlappen ab, als sie fertig war.

Dann gab sie Naomi etwas Minziges, damit sie sich den Mund ausspülen konnte, und küsste sie leicht auf die Stirn.

»Das war wohl alles ein bisschen viel. Womöglich solltest du dich jetzt ein bisschen ausruhen.«

»Nach Hause kann ich nicht, oder?«

»Noch nicht, tut mir leid, Liebes. Aber ich kann dich mit zu mir nach Hause nehmen, wenn du willst, und dort kannst du dich ins Gästezimmer legen und dich ausschlafen.«

»Kann ich nicht einfach hierbleiben, bis Mama und Mason kommen?«

»Ja, natürlich, wenn du willst. Was hältst du davon, wenn ich dir ein bisschen Toast hole, damit du endlich etwas in den Magen bekommst? Den Snickers-Riegel kannst du dir ja für später aufheben.«

»Danke.«

Lettie stand auf. »Was du getan hast, war richtig, Naomi. Mehr noch, es war sehr mutig. Ich bin wirklich stolz auf dich. Ich bin nur ganz kurz mal weg. Willst du Tee mit Honig zu deinem Toast?«

»Das wäre schön, danke.«

Als sie wieder allein war, legte Naomi den Kopf auf den Tisch, konnte sich aber trotzdem nicht entspannen. Sie nahm einen Schluck Cola, aber die war ihr zu süß. Am liebsten wollte sie Wasser – kaltes, klares Wasser. Der Wasserspender fiel ihr wieder ein, und sie stand auf, trat aus dem kleinen Raum und wollte gerade nach jemandem rufen und fragen, ob es in Ordnung wäre, wenn sie sich einen Becher Wasser holte, als sie mit einem Mal sah, wie der Deputy ihren Vater quer durchs Zimmer auf eine schwere Metalltür zuschleppte. Seine Hände waren mit Handschellen hinter seinem Rücken gefesselt, und auf seiner rechten Wange hatte er eine blutige Schramme.

Er sah kein bisschen wild mehr aus, auch nicht aufgebracht oder reuevoll. Er hatte ein höhnisches Grinsen im Gesicht – wie immer, wenn jemand ihm vorhielt, er hätte unrecht.

Er sah sie – und sie rechnete bereits mit Wut, mit Hass, mit Groll.

Doch er warf ihr nur einen gleichgültigen Blick zu, bevor er durch die Metalltür ging. Dann war er weg.

Der Raum war voller Leute, Lärm und etwas, was düster in der Luft hing. Sie hatte das Gefühl zu schweben – als hätte sie auf einmal keine Beine mehr und würde in der Luft schweben.

Sie hörte unzusammenhängende Worte, blecherne Stimmen.

FBI, Serienmörder, Spurensicherung, Opfer.

Nichts davon ergab einen Sinn.

Niemand bemerkte sie: ein dünnes Mädchen in zu weiter Kleidung und mit großen, weit aufgerissenen Augen im geisterhaft blassen Gesicht. Ein Mädchen unter Schock.

Niemand sah in ihre Richtung, und sie fragte sich schon, ob die Blicke wohl über sie hinweggleiten oder durch sie hindurchgleiten würden, so wie der Blick ihres Vaters.

Vielleicht war aber auch nichts von alledem real. Vielleicht war *sie* nicht real.

Nur der Druck auf ihrer Brust, der war real. Als wäre sie vom Ast der alten Eiche gestürzt und bekäme keine Luft mehr. Als würde sie nie wieder Luft bekommen.

Langsam begann der Raum sich zu drehen, und das Licht verblasste. Eine Wolke schob sich vor den Mond.

Wayne, der Bowes in eine Zelle gesperrt hatte, kam gerade noch rechtzeitig, um zu sehen, wie Naomi die Augen verdrehte. Schreiend schnellte er auf sie zu. Er war schnell, aber nicht schnell genug, um sie aufzufangen, ehe sie auch schon zu Boden stürzte.

»Holt Wasser! Wo ist der verdammte Arzt? Was zum Teufel macht sie hier draußen?«

Er hockte sich neben sie, nahm sie in die Arme. Sanft klopfte er ihr auf die Wangen, die durchscheinend blass waren.

»Es tut mir leid! O gnädiger Gott … Sie brauchte etwas zu essen. Ich wollte ihr nur schnell etwas zu essen holen.« Mit einem Becher Wasser ging Lettie neben ihr in die Hocke.

»Hat sie ihn gesehen? Hat sie gesehen, wie ich den Scheißkerl reingebracht habe?«

Lettie schüttelte den Kopf. »Ich war höchstens drei Minuten weg. Sie kommt wieder zu sich! Da bist du ja wieder, Baby. Naomi, Liebes, schön durchatmen. Du bist ohnmächtig geworden. Trink einen Schluck Wasser.«

»War ich krank?«

»Jetzt ist alles wieder gut. Trink einen Schluck.«

In ihrem Kopf überschlug sich alles, und sie schloss wieder die Augen, die ihre Mutter immer als flaschengrün bezeichnet hatte. »Warum ist er nicht wütend auf mich? Warum ist es ihm egal?«

Sie drängten sie zu trinken, und dann trug Wayne sie wieder ins Hinterzimmer. Sie brachten ihr Tee und Toast. Sie aß, so viel sie konnte, und allmählich verzog sich jenes schwebende Gefühl.

Der Rest rauschte wie im Flug an ihr vorbei. Dr. Hollin kam und untersuchte sie. Ständig war jemand bei ihr – und Wayne überredete sie zu einer weiteren Flasche Cola.

Irgendwann kam der Sheriff ebenfalls ins Zimmer. Sie kannte ihn – Sheriff Joe Franks –, weil sie mit Joe junior in dieselbe Klasse ging. Er hatte breite Schultern und einen stämmigen Körper, ein kantiges Gesicht und einen dicken Hals. Wenn sie ihn sah, musste sie immer an eine Bulldogge denken.

Er setzte sich ihr gegenüber. »Wie geht es dir, Naomi?« Seine Stimme knirschte wie ein Kiesweg.

»Ich weiß nicht … Äh … Ganz okay, Sir.«

»Ich weiß, die Nacht war anstrengend, und dieser Tag ist ganz bestimmt nicht weniger anstrengend für dich. Weißt du, was hier gerade passiert?«

»Ja, Sir. Mein Daddy hat Ashley wehgetan. Er hat sie in diesem alten Erdkeller im Wald an der ausgebrannten Hütte festgehalten. Er hat ihr wehgetan, und er hat auch anderen wehgetan. Dort unten waren Bilder von ihnen. Ich weiß nicht, warum er das getan hat. Ich weiß nicht, warum jemand so etwas tun sollte …«

»Warst du vor gestern Nacht je bei diesem Keller?«

»Ich wusste nicht mal, dass es ihn gibt. Wir dürfen nicht so weit in den Wald gehen, nur bis zum Fluss und auch nur, wenn wir die Erlaubnis haben.«

»Und warum bist du gestern Nacht dort hingegangen?«

»Ich … Ich bin aufgewacht, und es war so heiß. Ich hab am Fenster gestanden und gesehen, wie Daddy loslief. Ich dachte, vielleicht geht er ja runter zum Fluss, um sich abzukühlen, und da wollte ich auch gern hin. Ich hab meine Taschenlampe geholt und meine Flip-Flops und bin rausgeschlichen. Eigentlich darf ich das nicht.«

»Ist schon gut. Du bist ihm also gefolgt.«

»Ich dachte, vielleicht würde er das lustig finden. Das hätte ich ihm angesehen, bevor ich mich zu erkennen gegeben hätte. Aber er ging gar nicht zum Fluss, und ich wollte einfach wissen, wo er hinging. Und als ich die alte Hütte und den Keller gesehen habe, hab ich gedacht, er würde dort vielleicht ein Fahrrad für meinen Geburtstag zusammenbauen.«

»Hast du heute Geburtstag, Süße?«

»Am Montag. Und ich habe mir ein Fahrrad gewünscht. Also hab ich gewartet – ich wollte nur einen Blick darauf-werfen. Ich hab mich versteckt und gewartet, bis er wieder rauskam, aber…«

»Was?«

Einen Moment lang dachte sie, es wäre leichter, wenn sie wieder schweben würde, einfach weiterschweben… Aber der Sheriff hatte freundliche, geduldige Augen. Er würde sie auch noch aus diesen freundlichen Augen ansehen, wenn sie wegschwebte.

Und irgendjemandem musste sie es ja sagen.

»Er sah nicht richtig aus, Sheriff. Er sah nicht richtig aus, als er zurückkam, und das hat mir Angst gemacht. Ich hab gewartet, bis er weg war, weil ich sehen wollte, was dort unten war.«

»Wie lange hast du gewartet?«

»Ich weiß nicht… Es hat sich lange angefühlt.« Sie wurde rot. Sie würde ihm nicht erzählen, dass sie im Wald gepinkelt hatte. Manche Dinge behielt man besser für sich. »An der Luke war ein Riegel, und ich musste mich anstrengen, um ihn aufzuschieben, aber als die Luke aufging, hab ich ein Wimmern gehört. Erst dachte ich, es wäre ein Hund. Wir durften nie einen Hund haben, aber ich dachte, vielleicht ja doch. Und dann hab ich Ashley gesehen.«

»Was hast du gesehen, Liebes? Das hier ist schwer, ich weiß, aber wenn du es mir ganz genau erzählst, dann wird uns das sehr helfen.«

Also erzählte sie es ihm genau. Sie nippte an ihrer Cola, auch wenn sich ihr der Magen beim Erzählen umdrehte.

Er stellte weitere Fragen, und sie tat ihr Bestes. Als er fertig war, tätschelte er ihr die Hand.

»Das hast du wirklich gut gemacht. Ich hol jetzt deine Mama.«

»Ist sie hier?«

»Sie ist hier.«

»Und Mason?«

»Er ist drüben bei den Huffmans. Mrs. Huffman passt auf ihn auf. Er spielt mit Jerry.«

»Das ist gut. Er und Jerry spielen gern zusammen. Sheriff Franks, geht es meiner Mama gut?«

Er schien mit sich zu ringen. »Sie hat einen schlimmen Tag hinter sich.« Er schwieg für einen Moment. »Toll, wie stark du geblieben bist, Naomi.«

»Ich fühl mich aber nicht so. Mir war schlecht, und ich bin ohnmächtig geworden.«

»Du kannst mir glauben, Süße, ich bin Justizbeamter.« Er lächelte schief. »Du bist wirklich stark. Und deshalb erzähl ich dir jetzt auch, dass dir noch andere Leute Fragen stellen werden. Das FBI ... Weißt du, was das ist?«

»Ja, Sir. So ungefähr.«

»Sie werden dir Fragen stellen. Und Reporter werden kommen und mit dir reden wollen. Dem FBI gegenüber wirst du alle Fragen beantworten müssen, aber mit irgendwelchen Reportern brauchst du nicht zu reden.« Er verlagerte das Gewicht und fischte eine Karte aus seiner Gesäßtasche. »Hier stehen meine Telefonnummern drauf – die von hier, und die von zu Hause steht auf der Rückseite. Du kannst mich jederzeit anrufen – ganz egal, um welche Uhrzeit. Wenn du mit mir reden musst, rufst du mich an. In Ordnung?«

»Ja, Sir.«

»Steck die Karte gut weg. Ich geh jetzt deine Mama holen.«

»Sheriff Franks?«

Er blieb an der Tür stehen und drehte sich zu ihr um. »Ja, Süße?«

»Muss mein Daddy ins Gefängnis?«

»Ja, Liebes.«

»Weiß er das?«

»Das nehme ich an.«

Sie blickte auf ihre Cola und nickte. »Okay.«

Ihr Daddy würde ins Gefängnis kommen. Wie sollte sie hier länger zur Schule gehen, zur Kirche oder auch bloß auf den Markt mit ihrer Mutter? Das hier war noch viel schlimmer als bei Carrie Potters Daddy, der für zwei Monate ins Gefängnis gemusst hatte, weil er in der Billardkneipe eine Schlägerei angezettelt hatte. Sogar noch schlimmer als bei Buster Kravitts Onkel, der im Gefängnis saß, weil er Drogen verkauft hatte.

In einer Woche käme sie in die siebte Klasse, und jeder würde wissen, was passiert war. Was ihr Daddy getan hatte. Was sie getan hatte. Sie wusste nicht, wie sie …

Die Tür ging auf, und ihre Mutter stand da.

Sie sah krank aus – als wäre sie schon tagelang schlimm krank. Sie sah dünner aus als am Vorabend, als Naomi ins Bett gegangen war. Tränen standen in ihren Augen, die rot und angeschwollen waren. Ihr Haar war zerzaust, als hätte sie sich nicht gekämmt, und sie hatte das weite Kleid in verblichenem Rosa an, das sie sonst hauptsächlich zur Gartenarbeit trug.

Naomi stand auf. Am liebsten hätte sie sich an die Brust ihrer Mutter gedrückt, um sich von ihr trösten zu lassen. Doch aus den Augen ihrer Mutter strömten unablässig Tränen, und sie schluchzte heftig. Dann sank sie zu Boden und schlug die Hände vors Gesicht.

Also trat das Kind auf die Mutter zu, nahm sie in den Arm, streichelte und beruhigte sie. »Es kommt schon alles in Ordnung, Mama. Es wird alles gut.«

»Naomi, Naomi … Sie sagen schreckliche Dinge über deinen Daddy. Und sie behaupten, du hättest all das erzählt.«

»Es wird alles gut.«

»Das kann doch nicht wahr sein, das kann einfach nicht wahr sein!« Susan löste sich aus der Umarmung ihrer Tochter und umfasste ihr Gesicht. Eindringlich sagte sie zu ihr: »Du hast dir das nur eingebildet. Du hattest einen schlimmen Traum.«

»Mama. Ich hab es gesehen.«

»Nein, das hast du nicht. Du musst ihnen sagen, dass du dich geirrt hast.«

»Ich hab mich nicht geirrt. Ashley – das Mädchen, das er gefangen gehalten hat – ist im Krankenhaus.«

»Sie lügt. Sie lügt bestimmt. Naomi, er ist dein *Daddy*, er ist dein *Blut*. Er ist mein *Ehemann*. Die Polizei ... Sie durchsuchen im Moment das ganze Haus. Sie haben deinem Daddy Handschellen angelegt und ihn weggebracht.«

»Ich hab ihr die Fesseln aufgeschnitten ...«

»Nein, das hast du nicht! Du musst auf der Stelle aufhören zu lügen und allen sagen, dass du dir das bloß ausgedacht hast!«

In Naomis Kopf fing es an, dumpf zu pochen, und ihre Stimme klang auf einmal hohl und monoton. »Ich hab das Klebeband von ihrem Mund abgezogen. Ich hab ihr aus dem Kellerloch geholfen. Sie konnte kaum noch laufen. Sie hatte keine Kleider an.«

»Nein ...«

»Er hat sie vergewaltigt.«

»Sprich nicht so!« Susans Stimme war schrill geworden. Sie packte Naomi und schüttelte sie. »Wag es nicht!«

»Da waren Fotos an der Wand – viele Fotos ... von anderen Frauen, Mama! Da waren Messer mit getrocknetem Blut, Stricke und ...«

»Ich will das nicht hören!« Susan hielt sich die Ohren zu. »Wie kannst du so was sagen? Ich kann das nicht glauben –

er ist mein *Mann*! Ich lebe seit vierzehn Jahren mit ihm zusammen. Ich hab ihm zwei Kinder geboren. Ich hab Nacht für Nacht im selben Bett wie er geschlafen.« Dann zerfiel ihre Heftigkeit in tausend Splitter, und Susan ließ erneut den Kopf auf Naomis Schulter sinken. »Was sollen wir denn jetzt machen? Was soll aus uns werden?«

»Wir schaffen das schon«, sagte Naomi hilflos. »Es wird alles gut, Mama.«

Sie würden erst nach Hause gehen dürfen, sobald Polizei und FBI das Haus freigegeben hätten. Lettie brachte ihnen allen Kleidungsstücke, Zahnbürsten und was sie sonst noch brauchten, und dann machte sie für Naomi und ihre Mutter ihr Gästezimmer fertig. Mason brachte sie im Zimmer ihres Sohnes unter.

Der Arzt gab ihrer Mutter ein Schlafmittel, und das war gut. Naomi duschte, zog endlich eigene frische Kleidung an, band sich die Haare zurück und fühlte sich nach Langem wieder wie sie selbst.

Als sie aus dem Badezimmer kam, zog sie die Tür zum Gästezimmer einen Spaltbreit auf, um nach ihrer Mutter zu sehen. Ihr kleiner Bruder saß am Bett.

»Weck sie nicht auf!«, zischte Naomi. Als er sich umdrehte und sie ansah, tat ihr der scharfe Tonfall, den sie angeschlagen hatte, augenblicklich leid.

Auch er hatte geweint. Sein Gesicht war ganz fleckig, und er sah sie aus rot geränderten Augen verloren an. »Ich guck sie doch nur an …«

»Komm jetzt raus, Mason. Wenn sie aufwacht, fängt sie nur wieder an zu weinen.«

Widerspruchslos tat er, was sie sagte – was bislang selten vorgekommen war. Er trat auf sie zu und schlang seine Arme um sie.

Sie hatten sich zuvor selten umarmt, aber es fühlte sich gut an, deshalb erwiderte Naomi die Geste.

»Sie sind einfach in unser Haus gekommen. Wir haben noch geschlafen. Ich hab Dad und andere Leute schreien hören und bin rausgerannt. Ich hab gesehen, wie Daddy mit dem Deputy gekämpft hat, aber sie haben ihn an die Wand gedrückt. Mama hat geschrien und geweint, und dann haben sie Daddy Handschellen angelegt, genau wie im Fernsehen. Hat er eine Bank überfallen? Niemand will es mir sagen.«

»Nein, er hat keine Bank überfallen.«

Unten hätte Miss Lettie sie gehört, daher setzte sie sich direkt vor der Tür mit ihrem Bruder auf den Boden.

»Er hat Leuten wehgetan, Mason. Frauen.«

»Warum?«

»Ich weiß es nicht, aber er hat es getan.«

»Vielleicht war es ja ihre Schuld.«

»Nein. Er hat sie an einen Ort im Wald gebracht, sie eingesperrt und ihnen wehgetan.«

»Was war das für ein Ort?«

»Ein schlimmer Ort. Er muss deswegen ins Gefängnis.«

»Ich will nicht, dass Daddy ins Gefängnis geht.« Erneut traten ihm Tränen in die Augen.

Naomi legte ihm den Arm um die Schulter. »Er hat den Leuten schlimme Dinge angetan, Mason. Er muss ins Gefängnis gehen.«

»Muss Mama auch ins Gefängnis?«

»Nein, sie hat ja niemandem etwas getan. Sie wusste nicht mal, dass er den Frauen wehgetan hat. Aber frag sie besser nicht danach. Und du darfst dich deshalb auch nicht prügeln. Die Leute werden bald gewisse Dinge über Daddy sagen, und dann willst du sie bestimmt am liebsten verprügeln, aber das geht nicht. Es ist nämlich wahr, was sie sagen.«

Trotzig verzog er das Gesicht. »Woher willst du wissen, dass es wahr ist?«

»Weil ich es gesehen habe. Weil ich es weiß. Ich will jetzt nicht länger darüber reden. Ich hab heute schon genug darüber geredet. Ich wünschte mir bloß, es wäre alles schon vorbei. Ich wünschte mir, wir wären irgendwo anders.«

»Ich will nach Hause.«

Naomi wollte nicht nach Hause. Sie wollte nie wieder in dieses Haus zurück, jetzt, da sie wusste, was dahinter im Wald geschehen war. Weil sie inzwischen wusste, wer da mit ihnen im selben Haus gelebt und am selben Tisch gesessen hatte.

»Miss Lettie hat erzählt, sie haben Nintendo unten im Wohnzimmer.«

Ein hoffnungsvoller Ausdruck huschte über Masons Gesicht. »Dürfen wir damit spielen?«

»Sie hat gesagt, ja.«

»Haben sie auch Donkey Kong?«

»Wir können ja mal gucken.«

Zu Hause hatten sie weder Videospiele noch einen Computer, aber sie beide hatten genügend Freunde, um darüber Bescheid zu wissen. Und Naomi wusste, wie sehr Mason Videospiele liebte. Mit Miss Letties Hilfe setzte sie ihn im Wohnzimmer vor den Bildschirm – und dann konnte Miss Lettie auch noch ihren Sohn im Teenageralter dazu überreden, mit Mason zu spielen.

»Ich mach uns mal eine Limonade. Naomi, willst du mit in die Küche kommen und mir helfen?«

Das Haus war hübsch. Sauber und hübsch, mit Farbe an den Wänden und auf den Möbeln. Naomi wusste, dass Mr. Harbough Englisch und Literatur an der Highschool unterrichtete, während Miss Lettie für den Sheriff arbeitete. Von Naomis Warte aus betrachtet, sah das Haus *reich* aus.

In der Küche gab es sogar eine Spülmaschine – zu Hause musste sie immer per Hand Geschirr spülen –, und mitten im Raum stand eine schneeweiße Theke mit einem zweiten Spülbecken darin.

»Ihr Haus ist wunderschön, Miss Lettie.«

»Danke. Freut mich, dass es dir gefällt. Ich will, dass ihr euch hier wohlfühlt.«

»Was glauben Sie, wie lang wir hierbleiben müssen?«

»Ein oder zwei Tage.« Miss Lettie erhitzte Zuckerwasser in einem Topf. »Hast du schon mal Limonade selbst gemacht?«

»Nein, Ma'am.«

»Die ist wirklich lecker. Es dauert ein bisschen, aber es lohnt sich.«

Lettie lief in der Küche auf und ab. Naomi war überrascht, dass sie keine Schürze trug, sondern sich lediglich ein Küchenhandtuch in den Hosenbund gesteckt hatte. Daddy hatte es nie gemocht, wenn Mama Hosen getragen hatte. Frauen mussten Röcke und Kleider tragen.

Sowie sie an ihren Vater dachte und seine Stimme in ihrem Kopf hörte, drehte sich ihr erneut der Magen um. Sie musste sich dazu zwingen, an etwas anderes zu denken.

»Miss Lettie, was machen Sie im Büro des Sheriffs?«

»Ich war der erste weibliche Hilfssheriff in Pine Meadows, Schätzchen, und seit sechs Jahren immer noch die einzige Frau, die so was macht.«

»Dann sind Sie so was wie Deputy Wayne?«

»Ganz genau.«

»Dann wissen Sie bestimmt, was als Nächstes passiert. Sagen Sie es mir?«

»Ganz sicher ist das nicht, aber jetzt haben erst einmal die Kollegen vom FBI den Fall übernommen, und wir unterstützen sie dabei. Sie sammeln Beweise und nehmen Aussagen auf. Dein Daddy braucht jetzt einen Anwalt. Was weiter passiert, hängt dann von den Beweisen und den Aussagen ab und von allem, was dein Daddy sagt und tut. Ich weiß, das ist schwer zu begreifen, aber am besten versuchst du, dir im Moment noch keine Gedanken darüber zu machen.«

»Über Daddy mag ich mir keine Gedanken machen. Aber ich muss mich um Mama und um Mason kümmern.«

»Ach, meine Kleine …« Lettie seufzte. Sie rührte noch einmal um und kam dann hinter dem Küchenblock hervor. »Es sollte sich eher jemand um dich kümmern.«

»Mama weiß bestimmt nicht, was sie machen soll, wenn Daddy es ihr nicht mehr sagt. Und Mason wird nicht verstehen, was Daddy getan hat. Er weiß nicht mal, was eine Vergewaltigung ist.«

Lettie seufzte erneut und zog Naomi in die Arme. »Es ist nicht deine Aufgabe, dich um alle zu kümmern. Wo lebt eigentlich der Bruder deiner Mutter? Wo ist dein Onkel Seth?«

»In Washington, D. C. Aber wir dürfen keinen Kontakt mehr zu ihm haben, weil er homosexuell ist. Daddy hat gesagt, er wäre ein Gräuel.«

»Ich kannte deinen Onkel Seth, er war in der Schule zwei Klassenstufen unter mir. Mir kam er nicht vor wie ein Gräuel.«

»In der Bibel steht …« Ihr Kopf und ihr Herz taten mit einem Mal weh. Was in der Bibel stand – oder was Daddy behauptet hatte, was darin stehen würde … Nein, darüber wollte sie sich jetzt keine Gedanken machen. »Er war immer so nett zu uns. Er hatte ein nettes Lachen, das weiß ich noch. Aber Daddy meinte, er dürfte uns nicht mehr besuchen, und Mama durfte nicht mal mehr am Telefon mit ihm sprechen.«

»Möchtest du, dass er kommt?«

Bei dieser Frage fühlte sich Naomis Hals auf einmal an wie zugeschnürt. Sie konnte nur noch nicken.

»Na gut. Ich nehm jetzt nur noch schnell den Sirup vom Herd, damit er abkühlen kann, und dann versuche ich, ihn zu erreichen. Und anschließend zeig ich dir, wie man Zitronen auspresst. Das macht Spaß.«

Naomi lernte, Limonade zuzubereiten, und aß ein gegrilltes Käsesandwich – eine Kombination, die sie für ihr gesamtes restliches Leben als Trostessen empfinden würde.

Da ihre Mutter den ganzen Tag verschlief, musste Naomi zum ersten Mal in ihrem Leben um Pflichten bitten. Lettie ließ sie im Blumengarten und im Gemüsebeet hinter dem Haus Unkraut jäten, und sie musste frisches Futter in die Vogelhäuschen streuen.

Als sie fertig war, gab Naomi schließlich der Müdigkeit nach, legte sich im Schatten auf den Rasen und schlief ein.

Irgendetwas riss sie jäh aus dem Schlaf, genau wie in der vergangenen Nacht. Sie setzte sich panisch auf, und das Herz schlug ihr bis zum Hals. Halb erwartete sie, ihr Vater würde vor ihr stehen: mit einem Strick in der einen und einem Messer in der anderen Hand.

Doch der Mann, der auf einem Gartenstuhl bei ihr im Schatten saß, war nicht ihr Vater. Er trug eine Kakihose und Loafers ohne Socken sowie ein hellblaues Hemd mit einem kleinen Mann auf einem Pferd, wo sonst normalerweise eine Brusttasche aufgenäht gewesen wäre.

Er hatte die gleichen Augen wie sie selbst – flaschengrün – und ein Gesicht, das bis hin zu den wellig braunen Haaren unter dem Panamahut so makellos und attraktiv war wie das eines Filmstars.

»Ich bin eingeschlafen ...«

»Es geht doch nichts über ein Nickerchen im Schatten an einem Sommernachmittag. Kannst du dich überhaupt noch an mich erinnern, Naomi?«

»Onkel Seth!« Ihr krampfte sich das Herz zusammen,

aber nicht auf schlimme Art und Weise. Trotzdem hatte sie Angst, wieder in Ohnmacht zu fallen, obwohl es sich eigentlich nicht so anfühlte, sondern irgendwie leicht und hell. »Du bist gekommen! Du bist gekommen«, wiederholte sie, und dann krabbelte sie einfach auf seinen Schoß, umarmte ihn und weinte. »Geh nicht weg! Bitte, lass uns nicht wieder allein, Onkel Seth. Bitte, bitte!«

»Das mache ich ganz sicher nicht. Ich lass euch nicht allein, mein Kleines. Ich verspreche es dir. Hör auf, dir Sorgen zu machen. Jetzt bin ich hier, und ich kümmere mich um euch.«

»Du hast mir mal ein pinkfarbenes Partykleid geschenkt.«

Er lachte, und der Laut linderte den Schmerz in ihrem Herzen. Er zog ein schneeweißes Taschentuch aus der Hosentasche und tupfte ihr die Tränen ab.

»Das weißt du noch? Damals warst du höchstens sechs!«

»Es war so wunderschön, so schick und edel... Mama schläft. Sie schläft und hört gar nicht mehr auf damit.«

»Das braucht sie jetzt auch. Du bist vielleicht groß geworden! So lange Beine – allerdings sind die ganz schön zerkratzt!«

»Es war dunkel im Wald.«

Er nahm sie fester in den Arm. Er roch so gut, fast wie Zitronensorbet. »Jetzt ist es nicht mehr dunkel, und ich bin hier. Sobald es geht, kommt ihr mit zu mir. Du, Mason und Mama.«

»Wir kommen mit zu dir nach Washington?«

»Ja. Ihr wohnt bei mir und meinem Freund Harry. Harry wird dir gefallen. Er spielt gerade Donkey Kong mit Mason, damit er ihn schon mal ein bisschen kennenlernt.«

»Ist er auch ein Homosexueller?«

In Seths Brustkorb rumpelte es. »Ja, das ist er.«

»Aber ein netter, so wie du.«

»Das will ich meinen. Aber das kannst du sicher selbst entscheiden.«

»Ich muss bald wieder zur Schule gehen. Mason auch.«

»Ihr geht in D. C. zur Schule. Ist dir das recht?«

Sie wäre vor Erleichterung beinahe wieder in Ohnmacht gefallen, deshalb nickte sie nur. »Ich will hier nicht mehr bleiben. Miss Lettie war echt nett zu uns, Deputy Wayne auch. Und auch der Sheriff. Er hat mir seine Nummer gegeben, damit ich ihn Tag und Nacht anrufen kann. Aber ich will nicht mehr hierbleiben.«

»Sobald es geht, verschwinden wir.«

»Ich will auch Daddy nicht mehr sehen. Ich will ihn nicht sehen. Ich weiß, das ist böse, aber …«

Er drehte ihren Kopf zu sich. »Das ist *nicht* böse. Fang gar nicht erst an, so was zu denken. Wenn du nicht willst, dann brauchst du ihn auch nicht zu besuchen.«

»Kannst du das bitte Mama sagen? Sie will Mason und mich mit zu ihm nehmen. Ich will aber nicht zu ihm. Er hat mich nicht gesehen … Können wir nicht jetzt gleich nach Washington fahren?«

Er zog sie wieder an sich. »Ich arbeite daran.«

Es dauerte länger als eine Woche. Allerdings waren sie noch vor der ersten Nacht bei Lettie wieder ausgezogen, denn Reporter waren gekommen – da hatte der Sheriff recht gehabt. Sie waren in Scharen gekommen, mit großen Vans und Fernsehkameras. Sie hatten Fragen gerufen und jeden umschwärmt, der aus dem Haus getreten war.

Niemand dachte mehr an ihren Geburtstag, aber das war ihr egal. Sie hätte ihn selbst am liebsten vergessen.

Sie zogen in ein Haus außerhalb von Morgantown, das nicht halb so schön war wie das von Miss Lettie. Auch Leute vom FBI wohnten dort, wegen der Reporter und weil es erste

Drohungen gegeben hatte. Einmal hörte sie, wie ein FBI-Mann darüber redete – und dass sie auch ihren Vater woanders hinbringen würden.

Sie hörte viel – weil sie zuhörte.

Mama stritt sich mit Onkel Seth, weil er mit ihnen nach D. C. umziehen wollte und weil sie die Kinder nicht mit zu ihrem Vater nehmen sollte. Doch ihr Onkel hielt sein Versprechen. Als ihre Mutter den Vater besuchen fuhr, fuhr sie mit einer Dame vom FBI.

Beim zweiten Besuch kam sie wieder und nahm Tabletten. Anschließend schlief sie mehr als zwölf Stunden lang.

Naomi hörte, wie ihr Onkel mit Harry beratschlagte, was sie in ihrem Haus in Georgetown alles würden verändern müssen, damit drei weitere Personen darin wohnen könnten. Sie mochte Harry – Harrison (wie Indiana Jones) Dobbs. Allerdings hatte es sie überrascht und verwirrt, dass er nicht weiß war. Genau genommen war er auch nicht schwarz. Er hatte eine Haut wie die Karamellsoße, die sie so gern auf Eiscreme aß, wenn sie sich eine besondere Belohnung verdient hatte.

Er war sehr groß und hatte blaue Augen, die in seinem karamellfarbenen Gesicht besonders leuchteten. Er sei Chef, erklärte er und fügte dann augenzwinkernd hinzu, das sei lediglich ein hochtrabendes Wort für Koch. Obwohl sie noch nie erlebt hatte, dass sich ein Mann in der Küche auskannte, bereitete Harry jeden Abend Essen für sie zu – Essen, von dem sie noch nie gehört hatte, geschweige denn dass sie es jemals zuvor gegessen hätte.

Denn auch das Essen war wie in einem Film.

Sie kauften für Mason ein Nintendo und für Mama und Naomi neue Kleider. Insgeheim dachte Naomi, mit Harry und Seth würde sie auch in dem nicht so schönen Haus bleiben.

Eines Abends – an einem Tag, da ihre Mutter Daddy besucht hatte – belauschte sie spätabends ein Streitgespräch. Sie verabscheute es, wenn ihre Mutter und ihr Onkel sich stritten. Dann regte sich in ihr die Angst, dass sie ihn wieder wegschicken würde.

»Ich kann hier nicht einfach so weggehen und die Kinder mitnehmen. Es sind immerhin auch Toms Kinder.«

»Er wird nie mehr aus dem Gefängnis rauskommen, Susie. Willst du deine Kinder für alle Zeiten zu den Besuchstagen mitschleppen? Willst du sie wirklich all dem aussetzen?«

»Er ist ihr Vater.«

»Er ist ein verdammtes Monster!«

»Nicht in diesem Ton!«

»Ein verdammtes Monster, begreif es endlich! Deine Kinder brauchen dich, Susie, also steh endlich für sie ein. Er verdient nicht eine einzige Minute deiner Zeit.«

»Ich hab versprochen, ihn zu lieben, zu ehren und ihm zu gehorchen.«

»Das hat er auch versprochen, aber er hat sich nicht daran gehalten. Himmel auch, er hat mehr als zwanzig Frauen vergewaltigt, gequält und getötet – und er hat es zugegeben. Er hat sogar damit geprahlt! Mehr als zwanzig junge Frauen! Und nachdem er mit ihnen fertig war, ist er zu dir ins Bett geschlüpft.«

»Hör auf! Hör auf damit! Wie soll ich es je aussprechen, dass er all das getan hat? Dass er diese schrecklichen Dinge getan hat? Wie soll ich denn damit leben, Seth? Wie soll ich damit leben?«

»Du hast zwei Kinder, die dich brauchen. Ich werde dir helfen, Susie. Wir gehen von hier weg – irgendwohin, wo ihr euch sicher fühlt. Ihr werdet alle zum Therapeuten gehen. Die Kinder werden gute Schulen besuchen. Bring mich nicht in die Verlegenheit, dir sagen zu müssen, was du tun sollst, so wie er es getan hat. Das mache ich nur dieses eine Mal, um dich und die Kinder zu schützen. Aber ich bitte dich, erinnere dich daran, wie du früher warst – vor ihm. Du hattest Rückgrat und Pläne, du hattest Ausstrahlung.«

»Verstehst du mich denn nicht?« Dieses schreckliche Flehen in der Stimme ihrer Mutter – wie eine Wunde, die nicht heilen wollte. »Wenn ich weggehe, dann gebe ich zu, dass dies alles passiert ist.«

»Es ist ja auch passiert. Er hat es doch gestanden.«

»Sie haben ihn dazu *gezwungen*!«

»Hör auf! Hör damit auf! Deine eigene Tochter, dein Baby, hat gesehen, was er getan hat.«

»Sie hat eine blühende Fantasie …«

»Hör auf, Susie, hör auf!«

»Ich kann nicht einfach … Wieso wusste ich das nicht? Wie konnte ich mit ihm fast die Hälfte meines Lebens zusammenleben und es nicht wissen? Das schreien die Reporter mir zu.«

»Ach, scheiß doch auf die Reporter. Morgen fahren wir. Gott, wo ist deine Wut geblieben, Suze? Wo ist deine Wut auf ihn geblieben, auf seine Taten, darauf, was er euch angetan hat? Was Naomi durchmachen musste? Ich hoffe wirklich, dass du wieder zur Besinnung kommst, aber bis dahin wirst du mir vertrauen müssen. Das ist das Beste. Wir können gleich morgen fahren, und du kannst dir mit den Kindern ein neues Leben aufbauen.«

»Ich weiß doch gar nicht, wo ich anfangen soll.«

»Pack erst mal, und dann machen wir einen Schritt nach dem anderen.«

Sie hörte ihre Mutter weinen, als Seth das Zimmer verließ. Aber nach einer Weile hörte Naomi, wie sie Schubladen und Schranktüren aufzog und wieder schloss.

Packgeräusche, dachte sie.

Sie würden morgen früh fahren. Sie würden alles hinter sich lassen.

Naomi schloss die Augen und sprach ein Dankesgebet für ihren Onkel. Sie hatte natürlich verstanden, dass sie Ashley das Leben gerettet hatte. Doch jetzt hatte Onkel Seth ihr das Leben gerettet, dachte sie.

3

Naomi lebte fünf Monate, zwei Wochen und fünf Tage lang in Washington, D. C. In dieser kurzen Zeit durchlebte sie so viele Höhen und Tiefen, so viele Schrecken und Freuden, dass sie tatsächlich fast nicht mehr mitkam.

Sie liebte das Haus in Georgetown mit den hohen Decken und den warmen Farben, mit dem hübschen Innenhof und dem Brunnen über einem winzigen Becken.

Sie hatte noch nie in einer Stadt gelebt und hätte stundenlang am Fenster sitzen können, um Autos, Taxis und Menschen zu beobachten. Und ihr Zimmer war so schön! Auf der alten Kirschholzkommode – ein antikes, kein gebrauchtes, abgelegtes Möbelstück, da gab es nämlich einen Unterschied! – stand ein großer ovaler Spiegel mit einem verschnörkelten Kirschholzrahmen. Sie hatte ein Doppelbett für sich – ein Luxus, den sie auskostete, indem sie sich hin- und herrollte und die Arme so weit wie nur möglich ausstreckte, wann immer sie sich hinlegte. Die Bettwäsche war weich und glatt, und vor dem Einschlafen strich sie mit dem Zeigefinger über den Kopfkissenbezug.

Die Wände waren golden wie der Sonnenuntergang. Sie hatte Blumenbilder aufgehängt.

Ihr Zimmer gefiel ihr sogar noch besser als das von Mama, auch wenn das eleganter war: mit einem hellgrünen Himmel über ihrem Bett und einem Sessel mit eigentümlichen, aber wunderschönen Vögeln auf dem Bezug.

Mason schlief auf einer Gästecouch in einem Zimmer, das ihr Onkel als »oberen Salon« bezeichnete. In den ersten Wochen war er allerdings in den allermeisten Nächten zu Naomi ins Bett geschlüpft oder hatte sich wie ein junger Hund auf ihrem Teppich zusammengerollt.

Harry nahm sie mit ins Restaurant, in dem alle Tische mit weißen Tischdecken, Kerzen und Blumen gedeckt waren, und zeigte ihnen die große Küche, in der es laut, heiß und geschäftig zuging.

Nervös und aufgeregt beging sie den ersten Schultag an der neuen Schule – an einer Schule, an einem neuen Ort, an dem niemand sie kannte. Es war angsteinflößend und wundervoll zugleich. Sie benutzte sogar einen neuen Namen. Hier war sie Naomi Carson – die Neue eben –, und der eine oder andere machte sich vielleicht über ihren Akzent lustig, aber keins der anderen Kinder wusste, dass ihr Daddy im Gefängnis saß.

Zu ihrer Therapeutin ging sie nicht besonders gern. Dr. Osgood war nett, jung und hübsch, und sie roch echt gut. Aber zumindest am Anfang fühlte es sich falsch an, einer Fremden etwas von ihren Eltern und ihrem Bruder zu erzählen und besonders von all dem, was im Wald vorgefallen war.

Mason ging zu einem anderen Therapeuten, einem Mann, und ihm gefiel es gut, weil der ihn über Videospiele und Basketball reden ließ. Zumindest behauptete Mason das, und nachdem er ein paar Wochen von Videospielen und Basketball geredet hatte, schlüpfte er nachts auch nicht mehr zu Naomi ins Bett.

Ihre Mutter ging zu einem ganz anderen Arzt – wenn überhaupt. Häufig sagte sie, sie würde sich nicht gut fühlen, und legte sich einfach ins Bett, weil sie Kopfschmerzen hatte.

Einmal in der Woche lieh sie sich Onkel Seths Auto und fuhr am Besuchstag ins Gefängnis, ins United States Penitentiary in Hazelton. Die Fahrt hin und zurück dauerte fast acht Stunden – für das bisschen Zeit, das sie hinter der Besucherscheibe verbringen durfte. Wenn sie wiederkam, sah sie immer völlig niedergeschlagen aus und hatte Kopfweh.

Trotzdem fuhr sie immer wieder hin.

Auf gewisse Weise schlich sich eine neue Routine ein. Naomi und Mason gingen zur Schule, Harry in sein Restaurant, Seth arbeitete als Finanzberater und investierte das Geld fremder Leute, und ihre Mutter trat einen Teilzeitjob als Kellnerin an.

Dann kam Seth eines Abends mit einer Illustrierten in der Hand von der Arbeit nach Hause und hatte einen Wutanfall.

Naomi zuckte zusammen. Sie hatte ihren Onkel noch nie wütend erlebt, hatte noch nie gehört, dass er laut geworden wäre, und jetzt wusste sie nicht, was sie tun sollte. Sie kochte gerade Reis mit Hühnchen auf dem großen Gasherd, so wie Harry es ihr beigebracht hatte. Mason saß am Küchentresen und machte Hausaufgaben, und Mama saß ebenfalls da, starrte jedoch ins Leere und tat nur so, als würde sie helfen.

Als Seth die Zeitschrift auf den Tisch knallte, sprang die Mutter auf. Auf der Titelseite prangte ein Bild des Vaters und … O Gott! Ein Foto von Naomi aus ihrer Middleschool-Zeit in Pine Meadows!

»Wie konntest du nur? Wie konntest du das deinen Kindern und dir selbst antun?«

Susan umklammerte das kleine Goldkreuz, das sie um den Hals trug. »Schrei mich nicht an! Ich hab doch kaum etwas gesagt!«

»Du hast genug gesagt. Hast *du* ihnen das Foto von Naomi gegeben? Hast *du* ihnen gesagt, dass du inzwischen in D. C. lebst?«

Ihre Schultern sackten nach unten, so wie früher, dachte Naomi, wenn Daddy sie böse angeguckt hatte.

»Sie haben mir fünftausend Dollar bezahlt. Irgendwie muss ich doch Geld verdienen, oder?«

»Auf diese Weise? Indem du das Bild deiner Tochter an eine Zeitschrift verhökerst?«

»Sie wären auch ganz ohne mich da rangekommen, das weißt du doch genau, und sie schreiben schon seit Wochen darüber. Es hört einfach nicht auf.«

»Sie hatten ihr Foto *nicht*, Susan.« Erschöpft lockerte Seth seinen Krawattenknoten. »Sie wussten nicht, dass ihr alle hier lebt.«

Sowie das Telefon klingelte, hob er die Hand, um Naomi zurückzuhalten. »Geh nicht ran! Der Anrufbeantworter springt an. Ich hatte schon sechs Anrufe im Büro. Es war offenbar nicht schwierig, unsere Nummer herauszufinden – obwohl sie nirgends hinterlegt ist. Und sie ist deshalb nirgends hinterlegt, um dich und die Kinder vor all dem zu beschützen, was jetzt passieren wird!«

»Sie stehen vor dem Gefängnis und bedrängen mich …« Susan presste die Lippen zusammen. Um ihren Mund verliefen mittlerweile tiefe Falten, stellte Naomi fest. Falten, die vor jener heißen Sommernacht nicht da gewesen waren. »Und Tom sagte, wir könnten gutes Geld damit verdienen. Er kann es ja nicht selbst machen, weil es gegen das Gesetz verstößt, aber …«

»Du kannst es an ihn weiterleiten.«

Susan wurde knallrot, wie immer, wenn sie zutiefst verlegen oder wütend war. »Ich hab meinem Mann gegenüber eine Pflicht, Seth. Sie haben ihn in diesem Spezialbereich eingesperrt. Er sagte, er braucht das Geld, damit der Anwalt ihm dazu verhilft, in den öffentlichen Bereich verlegt zu werden.«

»Oh bitte, Suze, das ist doch Unsinn! Merkst du das nicht selbst, was für einen Scheiß er dir auftischt?«

»Sprich nicht so mit mir!«

»Ach, meine Ausdrucksweise stört dich, aber das hier nicht?« Er schlug mit der flachen Hand auf die Illustrierte. Im selben Moment begann das Telefon erneut zu klingeln. »Hast du den Artikel gelesen?«

»Nein, nein. Ich hab ihn nicht gelesen. Sie… Sie haben mich wirklich bedrängt, und Tom meinte, man würde ihm mehr Respekt entgegenbringen, wenn er seine Geschichte erzählen könnte und ich ihn dabei unterstützte.«

»Niemand hat Respekt vor Illustrierten. Selbst er weiß…« Er hielt inne. Naomi hatte das Gefühl, dass seine Wut gerade in Übelkeit umschlug. »Wer sonst hat dich bedrängt? Mit wem hast du sonst noch geredet?«

»Ich hab mit Simon Vance geredet.«

»Mit dem Schriftsteller? Mit diesem True-Crime-Autor?«

»Er ist ein Profi. Sein Verleger hat mir fünfundzwanzigtausend Dollar in Aussicht gestellt. So steht es im Vertrag…«

»Du hast einen *Vertrag* unterschrieben?«

»Er ist ein Profi.« Mittlerweile hatte Susan Tränen in den Augen. Sie streckte die Arme aus, als müsste sie gleich einen Angriff abwehren. »Und wenn sie einen Filmvertrag abschließen, krieg ich noch mehr. Hat er gesagt.«

»Susan…«

Naomi wusste mittlerweile, wie Verzweiflung klang, und jetzt hörte sie sie in der Stimme ihres Onkels.

»Was hast du getan?«

»Vom Kellnern kann ich nicht leben. Und diese Ärztin, zu der du mich geschickt hast – sie hat gesagt, ich müsste an meinem Selbstbewusstsein arbeiten. Ich muss an einen Ort ziehen, der näher am Gefängnis liegt, damit ich mir nicht andauernd dein Auto ausleihen und so weit fahren muss. Tom will die Kinder und mich in seiner Nähe haben.«

»Ich geh nicht mit.«

Susan wirbelte herum, sowie sie Naomis Stimme hörte.

Trotz der Tränen funkelte sie ihre Tochter wütend an. »Ich dulde keine Widerworte!«

»Das waren keine Widerworte. Ich sag nur, dass ich nicht mit dahinziehe. Wenn du mich zwingen willst, dann hau ich ab.«

»Du machst, was dein Daddy und ich dir sagen!« Susans Stimme klang beinahe hysterisch – ein Tonfall, den Naomi in den letzten vier Monaten oft gehört hatte. »Hier können wir auf keinen Fall bleiben.«

»Und warum nicht, Susan?«, fragte Seth ruhig. »Warum könnt ihr hier nicht bleiben?«

»Du lebst mit einem *Mann* zusammen, Seth. Du lebst in *Sünde* mit einem Mann. Mit einem *Schwarzen* obendrein.«

»Naomi, Liebes.« Seths Stimme klang immer noch ganz ruhig, während sein Blick loderte. Er starrte Susan unverwandt an. »Geh mit Mason ein bisschen nach oben, ja?«

»Ich war gerade dabei, Abendessen zu kochen ...«

»Ja, und es riecht auch schon ganz toll. Stell einfach die Hitze ein bisschen runter, ja? Geh nach oben, und hilf Mason bei den Hausaufgaben.«

Mason glitt von seinem Hocker und schlang die Arme um Seth. »Bitte schick uns nicht weg! Lass nicht zu, dass sie uns mitnimmt! Bitte, ich will hier bei euch bleiben!«

»Mach dir keine Sorgen. Geh mit deiner Schwester nach oben.«

»Komm, Mason. Wir gehen doch nur hoch.« Während Naomi Masons Bücher und Hefte zusammenklaubte, sah sie zu ihrer Mutter hinüber. »Harry ist ganz sicher keine Sünde ... aber es ist eine Sünde, dass du so etwas sagst.«

»Du verstehst nicht ...«, setzte Susan an.

»Doch, ich verstehe es sehr wohl. In dieser Nacht im Wald hab ich begonnen, es zu verstehen. Du bist diejenige, die es nicht versteht, Mama. Los, Mason.«

Selbst als Susan anfing zu weinen, blieb Seth still. Er trat lediglich an den Weinschrank, zog ihn auf und nahm eine Flasche heraus. Susan schlug die Hände vors Gesicht, während er in aller Seelenruhe die Flasche entkorkte und sich ein Glas einschenkte.

Dann stellte er das Telefon, das immer weitergeklingelt hatte, auf stumm und nahm zwei große Schlucke.

»Seit ich vierzehn war, wusstest du, dass ich schwul bin. Wahrscheinlich sogar schon früher, aber da hatte ich endlich den Mut zusammengenommen, es dir zu erzählen. Es Mom und Dad zu sagen hab ich mich erst sehr viel später getraut – und dann haben sie es im Großen und Ganzen ganz gut aufgenommen. Aber meiner großen Schwester hab ich es zuerst erzählt. Weißt du noch, was du zu mir gesagt hast – na ja, nachdem du gefragt hast, ob ich mir sicher wäre?« Als sie nur weiterweinte, nahm er noch einen Schluck. »Du hast gesagt: ›Na ja, solange du jetzt nicht jeden Typen anmachst, auf den ich selbst ein Auge geworfen habe.‹ Wo ist das Mädchen abgeblieben, Suze, das einfach das Richtige zu mir sagen konnte, als ich mit weichen Knien vor dir stand? Das Mädchen, das mich zum Lachen brachte, als ich versucht hab, nicht zu weinen? Das mich so akzeptiert hat, wie ich bin?«

»Es tut mir leid, es tut mir leid …«

»Das ist schon mal ganz gut, Susan. Aber ich sag dir noch eins, und jetzt hör mir mal gut zu. Hör mir zu, Susan. Rede nie wieder so von dem Mann, den ich liebe! Hast du mich verstanden?«

»Es tut mir leid! Es tut mir so leid! Harry war immer nur freundlich und gut zu mir und zu den Kindern. Und ich sehe ja auch, dass er dir guttut. Es tut mir leid – aber …«

»… wir sind trotzdem ein Gräuel? Denkst du das wirklich? Sagt dir das dein Herz?«

Sie setzte sich wieder hin. »Ich weiß nicht … Ich weiß es

nicht. Ich *weiß* es nicht! Vierzehn Jahre – am Anfang war er nicht so streng. Es kam alles so schleichend, dass ich es gar nicht bemerkt habe. Er wollte nicht, dass ich weiter arbeiten gehe, und nachdem ich ohnehin gerade mit Naomi schwanger war, dachte ich, das wäre schon in Ordnung. So könnte ich uns doch ein gemütliches Nest schaffen und mit dem Baby zu Hause bleiben. Dann wollte er nicht mehr mit zu Mom und Dad fahren, erfand Ausreden. Nach einer Weile sollte selbst ich nicht mehr fahren. Wir wären jetzt die Kernfamilie und er das Oberhaupt … Irgendwann wollte er nicht mehr, dass sie auch nur zu Besuch kämen. Höchstens noch an den Feiertagen – und eines Tages nicht einmal mehr das.«

»Er hat dich von allen ferngehalten, die du geliebt hast.«

»Er hat behauptet, nur wir wären wichtig. Wir müssten uns ein eigenes Leben aufbauen. Und dann kam Mason. Er hatte einfach so wahnsinnig strenge Vorstellungen davon, wie alles laufen sollte – er selbst hat schwer gearbeitet und die Rechnungen bezahlt. Und er hat nie die Hand gegen mich erhoben, ich schwöre es! Auch nicht gegen die Kinder! Es ist uns einfach so in Fleisch und Blut übergegangen, wie er dachte, was er wollte, was er sagte … Mom und Dad haben mir gefehlt, du hast mir gefehlt, aber …«

Er nahm ein zweites Glas aus dem Schrank, goss Wein ein und stellte es vor sie hin.

»Seit ich mit Naomi schwanger war, hab ich nur noch in der Kirche Wein getrunken. Ich war genau wie Naomi, oder? Stark und mutig und ein bisschen aufbrausend.«

»Ja, das warst du.«

»Das habe ich verloren, Seth. Ich habe all das verloren.«

»Du kannst es wiederfinden.«

Sie schüttelte den Kopf. »Ich bin so müde. Ich könnte nur noch schlafen, einfach schlafen, bis all das vorbei ist. Naomi hat das, was sie gesagt hat, ernst gemeint. Sie würde nicht mit mir mitgehen. Wenn ich sie dazu zwingen würde, würde sie weglaufen – und Mason mitnehmen. Sie würde ihn niemals im Stich lassen. Nicht so, wie ich dich im Stich gelassen habe. Sie würde mich dazu zwingen, mich zwischen meinen Kindern und meinem Mann zu entscheiden.«

»Du hast ihn schon einmal über deine Familie gestellt.«

»Eine Frau gehört zu ihrem Mann.« Mit einem Seufzer griff sie zum Glas und nahm einen Schluck. »Oh, der schmeckt gut. Das hatte ich ja ganz vergessen. Ich hab ein Gelübde abgelegt, Seth. Ich weiß, dass er es gebrochen hat, dass er unaussprechliche Dinge getan hat – zumindest manchmal weiß ich es. Aber es fällt mir schwer, mein Gelübde zu brechen und zu akzeptieren, dass die Person, der ich mich einst versprochen habe, jetzt im Gefängnis sitzt. Ich bin so müde, ich würde am liebsten ständig nur schlafen, den ganzen Rest meines Lebens schlafen.«

»Du hast eine Depression, Liebes. Du musst der Therapie und den Medikamenten Zeit lassen zu wirken. Du musst dir selbst Zeit lassen.«

»Es fühlt sich jetzt schon an wie Jahre. Seth, jedes Mal, wenn ich nach Hazelton fahre, sage ich mir, es ist das letzte Mal. Ich will diese Mauern nicht mehr sehen und nicht mehr an diesen Wachen vorbeigehen müssen. Dort sitzen, durch eine Glasscheibe mit ihm sprechen. Ständig warten all diese Journalisten und Reporter auf mich, wollen mit mir reden. Sie schreien mir Sachen zu. Du hast ja keine Ahnung, wie das ist.«

»Dann hör auf, dich zu ihrer Zielscheibe zu machen.«

Sie schüttelte nur den Kopf. »Aber dann … Tom hat so eine Art, mich umzudrehen – mich zweifeln zu lassen. Am Ende mache ich doch das, was er will. Ich wusste, dass es falsch war, mit den Reportern zu reden. Ich wusste, dass es falsch war, den Vertrag zu unterschreiben. Aber ich bin nicht stark und mutig, und deshalb hab ich einfach nur getan, was er mir aufgetragen hat. Er hat gesagt, nimm dieses Geld, unterschreib diese Papiere. Das Geld sollte ich auf sein Gefängniskonto überweisen und dann ein Haus dort in der Nähe kaufen. Ich sollte ihn jede Woche besuchen kommen und zumindest anfangs einmal in der Woche die Kinder mitbringen.«

»Ich würde deswegen vor Gericht ziehen. Ich würde vielleicht verlieren, aber ich würde versuchen, vor Gericht zu erstreiten, dass du die Kinder nicht dorthin mitnehmen darfst.«

»Naomi würde ohnehin nicht mitmachen.« Susan schluchzte auf und wischte sich mit dem Handrücken die Tränen aus dem Gesicht. »Sie würde nicht mitgehen, und sie würde wie ein Löwe darum kämpfen, auch Mason von ihm fernzuhalten. Ich muss mich besser um sie kümmern. Ich weiß das.«

»Geh nicht wieder hin.« Er legte eine Hand auf ihre und spürte, wie sie erstarrte. »Du musst wieder zu Kräften kommen. Lass dir ein paar Wochen Zeit, dann sehen wir weiter. Sprich mit der Therapeutin darüber.«

»Ich versuche es. Versprochen. Ich bin dir und Harry wirklich dankbar. Es tut mir leid, dass ich gemacht habe, was Tom mir aufgetragen hat – nach allem, was ihr für uns getan habt!«

»Wir werden es überleben.«

»Ich geh wohl mal nach oben und rede mit den Kindern. Dann kommen wir wieder nach unten und kümmern uns ums Abendessen.«

»Das ist doch mal ein guter Anfang. Ich liebe dich, Suze.«

»Das musst du wohl.« Sie stand auf und trat auf ihn zu. »Ich liebe dich auch. Gib mich nicht auf.«

»Das wird niemals passieren.«

Sie umarmte ihn, dann ging sie hinauf zu den Kindern. Der härteste Gang ihres Lebens, dachte sie. Härter noch als jeder schreckliche Gang durch das Gefängnis in den Besucherbereich.

Sie trat an die Tür zu Naomis Zimmer und betrachtete ihre Kinder, die dort am Boden saßen. Mason hatte einen Bleistift in der Hand und starrte stirnrunzelnd auf ein Arbeitsblatt hinab.

Er hatte geweint, und es brach ihr das Herz, weil sie an seinen Tränen schuld war.

Naomis Augen waren trocken und loderten, als sie aufblickte und sie anschaute.

»Zuallererst möchte ich euch sagen, dass ich im Unrecht war. Was ich unten über euren Onkel und Harry gesagt habe, war falsch und hässlich. Ich hoffe, ihr verzeiht mir. Und ich wollte sagen, dass ihr recht habt – ihr habt beide recht. Wir ziehen nicht von Seth und Harry weg. Es war falsch von mir, mit diesen Leuten zu reden. Mit der Zeitung, der Illustrierten und dem Mann, der diese Bücher schreibt. Ich kann es nicht mehr rückgängig machen, aber ich werde es nie wieder tun. Es tut mir so leid, Naomi, dass ich ihnen dein Foto gegeben habe. Ich weiß nicht, wie ich das wiedergutmachen soll. Aber ich will zumindest versuchen, von jetzt an alles besser zu machen. Ich verspreche es, ich werde es versuchen. So was ist leichter gesagt als getan, deshalb muss ich es euch wohl *zeigen*. Aber dazu müsst ihr mir eine Chance geben – damit ich euch *zeigen* kann, dass es besser wird.«

»Ich gebe dir eine Chance, Mama.« Mason sprang auf und fiel ihr in die Arme.

»Ich liebe dich so sehr, mein kleiner Mann.« Sie küsste ihn auf den Scheitel. Dann blickte sie Naomi an. »Du brauchst sicher ein bisschen länger dazu.«

Doch Naomi schüttelte nur den Kopf und lief dann ebenfalls auf ihre Mutter zu.

Es wurde wirklich besser, obwohl es immer noch tiefe Täler gab. Indem sie die Interviews gegeben und die Fotos verkauft hatte, hatte sie eine Tür geöffnet, die ihr Bruder verzweifelt versucht hatte zu schließen.

Es gab immer mehr Geschichten, Geschichten über den schwulen Schwager des Serienmörders, und die Reporter verfolgten ihn bis ins Büro. Paparazzi fotografierten Naomi auf dem Schulweg, einmal ergatterten sie sogar ein Foto von Mason auf dem Spielplatz.

Talkshows hielten die Maschinerie am Laufen – mit Diskussionen, mit »Experten«, und die Klatschmagazine berichteten unermüdlich.

Dann sickerte durch, dass der Autor Simon Vance, der sogar den Pulitzerpreis gewonnen hatte, in Zusammenarbeit mit Thomas David Bowes und seiner Frau ein Buch schreiben würde, und der Medienzirkus begann von Neuem.

Als das neue Jahr anbrach, saßen sie alle im vorderen Wohnzimmer, im Kamin knisterte ein Feuer, und das Spiegelbild des glitzernden Weihnachtsbaums schimmerte wie die Hoffnung im Fenster. Harry machte heiße Schokolade, und Mason saß auf dem Fußboden mit seinem schönsten Geschenk: Er hatte zu Weihnachten einen kleinen Hund bekommen, den er nach seinem Lieblingsvideospiel Kong getauft hatte.

Eigentlich müsste sich doch endlich alles gut anfühlen, dachte Naomi. Der Welpe, heiße Schokolade und ein Baum, der bis zum Dreikönigstag stehen bleiben würde, wie Harry ihnen versprochen hatte.

Trotzdem stimmte irgendetwas nicht. Sie ließ ihre Schokolade stehen, die allmählich kalt wurde.

»Harry und ich haben Neuigkeiten«, begann Seth unvermittelt, und Naomis Magen krampfte sich zusammen.

Jetzt würden sie weggeschickt werden. Es gab einfach zu

viele Probleme, all die Reporter und die Leute, die hier vorbeikamen oder -fuhren, um das Haus zu belagern.

An Halloween hatte jemand die Fassade mit Eiern beworfen und – schlimmer noch – auf Seths Auto gesprüht: *Schwule Killersippe!*

Mama hatte ihren Job im Café verloren, weil sie herausgefunden hatten, wo sie arbeitete, und dem Chef der ganze Trubel zu viel geworden war.

»Es sind wirklich große Neuigkeiten«, fuhr Seth fort und griff nach Harrys Hand.

Naomi hatte den Blick gesenkt. Sie hätte ihm nicht ins Gesicht sehen können, wenn er gleich verkündete, dass sie sich woanders niederlassen müssten.

»Harry und ich eröffnen ein Restaurant.«

Überrascht sah Naomi auf. Der Knoten in ihrem Magen lockerte sich.

»Wir haben fantastische Räume gefunden und sind uns sicher, dass endlich der richtige Zeitpunkt gekommen ist, um etwas Eigenes zu haben.« Harry zwinkerte ihnen zu. »Wir haben sogar schon einen Namen: *Treffpunkt*. Alle werden kommen wollen – zu *dem* Treffpunkt, zu dem jeder will.«

»Und wo?« Erleichtert griff Naomi nach ihrer Kakaotasse. »Können wir hinfahren und es uns ansehen?«

»Na klar! Die Sache ist nur ... Es ist in New York.«

»Ihr zieht um?«

»Wir ziehen *alle* um. Nach New York City. Ins West Village, um genau zu sein. Neuer Ort, neues Haus – neuer Anfang!«

Naomi sah zu ihrer Mutter. Sie saß bloß da und rang die Hände.

»Aber ihr habt doch dieses Haus – das hier ist doch euer Zuhause?«

»Das Haus in New York wird uns allen gehören. Uns

allen.« Immer noch lächelnd, tätschelte Seth Harrys Bein. »Wartet nur, bis ihr es seht. Es ist fantastisch!«

»Ihr zieht nur unseretwegen um. Weil die Leute uns nicht in Ruhe lassen.«

Noch ehe Seth etwas sagen konnte, schüttelte Harry den Kopf. »Das ist weder ganz falsch noch ganz richtig. Ich wollte schon lange mein eigenes Restaurant haben, und das hier fühlt sich an wie der richtige Zeitpunkt und der richtige Ort. Tatsache ist doch: Es ist schwer für Seth, arbeiten zu gehen, wenn er ständig belästigt wird, und wir haben beide das Gefühl, hier im Haus ein bisschen … gefangen zu sein.«

»Wir haben das alles besprochen – Harry, ich und eure Mama. Es ist das Beste für uns alle. Wenn ihr nichts dagegen habt, lassen wir euren Nachnamen ganz offiziell in Carson ändern. Ich hab auf der Arbeit gekündigt und Harry ebenfalls. Und es ist nicht geschwindelt, wenn ich euch jetzt sage, dass ich ganz schön aufgeregt bin. Natürlich müsstet ihr wieder die Schule wechseln …«

»Das ist egal.« Naomi warf Mason einen scharfen Blick zu, für den Fall, dass er etwas anderes hätte sagen wollen.

»Und die Therapeuten«, fuhr Seth fort, »aber man hat uns dort schon gute empfohlen.«

»Ich muss ohnehin nicht mehr dorthin«, erwiderte Naomi. »Wenn ich es nötig hätte, würde ich es schon sagen. Wenn das ein neuer Ort ist und so, kann ich auch einfach selbst neu sein. Ich will mir die Haare abschneiden lassen.«

»Oh, Naomi«, flüsterte ihre Mutter.

»Doch, das möchte ich gern. Ich will nicht mehr aussehen wie das Mädchen, von dem sie Fotos gemacht haben. Ich kann sie mir auch selbst abschneiden.«

»Oh nein. Das wirst du nicht tun.« Seth lachte sein schönstes Lachen. »Das verbiete ich dir. Wir gehen mit dir zum Friseur und lassen es richtig machen. Sie wird dieses Jahr dreizehn, Suze. Da kann sie selbst entscheiden.«

»Wenn sie wollen, finden sie uns trotzdem – aber vielleicht nicht mehr so leicht, wenn ich anders aussehe. Mason sieht ohnehin inzwischen anders aus, weil er gewachsen ist und seine Haare länger trägt – und sie sind dunkler als früher. Wie ich heiße, ist mir egal, solange es nicht Bowes ist. Es tut mir leid, Mama, wenn ich damit deine Gefühle verletze.«

Susan schwieg. Sie blickte nur auf ihre Hände hinab, die sie im Schoß knetete.

»Kann Kong auch mit nach New York kommen? Ich kann ihn doch nicht hierlassen!«

»Mason, mein Junge.« Harry nahm den zappelnden Welpen hoch. »Das hier wird der perfekte Stadthund. Natürlich kommt er mit.«

»Ich bin schuld, dass ständig alle ihre Wurzeln kappen müssen …«

»Unsinn, Susie. Ich glaube, früher oder später hätten sie uns ohnehin aufgestöbert. Wir haben einfach nicht hinreichend Vorsichtsmaßnahmen getroffen. Aber das wird sich ändern. Neuer Ort, neuer Anfang.« Seth grinste Naomi an. »Neues Aussehen.«

»Und wann?«, fragte Naomi.

»Das Haus wird ab morgen zum Verkauf angeboten, der Makler scharrt schon mit den Hufen. Der Umzug wird sicher in euren Frühjahrsferien stattfinden. Das neue Haus hat vier Schlafzimmer, Mason, du kriegst also endlich ein eigenes Zimmer. Wie findest du das?«

»Ich und Kong!«

»Du und Kong.«

»Kann ich ein Hochbett haben?«

»Ja, klar. Naomi, bist du einverstanden?«

»Ja, das finde ich gut. Da könnte ich wieder Freunde einladen. Ihr müsst natürlich auch neue Freunde finden, aber ihr könntet wieder Partys geben. Dieses Jahr konntet ihr noch nicht mal eure berühmte Weihnachtsfeier ausrichten oder an Silvester ausgehen wie sonst.«

Harry gab den zappelnden Hund an Seth weiter. »Hast du das gehört?«

»Und Mama kann von New York aus nicht mehr ins Gefängnis fahren«, fuhr Naomi fort. »Ich weiß, dass du nur noch selten dort warst, seit… seit du diese Papiere unterschrieben hast. Aber danach warst du immer so traurig. New York ist viel weiter weg. Je weiter, umso besser.«

»Ich gebe mir wirklich Mühe, Naomi.«

»Mama, du machst das doch schon viel besser! Genau wie du gesagt hast.« Aus Liebe und aus Pflichtbewusstsein stand Naomi auf, quetschte sich neben ihre Mutter in den Sessel und schlang ihr die Arme um den Hals. »Das hier wird sogar noch besser! Ich weiß es einfach!«

»New York, wir kommen?«, fühlte Seth vor.

»New York, wir kommen!« Mason reckte die Fäuste in die Luft. »Können wir dann auch zu den Knicks gehen? Bitte!«

»Zu welchem Nick?«, fragte Seth, und Mason konnte gar nicht mehr aufhören zu lachen.

Sie verkauften ihr Haus binnen zwei Wochen und für zehntausend über dem avisierten Preis. Eifrig packten sie Umzugskisten, und Naomi hörte, wie Seth den Möbelpackern extra Geld zusteckte, damit sie ein paarmal nachts kamen und die Kisten unauffällig in Kleintransporter verluden.

Als im März der Frühling kam, mit stürmischem Wind und Graupelschauern, verließen sie Georgetown wie Diebe – mitten in der Nacht.

Naomi sah durchs Fenster, wie das Haus hinter ihnen immer kleiner wurde. Es tat weh. Doch dann blickte sie wieder nach vorn und fuhr sich mit den Fingern durch das kurze Haar.

Neuer Look, dachte sie, neuer Ort, neuer Anfang.

Sie würde nie wieder zurückblicken.

4

New York, 2002

Mit sechzehn lebte Naomi Carson ein Leben, das Naomi Bowes sich niemals hätte vorstellen können. Sie hatte ein hübsches Zimmer in einem schönen alten Brownstone in einer bunten, turbulenten Metropole. Seth und Harry verwöhnten sie mit großzügigem Taschengeld, Einkaufstouren, Konzerttickets und vor allem mit viel Vertrauen, was ihr ein Gefühl von Freiheit gab.

Sie tat ihr Bestes, um sich diesen ganzen Luxus zu verdienen. Sie lernte fleißig, hatte hervorragende Noten und wünschte sich nichts sehnlicher, als am Providence College in Rhode Island aufgenommen zu werden, um Fotografie zu studieren.

Zum ersten Weihnachtsfest in New York hatten sie ihr eine kleine Fuji-Kompaktkamera geschenkt – der Beginn einer großen Liebesgeschichte. Ihre Faszination war entbrannt, ihre Fähigkeiten wurden immer besser, und als sie sechzehn wurde, bekam sie eine anständige Nikon zum Geburtstag.

Als Fotografin arbeitete sie am Jahrbuch und in der Schülerzeitungsredaktion ihrer Highschool mit, sammelte zusehends Erfahrung und konnte nach und nach beeindruckende Bilder vorweisen, die sie am College ihrer Wahl zur Aufnahmeprüfung vorlegen würde.

Sie hatte hart daran gearbeitet, ihren Akzent loszuwerden, weil sie einfach nur so sein wollte wie all die anderen

Mädchen auch. Nichts hatte von den ersten zwölf Jahren an ihr haften bleiben sollen. Anfangs waren ab und zu noch Hinweise darauf aufgeblitzt, aber bis sie auf die Highschool kam, war das immer seltener geworden.

Sie hatte Freunde, ging ab und zu mit Jungs aus, wollte allerdings im Gegensatz zu ihren Klassenkameradinnen keinen festen Freund. Nach allem, was sie so mitbekam, wäre ihr das viel zu anstrengend gewesen.

Küssen fand sie schön – wenn der Junge es gut konnte –, aber sie war noch nicht dazu bereit, sich anfassen zu lassen. Sie argwöhnte schon, dass sie das vielleicht nie sein würde.

Irgendwann hatte sie tatsächlich zugelassen, dass Mark Ryder ihre Brüste berührte – sie waren endlich gewachsen, würden aber wohl nie sehr groß werden. Sie hatte endlich wissen wollen, wie es sich anfühlte, aber statt Erregung hatte sie nur Nervosität und Unbehagen verspürt.

Mark war nicht besonders glücklich darüber gewesen, dass sie ihm nur das erlaubte – und auch davon nicht viel. Naomi fand allerdings, dass das sein Problem war, und hörte darüber hinweg, als er sie als frigide beschimpfte.

Mit sechzehn war sie beinahe eins achtzig groß – und das meiste davon waren Beine. Sie war gertenschlank und so hübsch, dass nicht wenige Jungs ihre Brüste anfassen wollten. Die Haare trug sie wieder schulterlang, damit sie sie beim Fotografieren zurückbinden konnte.

Als sie einen Fotowettbewerb gewann, belohnte Seth sie mit einem Friseurbesuch, wo sie Highlights und Strähnchen in ihre dunkelblonden Haare bekam.

Mason war vielleicht zwölf gewesen, als auch er in die Höhe geschossen war. Inzwischen war er First-String Center in der Basketballmannschaft seiner Schule.

Manchmal verunsicherte es Naomi, dass ihr kleiner Bruder so viel klüger war als sie. Meistens machte es sie stolz.

Auf alle Fälle war er blitzgescheit, sah gut aus und war umgänglich. Er genoss die Aufmerksamkeit und die Bewunderung der Mädchen, die ihn umschwärmten, und umgab sich stets mit einer Riesenclique.

Es konnte vorkommen, dass sie tagelang nicht mehr an Pine Meadows dachte und an das, was dort geschehen war. Tagelang war sie dann einfach nur ein ganz normaler Teenager, machte sich Gedanken über ihre Noten, ihr Outfit, hörte Musik, ging mit Freundinnen Pizza essen.

Mit Ashley hatte sie über all die Zeit Kontakt gehalten, hauptsächlich via E-Mail. Ashley war nie wieder nach Morgantown zurückgekehrt und hatte ein ganzes Jahr verloren, ehe sie an die Penn State gewechselt hatte.

Als sie ihren Abschluss machte, schickte Naomi ihr eine Karte und das gerahmte Foto eines blühenden Kirschbaums, das sie selbst geschossen hatte.

An ihrem einundzwanzigsten Geburtstag, im ersten Frühjahr des neuen Jahrhunderts, machte Ashley sich selbst ein Geschenk. Sie fuhr mit dem Zug nach New York, um einen ganzen Tag mit Naomi zu verbringen.

Wann immer sie an jenen Tag zurückdachte, erinnerte Naomi sich wieder daran, wie nervös sie gewesen war – was sollte sie anziehen, was sollte sie sagen –, und an ihre sprachlose Freude, als sie Ashley wie verabredet auf der Aussichtsplattform des Empire State Building hatte warten sehen.

Sie ist so hübsch, hatte Naomi gedacht, mit ihren superlangen blonden Haaren, die im böigen Frühlingswind tanzten. Alle Nervosität, alle aufkommende Schüchternheit war im selben Augenblick verflogen, als Ashley sie sah und mit ausgebreiteten Armen auf sie zurannte.

»Du bist so groß! Du bist viel größer als ich! Na ja, gut, das sind die meisten, aber … Naomi!« Sie hielt sie fest umschlungen und wiegte sie in der Umarmung hin und her.

»Du bist gekommen! Es ist dein ganz besonderer Geburtstag, und du bist hergekommen!«

»Ich hab den allerbesondersten Geburtstag – nur wegen dir! Deshalb wollte ich ihn auch unbedingt mit dir verbringen. Ich wollte mich hier mit dir treffen, obwohl es schrecklich kitschig ist, weil ich dir sagen wollte, dass ich nur deinetwegen hier stehen und dies alles sehen kann. Und ich wollte dir das hier geben.«

Ashley zog ein kleines Päckchen aus der Tasche.

»Aber *du* hast doch Geburtstag! Ich hab auch ein Geschenk für dich.«

»Wir sparen uns meins für später auf. Beim Mittagessen vielleicht. Ich will es dir hier und jetzt geben, hier oben in den Wolken. Du hast mich aus diesem Kellerloch geholt, Naomi, und jetzt stehen wir ganz oben. Mach es auf, ja?«

Überwältigt öffnete Naomi die Schachtel und starrte auf den Anhänger hinab. An drei filigranen Silberkettchen hing eine violette Iris.

»Oh, das ist wunderschön! Einfach wunderschön!«

»Ich muss dazu sagen, dass es die Idee meiner Mutter war. Sie sagt, Blumen hätten eine Bedeutung. Diese hier, die Iris, hat sogar mehrere Bedeutungen. Einmal Mut – und dann Freundschaft. Auf dich trifft beides zu. Ich hoffe, sie gefällt dir.«

»Ja. Ich finde sie wunderschön. Ashley …«

»Nicht weinen. Ich würd jetzt am liebsten auch weinen, aber lass uns heute nicht weinen. Ich lege dir jetzt diese Kette um, und dann musst du mir die Stadt zeigen. Ich war doch noch nie in New York!«

»Okay. Okay.« Tränen des Glücks zurückzuhalten war genauso schwer wie Tränen des Kummers, dachte sie. »Wohin willst du zuerst? Es ist dein spezieller Tag.«

»Ich bin ein Mädchen, ich will natürlich shoppen gehen«, erwiderte Ashley lachend und legte Naomi die Kette um. »Und ich will irgendwo hingehen, wo ich zum Essen ein Glas Champagner trinken kann. Ich darf jetzt nämlich Alkohol trinken!«

»Ich liebe dich!«, sprudelte Naomi hervor. Dann errötete sie. »Das klingt jetzt blöd, ich …«

»Nein, nein, das klingt überhaupt nicht blöd. Wir teilen etwas ganz Besonderes. Wir sind die Einzigen, die wirklich verstehen, was es uns beide gekostet hat, jetzt hier zu stehen. Ich liebe dich auch. Wir werden für immer und ewig Freundinnen sein.«

Die Therapeutin – sie war doch wieder hingegangen, nachdem ihre Mutter wieder einmal in ein tiefes Loch gefallen war – fragte Naomi hin und wieder, wie sie sich gefühlt hätte, als sie Ashley vor sich gesehen hatte. Naomi antwortete dann immer, sie hätte an Licht denken müssen.

Ihre Mutter arbeitete inzwischen als Kellnerin in Harrys Restaurant. Sie machte das ganz gut – sofern sie es denn machte. Manchmal taumelte sie auch in die Dunkelheit und vergaß dann, an das Licht zu denken. Aber sie hatte einen Job, und wenn sie wieder einmal in die Dunkelheit verschwunden war, hielt Harry ihr die Stelle frei.

Ihr Arzt nannte es Depression, aber Naomi wusste, dass die dunklen Zeiten schlimmer waren als jede schlimme Depression. In den dunklen Zeiten nahm ihre Mutter viel zu viele Tabletten. Einmal hatte sie sogar so viele genommen, dass sie ins Krankenhaus gekommen war. Das war, nachdem Simon Vances Buch erschienen und überall in der Stadt große Anzeigen dafür aufgehängt worden waren.

Er hatte das Buch *Blut im Boden: Das Vermächtnis des Thomas David Bowes* genannt, und in sämtlichen Buchhandlungen hatten ganze Stapel davon gelegen. Vance, ein seriöser Mann mit elegantem, akademischem Stil, hatte Talkshows besucht und Interviews in Zeitschriften und Zeitungen gegeben, und bei diesen Interviews und in den Talkshows war auch immer Naomis Name gefallen – genauso häufig wie der ihres Vaters.

Diese Verbindung, die Blutsverwandtschaft und die blutige Verbindung, hatten die Albträume zurückgebracht.

Wann immer Naomi die Anzeigen und die Bücherstapel sah, wusste sie, dass sie einen schrecklichen Teil ihres Lebens enthielten, der ihr immer noch Angst machte. Und sie schämte sich dafür.

Deshalb verstand sie die Angst und die Scham ihrer Mutter und ging entsprechend vorsichtig mit ihr um.

Aber wenn ihre Mutter sich wieder an das Licht erinnerte, dann war alles gut, ja sogar einfach. Auf ihrem Lieblingsfoto tanzte ihre Mutter auf einem Sommerfest mit ihrem Onkel. Das Licht war gut gewesen, drinnen wie draußen, und ihre lachende Mutter hatte wahnsinnig hübsch ausgesehen. Naomi hatte Susan das Foto geschenkt, zusammen mit einem weiteren Bild, das sie im Frühjahr per Selbstauslöser aufgenommen hatte. Darauf saß sie mit ihrer Mutter und ihrem Bruder auf der Terrasse des Brownstone.

Wenn die Dunkelheit zurückkam und ihre Mutter bei geschlossenen Vorhängen im Bett blieb, brachte Naomi ihr auf einem Tablett etwas zu essen. Wie tief die Dunkelheit wirklich war, ahnte sie nur anhand der Fotos, die dann umgedreht dalagen, als könnte ihre Mutter den Anblick ihres eigenen Glücks nicht ertragen.

Und doch vergingen immer wieder Wochen – manchmal sogar Monate –, in denen alles völlig normal wirkte. Dann ging es nur ums Lernen oder um den Bammel vor einer Klausur; um irgendein Gezanke mit Mason, der sie mal wieder geärgert hatte; oder um die Frage, was sie anziehen sollte, wenn sie sich zu einem Kinobesuch verabredet hatte.

Sie war gerade im Kino – nicht mit einem Date, sondern mit einer großen Clique (und auch Mason mit seinen Freunden), um *Spiderman* zu sehen. Mit Popcorn und einer Orangina setzte sie sich erwartungsvoll hin, sobald das Licht ausging, und freute sich schon auf die Vorschauen auf andere Filme.

Ihre Freundin Jamie nutzte die Gelegenheit sofort, um im Dunkeln mit ihrem Freund zu knutschen, aber Naomi ignorierte sie – und auch die Knutschgeräusche, die Masons Jungs in der Reihe hinter ihnen von sich gaben.

Sie liebte Filme, und Filme wie *Spiderman* und *Herr der Ringe* zog sie den Liebesfilmen vor, die ihre Freundinnen sich so gern ansahen.

Sie mochte Filme, in denen die Leute etwas *taten*, Hindernisse überwinden mussten. Selbst wenn man dafür von einer radioaktiven Spinne gebissen werden musste.

Die Leinwand füllte sich – mit irgendjemandes Perspektive von einem fahrenden Truck. Seit sie fotografierte, verstand sie mehr von Perspektive. Es war die Perspektive eines Mannes, stellte sie fest – eines Mannes, der einen Ehering trug.

Sie war stolz darauf, wenn ihr derlei Details auffielen.

Dann sah sie weitere Details – und mit einem Mal blieb ihr die Luft weg.

Sie kannte diese Straße. Sie kannte diesen Truck. Als er in den Wald abbog und über einen unebenen Weg rumpelte, spürte sie, wie sich ihr ein schweres Gewicht auf den Brustkorb legte.

Szenen blitzten vor ihr auf – der Erdkeller, die Fotos, eine gefesselte Frau auf einer Matratze, Entsetzen in ihren Augen …

Naomi bekam keine Luft mehr.

Ein Haus am Waldrand kam ins Bild – es war tatsächlich ihr Haus. Gott, Gott, ihr Haus … Ein Mädchen mit langen

Beinen, dünn, mit langen Haaren, blickte in einer heißen, gewitterschwangeren Nacht aus dem Fenster.

Schnitt zur Familie in der Kirche – Vater, Mutter, dünnes Mädchen, kleiner Junge. Das nächste Bild zeigte das Mädchen, das nach dem Riegel an einer groben Holztür griff.

Sie konnte nicht länger hinsehen. Das Popcorn fiel ihr aus der Hand, landete am Boden, und ihre Limonade spritzte, als sie aufsprang. Ihre Freunde schrien noch: »He, pass doch auf, Naomi! Was soll das?«

Aber da war sie schon zur Tür gestürzt. Hinter ihr ertönte die Stimme aus dem Off: »Eine Geschichte voller Perversion. Eine Geschichte voller Mut. *Tochter des Bösen.* Im November im Kino.«

Mit weichen Knien stolperte sie hinaus in die Lobby. Sie ging in die Hocke, während sich der Raum um sie herum drehte. Ihr Brustkorb brannte.

Dann hörte sie von weither Masons Stimme. Er schüttelte sie. »Steh auf! Komm, Naomi, du musst aufstehen.«

Er zerrte sie hoch und schleppte sie hinaus in die heiße, schwere Septemberluft, in die viel zu hellen Lichter auf dem Times Square.

»Sieh mich an. Sieh mich an!«

Er war inzwischen beinahe so groß wie sie, und er hatte die Augen ihres Vaters. Ein sattgoldenes Braun. Schock und Sorge lagen darin.

»Ich krieg keine Luft…«

»Doch. Atme tief durch. Langsam.«

»Es war…«

»Sag es nicht. Sag es nicht hier. Wenn jemand fragt – dir ist einfach nur schlecht geworden. Dir ist übel geworden, und wir sind nach Hause gegangen. Komm, wir gehen. Zu Fuß.«

Sie machte zwei zitternde Schritte, dann musste sie erneut stehen bleiben, sich mit den Händen auf die Knie stützen und vorbeugen. Sie hatte Angst, sich jeden Moment übergeben zu müssen. Aber die Übelkeit ließ nach. Das Schwindelgefühl ließ nach.

»Wusstest du das? Wusstest du Bescheid?«

Er nahm mit festem Griff ihre Hand und zog sie den Broadway entlang. »Ich wusste von den Dreharbeiten. Ich wusste nicht, dass sie schon fertig sind und die Vorschau vor *Spiderman* zeigen würden.«

»Das war unser Haus…«

»Sie haben viel vor Ort gefilmt.«

»Woher weißt du das?«

»Aus dem Internet. Ich dachte, es würde länger dauern, bis der Film erscheint, aber online gibt es schon ein paar Kritiken.«

»Warum hast du es mir nicht *gesagt?*«

Er blieb stehen und warf ihr einen kühlen, fast schon verächtlichen Blick zu, den nur ein Teenager zustande brachte. »Weil du es doch ohnehin nicht hören willst. Niemand redet darüber, niemand sagt mir was. Also such ich mir den ganzen Mist ganz einfach selbst zusammen. Ich hab Simon Vances Buch gelesen.«

Übelkeit stieg in ihr auf. »Wir müssen es hinter uns lassen. Es ist doch schon vier Jahre her…«

»Und, ist es dir gelungen? Hast du es hinter dir gelassen?«

»Ja. Die meiste Zeit jedenfalls.«

»Mama nicht. Weißt du noch, wie sie gesagt hat, sie fährt übers Wochenende mit einer Freundin weg? In irgend so ein Spa? Das stimmte überhaupt nicht. Sie hat den Bus genommen und ist zu ihm ins Gefängnis gefahren.«

»Woher weißt du das?«

Er zuckte mit den Schultern, dann zog er sie in einen Coffeeshop und ging mit ihr zwischen den Tischen hindurch. »Das hat sie schon mehrmals gemacht. Kannst du dich noch daran erinnern, als wir alle für eine Woche nach Hilton Head fahren wollten und sie plötzlich erzählt hat, sie hätte einen Magen-Darm-Virus? Da ist sie ebenfalls zu ihm gefahren. Ich hab Bustickets in ihrer Tasche gefunden. Insgesamt dreimal.«

»Du hast in ihrer Tasche gekramt?«

»Ja.« Er klang nicht mal verschämt. »Zwei Cola, bitte«, sagte er mit bemerkenswerter Leichtigkeit zu der Kellnerin. »Und ich hab auch ihr Zimmer durchsucht. Deshalb weiß ich auch, dass sie ihm schreibt. Sie hat Briefe von ihm, die an ein Postfach adressiert sind.«

»Du kannst ihre Privatsphäre doch nicht derart mit Füßen treten!«, begann Naomi, schlug dann aber die Hände vors Gesicht. »Warum tut sie das?«

»Sie ist devot und ihm hörig – er hat sie die ganze Zeit über beherrscht. Es ist wie emotionaler Missbrauch.«

»Woher weißt du so was?«

»Ich schlage allen möglichen Scheiß nach, hab ich doch gesagt. Er ist ein Psychopath, du liebe Güte, Nome. Du solltest das am allerbesten wissen. Und er ist ein Narzisst. Deshalb gibt er gegenüber der Polizei auch nur alle paar Jahre einen weiteren Namen und Ort preis. Ein weiteres Opfer, und wo er es vergraben hat… Dadurch bleibt er in den Nachrichten und kriegt immer weiter Aufmerksamkeit. Er ist ein Lügner, und er manipuliert Mama. Er dreht sie um, weil er es kann. Weißt du noch, wie sie die Überdosis genommen hat?«

»Sag das nicht so, Mason…«

»Aber so war es doch. Danke!« Er schenkte der Kellnerin, die die Getränke vor ihnen abstellte, ein flüchtiges Lächeln. »Er hat sie dazu überredet, Vance – diesem Schriftsteller – weitere Interviews zu geben. Ich weiß nicht, wie genau er mit ihr in Kontakt getreten ist, aber er hat sie dazu überredet. Und als das Buch erschien, konnte sie auf einmal nicht mehr damit umgehen.«

»Weiß er, wo wir sind?«

»Keine Ahnung, aber er weiß zumindest, dass wir in New York sind.« Mason zuckte mit den Schultern. »Wir sind ihm egal, das war schon immer so. Sein Ziel ist Mama.«

»Du warst ihm nicht egal.«

»Das glaube ich aber doch. Meinst du wirklich, ich wollte jeden Monat die Haare superkurz geschnitten haben? Wenn er mal zu meinen Little-League-Spielen kam, dann spürte ich regelrecht seinen Blick im Rücken, wenn ich schlagen musste. Ich wusste genau, wenn ich den Schlag verpasste, dann verzog er höhnisch das Gesicht – dieser Gesichtsausdruck, der sagte: Ich hab ein Weichei großgezogen.«

»Aber ...«

»Er hat mich auf Anzeichen von ›Carson-Blut‹ gecheckt. So hat er es genannt. Als ich acht war, hat er zu mir gesagt, wenn ich jemals irgendeine Schwuchtelneigung an den Tag legen sollte, würde er sie aus mir herausprügeln.«

Schockiert griff Naomi nach Masons Hand. »Das hast du mir nie erzählt.«

»So einen Mist erzählst du deiner Schwester auch nicht. Zumindest nicht mit acht. Er hat mich zu Tode geängstigt – und dich auch. Du hattest dich irgendwann einfach daran gewöhnt, Angst vor ihm zu haben, so als wäre das völlig normal.«

»Ja.« Naomi atmete bebend aus. »Ja, in was für einer Stimmung ist er? Hat er gute Laune? Alles drehte sich nur noch um ihn. Mir ist in der Therapie einiges klar geworden. Aber ich wusste nicht, dass du es genauso empfunden hast.«

»Dasselbe Haus, derselbe Vater.«

»Ich dachte ... Ich dachte, für dich wäre es anders gewesen, weil er einen Sohn gewollt hatte. Es war so klar, dass er lieber einen Sohn als eine Tochter haben wollte. Vor allem mich wollte er nicht.«

»Er wollte sich selbst, und das war ich nicht.«

»Es tut mir leid«, murmelte Naomi.

»Warum?«

»Ich war immer eifersüchtig auf dich, weil ich dachte, er würde dich mehr lieben. Und es ist schrecklich, so zu denken und zu fühlen, weil er …«

»… ein Psychopath ist, ein sexueller Sadist und ein Serienmörder?«

Bei jedem dieser Wörter zuckte Naomi zusammen.

»All das ist er, Nome. Aber er ist trotz allem unser Vater. Das ist eine Tatsache. Also vergiss es. Ich glaube, ich war genauso eifersüchtig – weil er dich eher in Ruhe ließ. Für dich war Mama zuständig, für mich er. Na ja, egal. Mama hat jedenfalls auch mit den Filmleuten geredet. Er hat sie dazu gedrängt, hat einfach immer wieder danach gefragt und so getan, als wäre es das Beste für uns – für dich und mich.«

Sie saßen da und hielten einander an den Händen.

»Die Aufmerksamkeit, der Ruhm – er steht in einer Linie mit Bundy, Dahmer, Ramirez. Mit Serienmördern, Naomi! Pass auf …«

»Ich will aber nicht aufpassen. Wer will denn einen Film über ihn machen? Warum wollen die Leute so was sehen?«

»Es geht dabei genauso sehr um dich wie um ihn. Vielleicht sogar noch mehr.« Er verstärkte den Griff um ihre Hand. »Der Titel zielt auf dich ab, nicht auf ihn. Wie viele Elfjährige stoppen einen Serienkiller?«

»Ich will nicht …«

»Stimmt das vielleicht nicht? Er hätte Ashley getötet, wenn du sie nicht rausgebracht hättest.«

Naomi schwieg und tastete nach dem Anhänger, den Ashley ihr geschenkt hatte. Sie nickte. »Und wenn er mit ihr fertig gewesen wäre, hätte er sich eine neue geholt. Wer weiß, wie viele er noch umgebracht hätte.«

»Ich sehe ihm ein bisschen ähnlich.«

»Nein, das stimmt nicht. Eure Augen haben die gleiche Farbe, aber das ist schon alles.«

»Doch, ich sehe ihm ähnlich.«

»Du bist aber nicht wie er.«

»Nein, ich bin nicht wie er.« Seine Entschlossenheit, die Intelligenz in seinen Augen vermittelten ihr das so deutlich wie seine Worte. »Ich werde nie so sein wie er. Und du werd bloß nicht wie Mama. Lass dich von ihm nicht manipulieren. Er hat es unser ganzes Leben lang versucht, so wie bei ihr – mit Zuckerbrot und Peitsche. So kriegen sie das, was sie wollen. So konditionieren sie dich.«

Naomi verstand sehr wohl, was er meinte, oder zumindest einen Teil davon. Trotzdem. »Er hat uns nie geschlagen.«

»Er hat Sachen zurückgenommen – hat etwas versprochen, und wenn wir uns nicht so benommen haben, wie er es verlangt hat, dann hat er sein Versprechen nicht gehalten. Dann kam er wieder mit Geschenken an, weißt du noch? Er hat den Basketballkorb für mich angebracht, dir diese Barbiepuppe geschenkt. Ich hab einen brandneuen Fanghandschuh bekommen, du diesen kleinen Herzanhänger. Solche Sachen. Und wenn wir uns dann auch nur ein kleines bisschen danebenbenommen haben, hat er uns die Sachen wieder weggenommen. Oder wir durften nicht auf einen Geburtstag gehen oder ins Kino.«

»Er hat versprochen, wir würden ins Kings Dominion fahren, und wir waren so aufgeregt… aber dann hab ich mein Zimmer nicht richtig aufgeräumt, und er verkündete, wir würden nicht fahren, weil ich das, was ich hatte, nicht respektieren würde. Du warst so wütend auf mich…«

»Ich war erst sieben. Ich hab gar nicht kapiert, dass es nicht an dir lag. Und er wollte natürlich auch nicht, dass ich das kapierte. Mama gegenüber waren wir vielleicht manchmal frech, wenn er nicht da war, weil wir wussten, dass sie es ihm niemals erzählen würde, aber ihm haben wir keine Widerworte gegeben. Nie. Wir haben uns nach seinen Launen gerichtet, so wie du gesagt hast, und genau so wollte er es haben.«

Danach hatte sie nie wieder auch nur ein Paar Socken in ihrem Zimmer liegen lassen, erinnerte sie sich. Ja, er hatte sie konditioniert.

»Was liest du, dass du das alles weißt?«

»Bücher aus der Bibliothek – über Psychiatrie und Psychologie. Und online eine Menge Zeug. Ich will mal Psychiater werden.«

Von ihrem Dreiundzwanzig-Monats-Vorsprung aus musste sie sich ein Lächeln verkneifen. »Ich dachte, du wolltest Basketballprofi werden?«

»Das sag ich nur zu Seth, Harry und Mama, weil sie es hören wollen. Und ich spiele ja auch gern Basketball. Ich werde spielen wie verrückt, wenn mir das hilft, nach Harvard zu kommen.«

»Harvard? Meinst du das ernst?«

»Für Harvard gibt's keine Stipendien, aber sie haben so eine Art Förderprogramm. Ich werde nach Harvard gehen, Medizin studieren und meinen Abschluss machen. Und vielleicht gehe ich damit zum FBI, als Verhaltensanalytiker.«

»Gott, Mason, du bist vierzehn!«

»Du warst drei Jahre jünger als ich, als du ein Leben gerettet hast.« Er beugte sich vor und sah sie aus seinen goldbraunen Augen eindringlich an. »Ich werde nie wie er sein. Ich werde jemand sein, der dazu beiträgt, Leute wie ihn aufzuhalten. Du hast ihn aufgehalten, Naomi. Aber er ist nicht der Einzige.«

»Wenn du das tun willst, wirst du es nie hinter dir lassen.«

»Wenn du etwas hinter dir lässt, Nome, spürst du die Blicke in deinem Rücken. Ich halte sie lieber vor mir, damit ich sehen kann, was sich anbahnt.«

Was er gesagt hatte, vor allem die kühle Logik dahinter, machte ihr beinahe Angst. Er war ihr kleiner Bruder, der ihr oft auf die Nerven ging, der regelmäßig peinlich und ein fanatischer Fan von Marvel-Comics war. Dabei hatte er so hochfliegende Pläne, dass er von ihnen redete, als hätte er sie auf seiner Liste bereits abgehakt.

Er hatte hinter ihrer Mutter herspioniert. Naomi musste insgeheim zugeben, dass auch sie ihre Mutter keine Sekunde aus den Augen ließ. Mit Susan zu leben war so, als trüge man ständig etwas unendlich Empfindliches mit sich herum. Man achtete auf jeden Schritt, damit man nur nicht stolperte und etwas fallen ließ, sodass es zerbrach.

Naomi konnte sich selber und auch Mason gegenüber zugeben, dass ihre Mutter eine große Enttäuschung war. In die aufrichtige Anstrengung, ein normales Leben zu führen, mischten sich immer wieder Lügen und Täuschungen, und alles wegen eines Mannes, der Frauen umgebracht und Leben ruiniert hatte.

War es Liebe, die ihre Mutter antrieb?, fragte sich Naomi oft. Wenn ja, dann wollte sie damit nichts zu tun haben.

Nur das mit dem Sex – das wollte sie mal ausprobieren. Trotz aller Romane und Songs wusste sie natürlich, dass sie dafür nicht Hand in Hand mit einem anderen durchs Leben gehen musste. Sie hatte sogar bereits überlegt, wie sie es anstellen sollte, denn ihr war klar, dass sie über Verhütung nicht mit ihrer Mutter würde sprechen können. Und sosehr sie Seth und Harry liebte – ein solches Gespräch mit ihnen wäre viel zu peinlich.

Wenn sie das nächste Mal beim Arzt wäre, würde sie ihn

einfach fragen. Dann wäre sie zumindest vorbereitet, sobald sie beschlösse, Sex zu haben.

Vielleicht hatte Mason ja recht: Wenn sie alles hinter sich ließe oder es zumindest versuchte, dann würde ihr die ganze hässliche Angelegenheit für immer auf den Fersen bleiben.

Wie zum Beispiel dieser Film.

Deshalb schob sie es einfach beiseite, als es in New York Herbst wurde. Die Vorstellung, es vor sich herzutragen, gefiel ihr zwar genauso wenig – da könnte man doch darüber stolpern! Aber es beiseitezuschieben schien ihr ein guter Kompromiss zu sein.

Zurzeit stand ihre Mutter Tag für Tag auf, zog sich an und ging zur Arbeit. Naomi war mit der Schule, ihrem Jahrbuch und den Aufgaben für die Schülerzeitung beschäftigt und fragte sich noch immer, mit wem sie am sinnvollsten Sex haben sollte, sofern denn der richtige Zeitpunkt käme.

Andererseits war es ihr auch wichtig, mit ihrem Onkel unter vier Augen über den Film zu reden.

»Er kommt schon in ein paar Wochen in die Kinos.«

»Liebes, ich weiß. Harry und ich wollten mit Mason und dir ohnehin darüber sprechen.«

»Mit Mama nicht?«

»Ich werde natürlich auch mit ihr reden. Ich hab ein grässliches Gefühl dabei – es geht ihr im Moment so gut. Aber der Film ändert grundsätzlich nichts. Euer Leben findet jetzt hier statt, und jener andere Teil eures Lebens ist vorüber.«

»Für Mama nicht. Sprich mal mit Mason.«

»Wie meinst du das?«

»Sprich mit ihm. Er wird es dir erzählen.«

Naomi wusste natürlich nicht, was ihr Onkel zu ihrer Mutter gesagt hatte, aber nach ein paar dunklen Tagen kam Susan wieder hervor, ging mit Naomi in der City ein Kleid für die Homecoming-Feier aussuchen und bestand sogar darauf, den ganzen Tag mit ihr zu verbringen. Eine seltene Gelegenheit.

»An dir sieht einfach alles gut aus, Liebes! Du bist so groß und schlank ... Aber willst du nicht doch lieber etwas Buntes?«

Naomi drehte sich in der Umkleidekabine und betrachtete ihr Spiegelbild: sie in einem kurzen schwarzen Kleid mit eckigem Ausschnitt und einem Gürtel um die Taille.

»Ich werde ohnehin mehr fotografieren als tanzen. Dafür ist das schwarze besser geeignet als das pinke.«

»Du solltest dir ein Date suchen«, beharrte Susan. »Warum gehst du eigentlich nicht mehr mit diesem netten Jungen aus? Mark?«

»Ach.« Naomi zuckte mit den Schultern. Sie wollte ihrer Mutter nicht erzählen, dass Mark sich nicht länger damit zufriedengegeben hatte, nur ihre Brust berühren zu dürfen. »Er ist schon ganz in Ordnung, aber ich wollte für Homecoming kein Date.«

»Also, als ich in deinem Alter war, war das das Allerwichtigste auf der Welt – ein Date für Homecoming! Vielleicht bist du aber ja auch einfach klüger als ich. Trotzdem finde ich das pinke Kleid einfach so schön – und der Rock glitzert so nett!«

»Ich weiß wirklich nicht, ob ich der Typ für Glitzerpink bin ...«

»Jedes Mädchen braucht ein bisschen Glitzerpink. Aber es ist schon okay, dass du das Schwarze willst. Gott, du bist so erwachsen, dass es mir den Atem raubt! Wir kaufen das Pinke einfach auch!«

»Mama, du kannst nicht beide Kleider kaufen.«

»Doch, kann ich. Du kannst das Schwarze tragen, weil du ja Fotos machen willst, und dir das pinke Kleid für etwas Besonderes aufheben. Ich hab dir und Mason nie genug Besonderes geboten.«

»Natürlich hast du das.«

»Nein, nicht annähernd. Aber ich will es wiedergutmachen. Wir kaufen diese beiden Kleider und essen schick zu Mittag. Und danach machen wir uns auf die Suche nach den passenden Accessoires.«

Naomi lachte. Sie mochte es, wie die Augen ihrer Mutter funkelten. »Meine Kamera ist mein Accessoire.«

»Dieses Mal nicht. Wahrscheinlich könnten Seth und Harry dich besser beraten, aber wir werden schon das Richtige finden. Schuhe und eine Tasche – und Ohrringe. Ich weiß, dass du heute lieber mit deinen Freundinnen shoppen gegangen wärst, aber …«

»Mama, ich finde es toll, mit dir einzukaufen!«

»Es ist alles so schnell gegangen, das sehe ich jetzt. Früher verging die Zeit unendlich langsam, und manche Tage – und Nächte – dauerten ewig. Aber jetzt, da du so erwachsen bist, sehe ich erst, wie schnell alles gegangen ist. Ich war nicht bei dir.«

Nein, nein, das Funkeln erlosch … »Natürlich warst du immer bei mir!«

»Nein.« Susan legte ihre Hände an Naomis Wangen. »Das war ich nicht. Ich will es wirklich versuchen. Ich … Es tut mir leid wegen des Films.«

»Der ist egal. Mach dir keine Gedanken.«

»Ich liebe dich so sehr.«

»Ich liebe dich auch.«

»Ich bringe das pinkfarbene Kleid schon mal zur Verkäuferin, damit sie es zur Kasse mitnimmt. Du ziehst dich um, und dann gehen wir Mittag essen.«

Sie kauften die Kleider, Schuhe und eine hübsche Tasche, die ebenfalls glitzerte – und ihre Mutter wieder zum Lächeln brachte. Auf Naomis Drängen hin kaufte Susan sich selbst noch einen roten Pullover und Wildlederstiefel. Erschöpft und mit geröteten Wangen, kamen sie nach Hause und führten alles vor.

Als Naomi an diesem Abend ins Bett fiel, schoss ihr durch den Kopf, dass dies wahrscheinlich der schönste Tag ihres Lebens gewesen war.

Im Oktober wurde es kühl, und das Licht, das Naomi am liebsten mochte, malte die bunten Bäume in den Parks golden.

Um ihrer Mutter eine Freude zu machen, trug sie zu Homecoming das pinkfarbene Kleid statt des schwarzen, und obwohl es eigentlich kein Date war, bat sie Anson Chaffins, einen Freund und den Herausgeber der Schülerzeitung, sie daheim abzuholen.

Sie sah die Freudentränen in den Augen ihrer Mutter, als sie und Anson pflichtschuldig für Fotos posierten, ehe sie zu der Feier aufbrechen durften.

An Halloween verkleidete Susan sich als Flapper, was zu den Zoot-Suits von Seth und Harry passte, um den Gespenstern, Kobolden, Prinzessinnen und Jedi-Rittern, die an der Tür klingelten, Süßigkeiten zu überreichen. Es war das erste Mal überhaupt, dass Susan sich zu Halloween verkleidete, und Naomi überredete Mason dazu, einen Teil des Abends zu Hause zu verbringen, anstatt mit seinen Freunden um die Häuser zu ziehen.

»Es ist fast, als wäre sie um eine Ecke gebogen und käme jetzt erst richtig vorwärts.«

Mason, der sich als verlotterter Vampir verkleidet hatte, zuckte leicht mit den Schultern. »Hoffentlich hast du recht.«

Naomi stieß ihn mit dem Ellbogen an. »Sei doch froh! Außerdem weiß ich, dass ich recht habe.«

Aber sie hatte nicht recht.

In der dritten Januarwoche während eines plötzlichen Kälteeinbruchs, der sogar ein bisschen Schnee brachte, eilte Naomi mittags in Ansons Begleitung nach Hause.

»Du brauchst wirklich nicht mitzukommen«, sagte sie und kramte ihren Schlüssel hervor.

»He, ich nutze jeden Vorwand, um der Schule zu entfliehen, und wenn es nur für eine halbe Stunde ist.«

Anson Chaffins war im Abschlussjahrgang, schlaksig und ein bisschen unbeholfen, aber nach Naomis Ansicht ein hervorragender Herausgeber und ein wirklich guter Schreiber. Außerdem hatte er ihr anlässlich der Homecoming-Feier einen großen Gefallen erwiesen.

Er hatte ein paar unbeholfene Annäherungsversuche unternommen, sie aber zu nichts gedrängt. Im Großen und Ganzen kamen sie gut miteinander aus.

Sie ließ ihn eintreten und wandte sich der Alarmanlage zu, um den Code einzutippen. »Ich geh nur schnell nach oben und hole meine Kameratasche. Die ich dabeigehabt hätte, wenn du mir gesagt hättest, dass du Aufnahmen von den Proben der Theater-AG haben willst…«

»Vielleicht hab ich es ja extra vergessen, damit wir eine halbe Stunde wegkommen?« Er grinste sie an und schob seine dunkel gerahmte Brille hoch. Er rückte sie ständig zurecht, als wäre seine Adlernase eine Rutsche.

Seine Augen waren ruhig und blassblau.

Er blickte sich um. »Vielleicht hast du ja eine Cola oder so? Wir brauchen ja nicht mit leeren Händen zu gehen.«

»Klar, Cola haben wir immer. Weißt du noch, wo die Küche ist?«

»Ja. Dieses Haus ist wirklich cool. Willst du auch eine Cola, wenn ich schon mal dabei bin?«

»Ja, nimm zwei aus dem Kühlschrank.« Sie zog ihre Handschuhe aus und stopfte sie in die Manteltaschen.

Er grinste sie schief an. »Hast du vielleicht auch Chips?«

Sie verdrehte die Augen und zog ihre Mütze aus. »Bestimmt. Nimm dir, was du willst. Ich brauche nicht lange.«

»Lass dir Zeit – wir haben noch fünfundzwanzig Minuten. He, ist das von dir?«

Er trat auf das gerahmte Schwarz-Weiß-Foto eines alten Mannes zu, der mit einem kleinen Hund neben sich auf einer Parkbank döste.

»Ja. Hab ich Harry vor ein paar Wochen zum Geburtstag geschenkt, und er hat es direkt in die Diele gehängt.«

»*Excelente*, Carson.«

»Danke, Chaffins.«

Er redete alle mit Nachnamen an und bestand darauf, dass er ebenfalls so angeredet wurde. Amüsiert ging sie nach oben.

Überrascht stellte sie fest, dass Kong vor der Tür zum Schlafzimmer ihrer Mutter saß. Normalerweise wartete er in Masons Zimmer, oder er schlüpfte, wenn das Wetter es zuließ, durch die Hundeklappe auf die Terrasse, um sich zu sonnen.

»He, Junge!« Sie tätschelte ihn im Vorbeigehen und warf einen Blick zurück, als er winselte. »Keine Zeit, ich muss gleich wieder weg.«

Doch er winselte erneut und kratzte an der Tür ihrer Mutter. Schlagartig hatte Naomi ein mulmiges Gefühl.

»Ist sie zu Hause?«, murmelte sie in sich hinein. Waren die guten Zeiten erneut einer Depression gewichen?

Ihre Mutter hätte eigentlich bei der Arbeit sein müssen, bei Harry und Seth. Heute hatten sich zweiundzwanzig Personen zu einer Ruhestandsfeier angekündigt, und sie brauchten dort jede helfende Hand.

Naomi schob die Tür einen Spaltbreit auf. Die Vorhänge waren zugezogen – ein schlechtes Zeichen. Im Dämmerlicht sah sie ihre Mutter auf dem Bett liegen.

»Mama?«

Statt ihrer weißen Arbeitsbluse mit der schwarzen Weste trug sie den roten Pullover, den sie bei ihrem gemeinsamen Einkaufsbummel gekauft hatten.

Kong sprang aufs Bett – das durfte er sonst nur in Masons Zimmer –, leckte die Hand ihrer Mutter und winselte erneut.

Ihre Mutter lag mucksmäuschenstill da.

»Mama?«, sagte Naomi noch einmal und schaltete die Nachttischlampe ein.

So still, so blass – und ihre Augen waren nicht ganz geschlossen.

»Mama? Mama!« Naomi packte Susan bei den Schultern und schüttelte sie. Ergriff ihre Hand. Kalt. Eisig kalt. »Mama! Wach auf! *Wach auf!*«

Die Tabletten lagen neben der Lampe. Nein, nicht die Tabletten, das Röhrchen. Das leere Röhrchen.

»*Wach auf!*« Sie zog an den Händen ihrer Mutter. Susans Kopf fiel nach vorn. »Hör auf! Hör auf!« Sie versuchte, ihre Arme um Susan zu schlingen und sie vom Bett zu ziehen.

Sie würde sie auf die Füße stellen und zum Gehen zwingen müssen …

»Carson, was schreist du denn so rum? Entspann dich … Was …«

»Ruf einen Krankenwagen! Ruf die Neun-eins-eins! Schnell! Beeil dich!«

Für einen Moment stand er wie erstarrt da, sah, wie Susans schlaffer Körper aufs Bett zurückfiel, sich ihre Lider öffneten und den Blick auf blinde Augen freigaben. »Wow. Ist das deine Mom?«

»Ruf die Neun-eins-eins!« Naomi presste das Ohr auf die Brust ihrer Mutter und begann dann sofort mit der Herzmassage. »Sie atmet nicht – sag ihnen, sie sollen sich beeilen! Sag ihnen, sie hat Elavil geschluckt, eine Überdosis Elavil!«

Er starrte sie an, während er hastig auf sein Handy eintippte. Mit der freien Hand schob er fahrig seine Brille hoch. Naomi keuchte angestrengt, während sie versuchte, ihre Mutter wiederzubeleben.

»Ja … Ja, wir brauchen einen Krankenwagen. Sie hat eine Überdosis Eldervil genommen …«

»Elavil!«

»Entschuldigung – Elavil. Mist, Carson, ich weiß eure Adresse nicht!«

Sie rief sie ihm zu. Tränen und Schweiß liefen ihr übers Gesicht.

»Mama, Mama, bitte …«

»Nein, sie ist nicht wach. Sie bewegt sich nicht. Ihre Tochter versucht gerade, sie wiederzubeleben. Ich … Ich weiß nicht, vierzig vielleicht?«

»Sie ist siebenunddreißig«, schrie Naomi. »Beeil dich!«

»Sie kommen.« Anson hockte sich neben sie, zögerte, legte dann aber die Hand auf Naomis Schulter. »Sie … Der Notruf-Typ … hat gesagt, sie wären unterwegs. Sie kommen.«

Er schluckte, leckte sich kurz über die Lippen und berührte dann mit seinen Fingern Susans Hand.

Sie fühlte sich … irgendwie weich an. Und kalt. Weich, als könnte er seine Finger durch die Hand schieben. Und so kalt, als hätte sie draußen in der Winterkälte gelegen.

»Äh, oh Himmel, Carson. Oh Mann, hey.« Er ließ seine Hand auf Susans liegen und legte die andere Hand an Naomis Schulter. »Sie ist kalt, Mann. Ich glaube … Ich glaub, sie ist tot.«

»Nein, nein, nein, nein!« Naomi presste ihre Lippen auf den Mund ihrer Mutter und versuchte, sie mit ihrem Atem ins Leben zurückzuholen.

Vergebens. Wie bei den Frauen auf den Fotos im Keller ihres Vaters stand auch in ihren Augen nur mehr der Tod.

Naomi lehnte sich zurück. Sie weinte nicht, noch nicht. Zärtlich fuhr sie ihrer Mutter übers Haar. Kein Gewicht lastete ihr mehr auf der Brust, kein Brennen machte sich in ihrem Magen breit. Wie in den Augen ihrer Mutter war da nichts, rein gar nichts mehr.

Das Gefühl kam ihr bekannt vor – es war wieder wie damals, im Büro des Sheriffs an jenem heißen Sommertag, als sie durch die Luft geschwebt war.

Ich stehe unter Schock, dachte sie.

Sie stand unter Schock.

Und ihre Mutter war tot.

Als sie die Klingel hörte, richtete sie sich langsam auf. »Ich muss sie reinlassen. Lass sie nicht allein.«

»Okay. Ich, äh … okay.«

Sie ging hinaus – wie eine Schlafwandlerin, dachte Anson. Sein Blick wanderte zurück zu der toten Frau.

Sie würden niemals bis in einer halben Stunde zurück in der Schule sein.

5

Zur Beerdigung ihrer Mutter trug sie das schwarze Kleid. Sie war noch nie auf einer Beerdigung gewesen, allerdings war dies eher eine Gedenkfeier denn eine Beerdigung.

Seth hatte mit Mason und ihr darüber gesprochen und gefragt, ob sie ihre Mutter in Pine Meadows begraben lassen wollten.

Nein, nein, nein.

Wollten sie einen Friedhof in New York aussuchen?

Überraschenderweise hatte Mason in dieser Frage eine entschiedene Meinung an den Tag gelegt. Auch kein Friedhof hier. Wenn sie in New York glücklich gewesen wäre, wäre sie schließlich noch am Leben.

Also hatten sie sie einäschern lassen, und im Frühling würden sie dann mit einem Schiff hinausfahren und ihre Asche im Meer verstreuen.

Es gab natürlich Tränen, aber Naomi weinte weniger aus Trauer denn aus Wut.

Sie hatte wieder mit der Polizei reden müssen. Zum zweiten Mal in ihrem Leben waren Polizisten zu ihnen nach Hause gekommen und durchs Haus gestiefelt, hatten Fragen gestellt.

»Ich bin Detective Rossini. Mein Beileid. Ich weiß, dass dies ein sehr schwieriger Zeitpunkt ist, aber ich habe ein paar Fragen. Kann ich reinkommen und mit Ihnen sprechen?«

Naomi wusste, dass im Fernsehen und in Filmen Polizeibeamte mitunter hübsch und weiblich waren, aber sie hatte das immer für eine Erfindung gehalten. Doch Rossini sah so aus, als könnte sie genauso gut in einer Fernsehserie mitspielen.

»Okay.«

Naomi war in ihr Zimmer gegangen, weil sie nicht gewusst hätte, was sie sonst tun sollte, während Seth und Harry unten mit den Beamten redeten. Und nachdem das mit ihrer Mutter passiert war …

Rossini kam rein, setzte sich auf die Bettkante Naomi gegenüber, die mit angezogenen Beinen auf ihrem Schreibtischstuhl saß.

»Kannst du mir erzählen, warum du überhaupt nach Hause gekommen bist – warum du und dein Freund nicht in der Schule wart?«

»Wir hatten eine halbe Stunde frei und wollten meine Kamera holen. Wir arbeiten beide für die Schülerzeitung. Ich sollte bei den Proben der Theater-AG Fotos machen. Ist er noch da? Ist Chaffins – Anson – noch da?«

»Mein Partner hat bereits mit ihm geredet. Wir haben ihn zurück zur Schule bringen lassen.«

»Er wird es allen erzählen …« Naomi presste ihr Gesicht auf die Knie. »Er wird allen von meiner Mutter erzählen.«

»Es tut mir leid, Naomi. Könntest du schildern, was passiert ist, als du nach Hause kamst?«

»Chaffins wollte eine Cola, also hab ich ihm gesagt, er soll gleich zwei aus dem Kühlschrank nehmen, während ich schnell meine Kamera holen wollte. Kong – unser Hund – saß vor dem Zimmer meiner Mutter. Er hat einfach nicht aufgehört zu winseln. Normalerweise bleibt er in Masons Zimmer oder im Garten, wenn wir in der Schule sind, aber … Ihre Tür war zu, also hab ich sie aufgeschoben. Ich dachte … Ich dachte, sie würde schlafen oder es ginge ihr nicht gut. Ich konnte sie nicht aufwecken, und dann hab ich die Tabletten gesehen. Ich meine, das leere Röhrchen. Dann kam Chaffins nach oben, und ich hab ihm gesagt, er soll die Neun-eins-eins anrufen. Ich hab noch versucht, sie wiederzubeleben. Ich hab da mal so einen Kurs gemacht, und ich wusste, wie das geht. Ich hab es versucht ... aber ich konnte sie nicht mehr zum Atmen bringen.«

»Sie lag auf dem Bett, als du hereinkamst.«

»Ich hab versucht, sie hochzuziehen, sie auf diese Weise wach zu kriegen, sodass sie wieder hätte gehen können ... Wenn ich sie zum Gehen gebracht hätte, hätte ich sie ins Krankenhaus gebracht.«

»Hat sie das schon mal gemacht? Zu viele Tabletten genommen?«

Naomi nickte nur und presste das Gesicht auf die Knie.

»Wann hast du sie das letzte Mal gesehen, bevor du aus der Schule kamst?«

»Heute Morgen. Harry hatte Frühstück gemacht, aber sie ist nicht runtergekommen. Also bin ich nach oben gegangen, und da war sie gerade dabei aufzustehen. Es schien ihr gut zu gehen. Sie meinte, sie müsste vor der Arbeit nur noch ein paar Besorgungen machen und würde dann später frühstücken. ›Hab einen schönen Tag in der Schule‹, hat sie gesagt ...« Naomi hob den Kopf. »Mein Bruder! Mein Bruder, Mason!«

»Dein Onkel ist zur Schule gefahren, um ihn abzuholen. Mach dir keine Sorgen.«

»Wissen Sie, wer mein Vater ist?«

»Ja, Naomi. Und ich weiß auch, dass du zum zweiten Mal in deinem Leben etwas erleben musstest, was dir besser erspart geblieben wäre.«

»Erfährt es jetzt jeder? Auch wenn wir unseren Namen geändert haben, weiß es jetzt jeder?«

»Wir tun unser Bestes, um es aus der Presse rauszuhalten.« Rossini wartete einen Moment. »Weißt du, wie oft deine Mutter und dein Vater miteinander kommuniziert haben?«

»Sie hat ihm geschrieben und ist wohl auch ein paarmal bei ihm gewesen, seit wir nach New York gezogen sind. Mason hat das herausgefunden und es mir neulich erzählt. Sie hat so getan, als hätten sie keinen Kontakt mehr, aber das stimmte nicht. Wir haben beschlossen, es Onkel Seth oder Harry nicht zu erzählen. Dieser Film… Sie hat auch mit den Filmleuten geredet, weil er es von ihr verlangt hat. Mason hat auch das herausgefunden. Aber sie hat sich wirklich große Mühe gegeben, und für ein paar Monate oder so ist es auch gut gegangen. Sie war glücklich. Glücklicher. Ich glaube, sie ist nie mehr so richtig glücklich gewesen, seit ich in jener Nacht entdeckt hab…«

»Na gut. Dein Onkel meinte, er informiert eure Großeltern, und Mr. Dobbs ist unten. Soll er raufkommen und bei dir bleiben?«

»Nein, jetzt nicht. Ma'am? Sie haben gefragt, ob sie mit ihm kommuniziert hätte. Hat Mama heute mit ihm geredet? Heute früh?«

»Ich glaube nicht, dass dein Vater und deine Mutter heute miteinander geredet haben.«

»Aber irgendetwas muss passiert sein. Er hat ihr geschrieben, oder? Etwas, was sie wieder zurückgeworfen hat, nachdem es ihr zuvor so gut gegangen ist – und daraufhin hat sie die Tabletten genommen.«

»Wir ermitteln weiter, damit wir euch Antworten geben können«, sagte Rossini knapp, als sie aufstand.

»Ein paar Antworten haben Sie doch schon. Ich hab keinen Abschiedsbrief in ihrem Zimmer gesehen. Ich hab allerdings auch nicht gesucht. Ich hab versucht… Ich hab keinen Brief gesehen, aber sie muss einen geschrieben haben.

Sie muss sich doch von uns verabschieden…« Ein Schluchzen stieg in ihrer Kehle auf. »So traurig sie auch war, sie hat uns doch geliebt. Das hat sie wirklich. Sie hätte sich auf jeden Fall von uns verabschiedet.«

»Ich bin mir sicher, dass sie euch geliebt hat. Und sie hat auch einen Brief hinterlassen, der an euch alle adressiert ist. Er lag im Zimmer deines Onkels. Sie hat ihn auf seine Kommode gelegt.«

»Ich will ihn sehen. Ich hab ein Recht darauf, ihn zu lesen. Er ist auch an mich adressiert. Ich will lesen, was sie uns geschrieben hat, bevor sie diese Tabletten genommen und uns verlassen hat.«

»Dein Onkel meinte schon, dass du ihn sicher lesen möchtest. Warte kurz.«

Was hat er getan?, fragte sich Naomi, und Wut stieg in ihr auf. Was hat er getan, um ihre Mutter so schnell zur Verzweiflung zu bringen? So unausweichlich verzweifelt…

Als Rossini zurückkam, stand sie auf. Sie wollte den letzten Brief ihrer Mutter nicht im Sitzen lesen. Sie wollte dabei stehen.

»Du musst ihn leider durch die Asservatenhülle hindurch lesen. Er muss noch untersucht werden.«

»Das ist mir egal.« Naomi nahm die Plastikhülle entgegen und trat ans Fenster ins blasse Winterlicht.

Es tut mir so leid! Ich habe so viele Fehler gemacht, so viele schlechte Entscheidungen getroffen, so viele Lügen erzählt. Ich habe Menschen angelogen, die es verdient hätten, dass ich ihnen die Wahrheit sage. Ich habe sie angelogen, weil er es mir aufgetragen hat. Wie oft ich auch versucht habe, mich von ihm zu befreien, ich konnte es ganz einfach nicht. Jetzt hat er sich befreit, nach all den Fehlern, die ich gemacht habe, nach all den

Verletzungen, die ich zugelassen habe, weil Tom es von mir verlangt hat. Er lässt sich von mir scheiden, damit er eine andere Frau heiraten kann. Eine, die ihm schreibt und ihn besucht, seit mehr als zwei Jahren. Er hat mir über einen Anwalt die Scheidungspapiere zukommen lassen und mir einen Brief geschrieben, in dem grausame und furchtbare Dinge stehen. Aber manches ist auch wahr. Ich bin schwach und dumm. Ich bin nutzlos. Ich habe meine Kinder nicht beschützt, als ich die Chance dazu hatte. Das hast du getan, Seth. Und du, Harry. Ihr habt uns ein Zuhause gegeben, und ich weiß, dass ihr euch um Naomi und Mason kümmern werdet, so gut, wie ich es nie konnte. Mason, du bist so klug, und du hast mich jeden Tag aufs Neue stolz gemacht. Ich hoffe, eines Tages wirst du verstehen, warum Mama gehen musste. Naomi, ich bin nicht stark und mutig wie du. Es ist so schwer, es zu versuchen. Ich bin so müde, Liebes. Ich will nur noch schlafen. Kümmere dich um Mason, und hört beide auf Seth und Harry. Ihr werdet jetzt ein besseres Leben haben. Eines Tages werdet ihr wissen, dass das wahr ist. Eines Tages werdet ihr mir vergeben.

»Warum sollte ich ihr vergeben? Sie hat uns verlassen, weil *er* sie nicht mehr wollte? Sie kam nach Hause und hat all diese Tabletten geschluckt, weil sie *müde* war?«

»Naomi …«

»Nein, nein. Keine Entschuldigungen. Sie sind von der Polizei. Sie kannten sie nicht. Sie kennen auch mich nicht, keinen von uns. Aber wissen Sie, was das ist?« Sie warf die Schutzhülle auf ihr Bett, ballte die Fäuste, als wollte sie gegen irgendwas kämpfen. »Das ist das Werk eines Feiglings. *Er* hat sie getötet. *Er* hat sie umgebracht, so wie er all die anderen Frauen umgebracht hat. Nur dass die anderen keine

Wahl hatten. Meine Mutter hatte eine Wahl. Trotzdem ließ sie es einfach geschehen. Sie hat sich von ihm töten lassen – gerade als es uns hier gut ging!«

»Du hast recht. Ich glaube, du hast recht. Außer physischer Folter gibt es auch noch andere Foltermethoden. Ich ahne nicht mal ansatzweise, wie du dich gerade fühlst, aber ich kann dir sagen, dass du ein Recht darauf hast, wütend zu sein. Du hast ein Recht darauf, außer dir zu sein vor Wut. Und wenn diese Wut ein wenig schwächer geworden ist, redest du hoffentlich mit jemandem.«

»Noch eine Therapie? Damit bin ich fertig. Ihr hat es auch nichts genützt.«

»Du bist nicht deine Mutter. Aber wenn es kein Therapeut sein soll, dann vielleicht ein Freund, ein Priester, dein Onkel.« Sie zog eine Visitenkarte aus der Tasche. »Du kannst auch mit mir reden.«

»Sie sind schon der zweite Cop, der mir seine Karte gibt.«

»Hast du mit dem anderen gesprochen?«

»Nein, wir sind weggezogen …«

»Tja.« Rossini legte die Visitenkarte auf Naomis Kommode, trat ans Bett und nahm die Schutzhülle wieder an sich. »Polizisten können gut zuhören. Detective Angela Rossini. Jederzeit.«

Also zog Naomi drei Tage später ihr schwarzes Kleid an, drehte ihre Haare mit dem Lockenstab ein, weil es ihrer Mutter immer am besten gefallen hatte, wenn sie ihr langes Haar offen und wellig getragen hatte. Seth gegenüber ließ sie sich nichts von ihrer Wut anmerken – er wirkte erschüttert, fast schon krank. Sie sagte auch Mason nichts davon, nicht solange er diesen leeren Ausdruck in den Augen hatte, und Harry ebenso wenig. Er schien sie alle gleichzeitig trösten zu wollen.

Sie behielt ihre wütenden Worte für sich, wo sie wie giftige Ameisen in ihr herumkrochen, und fuhr ins Restaurant, das wegen der Gedenkfeier geschlossen hatte. Auch dort hatte Harry die meiste Arbeit geleistet. Er hatte darauf bestanden, hatte Blumen und Fotos aufgestellt, die Musik ausgesucht, Essen vorbereitet.

Ihre Großeltern kamen. Sie und Mason hatten sie einige wenige Male gesehen, seit sie aus Pine Meadows weggezogen waren, aber es hatte nicht allzu lang gedauert, bis sie begriffen hatten, dass ihr Vater auch über die Eltern ihrer Mutter nur Lügen verbreitet hatte.

Sie waren freundlich und liebevoll – und sie hegten nicht den geringsten Groll gegen sie, stellte Naomi fest. Sie hatten ihrer Tochter verziehen, dass sie sie aus ihrem Leben ausgeklammert und ihnen die Enkel vorenthalten hatte. Sie hatten sogar deren Therapie bezahlt und nie auch nur ein unfreundliches Wort über ihre Tochter geäußert.

Von Thomas David Bowes redeten sie nie.

Sämtliche Kollegen aus dem Restaurant und zahlreiche Freunde von Seth und Harry und sogar einige von Naomis und von Masons Lehrern kamen. Ein paar Schulfreunde waren mit ihren Eltern da.

Und Detective Rossini.

»Ich wusste gar nicht, dass die Polizei auch zu Beerdigungen geht.«

»Ich wollte euch noch mal mein Beileid aussprechen. Und ich wollte sehen, wie es dir geht.«

»Mir geht es ganz gut. Am schwersten ist es, glaube ich, für meinen Onkel. Sogar noch schwerer als für meine Großeltern. Er dachte, er könnte sie retten. Er hat es Tag für Tag versucht – und Harry auch. Jetzt macht er sich Sorgen um Seth. Harry hat dafür gesorgt, dass hier alles so hübsch aussieht. Er hat versucht, eine Feier daraus zu machen, die den

Leuten im Gedächtnis bleibt. Aber in ihrem Leben gab es nicht viel zu feiern.«

»Ich glaube, da irrst du dich. Sie hatte dich und Mason, und das allein war schon ein Fest.«

»Nett, dass Sie das sagen.«

»Und es stimmt. Hast du dieses Foto gemacht?«

Naomi sah zu dem Foto hinüber, auf dem ihre Mutter mit Seth tanzte. »Woher wissen Sie das?«

»Ich bin von der Polizei.« Rossini lächelte. »Ein glücklicher Moment – und es ist dir gelungen, ihn einzufangen. Aber das hier ist mein Lieblingsbild.«

Rossini trat zu dem Foto, das Naomi per Selbstauslöser geschossen hatte. Ihre Mutter, eingerahmt von ihren beiden Kindern. Harry hatte es vor eine große Vase mit pinkfarbenen Rosen gestellt, weil Pink die Lieblingsfarbe ihrer Mutter gewesen war.

»Hierauf sieht man, wie stolz sie auf dich und deinen Bruder ist.«

»Das können Sie erkennen?«

»Ja. Polizisten sind gute Zuhörer, und sie sind geübte Beobachter. Sie war stolz auf euch. Denk immer daran. Ich muss jetzt leider wieder an die Arbeit.«

»Danke, dass Sie gekommen sind«, sagte Naomi wie zu allen anderen Trauergästen auch.

Überrascht blieb sie stehen, als Mark Ryder auf sie zukam.

»Hey«, sagte er.

»Hey.«

Er war groß und sah toll aus mit seinen großen braunen Augen und dem glänzenden Haar, das sich an den Spitzen ganz leicht lockte.

»Tut mir echt leid, mit deiner Mom und so.«

»Danke. Nett, dass du gekommen bist. Sehr nett.«

»Es tut mir echt leid, weißt du? Meine eigene Mom ist gestorben, als ich noch ein Baby war.«

»Aber … ich hab deine Mom doch kennengelernt?«

»Die hat Dad geheiratet, als ich ungefähr drei war. Sie ist toll – und irgendwie auch wie eine Mutter, aber meine *richtige* Mom ist gestorben.«

»Das wusste ich nicht. Das tut mir leid, Mark.«

»Na ja, es ist schwer, und ich wollte dir nur sagen … dass ich es dir nachfühlen kann.«

Gerührt machte sie ein paar Schritte auf ihn zu und umarmte ihn. Dass das ein Fehler war, wusste sie, sobald er ihre Umarmung erwiderte – und seine Hand zu ihrem Hintern wanderte.

Sie nahm augenblicklich Abstand. »Wir sind auf der Beerdigung meiner Mutter!«

»Ja, ja, Entschuldigung. Ich dachte nur …« Er zuckte mit den Schultern und lachte verlegen. »Was auch immer.«

»Danke, dass du gekommen bist«, sagte sie zu ihm. »Du kannst dir eine Cola an der Theke holen, wenn du willst.«

»Ja, vielleicht. Bis dann.«

Naomi wandte sich ab. Sie hätte sich am liebsten in die Speisekammer verkrochen, um ein bisschen allein zu sein. Stattdessen lief sie Anson Chaffins in die Arme.

»Äh. Hey.« Er schob erst seine Brille hoch und steckte dann verlegen die Hände in die Taschen. »Das klingt jetzt wahrscheinlich komisch, aber ich war ja irgendwie dabei, deshalb dachte ich, ich sollte vielleicht vorbeikommen und sagen … na ja.«

»Komm, wir setzen uns dort drüben hin. Wenn ich mit jemandem dasitze, dann sprechen die anderen mich nicht an.«

»Ich hab ein paar Typen aus der Schule gesehen, aber ich hab gewartet, bis sie wieder weg waren. Wie gesagt, es ist komisch. Die Leute wollen wissen, wie es war, aber sie wollen dich nicht fragen. Na ja, und außerdem warst du ja auch noch nicht wieder in der Schule. Kommst du zurück?«

»Ja, nächste Woche.«

»Das wird sicher komisch für dich werden …«

Naomi schnaubte kurz – er konnte tatsächlich besser schreiben als reden, dachte sie. »Ich muss wieder an meine Noten denken – und Mason auch. Wir wollen beide irgendwann aufs College.«

»Ich geh ab Herbst an die Columbia.«

»Haben sie dich genommen?«

»Es sieht zumindest gut aus. Es fehlen noch ein paar Formalitäten, aber es sieht gut aus. Und dann studiere ich Journalismus.«

»Das wird dir bestimmt liegen.«

»Ja.« Er rutschte auf seinem Sitz hin und her. »Ich hab gehört, wie sich ein paar Cops unterhalten haben. Du weißt sicher, dass sie meine Aussage haben wollten und so. Und da hab ich gehört, wie sie sich auch über Bowes unterhalten haben. Dass deine Mutter seine Frau gewesen wäre. Thomas David Bowes.«

Naomi presste die Hände im Schoß zusammen, sagte aber nichts.

»Ich kenne den Namen nur aus diesem Film … aber dann hab ich das Buch gelesen. Du bist Naomi.«

»Weiß das jetzt auch jeder?«

»Wie gesagt, ich hab die Polizisten reden hören, und da dämmerte es mir, über wen sie geredet haben. Und ich hab das Buch gelesen. Ich hab ein bisschen recherchiert. Du bist Naomi Bowes.«

»Carson. Mein Nachname ist Carson.«

»Ja, verstehe. Hör mal, ich hab niemandem etwas gesagt.«

»Tu es auch nicht. Ich möchte einfach nur die Schule abschließen. Und Mason auch.«

»Ich hab es niemandem gesagt, aber andere Leute können auch recherchieren, vor allem jetzt, da der Film so ein großer Erfolg gewesen ist. Und selbst Leute, die ansonsten kein Buch lesen würden, gehen ins Kino. Was willst du denn dagegen machen?«

»Ich mach die Schule zu Ende, und danach geh ich aufs College.«

»Ich sag es niemandem, okay?« Er schob seine Brille wieder hoch. »Es bleibt ganz einfach unter uns. Aber ich würd mich trotzdem freuen, wenn du mir deine Geschichte erzähltest. Warte …« Seine Brille rutschte erneut nach unten, doch statt sie wieder hochzuschieben, setzte er sie ab. »Aus deiner Perspektive, *deine* Geschichte, Carson. Wo du lebst und so können wir komplett weglassen. Ich werde es niemandem verraten – und das heißt schon was, weil ich ja schließlich Journalist werden will und das hier eine wirklich große Story wäre. Aber ich werd die entsprechenden Details zurückhalten.« Er lehnte sich zurück und setzte seine Brille wieder auf. »Und dazu wär ich nicht einmal verpflichtet …«

»Anson, meine Mutter ist gerade gestorben!«

»Klar. Sonst wär ich ja auch nie darauf gekommen. Ich erzähl es niemandem, und du erzählst mir dafür die ganze Geschichte – in der ersten Person. Wir gehen ein paarmal aus, irgendwohin, wo es ruhig ist, und ich nehme deine Geschichte auf. Das ist eine Riesensache – wenn ich es richtig anstelle, könnte ich damit sogar ein Volontariat bei der *Times* kriegen. Du hast noch nie mit jemandem geredet – weder mit Simon Vance noch mit dem Drehbuchautor, dem Regisseur oder den Schauspielern. Dein Vater hat mit ihnen geredet. Deine Mom hat mit ihnen geredet. Du nicht. Ich hab wirklich gründlich recherchiert.«

Sie waren Freunde – zumindest hatte sie geglaubt, dass sie Freunde wären. Er war bei ihr gewesen, als sie ihre Mutter gefunden hatte. Er hatte den Krankenwagen gerufen. Und jetzt …

»Simon Vance und der Drehbuchautor sind dir zuvorgekommen, Chaffins. Es wird niemanden interessieren.«

»Scheiße, machst du Witze? Alle werden sich darum reißen. Hör mal, wir treffen uns einfach. Du kannst zu mir nach Hause kommen, nach der Schule. Meine Eltern sind arbeiten, und es muss wirklich niemand davon erfahren. Ich schick dir einfach eine SMS, wann und wo wir uns treffen.«

Als er gegangen war, saß sie einen Moment lang wie benommen da. Ihr war ein bisschen übel. Warum bin ich eigentlich überrascht?, fragte sie sich. Weil sie geglaubt hatte, dass er zumindest so was Ähnliches wie ein Freund gewesen wäre? Sollte sie dankbar dafür sein, dass er das, was er wusste, nicht längst in der Schülerzeitung veröffentlicht hatte?

Zum Teufel, dachte sie. Zum Teufel mit allem!

Sie stand auf – bevor jemand sich neben sie setzte, um sie zu trösten –, und lief in die Küche. Von hier konnte sie immer noch in die Vorratskammer schlüpfen, um ein bisschen allein zu sein.

Doch plötzlich war Harry direkt hinter ihr.

Er wies auf einen Hocker. »Setz dich.« Dann ließ er sich auf einem Kistenstapel nieder. »Erzähl mir, was dieser Junge gerade gesagt und was dich derart aufgebracht hat.«

»Ach, nichts.«

»Lüg mich nicht an.«

Sie zuckte zusammen. Normalerweise redete er nicht in diesem scharfen, zornigen Tonfall. »Harry …«

»Wir werden jetzt auf der Stelle damit aufhören, einander anzulügen. Ich wusste, dass deine Mutter ins Gefängnis gefahren ist und den Kontakt aufrechterhalten hat. Ich wusste es und hab es Seth verschwiegen. Ich hab es ihm nicht gesagt, damit er sich nicht aufregte. Aber auch so etwas ist eine Lüge. Unterlassung ist eine Lüge.«

»Du *wusstest* es?«

»Vielleicht, wenn ich etwas gesagt hätte …« Müde rieb er sich die Augen. »Wir werden es nie erfahren.«

»Wir wussten es auch. Mason hat es herausgefunden, und er hat es mir erzählt. Wir haben auch nichts gesagt.«

»Tja, und wohin hat uns das gebracht, Baby? Sieh dir an, wo wir heute stehen. Keine Lügen mehr, kein Schweigen.«

Er beugte sich vor und nahm ihre Hände. In seinen blauen Augen, die in seinem karamellfarbenen Gesicht so stark leuchteten, erkannte sie die unverstellte Freundlichkeit, die er ihr gegenüber Tag für Tag unter Beweis stellte.

»Als Seth mich gebeten hat, dich, deinen Bruder und eure Mutter in unser Haus in D. C. aufzunehmen, hab ich zu ihm gesagt: Selbstverständlich. Ich ging natürlich erst mal davon aus, dass es nicht für wahnsinnig lange wäre. Klar müssen wir helfen, hab ich gedacht. Seth muss seiner Familie helfen. Aber sie kommen schon wieder auf die Beine und suchen sich in einem halben oder vielleicht auch erst in einem ganzen Jahr was Eigenes. Für ein Jahr konnte ich unser Haus zur Verfügung stellen. Und ich hab es getan, weil ich Seth liebe.«

»Das weiß ich.«

»Ich hab allerdings nicht bedacht, dass ich mich auch in dich verlieben könnte. In Mason. In deine Mutter. Aber genau das ist passiert. Als wir darüber beratschlagt haben, das Haus zu verkaufen und nach New York zu ziehen, hab ich das nicht nur für Seth gemacht. Ich hab es für uns alle gemacht. Weil wir eine Familie geworden sind. Du bist meine Tochter, Naomi. So als wärst du von meinem Blut. Das meine ich ernst.«

»Ich liebe dich, Harry. Ich liebe dich so sehr.« Da erst kamen die Tränen, heiße, reinigende Tränen. »Ich weiß, dass du unendlich viel für uns getan hast ... was du uns alles gegeben hast!«

»Davon will ich nichts hören. Ich könnte dir erzählen, was du für mich getan und was du mir alles gegeben hast. Letztendlich wäre es also ausgeglichen. Was ich will und brauche, und ich glaube, was wir von heute an alle wollen und brauchen, Baby, ist die Wahrheit. Lass uns sofort damit anfangen. Was hat Anson gesagt, dass du so ein Gesicht machst?«

»Er weiß, wer wir sind. Er hat ein paar Polizisten reden hören und es sich zusammengereimt. Er will Journalist werden, und er will die Geschichte von mir haben.«

»Ich werde mit ihm reden.«

»Nein, Sir ... Harry. Wozu sollte das gut sein? Er weiß es, und das kannst du nicht ungeschehen machen. Er behauptet, er würde nicht sagen, wo ich ... wo wir stecken. Er würde solche Details auslassen, aber ...«

»Du vertraust ihm nicht. Warum solltest du auch?«

Sie musste wieder an Marks Hand denken, die über ihren Hintern gewandert war, und an Chaffins' blinden Ehrgeiz. »Ich traue niemandem außer dir, Seth und Mason.«

»Wir könnten Mason und dich auf eine Privatschule schicken.«

»Es wird immer wieder passieren. Selbst wenn wir noch einmal umziehen, wird es wieder passieren. Mama ist nicht mehr da. Für sie war es am schlimmsten. Wir konnten sie nicht vor ihm und vor sich selbst schützen.«

»Niemand tut meinem kleinen Mädchen etwas an.«

»Ich dachte, er wäre ein Freund. Aber niemand bleibt dein Freund, wenn er herausfindet, wer du wirklich bist.«

»Dann war er deiner Freundschaft nicht wert.«

»Aber woher willst du wissen, wer wirklich dein Freund ist?« Die Visitenkarte der Polizistin, die aussah wie ein Fernsehstar, fiel ihr wieder ein. »Detective Rossini ...«

»Was ist mit ihr?«

»Vielleicht ist sie eine Freundin. Chaffins raucht Pot und verkauft auch ein bisschen was…«

Harry seufzte. »Naomi, ich verstehe ja, dass man in deinem Alter Gruppendruck ausgesetzt ist und das Bedürfnis hat, ein bisschen zu experimentieren, aber das ist nicht der richtige Zeitpunkt, um…«

»Ich nehme keine Drogen. Mason auch nicht.« Stirnrunzelnd betrachtete sie die Visitenkarte. »Er will nach Harvard und zum FBI – Mason wird kein Risiko eingehen. Chaffins will an die Columbia und zur *New York Times*. Es sähe nicht gut aus für ihn, wenn er wegen Drogenbesitzes verhaftet oder von der Schule verwiesen würde, oder?«

Harry zog die Augenbrauen hoch. »Erpressung?«

»Er erpresst mich. Ich verrate ihn nur an die Polizei – und ich bin nicht stolz darauf. Aber ich denke, Detective Rossini sollte mal ein Wörtchen mit ihm reden. Vielleicht wirkt es ja, bis ich die Geschichte selbst aufgeschrieben habe.«

»Was? Was für eine Geschichte?«

»Ich kann nicht annähernd so gut schreiben wie Chaffins, aber ich kann es auf jeden Fall.« Die Idee war ihr durch den Kopf geschossen wie ein Blitz in einer heißen Sommernacht. »Wenn ich die Geschichte selbst schreibe – als Naomi Bowes – und sie verkaufe, vielleicht sogar an die *Times*, bekommt er nichts. Ich brauche nur ein bisschen Zeit, und die könnte Detective Rossini mir verschaffen. Ich schreibe die Geschichte, genau wie Chaffins es gesagt hat – aus meiner Perspektive. Dann kann er es nicht mehr tun. Danach kümmert es niemanden mehr, was irgendein Typ über mich schreibt. Und Mason? Dem wird es egal sein.«

»Liebes, bist du dir da sicher?«

»Niemand wird mir, wird *uns* das antun. Da bin ich mir sicher.«

»Rede mit Rossini. Wenn du das wirklich tun willst, stehen wir hinter dir.«

Sie ging wieder in die Schule, zwang sich, mit dem Jahrbuch und mit der Zeitung weiterzumachen. Sie ignorierte Chaffins' wütendes Starren – und übernahm sämtliche undankbaren Aufgaben, die er ihr übertrug. Nachdem Rossini mit ihm geredet hatte, schwieg er, und sie konnte sich damit trösten, dass er in vier Monaten seinen Abschluss machen und aus ihrem Leben verschwinden würde.

Nach den Oscars, bei denen der Drehbuchschreiber für *Tochter des Bösen* den Preis mit nach Hause nahm und die mittlerweile fünfzehnjährige Schauspielerin, die Naomi Bowes gespielt hatte, in Alexander McQueen über den roten Teppich stolziert war, nachdem das Buch zum Film für sechzehn Wochen auf der Bestsellerliste gestanden hatte, veröffentlichte die *New York Times* an aufeinanderfolgenden Sonntagen einen dreiteiligen Artikel.

Es überraschte Naomi nicht, als sie eine wütende E-Mail von Anson Chaffins erhielt.

Zuerst jagst du mir diese Polizistin auf den Hals,
und jetzt das? Du bist ein verlogenes Luder,
und ich werd allen erzählen, wer, wo und was du bist.
Die Idee hattest du doch überhaupt erst von mir!
Du hast meinen Artikel gestohlen!

Naomi schrieb kurz und knapp zurück.

Mein Leben – meine Geschichte. Deinem Deal hab ich
nie zugestimmt. Erzähl meinetwegen, was du willst.

Aber er erzählte es niemandem. Naomi schickte Detective

Rossini Blumen zum Dank. Dann änderte sie ihre E-Mail-Adresse und Handynummer und konzentrierte sich nur mehr auf die Schule, die Fotografie und ihre Familie.

Die Vergangenheit würde sie von nun an dort lassen, wo sie hingehörte. Endlich würde ihr neues Leben als Naomi Carson wirklich beginnen.

TIEFENSCHÄRFE

Ende und Anfang – das gibt es nicht.
Es gibt nur die Mitte.

Robert Frost

6

Sunrise Cove, Washington State, 2016

Es war nicht aus einem Impuls heraus geschehen, versicherte sich Naomi, als sie das weitläufige alte Haus auf der Klippe durchquerte. Es war vielleicht ein bisschen überstürzt gewesen. Ein Risiko, absolut. Aber sie war so viele Risiken eingegangen, was bedeutete da schon ein weiteres?

Du lieber Himmel, sie hatte ein Haus gekauft! Ein Haus, das älter war als sie – etwa viermal so alt. Ein Haus, unendlich weit entfernt von ihrer Familie. Am anderen Ende des Landes. Ein Haus, in das sie Arbeit würde stecken müssen. Das dringend Möbel brauchte.

Und eine gründliche Reinigung.

Eine Investition, sagte sie sich und zuckte zusammen beim Anblick der heruntergekommenen Küche mit den uralten Armaturen – die ganz bestimmt älter waren als sie – und dem aufgeplatzten Linoleumboden.

Sie würde sauber machen, reparieren, streichen. Dann konnte sie es entweder wieder verkaufen oder vermieten. Sie musste ja nicht hier leben. Es war allein ihre Entscheidung – wie schon so oft.

Es würde ein Projekt sein, etwas, womit sie sich beschäftigen könnte, wenn sie gerade mal nicht arbeitete. Eine Art Homebase, überlegte sie und drehte am Wasserhahn über der geborstenen Porzellanspüle. Er hustete, fauchte und spuckte eine Wasserfontäne aus.

Eine Homebase mit miserablen Leitungen.

Sie würde also erst mal eine Liste erstellen. Vielleicht wäre es klüger gewesen, wenn sie die Liste erstellt hätte, noch ehe sie das Haus gekauft hatte, aber jetzt würde sie auf jeden Fall eine machen. *Klempner* stand schon mal an erster Stelle.

Vorsichtig öffnete sie den Schrank unter dem Spülbecken. Er roch ein bisschen muffig, sah schmierig aus, und die uralte Flasche Drano weckte wenig Vertrauen.

Sie würde definitiv einen Klempner beauftragen müssen.

Und sie musste einen ganzen Haufen Reinigungsmittel kaufen.

Sie atmete tief aus, zog das Handy aus der Tasche ihrer Cargohose und klickte eine App an.

Klempner beauftragen.

Immer weitere Punkte fügte sie hinzu, als sie zurückging, durchs Esszimmer mit diesem wundervollen Kamin aus geschnitztem schwarzem Holz… Schornsteinfeger? Gab es die noch? Irgendjemand würde die Kamine inspizieren und säubern müssen, und nachdem sich in dem alten Haus gleich fünf offene Kamine befanden, gehörte *Schornsteinfeger* auf jeden Fall auch auf die Liste.

Warum hatte sie sich überhaupt ein Haus mit fünf Kaminen gekauft? Und mit zehn Schlafzimmern? Und sechs Bädern plus Klo?

Sie wollte nicht länger darüber nachdenken. Sie musste erst mal überlegen, was sie damit anfangen sollte.

Die Böden waren solide. Sie mussten abgeschliffen werden, aber der Makler hatte die breiten Gelbkieferdielen in den höchsten Tönen gelobt. Sie würde ein bisschen recherchieren, um herauszufinden, ob sie sie selbst abschleifen konnte. Ansonsten – *Parkettleger*.

Und dann war da noch der *Fliesenleger* – oder ob das ein und dieselbe Person war?

Was sie brauchte, dachte Naomi, als sie die knarzende Treppe hinaufstieg, war ein *Bauunternehmer*. Und Angebote. Und einen Plan.

Was sie brauchte, korrigierte sie sich, als sie oben an der Treppe stehen blieb, von der aus sich der Flur nach rechts und links erstreckte, war eine gründliche Untersuchung ihres Geisteszustands. Wie sollte sie ein Haus dieser Größe und in diesem Zustand managen?

Warum in Gottes Namen hatte sie sich an dieses abgeschiedene Fleckchen Erde in Washington State gebunden? Sie reiste gern – neue Orte, neue Ansichten, neue Ideen. Nur sie und ihre Kameraausrüstung. Frei, überall hinzugehen. Und jetzt war sie an dieses halb verfallene Haus gefesselt.

Nein, es war kein Impuls gewesen. Es war der nackte Wahnsinn.

Sie ging an schäbigen Wänden und, okay, großartigen alten Türen vorbei, an viel zu vielen Räumen für eine alleinstehende Frau, und verspürte einen altvertrauten Druck auf der Brust.

Sie würde jetzt keine Angstattacke bekommen, nur weil sie eine Idiotin gewesen war!

Sie atmete langsam und bewusst ein und wieder aus und betrat das größte Schlafzimmer.

Es war riesig, hell, und ja, die Böden mussten bearbeitet werden, die Wände waren von einem verblassten Blau, das aussah wie trübes Wasser in einem Swimmingpool. Die alte Glasschiebetür würde sie austauschen lassen müssen.

Aber jetzt zog und drückte sie so lange daran herum, bis sie in ihren verrosteten Schienen aufging. Naomi trat auf die breite, solide Terrasse.

Genau das war der Grund, dachte sie, als der Druck auf ihrer Brust der reinen Glückseligkeit wich. Das hier war der Grund.

Der Meeresarm – in diesem tiefen, funkelnden Blau – mäanderte um grünes Land, auf dem bereits die ersten Frühlingsboten zu sehen waren. Bäume standen an der Küste, durch die sich schmale Wasserkanäle zogen. Im Westen ragten in der Ferne aus einem dunklen Wald die Berge auf.

Und direkt vor ihr hinter dem Meeresarm, dem Kanal, den Landzungen, lag das umso tiefere Blau des offenen Meeres.

Die Klippe war nicht besonders hoch, aber von hier aus hatte sie einen unverstellten Blick auf Wasser, Himmel und Land, was ihr ein unbeschreibliches Gefühl des Friedens bescherte.

Dies war *ihr* Ort. Sie lehnte sich einen Moment lang an das Geländer und atmete tief ein. Im selben Moment, da sie an jenem windigen Nachmittag im Februar hier rausgetreten war, hatte sie gewusst, dass dies *ihr* Ort sein würde.

Was auch immer getan werden müsste, um das Haus bewohnbar zu machen, würde getan werden. Niemand würde ihr diese Aussicht nehmen, dieses Gefühl, dass dies jetzt ihr gehörte.

Nachdem sie ihre Ausrüstung erst einmal unten gelassen hatte, nahm sie ihr Handy und schaltete die Kamera ein. Sie machte zwei Aufnahmen und schickte sie mit einer schlichten Nachricht an Mason, Seth und Harry – die sie in ihren Kontakten unter »Meine Jungs« führte.

Das ist der Grund.

Sie steckte ihr Handy wieder ein. Zum Teufel mit allen Listen, dachte sie – sie würde jetzt zuallererst in den Ort fahren und Vorräte kaufen. Alles Übrige würde sie sich während der Fahrt überlegen.

Der kleine Ort lebte hauptsächlich vom Wasser: von dem kleinen Hafen, dem Tauchershop, dem Kajak- und Kanuverleih und einem Fischmarkt. Entlang der Water Street – wie sonst hätte die Straße heißen können? – lagen gegenüber der Marina mit ihren schaukelnden Booten Souvenirläden, Coffeeshops, Restaurants und das Sunrise Hotel.

Sie hatte ein paar Nächte in dem Hotel verbracht, als sie immer der Nase nach in Sunrise Cove gelandet war. Sie hatte ihr Portfolio vergrößern und verbessern wollen und hier perfekte Motive gefunden.

Das Haus – oder vielmehr ein kleines Stück davon – hatte sie vom Hotelfenster aus entdeckt. Es hatte sie amüsiert und fasziniert, wie es sich abseits des Ortes und seiner Bewohner zum Wasser und zum Wald ausrichtete.

Sie hatte es fotografieren wollen und sich den Weg dorthin erklären lassen. Und schon war sie mit dem Makler John James Mooney zum Point Bluff unterwegs gewesen, wie die Einheimischen die Klippe nannten.

Und jetzt gehört es mir, dachte Naomi und parkte vor dem Lebensmittelladen.

Ein paar hundert Dollar später lud sie Lebensmittel, Reinigungsgeräte und -mittel, Glühbirnen und Waschmittel in ihren Wagen – obwohl sie gar nicht wusste, ob die alte Waschmaschine überhaupt funktionierte. Außerdem hatte sie im benachbarten Haushaltswarengeschäft eine Grundausstattung an Töpfen und Pfannen, eine Kaffeemaschine und einen Hochdruckreiniger erworben.

In beiden Läden hatte man ihr auch den Namen eines Bauunternehmers nennen können – es war beide Male ein und derselbe Name gewesen. Der Mann war anscheinend beliebt. Sie rief ihn auf der Stelle an und machte mit ihm aus, dass er in einer Stunde vorbeikommen und sich das Haus erst einmal ansehen sollte.

Dann fuhr sie wieder heim, insgeheim froh darüber, dass sie die kurvenreiche Straße in zehn Minuten schaffte. Das hier war weit genug weg, um ihre Privatsphäre zu wahren, und doch nah genug, um alles bequem erreichen zu können.

Sie öffnete den Kofferraum ihres Toyota 4Runner, starrte auf den Berg an Einkäufen hinab und schwor sich, beim nächsten Mal erst eine Liste zu schreiben.

Und auf dieser Liste, stellte sie fest, als sie begann, die Lebensmittel auszuladen, würde dann auch stehen, dass sie den Kühlschrank hätte sauber machen müssen, *bevor* sie Nahrungsmittel darin einräumte.

Als sie ihn schließlich sauber gemacht und eingeräumt hatte und wieder rauslief, um die nächste Ladung zu holen, kam bereits ein schwarzer Minivan über die gewundene Straße auf das Haus zu.

Sie steckte eine Hand in die Tasche und tastete nach ihrem Taschenmesser. Nur als Vorsichtsmaßnahme.

Der Minivan fuhr vor, und ein Mann mit Baseballkappe und Sonnenbrille lehnte sich aus dem Fenster. Auf der Beifahrerseite saß ein großer schwarzer Hund mit einem gepunkteten Tuch um den Hals.

»Miss Carson?«

»Ja?«

»Kevin Banner.« Er sagte irgendetwas zu dem Hund und stieg aus.

Sie schätzte ihn auf Anfang dreißig. Unter seiner Kappe kringelten sich braune Locken. Ein markantes, kräftiges Kinn, muskulöser Körper. Er streckte die Hand aus.

»Schön, Sie kennenzulernen.«

Arbeiterhände, dachte sie und entspannte sich. »Danke, dass Sie so schnell gekommen sind.«

»Ich hab schon gehört, dass jemand aus dem Osten das Haus gekauft hat. Fantastischer Ort, nicht wahr?«

»Ja, das stimmt.«

Er grinste. »Das Haus steht mittlerweile seit zehn Jahren

leer – aber das hat Ihnen Mr. Mooney wahrscheinlich gesagt. Seit Mr. Parkerson gestorben ist und Mrs. Parkerson es nicht länger allein unterhalten konnte. Sie haben es über zwanzig Jahre lang als B&B geführt. Am Ende war sie damit überfordert und ist nach Seattle zu ihrer Tochter gezogen. Eine Zeit lang ist es immer mal wieder vermietet gewesen, aber …«

»Es ist ein großes Haus mit hohen Instandhaltungskosten.«

Er hakte die Daumen in die Vordertaschen und wippte auf den Fersen, während sein Blick über das Haus wanderte. »Ja, das stimmt. Ich hab selbst vor einer Weile überlegt, ob ich es kaufen soll – es hat Geschichte und diese fabelhafte Aussicht –, aber da hat mir meine Frau mit Scheidung gedroht. Aber jetzt krieg ich es letztlich ja vielleicht doch in die Finger – und kann meine Frau behalten.«

»Gehen wir doch gemeinsam rein. Soll Ihr Hund im Auto bleiben?«

»Ja, das macht ihr nichts aus.«

Der Hund legte den Kopf aufs Armaturenbrett und blickte Naomi aus seelenvollen Augen an.

»Ich mag Hunde. Sie können sie gern mitnehmen, wenn Sie wollen.«

»Danke. Sie ist auch wirklich brav und an Baustellen gewöhnt. Komm, Molly!«

Die Hündin sprang einfach aus dem Fenster und legte eine Landung hin, die jedem Turner zur Ehre gereicht hätte. Dann lief sie auf Naomi zu und schnüffelte an deren Stiefeln.

»Guter Sprung, hübsches Mädchen.« Als Naomi Molly über den Kopf streichelte, wedelte sie regelrecht mit dem ganzen Körper.

»Was möchten Sie denn eigentlich machen?«

»Ich möchte, dass Sie es ins einundzwanzigste Jahrhundert bringen. Und damit meine ich nicht das Aussehen«, fügte

Naomi schnell hinzu, »sondern die Installationen, die Elektrik, die Küche und die Badezimmer. Ich hoffe mal, dass vieles davon nur Kosmetik sein wird«, sagte sie und trat über die Schwelle. »Ich kann selbst streichen und einfache Arbeiten ausführen, aber wenn ich das Wasser aufdrehe, dann zischt und klopft es, und ich weiß auch nicht, ob die Kamine zu gebrauchen sind. Das Abschleifen der Böden wollte ich erst selbst übernehmen, aber wahrscheinlich würde ich dafür zwei oder drei Jahre brauchen.«

»Die Fenster?«

»Was ist damit?«

»Sie sollten durch moderne, doppelt verglaste Fenster ersetzt werden. Das kostet zwar zunächst eine Menge Geld, aber es spart enorm Heizkosten. Im Winter zieht es hier bestimmt durch alle Ritzen.«

»Ja, das setzen wir auf meine Liste. Schauen wir doch mal…«

»Ich werde mir die Elektrik ansehen und dafür sorgen, dass sie sicher und auf dem neuesten Stand ist. Auch die Kamine können wir uns anschauen. Wollen Sie mit Holz heizen?«

»Darüber hab ich noch nicht nachgedacht.«

Schnüffelnd wanderte der Hund herum und erkundete alles, während Kevin sich ganz ähnlich verhielt, schoss es Naomi durch den Kopf.

»Sie haben auch oben Kamine, oder nicht? Wenn Sie kein Holz hochschleppen möchten, könnten wir im ersten Stock Gasöfen einbauen.«

»Gute Idee – das wäre viel sauberer.«

»Wollen Sie auch ein B&B eröffnen?«

»Nein. Jedenfalls vorerst nicht.«

Er nickte, machte sich ein paar Notizen und murmelte leise vor sich hin, während sie durch das Parterre gingen.

In der Küche nahm er seine Kappe ab, kratzte sich am Kopf und setzte sie dann wieder auf.

»Ich sag Ihnen gleich, dass diese Küche komplett rausgerissen werden muss.«

»Wenn Sie etwas anderes sagen würden, hätte ich mich gefragt, warum alle Sie empfohlen haben.«

»Gut. Ich wette, unter diesem grottenhässlichen Linoleumboden liegen ebenfalls Holzdielen.«

»Wirklich? Glauben Sie?« Die Vorstellung versöhnte sie beinahe mit der Erkenntnis, unzählige Fenster austauschen zu müssen. »Können wir mal nachsehen?«

»Wenn es Ihnen nichts ausmacht, eine Ecke zu zerstören …«

»Grottenhässliches kann man nicht noch hässlicher machen.«

Er suchte sich eine Ecke aus und stocherte mit seinem Taschenmesser darin herum. »Oh ja, da ist die Gelbkiefer.«

»Großartig! Dann brauchen Sie den Mist nur runterzureißen, abschleifen, versiegeln, fertig, oder?«

»Ja, so würde ich es machen.«

»Und genau so will ich es.«

»Gut.« Kevin steckte die Sonnenbrille in die Brusttasche seines T-Shirts und musterte den Raum aus seinen ruhigen braunen Augen. »Ich könnte Ihnen ein paar Einrichtungsvorschläge für die Küche machen.«

»Ja, das guck ich mir gern an. Ich habe zwar noch nie eine Küche entworfen, aber ich hab schon einige fotografiert. Ich mache Fotos«, erklärte sie, »für Kataloge, Webseiten und Bildagenturen.« Sie stemmte die Hände in die Hüften und marschierte durch den Raum, als wäre er leer. »Es ist ein großer Raum, das ist von Vorteil. Ich möchte eine Kücheninsel – schön groß, zum Vorbereiten und zum Essen. Es soll nicht hochmodern werden, aber auch nicht dieser Landhausstil. Eher zeitgenössisch rustikal, also dunkle Holzschränke mit Glasfronten, heller Tresen, ein schöner Spritzschutz. Und denken Sie sich für die Beleuchtung auch was Gutes aus. Hier ist Platz für Doppelwandöfen – ich weiß zwar noch nicht, was ich damit machen soll, aber meine Onkel schwören darauf. Ein Gasherd und ein schicker Dunstabzug, das Spülbecken dort ans Fenster, und dieses Bad hier ist vollkommen überflüssig. Nehmen Sie es raus, und bauen Sie es um in eine geräumige Speisekammer. Und diese kleine Hintertür nehmen Sie ebenfalls weg. Öffnen Sie den Raum zur Terrasse und zur Aussicht. Herrlich breite Doppeltüren – komplett aus Glas, ohne Rahmen.«

Er hatte sich Notizen gemacht und nickte. Dann blickte er auf. »Miss Carson?«

»Naomi.«

»Naomi. Ich liebe meine Frau.«

Sie schenkte ihm ein misstrauisches Lächeln. »Das ist gut…«

»Ich habe mich in sie verliebt, als ich gerade sechzehn war. Fast ein ganzes Jahr lang hab ich mich nicht getraut, sie anzusprechen und zu fragen, ob sie mal mit mir ausgehen will. Vielleicht würde ich heute noch über unseren ersten Kuss nachdenken, wenn sie nicht irgendwann den Stier bei den Hörnern gepackt hätte… sozusagen. Ich war dreiundzwanzig, als wir geheiratet haben – auch das hat sie organisiert, weil ich immer noch nicht den Mumm hatte, sie zu fragen. Wir haben inzwischen zwei Kinder.«

»Herzlichen Glückwunsch.«

»Ich will damit nur sagen, dass ich meine Frau liebe. Aber wenn Sie und ich uns schon ein bisschen länger kennen würden, dann würd ich Sie jetzt mitten auf den Mund küssen.«

»Sollte ich mich für später darauf einstellen?«

Er grinste wieder. »Könnte durchaus passieren, wenn Sie

hier weiter meine Hoffnungen und Träume wahr machen. Der Auslöser war, dass Sie diese windige kleine Tür hier raushaben wollen. Der Raum braucht die Aussicht. Wozu wäre sie gut, wenn sie draußen bleiben müsste? Wenn Sie mich auch gleich noch diese Wand dort drüben rausnehmen lassen, dann kann sich hier das Esszimmer anschließen. Das Wohnzimmer ist auf der anderen Seite des Hauses, aber hier hätten Sie ein großes Zimmer, in dem sich Gäste aufhalten könnten, wenn Sie kochen.«

»Ja, setzen wir das auch gleich auf die Liste.«

Sie gingen durch das gesamte Haus, vom Keller bis nach oben, und dann holte Kevin seinen Zollstock und ging alles noch einmal ganz genau durch.

Bis er fertig war, hatte Naomi ihre Einkäufe weggeräumt und schenkte ihnen zwei Cola ein. Mit den Gläsern in der Hand stellten sie sich auf die vordere Veranda und sahen zu, wie die Sonne hinter den Bäumen langsam unterging.

»Ich mache Ihnen einen Kostenvoranschlag. Aber wenn Sie ihn sich ansehen, setzen Sie sich besser.«

»Hab ich mir bereits gedacht.«

»Vielleicht machen wir es so: Sobald Sie ihn sich angesehen haben, reden wir erst mal über Prioritäten – was Sie sofort erledigt haben möchten und was noch ein bisschen Zeit hat. Und solange Ihnen noch der Kopf vom Kostenvoranschlag schwirrt, kann ich Ihnen auch gleich einen guten Landschaftsgärtner empfehlen.«

»Gern, aber ein bisschen werd ich wohl auch selbst machen müssen.«

»In Ordnung. Danke für die Cola!« Er reichte ihr das leere Glas zurück. »Vielen Dank, dass Sie mir die Gelegenheit gegeben haben, mir das Haus anzusehen. Wenn ich den Auftrag bekomme, werde ich mein Bestes für Sie geben.«

»Das glaub ich Ihnen gern.«

»Ich melde mich, so schnell ich kann. Komm, Molly!«

Sie blickte ihm nach, als er davonfuhr, spürte, wie die Stille auf sie herabsank, sowie die Sonne hinter den Bäumen unterging.

Auch sie würde hier gut arbeiten können, dachte sie. Dann ging sie hinein, um sich ein sporadisches Nest und einen Arbeitsplatz einzurichten.

Jeden Morgen fotografierte sie: Sonnenaufgänge – all diese wunderbaren Farben, die sich miteinander vermischten –, das Wasser, die Bäume, Vögel. Nachmittags stöberte sie in Secondhandläden und auf Flohmärkten, kaufte einen Schreibtisch und einen Schreibtischstuhl, zwei Lampen, eine Gartenbank aus Metall und dazu einen passenden Stuhl.

An den Abenden machte sie sich ein Sandwich oder Rührei, schenkte sich ein Glas Wein ein und bearbeitete die Fotos, die sie am Morgen geschossen hatte.

Über ihre Website und eine New Yorker Galerie verkaufte sie ein paar künstlerisch wertvolle Fotos, doch ihr eigentliches Einkommen bestand aus den Honoraren für die Agenturfotos.

Sie hatte es sich zu eigen gemacht, dass sie überall arbeiten konnte – im Auto, auf dem Campingplatz, in einem Motelzimmer. Aber in einem eigenen Haus, mit dieser Stille, die sie umgab, und dem Licht, das auf dem Wasser spielte – dies alles war ein Geschenk, das ihr die Großeltern und die Fonds, die die beiden für sie und Mason angelegt hatten, ermöglicht hatten.

Sie war dankbar dafür und schickte ihnen regelmäßig E-Mails mit Fotos. Seit dem College hatte sie wöchentlich mit ihnen telefoniert, ganz gleich, wo sie gewesen war und was sie gerade getan hatte.

Sie hatten ihre Tochter verloren – und das gleich zweimal, dachte Naomi. Sie würde sicherstellen, dass die beiden ihre Enkeltochter nicht verlieren würden.

Sie machte Fotos von der Bank und den Stühlen, spielte mit der Struktur des Rosts, der abblätternden Farbe, den geraden Linien – und setzte Akzente mit den violetten Stiefmütterchen, die sie in einen Topf auf der Terrasse eingepflanzt hatte. Sie würde die bearbeiteten Aufnahmen nach Hause schicken, aber vorher wollte sie noch am Computer daran herumspielen und sie auf ihre Website setzen.

Kevin brauchte fast eine Woche für den Kostenvoranschlag. Bei seinem nächsten Besuch hatte er nicht nur Molly dabei, sondern auch seinen sechsjährigen Sohn Tyler. Der Junge war eine Miniaturausgabe seines Vaters und so süß, dass Naomi sich gewünscht hätte, Plätzchen im Haus zu haben.

»Wir wollten Pizza holen gehen, und da hab ich gedacht, ich könnte Ihnen das hier gleich persönlich vorbeibringen. Nehmen Sie sich etwas Starkes zu trinken, und setzen Sie sich, bevor Sie es durchlesen.«

»Oh, oh …«

»Ja … Na ja, wie gesagt, Sie können ja Prioritäten setzen. Das hab ich auch berücksichtigt. Und wenn Sie selbst mitarbeiten wollen, spart das auch ein bisschen. Denken Sie gut darüber nach, und sagen Sie mir dann einfach Bescheid. Ich hab noch einen zweiten Namen aufgeführt, vielleicht möchten Sie sich ja dort auch einen Kostenvoranschlag einholen. Ich weiß, dass diese Firma gute Arbeit leistet. Sie stammt aus Hoodsport.«

»Danke.«

»Dann kommt, Leute.« Der Junge rannte neben der Hündin her zurück zum Auto, während Kevin noch kurz stehen blieb. »Und vergessen Sie den Drink nicht!«

Naomi schnalzte den braunen Umschlag auf die offene Handfläche. Dann ging sie in die Küche. Ein Glas Wein kann ganz sicher nicht schaden, dachte sie sich. Auf den Schreibtischstuhl wollte sie sich nicht setzen, daher lief sie wieder raus auf die Terrasse und setzte sich auf die halb abgeschliffene Bank.

Einen Moment lang saß sie da, nippte am Wein, schaute aufs Wasser und das leuchtend rote Kajak, das auf die Küste zuglitt. Dann stellte sie das Weinglas auf den Untersetzer und riss den Umschlag auf.

»Ach du Schande … Aber hallo. Sechsstellig.« Sie hätte sich etwas Stärkeres als Wein einschenken sollen. Womöglich ein paar Tequilas. Sie hatte zwar keinen Tequila gekauft, aber zumindest wäre er gerechtfertigt gewesen.

Sie nahm einen großen Schluck Wein, atmete dann langsam aus und las sich den Kostenvoranschlag ganz genau durch.

So viel Arbeit … Allein die Küche! Aber insgeheim hatte sie die Summe erwartet. Sie lag sogar noch etwas unter derjenigen, die sie befürchtet hatte.

Die Fenster – es waren einfach zu viele Fenster, und wenn man sie alle ersetzen wollte, summierte sich das nun mal. Sie hatte selbst Preise recherchiert, und auch diesbezüglich war er leicht unter ihren Erwartungen geblieben.

Bauunternehmerrabatt, dachte sie. Er würde einen Teil davon an sie weitergeben, und das war mehr als fair.

Sie stand auf, schlenderte auf der Terrasse auf und ab, setzte sich wieder. Las weiter.

Installationen, Elektrik, Dämmung des Speichers. Nicht sonderlich sexy, aber notwendig. Gott, die Böden! So viele Quadratmeter! Warum hatte sie sich bloß ein derart großes Haus gekauft?

Um ihre eigene Frage zu beantworten, sah sie erneut auf. Die Sonne stand tief, und das Wasser glitzerte. Ein weißer Vogel flog mit breiten Schwingen darüber hinweg.

Erneut studierte sie den Kostenvoranschlag. Zumindest

das Streichen würde sie übernehmen können. Harte Arbeit scheute sie nicht. Aber es musste doch noch etwas anderes geben, was sie übernehmen konnte! Bestimmt konnte sie an der einen oder anderen Stelle Kleinigkeiten einsparen.

Doch eigentlich wollte sie das nicht.

Sie lehnte sich zurück und wiegte sich langsam hin und her. Während der Renovierungsarbeiten würde sie massenhaft Fotos machen können: Fotos von Arbeitern, kaputten Fliesen, Werkzeug und Holz. Wenn sie es richtig anstellte, würde sie aus der ganzen staubigen Angelegenheit sogar ein bisschen Kapital schlagen.

Außerdem hatte sie Ersparnisse, rief sie sich in Erinnerung. Sie hatte sparsam gelebt und brauchte nicht allzu viel zum Leben. Ihre größten Ausgaben vor dem Hauskauf waren ihre Hasselblad und der Toyota gewesen. Sie konnte es sich leisten.

Erneut blickte sie übers Wasser. Sie musste es ganz einfach tun. Sie war für den Job bereits in sämtlichen Bundesstaaten unterwegs gewesen und zweimal sogar in Europa. Doch nirgends hatte sie sich so magisch angezogen gefühlt wie von diesem Ort.

Sie zog ihr Telefon aus der Tasche und rief Kevin an.

»Brauchen Sie einen Krankenwagen?«

Schon wieder hatte er sie zum Lachen gebracht. Sie fand nicht leicht Freunde, aber er – er brachte sie zum Lachen.

»Ich hätte gern Tequila dagehabt, andererseits bin ich einigermaßen hart im Nehmen. Wann können Sie anfangen?«

»Jetzt brauche *ich* gleich einen Krankenwagen. *Wow! Wow!* Hören Sie mal, ich trete mich gleich selbst in den Hintern, während ich das jetzt sage, aber wollen Sie sich nicht noch ein anderes Angebot einholen?«

»Ich hab dieses Haus gekauft, weil es zu mir gesprochen hat, es hat Worte gesagt, die ich wohl gerade hören musste.

Und Sie haben das verstanden. Ich will versuchen, ein bisschen selbst zu machen – das Streichen zum Beispiel. Ich könnte auch beim Abriss helfen oder bei irgendetwas anderem, um es ein bisschen preiswerter zu machen – aber ich bin fest entschlossen und zu allem bereit. Also, wann können Sie loslegen?«

»Am Montag. Ich setze einen Vertrag auf und schreib hinein, dass Sie die Malerarbeiten übernehmen. Wenn das nicht funktionieren sollte, können wir immer noch als Subunternehmer für Sie tätig werden. Ich hab die Küche erst mal so gezeichnet, wie Sie es angedacht hatten, aber …«

»Ja, hab ich gesehen. Sagen Sie mir einfach, wo ich noch mal genau hinsehen soll, was Arbeitsplatte, Küchenschränke und so weiter angeht.«

»Das wird eine Menge Arbeit.«

»Ja. Und daher sollten wir so bald wie möglich anfangen.«

»Naomi, es könnte sein, dass ich Sie gleich am Montag auf den Mund küssen muss. Meine Frau wird das bestimmt verstehen.«

Naomi hoffte inständig, dass seine Frau genauso hinreißend war wie Kevin. »Das regeln wir schon.«

»Ich komme morgen mit dem Vertrag vorbei.«

»Und ich stelle Ihnen einen Scheck aus für das ganze Material, wie Sie es aufgeführt haben.«

»Danke. Haben Sie eigentlich eine Lieblingsfarbe?«

»Klar. Alle.«

»Gut. Bis morgen dann. Und danke, Naomi!«

Sie schenkte sich noch ein Glas Wein nach. In der Küche, die bald völlig umgebaut werden würde, prostete sie sich selbst zu.

Tags darauf brachte Kevin den Vertrag – zusammen mit Jenny, seiner äußerst hübschen Frau, mit Tyler und der vierjährigen Maddy, der flachsblonden und zuckersüßen Mädchenausgabe ihres Vaters.

Mit dem Vertrag überreichte er ihr auch einen Topf bunter Tulpen.

»Sie sagten, Sie hätten alle Farben gern ...«

»Ja, und sie sehen wundervoll aus!«

Dann packte er sie bei den Schultern und küsste sie. Tyler schlug die Hände vors Gesicht, Maddy kicherte, und Jenny strahlte bis über beide Ohren.

»Er malt sich schon länger aus, als ich überhaupt denken kann, was an diesem Haus alles gemacht werden müsste. Und er hat erzählt, Sie hätten genau die gleichen Ansichten wie er. Kevin ist der Beste – er wird es wunderschön für Sie herrichten!«

»Jenny ist vielleicht ein bisschen voreingenommen.« Er legte den Arm um ihre Schultern. »Aber ehrlich: Als Erstes kommt am Montagmorgen ein Container. Die Mannschaft wird gegen sieben Uhr dreißig hier sein. Es wird ziemlich laut werden ...«

»Das halte ich schon aus.«

»Bis Montag dann.«

Sie kletterten wieder in den Wagen, und wie der Hund streckte Kevin seinen Kopf durchs Fenster. »Wir werden dieses Haus auf den Kopf stellen!«

Naomi platzierte die Kaffeemaschine in ihrem Schlafzimmer auf den Schreibtisch, füllte den Kühlschrank mit Saft, Aufschnitt und ein bisschen Obst. Den Campingkocher würde sie auf die Terrasse stellen. Sie hatte schon unter deutlich widrigeren Bedingungen Essen gekocht.

Am Montag nahm sie sich frei und half mit, die Küche und das angrenzende Badezimmer abzureißen. Sie schwang den Vorschlaghammer, arbeitete mit der Brechstange und schleppte alte Arbeitsplatten und Schränke nach draußen.

Erschöpft und mit schmerzenden Gliedmaßen, war sie bereits eingeschlafen, noch ehe der Wald die Sonne verschluckt hatte.

Morgen für Morgen ging das Hämmern aufs Neue los. Sie machte sich Kaffee, aß einen Müsliriegel und schnappte sich dann ihre Kamera. Die Leute gewöhnten sich langsam an sie und hörten schon bald auf zu posieren.

Sie machte Aufnahmen von schwieligen Händen – Händen, die an den Knöcheln bluteten. Von verschwitzten Oberkörpern und Arbeitsstiefeln mit Stahlkappe.

In der gesegneten Stille des Abends futterte sie Sandwiches und arbeitete weiter. Sie fotografierte den Küchenfußboden – das gezackte Linoleum gegen die freigelegten Dielen. Sie spielte mit Filtern, überlegte sich immer neue Bildkompositionen, brachte ihre Website auf den neuesten Stand und feilte am Marketing.

Sie suchte diejenigen Studien aus, die auf ihre Website passten, und sonderte andere aus, die exklusiv für die Galerie bestimmt waren.

Sie musste Dutzende von Entscheidungen treffen, und sie hätte schwören können, dass die Tage auf einmal nicht mehr annähernd so viele Stunden hatten wie noch in der Woche zuvor.

Sie nahm sich immer wieder frei, um sich Granitarbeitsplatten anzusehen, und machte schließlich über eine Stunde Fotos von den Rohlingen – von den rauen Kanten, der Körnung, den Einschlüssen, den Farben. Auf dem Heimweg kaufte sie sich im Ort eine Pizza, weil sie die kalten Mahlzeiten und die Suppen vom Campingkocher leid war. Daheim würde sie sich auf ihre hübsche schieferblaue Metallbank setzen und die dick belegte Pizza auf der Terrasse vor dem Schlafzimmerfenster essen. Dann würde sie sich einen Film auf ihrem Laptop gönnen. Tags darauf würde zum Glück endlich die Kingsize-Matratze geliefert werden, die sie bestellt hatte. Bislang hatte sie auf einer Luftmatratze geschlafen.

Im Westen schimmerte bereits das Zwielicht, als sie die gewundene Straße entlangfuhr.

Der Hirsch sprang zwischen den Bäumen hervor. Sie sah ihn gerade noch rechtzeitig, um das Lenkrad herumzureißen und einen frontalen Zusammenprall zu verhindern, stieg auf die Bremse, und der Wagen brach hinten aus.

Sie fühlte mehr, als dass sie es hörte, wie ein Reifen platzte. Fluchend versuchte sie gegenzulenken.

Sie landete im flachen Graben neben der Straße. Das Herz schlug ihr bis zum Hals.

Der Hirsch drehte nur den Kopf, blickte fast schon herrschaftlich auf sie hinab und verschwand dann in den Schatten.

»Verdammt, verdammt, verdammt! Okay, okay, niemand ist verletzt, noch nicht mal dieses blöde Bambi.«

Sie stieß die Tür auf, um sich den Schaden anzusehen. Natürlich konnte sie einen Reifen wechseln, aber so, wie sie im Graben lag, würde es schwierig werden. Außerdem wurde es bereits dunkel – und ihr Auto lag mitten in der Kurve.

Sie öffnete die Heckklappe, holte den Notfallkasten raus und stellte ein Stück hinter dem Wagen das Warnlicht auf. Ein weiteres stellte sie ein paar Meter davor ab. Dann stieg sie wieder in den Wagen und schaltete die Warnblinkanlage an.

Nach ein paar Sekunden stieg sie wieder aus und holte resigniert und wütend den Wagenheber aus dem Kofferraum.

Scheinwerfer näherten sich – zu schnell für diese Strecke. Doch der Truck – sie konnte vage die Umrisse eines Trucks erkennen – wurde tatsächlich langsamer und blieb zwischen dem Warnlicht und dem Heck ihres Wagens am Straßenrand stehen.

Naomi senkte den Wagenheber, hielt ihn aber fest umklammert.

»Haben Sie Probleme?«

»Nur einen Platten. Das schaff ich schon, danke.«

Trotzdem stieg der Fahrer aus und kam auf sie zu. Die Scheinwerfer seines Wagens strahlten ihn von hinten an.

»Haben Sie einen Ersatzreifen?«

Tiefe Stimme. Sehr männlich. Groß – lange Beine und Arme.

»Natürlich hab ich einen Ersatzreifen.«

»Gut. Ich wechsle ihn für Sie.«

»Das ist sehr freundlich von Ihnen.« Ihre Finger legten sich ein bisschen fester um das Eisen. »Aber ich schaff das schon allein.«

Ohne ein weiteres Wort ging er in die Hocke, um sich den Schaden anzusehen. Sie konnte ihn jetzt besser sehen – dichtes, dunkles, vom Wind zerzaustes Haar, kerniges Profil. Abgewetzte Lederjacke, große Hände, die auf den Knien seiner langen Beine ruhten.

»Sie stehen in einem denkbar schlechten Winkel für den Wagenheber – aber es ist machbar. Ich hab eine Notfallbeleuchtung dabei.«

Er sah zu ihr auf. Ein hartes, aber durchaus attraktives Gesicht mit Bartstoppeln. Dichtes Haar. Volle Lippen.

Die Farbe seiner Augen konnte sie nicht erkennen, aber sie konnte nichts Gemeines darin feststellen. Trotzdem …

»Ich hab schon öfter Reifen gewechselt.«

»Ich auch. Das ist tatsächlich mein Beruf. Xander Keaton. Keaton wie in Keatons Autowerkstatt – der Name steht auf der Seite meines Trucks. Ich bin Mechaniker.«

»Ich hab keinen Mechaniker gerufen.«

»Und ist es nicht ein glücklicher Zufall, dass ich einfach so vorbeigekommen bin? Ich wäre Ihnen übrigens dankbar, wenn Sie mich nicht gleich mit diesem Eisending erschlagen würden.«

Er trat zur Seite, holte ein Radkreuz aus dem Auto und machte sich an die Arbeit.

»Der Reifen ist hin. Sie werden einen neuen brauchen. Ich könnte Ihnen einen bestellen. Wie ist das überhaupt passiert? Er sieht nicht abgefahren aus.«

»Ein Hirsch – er ist direkt vor mir auf die Straße gesprungen, da bin ich ausgewichen.«

»So was kommt vor. Sind Sie auf dem Heimweg? Ich will wirklich nur ein bisschen Small Talk betreiben«, sagte er, als sie ihm nicht antwortete. »Ich kann Pizza riechen. Sie waren offenbar zuvor unten im Dorf, also wohnen Sie nicht dort. Ich hab Sie hier noch nie gesehen, und nachdem Sie ziemlich attraktiv sind, hätte ich mich an Sie erinnert…«

»Ich war gerade auf dem Heimweg.«

»Neu hier. Ich kenne hier ansonsten jeden… und Sie fahren auf dieser Straße nach Hause. Killerblond. Sie sind Naomi, stimmt's?«

Sie wich ein Stück zurück.

»Immer mit der Ruhe«, sagte er ganz ruhig und stand auf, um den Ersatzreifen zu holen. »Kevin Banner – er renoviert das alte Parkerson-Haus auf Point Bluff für Sie. Wir sind beste Freunde, seit wir beide auf die Welt gekommen sind. Wir kennen einander, seit wir laufen können. Rufen Sie ihn an, und lassen Sie sich das alles von ihm bestätigen, wenn es dazu beiträgt, dass Sie diese Eisenstange endlich runternehmen.«

»Er hat Sie nie erwähnt…« Trotzdem lockerte sie den Griff.

»Also, das tat jetzt schon ein bisschen weh, ich war immerhin sein Trauzeuge, und ich bin Tylers Taufpate. Sein Cousin Mark macht bei Ihnen die Installationen, und Macie

Addams – in die ich im Junior-Jahr für ungefähr sechs Wochen unsterblich verliebt war – ist eine der Schreinerinnen. Macht mich das endlich unverdächtig?«

»Das werd ich erst wissen, wenn ich Kevin morgen frage.«

»Sie sind aber misstrauisch! Muss man mögen.« Er zog die Radmuttern am Ersatzreifen fest und ließ ihn einmal um die eigene Achse drehen. »So wird es gehen.« Er senkte das Radkreuz und blickte sie wieder an. »Wie groß sind Sie?«

»Eins achtzig. Fast einundachtzig.«

»Verdammt gute Haltung.« Er stand wieder auf und räumte sein Werkzeug ein. »Soll ich den Reifen mitnehmen und Ihnen einen neuen bestellen?«

»Ich … Ja, das wäre wirklich toll. Danke.«

»Kein Problem. Warten Sie …« Er brachte den Reifen zu seinem Truck, holte einen Eimer Sand und hob das Warnlicht hoch. »Soll ich das andere auch gleich holen?«

»Sie sind aber gut vorbereitet!«

»Gehört zu meinem Job.« Er erstickte die Flammen mit dem Sand und schüttelte den Kopf, als Naomi anfing, in ihren Taschen zu kramen. »Wollen Sie mich jetzt bezahlen? Geben Sie mir lieber ein Stück von Ihrer Pizza.«

»Was? Im Ernst?«

»Das ist Rinaldo-Pizza. Dafür hab ich eine Schwäche.«

»Sie wollen wirklich ein Stück Pizza?«

»Also, das ist doch wirklich nicht zu viel verlangt. Immerhin hab ich eine Gehirnerschütterung und möglicherweise einen Hirnschaden riskiert, um Ihren Reifen zu wechseln.«

Naomi zog ihre Wagentür auf und klappte die Schachtel auf. »Ich hab allerdings nichts dabei, wo ich es drauftun könnte …«

Xander streckte eine Hand aus. »Wie wäre es hiermit?«

Achselzuckend schubste Naomi das Stück Pizza auf seine Handfläche.

»Danke für Ihre Hilfe!«

»Danke für das Stück Pizza. Und fahren Sie vorsichtig!«

Sie stieg ein, schnallte sich an und beobachtete im Rückspiegel, wie er davonschlenderte – denn genau das tat er. Er schlenderte. Vorsichtig arbeitete sie sich aus dem Graben bis auf den Asphalt.

Er hupte kurz zum Abschied, als sie davonfuhr.

Einen Moment lang blieb er noch hinter dem Steuer sitzen, biss ein paarmal von der Pizza ab, bis er sie mit einer Hand halten und mit der anderen lenken konnte.

Die Pizza war wie immer köstlich.

Aber der langbeinigen Blonden mit den misstrauischen Augen konnte sie nicht das Wasser reichen.

7

Sie war gekommen, um Frieden, Ruhe und Einsamkeit zu finden. Und jetzt hatte sie das Haus voller Leute und Lärm. An manchen Tagen entschädigte sie noch nicht mal mehr die Aussicht dafür. Und wenn sie sich fragte, warum sie nicht nur das Nötigste hatte machen lassen – ordentliche Sanitärinstallationen und einen anständigen Kühlschrank –, konnte sie sich an die Antwort nicht mehr erinnern.

Das Haus war aufgerissen, voller Staub – und in ihrem Vorgarten stand der größte Schuttcontainer, den sie je gesehen hatte. Nach drei langen Regentagen, die ihr die Lust daran verleideten, mit der Kamera unterwegs zu sein, war Naomi drauf und dran, ihre Sachen ins Auto zu packen und einfach davonzufahren.

Stattdessen kaufte sie Farbe.

Am ersten Regentag säuberte sie die Wände des großen Schlafzimmers und grundierte sie. In der ersten Regennacht studierte sie Farbmuster und probierte sie auf ihrem Computer aus. Am zweiten Tag redete sie sich ein, es wäre doch nur Farbe, und wenn sie ihr nicht gefiele, könnte sie die Wand ja jederzeit neu streichen.

Sie kaufte exakt die Menge an Farbe, die Kevin ihr empfohlen hatte, und Altweiß für die Umrandung – dazu Rollen, Pinsel, Abstreichgitter. Die Trittleiter vergaß sie prompt – die würde sie sich bei ihrem nächsten Einkauf besorgen müssen. In der Zwischenzeit lieh sie sich eine vom Bauteam.

In Sweatshirt, Jeans und Basketballkappe, die bereits

Flecken von der Grundierung aufwies, machte sie sich an die Arbeit. Da sie den Lärm der Stichsäge, der Nagelpistolen und die hämmernde Musik aus dem Erdgeschoss nicht einfach ausblenden konnte, setzte sie sich Kopfhörer auf und malte zu ihrer eigenen Musik.

Als er auf das Haus zufuhr, dachte Xander noch, der alte Kasten sähe so aus, als wäre er einzig und allein dafür gebaut worden, um an regnerischen Tagen dort oben auf der Klippe zu stehen. Der Tag war düster, und das Licht, das aus den Fenstern schimmerte, trug enorm zur Atmosphäre bei. Der riesige Container im Vorgarten trübte den Gesamteindruck ein wenig, aber wahrscheinlich vergnügten Kevin und seine Leute sich gerade damit, ihn nach Leibeskräften zu befüllen.

Er stieg aus, zog die Schultern hoch, um sich vor der Nässe zu schützen, und lief auf das Haus zu. Der Lärm drinnen war ohrenbetäubend, aber so war es eben auf Baustellen. Es roch nach Sägemehl, Kaffee und nassem Hund – was wohl bedeutete, dass Molly bereits draußen gewesen war. Der Boden war mit Abdeckplanen bedeckt.

Das Innere des Hauses sah, soweit er es erkennen konnte, traurig aus: düster, schäbig, vernachlässigt. Die hohen Decken machten es ein bisschen wett, der Natursteinkamin verlieh dem Ganzen Charakter, aber er sah noch einiges, was repariert und wiederhergestellt werden müsste.

Er dachte wieder an die große Blondine mit den langen Beinen, den sexy kurzen Haaren und der distanzierten Haltung. Eine Verbindung konnte er nicht herstellen. Seiner Meinung nach gehörte sie in eine Stadt. In eine Großstadt.

Das machte sie und ihre Wahl des Wohnorts allerdings umso interessanter.

Er folgte dem Lärm und ging an Holzstapeln, Werkzeug, Seilen und Kabelrollen vorbei nach hinten.

Er fragte sich, was man wohl mit so vielen Zimmern machte. Was hatte die sexy Blondine damit vor?

Als er die Küche betrat, bekam er eine Teilantwort. Hier zumindest wollte sie komplett neu anfangen.

Sie hatten den Raum völlig entkernt und setzten gerade neue Balken ein. Eine blaue Plane blähte sich im regnerischen Wind über einem riesigen Loch in der hinteren Wand. Er verstand genug von Klempnerarbeiten, um abschätzen zu können, wo was zu stehen kommen würde. Und er erkannte auch, dass sich in der hinteren linken Ecke vor noch nicht allzu langer Zeit eine Toilette befunden hatte.

»He, Kev, willst du deine beiden Kinder mit diesem Umbau durchs College bringen?«

Kevin, der gerade neben dem Klempner hockte, blickte auf. »Es hilft auf jeden Fall«, rief er über den Lärm hinweg, stand auf und kam auf ihn zu. »Was führt dich her?«

»Ein neuer Reifen für den Toyota.«

»Ach so. Ich hätte ihn auch abholen und dir so die Fahrt hier rauf ersparen können.«

»Kein Problem. Ich wollte mir das Haus sowieso mal ansehen.«

Zufrieden blickte Kevin sich um. »Es wird so langsam.«

Xander folgte seinem Blick. »Es wird *was*?«

»Du brauchst Visionen, Mann! Du brauchst einfach Visionen!« Er führte ihn zum Essbereich, wo Sperrholzbretter auf Sägeböcken lagen. »Es wird zu all dem hier.«

Xander steckte die Hände in die Taschen und musterte den Ausdruck des Küchenplans. »Ach, dafür ist das Loch. Was war da vorher?«

»Eine Standardtür. Totale Verschwendung. Und als Naomi sich gewünscht hat, die Wand aufzubrechen, da wusste ich, dass sie diese Vision hat.«

»Die Vision – und das Geld.«

»Ein Glück für uns beide. Ein Glück für dieses Haus. Als Fotografin hat sie einfach ein Auge dafür. Und sie hat ein Händchen für das Haus, für seinen Charakter. Sie will gar nicht alles modern und glatt haben. Dieser Raum hier und das große Badezimmer sind die größten Projekte. Dann kommen noch neue Fenster – sie werden morgen geliefert –, die Böden werden abgezogen, neue Rohre, neue Elektrik, Fuß- und Deckenleisten... Hier und da will sie Stuck, und ein paar Originalleisten müssen noch nachbearbeitet werden. Dann wird gestrichen und eingebaut, also hauptsächlich Verschönerungsarbeiten, aber es ist eben eine ganze Menge.«

»Wie viele Zimmer hat denn dieses Haus?«

»Achtzehn plus diverse Bäder, eins haben wir allerdings schon rausgenommen. Ganz zu schweigen von einem unfertigen, uralten Keller.«

»Sie ist Single, oder? Lebt allein?«

»Manche Leute brauchen eben Platz, und andere wohnen gern in einer Bruchbude über der Autowerkstatt.«

»Und manche Leute fahren einen Minivan.«

Kevin knuffte ihn in die Seite. »Wart erst mal ab, bis du selbst Kinder hast.«

»Ja, das lass uns abwarten. Wo ist sie überhaupt?«

»Soweit ich weiß, oben im Schlafzimmer. Sie malt.«

»Wände oder an einer Staffelei?«

»Die Wände. Die Vorbereitung und Grundierung hat sie ganz ordentlich hingekriegt, aber für den Rest sage ich lieber Jimmy und René Bescheid.«

Er hätte Kevin auch einfach die Rechnung dalassen können, den Reifen in ihr Auto legen und wieder fahren. Aber nachdem er schon mal hier war...

»Ich geh kurz nach oben.«

»Nimm die hintere Treppe.« Kevin zeigte mit dem Daumen darauf. »Es ist das Eckzimmer mit Aussicht über den Meeresarm.«

»Kommst du mal wieder auf ein Bier vorbei?«

»Ich hätte nichts dagegen. Ja, ich komme vorbei.«

Xander ging über die Hintertreppe nach oben – und da Kevin sein ältester Freund war, erkannte er dessen fabelhafte handwerkliche Arbeit an den neuen Stufen und dem stabilen Geländer. Die Deckenlampe sah zwar so aus, als hätte sie schon in den Fünfzigerjahren in irgendeiner Hütte gehangen, aber die würde man ja ohne Weiteres austauschen können.

Im ersten Stock blieb er stehen und starrte den Gang entlang. Hier sah es fast genauso aus wie in *Shining*. Halb erwartete er, ein Kind auf einem Dreirad hier entlangfahren zu sehen. Oder eine Leiche, die bereits verrottete – Blut, das unter der Tür hervorsickerte …

Wie konnte sie in so einem Haus ruhig schlafen?

Er klopfte an die Tür des Eckzimmers und überlegte kurz, was er tun sollte, wenn keiner aufmachte. Er entschied sich für die einfachste Lösung und schob die Tür auf.

Sie stand auf einer Trittleiter in farbbespritzten Klamotten und uralten hohen Converse und strich gerade die Wand unter der Decke. Sie war beinahe fertig, stellte er fest. Und ihre Arbeit sah tadellos aus.

Er klopfte an die offene Tür, doch gerade als sie den Pinsel in die Farbe tauchte, fing sie an, den Refrain von »Shake It Off« mitzuträllern: »'cause the players gonna play, play, play, play, play …«

Ganz gute Stimme, dachte er. Erst danach fielen ihm die Kopfhörer auf.

Als sie bei »Baby, I'm just gonna shake, shake, shake« angekommen war, trat er zu ihr und tippte ihr auf die Schulter.

Sie drehte sich so schnell um, dass er nur mit Mühe dem Pinsel ausweichen konnte.

»Wow«, sagte er, als sie ins Schwanken geriet, und schob die Hand unter ihren Hintern, damit sie nicht von der Leiter fiel. Dann stellte er – typisch Mann – lächelnd fest: »Hübsch.«

»Hauen Sie ab!«

»Ich bewahre nur Sie und Ihren Farbeimer davor, auf dem Boden zu landen.« Trotzdem ließ er die Hand sinken. »Ich hab geklopft, aber Sie waren zu beschäftigt mit Singen.«

Vorsichtig legte sie den Pinsel ab. »Wenn Sie klopfen, und niemand macht auf, dann ist es doch wohl nur logisch und höflich, wieder wegzugehen.«

»Das kann man so oder so sehen, finde ich.« Sie hatte grüne Augen. In der Dunkelheit am Straßenrand hatte er das nicht erkennen können, aber sie hatte tatsächlich moosgrüne Augen. Und sie war wütend. »Viele öffnen dann die Tür und werfen einfach einen Blick ins Zimmer.«

»Was wollen Sie?«

»Schön, Sie wiederzusehen. Ich habe Ihren Reifen vorbeigebracht – den Ersatzreifen.«

»Oh. Danke.«

»Kein Problem.« Er zog eine gefaltete Rechnung aus seiner Gesäßtasche und hielt sie ihr hin. »Kostet leider etwas mehr als ein Stück Pizza.«

»Das hab ich mir gedacht. Nehmen Sie einen Scheck?«

»Klar. Bar, Scheck, Kreditkarte.« Er zog ein elektronisches Kartengerät aus seiner Jackentasche. »Ganz wie Sie wollen.«

»Dann bezahle ich mit Karte. Ist das nicht ein bisschen sehr hightech für eine Autowerkstatt?«

»Ich finde es gut, außerdem ist es praktisch, wenn Leute unterwegs Pannenhilfe brauchen. Ich kann den Wagen reparieren, die Karte durchziehen, und sie können weiterfahren.«

Sie nickte und zog ein schmales Portemonnaie aus der Gesäßtasche ihrer Jeans. Xander zog die Augenbrauen hoch, als sie eine Kreditkarte herauszog. Die Frauen, die er bislang kennengelernt hatte, schleppten ein Portemonnaie in der Größe eines Shetlandponys mit sich herum, das mit lauter Geheimnissen angefüllt war.

»Nett von Ihnen, dass Sie den Reifen den weiten Weg hier raufgebracht haben.«

»So weit ist es nun auch wieder nicht. Ich leg ihn ins Auto, wenn ich fahre. Kev hat dort unten alles aufgerissen.«

»Ja. Ja, das stimmt.«

»Das Loch in der Wand ist riesig.«

»Irgendwann wird hoffentlich eine Tür daraus. Bitte, lieber Gott…«

Er zog ihre Karte durch das Gerät. »Hübsche Farbe – die Wand.«

»Ja, finde ich auch.« Sie schielte zu ihrer Wand hinüber, während sie unterschrieb. »Macht die Farbe einen warmen Eindruck auf Sie?«

Er reichte ihr die Karte zurück und studierte das sanfte, wässrige Blau. »Ja. Warm und ruhig, oder? Sie greifen den Ton des Wassers am frühen Morgen auf, bevor es tiefblau wird.«

»Ja, genau. Es ist fast ein bisschen zu grau geworden, wie in einem Spa… Vielleicht hätte ich besser… Aber es ist ja nur Farbe.«

»Es sind Wände«, korrigierte er sie. »Sie müssen damit leben.«

»Quatsch.«

»Wenn Sie es wollen, wird die Farbe für Sie warm und ruhig sein. Wie immer es jetzt gerade wirkt – Sie werden sich daran gewöhnen. Ich kann Ihnen die Quittung mailen.«

»Das ist schon in Ordnung. Ich brauche keine.«

Wahrscheinlich wollte sie ihm ihre E-Mail-Adresse nicht geben. Xander steckte das Kartenlesegerät und sein Handy wieder ein. »Das sind große Wandflächen hier. Sie sollten die Türen auflassen, damit ein bisschen Luft hereinkommt.«

»Es regnet. Aber Sie haben recht.« Sie trat ans Fenster und schob es mühsam ein paar Zentimeter hoch. »Dieses verdammte hässliche Ding!«

Xander legte seine Hand über ihre und schob das Fenster ein gutes Stück höher. Dann blickte er ebenfalls hinaus.

»Wände spielen keine Rolle mehr, wenn man das hier sieht.«

»Das sage ich mir auch immer.«

Die Welt draußen wirkte verträumt im Regen. Nebelfetzen schwebten umher wie Vogelgespinste.

»Das lässt einen vergessen, dass es im ersten Stock aussieht wie im Overlook Hotel.«

»Na, vielen Dank. Jetzt hab ich für den Rest des Tages *Redrum* vor Augen.«

Er grinste. »Das gibt Extrapunkte, weil Sie die Anspielung verstanden haben. Viel Erfolg beim Streichen!«

»Danke.« Sie blieb stehen und blickte in den kühlen Frühlingsregen, als er hinausging.

Er hatte ihr Angst eingejagt, das gestand sie sich ein. Die schnelle, feste Berührung an ihrer Schulter, als sie nur mehr an die Farbe und die Musik gedacht hatte. Der ebenso schnelle, feste Griff an ihren Hintern.

Sie hätte wahrscheinlich nicht das Gleichgewicht verloren.

Er hätte sie sicher losgelassen, wenn sie es ihm ganz locker gesagt und ihm zu verstehen gegeben hätte, dass er harmlos wäre. Aber er war nicht harmlos. Trotz des unverfänglichen Gesprächs über die Farbe an den Wänden war er alles andere als harmlos. Er hatte blaue Augen, blickte direkt in einen hinein – und hinter diesem Blick lag etwas, was ihr unmissverständlich sagte, dass mit ihm nicht zu spaßen war.

Sie hatte allerdings auch nicht die Absicht, mit Xander Keaton zu spaßen.

Er hatte einen Körperbau wie ein Läufer, aber es lag auch eine gewisse Härte darin. Sie konnte durchaus beurteilen, wer vielleicht eine lose Bekanntschaft für ein, zwei Nächte sein könnte, wenn sie das Bedürfnis danach hätte.

Dass er attraktiv war, auf eine raue, sexy Art, stand außer Frage, und obwohl sie gelernt hatte, nicht darauf zu achten, war es doch ein Bonus, dass er gut zehn Zentimeter größer war als sie. Sie konnte auch nicht leugnen, dass sie ein Ziehen im Bauch verspürte, aber wenn und falls sie ernsthaft das Verlangen nach einem Mann überfiele, würde sie sich von diesem Keaton fernhalten.

Nur nichts verkomplizieren, dachte sie und stieg wieder auf die Leiter. Ihr Leben und ihre Einstellung dazu waren schon kompliziert genug.

Ihr Instinkt jedoch sagte ihr, dass Xander Keaton alles andere als einfach war.

Als der Regen sich verzog und die Sonne wieder schien, konnte Naomi sich endlich an ihren Terrassentüren in der Küche erfreuen. Nachdem sie eingebaut und die Baumannschaft gegangen war, öffnete und schloss sie sie mindestens ein halbes Dutzend Mal, einfach nur, weil es ihr solche Freude bereitete.

Nachdem das Wetter jetzt wieder besser war, zog sie ihre Gummistiefel und eine leichte Jacke an und schnappte sich ihre Kamera. Blumenfotos sorgten immer für ein gutes Einkommen, und die blühenden Wiesen draußen waren eine wahre Schatzkiste. Sie wollte durch die Wälder streifen und Ausschau nach interessanten Baumrinden, Baumstämmen oder einem kleinen Bach mit schmelzendem Schnee halten. Sie stieß sogar auf einen kleinen Wasserfall, der auf die darunterliegenden Felsen stürzte.

Und ihr gelang unverhofft die Aufnahme eines Bären, dem sie in der silbrigen Stille der Dämmerung begegnete.

Nachdem sie zehn Tage lang fotografiert, gestrichen und Küchenschränke und Armaturen ausgesucht hatte, setzte sie sich mit ihrem Laptop auf ihre neue Kingsize-Matratze.

Hallo von der Großbaustelle, meine Lieben!
Ich habe es geschafft: Mein Schlafzimmer ist frisch gestrichen, jeder Quadratzentimeter Wand, Decke und Leisten. Ich habe wundervolle Glastüren, die auf meine Terrasse führen, und hab vor, morgens dort mit meinem Kaffee zu sitzen, auf dem Stuhl, den ich abgelaugt und neu gestrichen habe, und die Aussicht zu genießen. Lange wird es sowieso nicht dauern, weil die Baumannschaft immer früh kommt und unbeschreiblichen Lärm macht. Aber ich sehe, wie die Küche langsam fertig wird. Ich weiß noch, wie ihr vor sechs Jahren die Küche neu gemacht habt – ich war damals für ein paar Wochen zu Hause, und es herrschte ziemliches Chaos. Hier herrscht ziemlich unendliches Chaos. Aber es ist fantastisch, dass es so langsam Gestalt annimmt.
Heute früh habe ich einen Bären gesehen. Keine Sorge, ich war mehr an ihm interessiert als er an mir. Bild liegt bei. Den Wal – ich bin sicher, dass es ein Wal war – konnte ich nicht fotografieren, er war zu weit draußen. Bis ich meine Kamera zur Hand hatte, war er schon wieder weg.
Ich bin glücklich hier, trotz des täglichen Lärms und der Vielzahl an Entscheidungen. Kevin sagt, ich müsste mich endlich für die Fliesen in meinem Lieblingsbad und für den Spritzschutz in der Küche entscheiden. Vor beidem schrecke ich noch zurück. Das ist etwas für später.
Schreibt mir bald – und das gilt vor allem für dich, Mason –, und zwar ein bisschen mehr als das übliche »Allen geht's gut« und »Wie geht es dir?«. Ich fange jetzt

an, Farben und Designs für die Zimmer auszusuchen, die ich für euch vorgesehen habe, wenn ihr mich besuchen kommt.
Angehängt sind die Vorherbilder.
Ihr fehlt mir! Ich liebe euch!
Naomi

Nachdem sie die E-Mail abgeschickt hatte, zwang sie sich zu arbeiten. Sie musste ihre Facebook-Seite auf den neuesten Stand bringen, sich mit Tumblr und Pinterest beschäftigen und etwas für ihren Blog schreiben. Alles Pflichten, die sie bis an ihr Lebensende aufgeschoben hätte, wenn sie nicht zu ihrem Job gehören würden.

Eine Stunde später trug sie ihren Laptop zum Schreibtisch, um ihn an das Ladegerät anzuschließen. Der Mond schwebte über dem Wasser.

Sie griff nach Kamera, Filtern, einem zweiten Objektiv und trat in der Kälte der Nacht hinaus auf die Terrasse.

Das Wasser reflektierte das Mondlicht. *Spiegelmond*, dachte sie, machte weitere Aufnahmen, wechselte Filter, Perspektiven. Sie würde eine ganze Serie machen – Ansichten, die sie über ihre Website gut verkaufen würde. Wenn sie so schön würden, wie sie es sich vorstellte, würde sie ein paar davon bearbeiten und an die Galerie schicken.

Aber eine machte sie auch für sich selbst. Sie stand kerzengerade da, genoss die Stille, das Licht, das Gefühl wundervoller Einsamkeit.

Das beste Foto würde sie an die Wand hängen, die sie am Vortag selbst gestrichen hatte.

Ihr Mond über ihrem Meeresarm.

Das war das Allerbeste.

Drei Wochen nach dem Abriss blieb Kevin abends länger, um die Griffe an die Küchenschränke zu schrauben. Überwältigt nahm Naomi ebenfalls Werkzeug zur Hand und half ihm bei der Arbeit. Molly schlief an der Terrassentür.

»Ich kann kaum glauben, wie es hier inzwischen aussieht.«

»Es wird so langsam …«

»Es *wird*? Kevin, es ist wundervoll! Es war kein Fehler, oder, dass ich mich bei den Schränken statt für dunkles Kirschholz für dieses Salbeigrün entschieden habe, oder?«

»Nein, die haben Klasse und Charakter, und es sieht nicht aus wie in einem Ausstellungsraum – das ist gut. Und dieser graue Granit hat auch grüne Adern, sehen Sie? Sie haben ein Auge dafür, Naomi. Und die angeschliffenen Glasflächen bringen das Ganze nur noch besser zur Geltung.«

»Ja, das finde ich auch. Da werde ich wohl was Besseres als Pappteller und -becher hineinstellen müssen. Ich hab noch nie in meinem Leben ein komplettes Service gekauft.«

»Hatten Sie denn vorher keine Wohnung?«

»Doch, hier und da schon, aber ich bin hauptsächlich durch die Weltgeschichte gereist. Mit der Kamera. Deshalb hab ich auch immer bloß Pappe, Plastik oder Secondhand gebraucht. Ich wollte mich nie niederlassen.« Als sie ihre leeren Küchenschränke betrachtete, fühlte sie sich schier überwältigt. »Aber jetzt hab ich mich wohl doch niedergelassen, also sollte ich mal über Geschirr und Gläser nachdenken. Ich weiß langsam nicht mehr, wo ich in meinem Kopf noch Platz finden soll neben all den Wasserhähnen, Lampen und Fliesen.«

»Sie sollten mal mit Jenny reden. Meine Frau liebt neues Geschirr.«

»Vielleicht nehme ich einfach weiß, wie im Restaurant, dann brauche ich nicht weiter darüber nachzudenken.«

»Sie sollten wirklich mal mit ihr reden. Wissen Sie was?«

Er schob seine Kappe zurück. »Kommen Sie heute Abend doch runter in den Ort und trinken was mit uns im Loo's.«

»Ist das die Bar hinter der Water Street?«

»Ja, es ist echt nett dort. Gutes Essen, nette Leute. Heute Abend gibt es sogar Livemusik. Jenny und ich haben einen Babysitter, deshalb wollten wir hingehen. Wollen wir uns nicht dort treffen?«

»Das klingt ja fast wie ein Date, Kevin!«

»Na, so in der Art. Jenny drängelt schon die ganze Zeit, ich soll Sie mal zum Abendessen einladen, aber ich dachte, Sie hätten wahrscheinlich am Ende des Tages die Nase voll von uns.«

Guter Instinkt, dachte sie.

»Aber heute Abend, das wäre doch ein Kompromiss. Wenn wir uns dort treffen, können Sie mit ihr über Geschirr reden, und wir essen und trinken was. Ab und zu dürfen Sie sich doch wohl auch mal einen freien Abend gönnen.«

»Vielleicht.«

Er beließ es dabei, deshalb arbeiteten sie in einvernehmlichem Schweigen weiter. Als sie fertig waren, stießen sie die Fäuste aneinander.

»Dann auf später im Loo's, wenn Sie es schaffen«, sagte er, doch sie winkte bloß ab. Sie hatte nicht vor, ihre fast fertige, wundervolle Küche mit den leeren Schränken und den hellgrauen – und doch leicht grünlichen – Wänden zu verlassen. Es gab Dutzende Dinge, mit denen sie sich noch beschäftigen musste, unter anderem mit den Gebrauchsanleitungen für die neuen Geräte.

Trotzdem ließ sie sich hier nieder, rief sie sich wieder in Erinnerung. Und wenn sie das wirklich vorhatte, dann erforderte dies ein gewisses Maß an Freundlichkeit, ganz gleich, wie zurückhaltend sie war. Sonst würde sie immer die schrullige Frau oben auf Point Bluff bleiben. Und das schrie ja geradezu nach Gerede und Aufmerksamkeit. Normale Leute trafen sich ab und zu mit Freunden, um etwas trinken zu gehen. Jenny kannte sie nicht wirklich, aber Kevin betrachtete sie mittlerweile als Freund.

Harry würde sie sicher sympathisch finden.

Warum also nicht? Sie würde sich halbwegs anständig anziehen, sich ein bisschen zurechtmachen und in den Ort fahren. Sie würde in der Bar am Ort etwas trinken und mit der Frau ihres Freundes über Geschirr reden. Sie würde ein bisschen dableiben und der Musik zuhören, und damit hatte sie ihre sozialen Verpflichtungen für mindestens einen Monat erfüllt.

Guter Deal.

Sie entschied sich für eine schwarze Jeans, weil es abends immer noch recht kühl war, und einen Pullover. Keinen schwarzen, ermahnte sie sich, nachdem sie fast automatisch zu einem schwarzen hatte greifen wollen. Sie nahm den Pulli, den Seth und Harry ihr zu Weihnachten geschenkt hatten – sie hatte ihn erst einmal angehabt. Er hatte fast die gleiche Farbe wie ihre Küchenschränke. Sie fragte sich, ob sie ihre schlichten silbernen Ohrstecker gegen etwas Frivoleres tauschen sollte, entschied dann aber, dass es für einen unverfänglichen Drink mit einem Freund und seiner Frau völlig unangemessen wäre, über Ohrringe nachzudenken.

Sie gab sich Mühe mit ihrem Make-up – vielleicht stieß ja irgendwann noch ein anderer Mann aus dem Ort zu ihnen.

Sie brauchte ihn ja nicht gleich abzuschrecken, wer auch immer er sein mochte.

Es war schon dunkel, als sie ging, deshalb ließ sie das Licht auf der Veranda an. Sie würde sich dringend eine neue Lampe kaufen müssen. Dann schloss sie ab. Auch eine Alarmanlage würde demnächst installiert werden.

Als sie zum Haus zurückblickte, wäre sie am liebsten auf

der Stelle wieder umgekehrt. Es stand so verlockend da, so ruhig … Ein Drink, befahl sie sich und zwang sich regelrecht, der Einsamkeit den Rücken zu kehren.

So spät war sie noch nie im Ort gewesen – es hatte schließlich keinen Grund gegeben. Freitagabends war anscheinend ein bisschen mehr los als sonst. Über den Boardwalk an der Marina schlenderten wahrscheinlich überwiegend Touristen, aber alles in allem war es eine nette Mischung: Leute, die die Straße entlangbummelten oder unter Heizpilzen vor Lokalen saßen.

Nachdem sie wusste, dass Loo's einen Block hinter der Water Street lag, parkte sie vor einem Fischrestaurant und einem Snack-Shop. Kevins Van stand einen halben Block weiter.

Sie würde irgendwann mal abends mit der Kamera wiederkommen müssen, um Nachtaufnahmen von der Marina zu machen, von den alten Fischerhäusern, der knallroten Tür und dem blauen Neonschild darüber, auf dem »LOO'S« stand.

Von drinnen war laute Musik zu hören, als sie die Tür aufzog.

Sie hatte sich eine kleine Bar vorgestellt, und sie war überrascht, wie groß der Raum war – es gab sogar eine kleine Tanzfläche, auf der ziemlich viel los war. Es roch nach Bier und Gebratenem, nach Parfüm und nach Schweiß. Hinter der Theke verlief eine dunkle alte Holzwand mit gut zwölf Zapfhähnen. Sie hörte das Geräusch eines Mixers und bekam spontan Lust auf eine schaumige Frozen Margarita. Während sie sich noch umblickte, winkte Kevin bereits von einem Tisch neben der Tanzfläche.

Sie bahnte sich den Weg dorthin, und ehe sie sichs versah, schüttelte Jenny ihr die Hand.

»Ich freue mich so, dass Sie gekommen sind. Kevin hat nicht daran geglaubt.«

»Ich konnte einfach nicht widerstehen.«

»Setzen Sie sich, setzen Sie sich! Kevin, hol Naomi was zu trinken!«

»Was möchten Sie denn?«

»Ich hätte gerne eine Frozen Margarita – mit Salz.«

»Ich hole Ihnen eine. Es dauert zu lange, bis man am Tisch bedient wird. Jenny?«

»Ich hab noch, danke.«

Als Kevin weg war, wandte Jenny sich zu ihr um. »Gott, Sie sind so schön!«

»Ich …«

»Ich bin schon bei meinem zweiten Glas Wein, und dann sage ich einfach alles, was mir in den Sinn kommt. Ich wollte immer schon groß sein, aber das war wohl nichts.«

»Ich wollte immer zierlich sein. So ist das eben.«

»Ich hab mir Ihre Website und Ihre Fotos angesehen. Sie sind wirklich wundervoll. Dieses Bild von einer Seerose – nur eine Seerose und das leichte Kräuseln des Wassers um sie herum … Ich kam mir vor wie im Urlaub, als ich das Bild betrachtet habe. Und dieses Foto von dem alten Grabstein auf einem Friedhof, auf dem man noch den Schatten der Kirche sehen kann … die Daten … Sie war hundertzwei, als sie starb. Ich war wirklich fassungslos. An den Namen auf dem Stein kann ich mich allerdings nicht mehr erinnern.«

»Mary Margaret Allen.«

»Ja, richtig!« Jennys Augen waren vom gleichen sanften Rehbraun wie ihre Haare. Sie lächelte. »Was ich sagen will – ich selbst mache ganz anständige Fotos. Momente aus dem Alltag, die Kinder und so weiter. Und es ist auch wichtig, sich Erinnerungen zu bewahren. Aber Sie – Sie zielen direkt auf Emotionen ab.«

»Das ist das schönste Kompliment, das ich je bekommen habe.«

»Aber es stimmt! Kevin hat erwähnt, Sie bräuchten Geschirr und Gläser und so.«

»Ja. Ich hab mir überlegt, weiß und schlicht wäre am besten.«

»Ja, wenn Sie das möchten, können Sie das Ganze natürlich mit Servietten und so aufhübschen. Aber ... Er hat ein Handyfoto von der Küche gemacht und es mir gezeigt. Ich liebe dieses sanfte Grün der Schränke, den Zinnton der Griffe und das Grau der Wände. Es ist fast so, als holten Sie damit die Farben von draußen nach drinnen.«

»Ja, ich fand es auch unwiderstehlich.«

Jenny nahm einen Schluck Wein und strich sich die langen, offenen Haare nach hinten. »Sie haben es genau richtig gemacht. Und ich hab mir gedacht, wenn Sie Geschirr in einem tiefen Kobaltblau hätten, dann würden Sie in diesem Farbschema bleiben, wenn es dann in den Schränken hinter Glas steht.«

»Kobaltblau? Das würde toll aussehen!«

»Ja, ich glaube auch. Für die Gläser nehmen Sie weichere Blau- und Grüntöne – eine schöne Mischung eben. Ich kann Ihnen Websites empfehlen, auf denen Sie sich mal umsehen können, und ich hab auch einen ganzen Stapel Kataloge daheim. Und bevor Kevin zurückkommt, wollte ich Sie fragen – ihm ist das nämlich peinlich –, ob Sie sich vorstellen könnten, dass ich mal vorbeikomme, damit Sie mir das Haus und seine Arbeit zeigen können und alles, was Sie dort so machen. Er hat mir erzählt, dass Sie eine alte Bank und einen Stuhl abgeschliffen und neu gestrichen haben. Ich mache solche Dinge schrecklich gerne. Ich suche mir Sachen zusammen, die andere loswerden wollen, und poliere sie auf.«

»Na klar können Sie vorbeikommen und sich alles ansehen!«

»Ich schwöre Ihnen, ich nutze es auch nicht aus. Und ich

falle Ihnen auch nicht zur Last.« Sie strahlte Kevin an, der mit einer Jumbo Margarita zurückkam.

»Ich hab ihr das Ohr abgekaut – pfeif mich bitte zurück!« Er stellte das Glas vor Naomi ab und gab seiner Frau einen Kuss auf die Wange. »Halt den Mund, Jenny.«

»Ja, mach ich. Außerdem liebe ich diese Nummer!«

»In der Margarita könnte ich ein Bad nehmen«, staunte Naomi. »Na ja. Stattdessen werde ich sie wohl trinken.«

Sie warf einen Blick auf die Band, die einen Springsteen-Klassiker angestimmt hatte – die Stimme entzündete den Text von »I'm on Fire« regelrecht wie ein langsam abbrennendes Streichholz.

Er trug Schwarz – Jeans und ein T-Shirt und abgetragene Motorradstiefel. Er stand da, die Gitarre hing ihm tief auf den Hüften, und seine Finger glitten über die Saiten, während seine Stimme förmlich den Sex aus dem Liedtext wrang.

Sie hätte es wissen müssen.

»Xander und die Band spielen hier alle paar Wochen«, erklärte Kevin. »Sie nennen sich die Wreckers.«

»Oh«, sagte Naomi.

Und als diese kühnen blauen Augen ihrem Blick begegneten, als die Stimme Verlockungen und Warnungen aussandte, flüsterte etwas tief in ihr: Oh verdammt …

Wahrscheinlich würde sie jeden einzelnen Tropfen der Margarita brauchen, um jetzt wieder abzukühlen.

8

In der Pause kam er mit einer Flasche Wasser an ihren Tisch, und Jenny hob belehrend den Zeigefinger. »Du weißt genau, was dieser Song mit mir macht!«

»Du darfst dich später bei mir bedanken«, sagte Xander zu Kevin, setzte sich und streckte seine langen Beine aus. »Und?« Er schenkte Naomi ein breites Lächeln. »Wie geht es Ihnen?«

»Gut. Mir geht es gut.« Sie hatte das Gefühl, jemand hätte unter ihrer Haut ein Buschfeuer entzündet. »Sie sind echt gut. Meine Onkel sind große Springsteen-Fans. Ihr Cover hätte Ihnen gefallen.«

»Wie viele Onkel sind das denn?«

»Nur zwei. Sie haben meinen Bruder und mich damals zur Reunion-Tour der E Street Band in den Madison Square mitgenommen. Haben Sie ihn je auf der Bühne erlebt?«

»In Tacoma, während derselben Tour. Hat das Stadion gerockt.«

Naomi entspannte sich so weit, dass sie endlich wieder lächeln konnte. »Ja, das stimmt.«

Eine Blondine in einem eng anliegenden pinkfarbenen Shirt trat an den Tisch und schlang die Arme von hinten um Xanders Hals. »Spielst du auch ›Something from Nothing‹?«

»Im letzten Set.«

»Wie wär's, wenn du rüberkämst, um noch ein Bier mit uns zu trinken? Patti und ich sitzen gleich dort drüben.«

»Ich muss arbeiten, Marla.« Er schwenkte seine Wasserflasche.

Der sexy Schmollmund, den sie zog, war nach Naomis Ansicht vergeudet. Xander konnte ihn nicht einmal sehen, nachdem ihr Kinn auf seinem Scheitel ruhte. »Du kannst ja trotzdem vorbeikommen. Hi, Jenny. Hi, Kevin.« Dann fiel ihr Blick auf Naomi. »Wer ist eure Freundin?«

»Naomi«, stellte Kevin sie einander vor. »Marla.«

»Zu Besuch?«, fragte Marla.

»Nein. Ich lebe hier.«

Das klang tatsächlich merkwürdig, dachte Naomi. Aber sie lebte jetzt wahrhaftig hier.

»Ich hab Sie hier noch nie gesehen. Sie sind … He, haben Sie das alte Haus auf der Klippe gekauft? Du arbeitest dort, Kevin, oder?«

»Das stimmt.«

»Sie müssen entweder stinkreich oder komplett verrückt sein.«

»Reich bin ich nicht«, sagte Naomi und rang sich ein schiefes Lächeln ab. Die Aussage der Blondine hatte sicher keine Stichelei sein sollen. Sie war wahrscheinlich eher verblüfft.

»Sie wissen aber, dass es darin spukt, oder? Man hätte Ihnen sagen müssen, dass es spukt.«

»Ich glaube nicht, dass das je einer erwähnt hat.«

»Ich würde vor Angst sterben, wenn ich dort oben allein wäre. Sie machen Fotos, nicht wahr? Patti hat darauf getippt, dass Sie ein Fotostudio aufmachen.«

»Nein, ich mache keine Studiofotografie.«

»Was für Fotos gibt es denn sonst noch?«

»Wie viel Zeit haben Sie?«

»Was?«

»Ich komme in der nächsten Pause mal vorbei.« Xander tätschelte die Hand, die über sein Schlüsselbein streichelte.

»Okay. Vielleicht kann ich dann …« Sie flüsterte ihm

etwas ins Ohr, und Xanders Mundwinkel verzogen sich nach oben.

»Großartiges Angebot, Marla, aber ich will nicht, dass Chip mit einem Hammer hinter mir herrennt.«

Erneut zog sie eine Schnute. »Wir sind geschieden.«

»Trotzdem.«

»Na ja, denk zumindest darüber nach.«

»Das geht ja wohl kaum anders«, murmelte er noch, als sie hüftschwingend an ihren Tisch zurückging.

»Was für ein Angebot hat sie dir denn gemacht?«, wollte Kevin wissen.

»Das erzähl ich dir später.«

»Sie kann es einfach nicht lassen.« Jenny warf Naomi einen entschuldigenden Blick zu. »Sie meint es nicht böse. Sie ist einfach nur wahnsinnig naiv.«

»Hat sie irgendwelchen Schaden angerichtet?«, fragte Xander alarmiert.

»Bei mir nicht.« Naomi griff nach ihrer Margarita und nahm einen Schluck. »Aber mir hat sie ja auch kein Angebot gemacht.«

»Ha. Sie hofft doch nur, dass Kevin es Chip erzählt ...«

»Was ich nie tun würde.«

»Nein, aber sie hofft darauf, und das würde Chip so sehr auf die Palme bringen, dass er bei ihr vorbeikommt, sie sich streiten, bis es endlich an der Zeit ist für Versöhnungssex, und danach kann sie ihn wieder rausschmeißen.«

»So sieht's aus«, brummte Kevin. »Sie haben wirklich eine seltsame Beziehung. Er würde niemals mit einem Hammer auf dich losgehen. Er kennt dich ja – und du bist ein Kumpel.«

»Außerdem ist Chip ein lieber Kerl«, erklärte Jenny. »Ich weiß, dass er ihretwegen mal ein paar Leute vermöbelt hat, aber sie hat ihn damals richtiggehend aufgehetzt. Eigentlich ist er wirklich friedliebend.«

»Sie glaubt, sie will keinen lieben Kerl, aber da irrt sie sich«, warf Xander ein. »Und genau das ist ihr Problem. Wollt ihr noch eine Runde? Ich sage Loo Bescheid.«

»Noch ein Glas Wein, und ich tanze auf den Tischen. Aber was soll's?«, erklärte Jenny. »Es ist Freitagabend, und wir haben einen Babysitter.«

»Ich schließe mich ihr an«, sagte Kevin.

»Für mich nicht. Ich muss noch fahren, und ich sollte langsam aufbrechen.«

»Bleiben Sie doch noch ein bisschen.« Xander warf ihr einen trägen Blick zu. »Sie dürfen sich auch einen Song wünschen.«

Naomi überlegte. »›Hard to Explain‹.« Vielleicht entschied sie sich dafür, weil sie den Song ständig im Ohr gehabt hatte, nachdem er vorgestern aus ihrem Schlafzimmer gegangen war.

Grinsend deutete er mit dem Finger auf sie und schlenderte zur Bar.

»Das Lied kenne ich gar nicht«, sagte Jenny. »Aber Xander bestimmt.«

Er schickte ihnen eine weitere Runde – Wasser für Naomi. Und dann spielte die Band den Klassiker der Strokes, als hätte sie ihn am Morgen erst ausgiebig geprobt. Sie blieb fast das ganze zweite Set über, bis ihr klar wurde, dass sie bald auch bis ganz zum Schluss würde bleiben können, wenn sie jetzt nicht alsbald aufbräche.

»Ich muss wirklich gehen. Danke für den Drink – und dafür, dass Sie mich überredet haben zu kommen.«

»Jederzeit. Bis Montag dann!«

»Ich komme bald mal vorbei«, sagte Jenny zu ihr. »Wenn Sie beschäftigt sind, kann Kevin mich ja herumführen.«

Als sie ging, folgten ihr die Klänge von Claptons »Layla« in die Nacht.

Am nächsten Morgen schoss ihr unwillkürlich ihr Sextraum wieder durch den Kopf. Dass sie von Xander, hämmernden Bässen und irren Gitarrenriffs geträumt hatte, während das Haus um sie herum abbrannte, war wohl unvermeidlich gewesen.

Danach war sie leicht gereizt, hatte aber so viel zu tun, dass sie ihre aufkommende sexuelle Frustration abarbeiten konnte. Sie war einfach nicht dazu bereit, sich frustriert zu fühlen, aber ebenso wenig war sie bereit, sich darum zu kümmern.

Ein ruhiges Wochenende mit viel Sonnenschein und leichtem Abendregen vertrieb ihre Gereiztheit. Wie angekündigt trank sie ihren Morgenkaffee auf der Terrasse – sie musste sich dringend eine bessere Kaffeemaschine besorgen – und genoss die Stille und die Einsamkeit.

Als sie am Sonntag in New York anrief, war ihre Stimmung regelrecht beschwingt.

»Da ist sie ja!« Seth, der seit seinem fünfundvierzigsten Geburtstag ein sorgfältig gestutztes Bärtchen trug, strahlte sie auf dem Bildschirm ihres iPad an.

»Hallo, schöner Mann!«

»Redest du mit mir?« Harry drängte sich ins Bild und legte Seth den Arm um die Schultern. Die Ringe, die sie im Sommer 2004 in Boston getauscht hatten, glitzerten an ihren Fingern.

»Zwei schöne Männer!«

»Geh besser mal von dreien aus. Rate, wer zum Sonntagsessen hier ist?«

Jetzt stellte sich auch Mason dazu und grinste sie an.

»Dr. Agent Carson!«

Schau ihn dir an, dachte sie, so groß und – ja, drei verdammt attraktive Männer. Und alle glücklich. Mason war drauf und dran, genau das zu tun, was er immer gewollt und angestrebt hatte. »Was macht das FBI?«

»Das ist streng geheim.«

»Er ist gerade von einem Einsatz zurückgekommen«, erzählte Seth. »Er hat bei einem Fall von Kidnapping mitgearbeitet und ein zwölfjähriges Mädchen heil wieder nach Hause gebracht.«

»So verdiene ich eben mein Geld. Was läuft in diesem verrückten Haus, das du gekauft hast?«

»Verrückt? Sieh es dir an.« Sie drehte das Tablet so, dass die gesamte Küche zu sehen war. »Wer ist jetzt verrückt?«

»Naomi, das ist wunderschön! Sieh dir diese Dunstabzugshaube an, Seth! Du hast meinen Rat angenommen!«

»Ja, ab und zu höre ich auf euch.«

»Vergiss die Dunstabzugshaube«, sagte Seth. »Die Schränke sind großartig! Aber warum sind sie leer? Harry, wir müssen ihr Geschirr schicken.«

»Nein, nein, ich hab dafür schon Pläne! Ich schick euch mal den Link. Aber wartet, ich geh jetzt mal mit euch nach oben ... Ihr müsst euch meine Schlafzimmerwände ansehen – die ich im Übrigen selbst gestrichen habe.«

»Du?«, schnaubte Mason.

»Jeden einzelnen Zentimeter. Womöglich nehm ich nie wieder in meinem ganzen Leben eine Farbrolle in die Hand, aber diesen Raum habe ich ganz allein gestrichen.«

»Wie viele Zimmer gibt es in diesem Haus noch mal?«

»Ach, halt den Mund, Mason. Und jetzt seid ehrlich – funktioniert die Farbe?«

Erneut ließ sie das iPad kreisen.

»Hübsch und ruhig«, kommentierte Seth. »Aber warum hast du kein richtiges Bett?«

»Das steht noch auf der Liste.« Diese wahnsinnig lange Liste ... »Ich hab gerade erst fertig gestrichen, und ich hab mir sogar übergangsweise einen Retuscheraum eingerichtet. Ich hab tonnenweise Bilder, die ich bearbeiten und ausdrucken muss.«

»Du arbeitest zu viel und zu hart«, wandte Seth ein.

»Und du machst dir zu viele Gedanken. Ich war am Freitagabend mit Freunden aus, hab was getrunken und einer Band zugehört.«

»Triffst du dich mit jemandem?«, fragte Harry. Hinter ihm verdrehte Mason die Augen und formte lautlos mit dem Mund: *Besser du als ich.*

»Ich treffe mich mit vielen Leuten. Die Bauleute sind fünf Tage die Woche acht Stunden am Tag hier.«

»Ich meine einen gut aussehenden, alleinstehenden Mann aus diesem Trupp …«

»Bist du auf der Suche?«

Harry lachte. »Ich hab mit diesem hier schon genug zu tun.«

»Und ich mit dem Haus. Aber jetzt erzählt schon, wie es euch geht. Was macht das Restaurant? Was gibt's als Sonntagsessen? Empfängt Mrs. Koblowki nebenan immer noch Herrenbesuch?«

Sie konnte sie nicht ablenken – das wusste sie auch –, aber sie ließen es ihr durchgehen, und in der nächsten Viertelstunde redeten sie nur über Leichtes, Heiteres und Vertrautes.

Als sie sich verabschiedete und das Gespräch beendete, fehlten alle drei ihr schrecklich.

Eine Stunde lang arbeitete sie an ihren Bildern, versuchte, sich zu konzentrieren, doch das Gespräch mit ihrer Familie hatte sie ruhelos gemacht.

Du solltest ein bisschen nach draußen gehen, sagte sie sich. Sie wollte ohnehin noch Bilder vom Ort machen und vor allem die Marina fotografieren. Besser konnte man doch den Sonntagnachmittag gar nicht verbringen. Anschließend würde sie wieder nach Hause fahren und sich in ihrer prachtvollen neuen Küche Rührei oder ein überbackenes Käsesandwich zubereiten.

Zufrieden mit sich und der Welt, fuhr sie hinunter in den Ort, parkte und lief zunächst ziellos herum. Sie brauchte keine Besorgungen zu machen, hatte keine Pflichten zu erledigen. Sie brauchte nur herumzulaufen, sich alles anzusehen und Fotos zu komponieren.

Ein Segelboot namens *Maggie Mae*, weiß wie ein Hochzeitskleid, mit gerefften Segeln und glänzenden Metallteilen. Ein Kabinenkreuzer, der mit Ballons für eine Party geschmückt war. Ein graues Fischerboot, bei dem sie an ein kräftiges altes Arbeitspferd denken musste.

All die Masten, die nackt vor dem blauen Himmel hin- und herschwankten und sich verschwommen im Wasser spiegelten.

Weiter draußen jagte ein Paar auf Jetskis entlang, deren Geschwindigkeit einen perfekten Kontrast zum verträumten Schaukeln der Boote am Anleger bildete.

Sie gönnte sich eine Fanta – das Getränk ihrer Teenagerjahre – und stieg wieder ins Auto, um sich daheim ihren Ausdrucken zu widmen.

Sie bog um die nächste Ecke – und trat abrupt auf die Bremse.

Dieses Mal war es kein Hirsch, sondern ein Hund. Und er lief auch nicht auf die Straße, sondern humpelte am Straßenrand entlang. Sie war fast schon an ihm vorbei – es war nicht ihr Hund, es ging sie nichts an –, als er noch ein paar mühselige Schritte machte und sich dann hinlegte, als wäre er verletzt oder krank.

»Verdammt.«

Sie konnte doch nicht einfach weiterfahren! Sie fuhr rechts ran, obwohl sie nicht mal wusste, was sie tun sollte.

Vielleicht hatte er ja Tollwut oder war bösartig oder …

Er hob den Kopf, als sie aus dem Auto ausstieg, und blickte ihr erschöpft und hoffnungsvoll entgegen.

»O Gott. Okay. Hey, Junge. Lieber Hund – ich hoffe es jedenfalls.«

Er war ziemlich groß, stellte sie fest – aber dünn. Sie konnte fast die Rippen zählen. Groß, dünn und schmutzig, ein großer, dünner, schmutziger brauner Hund mit schockierend blauen Augen, die schrecklich traurig dreinblickten.

Und verdammt, bei blauen Augen und braunem Haar musste sie zwangsläufig an Harry denken.

Der Hund trug kein Halsband, also auch keine Hundemarke. Aber vielleicht war er ja gechippt? Womöglich könnte sie bei einem Tierarzt oder im Tierheim anrufen – die Telefonnummern würde sie per Handy doch herausbekommen.

Er winselte und kroch auf sie zu. Sie brachte es nicht übers Herz, ihn hier zurückzulassen. Sie trat näher, ging in die Hocke und streckte vorsichtig die Hand aus.

Er leckte kurz darüber und kroch ein Stückchen näher.

»Bist du verletzt?« Schmutzig war er – oder sie – auf jeden Fall. Sanft streichelte Naomi über seinen Kopf. »Hast du dich verlaufen? Gott, du siehst halb verhungert aus! Ich hab gar nichts zu essen dabei – soll ich nicht besser Hilfe holen?«

Er legte seinen Kopf mit den langen Schlappohren – schmutzig, wie er war – auf ihr Bein. Jetzt winselte er nicht mehr, er stöhnte richtiggehend.

Sie angelte gerade ihr Handy hervor, als sie den sich nähernden Lärm eines Motorrads hörte.

Sie hob den Kopf des Hundes an und bettete ihn behutsam auf die Straße, damit sie aufstehen und den Fahrer anhalten konnte.

Kaum sah sie ihn – lange Beine in Jeans, schlanker Oberkörper in schwarzem Leder –, schoss ihr durch den Kopf: Ja, klar. Das konnte gar nicht anders sein. Selbst durch den Rauchglassichtschutz des Helms hatte sie Xander Keaton wiedererkannt.

Er hielt an und stieg sofort ab. »Haben Sie ihn angefahren?«

»Nein. Er ist am Straßenrand entlanggehumpelt, und dann hat er sich einfach hingelegt. Ich …«

Sie brauchte gar nicht weiterzusprechen, weil er bereits neben dem Hund kauerte und ihn mit seinen großen Händen so sanft abtastete wie eine Mutter, die ihr Baby streichelte.

»Okay, Junge, alles okay. Ich sehe kein Blut, keine Wunden. Auch Brüche kann ich nicht fühlen. Ich glaube nicht, dass er angefahren worden ist.«

»Er ist so dünn und …«

»In meiner Satteltasche ist Wasser. Holen Sie es mal? Hast du Durst, Junge? Ich wette, du hast schrecklichen Durst. Und Hunger. Bist schon eine Weile unterwegs, was?«

Während er mit dem Hund redete, streichelte er ihn. Naomi kramte in der Satteltasche des Motorrads und zog eine Flasche Wasser heraus.

»Dann wollen wir doch mal sehen.« Xander nahm die Flasche entgegen und bedeutete Naomi, sich neben ihn zu hocken. »Legen Sie die Hände zusammen.«

»Ich …«

»Machen Sie schon. Es wird Sie nicht umbringen.«

Sie tat wie geheißen und hielt die Hände Handkante an Handkante vor die Hundeschnauze. Er trank das Wasser, das Xander hineingoss, keuchte, trank erneut und senkte wieder den Kopf.

»Wir müssen ihn hier von der Straße holen. Ich lege ihn hinten in Ihr Auto.«

»Wo soll ich ihn denn hinbringen?«

»Nach Hause.«

»Ich kann ihn doch nicht mit zu mir nach Hause nehmen.« Naomi sprang auf, als Xander den Hund hochhob.

Der Hund war eindeutig männlich und unkastriert. »Er gehört doch bestimmt jemandem.«

Mit dem klapperdürren, müden, schmutzigen Hund in den Armen warf Xander ihr einen langen Blick aus seinen blauen Augen zu. »Sieht dieser Hund so aus, als ob er jemandem gehörte? Machen Sie den Kofferraum auf.«

»Er könnte doch irgendwo verloren gegangen sein – vielleicht sucht ja jemand nach ihm?«

»Wir werden uns erkundigen, aber ich habe nichts davon gehört, dass jemand einen Hund vermissen würde. Er ist ausgewachsen. Ein Rüde. Und bei diesen Augen steckt da bestimmt ein Husky oder ein Australian Shepherd mit drin. Alice, die Tierärztin, wird uns das sagen können. Wenn jemand einen Hund vermisst, dann weiß sie das. Allerdings hat sie sonntags geschlossen.«

»Es muss doch eine Notfallnummer geben.«

»Der einzige Notfall, den ich hier sehe, ist ein Hund, der eine anständige Mahlzeit braucht, eine Decke und ein Plätzchen zum Schlafen.«

»Dann nehmen Sie ihn doch mit nach Hause.«

»Darauf?« Er nickte hinüber zu seinem Motorrad.

»Ich warte hier auf Sie.«

»Sie haben ihn gefunden.«

»Zwei Minuten später hätten Sie ihn gefunden.«

»Ja, ist ja schon gut. Hören Sie, Sie nehmen ihn mit nach Hause, und ich hole ihm etwas zu fressen. Morgen gehen Sie mit ihm zum Tierarzt, und wir teilen uns die Rechnung. Sie werden diesen Hund nicht ins Tierheim bringen. Wenn Sie die Besitzer nicht finden – und ich wette, die sind längst über alle Berge –, schläfern sie ihn dort wahrscheinlich ein.«

»Sagen Sie doch so was nicht!« Unwillkürlich schnellte Naomis Hand an ihre Wange. »Jetzt machen Sie mir ein schlechtes Gewissen. Warten Sie, warten Sie – er ist schmutzig, und er stinkt wie die Pest.« Widerwillig griff Naomi nach der alten Decke, die sie immer dabeihatte, und breitete sie im Kofferraum aus.

»Na also. So wird es gehen. Ich fahr schnell zurück und hole alles, was Sie brauchen. Dann komme ich direkt zu Ihnen.«

Xander stieg auf sein Motorrad, startete und fuhr sofort los. Überrumpelt blickte sie ihm nach. Dann wandte sie sich dem Hund zu.

»Hoffentlich wird dir im Auto nicht schlecht …«

Sie fuhr langsam und bedächtig, und ihr Blick huschte immer wieder in den Rückspiegel, doch der Hund gab keinen Mucks von sich.

Als sie daheim anhielt, fragte sie sich, ob die großartige Arbeit, die sie am Nachmittag geleistet hatte, es aufwog, dass sie jetzt einen hungrigen Streuner über Nacht beherbergte. Sie stieg aus und ging nach hinten, um den Kofferraumdeckel aufzumachen.

»Oh, das riecht ja wunderbar … Es wird Wochen dauern, bis dieser Gestank sich wieder verzogen hat. Es ist zwar nicht ganz deine Schuld, aber du stinkst einfach gewaltig. Ich nehm an, du kannst nicht einfach allein rausspringen?«

Er rutschte ein bisschen näher und versuchte, ihr über die Hand zu lecken.

»Mach dir nichts daraus. Du bist so dünn, dass ich dich hochheben und kilometerweit mit dir laufen könnte, ohne in Schweiß auszubrechen. Trotzdem bist du mir zu schmutzig und stinkst mir zu sehr. Wir warten auf Xander. Bleib, wo du bist. Bleib liegen.«

Sie stürzte ins Haus, füllte eine Plastikschüssel mit Wasser und holte ein paar Scheiben Knäckebrot. Etwas anderes hatte sie nicht.

Als sie wieder herauskam, schnupperte der Hund winselnd

an der Kante des Kofferraums. »Nein, nein, warte! Ich hab dir nur eine kleine Erfrischung geholt. Hier, iss eine Scheibe Knäckebrot.«

Er inhalierte sie regelrecht – und sechs weitere Scheiben obendrein. Dann soff er das ganze Wasser aus der Schüssel.

»Schon besser, nicht wahr? Er kommt bestimmt gleich. Er sollte sich wirklich beeilen, denn jede Minute, die du länger im Auto bleibst, bedeutet, dass ich noch eine Woche mehr brauche, um den Gestank wieder loszuwerden.« Als sie ihn streichelte, drehte der Hund den Kopf und schnupperte an ihrer Hand. »Ja, es geht dir schon ein bisschen besser, was?«

Sie holte ihre Fanta aus dem Auto, und aus einem Impuls heraus nahm sie auch ihre Kamera.

»Wir könnten vielleicht Flyer für den Tierarzt oder für das Tierheim machen.«

Sie machte ein paar Aufnahmen, während er sie mit seinen seltsam blauen Augen anstarrte, die inmitten des schmutzigen Brauns geradezu leuchteten – und verspürte eine fast schon lächerliche Erleichterung, als sie Motorengeräusche vernahm.

Xanders Truck hielt hinter ihr.

Der Hund wedelte mit dem Schwanz.

»Knäckebrot?«

»Hundefutter hatte ich leider nicht.«

»Jetzt haben wir welches. Wir füttern ihn besser hier draußen, falls er es wieder erbricht.«

»Gute Idee.«

Xander, dem es offensichtlich nichts ausmachte, dass der Hund so stank, hob ihn aus dem Kofferraum. Diesmal blieb der Hund stehen, wenn auch ein bisschen wacklig, als Xander einen bereits angebrochenen Fünfzig-Pfund-Sack mit Trockenfutter aus dem Truck holte.

»Meinen Sie, das reicht?«

Xander grunzte nur und kippte eine Handvoll in einen großen blauen Plastiknapf.

»He…«

Sie fing den roten Napf auf, den er ihr zuwarf.

»Fürs Wasser.«

Naomi lief zur Giebelseite des Hauses, wo sie den Gartenschlauch angeschlossen hatte, um ihren bislang immer noch imaginären Garten zu wässern.

Als sie zurückkam, hatte der Hund den gesamten Inhalt der Schüssel quasi in sich eingesaugt und erweckte den Eindruck, als könnte er das gleich noch einmal tun.

Sein Schwanzwedeln wirkte schon viel energischer.

»Zuerst Wasser, mein Großer!«

Xander nahm die Schüssel entgegen und stellte sie auf den Boden. Der Hund soff wie ein Kamel.

»Es ist mir egal, wenn Sie mich für herzlos halten, aber dieser Hund kommt mir nicht ins Haus, solange er so stinkt.«

»Ja, das kann ich gut verstehen. Er muss sich wohl in Aas gewälzt haben. Das lieben Hunde. Wir werden ihn baden. Vielleicht gleich mehrmals. Haben Sie hier irgendwo einen Schlauch?«

»Ja. Und drinnen hab ich Spülmittel.«

»Das brauche ich nicht.« Er ging zu seinem Truck und kam mit einem schwarzen Hundehalsband und einer Flasche Hundeshampoo zurück.

»Sie haben aber auch alles, was man braucht.«

»Sie müssen ihn nur festhalten. Ich mache ihn nass, seife ihn ein und spüle ihn ab, aber es wird ihm nicht gefallen.«

»Wenn er mich beißt, dann werden Sie das büßen!«

»Er beißt nicht. Er hat überhaupt nichts Gemeines in den Augen. Halten Sie ihn einfach nur fest.«

»Hab ihn schon.«

Der Hund war stärker, als er aussah – sie allerdings auch.

Als Xander das Wasser anstellte, wehrte er sich, kläffte und zerrte am Halsband.

Aber er schnappte nicht, knurrte und biss nicht.

Xander holte einen großen Hundekeks aus seiner Gesäßtasche, und der Hund beäugte ihn gierig.

»Ja, den hättest du jetzt gern, was? Halten Sie mal den Schlauch«, sagte er zu Naomi und brach den Keks in zwei Hälften. »Eine Hälfte jetzt, die andere, wenn wir fertig sind. Hast du verstanden?«

Er gab dem Hund die Hälfte des Kekses und goss sich dann grüne Flüssigkeit aus der Hundeshampooflasche in die Hand. Anscheinend gefiel es dem Hund, abgerubbelt und eingeseift zu werden, denn er blieb ganz still stehen. Das Abspülen fand er wiederum nicht ganz so gut, doch als Xander ihn ein zweites Mal einseifte, schloss er vor Vergnügen halb die Augen. Als er fertig war, saß er ganz still da – vielleicht, dachte Naomi, war er genauso erfreut wie sie darüber, dass er nicht mehr roch wie ein verrottetes Stinktier.

»Sie treten besser einen Schritt zurück, wenn ich ihn jetzt loslasse.«

»Ihn loslassen? Was machen wir denn, wenn er wegläuft?«

»Er wird nicht weglaufen. Treten Sie zurück, sonst werden Sie noch nasser, als Sie ohnehin schon sind.«

Naomi ließ das Halsband los und wich gerade noch rechtzeitig zurück, um dem Regen aus Wassertropfen zu entgehen, als der Hund sich schüttelte.

»Er ist gar nicht so hässlich, wie ich dachte.«

»Wenn er wieder ein bisschen Fleisch auf den Rippen hat, ist er bestimmt ein hübscher Hund. Nach der Kopfform zu urteilen könnte ein bisschen Labrador mit drinstecken … wahrscheinlich auch noch ein paar andere Rassen. Aber Mischlinge sind oft die besten Hunde.«

»Jetzt, da er sauber ist, nicht mehr jeden Moment zusammenbricht und Sie den Truck dabeihaben, könnten Sie ihn doch eigentlich mitnehmen.«

»Das kann ich nicht.«

»Sie kennen die Tierärztin mit Namen. Und …«

»Ich kann nicht.« Er drehte sich um, holte ein altes Handtuch aus dem Truck und begann, den nassen Hund abzutrocknen. »Ich musste meinen Hund vergangenen Monat einschläfern lassen. Ich hatte ihn fast mein ganzes Leben lang. Den hier kann ich nicht nehmen. Ich bin noch nicht so weit.«

Der offene Sack Hundefutter, das Shampoo, die Näpfe, das Halsband – auf einmal war ihr alles klar. »Okay. Ich weiß, wie sich das anfühlt. Wir hatten auch mal einen Hund – na ja, eigentlich war es der Hund meines Bruders. Meine Onkel haben ihn ihm zu Weihnachten geschenkt, als er zehn war. Er war so lieb und so umsichtig, dass wir ihn nicht mal haben einschläfern lassen müssen. Er ist mit vierzehn ganz einfach im Schlaf gestorben. Wir haben uns alle vier die Augen aus dem Kopf geweint.«

Der Hund schnüffelte an Xanders Hosentasche.

»Er ist nicht blöd …« Dann zog er die zweite Hälfte des Hundekekses heraus und hielt sie ihm hin. Das Angebot wurde dankend angenommen.

»Er ist ein guter Hund. Das sieht man.«

»Vielleicht …«

»Bringen Sie ihn morgen zu Alice. Ich teile mir die Rechnung mit Ihnen. Und ich hör mich mal um.«

»In Ordnung.«

»Ich hab noch eine Leine und ein Hundebett – es ist ein bisschen abgewetzt, aber das wird ihm egal sein. Und ein paar Kauknochen sind auch noch da, die bring ich Ihnen vorbei.«

Naomi sah abwechselnd den Hund, dann Xander und den

riesigen Sack Hundefutter an. »Wollen Sie vielleicht ein Bier? Ich würde sagen, Sie haben es sich verdient.«

»Warten Sie.« Er holte sein Handy heraus und gab eine Nummer ein. »Hey. Ja, ja, hab ich dir ja geschrieben. Jetzt komm ich doch noch ein bisschen später.«

»Oh, wenn Sie verabredet sind, dann …«

Xander warf ihr einen alarmierten Blick zu. Seine Augen waren von einem kräftigeren, tieferen Blau als die des Hundes.

»Kevin und Jenny, Sonntagsessen. Naomi hat diesen Hund gefunden, und ich helfe ihr nur dabei, ihn sauber zu machen. Ich weiß nicht, vielleicht zwei Jahre, goldbraun, jetzt, nachdem diverse Schichten Dreck abgewaschen sind … Mischling.«

»Ich hab Fotos gemacht. Ich kann ihnen ein Foto schicken, falls sie ihn kennen.«

»Deine Chefin hier schickt dir ein Foto vom Hund. Nein, fangt ruhig schon mal an. Ja, bis später.« Er steckte das Handy wieder ein und warf sich den Sack Hundefutter über die Schulter. »Ich könnte jetzt nämlich wirklich gut ein Bier vertragen.«

Der Hund lief sofort neben ihnen her, als sie aufs Haus zugingen.

»Er humpelt immer noch …«

»Er war eine Weile unterwegs, würde ich sagen. Die Ballen an seinen Pfoten sind zerkratzt und wund.«

Sie schloss die Tür auf, hielt sie auf und sah zu, wie der Hund ins Haus schlich und vorsichtig begann, alles zu erkunden.

»Sie glauben nicht, dass wir seinen Besitzer finden, oder?«

»Nein, ich denke nicht. Soll ich das in die Küche bringen?«

»Ja.« Sie würde den Hund über Nacht hierbehalten, vielleicht sogar für ein paar Tage, während sie versuchen würden, seinen Besitzer zu finden oder zumindest jemanden, der einen Hund wollte. Sie nahm ein Bier und eine Flasche Wein aus dem Kühlschrank, reichte Xander das Bier und füllte für sich selbst einen Plastikbecher mit Wein.

»Danke.« Während er trank, ging Xander in der Küche auf und ab. »Sieht gut aus. Echt gut. Ich hab ja nicht geglaubt, dass er es wirklich fertigbringt, aber irgendwie schafft er es immer.«

»Ich liebe es! Allerdings hab ich immer noch keine Sitzgelegenheiten – ich muss noch Hocker finden. Und einen Tisch und Stühle. Und meine Onkel meinen, ich müsste mir für den Raum dort drüben einen Diwan oder ein großes Sofa zulegen – und davor einen Wurzelholztisch.«

»Wer sind eigentlich diese geheimnisvollen Onkel, die mit Ihnen zu Springsteen gehen, Ihnen Hunde kaufen und Ihnen raten, sich einen Diwan zuzulegen – und warum sagen Sie Diwan statt Couch?«

»Ich glaube, das hat was mit der Größe und der Form zu tun … oder vielleicht auch mit der Herkunft? Es handelt sich dabei um den jüngeren Bruder meiner Mutter und seinen Mann. Sie haben meinen Bruder und mich mehr oder weniger großgezogen.«

»Sie sind bei Ihren schwulen Onkeln aufgewachsen?«

»Ja. Ist das ein Problem?«

»Ach was, klingt doch interessant. Sie kommen aus New York, nicht wahr?« Er lehnte sich gegen die Küchentheke und fühlte sich anscheinend genauso zu Hause wie der Hund, der sich prompt auf dem Boden ausgestreckt hatte und inzwischen den Schlaf des Sauberen, Zufriedenen und völlig Vertrauensseligen schlief.

»Ja, aus New York.«

»Da war ich nie. Was machen Ihre Onkel?«

»Sie haben ein Restaurant. Harry ist Koch, während Seth

der Mann für die Zahlen und das Geschäftliche ist. Und so funktioniert es auch ganz gut. Mein Bruder ist beim FBI.«

»Im Ernst?«

»Er hat Abschlüsse in Psychiatrie, Psychologie und Kriminologie gemacht. Er will irgendwann in der Abteilung für Verhaltensanalyse landen.«

»Profiling?«

»So was in der Art. Er ist wirklich brillant.«

»Klingt so, als würden Sie sich nahestehen. Allerdings leben Sie hier viertausend Kilometer von ihnen entfernt ...«

»Damit hab ich eigentlich auch nicht gerechnet, aber ...« Naomi zuckte mit den Schultern. »Haben Sie Familie?«

»Meine Eltern sind vor ein paar Jahren nach Sedona gezogen. Ich hab eine Schwester in Seattle und einen Bruder in L. A., wir stehen uns nicht wahnsinnig nahe, aber wenn es sein muss, kommen wir ganz gut miteinander aus.«

»Sie sind hier aufgewachsen – mit Kevin zusammen.«

»Ja. Von der Wiege bis zur Bahre.«

»Ihnen gehört eine Parkgarage, eine Karosseriewerkstatt, die Hälfte einer Bar – das hat Jenny erwähnt –, und Sie sind Bandleader ...«

»Ich *leite* die Band nicht. Aber die Hälfte der Bar bedeutet, dass wir dort spielen dürfen.« Er stellte seine Bierflasche ab. »Ich hole schnell das Hundebett. Hier unten oder oben?«

Sie warf dem Hund einen Blick zu und seufzte. »Wahrscheinlich besser oben im Schlafzimmer. Ich kann nur hoffen, dass er stubenrein ist.«

»Höchstwahrscheinlich.«

Er schleppte das braune Cord-Hundebett die Treppe hoch, legte es vor dem Kamin ab und setzte einen gelben Tennisball hinein.

»Die Farbe passt schon mal«, sagte er.

»Ja, finde ich auch.«

»Also… ich würde ihm heute Abend nichts mehr zu fressen geben. Höchstens noch einen Hundekeks und vielleicht einen von den Kauknochen.«

»Ja, so kaut er zumindest an nichts anderem.« Sie blickte erneut zu dem Hund hinüber, der ihnen gefolgt war und bereits den gelben Tennisball in der Schnauze hatte.

»Ich fahre jetzt besser, sonst gibt Jenny mir nichts mehr zu essen. Und Ihr Onkel ist wirklich Koch?«

»Ein großartiger sogar.«

»Kochen Sie auch?«

»Ich hab bei einem Meister gelernt.«

»Das ist eine nicht zu verachtende Fähigkeit.«

Er machte ein paar Schritte auf sie zu. Sie hätte es kommen sehen müssen. Sonst hatte sie doch immer ein sicheres Gefühl für Launen und Stimmungen – doch er trat einfach auf sie zu und zog sie an sich, noch ehe sie das Warnsignal erkannt hatte.

Er ging nicht langsam vor. Er schlich sich nicht heran. Es war eine helle, heiße Explosion, gefolgt von bebender Dunkelheit. Seine Lippen legten sich auf ihre, nahmen sie in Besitz, während seine Hände über ihren Körper glitten, als hätten sie jedes Recht dazu.

Sie hätte es unterbinden können. Er war zwar größer und bestimmt auch stärker als sie, aber sie hätte sich verteidigen können. Nur wollte sie sich nicht verteidigen – noch nicht, jetzt noch nicht. Sie wollte noch nicht aufhören.

Sie packte ihn an der Taille und krallte sich in seine Seiten. Und ließ das Lodern zu.

Als er nach einer Weile einen Schritt zurückmachte, starrte sie in diese gefährlichen blauen Augen.

»Wie du aussiehst…«

»Was?«

»Stark«, sagte er. »Als könntest du fest zuschlagen.«

Diesmal sah sie die Bewegung voraus und legte ihm die Hand fest auf die Brust. »Du auch, aber ich habe keine Lust auf einen Kampf.«

»Das ist aber schade.«

»Im Moment bin ich genau deiner Meinung. Aber trotzdem.«

»Aber trotzdem.« Er nickte und trat zurück. »Ich melde mich. Wegen des Hundes.«

»Wegen des Hundes.«

Als er ging, blickte der Hund ihm nach. Dann sah er Naomi an und winselte.

»Du bleibst jetzt erst mal bei mir.« Sie setzte sich ans Fußende ihres behelfsmäßigen Bettes, weil ihr die Knie auf einmal weich geworden waren. »Er ist definitiv die falsche Wahl. Da bin ich mir absolut sicher.«

Der Hund kam zu ihr und legte ihr die Pfote aufs Knie.

»Du brauchst gar nicht zu glauben, dass du mich einwickeln könntest. Ich lasse mich nicht mit Xander ein, und ich behalte dich auch nicht. Das hier ist alles nur vorübergehend.«

Den Hund würde sie ein, zwei Nächte dabehalten, gelobte sie sich. Und Xander Keaton kam überhaupt nicht infrage.

9

Der Hund mochte die Leine nicht. Kaum hatte Naomi ihn angeleint, zog und zerrte er daran und versuchte die ganze Zeit, sich umzudrehen und hineinzubeißen. Schließlich hielt sie ihm als Bestechung einen Hundekeks vor die Nase, um ihn aus dem Haus zu schleifen.

Die Tierarztpraxis gefiel ihm ebenso wenig. Im Wartezimmer zitterte er am ganzen Leib und steuerte wiederholt den Ausgang an. Ihr gegenüber saß ein grauhaariger alter Mann mit einem genauso grauhaarigen Mischling zu seinen Füßen, der bei ihrer beider Anblick verächtlich die Lefzen hochzog. Eine Katze in einer Transportbox betrachtete das Ganze aus funkelnd grünen Augen.

Sie konnte dem Hund kaum einen Vorwurf machen, weil er prompt auf den Boden sank und sich weigerte, sich auch nur einen Zentimeter weiter zu bewegen. Er zitterte die ganze Zeit, während Naomi die Formulare ausfüllte, selbst als der alte Mann aufgerufen wurde und mitsamt seinem Hund, der ihm gehorsam folgte, in einen Untersuchungsraum verschwand.

Während sie warteten – Naomi war dankbar dafür, dass sie sie überhaupt dazwischengeschoben hatten –, kam eine Frau mit einem rotgoldenen Fellknäuel herein. Das Fellknäuel blieb abrupt stehen, als es Naomis Hund erblickte, und fing dann an, schrill zu kläffen und immer wieder heiser zu knurren. Der Streuner wäre Naomi am liebsten auf den Schoß gekrochen.

»Entschuldigung! Consuela ist ein bisschen nervös.« Die

Frau nahm Consuela auf den Arm und versuchte, sie zu beruhigen, während Naomi sich bemühte, die Schnauze des Hundes von ihrem Schritt wegzuschieben.

Als sie aufgerufen wurde, war sie so erleichtert, dass es ihr kaum etwas ausmachte, den Hund quer durch das Wartezimmer schleifen zu müssen, um in den Untersuchungsraum zu kommen.

Dort zitterte er weiter und blickte sie mit so unverhülltem Entsetzen an, dass sie sich erst mal hinhockte und die Arme um ihn schlang.

»Jetzt komm schon, reiß dich ein bisschen zusammen.«

Winselnd leckte er ihr übers Gesicht und legte dann seinen Kopf auf ihre Schulter.

»Da ist aber jemand verliebt! Alice Patton.«

Die Tierärztin, eine stämmige, kräftige Frau, die höchstens eins sechzig groß war, trug ihre braunen Haare zu einem kurzen Pferdeschwanz zusammengebunden. Die Augen hinter der schwarzen, viereckigen Brille waren von einem sanften Braun. In einem kurzen weißen Kittel über T-Shirt und Jeans kam sie mit energischen Schritten ins Untersuchungszimmer und ging neben Naomi und dem Hund in die Hocke.

»Naomi Carson.«

»Schön, Sie kennenzulernen. Und das ist der attraktive Kerl, den Sie am Straßenrand aufgelesen haben?«

»Ich hab ein paar Flyer aufgehängt, die vielleicht helfen, den ursprünglichen Besitzer zu finden. Ihre Empfangsdame hat auch welche entgegengenommen.«

»Wir legen sie gern aus, aber ich habe diesen Rüden hier noch nie gesehen. Wir stellen ihn mal auf die Waage, um zu sehen, was zu tun ist.«

Die Idee gefiel dem Hund nicht besonders gut, trotzdem hatten sie nach einer Weile herausgefunden, dass er fünfunddreißig Kilo wog.

»Er dürfte ohne Weiteres zehn Pfund mehr auf den Rippen haben. Er ist definitiv unterernährt. Allerdings sehr sauber.«

»Das war er vorher nicht. Wir haben ihn gebadet. Zweimal sogar.«

»Xander hat Ihnen geholfen, oder?« Zu Naomis Erstaunen hob Alice fünfunddreißig Kilo zitternden Hund auf den Untersuchungstisch, ohne mit der Wimper zu zucken.

»Ja. Kurz nachdem ich den Hund gefunden hatte, kam er zufällig vorbei.«

»Hab schon gesehen, dass er ihm Milos Halsband angelegt hat.«

»Milo? War das sein Hund?«

»Mhm.« Wie ihre Augen war auch ihre Stimme sanft und ruhig, während sie den Hund abtastete. »Milo war ein toller Hund. Er hatte Krebs. Wir haben alles getan, was wir konnten, aber… er hatte fünfzehn gute, glückliche Jahre, mehr kann man nicht verlangen. Dieser Hund hier ist ungefähr zwei, und nach dem Zustand seiner Pfoten zu urteilen war er eine ganze Weile auf der Straße unterwegs.« Sie zog ihre Untersuchungslampe heraus und gab ihm ein kleines Leckerchen, bevor sie seine Ohren untersuchte. »Ich gebe Ihnen Ohrentropfen mit.«

»Tropfen?«

»Im linken Ohr braut sich eine Entzündung zusammen. Und er braucht eine Wurmkur.«

»Er hat Würmer?«

»Wir haben die Stuhlprobe untersucht, die Sie mitgebracht haben. Er hat auf jeden Fall Würmer, aber die Medikamente sollten das rasch beheben. Meine Kollegin macht gerade noch einen Herzwurmtest, und ich würde gern auch noch eine Blutuntersuchung vornehmen, um zu sehen, ob er geimpft werden muss. Da er ja offensichtlich ein Streuner ist, mache ich Ihnen das alles zum Pauschalpreis.«

»Vielen Dank. Aber irgendjemandem muss er doch gehören, oder?«

»Kastriert ist er nicht.« Alice trat zur Seite und zog eine Spritze auf. »Da er ein Mischling ist, ist es unwahrscheinlich, dass jemand sich allzu viel Mühe mit ihm gegeben hat. Zur Zucht taugt er ja nun mal nicht. Er ist ernsthaft untergewichtig. Streicheln Sie seinen Kopf, und lenken Sie ihn ein bisschen ab. Er hat Darmwürmer«, fuhr Alice fort und nahm dem Hund Blut ab. »Alle vier Pfoten sind wund. In etwa zwanzig Minuten kann ich Ihnen sagen, ob er gegen Tollwut und Staupe geimpft wurde und ob er Herzwürmer hat. Was er allerdings ganz sicher hat: eine leichte Räude und jede Menge Zecken und Flöhe.«

»Flöhe …«

»Sie sind tot, von dem Flohbad, mit dem Xander ihn gewaschen hat. Ich bin der einzige Tierarzt hier am Ort, hier war er jedenfalls noch nie. Es wäre aber nicht das erste Mal, dass jemand einen Hund aussetzt, den er nicht haben will.«

»Oh.« Naomi sah auf den Hund hinab, der sie trotz der Nadeln und der Tests vertrauensvoll anblickte.

»Ich ruf ein paar Tierärzte in der Umgebung an, und wir können natürlich Ihren Flyer herumschicken und in den Tierheimen anfragen. Möglicherweise ist er ja verloren gegangen, und jemand sucht nach ihm.«

An diese Möglichkeit wollte Naomi sich klammern.

Insgesamt dauerte es über eine Stunde, bis der Hund, der alles leicht verwirrt über sich hatte ergehen lassen, fertig untersucht und geimpft war. Naomi verließ die Praxis mit einer Tüte voller Tabletten, Tropfen, Broschüren, Merkzetteln und einem hundegroßen Loch in ihrer Kreditkarte.

Ihr schwirrte der Kopf, als sie sich zu Xanders Werkstatt aufmachte.

Die Werkstatt war größer, als sie sie sich vorgestellt hatte.

Jede Menge Autos und Trucks standen herum und warteten augenscheinlich darauf, repariert zu werden.

In einem Gebäude, das in etwa so groß war wie eine Wellblechhütte, war das Büro untergebracht. Dahinter lag die Werkstatt: ein langes, L-förmiges Gebäude mit weit offenen Toren. Der Hund konnte die Leine immer noch nicht ausstehen, aber Naomi passte auf und hielt ihn kurz.

Eigentlich hätte sie zuerst in das Büro gehen wollen, aber der Hund zog sie auf die offenen Tore und den Lärm zu.

Naomi war im Lauf ihres Lebens schon viel unterwegs gewesen und hatte auch schon einige Werkstätten von innen gesehen. Die Geräusche, die Gerüche – Schmiermittel, Öl –, der Anblick von Werkzeug, Maschinen und Motorteilen kamen ihr vertraut vor, doch den Hund faszinierte all das offensichtlich. Er zog so lange an der Leine, bis er drinnen war.

Dann wedelte sein Schwanz wie eine Fahne im Wind.

Offensichtlich hatte er Xander über das Motorenöl, das Benzin und die Schmiermittel hinweg gewittert und kläffte fröhlich.

Xander stand unter einer Limousine und schraubte daran herum. Er trug verschrammte Motorradstiefel und eine verblichene Jeans mit einem Loch im Knie. Ein schmutziger roter Lappen hing aus der Gesäßtasche. Naomi hatte keine Ahnung, wie er es schaffte, dabei so sexy auszusehen.

»Hey, mein Großer!« Er steckte das Werkzeug, das er gerade noch benutzt hatte, in die zweite Gesäßtasche und ging in die Hocke, um den verzückten Hund zu begrüßen. »Du siehst heute schon sehr viel besser aus als gestern!« Er sah zu Naomi auf. »Und du siehst immer gut aus.«

»Wir kommen gerade vom Tierarzt.«

»Wie hat er sich gemacht?«

»Aus dem Wartezimmer wollte er sofort wieder flüchten, weil er panische Angst vor einem Zwergspitz hatte. Der war allerdings auch frech! Er hat eine Ohreninfektion und Würmer, und ich hab eine ganze Tüte voller Tabletten, Tropfen und Merkzettel bekommen. Er musste eine halbe Million Tests über sich ergehen lassen, und dann ist er auch noch ausgiebig geimpft worden, weil er wahrscheinlich noch nie eine Spritze gesehen hat. Einen Herzwurm hat er nicht, yay, aber er muss dringend Gewicht zulegen. Ich hab sogar Hundevitamine bekommen, stell dir das mal vor!«

»Und?«

Naomi kramte in ihrer Tasche, zog die Tierarztrechnung heraus und hielt sie ihm hin.

»Aua!«, sagte Xander.

»Und das ist noch die Rabattversion der guten Samariterin!«

»Na ja, es war seine erste Untersuchung, und er hat sie ja gebraucht. Ich übernehme die Hälfte.«

»Es geht mir wirklich nicht ums Geld, obwohl das natürlich wehtut. Schlimmer ist, dass die Tierärztin mir wenig Hoffnung machen konnte, dass jemand nach ihm sucht. Was soll ich denn jetzt mit ihm machen?«

»Sieht ganz so aus, als würde er dir gehören.«

Ein Mann in einem grauen Overall und einer grauen Kappe mit dem Werkstattlogo kam heraus und warf Münzen in den Getränkeautomaten an der Wand. »Der Chevy sieht so gut wie neu aus. Nein, besser.«

»Ist er um vier fertig?«

»Ja, er ist fertig.«

»Ich sag Syl Bescheid.«

Der Hund zog an der Leine, und als Naomi ihren Griff lockerte, lief er schwanzwedelnd auf den anderen Mann zu.

»Hey, Junge. Ihr Hund hat ein liebes Gesicht, Ma'am.«

»Er gehört nicht mir. Er gehört nicht mir«, wiederholte

sie und wandte sich verzweifelt an Xander, der nur mit den Schultern zuckte.

»Willst du noch einen Hund, Pete?«

»Ich würde ihn sofort nehmen, aber Carol würde mich umbringen. Netter Hund.« Er nickte und verschwand wieder. Der Hund schnüffelte ungerührt weiter.

»Wie hat er geschlafen?«

»Wer? Der Hund? Gut. Ich bin um fünf Uhr aufgewacht, weil er an meinem Bett stand und mich anstarrte. Da hab ich mich erst mal zu Tode erschreckt.«

»Er ist also stubenrein.«

»Ich nehme es an. Bis jetzt jedenfalls, aber …«

»Du lebst ziemlich weit weg vom Ort«, fuhr Xander fort. »Ein Hund ist eine gute Alarmanlage.«

»Ich lasse eine installieren.«

»Ein Hund ist auch gute Gesellschaft«, gab er zurück.

»Ich mag die Einsamkeit.«

»Du bist wirklich eine harte Nuss, Naomi.«

Mit einem Lappen im Maul kam der Hund zu ihnen zurückgetrabt und legte ihn mit ergebenem Blick vor Naomi hin.

»Er liebt dich jetzt schon.«

»Weil er mir einen schmutzigen Lappen bringt, den er auf dem Fußboden gefunden hat?«

»Ja. Du wirst dich noch daran gewöhnen. In der Zwischenzeit übernehme ich die Hälfte der Rechnung, und ich frage herum, ob ihn jemand vermisst oder ihn gerne nehmen möchte.«

Sie kramte erneut in ihrer Tasche und hielt ihm den Flyer hin, den sie ausgedruckt hatte. »Leg das aus.«

Xander studierte den Flyer. »Hübsches Foto von ihm.«

»Ich muss mich langsam wieder an die Arbeit machen. Abgesehen von unserem Tierarztbesuch, habe ich heute Vormittag noch nichts geschafft.«

»Du könntest mich zum Abendessen einladen.«

»Warum sollte ich?«

»Dann hättest du noch etwas anderes zu tun, und ich könnte dem Hund seine Abendmedikamente geben. Du hast doch gesagt, du könntest kochen?«

Naomi warf ihm einen langen, kühlen Blick zu. »Dir geht es doch nicht um die Mahlzeit.«

»Ein Mann muss essen …«

»Ich hab weder Geschirr noch Stühle oder einen Tisch. Ich werde nicht mit dir schlafen, und ich werde diesen Hund *nicht* behalten.« Wütend auf sich selbst und vor allem auf Xander, packte sie die Leine und war drauf und dran, den Hund aus der Halle zu zerren.

»Zockst du gerne, Naomi?«

Über die Schulter blickte sie zu ihm zurück. »Nein.«

»Schade, denn alles, was du gerade gesagt hast, wird sich ändern.«

Von wegen, dachte sie.

Erst zu Hause merkte sie, dass der Hund immer noch den ekligen Lappen mit sich herumschleppte. Als sie versuchte, ihn ihm abzunehmen, nahm er wohl an, sie wollte mit ihm spielen. Irgendwann gab sie auf, setzte sich auf die oberste Stufe der Veranda, und der Hund setzte sich mitsamt dem schmutzigen Lappen im Maul neben sie. Hinter ihnen wurde gesägt und gehämmert.

»Was hab ich nur getan? Warum hab ich nicht einfach ein Zelt im Wald aufgeschlagen? Warum hab ich bloß so ein riesiges Haus voll mit all diesen Leuten? Und warum hab ich einen Hund, dem ich Medikamente geben muss?«

Er sah sie ergeben an und ließ den nassen, schmierigen Lappen in ihren Schoß fallen.

»Perfekt. Einfach nur perfekt.«

Er ging mit, als sie den steilen, gewundenen Pfad zur Küste hinunterkletterte. Sie war sich sicher gewesen, dass der Hund beim Bauteam bleiben würde, aber er folgte ihr überallhin. Das nächste Mal würde sie sich hinausschleichen müssen.

Dann merkte sie, dass er ihr nicht im Weg war, wenn sie Motive fand. Einmal fotografierte sie sogar einen dunkelvioletten Seestern, der in einem Gezeitentümpel leuchtete. Nach kurzer Erforschung des Geländes schien der Hund sich damit zufriedenzugeben, in der Sonne zu liegen, solange sie in Sichtweite blieb.

Wenn sie an ihrem Schreibtisch saß oder in der Dunkelkammer arbeitete, rollte er sich einfach nur in ihrer Nähe zusammen. Wenn sie nach unten ging, folgte er ihr. Wenn sie wieder nach oben ging, stieg er hinter ihr die Stufen mit hinauf.

Als es im Haus wieder still war, fragte sie sich, ob Hunde auch Verlassenheitsängste haben konnten.

Die Ohrentropfen mochte er nicht, und es war jedes Mal ein Kampf, sie ihm zu verabreichen – aber sie behielt die Oberhand. Sie kannte von Kong noch die besten Methoden, um einem Hund Tabletten unterzujubeln, und schob die Pillen einfach in ein Stückchen Käse.

Als sie auf der Terrasse saß und ihr Abendessen in Form eines gegrillten Käsesandwiches zu sich nahm, aß er sein Futter – und diesmal schlang er es nicht wie verhungert hinunter.

Und als sie mit ihrem Laptop ins Bett ging, um die letzte Stunde des Tages damit zu verbringen, Wasserhähne und Brauseköpfe auszusuchen, rollte sich der Hund in seinem Hundebett zusammen, als hätte er sein ganzes Leben lang nichts anderes gemacht.

Um fünf Uhr morgens fuhr sie abrupt aus dem Schlaf hoch. Die Augen des Hundes funkelten sie an, und sie spürte seinen Atem im Gesicht.

Xander gab Kevin seinen Anteil an der Tierarztrechnung mit und ließ über ihn ausrichten, dass er sich auch an den nächsten Rechnungen zur Hälfte beteiligen würde.

Zwei Tage später kam er persönlich vorbei, mit einem weiteren Sack Hundefutter, noch mehr Kauknochen und dem größten Hundekeks, den Naomi je gesehen hatte.

Sie fragte sich, ob es Zufall oder Absicht war, dass er eintraf, kurz nachdem die Bauleute gegangen waren. Aber der Hund freute sich, und die beiden spielten ausgiebig miteinander.

»Langsam kommt seine Energie wieder zurück.« Xander warf einen Tennisball, dem der Hund hinterherjagte, als wäre er aus purem Gold.

»Auf die Flyer hat bisher niemand reagiert. Und von den Tierärzten oder aus den Tierheimen sind auch keine Hinweise gekommen.«

»Finde dich damit ab, meine Schöne. Du hast jetzt einen Hund. Wie heißt er überhaupt?«

»Hund.«

Xander warf erneut den Ball, den der Hund ihm zurückgebracht hatte, und schüttelte den Kopf. »Hab doch ein Herz!«

»Ich bin überhaupt erst in diese Lage gekommen, weil ich ein Herz habe. Wenn ich ihn noch länger behalte, muss ich ihn kastrieren lassen.«

Xander warf dem Hund einen mitleidigen Blick zu. »Ja. Tut mir leid, Kumpel. Du solltest mal ein paar Namen ausprobieren.«

»Ich werde nicht …« Sie hielt inne. Warum sollte sie sich mit ihm streiten? »Alice hat gesagt, dein Hund hieß Milo. Woher hattest du den Namen?«

»Milo Minderbinder.«

»Aus *Catch-22*?«

»Ja. Ich hatte es gerade gelesen, und der Welpe sah einfach so aus, als wäre er ganz genauso. Ein Name muss passen. Bittest du mich hinein?«

»Nein. Es hat sich nichts geändert.«

»Wir stehen gerade erst am Anfang«, sagte er. Als sich Motorengeräusche näherten, drehte er sich um. »Erwartest du jemanden?«

»Nein.«

Der Hund kläffte und stellte sich direkt neben Naomi.

»Er ist ein guter Wachhund.«

»Ich kann ganz gut auf mich selbst aufpassen.« Sofort glitt ihre Hand in die Tasche zu ihrem Klappmesser.

Ein großer Truck kam den Hügel heraufgerumpelt – ein Truck mit New Yorker Kennzeichen. Der Fahrer – jung, mit offenem Blick – lehnte sich aus dem Fenster. »Naomi Carson?«

»Ja?«

»Entschuldigung, dass wir erst so spät kommen. Wir haben uns ein bisschen verfahren.«

»Ich hab nichts aus New York bestellt. Sind Sie quer durchs ganze Land gefahren?«

»Ja, Ma'am. Chuck und ich haben es in fünfundfünfzig Stunden und sechsundzwanzig Minuten geschafft.« Er sprang aus dem Truck und tätschelte den Hund. Sein Begleiter sprang auf der anderen Seite heraus.

»Aber warum?«, fragte Naomi.

»Entschuldigung?«

»Ich verstehe nicht ganz, was Sie hier ...«

»Wir liefern Ihr Bett aus.«

»Ich hab kein Bett bestellt.«

»Nein, genau genommen nicht, Ma'am, Sie haben es nicht bestellt. Es ist ein Geschenk von einem gewissen Seth Carson und einem Harry Dobbs. Wir sollen es nur herbringen, es dorthin stellen, wo Sie es haben wollen, und es aufbauen. Sie haben die gesamte Luxuslieferung bezahlt.«

»Wann denn das?«

»Etwa vor fünfundfünfzig Stunden und sechsundzwanzig Minuten, könnte man sagen.« Er grinste wieder. »Hinten liegt auch noch eine Menge Pakete – eingepackt. Es ist ein Wahnsinnsbett, Ma'am.«

Sein Begleiter, der wohl Chuck hieß, reichte ihr ein Klemmbrett mit dem Bestellformular. Sie erkannte den Namen des Möbelladens, in dem ihre Onkel immer einkauften.

»Wir werden sehen …«

»Braucht ihr Hilfe?«, fragte Xander.

Der Fahrer rollte seine Schultern und warf Xander einen dankbaren Blick zu. »Es ist ein wirklich riesiges Teil, wir könnten schon Hilfe gebrauchen …«

Nachdem das Bett für den Versand dick verpackt worden war, konnte Naomi nur sehen, dass es groß war. Sie holte die Kartons aus dem Truck, während die Männer das Bett nach drinnen und über die Treppe nach oben schleppten.

Während der Hund bei den Männern blieb, lief sie ein Teppichmesser holen und öffnete den ersten Karton. Vier große Kissen quollen ihr entgegen – Daunenkissen. Im zweiten Karton lagen weitere Kissen und eine wunderschöne Steppdecke in einem etwas tieferen Blau als die Wände. Im dritten Karton befanden sich zwei Garnituren hübscher weißer Bettwäsche aus ägyptischer Baumwolle und ein handgeschriebener Brief.

Unser Mädchen braucht ein Bett, und zwar eins, das ihr die süßesten Träume beschert. Als wir dieses hier gesehen haben, wussten wir sofort, dass es dein Bett sein würde. Wir lieben dich! Seth und Harry

»Meine Männer«, sagte sie seufzend und trug die ersten Kartons nach oben.

Nachdem ihr Schlafzimmer gerade im Chaos versank und von drei Männern und einem Hund belagert war, ging sie wieder nach unten, holte ein paar Coladosen aus dem Kühlschrank und kehrte damit in ihr Schlafzimmer zurück.

»Vielen Dank. Die Verpackung nehmen wir natürlich wieder mit. Aber es wird eine Weile dauern, bis wir es aufgebaut haben.«

»Okay…«

»Möchten Sie es dort hinstellen, wo gerade die Matratze liegt?«

»Ich… Ja. Das wäre gut. Ich muss kurz telefonieren.«

Sie ließ die Männer im Schlafzimmer allein, rief zu Hause an und verbrachte die nächsten zwanzig Minuten mit Seth am Telefon, da Harry im Restaurant war. Trotz der großen Entfernung konnte sie ihm die Begeisterung ansehen.

Sie erwähnte natürlich nicht, dass sie ziemlich genaue Vorstellungen von ihrem Bett gehabt hatte. Sie hatte sogar bereits einen Tagesausflug nach Seattle geplant, um sich Betten anzusehen. Aber ganz gleich, was sie ihr gekauft hatten – sie würde es lieben.

Als sie wieder ins Schlafzimmer zurückkehrte, blieb sie wie angewurzelt stehen. Ihre Matratze lag bereits im Rahmen, und Kopf- und Fußteil waren so gut wie angebracht.

»O mein Gott!«

»Hübsch, nicht wahr?«

Sie sah den Fahrer an – sie wusste seinen Namen nicht –, dann wieder das Bett. »Es ist wunderschön! Wundervoll! Es ist perfekt!«

»Warten Sie erst, bis wir die Pfosten aufgerichtet haben.«

Mahagoni, schoss es ihr durch den Kopf, mit einer Einfassung aus Zitronenholz. Chippendale-Stil – sie war nicht umsonst bei Seth und Harry aufgewachsen. Die Holztöne waren dunkel, warm und hoben sich von den blassen Wänden perfekt ab. Beine mit Schnitzereien, hohe, gedrechselte Pfosten ...

Wenn eine Frau in diesem Bett nicht süß träumte, dann stimmte mit ihr etwas nicht.

»Alles okay, Ma'am?«

Sie nickte. »Es tut mir leid, ich habe Ihren Namen nicht verstanden.«

»Josh. Josh und Chuck.«

»Josh. Es geht mir gut. Sie hatten recht. Es ist ein Wahnsinnsbett.«

Als sie fertig waren, gab sie ihnen ein großzügiges Trinkgeld – das war das Mindeste, was sie tun konnte – und packte ihnen Getränke für die Heimfahrt ein.

Als sie weg waren, stand sie da und betrachtete stumm das Bett. Das Holz schimmerte im Licht des frühen Abends. Sie prägte sich jedes Detail ein.

»Du hast tolle Onkel«, bemerkte Xander.

»Die besten, die du dir vorstellen kannst.«

»Musst du jetzt weinen?«

Sie schüttelte bloß den Kopf und presste sich die Finger auf die Lider. »Nein, ich hasse es zu weinen. Ist doch ohnehin sinnlos. Ich hab noch am Sonntag mit ihnen telefoniert – sie sind anschließend direkt ins Möbelhaus gefahren und haben das hier gefunden, und dann haben sie es per Spedition hierher geschickt – mitsamt Bettdecke, Kissen und Bettwäsche. Und es ist genau richtig – ganz genau richtig. Für mich, für das Zimmer, für das Haus.« Sie schluckte ihre Tränen herunter. »Ich werde jetzt nicht weinen. Ich werde kochen. Ich hab zwar immer noch kein Geschirr und keinen Tisch, aber wir können draußen auf der Terrasse von Papptellern essen. Das ist dein Trinkgeld – weil du mitgeholfen hast, das Bett aufzubauen.«

»Ich nehme dankend an. Was gibt es denn zu essen?«

»Ich weiß es noch nicht. Auf jeden Fall hab ich Wein da. Irgendwie fühle ich mich gerade sentimental und hab ein bisschen Heimweh.«

»Hast du auch Bier?«

»Ja, klar.«

»Ich nehme lieber ein Bier.«

»Okay.« Sie wandte sich zum Gehen, blickte sich dann aber noch mal um. »Ich werde trotzdem nicht mit dir schlafen.«

»Noch nicht.« Sein Lächeln war entspannt. Und gefährlich. »Bier und ein Abendessen sind immerhin schon mal ein Anfang.«

Ein Abschluss, dachte sie, als sie mit dem Hund nach unten liefen.

Er sah ihr beim Kochen zu. Er hatte noch nie jemanden gesehen, der so kochte: Sie schnappte sich ihre Zutaten, warf dies in eine Pfanne, jenes in einen Topf. Hackte dies, rührte jenes ein.

Selbst der Hund ließ sie dabei nicht aus den Augen und leckte sich in einem fort über die Schnauze, bis die Küche schließlich voller Düfte war.

»Was kochst du überhaupt?«

»Wir nennen es ›Pasta im Vorbeigehen‹.«

Sie legte dicke Oliven auf ein Schneidebrett und drückte so lange mit der flachen Klinge darauf, bis der Kern herausschoss. Auch das hatte er noch nie gesehen.

»Sind die normalerweise nicht in Gläsern ohne Kerne?«

»Das hier sind Kalamata-Oliven, mein Freund, und sie sind es wert, dass sie mit diesem Extraschritt bearbeitet werden. Wenn du irgendetwas hier im Essen nicht magst, isst du einfach darum herum.«

»Ich bin nicht wählerisch.«

»Gut.«

Als Nächstes nahm sie ein Stück Käse und rieb ihn fein. Er hätte fragen können, warum sie den Käse nicht bereits gerieben gekauft hatte, aber er konnte sich schon vorstellen, was sie darauf geantwortet hätte.

Sie warf kleine Tomaten in die Pfanne, fügte ein paar Kräuter hinzu und rührte – und murmelte in sich hinein, sie wünschte sich, sie hätte frisches Basilikum.

»Ich muss mir dringend gute Töpfe und Pfannen zulegen, bevor Harry die auch noch schickt.«

»Was ist denn verkehrt an den Töpfen, die du hast? Ich finde, sie sind ganz in Ordnung.«

»Harry wäre entsetzt. Und ich bin selbst ebenfalls ein klein bisschen entsetzt. Außerdem brauche ich gute Messer. Die muss ich auch noch auf die Liste setzen.«

Er genoss es, sie zu beobachten – ihre schnellen, sicheren Bewegungen. Und er hörte ihr gerne zu – ihre Stimme klang ganz leicht rauchig.

»Was gehört sonst noch auf die Liste?«

»Ich muss die Gästezimmer streichen, die ich für meinen Bruder und meine Onkel vorgesehen habe. Und eins für meine Großeltern. Und dann rühr ich nie wieder Rollen und Abstreifer an, glaube ich. Ich streiche nicht gern.«

»Lass es doch von einem Maler machen.«

»Ich muss anständige Töpfe und Messer kaufen… Ich kann durchaus zwei weitere Zimmer in diesem lächerlich großen Haus selbst streichen. Aber jetzt muss ich auch noch Möbel finden, die neben diesem Bett bestehen können – und so weiter und so fort.«

Sie goss die Pasta ab – schmale Röhrchennudeln – und gab sie zusammen mit den Oliven und dem Käse in die Pfanne. Dann vermischte sie alles.

»Teller sind dort oben im Schrank, Papierservietten und Plastikgabeln liegen daneben.«

»Ja, ich hab sie.«

Sie schwenkte die Pasta in der Pfanne noch ein paarmal durch, dann servierte sie sie auf Papptellern und legte italienisches Brot daneben, das sie mit Butter bestrichen, mit Kräutern besprenkelt und getoastet hatte.

»Das sieht wundervoll aus!«

»Auf den Tellern, die ich bestellt habe, würde es noch viel, viel besser aussehen. Aber es ist schon ganz in Ordnung.« Sie reichte ihm einen Pappteller, nahm sich ihren und ging voraus auf die Terrasse. Dann reichte sie ihm ihren Teller. »Halt mal kurz, während ich dem Hund zu fressen gebe.«

Der Hund sah auf das Trockenfutter hinab, das sie in seinen Napf gab, und warf Xander, der mit den zwei Tellern dastand, einen sehnsüchtigen Blick zu. Er ließ den Schwanz hängen, und Xander hätte schwören können, dass er vor Enttäuschung seufzte.

Naomi setzte sich wieder und erwiderte den Blick des Hundes. »Das hier ist mein Essen, und das da ist dein Essen. So ist das eben.«

»Ganz schön streng.«

»Mag sein.«

Xander setzte sich ebenfalls und aß die Pasta, die sie auf so magische Weise zusammengerührt hatte, binnen Minuten auf.

»Das ist wirklich gut! Richtig lecker!«

»Es ist nicht schlecht. Mit frischen Kräutern wäre es besser. Ich muss wahrscheinlich welche anpflanzen.«

Es fühlte sich nicht annähernd so seltsam an, wie sie erwartet hätte, mit ihm hier auf der Terrasse zu sitzen und Pasta zu essen, während der Hund – der seinen eigenen Napf blitzblank geleckt hatte – sie traurig ansah. Vielleicht war es die Aussicht – diese weichen Dämmerungsfarben, die sich über das Meer und die grünen Hügel legten –, vielleicht aber auch der Wein – auf jeden Fall musste sie jetzt schleunigst eine Grenze ziehen.

»Willst du wissen, warum ich nicht mit dir schlafen werde?«

»*Noch* nicht«, korrigierte er sie. »Gibt es diesbezüglich auch eine Liste?«

»So kann man es sagen. Du lebst hier und ich im Moment auch.«

»Im Moment? Du hast Töpfe und Pfannen für den Moment, aber schreibst bessere auf deine Liste. Mir kommt es beinahe so vor, als würdest du alles auf später verschieben.«

»Vielleicht. Seit ich New York verlassen habe, hab ich niemals länger als ein paar Monate an einem Ort gelebt. Ich weiß noch nicht, ob ich hierbleibe. Vielleicht«, wiederholte sie, »weil es sich – für den Moment – richtig anfühlt. Aber auf jeden Fall lebst du hier, hast deine Freunde hier – langjährige Freunde wie Kevin und Jenny. Wenn wir jetzt etwas miteinander anfangen – was ich nicht vorhabe –, und es geht schief, dann steckt dein Freund als mein Bauunternehmer mittendrin.«

»Das ist schwach«, sagte Xander und wandte sich den Resten seiner Pasta zu.

»Nicht aus meiner Perspektive, mitten auf einer Baustelle. Außerdem bist du der einzige Mechaniker mit Autowerkstatt am Ort, und unter Umständen brauche ich dich ja mal.«

Nachdenklich biss er in das Brot. »Die Arbeit würde mir wahrscheinlich sogar schneller von der Hand gehen, wenn wir Sex hätten.«

Lachend schüttelte sie den Kopf. »Aber nicht, wenn wir keinen mehr hätten und du sauer auf mich wärst. Ich muss arbeiten, viel arbeiten, weil ich dieses Haus abbezahlen muss und jeder Cent hier reinfließt. Ich hab keine Zeit für Sex.«

»Zeit für Sex hat man immer. Nächstes Mal bringe ich Pizza mit, und wir können in der Zeit, die du gebraucht hättest, um zu kochen, Sex haben.«

Naomi nahm noch einen Bissen Pasta. »Das spricht nicht gerade für dein … Stehvermögen.«

»Ich versuche doch nur, deinen Terminkalender zu berücksichtigen.«

»Sehr umsichtig, aber unnötig, da das heutige Abendessen eine Ausnahme ist. Ich kenne dich ja nicht mal.«

»Das ist bisher der einzige Satz von dir, der Hand und Fuß hat. Aber wir können uns auch gerne wieder deiner Liste zuwenden. Ich darf dich vielleicht daran erinnern, dass ich schon jahrelang mit Kev und Jenny befreundet bin. Sie würden dich vorwarnen, wenn ich ein Psychopath wäre.«

Naomi ließ den Blick schweifen. »Es kommt vor, dass man die Menschen gar nicht wirklich kennt, die einem nahestehen.«

Sie hat eine Geschichte, schoss es Xander durch den Kopf. Er hörte das Rauschen hinter ihren Worten. Doch anstatt sie zu bedrängen, versuchte er es anders.

Er beugte sich vor und umfasste ihr Gesicht. Dann küsste er sie. Fordernd und leidenschaftlich und wild.

Er wusste, wann eine Frau ihn begehrte – und sie tat es. Er wusste es, weil ihr Mund reagierte, er hörte das kehlige Summen, spürte das sexy Beben.

Mit einer anderen Frau würde all die Hitze, dieses Verlangen sie beide direkt nach oben in dieses großartige neue Bett führen.

Doch Naomi schob ihn von sich weg. Dabei sah sie ihn unverwandt aus ihren faszinierend grünen Augen an.

»Du hast gute Argumente«, sagte sie. »Und ich kann dir

in vielem nicht mal widersprechen, aber…« Sie blickte ihm direkt in die Augen. »Wie ich schon dem Hund sagte – so ist es eben.«

»Fürs Erste.«

Für den Augenblick gab er sich mit dem Essen, der Aussicht und den Geheimnissen dieser Frau zufrieden, die direkt neben ihm saß.

Irgendwer gibt mir ein Rätsel auf, dachte er, ich muss es nur lösen.

Früher oder später würde er dahinterkommen.

10

Sie machte sich wieder an die Arbeit. Weil die Arbeit ganz zuoberst auf der Liste ihrer Gründe stand, um nicht mit Xander zu schlafen, musste sie sich auch daran halten.

Wenn sie morgens nach draußen ging, um Aufnahmen zu machen, kam der Hund mit. Ein paar Tage lang hakte sie die Leine an ihrem Gürtel ein, wenn sie in den Wald oder an der Küste entlanglief, aber diese Lösung hassten sie beide.

Irgendwann dämmerte es ihr, dass der Hund schon nicht weglaufen würde, und ließ ihn einfach von der Leine. Er blieb in ihrer Nähe, jagte Eichhörnchen, bellte Vögel an und schnüffelte an Wildspuren, während sie Aufnahmen von Wildblumen, Bäumen, langen Wasserläufen im Sonnenlicht und im Schatten machte.

Und immer wieder Aufnahmen des Hundes, sodass sie letztendlich eine ganze Serie beisammenhatte.

Neben der Heizung legte er sich schlafen – die Gasleitungen waren endlich freigegeben worden und gaben an den kühlen, düsteren Tagen eine herrliche Wärme ab –, während sie selbst am Computer arbeitete. Ab und zu ging er auch nach unten, blieb eine Zeit lang bei den Bauleuten oder bei Molly, wenn sie mitgekommen war, kam aber immer wieder zu ihr zurück, warf ihr einen langen Blick zu, als wollte er nachsehen, ob sie endlich fertig wäre. War das nicht der Fall, legte er sich wieder hin. Dabei hatte er für gewöhnlich irgendwas im Maul. Manchmal war es ein einzelner Arbeitshandschuh, einmal sogar ein Hammer.

Das stetige, konzentrierte Arbeiten zahlte sich aus. Sie erhielt einen zufriedenstellenden Scheck von ihrer New Yorker Galerie und konnte regelrecht dabei zusehen, wie ihr PayPal-Konto sich füllte.

Anscheinend liebten die Leute ihre Hundefotos.

Jenny kam wie versprochen vorbei, und Naomi führte sie herum. Als sie ins Schlafzimmer kamen, seufzte Jenny begeistert auf.

»Ich weiß nicht, was beeindruckender ist: die Aussicht oder dieses Bett.«

»Ich genieße die Aussicht gern vom Bett aus.«

»Es muss wundervoll sein, jeden Morgen so aufzuwachen. Xander hat erzählt, dass Ihre Onkel das Bett quer durchs Land geschickt hätten.«

»Ja. Und wenn ich nicht endlich Möbel finde, die dazu passen, werden sie die auch noch schicken.«

»Kommen Sie doch einfach mit mir einkaufen!« Jenny machte regelrecht einen kleinen Luftsprung und klatschte in die Hände. »Kommen Sie, wir fahren!«

»Was? Jetzt gleich?«

»Ich habe heute frei. Die Kinder sind in der Schule. Ich habe …« Sie zog ihr Handy heraus, um auf die Uhr zu sehen. »Ich hab fünf Stunden Zeit, bevor ich erst Maddy und dann Ty abholen muss. Ich weiß, dass eigentlich heute ein Arbeitstag für Sie wäre, aber Sie brauchen wirklich mehr Möbel, und ich kenne ein paar gute Läden – vor allem nachdem Sie keine Angst davor zu haben scheinen, ältere Sachen selbst ein bisschen aufzumöbeln.«

»Ich glaube …« Sie überlegte kurz, ob sie es sich leisten konnte, schob den Gedanken dann aber beiseite. »Ich glaube, das sollten wir wirklich tun.«

»Ja. Und vielleicht finden wir ja auch Ihr Geschirr.«

»Das hab ich schon bestellt. Warten Sie, ich zeige es Ihnen.«

Sie blickten beide auf ihren Computerbildschirm, als Naomi die Seite aufgerufen hatte. »Das Glas ist recycelt, was toll aussieht, wenn man dazu weiße Schüsseln und so hernimmt. Ich glaube …«

»Sie sind wundervoll! Perfekt! Oh, sie werden fabelhaft aussehen in dieser Küche. Und auf dem Tisch – wenn Sie erst einmal einen haben.«

»Der Tisch kann noch ein bisschen warten. Vorläufig plane ich ja keine Dinnerpartys. Aber auf jeden Fall brauche ich Hocker. Hocker und eine Kommode. Es wäre fabelhaft, wenn ich meine Kleider endlich in Schubladen räumen könnte, statt sie weiter in Kartons aufzubewahren.«

»Dann gehen wir jetzt eine kaufen.«

Der Hund kam angelaufen. Naomi hatte nicht die Absicht, ihn mitzunehmen, aber er folgte ihnen nach draußen, sprang direkt ins Auto und setzte sich erwartungsvoll auf seinen Platz.

»Er ist wirklich süß. Und es ist gut für Sie hier draußen und so ganz allein, jetzt einen Hund zu haben, und so ein lieber Hund ist sowieso Gold wert. Kevin sagt, er und Molly würden sich bestens verstehen. Wie heißt er überhaupt?«

»Er hat keinen Namen.«

»Naomi, Sie müssen ihm doch einen Namen geben!«

»Seine Besitzer könnten immer noch …«

»Wie lange haben Sie ihn jetzt schon?«

»Knapp drei Wochen.« Naomi seufzte und rieb sich den Nacken. »Morgen lass ich ihn kastrieren. Wenn Sie einen Hund möchten …«

»Wir haben schon einen, danke. Wir haben in der Tat über einen Welpen nachgedacht – als Spielgefährten für Molly. Wir möchten, dass die Kinder diese Erfahrung auch mal machen. Aber das da ist Ihr Hund, Naomi.«

Naomi warf einen Blick in den Rückspiegel. Es war nicht zu übersehen, dass der Hund sie anstrahlte.

»Er lebt nur vorübergehend hier bei mir.«

»Ja, klar.«

Naomi kniff die Augen zusammen und setzte die Sonnenbrille auf. »Wo geht's denn hin?«

»Fahren Sie erst mal runter in den Ort, und dann sag ich Ihnen schon, wohin wir fahren.«

Naomi konnte sich nicht erinnern, wann sie das letzte Mal mit einer Freundin einen Einkaufsbummel gemacht hatte – oder wann sie sich überhaupt eine Freundin geleistet hatte. Einkaufsbummel hatte sie ohnehin selten unternommen, meist kaufte sie gezielt ein, was sie brauchte. Ihre Onkel waren da ganz anders gestrickt.

Außerdem bekam man das meiste doch inzwischen ohnehin online.

Aber nachdem sie jetzt schon mal dabei war, würde sie auf dem Rückweg im Baumarkt vorbeifahren und Farbe für Masons Zimmer besorgen – ein warmes Moosgrün.

Und sie mochte Jenny. Jenny war lustig und fröhlich, und sie stellte keine bohrenden Fragen. Naomi fand es schier unmöglich, Jenny nicht zu mögen.

Jetzt gerade leitete ihre neue Freundin sie zu einer riesigen Scheune ein paar Kilometer landeinwärts.

»Ich hätte meine Kamera mitnehmen sollen!«

Stattdessen öffnete sie das Ablagefach zwischen den Sitzen und holte einen Kasten heraus.

»Was ist das?«

»Linsen und Filter für meine Handykamera.«

»Echt? Ich wusste gar nicht, dass es so etwas gibt.«

»Ist für den Notfall ganz okay. Und diese Scheune – die Holzstruktur, das Rot hinter den weißen Einfassungen, dem alten Apfelbaum und diesem Licht … Das sieht fantastisch aus.«

»Wollen Sie nicht sehen, was *in* der Scheune ist?«

»Absolut. Ich brauche auch nicht lange.«

Eigentlich hatte sie den Hund im Auto lassen wollen, aber der hatte andere Vorstellungen, also holte Naomi die Leine aus dem Handschuhfach.

»Wenn du mitwillst, muss ich dich anleinen.«

Er versuchte regelrecht, sie niederzustarren – vergebens.

»Ich halte ihn, während Sie fotografieren.«

»Danke. Er hasst die Leine …«

»Würde es Ihnen nicht genauso gehen? Ist schon gut, Süßer. Wir stellen uns einfach vor, dass du mich führst.«

Seltsamerweise benahm sich der Hund bei Jenny perfekt. Er ging fröhlich neben ihr her, hob gelegentlich an Stellen, die besonders gut rochen, das Bein, während Naomi Linsen und Filter aufschraubte und wechselte.

Sie würde noch mal mit ihrer kompletten Ausrüstung herkommen, gelobte sie sich. Am schönsten wäre wahrscheinlich ein bewölkter Tag – diese Scheune unter einem bedeckten Himmel.

Und drinnen gab es noch viel mehr zu fotografieren. Die Scheune war riesengroß, vollgepackt mit allem Möglichen und Unmöglichen: Glas, Blech, Sammlerstücke, Spiegel, Stühle, Schreibtische.

Vor einem der Schreibtische blieb Naomi stehen. Sie hatte ohnehin beschlossen, sich einen neuen Schreibtisch zu kaufen – einen, der zwar zum Bett passte, aber trotzdem modern war, mit einer Schublade für die Tastatur, Steckdosen, Hängeregistern …

Aber …

Dieser Schreibtisch war schon beinahe schwarz von Jahren und Jahrzehnten des Gebrauchs, und die Schubladen klemmten. Er brauchte neue Beschläge. Er war überhaupt nicht so, wie sie es sich vorgestellt hatte.

Trotzdem war er einfach nur perfekt.

»Die Form ist toll«, sagte Jenny neben ihr. »Schön gebogen an den Ecken. Viele Schubladen. Er muss natürlich aufgearbeitet werden.« Mit geschürzten Lippen musterte Jenny das Preisschild. »Das muss aber noch verhandelt werden.«

»Er ist solide. Mahagoni. Ich würde ihn bis auf das Ursprungsholz abbeizen. Eigentlich wollte ich so ein Teil nicht, aber er gefällt mir wirklich gut.«

»Sagen Sie das bloß nicht Cecil – ihm gehört der Laden. Gucken Sie zweifelnd, wenn Sie ihn danach fragen. Sie brauchen auf jeden Fall einen guten Stuhl – ergonomisch, mit Lendenwirbelstütze. Kevin hat erzählt, dass Sie viel Zeit am Schreibtisch verbringen.«

»Und da hat Kevin recht. Der Computer ersetzt heutzutage die Dunkelkammer. Ist das da eine Meerjungfrauenstehlampe?«

»Sieht so aus.«

»Eine Bronzestehlampe in Form einer Meerjungfrau …« Fasziniert zog Naomi erneut ihr Handy heraus. »Die brauche ich für mein Portfolio.«

»No-Name und ich gehen schon mal ein bisschen vor.«

»Ich komme gleich …«

Die Meerjungfrauenlampe würde sie auf jeden Fall mitnehmen, obwohl ihr klar war, dass es dumm wäre. Sie brauchte keine Stehlampe – und schon gar keine Meerjungfrau aus Bronze mit winzigen Brüsten. Trotzdem wollte sie sie unbedingt haben.

»Sag das bloß nicht Cecil«, ermahnte sie sich und versuchte, in dem Gewirr faszinierender Dinge Jenny und den Hund wiederzufinden.

Am Ende fand Jenny sie. »Sie dürfen mich nicht hassen …«

»Tut das überhaupt jemand?«

»Kevins Highschool-Ex.«

»Dummes Huhn.«

Jenny lachte. »Ich wusste gar nicht, dass Sie Candy kennen!«

»Candy? Definitiv ein dummes Huhn. Ein Huhn, das Rosa trägt.«

»Ich hab tatsächlich eine Cousine, die Candy heißt – und sie ist absolut nicht dumm! Sie ist wundervoll. Aber um zum Thema zurückzukehren: Hassen Sie mich bitte nicht! Ich glaube, ich hab Ihre Kommode gefunden.«

»Warum sollte ich Sie dafür hassen?«

»Sie ist teuer, aber ich halte sie wirklich für perfekt, und vielleicht könnten wir mit vereinten Kräften den Preis ein bisschen drücken – vor allem wenn Sie auch noch den Schreibtisch nehmen.«

»Und die Meerjungfrauenlampe.«

»Wirklich?« Jenny warf den Kopf zurück und brach erneut in Gelächter aus. »Ich finde sie ja toll. Ich dachte schon, Sie würden sie nur als Kuriosität für Ihre Fotos ansehen, aber ich finde, sie würde ganz fantastisch in Ihr Haus passen.«

»Ja, das finde ich auch. So, dann wollen wir uns mal die Kommode anschauen. Wenn ich Sie hasse, müssen Sie übrigens zu Fuß wieder nach Hause laufen.«

Es hatte durchaus Vorteile, fand Naomi, mit einer Freundin einkaufen zu gehen – zumindest mit einer Freundin, die einen scharfen Blick fürs Kreative besaß. Es war eher eine Herrenkommode – aber gerade das gefiel ihr. Nicht weiblich und verspielt, sondern geradlinig, fast schon würdig. Sie war in gutem Zustand, was Naomi überraschte, und der Lack schimmerte mit einem rötlich goldenen Unterton. Sie würde die Griffe – schwer verzierte Messinggriffe – austauschen, und ein Schubladenboden wies einen langen, diagonalen Riss auf, aber das waren auch schon die einzigen Mängel.

Und der Preis.

»Wir handeln ihn runter, warten Sie nur ab!« Jenny tätschelte Naomi die Schulter.

Cecil war ein kleiner, dürrer Mann in Latzhose und Strohhut und mit grauem Bart. Er war sicher schon weit über achtzig, aber er hatte einen klaren Blick und war ein harter Verhandlungspartner.

Aber das war die liebe, fröhliche Jenny ebenfalls, wie Naomi feststellte.

Ab und zu warf auch sie selbst etwas ein, aber die meiste Zeit redete Jenny, und mit List und Hartnäckigkeit handelte sie die Kommode um zwanzig Prozent herunter. Mehr als zehn hätte Naomi nicht zu hoffen gewagt.

Zu dritt luden sie die Kommode ins Auto – Cecil mochte zwar alt sein, aber er erwies sich als bärenstark.

»Die anderen Teile holt Kevin ab«, sagte Jenny zu Cecil.

»Ach ja?«, fragte Naomi erstaunt.

»Na klar. Entweder nach der Arbeit oder morgen früh. Und denken Sie dran, Cecil, Naomi muss ein großes Haus einrichten. Wir kommen auf jeden Fall wieder und erwarten gute Preise!«

Zufrieden legte der Hund sich neben die Kommode, und Jenny setzte sich auf den Beifahrersitz.

»Das hat Spaß gemacht.«

»Ich bin völlig überwältigt von Ihren Basarqualitäten! Danke, ganz herzlichen Dank! Aber Kevin braucht wirklich nicht extra hier rauszufahren, ich kann die anderen Teile auch selbst abholen.«

»Ach was. Außerdem kann er dann den Schreibtisch direkt in meine Werkstatt bringen – sofern Sie mich denn engagieren, um ihn aufzuarbeiten.«

»Sie haben eine Werkstatt?«

»Ich poliere nebenher alte Möbel und Dekorationsstücke auf. Ich wollte erst nichts sagen, damit Sie sich nicht irgendwie verpflichtet fühlen. Aber diesen Schreibtisch würde ich nur zu gerne aufarbeiten! Ich bin wirklich gut, ganz ehrlich. Er wird toll aussehen.«

»Ja, das glaube ich gern.« Und sie selbst würde die Zeit, die Jenny dafür bräuchte, auf etwas anderes verwenden können. »Sie sind engagiert.«

»Wirklich? Yeah! Wenn Sie am Sonntag zum Abendessen kämen – Kevin hat mir zwar verboten, Sie zu irgendwas zu drängen, aber ich würde Sie so schrecklich gern zum Essen einladen –, dann könnten wir uns meine Werkstatt ansehen. Ich arbeite gerade an einer Bank, die perfekt für die Terrasse vor Ihrem Schlafzimmer wäre: eine alte Metallgartenbank mit einem hohen, geschwungenen Rücken. Und Sie können den Hund mitbringen. Die Kinder werden ihn lieben!«

Naomi setzte zu einer halbherzigen Ausrede an, aber schließlich siegte ihre Neugier. »Ich würde mir schrecklich gerne Ihre Werkstatt ansehen. Sie brauchen mich auch nicht mit Essen zu locken.«

»Kommen Sie zum Essen. An Sonntagen essen wir immer relativ früh, wenn Sie irgendwann nach vier kämen, dann wäre das wunderbar. Dann hätten wir noch genug Zeit, damit ich Ihnen meine Werkstatt zeigen kann und die Kinder mit dem Hund spielen können.«

»Gern. Ich bringe den Nachtisch mit.«

Sie stand früh auf und zog ein langärmliges T-Shirt und Leggings an. Die Kommode wollte sie erst benutzen, wenn Kevin die Schublade repariert und sie die Griffe ausgetauscht hätte.

Als sie zum Auto ging, folgte ihr der Hund, sprang hinein und sah sie fröhlich an.

Er wusste ja nicht, was ihn erwartete.

Aber er ahnte zumindest etwas, als sie auf den Parkplatz der Tierarztpraxis einbog.

Er begann zu zittern und machte sich so klein wie möglich.

»Diesmal hast du sogar allen Grund dazu, aber das weißt du nicht. Na komm, sei tapfer!« Sie zog an der Leine, zerrte ihn hinter sich her, bestach ihn – mit einem Tennisball. Fressen durfte er vor der Operation nicht.

»Du wirst sie nicht vermissen«, erklärte sie ihm, schüttelte dann aber den Kopf. »Was rede ich denn da? Ich würde alles vermissen, was man mir abschneidet. Aber es muss sein, okay? So ist es eben.«

Sie schleifte ihn durch das Wartezimmer – es war leer, da sie den ersten Termin des Tages bekommen hatte.

»He, mein Junge!« Alice begrüßte ihn, indem sie ihn ausgiebig kraulte, und er entspannte sich sogar und lehnte sich an ihr Bein. »Jetzt übernehmen wir. Die Prozedur ist reine Routine. Bei einem erwachsenen Hund ist es manchmal ein bisschen schwieriger, aber Routine ist es trotzdem. Danach behalten wir ihn noch ein paar Stunden da, um sicherzustellen, dass alles in Ordnung ist.«

»Okay. Ich hol ihn wieder ab, sobald Sie mich anrufen.« Naomi tätschelte dem Hund den Kopf. »Viel Glück!«

Als sie sich zum Gehen wandte, begann er zu jaulen – laut und kläglich, wie er es schon einmal getan hatte, als er eine Sirene gehört hatte. Sie warf einen Blick über die Schulter und sah, wie er sie aus seinen blauen Augen traurig und verängstigt anblickte.

»Oh, Mist. So ein Mist!«

»Sagen Sie ihm, dass Sie zurückkommen«, riet Alice ihr. »Sie sind sein Alphatier.«

»Mist«, sagte Naomi noch einmal und hockte sich dann vor den Hund. »Ich hol dich wieder ab, okay?« Sie legte beide Hände um seinen Kopf. Die Liebe, die aus seinen Augen sprach, war schier überwältigend. »Okay, in Ordnung. Ich komme zurück und hol dich wieder nach Hause. Aber vorher musst du das hier erledigen. Ich geh in der Zwischenzeit los und besorg ein bisschen Hundespielzeug.«

Der Hund leckte ihr über die Wange und legte seinen Kopf auf ihre Schulter.

»Wenn er Sie umarmen könnte, würde er es jetzt tun«, meinte Alice.

Er winselte, als Naomi aufstand, und heulte, als sie den Praxiseingang ansteuerte.

»Er wird es gut überstehen«, rief Alice ihr nach.

Ihr Herz, das Naomi eigentlich nie hatte verschenken wollen, brach ein klein bisschen, als sie den Hund hinter sich jaulen hörte.

Sie kaufte ihm eine kleine Kuschelkatze, einen Ball, der quietschte – und ahnte, dass sie diese Einkäufe noch bereuen würde –, außerdem ein kräftiges Zerrseil und eine Hundebürste.

Am Ende zwang sie sich, wieder nach Hause zu fahren und ein bisschen zu arbeiten. Weil sie sich jedoch nicht länger als zehn Minuten am Stück konzentrieren konnte, zog sie irgendwann ihre Malerklamotten an. Um ein Zimmer zu streichen, brauchte sie nicht kreativ zu sein.

Während sie die Wände vorbereitete, stellte sie sich vor, wie sie das Zimmer einrichten würde. Vielleicht mit einem Kojenbett in Dunkelgrau. Das würde Mason gefallen, wenn er sie besuchte. Oder vielleicht ein altes Eisenbett – ebenfalls in Grau? Grau würde gut zu den Grüntönen passen, die sie für die Wände vorgesehen hatte.

Warum rief Alice bloß nicht an?

Verärgert über sich selbst, brach Naomi eine ihrer ungeschriebenen Regeln und ging nach unten, um sich bei den Bauleuten umzusehen.

Sie hatten das Wohnzimmer bislang lediglich vorgestrichen – hauptsächlich weil sie sich nicht hatte entscheiden können, welche Farbe sie dort haben wollte. Die Kaminumrandung würde aufgearbeitet werden müssen … Wieder dachte sie an Jenny. Wenn Jenny mit dem Schreibtisch gute Arbeit leistete, könnte sie sich sicher auch um die Umrandung kümmern.

Sie durchquerte einen Raum nach dem anderen und betrachtete durch die Fenster die wechselnden Ausblicke. Sie war noch nicht dazu bereit, in den sauren Apfel zu beißen und einen Landschaftsgärtner einzustellen – die Außenanlagen würden warten müssen, bis drinnen das meiste erledigt wäre und nicht mehr ständig Leute überall herumliefen.

Sie ging weiter – und blieb wieder einmal vor dem seltsam geschnittenen Zimmer stehen, das sie als kleine Bibliothek vorgesehen hatte. Womöglich würde sie nie Zeit finden, um sich mit einem Buch gemütlich dorthin zurückzuziehen. Aber es war eine schöne Vorstellung, an einem regnerischen Tag oder mitten im Winter dort den Kamin zu schüren und sich einzukuscheln.

Kevin und die kräftig gebaute Macie waren gerade dabei, rechter Hand des Kamins Regale anzubringen.

»Oh, Kevin …«

Er blickte auf und grinste sie an, während er sich seine Kappe in den Nacken schob. »Na los, sagen Sie es schon. Sie hatten recht, ich hatte unrecht.«

»Ich wusste nicht, dass Sie schon fertig sind …«

»Wir wollten Sie überraschen. Sie hatten recht. Ich hab es nicht gesehen, ich fand den Raum zu klein. Nehmen Sie die Wand raus, hab ich zu Ihnen gesagt, dann haben Sie mehr Platz. Aber Sie haben darauf bestanden – und Sie hatten das richtige Augenmaß. Jetzt haben Sie ein urgemütliches Zimmer mit tollem Licht – oder was meinst du, Macie?«

»Wirklich charmant – es hat Charme, vor allem wenn wir jetzt auch noch das Kranzprofil draufsetzen.«

»Das Kirschholz ist wunderschön, eine wirklich fantastische Arbeit!«

»Das ist so unsere Art, was, Mace?«

»Verdammt richtig.«

»Und Sie hatten auch recht damit, dass wir sie deckenhoch machen sollten. Der Raum wirkt dadurch größer.«

»Ich muss endlich meine Bücher kommen lassen. Normalerweise lese ich auf meinem Tablet, aber zu Hause hab ich noch ein paar Kisten mit Büchern stehen.«

»Wenn Sie mehr brauchen, müssen Sie nur Xander fragen.«

»Warum?«

»Bei ihm stehen überall Bücher«, erklärte Macie.

»Oh ja.« Kevin zog eine kleine Wasserwaage aus seinem Werkzeuggürtel und legte sie auf ein Regalbrett. »Ab und zu packt er welche in Kisten, um sie zu spenden, aber die meiste Zeit hortet er sie einfach nur. Wenn Sie Probleme haben sollten, Ihre Regale vollzukriegen, fragen Sie ihn.«

»Ich weiß, was Sie …« Sie zuckte zusammen, als ihr Handy klingelte, und zog es aus der Tasche. »Das ist die Tierärztin … Ja? Naomi hier. Okay? Okay. Wirklich?« Erleichterung durchflutete sie wie eine warme Welle, und sie rieb sich mit der Hand übers Gesicht. »Das ist toll. Ich fahr auf der Stelle los. In ein paar Minuten bin ich da. Danke!« Sie atmete tief aus und steckte das Handy wieder in die Tasche. »Der Hund ist endlich aus dem Aufwachraum raus oder wie man das nennt. Ich kann ihn abholen. Ich bin gleich wieder zurück.«

»Oh, für den Fall, dass wir uns nicht mehr sehen – Sie sind in der Zeitung.«

»Was?« Jäh hielt sie inne.

»In der Zeitung«, wiederholte Kevin. »Ich hab eine Ausgabe in die Küche gelegt.«

Naomi bemühte sich um einen gleichmütigen Tonfall. »Was ist denn passiert?«

»Es ist die *Cove Chronicle*. Erscheint einmal im Monat. Genau genommen sind es nur ein paar Seiten – Lokalnachrichten und so. Es ist eine nette Story über das Haus und die Renovierung.«

»Oh.«

Eine kleine Lokalzeitung. Nichts, worüber sie sich Sorgen machen müsste. Nur Einheimische würden den Artikel lesen.

»Ich lass Ihnen die Ausgabe da. Jenny hat noch mehr zu Hause, weil ich auch erwähnt werde.«

»Ich lese den Artikel, sobald ich wieder da bin. Danke! Aber jetzt hole ich besser den Hund ab.«

Sie hatte der Reporterin, der Redakteurin, der Verlegerin – die Frau, die mit ihr hatte sprechen wollen und die wahrscheinlich alles drei auf einmal war – ihren Wunsch nach einem Interview abgeschlagen. Aber das war der Dame offenbar egal gewesen, dabei ergriff Naomi jede Vorsichtsmaßnahme, um ihren Namen und ihren Aufenthaltsort aus der Presse rauszuhalten.

Aber der Artikel würde über Sunrise Cove hinaus und jenseits des Bezirks niemanden interessieren. Und niemand würde sie mit Thomas David Bowes in Verbindung bringen.

Außerdem hatte sie im Augenblick wirklich Wichtigeres zu bedenken.

Sie stürzte in die Tierarztpraxis und murmelte ein Danke, als die Empfangsdame sie anwies, gleich nach hinten durchzugehen. Alice legte dem Hund gerade einen Schutzkragen an. Er wirkte ein wenig benommen und verwirrt, stieß aber ein kurzes, glückliches Bellen aus, als er sie sah, und wedelte wie verrückt.

»Ist er okay?«

»Er hat es blendend überstanden. Er hat Medikamente bekommen, und wir geben Ihnen noch ein paar Hinweise mit auf den Weg. Den Kragen muss er tragen, damit er die

Wunde in Ruhe lässt. Er wird ohnehin erst mal viel schlafen. Vielleicht tut es ihm auch noch ein bisschen weh, und er wird ein oder zwei Tage nicht viel laufen wollen.«

»Okay. Das ist okay.« Naomi hockte sich hin und streichelte die Ohren des Hundes. »Es geht dir gut.«

Sie nahm Medikamente und Anweisungen entgegen, bezahlte die Rechnung und half dem Tier ins Auto.

Der Hund schlief mitnichten. Er musste im Vorgarten erst einmal alles ausgiebig beschnüffeln – obwohl er ein bisschen steifbeinig lief. Dann begrüßte er fröhlich wedelnd die Bauleute, und auch er und Molly mussten einander entgegenwedeln und beschnüffeln.

Allerdings lief er überall dagegen – gegen Wände, Werkzeug, sogar gegen sie. Sie half ihm nach oben, legte ihm die Plüschkatze ins Bett – ein Fehler, wie sie sofort feststellte, weil der Kragen im Weg war.

Einer von den Bauleuten rief irgendwas nach oben. Sie lief hinunter, und als sie nach fünfzehn Minuten wiederkam, hatte der Hund sich den Kragen abgerissen und leckte sich frenetisch zwischen den Hinterläufen.

»Wie zum Teufel bist du aus dem Ding herausgekommen?«

Freudig wedelte er mit dem Schwanz.

»Das darfst du nicht! Die Zeiten sind vorbei!« Sie legte ihm den Kragen wieder an – ein kompliziertes Unterfangen, nachdem er ihn noch mehr zu hassen schien als seine Leine. Aber sie schaffte es, gab ihm einen Kauknochen und hielt die Angelegenheit damit für erledigt.

Das war sie jedoch keineswegs.

Xander fand, er hätte ihr jetzt genug Zeit gelassen – und er hatte immerhin einen guten Vorwand, nämlich seine Hälfte der Kastrationskosten zu bezahlen. Wenn er es richtig anstellte, würde er vielleicht wieder ein Abendessen herausschlagen. Und damit würde er womöglich diesem großen, wundervollen Bett einen Schritt näher kommen.

Es war die Fahrt wert.

Als er auf seinem Motorrad vorfuhr, bellte und wedelte der Hund zur Begrüßung. Er wäre sicher auf ihn zugerannt, hätte Naomi nicht auf der Veranda gesessen und den Hund mit eisernem Griff zurückgehalten.

Sie hielt ihn fest, während sie … Jesus Christus!

Aufrichtig erschrocken, setzte Xander seinen Helm ab. »Was machst du denn da?«

»Wonach sieht es denn aus?«

»Es sieht aus, als würdest du dem Hund eine Hose anziehen.«

»Genau das tue ich auch.«

Sie zog sie hoch – eine rote Shorts mit weißen Streifen an der Seite –, dann ließ sie den Hund los, lehnte sich zurück, während der Hund – der vollkommen idiotisch aussah – zu ihm gelaufen kam, um sich streicheln zu lassen.

»Was für ein Mensch zieht denn einem Hund eine Hose an?«

»Derjenige Mensch, der keine Lust hat, ständig wegen dieses dämlichen Kragens mit ihm zu kämpfen. Er kommt von allein aus dem Ding raus. Kevin hat ihn sogar schon mit Klebeband gesichert, trotzdem ist er wieder rausgeschlüpft, sowie ich ihn für fünf Minuten aus den Augen gelassen habe. Und wenn er ihn trägt, stößt er überall dagegen. Sogar gegen mich ist er schon gerumpelt. Ich schwöre dir, das macht er absichtlich. Er hasst das Ding.«

»Den Kragen der Schande?«

»Ja, es ist ein verdammter Kragen der Schande. Und jetzt trägt er eben die Hose der Erniedrigung. Aber die scheint dem blöden Hund immerhin besser zu gefallen.«

»Hose der Erniedrigung.« Xander grinste. »Du hast ein Loch für den Schwanz hineingeschnitten.«

»Die Hose gehörte Kevin, er hatte sie noch im Van. Seine alten Laufshorts. Ich bin ein bisschen kreativ geworden.«

»Vielleicht… Aber wie soll er sein Geschäft verrichten, wenn er die Hose anhat?«

»Was glaubst du, warum ich sie ihm gerade wieder angezogen habe?« Sie fuchtelte wild mit den Armen, zuckte dann zusammen und rieb sich den rechten Bizeps. »Ich bin mit ihm rausgegangen und hab ihm die Hose ausgezogen, damit er sein Geschäft verrichten konnte… und jetzt hat er sie eben wieder an und kann sich nicht mehr an der Wunde lecken. Er scheint sie sogar zu vergessen, sobald er die Hose trägt.«

»Vielleicht solltest du ihm ein richtiges Outfit kaufen.« Beeindruckt von so viel Erfindergeist, setzte Xander sich neben sie auf die Veranda und kraulte den Hund. »Ich wollte dir die Hälfte der Rechnung vorbeibringen. Alice hat mir schon gesagt, dass alles gut gegangen ist.«

»Ja, ja. Ihm geht es gut. Nur ich bin völlig erschöpft.«

»Ich könnte uns Pizza bestellen…«

»Nein, danke, aber… Ach, Mist. Ja, bestell Pizza. Meine Waden sind mit blauen Flecken von diesem Kragen übersät, meine Arme tun weh vom Streichen und von dem Kampf mit diesem Hund – der mittlerweile ganz schön zugelegt hat.«

Der Hund brachte Xander einen Ball, den er offensichtlich irgendwo im Garten versteckt hatte.

»Wirf ihn bitte nicht. Er soll noch nicht rennen.«

Xander stand auf. »Gibt es irgendwas, was du auf der Pizza nicht magst?«

»Sardellen und Ananas. Alles andere ist in Ordnung.«

Der Hund ließ den Ball zwischen Naomis Füße fallen, und als sie nicht reagierte, legte er den Kopf auf ihr Knie.

»Wie ist denn inzwischen der Name des Hundes?«

Sie stieß einen Seufzer aus. »Follow.«

»Follow?«

»Ganz genau. Weil er mir überallhin hinterhertrottet.«

»Follow.« Der Hund konnte seinen Namen an sich noch nicht wiedererkennen. Trotzdem blickte er fröhlich zu Xander auf. »Es funktioniert!«

PANORAMA

Die sichtbare Welt ist nur ein Abbild des Unsichtbaren,
in dem wie bei einem Porträt die Dinge nicht wahrhaftig,
sondern mehrdeutig sind.

Sir Thomas Browne

11

Ein oder zwei Mal die Woche tranken Xander und Kevin nach der Arbeit ein Bier. Manchmal planten sie es richtig und trafen sich im Loo's, meistens jedoch passierte es spontan. Dann fuhr Kevin bei Xanders Werkstatt vorbei, nachdem er auf dem Holzhof und beim Großhändler gewesen war – oder nachdem er sich eine halbe Stunde lang mit seinem Elektriker beraten hatte.

Er war gut darin, seine Aufträge miteinander zu verbinden. Naomi hatte oberste Priorität, aber er hatte auch noch ein paar andere Aufträge, sodass er viel Zeit damit verbrachte, von Baustelle zu Baustelle zu fahren.

Und genau jetzt brauchte er ein Bier.

Dass die Tore der Werkstatt geschlossen und verriegelt waren, bedeutete nicht notwendigerweise, dass Xander nicht da war – genau wie der Umstand, dass sein Truck auf dem Parkplatz stand, nicht unbedingt darauf schließen ließ, dass er da war. Kevin versuchte sein Glück und lief zum hinteren Ende der Werkstatt, wo eine schmale Treppe zu Xanders Wohnung hinaufführte.

Er hörte die Musik – alte Stones-Songs –, folgte ihr nach hinten in Xanders privaten Werkstattbereich – und fand seinen Freund dort mit seiner großen Liebe vor.

Einem GTO Cabrio, Baujahr 1967.

Nach Kevins Meinung das perfekte Auto für Dates.

»Wer ist denn die Glückliche?«, fragte Kevin so laut, dass Xander ihn über die Stimme von Mick Jagger hinweg hörte.

Xander blickte auf. Er hatte gerade die Chromteile poliert. »Die Karre. Sie musste mal wieder ein bisschen aufpoliert werden. Ich bin gerade fertig geworden.«

Xander beschäftigte, wie er selbst fand, ausgezeichnete Mechaniker in seiner Werkstatt, doch niemand, absolut niemand außer ihm durfte das Cabrio anrühren. Er liebte jeden einzelnen Zentimeter des Wagens, vom Kühlergrill bis hin zu den acht Rücklichtern.

Er rappelte sich auf und warf einen kritischen Blick auf seine Arbeit.

Das Auto glänzte, die Chromteile funkelten regelrecht über dem roten Originallack.

»Willst du eine kleine Spritztour mit dem Wagen machen? Ich bin dabei.«

»Heute nicht. Wir haben Probe in ...« Xander blickte auf die alte Wanduhr. »... in etwa einer Stunde. Am Samstag ist oben in Port Townsend eine Hochzeit. Lelos Cousine.«

»Ach ja, ich erinnere mich. Hast du noch Zeit für ein Bier?«

»Die nehm ich mir.« Xander warf einen letzten Blick auf sein Schätzchen und kam mit nach draußen. »Schöner Abend. Sollen wir uns auf die Veranda setzen?«

Kevin grinste. »Ja, gern.«

Sie gingen die Treppe zur Wohnung hinauf. Den größten Teil nahmen Wohnzimmer und Küche ein – und der Essbereich mit einem Klapptisch und Klappstühlen. Eine ganze Wand im Wohnzimmer war verdeckt von einem deckenhohen Bücherregal. Als Xander sich Werkstatt und Wohnung gekauft hatte, hatte Kevin es für seinen Freund gebaut – genau wie die Regale in dem kleineren zweiten Zimmer, das als Büro diente, und das Regal im Schlafzimmer.

Xander öffnete den alten Kühlschrank, holte zwei Flaschen St. Pauli Girl heraus, öffnete sie mithilfe des an der Wand verschraubten Flaschenöffners – einer rostfarbenen nackten

Frau, die den Öffner in ihren hochgereckten Armen hielt – und warf die Kronkorken in den Abfalleimer.

Sie durchquerten das Schlafzimmer und ließen sich auf der kleinen Terrasse auf zwei Klappstühlen nieder.

»Große Hochzeit?«, fragte Kevin.

»Ja. Ich bin froh, wenn sie vorbei ist. Die Braut hat in den letzten Tagen alle fünf Minuten Nachrichten geschickt und will ständig andere Songs. Na ja. Aber ich verdiene Geld damit.«

»Hast du deinen Schwur wegen des Ententanzes schon gebrochen?«

»Das wird im Leben nicht passieren. Darauf hab ich einen Eid geleistet.« Xander streckte die Beine aus. Er hatte die Stühle so hingestellt, dass er seine Füße bequem darauf ablegen konnte. »Ich hab deine Einbauten im Haus oben gesehen – die Bibliothek. Und die Fliesen im kleinen Badezimmer. Wirklich schön.«

Kevin streckte seine Beine ebenfalls aus und nahm den ersten Feierabendschluck. »Warst du da?«

»Ja. Der Hund hatte deine Hose an, Mann! Ich würde allerdings sagen, sie stand ihm besser als dir.«

»Ich hab tolle, männliche Beine.«

»Mit einem Bärenpelz.«

»Der hält meine Frau und mich im Winter warm. Naomi hat da eine clevere Lösung gefunden. Ich weiß zwar nicht, wie der Hund sich ständig aus dem Kragen befreit hat, aber als wir ihm die Shorts angezogen haben, hat er seine nicht mehr vorhandenen Eier endlich ein für alle Mal in Ruhe gelassen.« Kevin nahm einen weiteren Schluck Bier. »Versuchst du immer noch, auf der Masche zu reiten?«

»Mit dem Hund?« Als Kevin nur grunzte, zuckte Xander mit den Schultern. »Ja. Aber alles zu seiner Zeit.«

»Das ist ja ganz was Neues, dass du dir Zeit lässt.«

»Sie ist scheu.« Ein anderes Wort war Xander nicht eingefallen. »Fragst du dich nicht auch, warum das so ist? Sie benimmt sich eigentlich nicht besonders scheu – sie sieht auch nicht so aus. Aber hinter der Fassade ist sie es. Und ich bin so neugierig, dass ich mir für sie Zeit lassen will. Wenn mir nur ihr Aussehen gefallen würde – und das gefällt mir tatsächlich –, also wenn es nur das wäre, dann würde ich nicht lange fackeln. Entweder es klappt oder eben nicht. Aber mir gefällt ihre Klugheit. Ich mag den Kontrast …«

»Kontrast?«

»Scheu, aber mutig genug, um diesen alten Kasten zu kaufen und dort draußen allein leben zu wollen. Sie steht auf eigenen Beinen – und das bringt dich doch zwangsläufig auf den Gedanken, dass sie es *musste*. Mir gefällt, wie sie das alte Haus renoviert beziehungsweise dich dafür bezahlt, dass du es tust.«

»Sie hat gute Ideen.«

»Ja. Sie ist echt gut in dem, was sie in Angriff nimmt. Jemanden mit Talent, der weiß, wie man es nutzt, muss man doch anerkennen. Und außerdem …« Schmunzelnd nahm Xander noch einen Schluck. »Außerdem hat sie dem Hund endlich einen Namen gegeben.«

»Er ist ein feiner Kerl. Er liebt sie so sehr wie du deinen GTO. Vorgestern hat er Jerry den Hammer geklaut.«

»Den Hammer?«

»Naomi hat ihn zurückgebracht, außerdem einen Block Schmirgelpapier, zwei Arbeitshandschuhe und eine Rohrklemme. Er bringt ihr das Zeug wie Geschenke.«

In einvernehmlichem Schweigen saßen sie eine Weile da, blickten zur Straße, auf der ein paar Autos vorbeifuhren, auf die Häuser dahinter und auf den Sportplatz, auf dem sie beide in der Little League gespielt hatten. Es schien eine Million Jahre her zu sein.

»Tyler hat am Samstag ein T-Ball-Spiel.«

»Tut mir leid, dass ich das verpasse. Wäre wahrscheinlich wesentlich unterhaltsamer als die Hochzeit.«

»Ich weiß noch, wie wir T-Ball drüben auf dem Sportplatz gespielt haben. Du und ich und Lelo. Kannst du dich noch daran erinnern?«

»Ja. Vage, aber immerhin.«

»Und jetzt hab ich selbst einen Jungen, der spielt. Das macht einen nachdenklich.«

Lelo war dürr gewesen wie eine Vogelscheuche und hatte große Biberzähne gehabt. Dürr war er geblieben, dachte Xander, aber in die Zähne war er irgendwann hineingewachsen. »Wir waren beide echt schlecht beim T-Ball. Besser geworden sind wir erst in der Little League.«

»Die meisten Kinder sind schlecht beim T-Ball, das gehört dazu. Nächsten Herbst kommt Maddy in den Kindergarten.«

Xander bedachte Kevin mit einem langen Blick. »Wollt ihr noch eins?«

»Das Thema kam ein paarmal auf.«

»Na, ihr leistet ja auch gute Arbeit in dieser Hinsicht.«

»Ja, das tun wir. Wir haben immer gesagt, zwei, und als dann dabei von jeder Sorte eins herauskam, fanden wir es eigentlich ganz ausgewogen. Jetzt spielt Ty T-Ball, Maddy geht in den Kindergarten, und wir sprechen allen Ernstes darüber, noch mal von vorn anzufangen.«

»Drei ist eine magische Zahl. Das kannst du nachschlagen«, fügte Xander hinzu, als Kevin ihn nur anblickte.

»Es sieht so aus, als wollten wir uns die magische Zahl sichern.«

»Viel Spaß dabei.«

»Das ist die gute Seite. Es macht eindeutig Spaß, an einem Baby zu arbeiten. Du bist hoffentlich nicht nur auf Sex mit Naomi aus?«

Xander betrachtete nachdenklich sein Bier. »Warum denken verheiratete Typen immer, dass Singles nur auf Sex aus wären?«

»Weil sie früher selbst mal Singles waren und sich an die Zeiten noch ganz gut erinnern können. Zum Beispiel … Wie hieß sie noch mal? Mist. Ah, Ari, Alli, Annie … die Rothaarige mit den tollen Beinen und dem Überbiss. Die letzten Sommer bei Singler's gearbeitet hat.«

»Bonnie.«

»Bonnie? Wie komm ich dann auf all die As? Das war nur Sex. Sie hatte eine tolle Figur, das muss man sagen. Aber bei ihr steckte alles im Körper und nichts im Gehirn.«

»Das lag am Überbiss.« Bei der Erinnerung daran entschlüpfte ihm ein Seufzer »Ich hab immer schon eine Schwäche für Mädchen mit Überbiss gehabt.«

»Naomi hat keinen.«

»Das ist ein Mangel, über den ich wohl mal hinwegsehen will. Manchmal ist es wirklich nur Sex, wie Bonnie zeigt, aber manchmal, wie du dich vielleicht auch noch erinnerst, brauchst du ein Gespräch, ein bisschen Substanz zu all dem Prickeln. Bonnie hatte zwar das Prickeln, aber ich wusste von vornherein, dass es noch nicht mal für den ganzen Sommer reichen würde. Als sie die Ausgabe von *Jenseits von Eden* auf meinem Nachttisch gesehen hat, hat sie ernsthaft gesagt, sie hätte ja gar nicht gewusst, dass ich religiös wäre.«

»Religiös?«

»Sie hatte ›Eden‹ gelesen – und geglaubt, es würde sich um eine biblische Geschichte handeln. Von Steinbeck hatte sie noch nie gehört.« Xander schüttelte den Kopf. »Dafür kann dich selbst ein Überbiss nicht entschädigen.«

»Es ist gut, gewisse Standards zu haben.«

»Oh, ich habe Standards. Naomi entspricht ihnen bis jetzt, also kann ich mir auch Zeit lassen.«

»Und wenn sie lausig im Bett wäre?«

»Das würde mich wundern. Und enttäuschen. Aber wenn es so wäre, könnten wir uns immer noch unterhalten. Redet sie mit dir jemals über ihre Familie?«

»Über ihren Bruder und ihre Onkel – Kleinigkeiten ab und an. Nie ausführlich, jetzt da du's erwähnst.«

»Genau. Ist doch interessant – was sie nicht sagt. Das ist interessant.«

Er dachte bis spät in den Abend hinein darüber nach, noch lange nach der Probe und dem kalten Braten, den er und seine Bandkollegen serviert bekommen hatten.

Im Allgemeinen war ihm die Gesellschaft von Männern lieber als die von Frauen. Was Männer *nicht* sagten, konnte er zumindest verstehen. Frauen hingegen bedeuteten Arbeit. Allerdings lohnte es sich oft, und Arbeit hatte er noch nie gescheut.

Aber Zeit mit Frauen zu verbringen, wenn es nicht vor, während oder nach dem Sex war, war anders, als mit Männern abzuhängen oder mit ihnen zu arbeiten.

Im Allgemeinen zog er den kurzen, direkten Paarungstanz vor und hielt die zusätzlichen Schritte und Wendungen für Zeitverschwendung.

Entweder man wollte es, oder man wollte es nicht. Entweder war da Hitze oder nicht.

Aus irgendeinem Grund war er jedoch bereit, bei Naomi diese zusätzlichen Schritte zu unternehmen. Es machte ihm überhaupt nichts aus, im Gegenteil, er genoss sie – die Stopps und Neustarts und die Umleitungen.

Seiner Erfahrung nach wurde der Sex gemächlicher, wenn das erste Interesse befriedigt und der anfänglich so überstürzte Paarungstanz vorbei war.

Und er liebte es, wenn sein Interesse geweckt war.

Er schaltete den Fernseher im Schlafzimmer an, stellte den Ton aber leise, einfach nur um die Stille zu übertönen und damit ihm Milos Schnarchen nicht so fehlte. Er griff zu seinem Buch auf dem Nachttisch – eine abgegriffene Taschenbuchausgabe des *Herrn der Fliegen.*

Ein neues Buch lag nie auf seinem Nachttisch, jedenfalls nicht, sofern er schlafen wollte. Jetzt machte er es sich mit dem Vertrauten, Faszinierenden bequem.

Trotzdem wollte Naomi ihm nicht aus dem Kopf gehen.

Oben auf der Klippe schaltete Naomi das Licht aus. Sie war zu müde für mehr Arbeit, zu müde, um zu lesen oder sich einen Film anzugucken. Der Hund hatte sich längst zusammengerollt, und es war an der Zeit, dass auch sie sich schlafen legte.

Allerdings wollte ihr müdes Gehirn nicht abschalten, und sie ließ die Gedanken schweifen und um Wasserhähne kreisen, um Lichtschalter, die Studie der Douglasfichten, die sie am Morgen aufgenommen hatte, weil das Grün so unheimlich durch den Dunst geschimmert hatte. Es würde das perfekte Umschlagmotiv für einen Horrorroman abgeben.

Sie arbeitete im Kopf daran, spielte mit den Schatten, bis sie schließlich einschlummerte.

Während sie das unheimliche Grün durchquerte, rauschte und ächzte der Wind durch die Baumwipfel, und sie fröstelte. Sie folgte einem Pfad. Sie wollte hinunter ans Wasser, ins Blaue, ins Warme. Ihre Schritte wurden von der dicken Kiefernnadelschicht am Boden gedämpft, und die grünen Schatten schienen sich zu Konturen zu verdichten. Und diese Konturen hatten Augen.

Sie lief schneller, hörte, wie ihr Atem flacher ging. Nicht vor Anstrengung, sondern aus Angst. Irgendetwas kam auf sie zu.

Über ihrem Kopf grollte der Donner über dem rauschenden Murmeln des Windes. Ein Blitz zuckte, und Übelkeit breitete sich in ihr aus.

Sie musste laufen, rennen, würde das Licht wiederfinden müssen. Dann trat ein Umriss aus dem Schatten – ein Messer in der einen und einen Strick in der anderen Hand.

Deine Zeit ist abgelaufen. Es war die Stimme ihres Vaters.

Sie versuchte zu schreien und fuhr aus dem Schlaf hoch. Der Schrei steckte ihr noch immer in der Kehle, und ein schweres Gewicht lastete auf ihrer Brust.

Sie bekam keine Luft mehr, umklammerte ihren Hals, als müsste sie zwei Hände wegreißen, die sich darumgelegt hätten.

Ihr Herz raste – heftige Hammerschläge, die in ihren Ohren widerhallten. Rote Punkte flimmerten ihr vor den Augen.

Irgendwo tief unter dem Gewicht, der Last, dem Entsetzen, schrie sie sich selbst zu, sie müsse atmen – *aufhören damit* und endlich atmen! Doch die Luft drang nur pfeifend durch ihre Luftröhre, und ihre Lunge brannte.

Nässe lief ihr über das Gesicht. Sie sah es, spürte es – ihr eigenes Blut. Sie würde sterben in diesen von ihr selbst geschaffenen Wäldern, aus Angst vor einem Mann, den sie seit siebzehn Jahren nicht mehr gesehen hatte.

Dann bellte der Hund, scharf und laut, und verjagte die Schatten. Auf einmal bekam sie wieder Luft, und das schreckliche Gewicht auf ihrer Brust fiel von ihr ab, während der Hund ihr das Gesicht ableckte.

Er stand mit den Vorderbeinen auf ihrem Bett. Sie konnte seine Augen sehen, die in der Dunkelheit leuchteten, konnte sein Hecheln hören. Sie rang um Fassung und strich ihm mit zitternder Hand über den Kopf. »Alles okay …« Getröstet drehte sie sich zu ihm um, schloss die Augen und fokussierte sich darauf, tief durchzuatmen. »Es ist okay. Alles ist okay.

Es war nur ein Traum. Ein böser Traum. Böse Erinnerungen. Jetzt ist alles wieder in Ordnung.«

Trotzdem schaltete sie das Licht an. Sie setzte sich auf, zog die Knie an die Brust und ließ ihre schweißfeuchte Stirn darauf sinken.

»So einen schlimmen Albtraum hab ich schon lang nicht mehr gehabt. Ich arbeite zu viel, das ist alles. Ich arbeite einfach zu viel, denke zu viel nach.«

Weil der Hund immer noch mit den Vorderbeinen auf dem Bett stand, schlang sie die Arme um seinen Hals und drückte ihr Gesicht in sein Fell, bis das Zittern nachließ.

»Und ich dachte, ich wollte keinen Hund. Und so wie du unterwegs warst, wolltest du vielleicht auch keinen Menschen.« Sie ließ wieder von ihm ab und kraulte ihn hinter den Ohren. »Tja, hier sind wir beide jetzt.«

Sie griff nach der Wasserflasche, die immer auf ihrem Nachttisch stand, und trank sie halb leer. Dann lief sie hinüber ins Bad und spritzte sich ein bisschen kaltes Wasser ins Gesicht.

Es war noch nicht mal fünf, stellte sie fest, viel zu früh für sie beide. Trotzdem konnte sie es nicht riskieren, noch mal einzuschlafen. Nicht jetzt.

Sie schnappte sich ihre Taschenlampe – die ebenfalls auf ihrem Nachttisch lag – und ging nach unten. Sie hatte sich angewöhnt, ihn morgens einfach rauszulassen. Diesmal begleitete sie ihn, was ihm zu gefallen schien. Eine Zeit lang lief sie einfach um das Haus herum und genoss die Stille. Follow fand währenddessen einen seiner versteckten Bälle und trug ihn eine Weile mit sich herum.

Als sie wieder im Haus waren, sah er ihr zu, wie sie Kaffee kochte, und ließ den Ball fallen, als sie seinen Napf füllte.

»Komm, wir gehen damit nach oben.«

Er rannte die Treppe zur Hälfte hinauf, dann drehte er sich

um und vergewisserte sich, dass sie auch wirklich hinter ihm herkam. Als er sie sah, rannte er weiter nach oben.

Kaffee und Hund beruhigten sie, und sie setzte sich zufrieden auf ihre Terrasse, um den Sonnenaufgang zu genießen.

Als der Sonntag kam, fiel ihr ein Dutzend Gründe und Entschuldigungen ein, um das Essen mit Jennys Familie abzusagen.

Warum sollte sie ihre zwei kostbaren Tage der Stille und Einsamkeit opfern, um sie mit anderen Menschen zu verbringen? Sicher, es waren nette Leute, aber eben doch Leute, die sich mit ihr unterhalten wollten.

Sie könnte in den Nationalpark fahren und wandern gehen – allein. Sie könnte im Garten arbeiten oder das erste Gästezimmer zu Ende streichen.

Sie könnte den ganzen Tag über herumsitzen und faulenzen.

Aber sie hatte in einem schwachen Moment zugesagt, und jetzt musste sie auch hingehen. Was waren schon ein paar Stunden? Wenn sie hier leben wollte, musste sie zumindest in Maßen gesellig sein. Eremiten und Leute, die zu zurückgezogen lebten, beschworen nur Spekulationen und Klatsch herauf.

Außerdem hatte sie versprochen, sie würde Nachtisch mitbringen, und sie hatte für die Erdbeertorte auch schon eingekauft. Immerhin war es inzwischen Frühling – zwar hartnäckig kühl und oft regnerisch, aber Frühling.

Sie entschied sich für einen Kompromiss. Sie würde die Torte machen und dann sehen, wie sie sich fühlte.

Follow warf ihrem neuen Standmixer misstrauische Blicke zu. Er war ihm ebenso suspekt wie der Staubsauger. Sie wiederum liebte ihn – als er vor zwei Tagen eingetroffen war, hatte sie einen kleinen Freudentanz aufgeführt.

Kochen beruhigte sie. Sie hätte alle Zeit der Welt in ihrer Küche mit dem hübschen blauen Geschirr hinter den Glastüren und den sorgfältig auf einem Magnetstreifen angeordneten superscharfen Messern verbringen können.

Follow änderte seine Meinung über den Mixer, als sie den Finger in den Teig steckte und ihn probieren ließ. »Ganz richtig, sehr lecker.« Dann schob sie das Backblech in den Ofen und bereitete die Erdbeeren vor.

Zuerst kippte sie sie in eine blaue Schüssel, fand die richtige Stelle, das richtige Licht. Reife, rote Beeren in einer blauen Glasschüssel – ein gutes Agenturfoto. Sie überlegte kurz, fügte dann spontan noch ein paar andere Utensilien hinzu – die neuen Weingläser – und stellte die Beerenschale und die Weingläser auf ein Bambustablett, das sie gekauft hatte. Als alles auf der Metallbank stand, platzierte sie auch noch ihren Topf Stiefmütterchen dahinter.

Sie wünschte sich, sie hätte Kissen, die sie leider bisher noch nicht gekauft hatte. Sonst hätte sie für diese Aufnahme zusätzlich ein buntes Kissen in die Ecke setzen können.

Oh, noch besser wäre es mit einem wie zufällig hingeworfenen Seidenslip oder einem Negligé über der Armlehne der Bank ... Nur dass sie so was nicht besaß. Und sie brauchte es noch viel weniger, außer ...

Der Timer am Backofen summte.

»Oh, Mist! Und ich hab die Beeren noch nicht geputzt!«

Sie lief wieder in die Küche, wobei sie im Kopf bereits neue Aufnahmen zusammenstellte.

Die fertige Torte sah so schön aus, und es war so befriedigend gewesen, sie herzustellen, dass sie sich schließlich dazu überredete, ein paar Stunden mit diesen Leuten zu verbringen, die sie doch eigentlich mochte.

»Und wie soll ich sie dort hinbringen? Daran hab ich natürlich nicht gedacht.«

Sie hatte kein geeignetes Behältnis, um die Torte unfallfrei zu transportieren. Am Ende staffierte sie einen Karton mit Alufolie aus, stellte die Torte mitsamt der weißen Kuchenplatte hinein und verschloss den Deckel mit Klebeband.

Den Karton stellte sie in den Kühlschrank und ging nach oben, um sich umzuziehen.

Das war das nächste Problem, stellte sie fest. Was trug man zu einem Sonntagsessen?

In New York war der Sonntagsbrunch immer *der* Anlass gewesen. Seth und Harry hatten fantastische Sonntagsbrunches ausgerichtet. Der Dresscode war casual und bunt – wie immer es einem zumute war.

Sie dachte nicht gern über Kleidung nach, deshalb hatte sie auch nicht allzu viel zur Auswahl. Irgendwann würde sie sich ihre Cocktailkleider, ihre Businessoutfits und die schwarzen Sachen aus New York nachschicken lassen, aber bis dahin musste sie mit dem auskommen, was sie mitgebracht hatte.

Die immer brauchbare schwarze Jeans, ein weißes T-Shirt. Nach kurzem Hin und Her entschied sie sich für ihre hohen Converse.

Niemand würde darauf achten.

Sie legte einen roten Gürtel um, um zu signalisieren, dass sie sich Gedanken über ihr Aussehen gemacht hatte, und schminkte sich ein bisschen.

Irgendwann nach vier, hatte Jenny gesagt, und jetzt war es halb fünf. Sie sollte allmählich aufbrechen. In zwei, höchstens drei Stunden wäre sie wieder zu Hause und könnte sich im Schlafanzug an ihren Computer setzen.

Sie stellte die Tortenschachtel auf den Boden vor den Beifahrersitz und zog die Kofferraumklappe für den Hund auf. »Denk nicht mal darüber nach!«, warnte sie ihn, als er die Schachtel beäugte.

Bewaffnet mit der Wegbeschreibung, die Kevin ihr gegeben hatte, fuhr sie los.

Über eine Straße, die sie noch nicht kannte, kam sie in ein Viertel, das um den schmalen Meeresarm herumgebaut worden war. An ein paar Docks dümpelten Segler, Katamarane, Schaluppen, Kabinenkreuzer. Ein Mädchen, das kaum älter als zwölf sein mochte, paddelte so geschickt in einem buttergelben Kajak auf den sich erweiternden Kanal zu, als wäre es in einem Boot zur Welt gekommen.

Naomi parkte hinter Kevins Van und starrte dann mit zusammengekniffenen Augen Xanders Motorrad an. Sie hätte es sich denken können.

Sie fand das Haus reizend. Auch das hätte sie sich denken können, da sie ja wusste, wer hier wohnte. Verwittertes Zedernholz, knallblau abgesetzte, breite Fenster, die einen ungehinderten Blick aufs Wasser ermöglichten. Zwei Stockwerke hoch, mit Gauben und einer Aussichtsplattform.

So eine wollte sie auch haben!

Der Garten war voller blühender Sträucher, Bäume und Blumen. Unwillkürlich musste sie an ihren eigenen vernachlässigten Garten denken. Doch dazu würde sie noch kommen.

Als sie ausstieg und ums Auto herumlief, um Torte und Hund zu holen, ermahnte sie sich streng, gesellig zu sein. Follow klebte förmlich an ihr, als sie den gepflasterten Weg zur Eingangsveranda hinauflief.

»Das ist doch hier nicht der Tierarzt, entspann dich.«

Noch ehe sie anklopfen konnte, machte Jenny auch schon die Tür auf – und Follow begann sofort, erleichtert und fröhlich zu wedeln, als er sie wiedererkannte.

»Ich hab Sie kommen sehen.« Jenny schloss sie in die Arme. »Ich freue mich so, dass Sie hier sind! Die anderen rennen irgendwo draußen herum. Der Sommer liegt schon in der Luft!«

»Ich wusste gar nicht, dass Sie direkt am Wasser wohnen – und Sie haben einen Ausguck! Da bin ich wirklich neidisch!«

»Kevin hat ihn selbst gebaut. Und das meiste andere auch. Warten Sie, ich nehm Ihnen das ab.« Jenny griff nach der Schachtel. Sie betraten eine Diele mit einer eingebauten Bank mit Schubladen und Oberschränken an der Wand darüber.

»Entschuldigung für die Verpackung. Da ist das Dessert drin.«

»Sie haben wirklich was gemacht? Ich dachte, Sie würden einfach etwas aus der Bäckerei holen. Sie haben doch so schon viel zu viel zu tun!«

»Ich musste aber meinen neuen Mixer ausprobieren. Ich liebe Ihr Haus – und es passt zu Ihnen.«

Bunt, fröhlich – das leuchtende Blau fand einen Widerhall in dem riesigen, bequemen Sofa mit gemusterten Kissen. Und deren Farben wiederum fanden ihr Echo in den knallig gemusterten Stühlen.

Ja, ein Echo, dachte Naomi – dabei passte auf den allerersten Blick rein gar nichts zueinander. Trotzdem ergänzte sich hier alles.

»Ich mag es gern vollgestellt.«

»Es ist nicht vollgestellt. Es ist fröhlich und äußerst clever!«

»Sie sind wahnsinnig nett. Kommen Sie mit in die Küche, ich möchte unbedingt sehen, was in dieser Schachtel ist.«

Auch die Küche zeigte sowohl Kevins Handschrift als auch Jennys Stil. Sie öffnete sich zu einem Wohn- und Spielbereich, weiteren bequemen Sitzgelegenheiten und einem riesengroßen Flachbildfernseher an der Wand.

Jenny stellte die Schachtel auf der breiten weißen Granitarbeitsplatte ab und riss das Klebeband ab, während Naomi sich im Essbereich umsah und den blau lackierten Tisch und die unterschiedlich grünen Stühle mit den geblümten Sitzkissen betrachtete. »Ihr Esszimmer gefällt mir besonders gut – haben Sie die Möbel selbst lackiert?«

»Ja. Ich wollte Farbe – und sie sollten pflegeleicht sein.«

»Es sieht so fröhlich aus – und der Kronleuchter ist ebenfalls toll!«

Gewickelte Eisenstreifen bildeten eine große Kugel mit klaren runden Glühbirnen darin.

»Ja, das finde ich auch, danke. Kevin hat ihn auf einer seiner Baustellen gefunden – es war eine Art Dekoration. Er hat ihn mit nach Hause gebracht, ich hab ihn aufgearbeitet, und er hat ihn verkabelt.«

»Sie sind wirklich das perfekte Paar – und ich hol mir hier jede Menge Ideen.«

»Sie kriegen gleich ein Glas Wein«, versprach Jenny, »aber … O mein Gott! Haben Sie den selbst gemacht?«

»Ich kann zwar keine Kronleuchter zusammenbauen, aber eine Erdbeertorte schon.«

Andächtig hob Jenny die Torte aus der Schachtel. »Sie sieht aus, als wäre sie von Martha Stewart höchstpersönlich! Ich würde Sie ja nach dem Rezept fragen, aber ich weiß jetzt schon, dass ich so etwas niemals zustande brächte. Meine Lasagne wird ganz schön jämmerlich daneben aussehen.«

»Ich liebe Lasagne!«

»Mit zwei Kindern und einem Teilzeitjob wirft man die Mahlzeiten eher schnell zusammen. Sonntag ist der Tag, an dem ich wirklich versuche zu kochen und mir Zeit dafür zu nehmen. Ist Shiraz in Ordnung?«

»Ja, wunderbar. Ich wäre beinahe nicht gekommen …«

Jenny, die gerade die Torte auf den Küchentresen gestellt hatte wie ein Blumenarrangement, blickte auf. »Warum denn nicht?«

»Ich fühle mich wohler allein als unter Menschen. Aber

ich bin froh, dass ich gekommen bin, und wenn es nur war, um Ihr Haus sehen zu dürfen.«

Summend schenkte Jenny Naomi ein Glas Wein ein, dann nahm sie ihr eigenes zur Hand. »Dann sollte ich Ihnen jetzt wohl gestehen, dass ich beschlossen habe, mich mit Ihnen anzufreunden. Und da lasse ich nicht locker.«

»Ich hatte schon lange keine wirklich gute Freundin mehr. Diesbezüglich bin ich komplett aus der Übung.«

»Oh, das ist schon in Ordnung. Ich kann das bestens. Für den Anfang wäre ein Du schon mal gut.« Darauf stießen sie an. »Soll ich dir jetzt meine Werkstatt zeigen? Dein Schreibtisch ist schon abgeschmirgelt.«

Sie liefen durch die Waschküche hinüber in die Werkstatt, die voller Tische, Stühle, Regale und Werkbänke stand. Obwohl beide Fenster offen standen, roch es nach Farbverdünner, Leinöl und nach Politur.

»Ich lese ständig irgendwelche Dinge auf«, erklärte Jenny. »Das ist fast schon eine Krankheit. Dann richte ich sie her und überrede anschließend meine Chefin bei Treasures and Trinkets, sie in Kommission zu nehmen. Sie stellt die Stücke aus, und wenn sie nicht verkauft werden, bringe ich sie in ein Möbellager nach Shelton. Wenn sie dort auch nicht weggehen, nehme ich sie irgendwann zurück. Manchmal bringen mir die Leute auch Sachen zum Überarbeiten oder zum Reparieren, aber das meiste stammt tatsächlich vom Sperrmüll.«

Naomi wies auf einen dreistufigen Pie-Crust-Tisch. »Den hast du aber nicht aus dem Sperrmüll?«

»Nein, der ist von einer Baustelle. Die Dame hat ihn Kevin für zehn Dollar verkauft – er war kaputt, die oberste Platte fiel immer herunter. Kevin hat ihn repariert – man kann nicht mal mehr sehen, dass er kaputt war. Und ich bin …«

»Ich will ihn haben! Wenn du ihn fertig überarbeitet hast, kaufe ich ihn dir ab!«

Jenny blinzelte verblüfft. »Du bist aber spontan…«

»Genau so ein Tischchen suche ich. Ich möchte überall im Haus alte Möbel mit Charakter aufstellen – und dieser Tisch ist ganz einfach perfekt!«

»Du solltest öfter vorbeikommen. Willst du vielleicht ein Tauschgeschäft mit mir machen?«

»Ich biete eine Torte…«

»Nein, ernsthaft, würdest du mir dafür und für den Schreibtisch vielleicht ein Foto schenken? Da ist eins auf deiner Website, das ich im Geist schon über unseren kleinen Kamin im Wohnzimmer gehängt habe – in einem weißen Shabby-Rahmen. Es ist ein Sonnenuntergang, und der Himmel ist ganz rot und golden und geht in ein tiefes Indigoblau über. Die Bäume spiegeln sich im Wasser. Und draußen in der Bucht liegt ein weißes Boot – ein Segelboot. Wenn ich es mir ansehe, denke ich immer, so muss der Himmel sein! Und in einem weißen Boot über das Wasser ins Rot-Gold zu segeln…«

»Ich weiß, welches Foto du meinst, aber zwei so tolle Sachen gegen ein Foto – das kommt mir unfair vor.«

»Ich weiß aber, wie viel deine Bilder kosten! Und ich weiß auch, was meine Sachen kosten. Ich mache dabei das viel bessere Geschäft.«

»Kommt darauf an, aus welcher Perspektive du es siehst. Abgemacht – aber ich rahme es für dich auch noch ein. Sag mir nur, wie groß der Rahmen sein soll.«

Jenny zeigte auf einen anderen Rahmen in Shabby-Weiß.

»Etwa vierundzwanzig mal achtzehn. Weißt du was, ich nehme den Rahmen einfach mit, als Orientierungshilfe.«

»O Mann! Und dabei wollte ich doch nur, dass du die Bank siehst. Sie kommt mir für deine Schlafzimmerterrasse einfach perfekt vor.«

Naomi folgte ihr durch die Werkstatt vorbei an ein paar

halb fertigen Objekten. Die Metallbank in Waldgrün stach ihr sofort ins Auge.

»Nur kein Druck«, sagte Jenny hastig. »Wenn sie dir nicht gefällt…«

»Doch – und sie würde tatsächlich perfekt dort hinpassen! Vielleicht wäre sie sogar – wenn ich endlich mal den Garten angelegt habe – noch besser als Gartenbank. Was meinst du?«

»In einer schattigen Ecke«, überlegte Jenny. »Oder auch in der Sonne, unter einer Trauerkirsche.«

»Absolut. Und bis das so weit ist, wäre sie eine hübsche Sitzgelegenheit auf der Schlafzimmerterrasse. Gekauft.«

»Bekomme ich dafür das Seerosenfoto?«

»Du machst es mir echt leicht!« Naomi lachte.

»Ich hab so einen Rahmen – altes Silber –, und ich kann das Foto bereits darin sehen, an meiner Schlafzimmerwand. Es macht echt Spaß, sich gegenseitig die Häuser zu dekorieren!«

»Zeig mir mal den Rahmen.«

»Ah, er ist… da drüben.«

Sie gingen darauf zu, und plötzlich blieb Naomi wie angewurzelt stehen. »Mein Schreibtisch!«

Bei ihrem Tonfall hörte Follow sofort auf zu schnüffeln und kam zu ihr gelaufen. Naomi gurrte fast, als sie mit der Hand über die glatte Oberfläche fuhr. »Natürlich ist er erst abgezogen und abgeschmirgelt, aber er sieht jetzt schon wunderschön aus! Sieh dir nur die Farbschattierungen an, die Maserung – es ist so, als hätte jemand einer attraktiven Frau einen weiten schwarzen Mantel angezogen, und du hättest ihn ihr wieder abgenommen. Ich glaube, wir zwei haben gerade ein echt tolles Geschäft miteinander gemacht.«

»Das sollte bei guten Freunden auch so sein.« Entzückt

legte Jenny Naomi den Arm um die Taille. »Ich freue mich jetzt schon darauf, meine Sachen in deinem Haus zu sehen und deine Bilder in meinem aufzuhängen. So, und jetzt lass uns rausgehen, damit du noch ein bisschen frische Luft bekommst. Ich wette, Follow freut sich schon auf Molly. Sie sind doch auch Freunde.«

»Er hat endlich gelernt, dass sie ihn nicht beißen will. Jetzt bringt er ihr immer sein Zerrseil, wenn er sie sieht. Es ist wirklich süß.«

Sie traten hinaus in den Garten.

»Es ist so still hier draußen«, murmelte Jenny und schloss die Tür hinter sich. »Stille beunruhigt mich immer.«

Sie hatte den Satz kaum ausgesprochen, als Naomi einen Schwall kalten Wassers abbekam – mitten auf die Brust. Dann kam Xander mit einer riesigen Wasserpistole um die Ecke gerannt. Naomi stemmte die Hände in die Hüften und sah auf ihr durchnässtes T-Shirt hinab.

»War das gerade dein Ernst?«

»Hey – tut mir leid! Ich dachte, du wärst Kevin.«

»Sehe ich aus wie Kevin?«

»Nicht unbedingt, aber ich dachte, er käme hier um die Ecke. Die Kinder haben den Vertrag gebrochen, und jetzt verfolgen mich alle drei. Das bedeutet Krieg.«

»Krieg, du liebe Güte …«

Xander setzte an, etwas zu sagen, brach aber ab, als ein ganzer Hagel von Wasserstößen seinen Rücken traf.

»Xander ist tot!« Tyler vollführte einen Kriegstanz. »Wir haben gewonnen!« Er wackelte mit dem Hintern und schoss mit seiner Wasserpistole in die Luft.

»Verräter! Du lebst mit Verrätern und hinterhältigen Schützen unter einem Dach«, wandte Xander sich an Jenny.

»Du hast eine unbewaffnete Frau angeschossen! Ich hol dir ein trockenes T-Shirt, Naomi.«

»Danke. Und danke, dass du ihn erschossen hast«, sagte Naomi zu Tyler. »Er hat eine unbeteiligte Person aus dem Hinterhalt überfallen.«

»Gern geschehen.«

»Du bist ein echt guter Schütze. Kann ich…« Sie nahm ihm die Wasserpistole aus der Hand und zielte auf Xanders Herz. »So. Das nennen wir Gnadenschuss.«

Maggie kicherte und hangelte sich am Bein ihres Vaters hoch. »Xander ist ganz nass!«

»Stimmt genau.« Naomi gab Tyler die Wasserpistole zurück. Sie kniff die Augen zusammen, als sie das Funkeln in Xanders Blick bemerkte. »Wag es nicht«, rief sie und lief hinter Jenny her ins Haus.

Sie zog eins von Jennys T-Shirts über und hatte für den Rest des Nachmittags mehr Spaß, als sie es für möglich gehalten hätte. Gutes Essen und nette Gesellschaft – zwei Dinge, für die sie sich viel zu selten Zeit genommen hatte –, erwiesen sich jetzt als perfektes Sonntagsvergnügen. Auch wenn sie sogar Xbox spielen musste.

»Du spielst aber gut«, kommentierte Xander, nachdem sie alle anderen bei einem sogenannten Movie Game vernichtend geschlagen hatte – gleich zweimal sogar.

»Jeder ist gut, wenn er einen Bruder hat, der immer noch von Videospielen besessen ist. Und damit ich auch ungeschlagen bleibe« – sie piekte Tyler mit dem Finger in den Bauch –, »muss ich jetzt wirklich gehen.«

»Nur noch *ein* Spiel!«

»Üb du mal schön weiter«, riet sie ihm, »dann fordere ich dich das nächste Mal heraus. Aber Follow und ich müssen jetzt nach Hause. Es war wunderbar bei euch, Jenny, danke, dass ich hier sein durfte. Wenn du willst, nehme ich die Rahmen direkt mit.«

»Ach, das wäre fantastisch.« Jenny stand auf und nahm

Naomi zum Abschied in den Arm. »Das Sonntagsessen bleibt als offene Einladung bestehen. Und das meine ich ehrlich.«

»Danke. Und auch Kevin – dank dir sehr. Bis morgen dann!«

»Ich hol euch schnell die Rahmen. Wir treffen uns draußen«, sagte Xander zu ihr.

Sie hatte gar nicht vorgehabt, so lange zu bleiben, doch inzwischen färbte die Sonne im Westen bereits den Himmel, und es war so kühl geworden, dass sie einen Pullover hätte gebrauchen können.

Trotzdem, dachte sie, als sie mit dem Hund zum Auto ging, würde sie jetzt noch ein bisschen arbeiten können, ihre Vorhaben für die Woche planen und im Bett vor dem Einschlafen ein bisschen lesen.

Sie öffnete die Heckklappe, und der Hund sprang bereitwillig hinein. Dann setzte sie sich auf den Rand und machte Aufnahmen vom Sonnenuntergang über dem Meeresarm, den leeren Docks, der schimmernden Stille.

»Hast du eigentlich je Feierabend?«, fragte Xander, der mit den Rahmen in der Hand über den Rasen auf sie zukam.

»Ich kann von meinem Haus aus fantastische Sonnenaufgänge fotografieren, aber dieser kleine Wasserarm hier liegt nach Westen, und heute ist wirklich ein toller Sonnenuntergang.«

»Mein Haus liegt nicht am Wasser, aber bei mir geht die Sonne spektakulär hinter den Bäumen unter. Vielleicht willst du dir das bei Gelegenheit mal ansehen.«

»Vielleicht.«

Er legte die Rahmen in den Kofferraum, kraulte den Hund und drehte sich dann zu ihr um. »Es ist noch früh.«

»Kommt ganz darauf an. Maddy fielen schon die Augen zu.«

»Maddy ist vier. Sollen wir nicht noch ins Loo's gehen? Ich spendiere dir einen Drink.«

»Ich hatte schon mehrere Gläser Wein.«

»Über einen Zeitraum von vier Stunden. Geh mal auf einer imaginären Linie.«

Lachend schüttelte sie den Kopf. »Ich kann eine gerade Linie gehen, und da ich das auch zukünftig können will, verzichte ich lieber auf einen weiteren Drink. Du hast tolle Freunde, Xander.«

»Sieht ganz so aus, als wären es auch deine Freunde.«

»Jenny lässt ein Nein nicht gelten.«

»Warum solltest du auch Nein sagen?«

Naomi zuckte mit den Schultern und blickte wieder in den Sonnenuntergang. Jetzt wird er golden, dachte sie. Ein weiches, schimmerndes Gold. »Nur so aus Prinzip ...«

»Du machst es einem wirklich schwer, keine Fragen zu stellen.«

»Und ich bin dir überaus dankbar, dass du keine Fragen stellst. Ich muss jetzt wirklich los.«

Er strich ihr über den Arm, machte aber einen Schritt zurück. Küsste sie nicht, stellte Naomi fest, obwohl sie eigentlich damit gerechnet hätte.

Aber er beherrschte das Spiel ebenfalls.

Allerdings ging er nach vorn und zog die Tür für sie auf. »Magst du überbackene Auberginen?«

»Ja.«

»Komm am Mittwochabend zu mir zum Essen. Da gibt es überbackene Auberginen.«

Naomi zog die Augenbrauen hoch. »Du machst überbackene Auberginen?«

»Du lieber Himmel, nein. Ich hole sie vom Take-away bei Rinaldo. Er macht hervorragende überbackene Auberginen.«

»Zweimal Ausgehen in einer Woche? Ich weiß nicht, ob ich das kann.«

»Versuch's doch einfach. Den Hund kannst du mitbringen.«

Sie atmete bedächtig aus, während Follow seinen Kopf aus dem Kofferraum streckte und seine Schnauze in Xanders große, schwielige Hand drückte.

»Aber wirklich nur zum Abendessen.«

»Ein Nein lasse ich nicht gelten.«

»Das wirst du müssen. Um wie viel Uhr?«

»Gegen sieben? Ich wohne über der Werkstatt. Du musst um das Gebäude herumgehen und dann hinten die Treppe nehmen.«

»Na gut. Mittwoch. Vielleicht.«

Xander grinste. »Du lässt die Tür auch gern einen Spaltbreit offen, was?«

»Immer. Gute Nacht.«

Warum war das eigentlich so?, fragte sie sich, als sie losfuhr. Wovor wollte sie im Ernstfall davonlaufen?

Ja, sie machte es anderen schwer, keine Fragen zu stellen.

12

In kreativer Hinsicht kam sie in dieser Woche nicht weit.

Sie musste ihren Arbeitsplatz aus ihrem Schlafzimmer in eins der Gästezimmer verlegen – zumindest konnte sie es so schon mal als potenzielles Arbeitszimmer ausprobieren –, weil der Bautrupp ihr Badezimmer herausreißen wollte. Und da sie schon einmal dabei waren, schlug Kevin vor, auch gleich sämtliche anderen Badezimmer auf der Etage zu entkernen – bis auf eins.

Der Lärm war selbst mit Kopfhörern und lauter Musik kaum zu ertragen.

Sie fragte sich, ob sie nach unten ziehen sollte, aber die Maler waren noch im Wohnzimmer beschäftigt und wollten sich als Nächstes die Bibliothek vornehmen. Sie würde vom Regen in die Traufe kommen, deshalb versuchte sie, es einfach auszusitzen.

Mitte der Woche gab sie es auf und fuhr mitsamt Hund und Kamera in den Nationalpark, um zu wandern.

Frische Luft, ein sonniger Tag und herrlich grünliches Licht vertrieben ihre schlechte Laune schnell. Sie wünschte sich nur, sie hätte ihren Laptop mitgebracht, da hätte sie sich einen geeigneten Baumstumpf gesucht, sich niedergelassen und in der friedlichen Stille des Waldes ihre Updates machen können.

Sie marschierte – die Leine am Gürtel befestigt, was Follow mittlerweile tolerierte – an Bäumen vorbei, die so aussahen, als hätten sie seit jeher dort gestanden: Baumriesen, durch deren dichtes Laub nur wenige Sonnenstrahlen auf den Waldboden trafen. Wildblumen und Farne wuchsen rund um moosbedeckte Steine. Schneeweiße Waldlilien und Frauenschuhorchideen entfalteten ihre Blüten.

Nach einiger Zeit überlegte Naomi sogar, ob sie nicht vielleicht mehrere Tage zum Wandern fahren und ein Zelt mitnehmen sollte. Wie würde der Hund damit zurechtkommen? Daran musste sie ja schließlich auch denken. Aber zwei, drei Tage in der Einsamkeit, weg von allem Lärm, den sie sich selber beschert hatte, wären wirklich nicht übel.

Vielleicht.

Follow gefiel es zweifellos im Wald. Er bellte die Eichhörnchen an oder marschierte friedlich neben ihr her. Er blieb sogar geduldig sitzen, wenn sie stehen blieb, um Fotos zu machen, ganz gleich, wie lange es dauerte.

»Das könnte Spaß machen. Nur du und ich.«

Während sie weitergingen, begann sie, darüber nachzudenken, was für eine gute Idee es doch gewesen war, den Hund bei sich aufzunehmen.

Zwei Wanderer kamen ihr entgegen – mit einem hübschen kleinen Beagle an der Leine. Doch noch ehe sie ihnen freundlich zunicken konnte, fing Follow entsetzt an zu winseln und sprang ihr beinahe in die Arme – was nur dazu führte, dass sie der Länge nach auf der Erde landete.

Die Wanderer – zwei Männer aus Portland – eilten ihr zu Hilfe, doch der freundliche, harmlose Beagle brachte Follow nur umso mehr dazu, sich auf ihr hin- und herzuwinden, als könnte er wie ein Wurm in sie hineinkriechen, um sich in Sicherheit zu bringen.

Zum Glück befand sich ihre Kamera zwischen ihrem und dem Körper des Hundes, sodass sie keinen Schaden davontrug. Trotzdem sah sie Sterne und spürte die Kanten und das Objektiv im Bauch.

»Du bist echt peinlich«, schimpfte sie den Hund aus, als sie später steifbeinig zum Auto zurückmarschierte. »Mit dir kann ich definitiv nicht campen gehen. Es könnte ja ein Zwergpudel kommen und versuchen, dich in Stücke zu reißen.«

Follow sprang ins Auto, ließ den Kopf hängen und enthielt sich jeder Reaktion.

Da ihr Hintern von dem Aufprall auf dem Boden schmerzte, schaltete sie die Sitzheizung ein und stellte überrascht fest, wie sehr ihr die Wärme guttat. Als sie wieder daheim war, war sie froh, dass vor dem Haus nur noch Kevins Van zu sehen war.

Er kam auf sie zu, als sie vorsichtig aus dem Auto stieg.

»Hey! Ich hab dir gerade eine Notiz hinterlassen. Wir haben heute viel geschafft. Wie war die Wanderung?«

Naomi spähte zu Follow hinüber, der Molly wie eine alte Freundin begrüßte.

»Er verträgt sich gut mit ihr.«

»Na klar.«

»Wenn er eine Katze oder einen Pekinesen oder so was sieht – beim Tierarzt zum Beispiel –, dann zittert er am ganzen Leib, als müsste er gleich den siebten Kreis der Hölle betreten. Er rennt Eichhörnchen nach und kläfft sie an, aber als wir beim Wandern zwei Typen mit einem harmlosen Beagle an der Leine begegnet sind, ist er fast durchgedreht. Er ist mir in die Arme gesprungen und hat mich umgeworfen.«

»Ist alles okay?«

Automatisch rieb sie ihr wehes Hinterteil. »Es hat ganz schön wehgetan, das kann ich dir sagen, er hat regelrecht versucht, in mich hineinzukriechen – weg von diesem furchterregenden Beagle, der mir mitleidig die Hand geleckt hat.«

Zu ihrer großen Überraschung trat Kevin dicht an sie heran und strich ihr mit beiden Händen über den Kopf. »Da ist eine kleine Beule … Ich sollte dich in die Notaufnahme fahren.«

»Das sind doch nur Beulen und blaue Flecken! Allerdings bin ich echt sauer.«

Er sah ihr freundlich in die Augen und schmunzelte.

»Nur Beulen und blaue Flecken, Doktor!«, wiederholte sie.

»Kopfschmerzen?«

»Nein, Hinternschmerzen.«

»Eisbeutel, ein warmes Bad, zwei Schmerztabletten. Das macht zweihundert Dollar.«

»Setz es mit auf die Rechnung.«

»Ein gutes Abendessen, das du bei Xander diesmal nicht mal selbst zu kochen brauchst, wird alles wiedergutmachen.«

»Ich … Es ist Mittwoch!«

»Den ganzen Tag schon und den halben Abend. Lass es einfach langsam angehen«, fügte er hinzu und knuffte sie leicht in die Seite. »Im Haus sieht es zwar ziemlich wild aus im Moment, aber wir machen gute Fortschritte. Sag Xander, wir sehen uns im Loo's.«

»Okay.« Mist, Mist, Mist.

Als Kevin einstieg, lief sie eilig ins Haus.

Eigentlich hatte sie jetzt die perfekte Entschuldigung – einen *Grund*, korrigierte sie sich –, um das Abendessen mit Xander abzusagen. Verletzt, schlecht gelaunt, neben der Spur – alles aus gutem *Grund*, dachte sie und lief zur Küche, um sich ein Icepack zu holen. An der Wohnzimmertür blieb sie abrupt stehen.

Die Maler waren immer noch nicht fertig, wie die Leitern und Lappen bezeugten, und sie sah natürlich, wo noch etwas getan werden müsste.

Aber es würde so schön werden!

Sie hatte hin und her überlegt und sich Sorgen gemacht,

dass das weiche Taupe womöglich langweilig und trüb wirken könnte, aber das war nicht der Fall.

Angekommen, dachte sie. Aus irgendeinem Grund sagte der Farbton zu ihr: Angekommen.

»Ich denke zwischendurch immer, dass ich doch einen Fehler mit dem Haus gemacht habe.« Mit einem Seufzer legte Naomi Follow, der sich an ihr Bein schmiegte, die Hand auf den Kopf. »Aber dann sehe ich den nächsten Schritt und weiß wieder, dass es richtig war.« Lächelnd blickte sie auf den Hund hinab. Dann kniff sie die Augen zusammen. »Ich bin böse auf dich«, rief sie ihm und sich selbst ins Gedächtnis und holte sich den dringend benötigten Eisbeutel.

Während sie ihr schmerzendes Hinterteil in der hässlichen hellblauen Badewanne im einzigen verbliebenen Badezimmer einweichte, war sie hin und her gerissen. Sie würde das Abendessen ohne schlechtes Gewissen absagen können, schließlich hatte sie einen kleinen Unfall gehabt. Aber wenn sie ihm jetzt absagte, würde es nur auf einen neuen Termin hinauslaufen.

Also brachte sie es besser hinter sich. Was immer sich da zwischen Xander und ihr angedeutet hatte, würde sie schleunigst in ein freundschaftliches Verhältnis umwandeln müssen – ähnlich wie sie es mit Kevin hatte.

Ein freundschaftliches Verhältnis, bei dem er sie zum Lächeln und nicht zum Zusammenzucken brachte, wenn er sie berührte.

Allerdings würde das nie eintreten, wie sie sich eingestehen musste.

Dazu war zwischen ihnen bereits zu viel Hitze entstanden.

Erleichtert darüber, dass der Schmerz nachgelassen hatte, stieg sie aus der Wanne, um – prompt weniger erfreut – festzustellen, dass sie einen handtellergroßen blauen Fleck auf der Kehrseite hatte.

Sie entschied sich für Leggings – die waren weicher am Hintern – und einen hellgrauen Kapuzensweater. Erst überlegte sie, ob sie sich überhaupt schminken sollte, legte dann aber doch ein wenig Make-up auf.

Um Viertel nach sieben brach sie auf – obwohl sie das Gefühl hatte, dass Follow einen zweiten Ausflug gar nicht verdient hätte. Als Mitbringsel nahm sie eine Flasche Wein mit – es war zwar keine selbst gemachte Erdbeertorte, aber sie war zu gut erzogen, als dass sie mit leeren Händen bei ihm hätte aufkreuzen wollen.

Die Adresse war leicht zu finden. Sie ließ den Hund aus dem Auto, achtete allerdings nicht weiter auf ihn. Wie angewiesen lief sie die Treppe nach oben und klopfte an.

»Es ist offen, komm rein!«

Naomi stieß die Tür auf. Xander stand in der Küche und öffnete gerade eine Flasche Wein.

Jeans, ein Arbeitshemd mit hochgekrempelten Ärmeln und einen Anflug von Bartstoppeln im attraktiven Gesicht.

Sie würde früher oder später einknicken, gestand sie sich ein, und ihn bitten, für sie Modell zu stehen.

»Ich hätte ein Auftragsmörder mit einer Killerbestie von einem Hund sein können.«

»Eine verschlossene Tür würde einen Auftragsmörder auch nicht abhalten.«

Da hatte er recht. Follow drängelte hinter ihr her zur Tür herein und lief schwanzwedelnd auf Xander zu.

Währenddessen stand Naomi starr vor Überraschung und Verzückung vor der Wohnzimmerwand mit all den Büchern. »Wow, es stimmt also, dass du Bücher liebst. Das ist ja eine beeindruckende Sammlung.«

»Ein Teil davon.«

»Nur ein Teil? Bist du am Ende doch ein seriöser Mann?«

»Was Bücher angeht, auf jeden Fall.«

Naomi sah sich um. »Sehr effizient eingerichtet. Eine so gut genutzte Wand hab ich noch nie gesehen. Farbe, Struktur und Dimension – alles stimmt.«

»Ganz zu schweigen von den Wörtern.«

Er trat auf sie zu und reichte ihr ein Glas Wein.

»Ja, Wörter … Ich lese auch gerne, aber das hier ist Kunst. Du weißt ganz genau, dass deine Möbel Schrott sind. Aber dir ist das egal. Du hast bei der Einrichtung auf Effizienz geachtet und dabei deine Leidenschaft in den Vordergrund gestellt. Und indem du sie hervorgehoben hast, hast du Kunst geschaffen. Das würde ich allzu gern fotografieren …«

»Klar, nur zu. Ich hab nichts dagegen.«

»Nicht jetzt, nicht mit dem Handy. Ich meine, ich würde gern richtige Fotos machen. Darf ich noch mal mit der Kamera wiederkommen? Mit Big Daddy Hasselblad?«

»Mit wessen Daddy?«

Sie lachte, wandte den Blick aber für keine Sekunde von der Bücherwand. »Filmkamera. Mittelformat. Ich könnte irre Panoramaaufnahmen machen und …«

»Du kannst jederzeit mit deiner Kamera vorbeikommen. Sollen wir den Wein nicht draußen trinken?«

»Du trinkst Wein?«

»Ab und zu. Du riechst gut.«

Er hob die Hand an ihr Kinn und küsste sie.

»Badesalz – das hatte medizinische Gründe.«

»Ja, hab schon gehört. Angst vor kleinen Hunden.«

»Was?«

Er nahm ihre Hand und zog sie in sein Schlafzimmer. Spürte ihren Widerstand. »Von hier aus kommt man auf die Terrasse.«

Im Schlafzimmer waren noch mehr Bücher, stellte sie fest. Ein großer Fernseher, billige Möbel und noch mehr Bücher.

Er öffnete die Tür zu der kleinen, quadratischen Dachterrasse mit dem leicht angerosteten Tisch und zwei Klappstühlen. »Ich kann dir ein Sitzkissen holen.«

»Du hast mit Kevin geredet? Das ging aber schnell.«

»Er hat gesagt, ich soll ein bisschen auf dich aufpassen, was ich sowieso getan hätte.«

»Mir geht es gut.« Vorsichtig setzte sie sich. »Im Großen und Ganzen. Aber zum Thema: Es gibt keine Angst vor kleinen Hunden.«

»Mikrokynophobie.«

Naomi lachte und nahm einen Schluck Wein. »Das hast du jetzt erfunden.«

»Kynophobie ist die Angst vor Hunden – dann brauchst du nur noch das Mikro hinzuzufügen. Du kannst es ja nachschlagen.«

Sie hatte zwar ihre Zweifel, schwieg aber angesichts der Menge an Büchern. »Warum sollte Follow – und er wiegt mittlerweile zweiundvierzig Kilo, nur Muskeln, was ich beschwören würde –, an Mikrokynophobie leiden?«

»Weiß ich nicht. Vielleicht ist er als junger Hund von einem Chihuahua traumatisiert worden.« Er tastete sanft ihren Hinterkopf ab. »Aua!«

»Das hab ich auch gesagt, als ich wieder zu Atem gekommen bin. Aber mein Hintern ist härter aufgeschlagen als mein Kopf.«

»Soll ich mir den auch mal ansehen?«

»Darum hab ich mich schon selbst gekümmert, vielen Dank.« Sie musterte die Aussicht vom Balkon. »Du kannst hier sitzen und dir die Spiele drüben auf dem Platz angucken.«

»Ja, das mache ich auch, wenn ich zu faul bin, um rüberzugehen.«

»Little League?«

»T-Ball, Little League, Pony League und ein paar gesponserte Erwachsenenligen. Keaton hat die Whales gesponsert, die sich gerade aus dem Keller herauskämpfen.«

»Spielst du selbst?«

»Nicht mehr oft. Ich habe keine Zeit mehr dafür. Und du?«

»Nein. Ich habe nie gespielt.«

»Wirklich nicht? Als emanzipierte Frau?«

»Ich bin eher der unsportliche Typ. Mein Bruder hat eine Zeit lang Baseball gespielt, aber Basketball war eher sein Ding.«

»Ach ja?«

»Er hat für Harvard gespielt.«

»Welche Position?«

»Verteidiger. Ich hab draußen schon gesehen, dass du einen Asphaltplatz und einen Basketballkorb hast.«

»Körbe werfen macht einen klaren Kopf. Ich hab auf der Highschool gespielt, inzwischen mach ich das aber nur noch ab und zu.«

»Auf welcher Position?«

»Auf derselben wie dein Bruder. Wenn er dich jemals hier besucht, müssen wir unbedingt mal gegeneinander spielen.«

»Ja, das macht er sicher.« Ihre Familie würde sie sicher hier besuchen, dachte sie, auch ihre Großeltern, damit sie sehen konnten, wozu sie beigetragen hatten. Vielleicht würden sie alle ja schon im Herbst kommen. »Bist du denn gut? Bei ihm weiß ich es.«

»Ich kann mich behaupten.«

Das stimmte vermutlich in vielerlei Hinsicht, dachte sie.

Und er hatte recht gehabt mit der Sonne, die hinter den Bäumen unterging.

»Das Grundstück hier ist gut geeignet für eine Werkstatt. Direkt an der Straße, nahe genug am Ort und schnell auf der 101. Hast du es dir deshalb ausgesucht?«

»Nein, die Werkstatt stand bereits. Früher hat sie Hobart gehört, aber er wollte sie verkaufen – er war damals schon älter, und seine Frau war krank. Wir wurden uns einig, und die beiden sind nach Walla Walla gezogen. Ihre Tochter lebt dort.«

»Wolltest du immer schon dein eigenes Geschäft haben, oder wolltest du unbedingt als Mechaniker arbeiten?«

»Beides. Ich mag Autos. Wenn ich ein Auto wollte – und das wollte ich –, musste ich eben lernen, wie man es am Laufen hält. Das zu lernen fiel mir leicht. Es hat mir nichts ausgemacht, erst für Hobart zu arbeiten – er war fair. Aber natürlich arbeite ich lieber ohne Chef. Dir muss es doch genauso gehen.«

Na klar, dachte sie – aber genauso wichtig, wie ohne Chef zu arbeiten, war ihr auch, allein dabei zu sein.

Trotzdem …

»Ich hab nach dem College knapp vierzehn Monate lang als Assistentin bei einem Fotografen gearbeitet. Das war für mich eine Art Lehre. Er war allerdings in keiner Hinsicht fair – arrogant, richtig gemein und gleichzeitig wahnsinnig anspruchsvoll, und er neigte zu Wutausbrüchen wie ein Kleinkind. Allerdings war er auch – und ist es immer noch – brillant.«

»Die Brillanten denken manchmal, sie hätten ein Anrecht auf Wutausbrüche.«

»Das stimmt leider, aber ich bin von einem Koch erzogen worden – auch er ist überaus brillant –, und Intelligenz und Talent gelten bei ihm nicht als Entschuldigung für Arroganz und Niederträchtigkeit, sondern sind Gaben.«

»Hat er nie mit Kochlöffeln oder Bratpfannen um sich geworfen?«

Bei der Vorstellung musste sie lachen. »Harry doch nicht – weder zu Hause noch im Restaurant. Jedenfalls hatte ich eigentlich vorgehabt, zwei Jahre bei Julian – dem Fotografen – zu bleiben, aber länger als vierzehn Monate hab ich es nicht ausgehalten. Einer der glücklichsten Tage in meinem Leben war, als ich ihm eine verpasst hab und aus dem Shooting marschiert bin.«

Er blickte auf ihre schlanke, feingliedrige Hand hinab. »Eine interessante Art, die gesetzliche Kündigungsfrist einzuhalten.«

»Gesetzliche Kündigungsfrist, du liebe Güte!«

Sie setzte sich kaum merklich um, in seine Richtung – und er fragte sich, ob sie bemerkt hatte, dass sie mit ihrem Fuß ganz unbewusst Follows Rücken kraulte, was den Hund vor Seligkeit schier schnurren ließ.

»Es war ein Top-Shooting. Werbung für irgendein Shampoo.«

»Shampoo und Top-Shooting?«

»Ich kann dir sagen, mein Freund, mit Werbefotografie kannst du viel Geld verdienen. Das Model hatte leuchtend rote Haare – es war eine Freude, sie zu fotografieren. Aber dieser Typ – er war einfach Perfektionist. Damit habe ich an sich noch kein Problem. Aber er war auch ein boshafter Macho. Beleidigungen waren an der Tagesordnung. Er machte mir andauernd Vorwürfe, tadelte mich, warf sogar mit Gegenständen. Auch während dieses Shootings. Irgendwann war selbst die Visagistin in Tränen aufgelöst. Dann behauptete er, ich hätte ihm die Kamera mit einem falschen Objektiv gereicht. Da hatte ich die Nase voll. Ich hab noch gesagt, ich hätte ihm gegeben, wonach er gefragt hätte, woraufhin er mich geohrfeigt hat...«

Die Erheiterung auf Xanders Gesicht erlosch. »Er hat dich geschlagen?«

»Geohrfeigt wie ein kleines Mädchen. Daraufhin hab ich zurückgeboxt, wie Seth – mein Onkel – es mir beigebracht hat. Nichts in meinem Leben hatte sich je so gut angefühlt.

Ich glaube, das hab ich dann sogar gesagt, als er herumschrie – wieder wie ein kleines Kind – und die anderen Assistenten um ihn herumkrochen, während das Model zu mir kam und mir ein High Five gab. Er hatte die ganze Zeit die Hand an seiner blutenden Nase.«

»Hast du sie gebrochen?«

»Wenn du jemandem tatsächlich ins Gesicht boxt, wäre es blöd, das vermeiden zu wollen.«

»Das ist auch meine Philosophie.«

»Ich hab ihm wohl die Nase gebrochen, ja, und er schrie rum, er würde mich anzeigen wegen tätlichen Angriffs. Ich hab erwidert, er könnte ruhig die Polizei rufen, nur zu, ich hätte da ein ganzes Studio voller Leute, die bezeugen könnten, dass er mich zuerst angegriffen hätte. Als ich ging, schwor ich mir, nie wieder für so einen bösartigen kleinen Macho zu arbeiten.«

»Eine weitere hervorragende Philosophie.«

Hatte er sie für interessant gehalten? Nein, nicht interessant, korrigierte er sich. Faszinierend.

»Du hast also dem Typen die Nase gebrochen, und dann hast du dich selbstständig gemacht.«

»Ja, so in der Art. Seth und Harry waren mit dem Besitzer einer Galerie in SoHo befreundet, und sie haben ihn überredet, ein paar von meinen Arbeiten auszustellen. Sie hätten mich in jeder Hinsicht auf meinem Weg unterstützt. Aber ich konnte mich tatsächlich selbst ernähren, indem ich Agenturfotos gemacht habe – ein paar Buchumschläge, Albumcover … Foodfotos hatte ich schon für das Restaurant geschossen. Ich wusste, dass ich aus New York rausmüsste, also habe ich den Sprung gewagt und mich mit Kamera und Rechner ins Auto gesetzt.«

Sie brach ab und blickte stirnrunzelnd auf ihr Weinglas hinab. »Ich erzähle viel zu viel.«

»Ein Mikrokosmos«, entgegnete er. Es freute ihn, dass sie ihre Zurückhaltung, ihr Misstrauen immerhin so lange vergessen hatte, um ihm ihre Geschichte zu erzählen. »Es sagt mir, dass du Mut und Rückgrat hast, aber das wusste ich ja schon. Du machst auch Plattencover?«

»Ja, hab ich gemacht. Nichts Großartiges. Hast du schon mal von Rocket Science gehört?«

»Retro-Funk.«

»Du überraschst mich.«

»Ich hab noch nicht mal richtig angefangen. Meine Band arbeitet an einer neuen CD.«

»Wirklich?«

»Vor zwei Jahren haben wir schon mal eine gemacht – hauptsächlich für Touristen, oder wenn wir auf Hochzeiten spielen oder so. Wie wär's?«

»Ihr sucht einen Fotografen?«

»Das letzte Cover hat der Freund von Jennys Cousine gemacht. Es war nicht schlecht, aber du könntest das besser.«

»Mag sein. Sag Bescheid, wenn ihr so weit seid, dann sehen wir weiter. Wie lange spielst du schon?«

»Mit der Band oder überhaupt?«

»Beides.«

»In dieser Zusammensetzung etwa vier Jahre. Insgesamt, seit ich etwa zwölf war. Kevin und ich hatten damals eine Band gegründet – mit Lelo am Bass, genau wie jetzt.«

Überrascht ließ sie ihr Weinglas sinken. »Kevin?«

»Du darfst ihn auf keinen Fall bitten, sein Pearl-Jam-Tribute zu spielen! Vertrau mir!«

»Spielt er Gitarre?«

»Du kannst es nicht wirklich spielen nennen.«

»Das ist gemein«, sagte sie lachend.

»Es ist die Wahrheit. Komm, lass uns essen.« Er nahm wieder ihre Hand und zog sie nach drinnen. »Wir hatten ein paar lokale Auftritte – Schulfeste, Partys. Nach der Highschool ist unser Schlagzeuger dann zu den Marines gegangen und Kevin aufs College. Lelo war ständig nur zugedröhnt…«

»Und du?«

Xander holte das Take-away-Essen aus dem Backofen, wo er es warm gehalten hatte. »Ich bin auf die Berufsschule gegangen, hab dann hier angefangen und hatte nebenbei ein paar Auftritte. Ein paar sogar mit Lelo, als ihm klar wurde, dass er kein Mädchen bekommen und nicht würde spielen können, solange er ständig zugekifft war.«

Ihr Blick wanderte zu seiner Bücherwand. »Warst du nicht auf dem College?«

»Ich hab die Schule gehasst. Die Berufsschule war etwas anderes. Aber die normale Schule… Sie sagen dir, was du lernen sollst und was du lesen sollst, da bin ich ausgestiegen. Gelernt hab ich von Hobart, in der Berufsschule, und ich hab ein paar Wirtschaftskurse belegt.«

»Wirtschaftskurse?«

»Wenn du dein eigenes Geschäft haben willst, musst du wissen, wie du es führen musst.«

Er verteilte Salat aus einer Take-away-Schachtel auf zwei Schalen, gab die überbackenen Auberginen auf die Teller und legte Brötchen dazu, für die die Pizzeria am Ort berühmt war.

»Das sieht toll aus.« Sie setzte sich und lächelte, als Xander einen Kauknochen aus einem Schrank nahm. »Ah, sehr clever.«

»Dann ist er beschäftigt. Was war dein erstes Bild? Du musst doch ein allererstes Foto geschossen haben?«

»Wir waren zu einem langen Wochenende in den Hamptons – das Haus gehört Freunden meiner Onkel. Ich hatte noch nie das Meer gesehen, und es war so wundervoll. Einfach wundervoll. Seth ließ mich mit seiner kleinen Canon fotografieren, und ich hab endlos Filme verbraucht. Und das war es. Welches Stück konntest du als Erstes spielen? Da muss es doch auch ein erstes Mal gegeben haben?«

»Das ist jetzt ein bisschen peinlich – ›I'm a Believer‹ von den Monkees.«

»Ach, wirklich? Das scheint so gar nicht dein Stil zu sein.«

»Mir gefiel das Gitarrenriff, du weißt schon…« Er summte es kurz an. »Ich wollte unbedingt herausfinden, wie das ging. Kevins Mom hat ständig alte Platten gespielt, und das war eine davon. Sein Dad hatte eine alte Akustikgitarre, und ich hab so lange darauf herumprobiert, bis ich mehr oder weniger spielen konnte. Dann hab ich gespart und mir eine gebrauchte Gibson gekauft.«

»Die im Schlafzimmer?«

»Ja. Ich halte sie da griffbereit. Mir war schon mit fünfzehn klar, dass man bei Mädchen nur Erfolg hat, wenn man eine Gitarre besitzt und zumindest so tun kann, als könnte man spielen. Wie sind die Auberginen?«

»Du hattest recht, sie sind echt lecker. Du bist also an Mädchen rangekommen, weil du ziemlich gut Gitarre spielst. Aber keine von ihnen ist geblieben?«

»Jenny wäre vielleicht geblieben.«

»Jenny?« Naomi legte die Gabel hin. »Jenny-Jenny?«

»Damals hieß sie noch Jenny Walker, und ich hab sie zuerst entdeckt. Sie war neu an der Schule, war aus Olympia hergezogen, und sie war schön wie ein Karamelleisbecher. Ich bin vor Kevin mit ihr ausgegangen. Und ich habe sie auch als Erster geküsst.«

»Ach, tatsächlich?«

»Das ist Keaton-Banner-Geschichte. Ich war in sie verschossen, aber er war bis über beide Ohren in sie verliebt.«

»Also hast du ihm den Vortritt gelassen?«

Grinsend nahm er ein Stück Brot. »Du sagst es. Ich hab ihn sogar dabei unterstützt, als er sich letztendlich ein Herz gefasst und mit ihr ausgegangen ist. Und das war es dann. Ich bin immer noch halbwegs in sie verschossen.«

»Ich auch. Und in das ganze Drum und Dran. Sie wirken wie das perfekte Paar oder die amerikanische Traumfamilie – inklusive Hund. Wenn du auf eine neue Jenny wartest, dann wartest du vergeblich. Ich bin mir ziemlich sicher, dass es sie nur ein Mal gibt.«

»Ich hab inzwischen ein Auge auf eine große, komplizierte Blondine geworfen.«

Sie hatte sich das schon gedacht, wünschte sich aber, seine Bemerkung hätte nicht ein solches Flattern in ihrem Bauch ausgelöst. »Es ist nicht besonders klug, sich an die Komplizierten zu halten.«

»Einfachheit ist für gewöhnlich nur Fassade und blättert ohnehin ab. Die Schwierigkeiten, die sich daraus ergeben, sind nur ärgerlich und nicht besonders interessant. Du hast mein Interesse geweckt, Naomi.«

»Ich hab's geahnt...« Sie nahm noch einen Bissen und sah ihn nachdenklich an. »Ich bin lieber allein als mit jemandem zusammen.«

»Du bist jetzt hier.«

»Ich bin neunundzwanzig, und bisher ist es mir ganz gut gelungen, jeder ernsthaften Beziehung zu entkommen.«

»Mir auch. Nur dass ich noch drei Jahre älter bin als du.«

»Seit ich New York vor sechs Jahren verlassen habe, bin ich nirgends länger geblieben als drei Monate.«

»Da hast du mir etwas voraus. Ich hab mein ganzes Leben hier verbracht. Aber ich muss mich wiederholen: Jetzt bist du hier.«

»Und im Moment fühlt sich das hier auch an wie mein Ort. Wenn ich mich mit dir einlasse, und es geht schief, dann geht auch das den Bach runter.«

»Ich weiß wirklich nicht, wie du mit dieser sonnigen, optimistischen Art leben kannst.«

Sie lächelte schief. »Es ist eine Bürde.«

Obwohl er sich des Risikos bewusst war, hakte er noch ein bisschen nach. »Normalerweise würde ich annehmen, dass du eine schlechte Beziehung oder Ehe hinter dir hättest. Aber das ist es nicht. Du kommst aus einer stabilen Familie, und das ist ein gutes Fundament.«

Sie schob ihren Teller weg. »Vielleicht ist es einfach meine innere Verkabelung.«

»Nein, davon verstehe ich was. Du besitzt so viel Selbstbewusstsein und Selbstwertgefühl, dass du einem Arschloch ins Gesicht boxen und dich dann auf eigene Beine stellen kannst, um das zu erreichen, was du willst. Du bist kompliziert, Naomi, und das ist interessant. Und falsch verkabelt bist du ganz sicher nicht.«

Sie stand auf und stellte die Teller auf den Küchentresen. »Es gab da einmal einen Jungen, der sich in mich verliebt hat – oder es zumindest dachte, wie das eben ist, wenn du zwanzig bist. Ich hab mit ihm geschlafen. Wir haben beide studiert und zusammen gearbeitet. Als er mir sagte, dass er mich liebte, und mich bat, mit ihm zusammenzubleiben, hab ich mich von ihm getrennt. Auf der Stelle. Danach fiel es uns beiden schwer, das College zu Ende zu bringen. Für mich war es wahrscheinlich leichter, weil ich nicht annähernd so viel für ihn empfunden hatte. Deshalb konnte ich ja auch einfach so weggehen.«

»Aber du denkst noch an ihn.«

»Ich habe ihn verletzt. Das hätte nicht sein müssen.«

Vielleicht, dachte Xander, bezweifelte aber, dass je ein

Mensch das Labyrinth des Lebens durchquerte, ohne einen anderen zu verletzen, ob es nun sein musste oder nicht.

»Vermutlich denkst du, ich verliebe mich Hals über Kopf in dich und bitte dich, mit mir zu leben.«

»Ich weise dich nur auf ein paar Probleme hin, die ich mit Beziehungen habe, sobald sie fester werden, die Leute nahe zusammenleben und möglicherweise sogar miteinander arbeiten.«

»Vielleicht verliebst du dich ja auch in mich und bittest mich, zu dir in dieses große Haus auf der Klippe zu ziehen?«

»Ich verliebe mich nicht, und ich wohne gern alleine.«

Xander warf Follow einen Blick zu und beschloss, sie nicht darauf hinzuweisen, dass sie sich bereits in einen Hund verliebt hatte und mit ihm zusammenlebte.

»Dann weiß ich ja Bescheid – im Gegensatz zu dem College-Jungen. Ich weiß, wie es läuft. Möchtest du noch Wein?«

Sie drehte sich zu ihm um. »Besser nicht. Wasser wäre besser, ich muss ja noch fahren.«

»Es ist ein schöner Abend. Wenn ich abgewaschen habe, könnten wir ein bisschen spazieren gehen und uns das Essen ablaufen. Dem Hund täte ein bisschen Auslauf auch ganz gut.«

»Ja, wahrscheinlich.« Sie nahm das Glas Wasser entgegen, das er ihr reichte, und trat erneut an die Bücherwand. »Ich möchte hier wirklich gerne Fotos machen. Gibt es einen Tag, an dem es dir am besten passt?«

»Komm doch am Freitag vorbei – wann immer du willst. Die Tür ist offen, wenn ich unten arbeite. Wenn du später am Tag kommst, könntest du hinterher mit ins Loo's gehen. Dort könnten wir noch etwas essen, bevor ich auf die Bühne muss.«

»Spielst du immer freitags?«

»Von neun bis ungefähr Mitternacht. Wenn du willst, kommen Kevin und Jenny sicher auch.«

Also kein echtes Date, sondern eher ein Treffen zu Essen und Musik. Und sie mochte die Musik. Außerdem wollte sie nur zu gern mit der Kamera herkommen und …

Mit einem Mal wurde in ihr alles grau und kalt. Ihr Blick war auf einen einzelnen Buchrücken gefallen.

Blut im Boden: Das Vermächtnis von Thomas David Bowes von Simon Vance.

Für den Film hatten sie den Titel geändert – den Titel und den Fokus –, da sie sich auf das kleine Mädchen hatten konzentrieren wollen, das seinen Vater entdeckt, das Leben einer Frau gerettet und einem Mörder das Handwerk gelegt hatte.

Nach dem Tod ihrer Mutter hatte Naomi, als sie glaubte, es ertragen zu können, Interviews mit dem Regisseur und dem Drehbuchautor gelesen, um zu erfahren, warum sie den Film *Tochter des Bösen* genannt hatten. Aber das hier war der Anfang gewesen, es enthielt alles Entsetzen und die kaltblütigen Jahre voller mörderischer Geheimnisse eines Mannes, der mit ihr verwandt war.

»Naomi?« Xander legte das Geschirrtuch beiseite und kam auf sie zu. »Was ist los?«

»Was?« Sie drehte sich viel zu abrupt um und war so blass geworden, dass ihre Augen dunkel brannten. »Nichts. Nichts. Ich … Kopfschmerzen. Wahrscheinlich hätte ich keinen Wein trinken dürfen, nachdem ich mir den Kopf angeschlagen habe.« Sie wich vor ihm zurück, redete viel zu schnell. »Es war wirklich nett, Xander, aber ich fahre jetzt besser, nehme noch eine Schmerztablette und leg mich dann ins Bett.«

Noch ehe sie die Tür erreichte, hatte er sie beim Arm gepackt. »Du zitterst ja …«

»Das kommt von den Kopfschmerzen. Ich muss jetzt wirklich gehen.« Sie hatte Angst, dass das Zittern in eine Panikattacke umschlagen würde, und legte eine Hand über seine. »Bitte. Wenn ich kann, komme ich am Freitag. Danke für alles.« Sie stürzte aus der Tür und wartete kaum darauf, dass der Hund hinter ihr herkam.

Xander wandte sich um und betrachtete mit zusammengekniffenen Augen die Bücher. Bin ich denn verrückt?, fragte er sich. Oder hatte ihr dort tatsächlich etwas Angst gemacht?

Er trat ans Regal und überflog die Titel. Dann richtete er sich wieder gerade auf und führte sich konzentriert vor Augen, wo sie gestanden und wo sie hingesehen hatte. Ihre Position, ihre Größe.

Verwirrt schüttelte er den Kopf. Nur Bücher, dachte er. Wörter und Welten auf Seiten. Er zog ein Buch heraus, stellte es wieder hinein, versuchte es mit einem anderen. Sie hatte genau hier hingeguckt, als er gesehen hatte, wie sie erstarrte – als hätte jemand ihr eine Pistole an den Kopf gehalten.

Stirnrunzelnd zog er das Sachbuch heraus – eine Dokumentation über einen Serienkiller aus dem Osten. Damals, als er noch ein Teenager gewesen war, war der Fall wiederholt in den Nachrichten gewesen. Es hatte ihn fasziniert, und als das Buch erschien, hatte er es sich gekauft.

West Virginia, fiel ihm wieder ein, als er das körnige Foto des Verbrechers auf dem Umschlag sah. Aber dieses Buch konnte es ja nicht gewesen sein. Sie stammte aus New York.

Er wollte es schon wieder ins Regal schieben, als er es spontan aufschlug und den Text auf der Innenseite des Umschlags überflog.

»Stimmt, ja, West Virginia, irgend so ein Kuhkaff. Thomas David Bowes, Elektriker, Familienvater. Frau und zwei Kinder. Presbyter seiner Kirche. Wie viele hat er gleich wieder umgebracht?«

Neugierig fing Xander an zu blättern.

»Heißer Augustabend, Sommergewitter, alles dunkel, bla bla. Elfjährige Tochter findet sein Mordversteck und… Naomi Bowes. Naomi.«

Er starrte auf das Buch hinab, sah wieder ihr blasses, verzweifeltes Gesicht vor sich.

»Oh verdammt!«

13

Nach langem Hin und Her ging Naomi am Freitagabend wieder aus dem Haus. Es war in gewisser Weise ein Kompromiss, dachte sie, da sie es noch nicht über sich brachte, zu Xander zurückzukehren. Noch nicht.

Follow war alles andere als begeistert davon, dass sie ausging, auch wenn sie ihm seine Plüschkatze und einen Kauknochen daließ und ihm versprach, bald wieder da zu sein. Aber sie konnte den Hund ja nicht in die Bar mitnehmen.

Beinahe hätte sie ihn als Entschuldigung benutzt, zumindest vor sich selbst, aber es war normal auszugehen, und sich normal zu verhalten war nach dem katastrophalen Ende des Mittwochabends ihr aktuelles Ziel.

Ein Drink, sagte sie sich. Ein Drink, ein Set, leichte Freitagabendunterhaltung mit Jenny und Kevin – und wenn Xander in der Pause vorbeikäme, auch eine unverbindliche Unterhaltung mit ihm.

Ganz normal.

Der Gedanke, sich normal benehmen zu müssen, strengte sie an, aber sie würde es zumindest versuchen.

Sich mit Jenny zu unterhalten war kein Problem, deshalb würde sie einfach Jenny die Führung überlassen, bis sie wieder gehen konnte. Und je leichter sie es hielt, umso besser konnte sie die Angelegenheit mit Xander im Griff behalten. Sie hatte sich das Haus und eine Kleinstadt ausgesucht – oder vielmehr hatte das Haus sich sie ausgesucht. Sie musste jetzt vermeiden, dass Xander einen falschen Eindruck bekäme, und ihr Verhältnis auf eine lose Freundschaft zurückfahren. Das war die Antwort.

Wie hatte sie nur vergessen können, woher sie kam und wie leicht die Normalität über ihr zusammenbrechen konnte?

Ein Buch im Regal, dachte sie jetzt. Mehr war nicht nötig gewesen, um sie wieder daran zu erinnern.

Wie schon beim ersten Mal kam sie so, dass die Band bereits die Bühne betreten hatte. Sie bahnte sich einen Weg durch die Menge auf Jenny und Kevin zu und hockte sich zu ihnen an den Tisch – denselben wie beim letzten Mal. Jenny griff sofort nach ihrer Hand.

»Tolles Timing! Unser Babysitter war so spät dran, dass wir auch gerade erst gekommen sind. Heute Abend sind sie besonders heiß! Kevin holt uns was zu trinken, und dann will er mit mir tanzen.«

»Diese Runde geht auf mich«, beharrte Naomi. »Sam Adams, Rotwein?«

»Ja, genau, danke. Komm, Kevin!«

»Sollen wir nicht …«

Aber Jenny zerrte ihn bereits zur Tanzfläche, während Naomi sich zur Theke drängelte.

Sie spürte, wie Xander sie mit dem Blick verfolgte, fühlte das Flattern in ihrem Bauch. Sie würde ihn begrüßen müssen, und das würde sie auch tun.

Sie plante es regelrecht, als handelte es sich um ein strategisches Manöver.

Geh an die Bar, bestell die Drinks, und dann lehnst du dich an den Tresen und lächelst Xander an.

Die zwei Frauen hinter der Theke hatten alle Hände voll zu tun, und Naomi richtete sich bereits auf eine längere Wartezeit ein, doch wider Erwarten blickte die heiße Brünette mit den magentafarbenen Strähnen im Haar in ihre Richtung. Ihre Gesichtszüge waren so markant und scharf, dass sie mit einem Skalpell hätten geschnitzt sein können.

»Langbeinige Blondine, schulterlanges Haar, längere Ponyfransen, tolles Gesicht. Sie sind die Fotografin.«

»Ich … ja.«

Die Frau musterte sie. Ihre Augen wirkten im dämmerigen Licht eher grau als blau. »In Ordnung«, sagte sie und nickte langsam. »Und Sie sind mit Jenny und Kev hier?«

»Ja.«

»Ein Sam Adams, ein Glas Merlot – und was trinken Sie?«

»Der Merlot ist ganz gut …«

»Er ist nicht schlecht.«

Die Frau trug große Silberkreolen, die im linken Ohrläppchen von drei roten Steinen flankiert wurden, die zu ihrem engen, tief ausgeschnittenen T-Shirt passten.

»Ich war mit dem Typ verheiratet, der angeblich oben am alten Parkerson-Haus den Garten gepflegt hat.«

»Oh. Angeblich?«

»Es hat sich herausgestellt, dass er eher Gras geraucht als gemäht hat. Ich hab ihm den Laufpass gegeben, noch ehe sie ihn dort als Gärtner gefeuert haben. Ich kann nicht behaupten, dass er von der gutmütigen Sorte war. Soll ich Ihnen einen Deckel machen?«

»Äh, nein. Danke.« Naomi bezahlte bar.

»Ich lass es Ihnen bringen«, sagte die Frau.

»Nicht nötig, ich nehme es gleich mit.« Geschickt nahm Naomi die beiden Weingläser in eine, das Lager in die andere Hand.

»Sie haben schon mal gekellnert.«

»Ja, hab ich. Danke!«

Die Band war langsamer geworden und spielte jetzt »Wild Horses« von den Stones. Kevin und Jenny waren immer noch auf der Tanzfläche und wiegten sich eng umschlungen im Takt der Musik. Der Anblick traf sie mitten ins Herz.

Liebe konnte andauern, dachte sie. Sie hatte es auch schon bei Seth und Harry gesehen. Bei manchen blieb die Liebe tatsächlich bestehen.

Sie stellte die Getränke auf den Tisch. Nachdem die Frau hinter der Theke sie von ihrem ursprünglichen Plan abgebracht hatte, griff sie nach ihrem Weinglas und drehte sich erst jetzt zur Bühne um.

Xander hatte sie für keine Sekunde aus den Augen gelassen. Er sang den Text, als würde er ihn ganz genau so meinen – als könnten ihn nicht mal wilde Pferde von ihr wegbringen. Begabung und Showtalent, schoss es ihr durch den Kopf. Aber sie war nicht auf der Suche nach der Liebe, nach Versprechungen, nach Hingabe.

Trotzdem hatte er sie gepackt. Und ihr Herz schmerzte.

Es sollte aufhören, einfach aufhören. Naomi wollte nicht fühlen, nicht brauchen, was er in ihr weckte. Es war ein Fehler gewesen, sie wusste es genau. *Er* war ein Fehler gewesen, seit er sich in der Dunkelheit an den Straßenrand gehockt hatte, um für sie den kaputten Reifen zu wechseln.

Sie zwang sich wegzusehen und betrachtete die tanzenden Paare. Ihr Blick wanderte hinüber zu der Frau, die beim letzten Mal, als sie hier gewesen war, Xander etwas ins Ohr geflüstert hatte. Gerade erwiderte die Frau ihren Blick. In ihrem Gesicht stand eine Mischung aus Schmollen und Abneigung.

Na toll. Jetzt war auch noch ein eifersüchtiges Groupie auf sie aufmerksam geworden.

Sie wäre besser mit dem Hund zu Hause geblieben.

Der Schmerz blieb, als das Stück zu Ende war und Kevin mit Jenny zurück zum Tisch kam.

»Zwei Tänze hintereinander.« Mit einem Strahlen im

Gesicht stieß Jenny die Faust in die Luft. »Das war neuer Rekord!«

»Tanzt du nicht gern, Kevin?«

»Hast du mich auf der Tanzfläche gesehen?«

Naomi lachte. »Ich fand, ihr saht hinreißend aus.« Und das war nichts als die Wahrheit.

Er hatte genau gewusst, dass sie hereingekommen war – nicht weil er sie gesehen hätte, schoss es Xander durch den Kopf, und er überließ Lelo die Führung. Sondern weil sich die Luft verändert hatte. Wie kurz vor einem Gewitter.

Dieses Gewitter trug sie in sich. Er wusste jetzt, warum, aber das war noch lange nicht die ganze Geschichte. Und er wollte die ganze Geschichte kennen, so wie er *sie* ganz wollte.

Sollte er ihr sagen, dass er es wusste? Er hatte sich die Frage ein Dutzend Mal gestellt, seit er das Buch aus dem Regal gezogen hatte. Würde es ihr helfen, sich zu entspannen, oder würde es sie eher vertreiben? Er war sich einfach nicht sicher, dazu war sie zu geheimnisvoll.

Wenn sie ihm vertraute …

Aber das tat sie nicht.

Sie wollte nicht hier sein. Sie verbarg es gut – sie war wohl daran gewöhnt, etwas zu verbergen –, aber selbst bei diesem Licht konnte er sehen, dass ihr Lächeln nicht die Augen erreichte.

Aber sie war gekommen. Vielleicht um sich selbst oder um ihm etwas zu beweisen.

Und wenn er sie in Ruhe ließe, sich einfach zurückhielte? Das würde ihr vermutlich nicht mal etwas ausmachen. Wahrscheinlich war sie auch darin gut – aus jedem Moment das Beste zu machen.

Auch daran war sie vermutlich gewöhnt.

Er wiederum war fest entschlossen, ihr etwas zu geben, woran sie nicht gewöhnt war.

Zum Teufel mit der Zurückhaltung.

Sie machten weiter mit Clapton, und Xander riss sich zusammen, auch als er sah, wie Jenny und Naomi sich unter die Tanzenden mischten.

Sie konnte sich nicht mehr erinnern, wann sie das letzte Mal getanzt hatte, aber als Jenny sie darum bat, gab Naomi schließlich nach. Das Tanzen würde vielleicht ihre Anspannung vertreiben.

Es tat gut, sich im Rhythmus der Musik zu bewegen und die Hüften kreisen zu lassen.

Sie dachte sich erst nichts dabei, als jemand sie von hinten anrempelte. Immerhin war einiges los auf der Tanzfläche. Doch als es ein zweites Mal geschah, blickte sie sich um.

»Bin ich Ihnen im Weg?«, fragte Naomi die Blondine mit dem Schmollmund.

»Ja, genau.« Sie gab Naomi einen gezielten kleinen Schubs. »Und Sie verziehen sich jetzt besser.«

»Lass gut sein, Marla«, warnte Jenny sie. »Du hast zu viel getrunken.«

»Ich rede nicht mit dir. Ich rede mit der Schlampe, die mir hier im Weg ist. Wer hat Ihnen erlaubt, einfach hierherzukommen und mir wegzunehmen, was mir gehört?«

»Ich habe kein Interesse an dem, was Ihnen gehört.«

Einige andere Gäste hatten aufgehört zu tanzen und wichen zurück, um besser sehen zu können. Ihre Aufmerksamkeit fühlte sich an wie Spinnen, die über Naomis Haut krochen. Sie hob die Hände.

»Wenn Sie die Tanzfläche meinen – sie gehört Ihnen.«

Sie war bereits ein Stück zurückgewichen, als die Frau erst sie erneut anschubste und dann die Freundin von sich wegstieß, die ihren Namen rief und versuchte, sie am Arm zu packen.

»Sie *liegen* gleich auf der Tanzfläche, wenn Sie sich nicht von Xander fernhalten.« Ihre Augen glänzten von zu viel Bier und Frust, und wieder machte sie Anstalten, Naomi einen Schubs zu versetzen.

Aufmerksamkeit zu vermeiden und Konfrontationen zu umgehen hatte sie mühevoll gelernt. Aber sich selbst zu verteidigen – das steckte ihr im Blut.

»Sie fassen mich nicht noch einmal an.«

»Was wollen Sie denn dagegen machen?«

Marla verzog höhnisch das Gesicht, legte Naomi die Hand auf die Brust und drückte erneut, als Naomi spontan nach deren Handgelenk griff, es umdrehte und Marla kreischend in die Knie ging.

»Fassen Sie mich nicht noch einmal an!«, wiederholte Naomi. Dann ließ sie Marla los und marschierte davon.

»Naomi! Naomi! Warte!« Jenny lief ihr hinterher. »Es tut mir leid, es tut mir so leid! Sie ist betrunken und dumm!«

»Ist schon in Ordnung.«

Aber das war es nicht. Es war absolut nicht in Ordnung. Sie hörte das Gemurmel, spürte die Blicke, die ihr folgten. Und sie sah, wie Kevin sich mit einem wütenden Gesichtsausdruck und Sorge im Blick einen Weg durch die Menge zu ihnen bahnte.

»Ich fahre einfach nach Hause. Warum sollte ich Probleme heraufbeschwören?«

»Ach, Süße. Komm, wir gehen einfach nach draußen und machen einen kleinen Spaziergang. Du darfst nicht …«

»Mir geht es gut.« Naomi drückte Jennys Hand. »Sie ist so betrunken, dass sie es bestimmt noch einmal versucht, und ich muss sowieso nach Hause zu Follow. Wir sehen uns ein andermal.«

Sie wäre am liebsten gerannt, aber das hätte der Situation zu viel Bedeutung verliehen. Als sie an ihrem Auto ankam, hatte sie trotzdem das Gefühl, kilometerweit gelaufen zu sein. Und da sie zitterte, lehnte sie sich erst mal an die Tür, bis sie sich so weit unter Kontrolle hatte, dass sie an Autofahren denken konnte.

Als sie jemanden kommen hörte, richtete sie sich gerade auf und packte ihre Schlüssel.

Doch Xander legte seine Hand über ihre, noch ehe sie die Wagentür aufschließen konnte.

»Warte.«

»Ich fahre.«

»Du musst warten, bis du aufhörst zu zittern, damit du nicht noch von der Straße abkommst.« Er ließ ihre Hand los, legte ihr beide Hände auf die Schultern und drehte sie zu sich herum. »Willst du eine Entschuldigung?«

»Du hast doch nichts gemacht.«

»Nein, ich habe nichts gemacht, es sei denn, du willst mir ankreiden, dass ich zweimal Sex mit Marla hatte – als ich siebzehn war. Das ist ungefähr vierzehn Jahre her, also gilt es eigentlich nicht mehr. Aber es tut mir leid, dass sie dich attackiert und sich selbst dabei zum Narren gemacht hat.«

»Sie ist betrunken.«

»Betrunken zu sein ist eine genauso wenig vernünftige Entschuldigung für schlechtes Benehmen wie Brillanz.«

Naomi stieß ein kurzes Lachen aus. »Der Meinung bin ich auch, aber es ist nun mal eine Tatsache, dass sie betrunken ist. Und sie ist auf dich fixiert, Xander.«

»Ich hab ihr in vierzehn Jahren keinen einzigen Anlass dafür gegeben.« Er klang leicht frustriert, aber sein Blick blieb ruhig auf Naomi gerichtet. »Außerdem ist sie seit sieben Jahren mit jemandem verheiratet oder zusammen, den ich als Freund betrachte. Ich bin nicht interessiert.«

»Vielleicht solltest du ihr das mal sagen.«

Das hatte er getan, und zwar häufiger, als ihm lieb gewesen wäre. Aber unter den jetzigen Umständen akzeptierte er, dass er es noch einmal tun musste – und dabei jemanden verletzen musste, den er mochte.

Nein, ohne Verletzungen kam man wohl nicht durch das Labyrinth des Lebens.

»Ich mag solche Auftritte nicht«, fügte sie hinzu.

»Na ja, sie kommen vor. Wenn du in genügend Bars, auf genügend Hochzeiten spielst, dann siehst du so viele derartige Szenen, dass du dich letztlich daran gewöhnst. Du bist ja auch damit fertiggeworden, und mehr kannst du nicht tun.«

Sie nickte und schloss den Wagen auf.

Erneut drehte er sie zu sich herum und drückte sie gegen die Tür.

Es war weder fair noch richtig, dachte sie, dass er es derart ausnutzte, jetzt da ihre Gefühle bloßlagen und sie so durcheinander war.

Nicht sanft, nicht beruhigend, sondern wie eine Flamme an trockenem Holz. Und sein Mund, nur sein Mund, der sich auf ihren legte, setzte alles in Brand.

Er legte seine Hände um ihr Gesicht – ebenfalls nicht gerade sanft.

»Du bist dort reingekommen, und die Luft hat sich verändert. Ich wollte dir das gar nicht sagen. Es gibt dir einen Vorsprung, und du bist schon Herausforderung genug.«

»Ich will keine Herausforderung sein.«

»Das gehört auch zu den Gründen, warum du eine bist. Ich will dich. Ich will dich unter mir und über mir und um mich herum. Und du willst mich. Ich kann Menschen ganz gut lesen, und in dir lese ich klar und deutlich. Ich komme zu dir nach Hause, wenn wir heute Abend fertig sind.«

»Ich will nicht...«

Er küsste sie wieder. Besitzergreifend.

»Wenn Licht an ist«, fuhr er fort, »klopfe ich. Wenn nicht, drehe ich um und fahre wieder nach Hause. Du hast ein paar Stunden Zeit, um dir zu überlegen, was du willst. Schick Jenny eine Nachricht, wenn du zu Hause bist. Sie macht sich Sorgen um dich.«

Er hielt ihr die Tür auf, als sie in den Wagen stieg und sich anschnallte.

»Lass das Licht an, Naomi«, sagte er noch und schloss dann die Wagentür.

Sie hatte die Außenlampe angelassen und schaltete sie jetzt ganz bewusst aus. Als sie eintrat, tanzte der Hund fast schon verzweifelt wild um sie herum.

»Nur du und ich.«

Entschlossen, nicht über den katastrophalen Ausgang des Abends nachzudenken, ging sie in die Küche. Sie würde sich einen Tee machen und eine Tablette gegen die dumpfen Kopfschmerzen einnehmen, die sich in ihrem Schädel breitmachten. Und bevor sie abschloss und zu Bett ging, würde sie den Hund noch einmal rauslassen.

»Schlaf ist die große Flucht«, sagte sie zu Follow, der ihr regelrecht an den Lippen hing und ihr nicht von der Seite wich.

Nachdem er sie nicht verlassen wollte und auch sie frische Luft brauchte, ging sie mit ihm nach hinten, saß eine Weile da, betrachtete den Mond über dem Wasser und trank den beruhigenden Tee, während er hin- und herlief.

Sie wollte derlei Szenen nicht. Sie wollte keine Komplikationen. Sie wollte nur das hier: die Ruhe und den Frieden des Mondlichts über dem Wasser.

Allmählich legte sich der Aufruhr in ihrem Inneren, den

die betrunkene, eifersüchtige Frau verursacht hatte. Sie würde ganz einfach nicht mehr ins Loo's gehen und sich zumindest für eine Weile von Xander und den anderen fernhalten.

Sie hatte ohnehin viel vor. Sie würde diese Reise nach Seattle unternehmen und sich dort vielleicht zwei oder drei Tage aufhalten.

Follow kam zu ihr und setzte sich neben sie.

Wenn sie ein Motel fände, das Hunde erlaubte, dachte sie noch und legte Follow die Hand auf den Kopf.

Sie hatte ihn zuerst gar nicht gewollt. Und jetzt… jetzt brauchte sie, wenn sie verreiste, ein Hotel, in dem Hunde erlaubt waren.

Und es machte ihr nichts aus.

Am Ende saßen sie länger als eine Stunde einträchtig beisammen.

Er stemmte sich hoch, sobald sie aufstand, ging mit ihr hinein, folgte ihr, als sie sämtliche Schlösser überprüfte. Er ging mit ihr nach oben, lief zu seinem Hundebett, in dem inzwischen auch seine Plüschkatze lag, und obwohl er sich mit ihr hinlegte, ließ er sie auch weiterhin nicht aus den Augen, während sie noch ihre E-Mails checkte.

Ab und zu blickte sie auf, sah, dass der Hund sie unentwegt beobachtete. Spürte er ihre Rastlosigkeit?

Sie stand auf, um das Feuer anzuschüren, auf dass es sie beide beruhigte.

Als das jedoch nicht der Fall war, ging Follow wieder mit ihr nach unten und wartete geduldig, während sie wieder das Licht einschaltete.

»Es ist ein Fehler, ein schrecklicher, blöder, kurzsichtiger Fehler.«

Sie hätte noch Zeit, ihre Meinung zu ändern, dachte sie. Aber nein, sie würde ihre Meinung nicht ändern. Also ging sie wieder in die Küche. Diesmal schenkte sie sich ein Glas Wein ein.

Dann setzte sie sich wieder auf die Terrasse, um gemeinsam mit dem Hund darauf zu warten, dass Xander anklopfte.

Er sah den kleinen Lichtschimmer schon von Weitem, und der Knoten in seinem Magen löste sich auf. Er hatte sich eingeredet, dass er es akzeptieren würde, wenn alles dunkel wäre – immerhin lag die Entscheidung einzig und allein bei ihr –, doch der schwache Lichtschein spiegelte sich in seinem Inneren wider wie eine Fackel.

Sie hatte das Licht angelassen – nur eins, aber das reichte.

Er parkte sein Motorrad neben ihrem Auto und stieg ab. Den Gitarrenkoffer nahm er mit. In der Nachtluft wollte er ihn nicht draußen lassen – und er hatte vor zu bleiben.

Er hatte den Hund bellen gehört – gut so. Es ging doch nichts über einen Hund als Frühwarnsystem. Sein Klopfen führte zu weiterem Bellen.

Als sie die Tür öffnete, stürmte Follow schwanzwedelnd auf ihn zu. Xander begrüßte ihn, blickte aber dabei Naomi an. Das Haus hinter ihr war dunkel.

»Ich komm jetzt rein …«

»Ja.« Sie trat einen Schritt zurück. »Du kommst rein.«

Sie schloss die Tür hinter ihm und überprüfte noch, ob sie auch wirklich zu war.

»Ich hab mir ein paar Sachen zurechtgelegt, die ich sagen wollte, wenn das Licht an wäre.«

»Wärst du wieder gefahren, wenn es nicht so gewesen wäre?«

»Wenn du nicht freiwillig die Tür aufmachst, bleib ich draußen … bis«, korrigierte er sich, »bis du die Tür aufmachst.«

Sie glaubte ihm. Und intuitiv war ihr auch klar, dass sie darauf vertrauen konnte. Er würde sie nie zu etwas zwingen.

»Vertrauen oder Geduld?«

»Beides.«

»Ich würde behaupten, ich bin nicht impulsiv. Aber ich hab dieses Haus, diesen Hund, und ich hab das Licht angelassen, obwohl ich geschworen habe, es nicht zu tun.«

»Du bist nicht impulsiv.« Er schnallte den Gitarrenkoffer ab und lehnte ihn gegen die Wand neben der Tür. »Du verstehst nur, eine Entscheidung zu treffen.«

»Vielleicht. In Ordnung. Ich hab eine Entscheidung getroffen. Es ist nur Sex.«

Er sah sie unverwandt an. »Nein, das ist es nicht, und das weißt du auch. Aber ich freue mich, damit anfangen zu können. Sag mir, was du willst.«

»Heute Abend will ich dich, und wenn das nicht …«

Sie verstummte, als er sie in seine Arme zog. »Ich werde dir geben, was du willst.«

Sie ließ alles zu. Wenn es ein Fehler wäre, würde sie ihn später bereuen. Doch für den Moment würde sie nehmen, *konsumieren*, hinunterschlingen, was ihr geboten würde.

Sie zerrte an seiner Lederjacke, und als sie zu Boden fiel, zog er sie mit zur Treppe. Er zog ihr den Pullover so schnell und behände über den Kopf, als wäre er aus Luft.

Follows Rute klopfte gegen ihre Beine.

»Er denkt, das hier wäre ein Spiel«, stieß sie hervor.

»Er wird sich daran gewöhnen.«

Xander drückte sie mit dem Rücken an die Wand, und ihr Blut wallte auf wie geschmolzene Lava.

»Das hier gehört mir«, wandte er sich an den Hund. »Leg dich hin!« Dann machte Xander ihren BH auf und streifte ihr die Träger über die Schultern. »Du musst jetzt wirklich nackt sein.«

»Zur Hälfte bin ich's doch schon.«

Mit seinen großen, rauen Händen umfasste er ihre Brüste, fuhr mit seinen schwieligen Daumen über ihre Nippel und raubte ihr den Atem, als er sie küsste.

Genau so wollte er sie – bebend und verlangend, an der Wand. Zu schnell, viel zu schnell, ermahnte er sich noch und zog sie die Stufen hinauf.

Die Welt drehte sich, und in der Dunkelheit blitzte gleißendes Licht auf. Sie merkte kaum, was für Laute sie von sich gab. Sie zerrte an seinem Hemd – wo war seine nackte Haut, sie brauchte jetzt Haut… und dann schlug sie ihre Zähne hinein.

Sie fielen auf das Bett, während der Wind schier unirdisch über dem Wasser flüsterte. Er roch nach Leder und Schweiß – und nach dem Wind über dem Wasser. Er hatte harte Muskeln und raue Hände, und sein Gewicht lag schwer auf ihr.

Panik wollte in ihr aufsteigen, fand aber keinen Weg durch ihr Verlangen. Hastig tastete sie nach seinem Gürtel, kämpfte mit der Schnalle. Sein Mund – grob wie seine Hände – schloss sich über ihrer Brust.

Sie wölbte sich ihm entgegen, schockiert über die heftige Lust, die sie durchpulste. Noch ehe sie wieder zu Atem kam, legte sich seine Hand zwischen ihre Beine.

Als sie kam, war es, als würde sie in heißem Wasser versinken. Sie kam nicht mal mehr an die Oberfläche, konnte die kühle Luft nicht erreichen. Immer tiefer zog er sie mit sich, zerrte ihr die Jeans über die Hüften, und seine Hände waren überall.

Heiß und nass. Alles an ihr trieb ihn zum Wahnsinn. Ihre Nägel fuhren über seine Haut, als sie sich aufbäumte. Ihre Augen waren in der Dunkelheit blind und verschleiert. Ihre Herzen hämmerten, und er hätte nicht aufhören können, selbst wenn die Welt untergegangen wäre.

Als er endlich in sie eindrang, kam es ihm tatsächlich so vor, als wäre sie untergegangen.

Einen Moment lang hielt alles inne – sämtliche Geräusche, alles Atmen, alle Bewegungen.

Und dann war mit einem Schlag alles wieder da, und er wurde von einer Flutwelle überrollt.

Er verlor sich in ihr und ergab sich ihr ganz.

Als er kam, kam sie mit ihm.

Hinterher lag sie still da, erschlafft, und ihr Herz raste immer noch. Ihr Körper fühlte sich zerschlagen an und unendlich entspannt. Es wollte sich in ihr nicht mal mehr ein einziger zusammenhängender Gedanke bilden.

Wenn sie so liegen bliebe, mit geschlossenen Augen, bräuchte sie nicht mal darüber nachzudenken, was sie als Nächstes tun sollte.

Dann bewegte er sich und rollte von ihr herunter. Sie spürte, wie die Matratze unter seinem Gewicht schwankte.

»Hau ab, Kumpel«, murmelte er.

»Was machst du da?«

»Ich ziehe meine Stiefel aus. Niemand sieht gut aus, wenn er die Stiefel noch anhat und die Hose ihm um die Knöchel hängt. Der Hund hat sich übrigens deinen BH geschnappt, falls du ihn wiederhaben willst.«

»Was?«

Blinzelnd öffnete Naomi die Augen. Im Mondlicht sah sie Xander auf der Bettkante sitzen. Der Hund stand vor ihm und wedelte mit dem Schwanz. Aus seiner Schnauze hing etwas heraus.

»Das ist mein BH?«

»Ja. Willst du ihn zurückhaben?«

»Ja. Ich will ihn zurückhaben.« Sie rollte sich herum und griff danach. Follow machte eine tiefe Verbeugung und wedelte erneut mit dem Schwanz.

»Er glaubt, du willst mit ihm spielen.« Um die Sache zu beenden, stand Xander auf – groß, gut gebaut und nackt – und nahm die Plüschkatze aus dem Hundebett. »Hier, das tausche ich dagegen.«

Follow ließ den Büstenhalter fallen. Xander ergriff ihn und warf ihn aufs Bett.

»Ist das eine nackte Meerjungfrau?«

Naomis Blick wanderte hinüber zu der Stehlampe. »Ja. Aber sie gehört eigentlich nicht hierher.«

»Warum nicht?« Wie jeder Mann es machen würde, strich er mit der Hand über eine Bronzebrust.

»Sie kommt in das Zimmer, das ich für meine Onkel fertig mache. Sie werden sie lieben.«

Sie waren locker miteinander, dachte Naomi. Das war gut. Besser als anstrengende Bettgespräche.

Dann drehte er sich um und sah sie an. Es war albern, dass sie sich jetzt entblößt fühlte – nach allem, was sie gerade erst miteinander erlebt hatten. Trotzdem musste sie das Bedürfnis unterdrücken, sich zuzudecken.

»Wir werden es ›The fast and the furious‹ nennen.«

»Was?«

»Du hast wohl ein paar Filme verpasst.« Ungezwungen trat er wieder ans Bett und setzte sich auf die Bettkante. »Allerdings wäre es ohne Hund noch schneller und wilder gewesen. Ich hätte dich bestimmt schon auf der Treppe gevögelt, aber dann hätte er mitspielen wollen. Außerdem verpasst man dann die feineren Details – zum Beispiel wie du gerade jetzt im blauen Mondlicht aussiehst.«

»Ich beklage mich nicht.«

»Freut mich zu hören.« Er fuhr mit dem Finger über das kleine Tattoo, das auf ihrer linken Hüfte saß. »Oder zum Beispiel wie dein Tattoo. Eine Lotusblüte, stimmt's?«

»Ja.«

Ein Symbol der Hoffnung, dachte er, und der Ausdauer. Schönheit, die aus Schlamm wuchs.

»Was bist du denn für ein Rocker?«, fragte sie. »Gar keine Tattoos?«

»Ich hab nie etwas gefunden, was ich dauerhaft an meinem Körper hätte haben wollen.« Er umfasste ihren Hinterkopf und beugte sich vor, um sie zu küssen – ganz sanft. Eine Überraschung.

»Von jetzt an werden wir die Dinge langsamer angehen.«

»Ach ja?«

Er lächelte und drückte sie zurück aufs Bett. »Definitiv. Dieses Mal möchte ich diese feinen Details auf keinen Fall verpassen.«

Später würde Naomi bezeugen können, dass er kein einziges Detail außer Acht gelassen hatte.

14

Xander wachte auf, weil der Hund neben dem Bett stand und ihn anstarrte – beinahe Nase zu Nase. Sein benommenes Gehirn hielt ihn zunächst für Milo, bevor ihm wieder einfiel, dass sein langjähriger Kumpel ja nicht mehr da war. Trotzdem ging er angesichts der Störung genauso um wie früher mit Milo.

»Hau ab«, murmelte er.

Doch statt wie Milo den Kopf hängen zu lassen und sich schmollend wieder hinzulegen, wedelte Follow mit dem Schwanz und stupste Xander die kalte, nasse Nase ins Gesicht.

»Mist.« Um seinen Standpunkt klarzumachen, schob Xander die kalte, nasse Nase weg – was Follow wiederum als Ermutigung verstand.

Dann landete der nasse, schmutzige Tennisball nur Zentimeter vor Xanders Gesicht auf der Matratze.

Das verstand selbst sein schlaftrunkenes Gehirn. Wenn er den Ball jetzt auf den Boden schöbe, würde der Hund dies als Spiel ansehen und wieder von vorn anfangen. Also schloss Xander die Augen und ignorierte sowohl Ball als auch Hund.

Follow schob den nassen, schmutzigen Ball mit der Nase vorwärts, bis er an Xanders Brust drückte.

Neben ihm bewegte sich Naomi und erinnerte Xander wieder daran, dass er mitten in der Nacht wesentlich interessantere Spielchen spielen konnte.

»Er hört nicht auf«, murmelte Naomi und setzte sich verschlafen auf, noch ehe Xander zum Zuge kam. Follow tänzelte vor Freude. »Es ist sein Morgenritual.«

»Es ist noch nicht Morgen.«

»Punkt fünf Uhr, wie ein Wecker. Heute ist er sogar zehn Minuten zu spät.«

»Wo gehst du denn jetzt hin?«

»Ich stehe auf, was Teil seines Morgenrituals ist, und ziehe mich an. Auch das gehört zum Morgenritual.«

Zu Xanders Enttäuschung entfernte sie sich im Dunkeln und kramte irgendwo herum. Er sah ihre Silhouette, als sie sich eine Hose anzog.

»Du stehst jeden Morgen um fünf auf?«

»Ja, das tun wir.«

»Auch an den Wochenenden? Das hier ist Amerika ...«

»Ja, auch an den Wochenenden. Sogar in Amerika. Der Hund und ich sind diesbezüglich ganz auf einer Wellenlänge.« Sie würde den Hund gleich durch die Terrassentüren rauslassen. »Schlaf du einfach weiter.«

»Warum kommst du nicht einfach wieder ins Bett, und wir versuchen es mit einem neuen Morgenritual?«

»Verführerisch, aber in zehn Minuten ist er wieder drinnen und besteht auf seinem Frühstück.«

»Zehn Minuten reichen mir.«

Er mochte ihr Lachen, das jetzt am Morgen ein bisschen heiser klang.

»Schlaf weiter. Ich brauche Kaffee, bevor der Hund zurückkommt.«

Wenn er schon keinen Sex bekam, dann ...

»Ist der Hund der Einzige, der Frühstück bekommt?«

Er sah nur ihren Schatten – einen langen, schlanken Schatten, der zur Tür huschte. »Nicht unbedingt.«

Als sie das Zimmer verlassen hatte, lag Xander einen Moment lang da. Normalerweise stand er um eine andere

Uhrzeit auf – an Samstagen schlief er knapp anderthalb Stunden länger. Doch dann würde er kein warmes Frühstück mehr bekommen.

Er nahm den Tennisball, schätzte die Entfernung zum Hundebett ab und warf ihn hinein.

Sie war offensichtlich ein früher Vogel, überlegte er, als auch er aufstand. Damit konnte er umgehen. Ein Kuschler war sie jedenfalls nicht – und das sicherte ihr weitere Bonuspunkte bei ihm.

Es machte ihm nichts aus, nach dem Sex noch ein Weilchen eng zusammenzuliegen, aber beim Schlafen brauchte er seinen Platz. Und sie anscheinend auch.

Sie war nicht nur wundervoll im Bett gewesen, sondern sie erwartete auch nicht von ihm, dass er sie anschließend stundenlang wie einen Teddybären an sich drückte. Dicke Bonuspunkte.

Und sie konnte kochen.

Er fand seine Hose, zog sie an, und als er sein T-Shirt nicht finden konnte, schaltete er die Meerjungfrauenlampe ein. Sie entlockte ihm ein Grinsen. Eine Frau, die eine Lampe mit einer nackten Meerjungfrau kaufte – weitere Bonuspunkte.

Er fand sein T-Shirt und zog es sich über den Kopf.

Ihre Kleidung lag teils immer noch in Umzugskartons. Neugierig warf er einen Blick hinein. Ordentlich gepackt – und ein gewisses Maß an Organisation schätzte er sehr. Aber ach du lieber Himmel, er hatte deutlich mehr Klamotten als sie.

Das war seltsam und faszinierend zugleich.

Er sah auch eine eingepackte Zahnbürste, die in der Kiste lag, die wohl fürs Badezimmer gedacht war. Die würde er sich nehmen.

Er lief ins Bad, doch als er das Licht einschalten wollte, stellte er fest, dass es noch immer leer war. Die neuen Leitungen und Rohre lagen bereit, sodass er sich einigermaßen vorstellen konnte, wie es eines Tages aussehen würde – sie würde eine riesengroße ebenerdige Dusche bekommen.

Er hätte jetzt auch gern geduscht.

Er lief auf den Flur hinaus, stieß auf ein weiteres Badezimmer, das sich immer noch im Umbau befand, ein Schlafzimmer, das zur Hälfte gestrichen war – hübsche Farbe! –, und ein drittes, komplett entkerntes Badezimmer. Gerade als er beschloss, dann wohl die große Außentoilette zu benutzen, fand er ein Bad mit babyblauen Installationen. Hässlich, dachte er, aber brauchbar.

Und wenn der faustgroße Brausekopf über der blauen Wanne funktionierte, dann würde er später sogar duschen können. Doch jetzt brauchte er erst einmal dringend einen Kaffee.

Er ging nach unten und betrachtete im Vorbeigehen weitere Hinweise auf Kevins Arbeit. Das Haus würde spektakulär aussehen – auf eine ruhige, zurückhaltende Art. Das konnte er schon jetzt erkennen. Solide und schön, mit Respekt vor der Geschichte, dem Ort und seinem Stil.

Am Wohnraum blieb er stehen. Auch hier funktionierte die Farbe. Im Schlafzimmer machte der Gaskamin Sinn, aber er war froh, dass sie hier den ursprünglichen Kamin, der mit Holz befeuert wurde, stehen gelassen hatte.

Allerdings würde sie Hilfe bei der Gartenanlage gebrauchen können. Das Unkraut müsste weg und alles beschnitten werden. Im Moment sah der Garten ziemlich traurig aus.

Er ging weiter. Was fing eine einzelne Person mit so viel Platz an? Vor der Bibliothek blieb er stehen – und zum ersten Mal verspürte er aufrichtigen, tiefen Neid.

Die Regale kannte er noch aus der Anfangsphase, als er ab und zu in Kevins Werkstatt vorbeigeguckt hatte. Doch das fertige Produkt übertraf schlicht und ergreifend alles.

Das unbehandelte Kirschholz schimmerte rotgolden. Abends würde es im Feuerschein des Kamins regelrecht leuchten. Und so viel Platz – was er mit so viel Platz für Bücher anfangen könnte! Er würde sich einen großen Ledersessel zulegen und ihn so hinstellen, dass er ins Feuer und aus dem Fenster blicken konnte.

Oder statt eines Sessels lieber eine Couch? In diesem Raum könnte er leben.

Andererseits versetzte der Anblick dieser leeren Regale und Fächer ihm einen Stich ins Herz. Sie würden schleunigst gefüllt werden müssen.

Als er sich der Küche näherte, stieg ihm der Duft von Kaffee in die Nase.

Sie sammelte bei ihm zusehends Punkte.

Sie saß auf einem von vier Hockern, die bei seinem letzten Besuch noch nicht da gewesen waren. Sie trank Kaffee und checkte ihr Tablet.

»Bedien dich«, sagte sie zu ihm.

Er zog die großen weißen Becher den zierlicheren blauen Tassen vor und goss sich Kaffee ein.

Obwohl es kühl war, hatte sie die Ziehharmonikatüren geöffnet. Es wurde langsam hell, und er hörte den Hund auf der Terrasse kauen.

»Ich hab eine Zahnbürste in einer deiner Kisten gefunden. Darf ich …«

»Klar.«

»Dieses blaue Badezimmer – das wird noch abgerissen, oder?«

Sie blickte auf. »Gefällt dir das kleine Schulklo nicht?«

»Schulklo? Warte – das babyblaue. Witzig.«

»Ich war mir nicht sicher, wie ich das schwarz-rosafarbene Bad nennen sollte, aber das ist jetzt sowieso weg. Und damit auch die Rosentapete.«

Sie nahm noch einen Schluck Kaffee und musterte ihn aus ihren dunkelgrünen Augen. Er sah zerzaust aus. Zwar hatte er den Reißverschluss an der Jeans hochgezogen, aber sie war nicht zugeknöpft. Das schiefergraue T-Shirt brachte seine blauen Augen zum Leuchten, seine Haare standen zu Berge, und Stoppeln zierten sein schmales Gesicht. Nackte Füße.

Was zum Teufel machte er hier in ihrer Küche noch vor dem Morgengrauen – und warum bedauerte sie, dass sie sein Angebot nicht angenommen hatte, noch mal ins Bett zu kommen?

Er musterte sie ebenso eingehend wie sie ihn.

Dann setzte sie die Kaffeetasse ab. »So. Ich versuche gerade zu entscheiden, ob du eine Schüssel Müsli bekommst – was ich esse, wenn ich frühstücke. Oder ob ich wirklich meine neue Omelettpfanne ausprobieren soll.«

»Hab ich Stimmrecht?«

»Ich glaube, ich weiß, wie deine Entscheidung ausfallen würde. Und zum Glück für dich will ich tatsächlich die Pfanne ausprobieren.«

»Du kochst, und ich spüle hinterher ab.«

»Das ist ein faires Angebot.«

Sie stand auf, trat an den Kühlschrank und begann, verschiedene Dinge herauszuholen, um sie auf der Theke bereitzulegen: Eier, Käse, Speck, eine grüne Paprika, Cherrytomaten.

Das sah schon mal gut aus.

Sie hackte, schnitt, zupfte ein paar Blätter von einer Pflanze, die in einem Topf auf der Fensterbank stand, und verrührte alles, während er seinen Kaffee trank.

»Wieso ist das eine Omelettpfanne?«

»Die Seiten fallen flacher ab.« Sie goss die verquirlten Eier über die Tomaten und die Paprikastückchen, die sie kurz überbrüht hatte, gab Bacon hinzu und rieb Käse darüber. »Ich frage mich gerade, ob ich es immer noch kann.«

»Von meiner Warte aus betrachtet, sieht es ganz danach aus.«

»Vielleicht, vielleicht aber auch nicht.« Sie blickte ihn unverwandt an, neigte die Pfanne und schüttelte sie leicht. »Dann wage ich es wohl mal.«

Vor seinen erstaunten Augen flog das Omelett hoch und landete auf der anderen Seite wieder in der Pfanne.

Sie lächelte zufrieden. »Ich kann es immer noch.«

»Beeindruckend.«

»Es hätte auch schiefgehen können. Ich habe schon seit Jahren kein richtiges Omelett mehr gemacht.« Sie klappte den Eierkuchen mit dem Spatel zusammen. »Brot ist in der Schublade – steckst du bitte zwei Scheiben in den Toaster?«

Sie ließ das Omelett aus der Pfanne gleiten. Dann machte sie ein zweites Omelett – einschließlich des Wendens in der Luft.

»Ich liebe diese Pfanne.«

»Ich mag sie auch sehr gerne.«

Sie gab ein bisschen klein geschnittene Paprika über die Omeletts auf den Tellern und legte eine Scheibe Toast daneben. »Ich hab immer noch keinen Tisch …«

»Es ist noch weit vor Sonnenaufgang.«

»Daran habe ich auch gerade gedacht … Nimm du die Teller, ich nehme den Kaffee.«

Sie setzten sich auf die Bank, und der hoffnungsvolle Hund ließ sich zu ihren Füßen nieder. Sie aßen draußen, während die Sterne allmählich erloschen und die Sonne sich golden über dem Wasser erhob.

»Ich dachte, die Bibliothek wäre das Einzige, worum ich dich beneiden würde. Aber das …« Rot, Rosa und Blassblau kamen zu dem Gold hinzu. »Darum beneide ich dich auch.«

»Es wird nie normal. Ich habe die Sonnenaufgänge hier schon Dutzende Male fotografiert, und sie sind alle besonders. Ich glaube, ich hätte das Haus hier auch gekauft, wenn es eine Lehmhütte gewesen wäre – nur wegen des Sonnenaufgangs.«

»Und hier isst du dein Müsli?«

»Ja, oder was auch immer. Das werde ich wahrscheinlich sogar dann noch machen, wenn ich endlich einen Tisch habe. Ich muss mir für hier draußen auch einen zulegen. Und ein paar Stühle.«

»Du brauchst Bücher. Diese Bibliothek braucht Bücher. Ich hab keine gesehen.«

»Wenn ich unterwegs bin, lese ich auf dem E-Reader.« Sie zog eine Augenbraue hoch. »Oder hast du etwas gegen E-Reader?«

»Nein. Aber hast du etwas gegen richtige Bücher?«

»Nein. Die Bücher kommen irgendeines Tages nach. Ich hab zwar nicht annähernd so viele wie du, aber ich besitze welche. Und jetzt hab ich auch endlich genug Platz, um mir weitere anzuschaffen.«

Unwillkürlich musste er an das Buch aus seinem Regal denken – das Buch, das ihm Dinge über sie sagte, die sie nicht hatte preisgeben wollen.

»Willst du immer noch Fotos von meinen Büchern machen?«

Er spürte, wie sie zögerte, auch wenn es nur kurz war. »Ja, das möchte ich. Es wäre ein fabelhaftes Motiv.«

»Was willst du denn damit machen?«

»Das hängt davon ab, wie sie am Ende aussehen – ob es so funktioniert, wie ich es mir vorstelle. Ich werde sie höchstwahrscheinlich der Galerie anbieten. Und ein paar könnte ich als Lesezeichen auf meiner Website anbieten.«

»Du machst Lesezeichen?«

»Es überrascht mich immer wieder, wie gut sie sich verkaufen. Die Leute benutzen tatsächlich immer noch Lesezeichen. Es gibt dort draußen offensichtlich jede Menge Buchliebhaber. Als Motiv die Bücherwand aus verschiedenen Perspektiven. Und ein Stapel von Büchern neben einer Lampe vielleicht. Ein Buch aufgeschlagen, als würde es gerade gelesen werden. Dafür könnte ich deine Hände gebrauchen.«

»Meine Hände?«

»Du hast große Hände, große Männerhände, rau und schwielig. Das wäre eine gute Aufnahme«, murmelte sie. Sie sah es bereits vor sich. »Raue Hände, die ein aufgeschlagenes Buch halten. Sechs Motive für die Lesezeichen und eine große Kunstaufnahme für die Galerie.«

»Hast du morgen schon was vor?«

»Warum?«

Immer vorsichtig, dachte er.

»Du könntest morgen deine Aufnahmen machen, und wenn du deine Ausrüstung schon mal dabeihast, könnten wir vielleicht auch gleich ein paar Fotos für die CD schießen.«

»Ich weiß noch gar nicht, was du dir diesbezüglich vorstellst.«

»Irgendetwas, was sich auf CDs gut verkauft. Du bist die Fachfrau.«

»Ich würde gerne sehen, was ihr vorher drauf hattet.«

Er angelte sein Handy aus der Gesäßtasche. Er hatte ein halbes Dutzend SMS bekommen, ignorierte sie jedoch und scrollte stattdessen zu seinem Albumcover.

Fünf Männer mit Instrumenten auf der Bühne in der Bar. In düsterem Schwarz-Weiß.

»Das ist gut.«

»Sagst du komplett ohne Begeisterung.«

»Nein, es ist gut. Es ist nicht besonders interessant oder kreativ. Nichts, was euch herausstellt.«

»Was würdest du machen?«

»Das weiß ich noch nicht. Wo probt ihr?«

»In der Werkstatt, in einem der hinteren Räume.«

»Na, das ist doch schon mal ein Anfang.«

Er wollte wirklich gerne wissen, wo sie anfangen und wo sie enden würde. Was genau sie tun würde. »Ist morgen zu früh?«

»Nein, eigentlich nicht. Zumindest würde ich so schon mal ein Gefühl dafür kriegen. Die schwarzen T-Shirts sind okay, aber ihr müsstet noch Sachen zum Wechseln mitbringen – und ein bisschen Farbe.«

»Dafür kann ich sorgen. Das war ein verdammt gutes Omelett. Dann spüle ich jetzt wohl mal ab.«

Es war nicht viel und schnell gemacht. Sie hätten immer noch Zeit, um …

»Funktioniert die Dusche oben?«

Sie winkte ab. »Widerwillig.«

»Wäre es dir recht, wenn ich noch dusche, bevor ich zur Arbeit fahre?«

»Du arbeitest heute?«

»Von acht bis vier, montags bis samstags. Vierundzwanzig Stunden Pannen- und Abschleppdienst. Wenn ich einen Auftritt habe, springt jemand für mich ein.«

»Ach so. Klar kannst du die Dusche benutzen.«

»Wunderbar.« Dann packte er sie, drückte sie gegen den Kühlschrank und küsste sie leidenschaftlich, während seine großen, rauen Hände über ihren Körper glitten. »Na, dann wollen wir das doch mal tun …«

Eigentlich hatte sie vorgehabt, früh aufzubrechen und auf dem Weg zu Cecil nach Motiven Ausschau zu halten – und dort vielleicht einen Tisch zu kaufen.

Doch seine Hände waren bereits unter ihrem T-Shirt, und seine Daumen …

»Ich könnte auch eine Dusche gebrauchen.«

Naomi gab dem sexuellen Rausch unter der Dusche die Schuld daran, dass sie Xanders Vorschlag, nach der Arbeit Pizza zu essen, angenommen hatte.

Es war kein Date, versicherte sie sich in einem fort und beschloss, statt der schwarzen eine helle Leggings anzuziehen. Sie schliefen jetzt miteinander, also spielte Dating sowieso keine Rolle mehr.

Wenn sie nicht so benommen gewesen wäre, hätte sie bestimmt eine Ausrede gefunden oder zumindest darauf bestanden, die Pizza zu sich nach Hause liefern zu lassen.

In ihr Territorium. Trotz der kurzen Zeit, in der sie jetzt hier wohnte, betrachtete sie das Haus als ihr Territorium.

»Und morgen sehe ich ihn schon wieder«, wandte sie sich an den Hund. »Es ist Arbeit, ja, aber es ist trotzdem schon das dritte Mal.« Sie zog die pfirsichfarbene Tunika, die sie so gern mochte, über die Leggings und legte sich noch einen Gürtel um, damit es nicht so aussah, als trüge sie einen Sack.

Dann schnappte sie sich ihre Sachen – Portemonnaie, Schlüssel – und lief die Treppe hinunter. Der Hund trabte neben ihr her.

»Du kannst nicht mitkommen. Du musst hierbleiben.«

Bis zu diesem Moment hatte sie tatsächlich nicht geahnt, dass auch ein Hund entsetzt dreinschauen konnte.

»Es tut mir wirklich leid – aber du müsstest die ganze Zeit im Auto bleiben, und das wäre doch nicht fair, oder? Außerdem bist du meine Ausrede dafür, hierher zurückzukommen, falls er vorschlägt, dass wir ins Kino oder zu ihm nach Hause gehen. Du bist mein Ass im Ärmel. Ich bleib auch nur ein, zwei Stunden lang weg. Höchstens zwei Stunden. Dann bin ich wieder da. Du musst hierbleiben.«

Er schlich wieder nach oben und blickte sich dabei über die Schulter verloren nach ihr um.

»Man sollte meinen, ich sperre dich in einen Schrank und gehe derweil tanzen«, murmelte sie.

Trotzdem fühlte sie sich die ganze Fahrt in den Ort schuldig.

Xander zog sich ein frisches Hemd an. Es war bestens für ihn gelaufen. Es war eine hervorragende Idee gewesen, sie zum Pizzaessen einzuladen – vor allem während sie so heiß und nass mit ihm unter der Dusche gestanden hatte.

Ein Date war das, was sie vereinbart hatten, eigentlich schon nicht mehr. Pizza war immer ein guter Aufhänger für einen gemeinsamen Abend. Er hatte zwar Rufbereitschaft, aber wenn er überhaupt einen Anruf bekäme, würde er auf sein Handy weitergeleitet. Wenn er Glück hätte, würde er mit ihr im Bett landen, ohne herausgerufen worden zu sein.

Er zog die Tür auf – und blieb abrupt stehen. Vor ihm stand Chip, der seine Pranke mit den rauen Knöcheln gerade angehoben hatte, um zu klopfen. Oder um zuzuschlagen.

»Hey, Chip.«

»Hey, Xander. Willst du gerade gehen?«

»Ja, aber eine Minute hab ich noch. Willst du reinkommen?«

»Schon okay. Ich geh einfach ein Stück mit.«

Auf seinen leicht krummen Beinen ging Chip die Treppe wieder runter. Er war groß – war früher an der Highschool der Footballstar gewesen – und hatte einen leicht schwankenden Gang, wenn er nicht gerade an Deck eines Boots stand, womit er sein Geld verdiente. Xander wusste, dass der

Mann sich auf Booten so graziös wie Baryshnikow bewegen konnte, und seine scheue, zurückhaltende Art kam gut an bei den Touristen, die mit ihm zum Fischen oder Segeln rausfuhren.

Er war schon in Marla verliebt gewesen, solange Xander ihn kannte. Als sie nach zwei Jahren College schließlich nach Cove zurückgekommen war, hatte er sie schließlich für sich gewinnen können.

Er hatte sie gewonnen, weil er dem Typen, mit dem sie sich damals eingelassen hatte und der sie schlug, eine reingehauen hatte. Allerdings war das nicht der erste – und auch nicht der letzte Typ gewesen, mit dem Chip sich wegen Marla geprügelt hatte. Und Xander hatte wirklich keine Lust, der nächste zu sein.

Allerdings nahm er keine Wut wahr, und er sah auch nicht das harte Glimmen in Chips Augen, als sie unten an der Treppe angekommen waren.

»Ich wollte dir nur sagen, dass es mir leidtut, wie Marla sich gestern Abend benommen hat. Ich hab davon gehört.«

»Es war keine große Sache.«

»Sie ist immer noch hinter dir her.«

Xander behielt Chip im Blick, für den Fall, dass er doch noch zuschlagen wollte. »Chip, du weißt, dass da nichts ist. Seit der Highschool ist nichts mehr gewesen.«

»Ich weiß. Ich wollte dir nur sagen, dass ich es weiß. Patti – die tut glatt so, als wenn da etwas wäre. Aber ich weiß es besser. Und viele andere Leute auch.«

»Okay. Dann sind wir also im Reinen miteinander?«

»Na klar. Ich wollt mich allerdings auch bei der Dame entschuldigen – ist das deine neue Freundin? Sie heißt Naomi, nicht wahr? Aber sie kennt mich nicht, deshalb wollte ich nicht einfach zu ihr fahren und sie womöglich verschrecken oder so.«

»Mach dir keine Gedanken, Chip. Und du brauchst dich auch bei niemandem zu entschuldigen.«

»Aber es tut mir leid.« Er steckte seine riesigen Hände in die Taschen und sah zu Boden. »Du weißt nicht zufällig, wo sie ist, oder?«

»Naomi?«

»Nein, nicht Naomi. Marla.«

»Tut mir leid, nein.«

»Sie ist nicht in ihrer Wohnung – also in der Wohnung, die sie gerade hat. Und sie geht auch nicht ans Telefon. Patti meinte, sie wäre gestern Abend stinkwütend auf sie gewesen, weil Patti zu ihr gesagt hätte, sie wäre peinlich. Da ist sie einfach abgezogen – und sie hatte getrunken.«

»War sie mit dem Auto unterwegs?«

»Nein, Patti ist gefahren. Aber es ist ja nicht weit zu Marlas jetziger Wohnung. Sie ist heute auch nicht bei der Arbeit im Supermarkt erschienen. Dort sind sie ganz schön sauer.«

Kater, Scham, Wut… Wahrscheinlich lag sie in ihrem Bett und hatte sich die Decke über den Kopf gezogen.

»Das tut mir leid.«

»Wenn du sie siehst, ruf mich vielleicht an… damit ich weiß, dass sie okay ist.«

»Mach ich.«

»Dann belästige ich dich jetzt nicht länger. Wenn du vielleicht die Dame siehst… Naomi… Wenn du sie siehst, könntest du ihr dann bitte sagen, dass mir der Ärger leidtut, ja?«

»Auch das mach ich. Und du mach dir nicht so viele Gedanken.«

Mit einem schiefen Lächeln im Gesicht stieg Chip in seinen Truck.

Da er jetzt doch ein bisschen spät dran war, fuhr Xander ebenfalls mit dem Auto zu Rinaldo, obwohl es nicht sehr weit gewesen wäre.

Naomi war schon da. Sie saß in einer Nische und studierte die Speisekarte. Er setzte sich ihr gegenüber. »Entschuldigung, ich wurde aufgehalten, als ich gerade gehen wollte.«

»Ist schon in Ordnung. Ich habe gerade überlegt, ob ich Platz für eine Calamari-Vorspeise habe.«

»Wir können sie uns ja teilen, dann geht es auf jeden Fall.«

»So machen wir's.« Sie legte die Speisekarte beiseite. »Hier ist samstagabends aber mächtig was los!«

»Das war schon immer so. Du siehst gut aus.«

»Besser als vor ein paar Stunden?«

»Du siehst immer gut aus. Hi, Maxie!«

Die junge Kellnerin – Rehaugen und goldblondes, lavendelblau gesträhntes Haar – zückte ihren Block. »Hi, Xander. Hi«, sagte sie zu Naomi. »Kann ich euch schon was zu trinken bringen?«

»Ein Glas Chianti bitte und ein Glas Eiswasser dazu.«

»In Ordnung. Xan?«

»Ein Yuengling. Wie läuft der Kombi?«

»Er bringt mich zuverlässig von A nach B, dank dir! Ich bringe euch gleich eure Getränke.«

»Du kennst wahrscheinlich jede Menge Leute über ihre Autos«, sagte Naomi, als die Bedienung wieder weg war.

»Das ist nun mal mein Job. Hör mal, wenn ein großer, kräftiger Kerl dich besuchen kommt …«

»Was? Was für ein Kerl?«

Xander winkte ab. »Ein harmloser Typ. Chip, Marlas Ex. Er kam eben bei mir vorbei, als ich gerade gehen wollte.«

Naomi erstarrte und richtete sich gerade auf. »Wenn er wütend ist wegen gestern Abend, sollte er lieber auf die Verursacherin wütend sein.«

»Darum geht es gerade. Er ist nett – zumindest meistens. Und er wollte sich für sie entschuldigen. Er meinte, er wollte sich auch bei dir entschuldigen, aber er will dir keine Angst einjagen, indem er einfach so vorbeikommt.«

»Oh. Das war doch nicht seine Schuld. Was tut ein netter Mann, der sich für etwas entschuldigt, was gar nicht seine Schuld ist, mit jemandem wie ihr?«

»Du kannst nicht lieben und klug zugleich sein.«

»Sagt wer?«

»Francis Bacon. Jedenfalls hab ich zu ihm gesagt, ich würde dir ausrichten, dass es ihm leidtäte.«

Maxie brachte die Getränke und nahm ihre Bestellung auf.

Vielleicht war es doch gar nicht so schlecht gewesen herzukommen, dachte Naomi. Es war zwar laut in dem Lokal, aber auf eine gute, fröhliche Art. Und die Calamari hätten sogar Harrys Zustimmung gefunden.

»Ich hab gehört, du hast Loo kennengelernt.«

»Hab ich das?«

»In der Bar gestern Abend. Die Frau hinter der Theke.«

»Das ist Loo?« Die scharf aussehende Brünette mit den Magentasträhnen. »Ich hätte gedacht, sie wäre älter, geschäftsmäßiger und säße hinten im Büro über den Büchern.«

»Loo kümmert sich gern selbst um alles. Du hast ihr gefallen.«

Naomi hörte ein fröhliches Lachen. Anscheinend lachte die kompakt gebaute Brünette hinterm Tresen jedes Mal, wenn sie eine Bestellung aufrief.

»Das ist ja schmeichelhaft. Wir haben doch höchstens zwei Minuten miteinander geredet.«

»Sie weiß, was sie weiß, sagt sie immer.«

»Sie hat erwähnt, dass ihr Exmann den Garten an meinem Haus gepflegt hätte, als es noch ein B&B war.«

»Ja, richtig, der Kiffer … ist schon eine Weile her. Aber das erinnert mich wieder daran, dass ich dir ein bisschen von der schweren Gartenarbeit abnehmen könnte. Kevin hat erwähnt, du wolltest dafür vorerst kein Gartenbauunternehmen beauftragen, aber wenn du dich anders entscheiden solltest, könntest du mit Lelo reden.«

»Von der Band?«

»Seiner Familie gehört die hiesige Gärtnerei. Er ist ziemlich gut in allem, was mit Pflanzen zu tun hat.«

»Und ist es Tradition, dort oben einen Kiffer zu haben?«

Xander nahm einen Schluck Bier. »In Lelos Fall einen Exkiffer. Du kannst ihn dir ja morgen ansehen.«

»Ja, mach ich.« Womöglich ging ja doch kein Weg daran vorbei, den Garten machen zu lassen. »Ich wollte ihn eigentlich selbst anlegen, aber bisher habe ich nur das schlimmste Unkraut weggehackt und ein paar Töpfe mit Blumen und Küchenkräutern bepflanzt.«

»Gärtnert man in New York nicht?«

»Nicht so ... Wir haben einen ganz hübschen kleinen Garten hinterm Haus, aber er ist wirklich einfach zu pflegen. Und meistens macht das ohnehin Seth. Vielleicht engagiere ich wirklich jemanden.«

»Wir könnten das Fotoshooting gegen Mithilfe bei der Gartenarbeit tauschen.«

»Hmm. Jetzt warten wir erst einmal ab, wie das Shooting läuft. Aber es könnte funktionieren.«

»Willst du nicht mitkommen und mal einen Blick in die Werkstatt werfen?«

»Ich muss allmählich wieder heim zu Follow.« Mein Hintertürchen, rief sie sich ins Gedächtnis.

»Zehn Minuten mehr oder weniger spielen doch keine Rolle. Es liegt praktisch auf dem Weg. Du wirfst heute Abend einfach schon mal einen Blick hinein, um ein Gefühl dafür zu bekommen.«

Ja, das würde helfen, dachte sie. Und den Hund hatte sie ja immer noch als Ass im Ärmel. Egal wie verlockend es sein mochte, sie würde nicht mit Xander im Bett landen – schließlich wartete ja zu Hause der Hund auf sie.

»Na gut. Dann machen wir das.«

Es war in der Zwischenzeit so dunkel geworden, dass sie das Licht nicht gut würde beurteilen können, aber immerhin würde sie so ein Gefühl für den Raum bekommen, ein Gefühl dafür, wie sie arbeiten musste, wenn sie im Probenraum fotografierte.

Scheinwerfer gingen an, als sie hinter Xander parkte.

Erst jetzt sah sie, dass die Werkstatt verriegelt und mit einer Alarmanlage sowie Bewegungsmeldern gesichert war.

»Ich hätte nicht gedacht, dass du solche Sicherheitsvorkehrungen treffen musst.«

»Viel Werkzeug, Autos, Autozubehör und manchmal auch die Bandausrüstung...«

Er schloss die Werkstatttür auf und schaltete das Licht ein.

Ein gut dimensionierter Raum, dachte sie und trat ein. Es roch nach Öl, und der Betonboden war übersät mit Ölflecken. Es gab eine grell orangefarbene Hebebühne. Jede Menge Werkzeug stand und lag überall herum, Kompressoren, Hydraulikwagenheber, Schmierpressen und zwei riesige Werkzeugschränke – einer schwarz, einer rot.

Ja, das würde bestimmt funktionieren.

»Wo baut ihr auf?«

»Wir stellen uns so ähnlich hin wie auf der Bühne. Wenn das Wetter gut ist und wir früh genug anfangen können, spielen wir draußen auf dem Rasen. Das ist ganz schön.«

Vielleicht... Aber nein, sie würde sie drinnen fotografieren wollen – umrahmt von diesen leuchtenden Farben und dem großen, wuchtigen Werkzeug.

»Ich würd auch gern dein Motorrad hier drinnen sehen.«

»Für das Shooting?«

»Ja, vielleicht. Ich will es zumindest ausprobieren.«

Und Autoteile, dachte sie. Ein alter Motor wäre toll, vielleicht eine kaputte Windschutzscheibe – und Spinnweben. Ein Lenkrad. Reifen.

Ja, sie würde dafür sorgen, dass es funktionierte.

Sie trat wieder nach draußen, blickte von außen in den Raum hinein, trat wieder ein, studierte ihn.

»Okay. Bringt ein paar Sachen zum Wechseln mit – Sachen, in denen ihr euch wohlfühlt, aber wie schon gesagt, nicht nur schwarz. Kappen, Bandanas. Einen Cowboyhut. Ledersachen. Definitiv Leder.«

»Okay …«

Sie hörte den Zweifel in seiner Stimme und lächelte. »Vertrau mir. Es wird dir gefallen, was ich hier drinnen mache.« Es war eine große Werkstatt; vielleicht gab es ja noch mehr Möglichkeiten. »Was ist in der nächsten Halle?«

»Meine große Liebe.«

»Tatsächlich?«

»Ja. Willst du sie sehen?«

»Absolut.«

Er ging nach draußen, ließ hinter sich die Tür offen für den Fall, dass sie dort noch nicht fertig wäre, öffnete die nächste Halle und schaltete das Licht ein.

So hatte sie schon einmal gekeucht, erinnerte er sich. Als er in ihr gewesen war.

»Gehört der dir?«

»Ja.«

»Du hast ein siebenundsechziger GTO Cabrio in Lavarot!«

Zehn volle Sekunden stand er in andächtigem Schweigen da. »Ich glaube, jetzt musst du mich heiraten. Du bist – außer Loo – die erste Frau, die ihn gesehen und sofort gewusst hat, worum es sich handelt. Ich bin mir ziemlich sicher, dass wir hiermit verlobt sind.«

»Er ist wunderschön.« Sie trat näher und fuhr mit den Fingerspitzen leicht über die Haube. »Absolut makellos. Hast du ihn restauriert?«

»*Gepflegt* trifft es eher. Mein Großvater hat ihn direkt aus dem Ausstellungsraum gekauft und ihn behandelt wie ein Baby. Das Mechanikergen hat meinen Vater übersprungen, deshalb hat Grandpa mir gezeigt, was ich wissen musste, und als ich einundzwanzig wurde, hat er ihn mir geschenkt.«

Sie griff nach der Tür und warf ihm einen fragenden Blick zu. »Darf ich?«

»Klar.«

Sie zog die Tür auf und fuhr mit der Hand über den Sitz. »Es riecht immer noch neu – und das ist ja mal eine Innenausstattung! Oh, er hat sogar ein Radio mit Knöpfen!«

»Mein Dad hat mal erwähnt, er würde an seiner Stelle ein modernes Radio einbauen. Mein Großvater hat ihn daraufhin beinahe enterbt.«

»Na ja, das wäre ja auch Blasphemie, oder? Dein Großvater war bestimmt froh darüber, wie gut du ihn gepflegt hast.«

»Ja, das ist er.«

»Ach, er lebt noch?«

»Ja, es geht ihm gut. Er lebt mit meiner Großmutter – also, genau genommen ist es meine Stiefgroßmutter, aber sie sind jetzt mittlerweile auch schon seit vierzig Jahren verheiratet – in Florida. Auf Sanibel Island.«

»Oh, dort ist es wunderschön!«

»Wieso kennst du dich mit alten Autos aus?«

»Ich kenne nur ein paar. Ich hab einmal ein Shooting gemacht – eins meiner ersten Shootings als Selbstständige. Bei einem Freund eines Freundes von Harry und Seth.«

Sie ging um das Auto herum, während sie redete. Es war wirklich absolut perfekt. Und wenn Xander es pflegte, fuhr es wahrscheinlich genauso perfekt.

»Er hatte ein paar Oldtimer und wollte Fotos von ihnen machen lassen«, fuhr sie fort. »Ich war so nervös, weil ich überhaupt nichts von Autos, vor allem nichts von alten Autos verstand. Zuallererst hab ich mir eine Liste der Wagen besorgt, die er besaß, und lernte sie auswendig – mein Bruder Mason hat mich sogar abgefragt. Und eins davon war ein siebenundsechziger GTO – allerdings kein Cabrio –, aber lavarot, wie dieser hier. Eine echte Schönheit.«

»Würdest du mit mir eine Spritztour machen wollen?«

»Oh, gerne!« Sie seufzte. »Das würde ich wirklich gern. Aber jetzt muss ich wirklich zurück zu Follow.«

Doch er wusste wahre Leidenschaft zu erkennen und zu nutzen.

»Wie wäre es hiermit: Wir fahren gemeinsam zu deinem Haus. Du lässt dein Auto hier, und ich bleib über Nacht. Morgen laden wir deine Ausrüstung ein und fahren hiermit zurück, damit du fotografieren kannst.«

Sie sollte nicht Ja sagen. Sie sollte es bleiben lassen. Sie sollte nicht zwei Nächte hintereinander mit ihm schlafen. Das grenzte ja fast schon an eine Beziehung.

Doch das Auto schimmerte einfach zu verlockend im Licht der Werkstattlampen ... Und Xander, der mit einem angewinkelten Bein verdammt sexy dastand, gab ihr den Rest.

»Einverstanden – aber nur, wenn du das Verdeck aufmachst.«

»Abgemacht.«

15

Es hatte eine Zeit in seinem Leben gegeben, da war Xander eher um fünf Uhr früh ins Bett gegangen, statt da bereits aufzustehen. Er hoffte inständig, dass er noch ein bisschen würde schlafen können.

Trotzdem sah er natürlich auch die Vorzüge des frühen Aufstehens: Er bekam Pfannkuchen – und zwar nicht solche aus Fertigteig, wie seine Mutter sie immer gemacht hatte.

Der allergrößte Vorzug jedoch saß neben ihm auf der alten Gartenbank und roch nach Sommer. Gemeinsam sahen sie dabei zu, wie die Sterne verloschen.

»Das sind also die Stühle und der Tisch für hier draußen.«

»Das werden sie sein, ja.«

Xander musterte die alten Gartenstühle. Selbst in der Dunkelheit konnte er den Rost erkennen. »Warum?«

»Ich wollte ein einheitliches Motiv haben, und sie waren ein Schnäppchen. Und weil ich eine Vision habe, hab ich auch gleich noch eine Kommode und einen Couchtisch bei Jenny vorbeigebracht. Cecil hat noch mehr Stücke, die sie sich ansehen sollte.«

»Er sollte vor dir in die Knie gehen, Schöne.«

»Ich bezahle die Terrassenmöbel und noch mehr Sachen mit den Fotos, die ich gestern dort gemacht habe. Ich hab eins von seiner Scheune. Gott, das Licht war einfach nur perfekt – und die Wolken! Eine einzige graue, wogende Masse! Ich hab ihn überredet, im offenen Scheunentor zu stehen, in dieser Latzhose, die er immer anhat. Er stützt sich auf eine

Mistgabel. Er hat zwar gegrummelt, aber insgeheim hat es ihm Spaß gemacht – und er hat mir sogar die Erlaubnis zur Veröffentlichung eines Fotos gegeben. Alles in allem also ein guter Deal. Und dann hab ich ... Warte!«

Sie sprang auf und rannte hinein. Xander wechselte einen Blick mit dem Hund, zuckte mit den Schultern und wandte sich wieder seinen Pfannkuchen zu. Am Horizont wurde es allmählich hell.

Sie kam mit ihrer Kamera und einer Kameratasche zurück.

»Stell dich ans Geländer«, befahl sie ihm.

»Was? Nein, ich esse gerade. Außerdem ist es noch viel zu dunkel für Fotos.«

»Sag ich dir, wie du einen Motor auseinanderbauen sollst? Na komm, sei lieb, stell dich ans Geländer – mit deinem Kaffeebecher. Komm schon. Ich will das Licht nicht verpassen.«

»Es ist doch noch gar nicht hell«, murrte er, stand aber auf und trat ans Geländer.

»Ruf den Hund zu dir.«

Da Follow sonst bestimmt Interesse für den Teller mit den Pfannkuchen gezeigt hätte, den er auf der Bank stehen gelassen hatte, rief Xander ihn zu sich.

»Trink einfach deinen Kaffee, schau dir den Sonnenaufgang an. Achte nicht auf mich. Schau einfach nach vorn – nein, noch ein bisschen mehr nach rechts ... Und mach nicht so ein finsteres Gesicht! Es ist Morgen, du hast Kaffee und einen Hund, du bist nach einer Nacht mit einer schönen Frau gerade aufgestanden ...«

»Na ja, das stimmt zumindest.«

»Fühl es einfach, das ist alles. Und beobachte, wie die Sonne aufgeht.«

Das konnte er tun, dachte er. Es war zwar ein bisschen seltsam, sich so zu verhalten, während sie mit der Kamera um ihn herumtanzte. Der Hund, der inzwischen daran gewöhnt war, schmiegte sich an sein Bein und blickte mit ihm über das Wasser.

Es war ein großartiger Anblick – diese ersten verheißungsvollen Lichtstrahlen und wie das Wasser sich allmählich rosig färbte … Dann drang der erste goldene Schimmer durch die Wolken.

Außerdem machte sie mit dieser schicken Kaffeemaschine verdammt guten Kaffee.

Er würde ihn einfach genießen und ignorieren, wie sie vor sich hin murmelte und in ihrer Kameratasche nach Zeug kramte.

Oh, es war perfekt. Er war einfach perfekt. Dieser große, noch immer schläfrige sexy Mann mit den bloßen Füßen war kaum mehr als eine Silhouette: wie er mit dem treuen Hund zu seinen Füßen am Geländer stand. Wie er dabei zusah, wie sich der neue Tag entfaltete.

Lange Beine, lange Arme, große Hände, die einen weißen Kaffeebecher hielten, dunkle Bartstoppeln auf dem von der Dämmerung scharf umrissenen Profil.

»Wunderbar. Toll. Danke. Fertig.«

Er blickte sich um – und sie konnte nicht widerstehen und schoss noch ein Foto.

»*Jetzt* bin ich fertig.«

»Okay.« Er setzte sich wieder auf die Bank, um seine Pfannkuchen aufzuessen, und als sie sich neben ihn setzte, um sich die Aufnahmen anzusehen, streckte er die Hand aus. »Lass mal sehen!«

Doch statt ihm die Kamera zu überreichen, rutschte sie ein Stück näher, hielt die Kamera so, dass er auch etwas sehen konnte, und scrollte durch die Bilder.

Er staunte, wie viel sie aus dem Licht – oder vielmehr dem

nicht vorhandenen Licht – herausgeholt hatte: Seine Züge wirkten wie gemeißelt, und er sah zugleich leicht mürrisch und zufrieden aus. Er fragte sich, wie es ihr gelungen war, jede Schattierung des Sonnenaufgangs einzufangen.

»Du bist gut.«

»Ja. Das bin ich. Ich drucke die Fotos aus.«

»Und was machst du dann damit?«

Sie hielt inne und zoomte sein Profil heran. »Ich muss sie mir auf dem Computer erst genauer angucken, das beste Foto für die Galerie raussuchen und es noch ein bisschen bearbeiten. Ein weiteres geht an die Agentur – wahrscheinlich das, auf dem du dich halb zu mir umdrehst, mit dem Sonnenaufgang hinter dir. Du landest bestimmt noch auf einem Buchumschlag!«

»Wie bitte?«

»Ich weiß, was sich dort draußen gut verkauft«, versicherte sie ihm. »Eines Tages wirst du dein eigenes Bild zu deiner Büchersammlung stellen können. Das war eine ziemlich gute, wenn auch unerwartete Arbeit am Morgen.«

Sie beugte sich vor und küsste ihn – etwas, was sie noch nie zuvor getan hatte. Und damit erstickte sie seinen Impuls zu widersprechen.

»Fängst du damit gleich heute Morgen an?«

Sie zoomte das Profil des Hundes heran. »Damit und noch mit einer anderen Arbeit.«

»Okay, dann mach ich mich an den Garten.«

»Den Garten?« Sie warf ihm einen Blick zu. »Meinen Garten?«

»Nein, ich dachte, ich fahre einfach mal so durch die Gegend und suche mir irgendeinen Garten, der mich anspricht. Natürlich deinen Garten!«

»Sagt der Mann ohne Garten.«

»Ja, das ist ein Nachteil.« Zu Follows bitterer Enttäuschung hatte Xander mittlerweile alle Pfannkuchen vertilgt. »Aber ich helfe Kevin und Jenny ab und zu ein bisschen. Und Loo. Wo sind die Gerätschaften?«

»Ich hab einen Spaten, einen Rechen und so ein Set mit kleinem Gartengerät – du weißt schon, eine kleine Schaufel, Scheren, eine kleine Hacke.«

Xander setzte sich auf. »Und du hast vor, diesen Garten mit einem Spaten und einem Rechen zu bearbeiten?«

»Ja. Womit denn sonst?«

»Du brauchst Baumscheren, eine Schubkarre, ein paar leere Kübel, eine Spitzhacke... dann einen Laubrechen als auch eine Harke, Scheren...«

»Ich muss mir eine Liste machen.«

»Lass mich erst mal überprüfen, was ich mit allem, was vorhanden ist, anfangen kann. Dann sehen wir weiter.«

Da sie vorhatte, den ganzen Vormittag zu arbeiten, ließ sie sich an ihrem zeitweiligen Arbeitsplatz nieder. Er konnte sich ja im Garten vergnügen, sagte sie sich, auch wenn sie sich insgeheim vorstellte, dass er irgendwann müde werden und wieder ins Haus kommen würde, um sie von der Arbeit abzuhalten.

Um mit ihr Sex zu haben, um einen Ausflug zu machen – um irgendetwas zu tun, was nicht auf ihrer morgendlichen Agenda stand.

Genau das war das Problem, wenn man mit jemandem zusammenwohnte. Der andere wollte so oft irgendwas tun, wofür man eigentlich gar keine Zeit hatte.

Zuerst kümmerte sie sich um die Aufnahmen, die ihr Einkommen sicherten. Die Studien der Scheune gefielen ihr außerordentlich, und sie lud sie hoch, bevor sie sich um diejenigen kümmerte, die sie für Cecil ausgesucht hatte.

Doch die Fotos, die sie gerade eben erst gemacht hatte, beschäftigten sie zu sehr. Sie schob die Arbeit, die sie eigentlich erst zu Ende hatte bringen wollen, kurzerhand beiseite und studierte die neuen Fotos auf dem großen Bildschirm.

Sie begann mit der letzten Aufnahme – dem spontanen, impulsiven Foto, auf dem er sich halb zu ihr umgedreht hatte. Ein Lächeln im Gesicht.

Gott, er sah einfach großartig aus. Nicht glatt und geschniegelt – an ihm war rein gar nichts Glattes, Geschniegeltes. Alles an ihm war rau und ungeschliffen – was durch die morgendlichen Bartstoppeln und die zerzausten Haare noch deutlicher herauskam.

Erst bearbeitete sie den Hintergrund, machte die Wolken ein wenig dramatischer. Ja, großes Drama für den Hintergrund – und ein sexy Mann, der sich halb umdrehte und über die Schulter seine Geliebte ansah.

Das würde sich als Agenturfoto jahrelang gut verkaufen. Kurzfristig würde sie davon in weniger als einer Woche Dutzende verkaufen. Damit es geheimnisvoll klang, gab sie ihm den Titel *Mister X*.

Ja, wirklich eine hervorragende Morgenarbeit.

Sie beschäftigte sich noch eine Weile damit, zoomte es heran, bearbeitete kleinere Details und lud es dann zufrieden auf ihre Website hoch. Als das erledigt war, machte sie sich wieder an die Arbeit an den beiden Aufnahmen für die Galerie.

Sie verlor jedes Zeitgefühl. Die Arbeit erwies sich als anspruchsvoll und detailliert, weil sie den Augenblick herausarbeiten wollte, in dem zwischen Nacht und Tag die Welt stillstand. Das Licht sollte nur zu ahnen sein, das Drama lauerte noch unter der Oberfläche.

Der Mann kaum mehr als ein Schatten, der Hund, der sich leicht an ihn lehnte.

Ich muss die Augen deutlicher hervorheben, beschloss sie und machte sich an das Blau.

Vielleicht würde sie noch eine zweite Version in Schwarz-Weiß machen – nur mit einem Hauch von Farbe. Ja, seine Augen leuchtend blau und das zunehmende Licht genauso leuchtend rot. Die weiße Tasse.

Sie schrieb sich auf, wie viel sie dafür nehmen würde, und kehrte dann wieder zum ersten Foto zurück.

In einem fort wechselte sie zwischen den beiden Aufnahmen und studierte jedes Mal erneut die vorige Arbeit mit kritischem und doch mit frischem Blick.

»Sie sind gut. Sie sind echt gut«, murmelte sie und schickte beide zur Begutachtung an ihren Galeristen.

Dann lehnte sie sich zurück, um sie erneut zu betrachten.

»Echt gut.«

Sie stand auf und rollte die Schultern, ließ den Kopf kreisen, um ihren steifen Nacken zu lockern. Eigentlich hatte sie sich doch vorgenommen, jeden Tag mindestens dreißig Minuten lang Yoga zu machen, um locker zu bleiben.

»Morgen fange ich damit an.«

Jetzt würde sie zumindest mal nach Xander schauen und ihm etwas zu trinken anbieten. Und auch der Hund sollte frisches Wasser zu trinken bekommen. Er war draußen bei Xander geblieben, statt sich neben ihren Schreibtisch zu legen.

Sie ging hinunter und zog die Haustür auf.

Sein nackter Oberkörper glänzte vor Schweiß, und er warf für Follow gerade einen Stock – oder vielmehr einen ganzen Ast.

In einer Schubkarre lagen weitere Äste und sonstiger Gartenabfall. Ein großes Stück Rasen war inzwischen frei von Unkraut, Gestrüpp und Dornenranken, die mit jedem Tag mindestens einen halben Meter gewachsen waren.

Sie sah den Haufen Steine, eine Kettensäge, eine Axt, Spieskübel, Plastikfolie mit haufenweise Blättern und Tannennadeln …

»Heilige Scheiße!«

Xander blickte auf. »Hey! Ein Anfang ist schon mal gemacht.«

»Ein Anfang? Wo kommt das ganze Zeug her?«

»Alles aus deinem Garten. Die Geräte haben Follow und ich im Gartencenter gekauft. Die Rechnungen liegen auf dem Küchentresen. Im Kühlschrank ist Aufschnitt, wenn du was willst. Wir hatten Hunger.«

Langsam marschierte sie über das Gras – über jämmerliches Gras, aber immerhin Gras – auf die beiden zu. »Ich hätte nie erwartet, dass du das alles machst…«

»Und es hat sogar Spaß gemacht! Wenn ich du wäre, würde ich diese Büsche dort wegmachen.« Er zog ein Halstuch aus der hinteren Tasche seiner Jeans und wischte sich damit den Schweiß vom Gesicht. »Lelo reißt sie bestimmt für dich raus – oder aber er sagt es dir, wenn es sich lohnen könnte, sie zu behalten.«

»Hab ich eine Kettensäge gekauft?«

»Nein, das ist meine. Jetzt, da alles wieder halbwegs unter Kontrolle ist, brauchst du wahrscheinlich keine mehr. Und wenn der Container erst mal weg ist, kannst du dir ja überlegen, was du dort drüben machen willst.« Während er redete, warf er erneut den Stock für Follow. »Ich würde einen schönen Baum pflanzen.«

»Ich… Ich hatte an irgendwas Hängendes gedacht. Eine Hängekirsche oder… irgendwas.«

»Ja, das wäre sicher hübsch.« Er zog seine dicken Arbeitshandschuhe aus.

»Xander, wie lange – wie spät ist es?« Sie tastete nach ihrem Handy, um nachzusehen, stellte aber sogleich fest, dass sie es gar nicht dabeihatte.

Er zog seins heraus. »Kurz vor eins.«

»Mittag?«

»Dunkel ist es doch nicht, oder?« Lachend küsste er sie. »Wo bist du mit deinen Gedanken, wenn du arbeitest?«

»Ich hab einfach nicht damit gerechnet, dass du … Du hast *stundenlang* gearbeitet! Vielen, vielen Dank!«

»Es ist doch nur Gartenarbeit, aber gern geschehen. Ich muss mich nur langsam mal sauber machen, damit wir weitermachen können. Das heißt, falls du noch diese Buchfotos machen willst …«

»Na klar! Und du hast recht, du bist ganz verschwitzt.« Sie trat näher und fuhr mit einem Finger über seine Brust. »Und ziemlich schmutzig. Du siehst … heiß aus. Und durstig.«

Der Ausdruck in ihren Augen forderte ihn regelrecht dazu auf, sie an sich zu ziehen. »Jetzt bist auch du schmutzig und verschwitzt.«

»Dann brauchen wir wahrscheinlich beide eine Dusche.«

Er nahm sie, während das kühle Wasser auf sie herniederprasselte, und seine seifigen Hände glitten über ihren Körper. Sie küssten sich gierig, er zog sie höher und drückte sie gegen die Wand, damit er in sie eindringen konnte. Sie packte in seine Haare und sah ihn unverwandt an, während ihr Atem in immer heftigeren Stößen kam.

Als sie kam, wurden ihre grünen Augen matt, und sie keuchte seinen Namen, genau wie er es sich gewünscht hatte.

Er hielt sich zurück, versagte sich die schnelle Erlösung und verlangsamte den Rhythmus, bis sie den Kopf nach hinten sinken ließ. Sie spürte nur noch Lust, die sich ausbreitete und sie wie warmer, nasser Samt erfüllte.

Die Fliesen lagen kühl auf ihrem Rücken, und sein Körper presste sich heiß an sie. Sie stöhnte, versuchte, ihm ihre Lust zu geben, fühlte sich aber so schwach und weich wie Wachs in der Sonne. Seine Lippen spielten mit ihr. Es war eine süße Qual.

Wieder sagte sie seinen Namen und schloss die Augen.

»Nein, nein, sieh mich an! Mach die Augen auf und sieh mich an, Naomi.«

»Ich sehe dich. Ja. Gott…«

»Ein bisschen mehr – ein bisschen mehr, bis es sonst nichts mehr gibt! Ich nehme mehr!«

»Ja…«

Er nahm sich mehr, und sie taumelten beide über den feinen Grat zwischen Verlangen und Erlösung, bis sie es nicht mehr aushielten. Und dann kamen sie beide.

Weil sie sich wie betrunken fühlte, packte Naomi ihre Ausrüstung besonders sorgfältig. Xander hatte sie über die Grenzen ihrer Selbstbeherrschung gejagt, und sie hatte es zugelassen. Jetzt brauchte sie Zeit und Raum, um zu verstehen, was das bedeutete.

Allerdings war gerade nicht der richtige Zeitpunkt dafür, weil sich alles in ihr immer noch ganz weich und verletzlich anfühlte. Sie spürte immer noch seine Hände auf ihrem Körper.

Sie packte das Stativ ein, eine Kameratasche, den Objektivkoffer, einen Scheinwerfer und einen Diffuser.

Als er hereinkam, roch er nach ihrer Seife. »Das alles?«

»Besser, man hat zu viel dabei, als hinterher festzustellen, dass man irgendwas gebraucht hätte.«

Sie wollte sich den Kamerarucksack schon auf die Schultern hieven.

»Warte, ich nehme ihn. Ach du lieber Himmel, sind da auch Steine drin?« Dann nahm er auch noch ihren Stativkoffer, den Scheinwerfer und wandte sich zum Gehen.

Während sie den Rest aufklaubte, fing Follow mit einem Mal an zu kläffen, als würde das Haus niederbrennen.

»Da kommt ein Auto«, rief Xander zurück. »Ich hab's im Griff, Follow.«

»Er hat es im Griff«, murmelte Naomi in sich hinein. »Warum finde ich es eigentlich so okay, dass er es im Griff hat?«

»Ganz ruhig, Killer«, sagte Xander zu dem Hund und öffnete die Haustür. Er sah sofort, dass es sich um ein Polizeifahrzeug handelte, und erkannte dann den Polizeichef, der am Steuer saß.

»Entspann dich. Das ist einer von den Guten.« Xander trat auf die Veranda hinaus und trug die Ausrüstung zu seinem Wagen. »Hey, Chief.«

»Xander. Ist das der Streuner, von dem ich gehört habe?«

»Ja. Das ist Follow.«

»Hi, Follow.«

Sam Winston, ein kräftig gebauter Mann mit weichen, gebräunten Gesichtszügen und einer Waves-Kappe auf den kurzen Haaren (das Highschool-Football-Team, in dem sein Sohn als Quarterback spielte), ging vor dem Hund in die Hocke.

Ein wenig nervös, schlich Follow sich so nah heran, bis er ihn beschnüffeln konnte.

»Er sieht gut aus.«

Follow ließ sich am Kopf kraulen, rannte aber sofort zu Naomi zurück, als sie herauskam.

»Ma'am.« Sam tippte an seine Kappe. »Ich bin Sam Winston, der Polizeichef.«

»Stimmt etwas nicht?«

»Da bin ich mir nicht sicher. Ich wollte schon seit einiger Zeit vorbeikommen, um mich vorzustellen. Es ist gut, dass jetzt jemand hier oben auf der Klippe wohnt, und nach allem, was ich höre – und jetzt auch sehen kann –, verpassen Sie dem alten Mädchen ein grandioses Facelifting. Das war wirklich nötig. Ich hab gehört, Kevin Banner und seine Leute arbeiten für Sie.«

»Ja.«

»Eine bessere Wahl hätten Sie nicht treffen können. Sieht so aus, als hätten Sie gerade wegfahren wollen.«

»Naomi will Bilder von der Band machen.«

»Ach ja?« Sam hakte seine Daumen in seinen breiten Sam-Browne-Gürtel und nickte. »Die werden bestimmt gut. Ich will Sie auch nicht aufhalten, und es spart mir sogar Zeit, dass Sie beide hier sind. Es geht um Marla Roth.«

»Wenn sie mich anzeigen will, zeig ich sie auch an«, entgegnete Naomi.

»Davon wüsste ich nichts. Sie wird vermisst.«

»Immer noch?« Xander, der die Ausrüstung in sein Cabrio eingeladen hatte, drehte sich stirnrunzelnd um.

»Anscheinend hat seit Freitagabend niemand mehr von ihr gehört oder sie gesehen. Sie ist ziemlich bald nach Ihrem Streit verschwunden, Miss Carson.«

»Wenn sie deswegen immer noch sauer ist, ist sie vielleicht für ein paar Tage abgehauen«, meinte Xander.

Sam schob seine Kappe ein wenig hoch. »Ihr Auto steht vor ihrem Haus, aber sie ist nicht da. Chip hat heute früh die Hintertür aufgebrochen und ist dann direkt zu mir gekommen. Sie war gestern nicht bei der Arbeit, und sie geht auch nicht ans Telefon. Sie könnte natürlich immer noch sauer sein, und höchstwahrscheinlich ist sie das sogar, aber Chip macht sich schreckliche Sorgen, und ich muss mich darum kümmern. Also, ich hab gehört, dass sie am Freitag im Loo's auf Sie losgegangen wäre…«

Vermisst konnte alles Mögliche bedeuten, sagte sich Naomi. *Vermisst* bedeutete nicht zwangsläufig ein alter Erdkeller im Wald. Häufiger, *viel* häufiger, bedeutete es lediglich, dass jemand irgendwo hingegangen war, wo noch niemand nachgesehen hatte.

»Miss Carson?«

»Entschuldigung, ja. Das stimmt. Sie hat mir den Weg versperrt und mich ein paarmal geschubst.«

»Und Sie haben ihr eine verpasst?«

»Oh nein, ich hab sie nicht geschlagen. Ich hab nur ihre Handgelenke gepackt und sie verdreht – Hebel, Druckpunkt, und da ist sie in die Knie gegangen. Nur damit sie aufhörte, mich zu schubsen.«

»Und dann?«

»Dann bin ich gegangen. Es war eine ärgerliche, peinliche Situation, deshalb bin ich gegangen und nach Hause gefahren.«

»Allein?«

»Ja. Ich bin allein nach Hause gefahren.«

»Wie spät war es da ungefähr?«

»Etwa halb elf.« Er macht nur seinen Job, rief Naomi sich in Erinnerung und holte tief Luft. »Ich hab den Hund rausgelassen und bin mit ihm eine Zeit lang auf und ab gelaufen. Ich war wütend und aufgebracht und konnte mich nicht auf meine Arbeit konzentrieren.«

»Und ich bin gegen null Uhr dreißig hier eingetroffen.« Xander lehnte zwar lässig an seinem Wagen, aber man konnte seiner Stimme die Irritation anhören. »Der Hund hat uns wiederum um kurz nach fünf Uhr morgens geweckt, und um sieben Uhr dreißig, vielleicht auch ein bisschen früher, bin ich heimgefahren. Was soll das, Chief?«

»Xander, ich muss euch das fragen. Patti kreischt herum, Miss Carson hätte Marla angegriffen – sie ist allerdings die Einzige, die das sagt«, fügte er hinzu, ehe Xander darauf antworten konnte. »Und selbst sie hat sich später korrigiert. Aber Tatsache ist doch, dass Marla etwa zwanzig Minuten nach Miss Carson aus dem Loo's gestürmt ist, und soweit ich es beurteilen kann, ist sie da zum letzten Mal gesehen worden.«

Sam atmete deutlich vernehmbar aus und streichelte den Hund, der ihn jedoch mit einem Mal ganz schrecklich zu finden schien.

»Hat einer von euch beiden sie mit irgendjemandem gesehen, mit dem sie vielleicht durchbrennen wollte?«

»Sie hat mit Patti zusammengesessen.« Xander zuckte mit den Schultern. »Ich versuche, nicht allzu viel Notiz von Marla zu nehmen.«

»Ich hab sie früher am Abend mit ihrer Freundin am Tisch sitzen sehen.« Angespannt rieb Naomi sich den Nacken. »Ich selbst hab bei Kevin und Jenny gesessen. Ich hab wirklich nicht auf sie geachtet, bis Jenny und ich aufgestanden sind, um tanzen zu gehen, und sie … Ich kenne sie noch nicht einmal.«

»Ich verstehe das, wirklich, und ich will Sie auch nicht beunruhigen. Wahrscheinlich ist sie mit jemandem weggefahren, den sie in der Bar getroffen hat, um ihre Wunden zu lecken und Chip eifersüchtig zu machen.«

Naomi schüttelte den Kopf. »Eine Frau, die wütend und aufgebracht ist, wird immer zuerst mit ihrer Freundin reden.«

»Sie haben sich nach dem Zwischenfall ein bisschen gestritten …«

»Das ist egal. Sie hätte auf jeden Fall Patti angerufen oder ihr zumindest eine zickige SMS geschickt.«

»Wir kümmern uns darum. Ich will Sie jetzt nicht weiter aufhalten, aber ich würd gern irgendwann noch einmal kommen, um mir das Haus von innen anzusehen.«

»Natürlich.«

»Ihnen einen schönen Tag. Wir sehen uns, Xander.«

Naomi krampfte sich der Magen zusammen, als Sam wieder in seinen Wagen stieg.

»Macht er das wirklich?«

»Na klar. Er ist Polizeichef.«

»Wurde hier je jemand vermisst?«

»Nicht dass ich wüsste. He ...« Xander legte ihr die Hand auf den Arm. »Marla buhlt regelrecht um Probleme, sie zieht sie magisch an. So ist sie eben. Der Chief macht bloß seinen Job. Mach dir keine Gedanken.«

Natürlich hatte er recht. Marla war wahrscheinlich wirklich übers Wochenende mit irgendeinem Typen losgezogen, um ihr angeknackstes Ego aufzupolieren.

Nicht jede Frau, die verschwand, wurde auch vergewaltigt und ermordet. So was war hier bislang nie passiert. Das hatte sie selbst recherchiert, bevor sie sich für dieses Haus entschieden hatte.

Niedrige Kriminalitätsrate, noch niedrigere Rate für Gewaltverbrechen. Ein sicherer Ort. Ein ruhiger Ort.

Marla würde wahrscheinlich bis Einbruch der Dunkelheit wieder auftauchen und sich insgeheim ins Fäustchen lachen, weil sich ihr Exmann und die Freundin solche Sorgen um sie gemacht hatten, dass sie sogar die Polizei nach ihr ausgeschickt hatten.

So gut es ging, schob Naomi den Gedanken daran beiseite. Sie stieg zu Xander in den Wagen, und sie fuhren los. Der Hund hielt die Nase in den Wind, und seine Ohren flatterten.

LICHT UND SCHATTEN

Wo viel Licht ist, ist starker Schatten.

Johann Wolfgang von Goethe

16

Als ihm klar geworden war, dass Naomi es ernst damit meinte, bei ihm zu Hause Fotos zu machen, hatte Xander überlegt, ob er das Buch von Simon Vance aus dem Regal nehmen sollte. Er hatte es noch einmal gelesen, um seine Erinnerung aufzufrischen, und es dann in die Spendenkiste gesteckt.

Er wollte diesen trüben, verwundeten Ausdruck nicht noch einmal auf ihrem Gesicht sehen.

Schließlich jedoch fand er, dass es dem Buch zu viel Bedeutung beimessen würde, wenn er es weggäbe. Sie wusste ja, dass es da war, und würde sich fragen, warum er es beseitigt hatte.

Er würde es einfach da stehen lassen.

Sie würde es ihm schon erzählen, wenn sie dazu bereit wäre. Oder sie würde es ihm nicht erzählen.

Er half ihr, die Ausrüstung die Treppe hinaufzuschleppen, wobei sie mehr auf die Geräte achtete als auf das, was sie aufnehmen wollte. Sie zog das Stativ aus dem Kasten, zog es auseinander, tat das Gleiche mit dem Lichtstativ.

»Ich hab noch von dem Wein da, der dir so gut geschmeckt hat, wenn du möchtest.«

»Danke, nicht bei der Arbeit.«

Da für ihn das Gleiche galt, holte er ihnen beiden eine Cola.

Sie nickte und zog einen Belichtungsmesser heraus. »Kann ich mir einen Stuhl für den Laptop leihen?«

»Ich hol dir einen.«

Sie befestigte ihre Kamera auf dem Stativ und musterte die Bücherwand mit zusammengekniffenen Augen.

»Das ist eine beeindruckende Kamera.«

»Eine Hasselblad, Mittelformat. Spitzenobjektive, gigantische Auflösung. Ich mache immer zuerst ein paar digitale Aufnahmen damit.« Sie nahm ein auswechselbares Bauelement aus dem Kasten und befestigte es an der Kamera. Als Xander in den Kasten und die Tasche hineinblickte – Objektive, Kabel, Anschlüsse –, verstand er endlich, warum die Tasche so verdammt schwer gewesen war.

Wie schaffte sie das bloß im Alltag?

Er fragte sie nicht, weil sie mittlerweile völlig in ihre Arbeit vertieft war.

Sie spähte durch den Sucher und benutzte eine Fernbedienung, um das Scheinwerferlicht zu regulieren. Dann zog sie einen Schirm aus der Tasche, schraubte ihn auf das Lichtstativ und schob ihn auf.

Sie überprüfte alles noch einmal, veränderte den Winkel des Kamerastativs und zog es ein Stückchen zurück.

Falls sie an das Buch dachte, so ließ sie es sich nicht anmerken.

Sie brauchte eine gute halbe Stunde, um alles aufzubauen und ein paar Testaufnahmen zu machen. Nachdem sie ihn dazu nicht brauchte, holte er sich ein Buch aus dem Arbeitszimmer und setzte sich an den Tisch, um zu lesen, während sie arbeitete.

»Hast du ein System, nach dem du die Bücher ins Regal stellst?«

Er blickte. »Wo sie hinpassen, warum?«

»Bei dir steht Jane Austen neben Stephen King.«

»Ich glaube, das wäre beiden egal, aber wenn es dich stört, kannst du die Bücher ja umstellen.«

»Nein, das macht ja gerade den Reiz aus. Es ist eine Wand voller Geschichten. Ganz egal, wo du ein Buch herausziehst – überall ist Geschichtenland.«

Fasziniert beobachtete er sie. Eine Aufnahme machen, studieren, nachjustieren, ausprobieren, eine weitere Aufnahme machen. Neugierig trat er an den Laptop.

Die Farben wirkten tiefer, das Licht fast schon verträumt. Irgendwie ließ sie es so aussehen, dass einige der Buchrücken vielmehr interessant als abgegriffen aussahen.

Ein weiteres Bild erschien auf dem Bildschirm. Er konnte keinen Unterschied erkennen, aber sie offenbar, denn sie blinzelte und kniff die Augen zusammen. »Ah ja.«

Sie machte noch ein halbes Dutzend weitere Aufnahmen, nahm minimale Korrekturen vor, dann hockte sie sich vor den Laptop, um sich die Bilder anzusehen.

»Wieso sieht das auf dem Bildschirm so viel besser aus als in der Wirklichkeit?«

»Das ist Magie. Das hier, ja, das ist es, glaube ich. Es sieht echt gut aus. Licht, Schatten, der Winkel – alles stimmt. Es hat einfach Atmosphäre.«

»Du hast Kunst geschaffen.«

»Ich habe Kunst *eingefangen*«, korrigierte sie ihn. »Ich würd es auch gern filmen …« Sie nahm die Kamera vom Stativ und tauschte irgendein Bauteil aus.

»Kann die Kamera echt beides – Foto und Film?«

»Ja. Praktisch.«

Er wollte sie schon fragen, wie das funktionierte – er wollte es *sehen*, aber so konzentriert, wie sie wirkte, hielt er sich zurück. Sie machte sich wieder an die Arbeit, und er begann erneut zu lesen.

Er blickte erst wieder auf, als sie erneut die Kamera vom Stativ nahm, einen Teil des Korpus wechselte und ein anderes Objektiv aufschraubte. Dann trat sie zur Seite, machte ein Bild von den Büchern aus einem spitzen Winkel. Überprüfte das Resultat, stellte das Licht neu ein und machte weitere Aufnahmen.

Als sie die Kamera sinken ließ und an die Regale trat, dachte Xander einen Moment lang, sie würde das Buch über ihren Vater herausziehen. Aber sie zog ein anderes aus einem höheren Regal und trat damit an den Tisch.

»Würdest du die Austen für mich halten? Kannst du dir markieren, wo du in deinem Buch gerade bist?«

»Ich hab es ohnehin schon einmal gelesen. Ich kann jederzeit wieder einsteigen.« Er kam sich ein bisschen albern vor. Er war nicht gerade schüchtern, aber die Vorstellung, dass sie Fotos von seinen Händen machte … Merkwürdig.

»Meintest du das ernst mit den Händen?«

»Todernst. Ein Klassiker, den eine Frau geschrieben hat und den viele Leute als Frauenbuch betrachten, in der Hand eines hart arbeitenden Mannes.«

»Frauenbuch? Die Leute sind so blöd.«

»Es wird funktionieren.« Sie nahm den Belichtungsmesser heraus. »Und das Licht ist hier genau richtig für das, was ich vorhabe. Gutes natürliches Licht durchs Fenster. Vor allem, wenn du … Rück deinen Stuhl ein bisschen nach rechts, nur ein paar Zentimeter.«

Er gehorchte, und sie warf noch einen Blick auf den Belichtungsmesser. Dann trat sie zufrieden an ihren Laptop und stellte ihn auf die Ecke des Tresens.

»Halt das Buch einfach aufgeschlagen, so als würdest du darin lesen. Nicht die erste Seite – du hast schon eine Zeit lang darin gelesen. Etwa ein Drittel.«

Er kam sich albern vor, tat aber wie geheißen. Er würde ihr fünf Minuten Zeit zum Spielen geben.

Sie machte die Aufnahme über seine Schulter, und ihr sinnlicher Sommerduft hüllte ihn ein.

Na ja, vielleicht zehn, dachte er, während sie sich dicht über ihn beugte.

»Blättere eine Seite um – oder fang damit an, blättere sie nicht ganz um. Nur – stopp, bleib so! Gut. Das ist gut. Aber …«

Sie richtete sich gerade auf und sah sich stirnrunzelnd die Laptop-Aufnahmen an. Er drehte sich um, um sie ebenfalls zu betrachten. Was er sah, überraschte ihn.

»Ich hab dich für verrückt gehalten – aber das sieht ja aus wie eine Anzeige in einem Hochglanzmagazin!«

»Es ist gut, aber es ist noch nicht perfekt. Es braucht … Natürlich!«

Sie öffnete seinen Kühlschrank und holte ein Bier heraus. Sie öffnete die Flasche und goss zu seinem Entsetzen ein gutes Drittel in den Ausguss.

»Was machst du denn da?«

»Harte Hände, ein Bier und *Stolz und Vorurteil.*« Sie stellte die Bierflasche auf den Tisch, musterte sie und schob sie noch ein bisschen näher an die rechte Buchkante.

»Du hättest es nicht ausgießen müssen.«

»Es muss so aussehen, als würdest du ein Bier trinken und Austen lesen.«

»Ich hab einen Mund und eine Kehle. Wir hätten es da hineinschütten können.«

»Entschuldigung, daran habe ich nicht gedacht. Linker Daumen unter die Seite, blättere sie halb um, rechte Hand am Bier. Leg die Hand über die Marke – ich will keine Schleichwerbung machen. Tu so, als würdest du gerade nach der Flasche greifen, heb sie vielleicht sogar ein bisschen an.«

Weil er keinen Sinn darin sah, sich über vergossenes Bier zu ärgern, befolgte er ihre Anweisungen. Er griff nach der Bierflasche, stellte sie wieder hin, blätterte eine Seite um, blätterte eine Weile keine Seite um, bis sie erneut die Kamera senkte.

»Perfekt. Genau richtig.«

Er drehte sich um. Das Bier war wirklich das i-Tüpfelchen gewesen. Es gab der Aufnahme eine fröhliche Note und verlieh ihr zugleich eine gewisse Balance.

»Echte Männer lesen Bücher«, erklärte Naomi. »Das werd ich als Poster anbieten.«

Schlagartig war er verlegen. »Als Poster?«

»Für kleine Buchhandlungen, Erwachsenenbildungsstätten, College-Wohnheime, vielleicht sogar für Büchereien. Du hast mir heute zu wirklich guter Arbeit verholfen, Xander. Ich werde Kevin sagen, dass wir definitiv die Dampfdusche einbauen sollten.«

»Du baust eine Dampfdusche ein?«

»Jetzt schon.« Sie nickte und scrollte durch die Aufnahmen auf ihrem Computer. »Ich hatte es mir eigentlich schon ausgeredet, aber wenn ich sonntags so viel gute Arbeit leisten kann, dann hab ich mir ja wohl eine verdient.«

Er hob ermahnend den Finger. »Ich hab mir aber auch Zeit darin verdient.«

»Definitiv.«

Sie wehrte sich nicht, als er sie auf seinen Schoß zog, zögerte aber, als er ihr die Kamera aus der Hand nehmen wollte.

»Ich werde sie schon nicht zu Boden fallen lassen. Sie ist schwer«, stellte er fest.

»Etwas über neun Pfund. Ich nehme meistens das Stativ dafür, aber sie ist ihr Gewicht wert. Sie ist zuverlässig, und du hast ja gesehen, wie scharf die Bilder sind.«

»Und das hier hinten ist für die digitalen Aufnahmen?«

Sie nickte und entfernte das Bauteil. »Ausgezeichnetes System – komplett ohne Haken, die irgendwo festgemacht werden müssten, und mit einer eigenen integrierten Software. Ich würde sie nicht unbedingt auf eine Wanderung mitnehmen, aber für das, was ich hier vorhatte, und für die Bilder von der Band ist sie das optimale Gerät.«

Er musste zugeben, dass er selber gern damit gespielt hätte, einfach nur um zu sehen, wie die Mechanik funktionierte. Aber sie würde es bestimmt nicht zulassen. Er würde sie ja auch nicht an seinen GTO lassen.

»Ich mache meine Fotos mit dem Handy.«

»Handys haben heutzutage ganz anständige Kameras. Ich hab auch schon mit dem Handy Aufnahmen gemacht, die ich sogar bearbeiten und verkaufen konnte. Und jetzt hätte ich nichts gegen ein halbes Glas Wein, während wir hier ab- und in der Werkstatt aufbauen.«

»Darum kann ich mich gern kümmern. Ich hatte ja schon eine halbe Flasche Bier.«

»Danke.« Sie zögerte erneut, dann küsste sie ihn. »Danke«, wiederholte sie.

»Keine Ursache.«

Sie stand auf und legte die Kamera sorgfältig in den Koffer zurück. Als Xander aufstand, um ihr Wein zu holen, sah er, wie ihr Blick suchend über die Regale wanderte.

»Ich weiß, das ist jetzt eine klassische Klischeefrage, aber hast du die alle gelesen?«

»Alles, was hier steht, ja. In meinem Arbeitszimmer und im Schlafzimmer stehen die Bücher, zu denen ich bisher nicht gekommen bin.«

Sie tat nur so beiläufig, dachte er, als sie das Stativ zusammenklappte und zurück in die Hülle schob.

»Das ist hauptsächlich Fiction, oder? Aber du hast auch ein paar Sachbücher dazwischen. Biografien, Geschichtsbücher, Bücher über Autos und – Überraschung! – über True Crime.«

Ebenso beiläufig antwortete er: »Gut geschriebene Non-Fiction schildert ebenfalls wahrhafte Geschichten.«

»Ich versuche, nur Sachbücher zu lesen, die etwas mit meinem Beruf zu tun haben. Woher willst du wissen, dass etwas, was auf einer wahren Geschichte beruht, auch wahrhaftig geschrieben ist?«

»Das kann man wahrscheinlich nicht wissen.«

»Manchmal muss es wohl Wahrnehmung oder persönliche Vorliebe sein, vielleicht dient es auch nur dazu, den kreativen Effekt zu steigern. Wie bei einem Fotografen. Ich mache ein Bild, das real ist, kann es aber manipulieren, die Töne verändern, sie stärker machen, abschwächen oder ganz weglassen, je nachdem, was ich persönlich damit vorhabe.«

Er brachte ihr den Wein. Halb-halb, dachte er. Die Arbeit, derentwegen sie hierhergekommen war, hatte sie zuerst verrichtet. Und jetzt verstrickte sie sich in der zweiten Hälfte.

»Ich würde sagen, die Person im ursprünglichen Bild weiß, was wahr und was manipuliert ist.«

»Es ist wirklich so eine Sache mit Wörtern und Bildern …« Langsam nahm sie den ersten Schluck. »Wenn Wörter erst mal auf der Seite stehen oder das Bild ausgedruckt ist, dann wird es wahr.«

Sie wandte sich ab, stellte ihr Glas beiseite, um die Beleuchtung abzubauen.

»Wörter und Bilder sind da nicht so unterschiedlich. Beide halten Momente fest, beide bleiben bei dir, wenn der Moment schon lang vorbei ist.«

»Naomi …«

Er hatte keine klare Vorstellung davon, was er sagen wollte, *wie* er es sagen wollte, aber es kam nicht ohnehin nicht mehr dazu, weil draußen ein klappriger alter Truck vorfuhr.

»Das ist bestimmt Lelo mit seinem Auspuff aus der Hölle.«

»Wenn ich einen Freund hätte, der Mechaniker ist, würde er das bestimmt reparieren.«

»Ich sollte es ihm vorschlagen. Zum millionsten Mal… Aber zumindest kann er gleich mit anpacken und die Sachen runterschleppen.«

Sie mochte Lelo, dabei dauerte es normalerweise länger, bis sie jemanden mochte. Bei Follow war es regelrecht Liebe auf den ersten Blick: Mann und Hund begrüßten sich, als wären sie beste Freunde, die sich lang nicht mehr gesehen hatten (vielleicht sogar Brüder?) und die beide gleichermaßen froh über die Wiedervereinigung waren.

»Das ist ja ein guter Hund! So ein guter Hund!« Lelo hockte sich hin, kraulte Follow ausgiebig und wurde dafür liebevoll übers Gesicht geleckt. »Ich hab gehört, Sie hätten ihn vollkommen ausgehungert am Straßenrand gefunden.«

»Das ist richtig.«

»Aber jetzt bist du wieder fit, was, Junge?«

Follow rollte sich auf den Rücken und reckte Lelo seinen Bauch entgegen. Die Hinterbeine pumpten wie Kolben im Rhythmus der Streicheleinheiten.

Lelo hatte strähniges, schulterlanges Haar in der Farbe eines Maisfelds in Kansas. Er war ein paar Zentimeter kleiner als Naomi, schmächtig und mit sehnigen Muskeln, die unter seinem gebatikten T-Shirt und in den über den Knien und am Saum zerrissenen Jeans markant hervortraten. An seinem rechten Unterarm prangte ein smaragdgrüner feuerspeiender Drache.

»Wie geht's dort oben auf der Klippe?«

»Es gefällt mir.« Doch in Gedanken wog Naomi bereits ab, welche Ideen und Optionen sie hier unten für die Aufnahmen hatte.

»Sie braucht dringend Hilfe im Garten«, sagte Xander, als er wie geheißen seine Gitarren hereinbrachte.

»Ja, die haben das Gelände wohl ganz schön verwildern

lassen. Sie haben sich nie viel aus dem Garten gemacht. Und Dikes war es völlig egal.«

»Dikes ist Loos Exmann«, erklärte Xander.

»Der war die meiste Zeit stoned. Ich weiß das, weil ich mit ihm zusammen stoned war«, sagte Lelo zu Naomi. »Wenn du willst, kann ich mal einen Blick auf das Gelände werfen und dir vielleicht ein paar Vorschläge machen.«

»Das wäre sicher hilfreich.«

»Denken kostet nichts. Da kommen Dave und Trilby.«

An Dave, den Drummer, erinnerte sich Naomi noch. Breite Schultern, stämmig, braune Haare in einer Art Julius-Cäsar-Frisur. Jeans, ein verblichenes Aerosmith-T-Shirt, abgewetzte braune Wanderstiefel. Trilby – der Keyboarder – war das genaue Gegenteil: glatte dunkle Haut, große dunkle Augen und den Kopf voller Dreadlocks. Cargohose und ein gebügeltes rotes T-Shirt über einem durchtrainierten Körper.

Sie brachten ihre Ausrüstung herein, während Xander sie einander vorstellte. Es half, dass sie alle Hände voll zu tun hatten. Naomi hatte sich immer schon schwergetan, so vielen Leuten auf einmal zu begegnen.

Natürlich trug auch der Hund zur Entspannung bei, nachdem er alle ausgiebig beschnuppert hatte, um sich zu vergewissern, dass sie wirklich in Ordnung waren.

»Ich hab einen Blick auf deine Website geworfen«, sagte Dave zu Naomi, während er das Schlagzeug aufbaute. »Sagenhaft! Ich bin für die Website der Band verantwortlich, und die ist nicht annähernd so beeindruckend. Technisch ist sie super, aber sie sieht eben nicht halb so gut aus.«

Nachdem Naomi sich zuvor die Zeit genommen hatte, sich die Website ebenfalls anzusehen, konnte sie ihm nicht widersprechen. »Allerdings ist sie ausführlich und leicht zu navigieren.«

Er grinste. »Was im Klartext heißt, sie sieht nicht gut aus.

Vielleicht kommen heute ja ein paar Aufnahmen dabei heraus, die ich dort verwenden könnte, um sie ein bisschen aufzupeppen.«

»Ich hab da schon ein paar Ideen.«

»Gut, weil ich auf dem Gebiet ein relativer Neuling bin. Meine Frau hat gesagt, vielleicht sollten wir mehr auf Retro setzen.«

»Du bist verheiratet?«

»Seit acht Jahren. Zwei Kinder.«

Naomi hätte nicht sagen können, warum sie davon ausgegangen war, dass alle Bandmitglieder Singles waren.

Als es draußen dumpf aufröhrte, sagte Dave: »Das ist bestimmt Ky. Unser Leadgitarrist«, fügte er hinzu. Eine große schwarze Harley donnerte heran.

Groß, dunkel und gefährlich, schoss es Naomi durch den Kopf. Er war nicht wirklich attraktiv mit seinem schmalen Gesicht, dem ungepflegten Bärtchen, der Hakennase und dem viel zu großen Mund.

Aber man sah ihm unwillkürlich nach.

Er blickte Naomi aus seinen dunklen Augen an. »Hi, Lady.«

Xander, der gerade die Lautsprecherboxen aufgestellt hatte, blickte auf. »Naomi, das ist Ky.«

»Ich hab gesehen, wie du Marla in die Knie gezwungen hast. Sie hatte es verdient.«

»Sie ist seit ein paar Tagen verschwunden«, warf Lelo ein.

»Ja, hab ich auch gerade gehört.« Ky ließ quasi mit einem Schulterzucken die Gitarre vom Rücken gleiten. »Unter Garantie hat sie sich einen aus der Bar angelacht. Es wäre nicht das erste Mal. Du warst doch früher auch mal für ein Wochenende mit ihr zusammen, oder, Lelo?«

»Ein halbes Wochenende, in einem schwachen Moment.«

»Schwache Momente haben wir alle. Hast du ein Bier da, Keaton?«

»Im Kühlschrank vor der Werkstatt.«

Er lächelte Naomi träge an. »Willst du auch eins?«

»Nein danke.«

»Im Kühlschrank ist auch Wasser und Saft.«

»Ich nehme ein Wasser.«

Naomi stemmte die Hände in die Hüften und sah sich um. Ja, sie hatte tatsächlich ein paar Ideen.

»Ich werde erst einmal ein paar Fotos schießen, zum Aufwärmen für alle sozusagen. Ihr habt aufgebaut wie auf der Bühne, also los, spielt was.«

Sie nahm ihre Nikon, wechselte das Objektiv, überprüfte die Beleuchtung, während alle auf Position gingen und überlegten, was sie spielen sollten.

»Dave hat sein Aerosmith-Shirt an, dann spielen wir was von denen«, schlug Xander vor.

»Seht mich nicht an, bevor ich es sage«, befahl Naomi und begann zu fotografieren.

Als der letzte Akkord verklungen war, ließ sie die Kamera sinken.

»Okay. Jetzt machen wir etwas ganz anderes. Ich würde mir gern die Garderoben-Optionen ansehen. Lelo, du kannst das anbehalten, was du anhast, aber lass mal sehen, was du sonst noch dabeihast.«

Männer, dachte sie, als sie sich die Auswahl an Kleidungsstücken ansah, sollten lernen, kreativer zu sein.

»Ihr habt bestimmt noch mehr Sachen im Auto.«

Lelo zauberte eine alte, übergroße Armeejacke hervor. Naomi warf sie Dave zu. »Für dich.«

»Im Ernst?«

»Vertrau mir.« Dann angelte sie ein weißes T-Shirt hervor. »Das ist schon älter, oder?«, fragte sie Xander.

»Ja.«

»Okay.« Sie trat an einen Ölfleck und rieb es mit dem

Fuß hinein. »Besser«, erklärte sie, als sie es hochhob. »Noch besser wäre frisches Motoröl.«

»Ich soll *Motoröl* auf mein Shirt schmieren?«

»Ja, so als hättest du welches an der Hand gehabt und es an deinem T-Shirt abgewischt.« Sie machte es ihm vor. »Mach das, und zieh es an. Trilby, ist das rote T-Shirt neu?«

»Ja, schon …«

»Tut mir leid, aber ich muss es zerreißen.«

»Warum denn das?«

»Weil du gut gebaut bist, und ich will ein bisschen nackte Haut und Muskeln sehen.«

Lelo stieß einen Jubelschrei aus.

»Zerreiß es über der Brust, okay? Xander, ich brauche eine Kette – nicht zu schwer.«

»Du lieber Himmel«, murmelte er, während er sein gutes T-Shirt ruinierte.

»Sind die Ketten für mich?« Ky grinste. »Willst du mich anketten, schöne Frau?«

»So was Ähnliches werden Frauen bei dem Foto jedenfalls denken.« Sie erwiderte sein freches Grinsen. »Du Hengst!«

»Was wird das denn bitte für ein Bild?«, fragte Trilby und hielt sein rotes T-Shirt in der Hand.

»Heiß, sexy, Rock'n'Roll. Wenn es euch nicht gefällt, können wir auch eins von den Fotos nehmen, die ich bereits geschossen habe. Aber lasst uns das hier mal versuchen. Ich möchte diesen Kompressor dort drüben auf dem Bild haben und diese Schmierpresse, oder was immer das ist. Dort hinten könntet ihr noch ein paar alte Reifen aufstapeln. Du hast nicht zufällig eine kaputte Windschutzscheibe?«

Xander zog sich das fleckige, schmutzige T-Shirt über den Kopf. »Ich hab letzte Woche eine ausgetauscht und die alte noch nicht auf den Schrottplatz gebracht.«

»Perfekt. Das gibt Bonuspunkte. Bring sie her.«

»Ich verstehe das alles nicht«, murrte Dave und schnüffelte am Ärmel seiner Armeejacke.

»Ich schon.« Lelo kraulte Follow und grinste Naomi an. »Seid offen dafür, Jungs. Wir sind immerhin die Wreckers, oder? Wir sind eine Werkstattband. Wir stehen hier in einer Werkstatt. Also benutzen wir sie auch.«

»Jetzt habt ihr es verstanden. Ich brauche Werkzeug.« Naomi schürzte die Lippen und nickte. »Werkzeug in Männergröße.«

Xander wollte lieber nicht darüber nachdenken, wie lang es dauern würde, bis alles hinterher wieder an Ort und Stelle stand. Die Werkstatt verwandelte sich in ein Gewirr aus Autoteilen, Werkzeugen und Musikinstrumenten.

Er hatte eigentlich gedacht, einen ganz guten Blick zu haben, aber das hier war ihm einfach zu abgedreht.

Er saß auf einem blöden Luftkompressor, seine geliebte Strat-Gitarre in der einen und einen Akkuschrauber in der anderen Hand. Ky trug Ketten im Bandolero-Stil, und Dave sah in der uralten Armeejacke von Lelos Großvater ziemlich verwirrt aus. Trilby hatte sein Keyboard gegen einen Stapel Reifen lehnen müssen.

Abgesehen von Naomi schien die einzige Person, die das Ganze für eine gute Idee hielt, Lelo zu sein. Er saß mit überkreuzten Beinen auf dem Boden und hielt den Bass im Schoß und die Schmierpresse wie ein Gewehr in der Hand.

Ihre Musik kam vom Band, und die schicke Kamera stand auf einem Stativ. Sie machte ein paar Aufnahmen und schüttelte den Kopf.

Niemand sagte etwas, als sie ein Halstuch aus dem Klamottenstapel zog, den sie beiseitegelegt hatte, es in die Motorölkanne tunkte und damit zu Dave trat.

»Oh bitte, wirklich?«

»Tut mir leid, du siehst einfach zu sauber aus.« Sie tupfte ihm ein bisschen Öl auf die Wange und verschmierte es. Dann trat sie zurück und legte den Kopf schief. »Lelo, zieh die Schuhe aus. Schieb sie einfach beiseite – neben dich, nur ein Stück vor. Und ich brauche eine Radkappe.«

»Ich hab noch eine hinten im Truck.«

Als Lelo aufstehen wollte, hielt sie ihn zurück. »Ich gehe sie holen.«

Als sie rausging, wandte Dave sich an Xander. »Was hast du uns da eingebrockt?«

»Ich habe keine Ahnung.«

»Aber sie ist heiß.« Lelo hob die Schultern. »Wenn du sie nicht zuerst gesehen hättest, Xan, würde ich mich auf sie stürzen.«

»Ich hatte dieses Shirt gerade erst gekauft.« Trilby blickte an sich hinab. »Es ist erst ein einziges Mal gewaschen worden.«

»Lasst sie ihre Arbeit machen«, schlug Ky vor. »Glücklich muss Xander mit ihr werden.«

»Ist er schon«, mischte Naomi sich ein, als sie wiederkam. »Du hattest sogar zwei Radkappen.« Sie platzierte sie augenscheinlich nachlässig zwischen die Bandmitglieder und trat dann einen Schritt zurück. »Follow! Die gehören nicht dir!«

Der Hund hatte sich an die abgestellten Schuhe herangepirscht. Jetzt hielt er inne.

»So, und jetzt seht alle direkt in die Kamera. Ich will harte Typen. Na los, starrt die Kamera finster an.«

Sie hätte ihnen zuerst ein paar Bier spendieren sollen, dachte sie. Aber es funktionierte trotzdem. Das Licht, der Aufbau – das gesamte *Arrangement* funktionierte.

Sie trat beiseite. »Seht ihr mich?«

»Du stehst doch genau da«, erklärte Xander.

»Also sehen mich alle. Haltet diesen Gedanken fest.« Sie

trat hinter die Kamera, blickte durch das Objektiv. »Stellt euch vor, ich wäre nackt.«

Da war es.

»Noch mal. Verliert es nicht. Und jetzt stellt euch vor, ich würde mir *euch* nackt vorstellen. Ja, das bringt euch auf Ideen.«

Sie trat wieder hinter der Kamera hervor, schnappte sich eine der Radkappen und drückte sie Dave in die Hand. Dann nahm sie ihren Platz wieder ein.

»Ky, wickle eine Kette um die Faust. Geh mit der Musik mit, spiel.«

»Ich hab hier eine Radkappe...«, wandte Dave ein.

»Und Trommelstöcke. Spiel die Radkappe. Spiel das Werkzeug, die Instrumente – alles, was dir in die Finger fällt. Spiel. Du bist auf der Bühne, du weißt doch, wie man sich auf einer Bühne benimmt.«

Vom imaginären Auftritt auf der Bühne ging sie über zu einer Art Krieg – Instrumente und Werkzeug als Waffen. Aus den Augenwinkeln sah sie, wie der Hund sich erneut anschlich.

»Follow!«, rief sie, als er einen der Schuhe ins Maul nahm. Doch Lelo lachte nur und legte den Arm um den Hund.

»He, er könnte bei uns in der Band mitmachen!«

Sie machte sofort die nächste Aufnahme und gleich noch zwei weitere, solange die Stimmung hielt. Dann trat sie ein paar Schritte zurück.

»Das war's, meine Herren.«

»Das war schon alles?« Dave blinzelte.

»Die Szene aufzubauen«, korrigierte Xander ihn, »hat doch schon doppelt so lange gedauert.«

»Ihr könnt gleich sehen, ob es sich gelohnt hat. Ich lasse die Fotos jetzt auf dem Laptop durchlaufen. Wenn euch die Gruppenaufnahmen gefallen, hab ich noch Zeit, um ein paar

Porträtaufnahmen zu machen. Dafür wollt ihr euch vielleicht wieder umziehen.«

»Nett von dir, dass du es anbietest«, begann Dave, »aber ich sollte wahrscheinlich … He, das ist ja ein geniales Bild!«

Sie hatte mit den ersten Aufnahmen der Band angefangen. »Ja, das ist nicht schlecht.«

»Nein, sie sind echt gut. Viel, viel besser als das, was wir bisher haben. Siehst du das, Trilby?«

»Toll.« Trilby stand in seinem ruinierten T-Shirt hinter Dave und legte ihm die Hand auf die Schulter. »Richtig individuell.«

»Nett.« Ky nahm die Kette ab. »Die könnten wir wirklich benutzen.«

»Ja, sie sind gut, aber die anderen sind mit Sicherheit besser.« Lelo, der immer noch barfuß war, drängelte sich an ihnen vorbei. »Können wir die auch sehen?«

»Ich hab sie mit meiner Nikon gemacht. Wenn diese hier durch sind, wechsele ich die Karte.«

»Kannst du sie mir mailen?«, fragte Dave.

»Du willst sie bestimmt nicht alle haben, und die Dateien aus der Hasselblad sind riesig. Wenn ich sie durchgegangen bin, schick ich dir eine Auswahl der besten.«

Sie tauschte die Speicherkarte aus und wartete gespannt, ob sie recht gehabt hatte.

»Ich hab's euch doch gesagt!« Lelo boxte Dave gegen die Schulter, während die Aufnahmen über den Bildschirm flackerten.

»Die sind … Wir sehen …«

»Supercool!« Lelo war schier aus dem Häuschen.

»Ich hab das Ganze für verrückt und blöd gehalten.« Dave sah Naomi an. »Entschuldigung!«

»Nicht nötig. War es das Shirt wert?«, fragte sie Trilby.

»Auf jeden Fall! Die Aufnahmen sind fantastisch! Richtig toll!«

»Da hat jemand nicht nur Talent, sondern auch eine Vision.« Ky nickte anerkennend zum Bildschirm hin. »Ich hätte dich nicht anzweifeln dürfen. Xander hat ein Händchen für Talente und Visionäre.«

»Das da! Das muss ich haben, das mit dem Hund.« Lelo kraulte Follow, der immer noch den Schuh im Maul hatte. »Unser Bandmaskottchen!«

»Wie wäre es jetzt mit einem Glas Wein?«, fragte Xander.

»Ich könnte wirklich ein Gläschen vertragen – aber nur eins –, bevor ich mich an die Porträtaufnahmen mache.«

Er nahm ihre Hand und zog sie aus der Werkstatthalle. »Und danach bleibst du bitte hier.«

»Ich sollte wirklich besser nach Hause fahren, mir die Bilder genauer ansehen und anfangen auszusieben.«

Er beugte sich zu ihr hinab und küsste sie zärtlich. »Bleib trotzdem.«

»Ich … Ich hab meine Sachen nicht dabei, Follows Futter und …«

Erneut küsste er sie.

»Komm du mit zu mir nach Hause«, sagte sie schließlich. »Komm mit zu mir, wenn wir fertig sind.«

Er kam mit zu ihr, und mitten in der Nacht, während sie im Schlaf wimmerte und sich unruhig hin- und herwälzte, weil sie irgendetwas träumte, tat er, was er sonst nie tat: Er nahm sie in die Arme und hielt sie fest.

Während Xander Naomi vor ihren Albträumen beschützte, durchlebte Marla einen ganz anderen Albtraum. Sie hatte keine Ahnung, wo sie war, wie lange sie sich schon hier in der Dunkelheit befand. Wer auch immer er war – er tat ihr weh, und dabei flüsterte er immerzu, beim nächsten Mal würde er ihr noch viel mehr wehtun. Und das tat er dann auch.

Sie versuchte zu schreien, aber er hatte sie geknebelt. Manchmal drückte er ihr einen Lappen übers Gesicht, der entsetzliche Gestank bereitete ihr erst Übelkeit, und dann verlor sie das Bewusstsein.

Sie wachte ein ums andere Mal im Dunkeln auf, weil ihr kalt war und sie Angst hatte, und sie wünschte sich von ganzem Herzen, dass Chip kommen und sie retten würde.

Er vergewaltigte sie immer wieder. Fügte ihr Schnittwunden zu. Schlug sie. Selbst wenn sie sich gegen die Vergewaltigung nicht wehrte, schnitt und schlug er sie. Manchmal würgte er sie auch, bis ihre Lunge brannte. Bis sie ohnmächtig wurde.

Sie konnte sich nicht mehr daran erinnern, was passiert war, nicht genau jedenfalls. Wenn sie versuchte nachzudenken, tat ihr der Kopf unerträglich weh. Sie erinnerte sich nur noch daran, dass sie nach Hause hatte gehen wollen und wütend, unsagbar wütend gewesen war. Aber sie konnte sich nicht mehr an den Grund erinnern. Und sie erinnerte sich noch daran – oder glaubte es jedenfalls –, dass sie zwischendurch stehen geblieben war und sich ins Gebüsch übergeben hatte.

Dann war ein großes Auto mit einem Wohnwagen gekommen – war es so gewesen? Sie war an einem Wohnwagen vorbeigelaufen, und irgendetwas hatte sie am Kopf getroffen. Etwas hatte wehgetan. Und diese schrecklichen Dämpfe – davon war sie bewusstlos geworden.

Sie wollte nach Hause, sie musste nach Hause. Sie wollte zu Chip zurück. Tränen liefen ihr unkontrolliert aus den verquollenen Augen.

Dann kam er wieder. Sie spürte die Bewegung. Waren sie auf einem Boot? Wie schon zuvor spürte sie, wie sich der Raum neigte. Seine Schritte knarzten über den Boden. Sie wehrte sich, versuchte zu schreien, obwohl sie wusste, dass es sinnlos war.

Bitte, bitte, warum hört mich denn keiner?

Er versetzte ihr einen harten Schlag. »Dann wollen wir mal sehen, ob du noch eine Nacht in dir hast.«

Irgendetwas blitzte auf, blendete sie. Und er lachte.

»Besonders schön anzusehen bist du mittlerweile nicht mehr. Aber ich kann es immer noch ein bisschen verbessern.«

Ein Schnitt, sodass sie in den Knebel hineinschrie. Dann versetzte er ihr mit der Faust einen Schlag – er hatte einen Lederhandschuh an. Dann schlug er sie wieder, damit sie zu sich kam, damit sie weinte. Dann vergewaltigte er sie.

Er mochte es, wenn sie weinten.

Dann nahm er das Seil und würgte sie. Diesmal hörte er nicht auf, als sie das Bewusstsein verlor. Diesmal brachte er es zu Ende und setzte ihrem Albtraum ein Ende.

Während er sie vergewaltigt hatte und während er sie erwürgte, nannte er sie Naomi.

17

Heftiger Frühlingsregen setzte ein und sorgte für schlammige Stiefel, einen nassen Hund und diverse dramatische Fotos.

Naomi arbeitete noch immer in ihrem halb fertigen Schlafzimmer mit dem angrenzenden hässlich blauen Bad und lernte allmählich, mit dem Kreischen der Fliesenschneider zu leben.

Sie verbrachte den kompletten verregneten Montag und begann den ebenfalls regnerischen Dienstag mit der Arbeit, die am Wochenende liegen geblieben war. Sie hatte die Wreckers zu ihrer Playlist hinzugefügt und ließ sich von ihrer Musik inspirieren, während sie die Aufnahmen bearbeitete.

Als sie die Fotos von Xander auf ihrer Terrasse bearbeitete, schaltete sie auf Blues um. Die Arbeit an *Geschichtenland*, wie sie es nannte, hatte sie auf Eis gelegt, aber irgendwann würde sie sich daranmachen. Insgeheim wusste sie, dass sie ihre Wut angesichts des Buchs in Xanders Regal würde überwinden müssen. Doch jetzt im Augenblick erlebte sie etwas Neues, etwas gänzlich anderes.

Sie war glücklich. Nicht nur zufrieden und beschwingt, sondern glücklich. Dieses Gefühl blieb sogar den ganzen Tag über bei ihr – ob es nun regnete oder nicht. Das Haus, die Fortschritte, die um sie herum sichtbar wurden, die Arbeit – und sie leistete gute Arbeit hier! Selbst der Hund bescherte ihr ein glückliches Gefühl.

Und doch steckte noch mehr dahinter. Wie auch immer es geschehen war – sie war entgegen all ihre Gewohnheiten in eine Beziehung hineingerutscht, noch dazu in eine mit einem interessanten Mann, wie sie zugeben musste. Mit einem Mann, der sie körperlich und geistig gleichermaßen forderte, der genauso hart arbeitete wie sie und dem die Arbeit genauso viel Freude machte wie ihr selbst.

Wer hätte es ihr also verübeln können, dass sie so lange wie möglich daran festhalten wollte?

Sie retuschierte die bearbeitete Aufnahme von ihm auf der Terrasse. Edles Schwarz-Weiß, seine Augen strahlend blau, die des Hundes wie blassblauer Kristall. Die weiße Tasse, ein rotgoldener Sonnenstreifen wie ein Pfeil über dem Horizont, wo der Himmel auf das Wasser traf. Sie hatte zwischen Mattweiß und Grau geschwankt, sah aber jetzt, dass es richtig gewesen war, sich für Grau zu entscheiden. Das Grau ließ die Farben umso besser hervortreten und lenkte nicht so sehr ab, wie Weiß es getan hätte. Ein grauer Rahmen, beschloss sie, kein schwarzer. Die Kanten mussten weich bleiben.

Sie lehnte den retuschierten Ausdruck an die Wand und trat ein paar Schritte zurück, um ihn zu studieren.

Es war der Start in einen guten Tag gewesen, erinnerte sie sich. Nur den Besuch des Polizeichefs musste sie aus ihren Gedanken löschen, dann war es sogar der Start in einen hervorragenden Tag gewesen – der geendet hatte, wie er begonnen hatte: mit Xander in ihrem Bett.

Sie hakte ihre Daumen in die Hosentaschen, musterte kritisch die Ausdrucke, die an der Wand lehnten, und rief »Herein!«, als es mit einem Mal an der Tür klopfte.

»Entschuldigung …«

»Ist schon okay«, sagte sie zu Kevin. »Ein perfekter Zeitpunkt für eine Pause.«

»Gut. Lelo ist nämlich unten.«

»Ach ja?«

»Ja, er wollte … Wow!« Kevin kam herein. Die Tür ließ

er offen, sodass von unten das Geräusch der Hämmer und Sägen und das Kreischen des Fliesenschneiders heraufdrangen. »Die sind ja toll! Das ist Cecils Scheune – und Cecil. Und Xander. Darf ich?«, fragte er und hockte sich hin, noch ehe sie antworten konnte. Follow trottete sofort zu ihm, um seine Nase unter Kevins Arm zu schieben. »Bei diesem hier kann man den Morgen richtig riechen – die Minute, bevor alles aufbricht und es Tag wird.«

»Ich wünschte mir, du wärst Kunstkritiker!«

»Aber genau so empfinde ich es. Die Schwarz-Weiß-Aufnahmen mit dem bisschen Farbe – das ist richtig dramatisch! Und echt cool. Aber das hier, das ist die Stille und die ... die Möglichkeiten ...«

»Du solltest wirklich Kunstkritiker sein.«

»Das bin ich aber nicht. Trotzdem muss ich sagen, so gut hat Cecils Scheune noch nie ausgesehen. Wo willst du sie denn aufhängen?«

»Sie gehen an meine New Yorker Galerie. Von dem Bild, das anscheinend auch dein Favorit ist, muss ich noch einen Extraausdruck machen. Der Galeriebesitzer will eins für seine persönliche Sammlung.«

»Ha.« Kevin freute sich sichtlich und stand wieder auf. »Xander in New York! Der Laden, in dem Jenny arbeitet, wäre sicher scharf auf diese kleineren Fotos hier – die Blumen, das Scheunentor, den alten Baum.«

Sie hatte sie eigentlich für sich selbst ausgedruckt, aber ... vielleicht. Wenn sie sie verkauften, würde sie sich die alte Zedernholztruhe leisten können, die sie bei Cecil gesehen hatte.

»Vielleicht bringe ich welche davon dort vorbei, mal sehen. Aber hast du nicht gesagt, Lelo wäre unten?«

»Zum Teufel, das hab ich ganz vergessen. Ja, er meinte, er wollte sich den Garten einmal ansehen und ein paar Ideen entwickeln. Im Moment guckt er sich unten bei den Jungs um – zumindest hat er das gerade eben noch getan.«

»Ich hab mit ihm schon über den Garten gesprochen, aber es regnet in Strömen.«

»So ist Lelo nun mal.« Kevins Achselzucken sprach Bände. »Wenn du ein bisschen Pause machen willst, dann müsste ich unten ein paar Dinge mit dir besprechen. Es geht um den Wäscheraum und das Studio hier oben.«

»Okay. Ich rede zuerst mit Lelo, und dann komme ich zu dir.«

»Wir wissen es zu schätzen, dass du uns bei der Arbeit nicht andauernd über die Schulter guckst. Das meine ich ernst. Aber vielleicht solltest du dir die Fortschritte im Masterbad mal ansehen, bevor du weitermachst.«

»In Ordnung.«

Kevin wandte sich um, und Follow lief mit ihm hinunter. Mitten auf der Treppe blieb er abrupt stehen und schnupperte. Dann raste er mit freudigem Gebell die Treppe hinunter.

Naomi hörte Lelo lachen. »Hey, da ist er ja! Wie geht's, mein Junge?«

Als sie unten ankam, wälzten sich die beiden bereits auf der Abdeckplane. Lelo trug einen nassen Cowboyhut und eine gelbe Regenjacke.

»Hi. Ich dachte, heute wäre ein guter Tag, um mich mal umzusehen, da ich wegen des Regens an meinem anderen Job nicht weiterarbeiten kann.«

»Und stattdessen willst du lieber hier nass werden?«

»Regen regnet nun mal. Aber ich wollte mich nicht umsehen, ohne dir Bescheid zu sagen.«

»Warte, ich hol mir eine Jacke.«

»Ich kann mir auch einfach nur ein paar Notizen machen und so, wenn du nicht nass werden willst.«

»Regen regnet eben.«

Er grinste. »Ja, genau. Ich gehe schon mal vor. Ist es in Ordnung, wenn ich Follow mitnehme?«

»Ich könnte ihn wohl kaum aufhalten. Ich komme sofort nach.«

Sie schnappte sich die Regenjacke, eine Baseballkappe und nahm sich sogar die Zeit, ihre Sneakers gegen Gummistiefel einzutauschen. Als sie an die Haustür trat, wanderte Lelo bereits im strömenden Regen auf und ab und warf nebenbei einen durchnässten Tennisball für den überglücklichen Hund.

»Hier ist aber schon ordentlich sauber gemacht worden«, rief er.

»Das war Xander. Ich hatte selbst nicht viel geschafft…«

»Er mag Gartenarbeit. Mein Dad sagt immer, er würde Xander jederzeit einstellen, aber wer würde dann seinen Truck reparieren? Ich hoffe, du bist in diese alten Lebensbäume nicht zu sehr verliebt, denn die müssen weg.«

»Überhaupt nicht.«

»Hervorragend. Gibt es etwas, was du unbedingt behalten oder haben willst?«

»Ich dachte an einen hängenden Baum – eine Hängekirsche zum Beispiel. Ich würde sie dort drüben hinsetzen.«

»Hmm.« Der Regen tropfte von der Krempe seines Huts, als er die Stelle studierte. »Das würde funktionieren. »Hast du schon mal einen hängenden Judasbaum gesehen?«

»Ich weiß nicht…«

»Er ist nicht rot, sondern lavendelblau.«

»Lavendelblau?«

»Eine tolle Farbe und sehr viel seltener. Und er hat herzförmige Blätter.«

»Herzförmig?«

»Schlag ihn einfach mal nach.«

»Ja, mach ich.«

»Du könntest hier auch ein paar Wege pflastern. Am besten gewundene, keine schnurgeraden. Und hinters Haus einheimische Sträucher und Pflanzen setzen. Magst du Vögel und Schmetterlinge, so was in der Art?«

»Ja, klar.«

»Dann musst du unbedingt einen falschen Jasmin haben. Er riecht gut, sieht hübsch aus und zieht Vögel und Schmetterlinge an. Und eine Felsenbirne. Sie hat weiße sternförmige Blüten und später dann Beeren. Dunkelviolette Früchte, die ungefähr so groß sind.« Er deutete die Größe mit den Fingern an. »Die Vögel lieben sie. Du kannst die Beeren aber auch selbst essen – sie sind wirklich lecker. Und dann brauchst du bestimmt auch ein paar Rhodos.«

Er ging auf und ab, wies hierhin und dorthin, warf den Ball, ratterte Namen und Beschreibungen herunter. Und entwarf ein Bild von etwas Schönem, Fantasievollem.

»Eigentlich wollte ich nur einen Baum pflanzen, ein paar Sträucher, Stauden in die Beete und Zwiebeln …«

»Könntest du natürlich auch machen. Das würde sicher gut aussehen.«

»Ja, das würde es vielleicht, aber jetzt hast du mich dazu gebracht, dass ich über Pflanzen nachdenke, deren Namen ich noch nie gehört habe, und du redest von Bäumen mit herzförmigen Blättern.«

»Ich könnte es dir aufmalen, dann kannst du es dir vielleicht besser vorstellen.«

»Okay, lass es uns so machen.«

»Kann ich mich auch hinten umsehen?«

»Klar, nass sind wir sowieso.«

Als sie um das Haus herumgingen, griff er in die Tasche seiner Regenjacke. »Willst du eins?«

Sie sah das klassisch gelbe Päckchen und fing den Hauch

des tröstlichen Dufts ein, als er einen Streifen Juicy Fruit herauszog.

Zwar schüttelte sie den Kopf, auch wenn sie sich blöd dabei vorkam, aber das Päckchen Kaugummi bestätigte den Eindruck, den sie von Anfang an von ihm gehabt hatte.

Nett, lieb, loyal. Kein Wunder, dass der Hund ihn anbetete.

»Hier ist nachmittags Schatten«, fuhr Lelo fort, während er sich den Kaugummistreifen in den Mund schob. »Das hier wäre ein hübscher Ort für eine Hängematte oder eine Bank und ein paar schattenliebende Pflanzen. Wenn du die Pflasterwege rundherum anlegst, könntest du barfuß ums gesamte Haus laufen.«

»Fabelhafte Idee, Lelo.«

Sie liefen ein Stück weiter, und er stemmte die Hände in die Hüften, betrachtete die Terrassenstufen und den ungepflegten Grasstreifen entlang der Steinmauer.

»Du hast einen Keller, oder?«

»Sogar einen großen. Lagerräume und Haustechnik. Er ist allerdings nicht renoviert, ich brauche den Platz nicht.«

»Das könnte sich ändern, wenn ihr Kinder habt. Dann wirst du auch die Mauer höher ziehen wollen. Für den Moment könntest du dort drüben ein paar Hemlocktannen und darunter willkürlich Narzissen setzen und dir so ein Waldgefühl verschaffen. Und hinten an der Mauer ein paar Sträucher ... Allerdings solltest du sie niedrig halten, damit dir nichts die Aussicht versperrt. Wenn du jemals beschließen solltest, das Untergeschoss auszubauen, dann lass eine Tür nach draußen einbauen, dann hast du hier hinter der Terrasse ein schönes, schattiges Plätzchen in einem sonnigen kleinen Garten.«

»Ich möchte hier ein paar Kräuter und Gemüse anbauen – keine große Fläche, nur so, dass es für einen Küchengarten reicht.«

»Das könntest du machen.« Er nickte, dann lief er die wenigen Stufen zur Veranda hoch. »Ist ein bisschen weit bis zur Küche, aber klar, du könntest es machen. Oder du stellst dir hier oben Hochbeete hin. Hier hast du genug Sonne, und auf so einer großen Terrasse hättest du auch genügend Platz. Bau die Hochbeete aus dem gleichen Holz, aus dem auch die Veranda besteht, sodass sie aussehen wie eingebaut, verstehst du? Pflanz Kräuter ein, ein paar Kirschtomaten, vielleicht ein bisschen Paprika, was immer du willst. Hochbeete sind leichter zu pflegen.«

»Und dort wären sie näher an der Küche dran.« Praktischer, dachte sie. Viel effizienter. Und hübsch. »Du kennst dich wirklich aus, Lelo.«

»Na ja, ich arbeite in der Branche, seit ich sechs bin.«

»Allerdings würde das viel Arbeit werden.«

»Du könntest einfach mit ein bisschen von allem anfangen.«

»Könntest du es mir aufzeichnen und mir einen ungefähren Kostenvoranschlag machen – für jeden Bereich?«

»Klar. Und da gibt es auch noch diese andere Sache …«

»Muss ich das Familiensilber verscherbeln?«

Er schüttelte grinsend den Kopf, sodass die Regentropfen aus seinem Haar flogen. »Vielleicht könntest du Bilder von der Gartenanlage machen – du weißt schon, vorher, währenddessen, nachher. So was könnte ich dann im Geschäft verwenden – als eine Art Tauschhandel.«

Und schon wieder wird gehandelt, dachte sie vergnügt. Das schien in Sunrise Cove ziemlich beliebt zu sein. »Gute Idee!«

»Sie stammt ehrlich gesagt gar nicht von mir, sondern von meinem Dad. Ich hab die Fotos noch nicht mal gesehen, die du Dave geschickt hast. Nach der Arbeit fahre ich bei ihm vorbei – vielleicht springt ja sogar noch ein Abendessen für mich raus. Aber mein Dad hat sich deine Website angesehen, und da ist ihm die Idee gekommen.«

Sie würde ohnehin Bilder machen, dachte sie. Sie dokumentierte schließlich auch die Fortschritte im Haus: für sich selbst, für Mason, ihre Onkel und die Großeltern.

»Wir werden uns schon einig.«

»Gut.« Sie stießen die Fäuste aneinander. »Ich mache dir ein paar Zeichnungen und schreibe ein paar Zahlen auf. Du bist übrigens echt hübsch …«

»Äh … danke.«

»Ich will dich nicht anmachen oder so. Xander ist wie ein Bruder für mich. Aber du bist wirklich hübsch. Und mir gefällt, was du aus diesem Haus machst. Wie gesagt, ich war hier hin und wieder mit Dikes, und obwohl ich früher immer gedacht habe, dass es falsch wäre, in der Branche zu arbeiten, hab ich damals schon im Geiste Sachen hier gepflanzt.«

»Und jetzt wirst du sie in echt pflanzen.«

»Ja, das ist schon was, oder? Ich sollte allerdings allmählich aufbrechen. Xander macht mir die Hölle heiß wegen des Auspuffs. Am besten wird sein, ich fahre bei ihm vorbei, damit er das blöde Ding endlich mal reparieren kann. Ich komme zurück, wenn ich alles ausgearbeitet habe.«

»Danke, Lelo.«

»Keine Ursache. Ist doch selbstverständlich.« Er streichelte den nassen Hund. »Bis dann«, sagte er noch und lief dann zurück zu seinem Wagen.

Xander stand unter einem alten Camry und ersetzte die alten Bremsscheiben, die schon vor zwanzigtausend Kilometern hätten ausgetauscht werden müssen. Manche Leute pflegten ihre Autos einfach nicht. Der Camry brauchte dringend einen Ölwechsel und eine gründliche Inspektion, doch die Besitzerin – Xanders frühere Geschichtslehrerin aus der neunten Klasse – glaubte immer noch nicht, dass er wüsste, was er tat. In jeder Hinsicht. Und sie ließ es ihn heute noch spüren, dass sie ihm wegen Schwänzens einen Schulverweis angedroht hatte.

Er verstand es bis heute nicht. Jemand wegen Schwänzens den Schulverweis in Aussicht zu stellen war doch eher eine Belohnung.

Auch die Stoßdämpfer würden alsbald den Geist aufgeben – aber auch diesbezüglich hörte sie nicht auf ihn. Sie würde den Wagen weiterfahren, bis er Schrott wäre, bis es sich nicht einmal mehr lohnen würde, ihn abzuschleppen.

Draußen auf dem Parkplatz standen zwei Autos, die er nach einem Unfall auf regennasser Straße in der Nacht zuvor mit seinem Abschleppwagen in die Werkstatt gebracht hatte – der Anruf hatte ihn um zwei Uhr morgens aus Naomis Bett geholt.

Die Fahrer waren zum Glück mit ein paar Beulen und Schrammen davongekommen – obwohl einer von ihnen von der Polizei mitgenommen worden war, weil der Atemalkoholtest besorgniserregend ausgefallen war.

Wenn sich die Versicherungsgesellschaften erst einmal einig wären, dann hätte er einiges zu tun.

Dass er nicht mit Naomi und dem Hund aufgewacht war und mit ihr hatte frühstücken können, wurmte ihn.

Er hatte sich an diese Sonnenaufgänge gewöhnt. Schon eigenartig, wie schnell er sich daran gewöhnt hatte und gar nicht mehr allein in seinem eigenen Bett einschlafen und aufwachen wollte.

Selbst jetzt hatte er das Bedürfnis, sie zu sehen, ihre Stimme zu hören – wenigstens ihren Duft zu riechen. Das sah ihm gar nicht ähnlich. Er brauchte normalerweise nicht ständig Kontakt – musste nicht immerzu anrufen, SMS schreiben, sich nach ihrem Wohlbefinden erkundigen und vorbeifahren. Trotzdem hatte er sich dabei ertappt, wie er genau dafür Vorwände suchte, und er musste sich richtiggehend zwingen, es bleiben zu lassen.

Schließlich musste er arbeiten – und später am Nachmittag war er mit Loo wegen der Bar verabredet. Er sollte auch mal wieder Bücher lesen, Sport gucken, mit Freunden abhängen. Und der ganze Papierkram, den er eigentlich am Sonntagabend hätte erledigen wollen, lag auch noch da.

Xander schüttelte den Kopf, als er das unverkennbare Husten und Klappern von Lelos Auspuff hörte.

»Schaff das Ding hier raus!«, schrie Xander. »Das ist schlecht fürs Geschäft!«

»Ich bringe dir gerade ein Geschäft, Mann. Und ein halbes Jumbo-Diablo-Sandwich.«

Xander warf Lelo, der tropfnass vom Regen hereinmarschierte, einen misstrauischen Blick zu. »Diablo?«

»Ich bin bei deiner Freundin vorbeigefahren. Sie ist wirklich scharf – und zwar *ratten*scharf. Da wollt ich auch gerne was Scharfes haben.«

»Du warst bei Naomi?«

»Für mich ist es immer noch das alte Parkerson-Haus. Aber nicht mehr lang, wenn sie uns engagiert. Ich tausche das halbe Sandwich gegen ein Bier.«

»Gib mir zwei Minuten.« Xander wandte sich wieder den Bremsbelägen zu. »Du bist also hingefahren und hast dir den Garten angeguckt?«

»Ich hab von diesem Garten geträumt, seit ich dort oben mit Dikes gesessen und Dope geraucht hab. Deine rattenscharfe Freundin ist ziemlich offen und flexibel in Bezug auf die Gartenanlage. Sie hört zu. Und sie kann sich alles vorstellen – genau wie bei den Fotos.«

Lelo setzte sich auf eine Werkbank und packte sein Sandwich aus. »Wenn wir diesen Job kriegen würden! Dieser

Garten ist eine Sehenswürdigkeit – in den letzten Jahren zwar eine ziemlich traurige Sehenswürdigkeit, aber trotzdem. Meine Eltern würden vor Freude in die Luft springen, wenn sie irgendwann herzeigen könnten, was wir daraus gemacht haben. Wenn wir uns einig werden, dass sie Fotos für uns schießt, die wir zu Werbezwecken nutzen können, könnt ich die Kosten für sie niedrig halten. Wieso lässt du eigentlich Denny hier drinnen diesen Countryscheiß abspielen?«

»Ihn macht es glücklich.«

Mittlerweile war Xander fertig. Er trat an den Kühlschrank und holte ein Bier sowie ein Ginger Ale heraus. Dann nahm er sich Papierservietten – Diablos waren heiß und fettig – und hockte sich zu Lelo auf die Werkbank.

»Ist das Mrs. Wobaughs Camry?

»Ja. Sie fährt ihn in Grund und Boden.«

»Ich hatte sie in Geschichte.«

»Ich auch.«

»Sie hat mich zu Tode gelangweilt.«

»Mich auch.«

»Wer hat eigentlich behauptet, dass Geschichte sich wiederholen würde?«

»Viele Leute behaupten das«, erwiderte Xander. »Einer meiner Lieblingssätze ist allerdings: ›Trotz aller dicken Bände hat Geschichte ein Blatt nur.‹ Das ist Byron.«

»Oha. Und warum mussten wir dann diese ganzen Sachen lernen und uns dabei zu Tode langweilen, wenn Geschichte doch auf ein einziges Blatt passt?«

»Weil wir glauben, den Verlauf – die nächste Seite – ändern zu können, wenn wir lernen. Das passiert zwar nicht, aber wie man so schön sagt: Die Hoffnung stirbt zuletzt. Nur deshalb müssen Kinder sich auf der Highschool langweilen.«

»Ja, da hast du wahrscheinlich recht.«

Schweigend verdrückten die beiden Freunde das Sandwich.

»Ich hab die Autos bei dir auf dem Parkplatz gesehen. Die sind ja beide ganz schön zusammengefaltet.«

»Letzte Nacht auf der 119. Der Honda-Fahrer hatte 1,1 Promille.«

»Pech gehabt. Schlimm verletzt?«

»Ein paar Schrammen und Kratzer. Der andere Fahrer auch. Hat nicht besonders schlimm geklungen. Die Autos hat es deutlich heftiger erwischt.«

»Viel Arbeit für dich.«

»Denke ich auch.« Während er aß, musterte Xander Lelos Truck. »Hast du mir deine Schrottlaube zum Reparieren gebracht?«

»Ja. Wenn du mich nach Hause fährst, kann ich den Wagen hierlassen.«

»Kann ich machen. Ich hab dir schon vor Monaten einen Auspuff gekauft, weil ich mir schon gedacht habe, dass du irgendwann vernünftig werden würdest. Ich schieb dich einfach dazwischen.«

»Danke, Kumpel. Heute früh hat mich der Chief angehalten, als ich den Ort verlassen hab – er hat mich nur deshalb weiterfahren lassen, weil ich ihm gesagt habe, dass ich nach der Arbeit einen Termin bei dir hätte und du dich darum kümmern würdest.«

Xander spülte das höllisch scharfe Diablo mit eiskaltem Ginger Ale herunter – eine hervorragende Mischung. »So kann man auch zur Vernunft kommen.«

»Der Krach wird mir fehlen.«

»Aber auch nur dir, Lelo.«

»Der Chief hat mir übrigens erzählt, sie hätten Marla immer noch nicht gefunden.«

Xander, der gerade noch einen Schluck hatte trinken wollen, hielt abrupt inne. »Sie ist immer noch nicht zurück?«

»Nein. Niemand hat etwas von ihr gesehen oder gehört.

Er hat mich auch gefragt, ob mir irgendetwas aufgefallen wäre oder ob ich sie mit jemandem gesehen hätte. So langsam wird es ernst, Xan. Sie kann sich doch nicht einfach so in Luft aufgelöst haben.«

»Menschen lösen sich nicht in Luft auf.«

»Nein, sie laufen weg – ich hab das mal versucht, als ich wegen irgendetwas sauer war auf meine Mutter. Ich hab meinen Rucksack gepackt und mich auf den Weg zu meinen Großeltern gemacht. Ich dachte irgendwie, ich bräuchte bis dorthin nur fünf Minuten – das war der Weg mit dem Auto –, hab als Achtjähriger die Entfernung zu Fuß natürlich nicht gut abschätzen können. Ich hatte gerade erst die halbe Strecke geschafft, als meine Mutter mich mit dem Auto eingeholt hat. Ich dachte, jetzt krieg ich eine Mordsabreibung, aber sie stieg nur aus und nahm mich heulend in die Arme.« Er biss von seinem Sandwich ab. »Aber das ist wahrscheinlich nicht das Gleiche.«

»Hoffentlich doch. Sie ist stinksauer aufgebrochen und sitzt irgendwo schmollend herum.« Allerdings war das nicht mehr sehr wahrscheinlich, dachte Xander. »Nur dass sie dafür schon zu lang weg ist. Viel zu lang.«

»Die Leute denken mittlerweile, dass jemand sie mitgenommen hat.«

»Welche Leute?«

»Sie haben bei Rinaldo darüber geredet, als ich das Sandwich gekauft habe. Und auch die Polizei hört sich mittlerweile überall um. Sie hat seit Freitag ihre Kreditkarte nicht mehr benutzt. Und sie hat weder ihr Auto noch Klamotten mitgenommen. Sie haben Chip und Patti hingeschickt, damit sie überprüfen, ob sie irgendwelche Kleidungsstücke mitgenommen hätte, aber alle haben nur gesehen, wie sie die Bar verlassen hat, mehr nicht. Ich kann wirklich nicht behaupten, dass ich sie gernhätte. Ich hab ein paarmal mit ihr geschlafen, aber irgendwie hat sie eine gemeine Ader… Trotzdem macht einem der Gedanke Angst, dass ihr wirklich etwas zugestoßen sein könnte. Es laufen so viele Irre dort draußen herum… und machen irre Sachen. Ich mag gar nicht darüber nachdenken.«

Das wollte Xander lieber auch nicht.

Aber er konnte den Gedanken auch nicht einfach so verdrängen. Als er Lelos Truck auf die Hebebühne gefahren hatte – und Lelo gegangen war, um sich zum Nachtisch ein Eis zu kaufen –, krampfte sich ihm den Magen zusammen.

Er hatte noch deutlich vor Augen, was für einen Blick Marla ihm zugeworfen hatte, als sie von der Toilette zurückgekommen war, wohin Patti sie zuvor gezerrt hatte. Es war ein Blick voll heiß lodernder Wut gewesen. Dann hatte sie ihm den Mittelfinger gezeigt und war hinausgestürmt.

Das war sein letztes Bild von ihr. Er kannte sie seit der Highschool. Er hatte Sex mit ihr gehabt, weil sie verfügbar gewesen war. Aber er hatte sie auch unzählige Male abgewiesen, weil er sie – genau wie Lelo – insgeheim nicht wirklich mochte.

Sie hätte in weniger als fünf Minuten zu Hause gewesen sein müssen, schätzte er. Und bei dem Tempo, in dem sie hinausgerannt war, wahrscheinlich sogar eher in drei. Die Straße war dunkel gewesen, trotz der Straßenlaternen. Still um diese Uhrzeit, weil die meisten in der Bar gewesen waren.

Er stellte sich die Häuser entlang der Straße vor, die sie hinabgerannt sein musste – die Läden an der Water Street. Die Geschäfte waren alle zu gewesen. Sicher waren noch ein paar Leute wach gewesen – zumindest einige –, aber diejenigen, die zu Hause geblieben waren, hatten wahrscheinlich vor dem Fernseher gesessen oder am Computer irgendein Spiel gespielt. Nach elf Uhr abends sah doch niemand mehr aus dem Fenster.

War irgendjemand vorbeigekommen und hatte ihr angeboten, sie mitzunehmen? Wäre sie blöd genug gewesen, in ein Auto zu steigen?

Ein Weg von drei bis fünf Minuten – warum sollte sie da in das Auto eines Fremden steigen?

Es musste aber ja auch gar kein Fremder gewesen sein, sagte er sich, und sein Magen krampfte sich erneut zusammen. Bei einem Bekannten wäre sie bestimmt gern eingestiegen, weil sie da Dampf hätte ablassen können.

Cove hatte knapp zweitausend Einwohner, im Ort selbst und in der unmittelbaren Umgebung. Es war ein Dorf – trotzdem konnte man nicht alle kennen.

Eine wütende, betrunkene Frau wäre ein leichtes Opfer gewesen.

War irgendwer ihr aus der Bar gefolgt? Er hatte niemanden gesehen, aber er hatte auch achselzuckend weggeguckt, nachdem sie ihm den zornigen Blick zugeworfen und den Mittelfinger gezeigt hatte.

Man konnte sich nie sicher sein.

Selbst Leute, die man kannte, hatten Geheimnisse.

Hatte er nicht mal ein schwarzes Spitzenhöschen im Honda des verheirateten Rick Graft gefunden – dessen Frau nie im Leben in so ein kleines Höschen gepasst hätte? Graft hatte immer den Eindruck erweckt, als Ehemann und Vater von drei Kindern glücklich zu sein. Er war Basketballtrainer für die Neun- bis Zehnjährigen und leitete den örtlichen Baumarkt.

Xander hatte das Höschen weggeworfen, weil er gemutmaßt hatte, dass es so besser wäre. Doch vergessen hatte er es nie.

Oder Mrs. Ensen, die nach Gras und billigem Wein gerochen hatte, was auch ein Minzbonbon und ihr Eau de Cologne nicht hatten überdecken können, als er mit dem Abschleppwagen hinausfuhr, um ihren Reifen zu wechseln.

Und sie war Großmutter, du liebe Güte.

Nein, man kannte wirklich nicht jeden, auch wenn man es sich einredete.

Allerdings wusste er genau, dass Marla nicht vier Tage lang allein in sich hineinschmollen würde.

Er befürchtete, dass es zu spät sein würde, wenn sie sie fänden.

18

Ein Haus voller Männer hatte entschieden Vorteile. Xander und Kevin trugen für sie die Pakete und den kleineren Karton mit Ausdrucken hinaus, die sie für den Verkauf am Ort gerahmt hatte. Sie selbst brauchte nur mehr die Kameratasche zu tragen.

»Danke! Ich bringe die Pakete gleich zur Post.«

»Du reist nach New York, Xan.«

»Merkwürdige Vorstellung«, erwiderte er. »Ich muss los.« Er tippte gegen Naomis Kameratasche. »Gehst du auch zur Arbeit?«

»Ja. Ich nehme mir noch ein, zwei Stunden Zeit, bevor ich in den Ort fahre.«

»Und wohin gehst du?« Als sie die Augenbrauen hochzog, fügte er besänftigend hinzu: »Ich meinte ja nur …«

»Unten zu den Klippen. Mal gucken, ob der Regen etwas Interessantes angespült hat. Und es ist ein schöner Frühlingsmorgen. Es sind bestimmt Boote auf dem Wasser.«

»Viel Glück!« Er zog sie an sich, um sie zu küssen, und tätschelte anschließend dem Hund den Kopf. »Bis später!«

Sie bleibt in Sichtweite des Hauses, stellte er zufrieden fest, als er sich auf sein Motorrad schwang. Er hatte bereits eine kleine Unterhaltung unter vier Augen mit Kevin darüber gehabt, dass er sie im Blick behalten würde.

Mehr konnte er nicht tun, aber er würde sich einfach nicht wohlfühlen, bevor sie nicht herausgefunden hätten, was mit Marla passiert war.

Naomi fragte sich, ob sie das Auto nehmen sollte. So könnte sie fast einen ganzen Kilometer näher ranfahren und dann durch den Wald – wo sie zuerst fotografieren wollte – zur Küste hinunterlaufen.

Doch ruhige Gegend oder nicht – der Gedanke, ihr Auto mit den Ausdrucken am Straßenrand stehen zu lassen, behagte ihr nicht.

Als sie die Leine holte, rannte Follow sofort in die entgegengesetzte Richtung, allerdings wusste sie, dass er hinter ihr herkommen würde, deshalb zuckte sie nur mit den Schultern und machte sich auf den Weg.

Als er sich ihr wieder angeschlossen hatte, blieb sie stehen und kramte einen Hundekeks hervor. »Wenn du das haben willst, kommst du an die Leine, bis wir von der Straße runter sind.« Sie hob die Leine an.

Seine Gier war größer als die Abneigung gegen die Leine.

Er wehrte sich zwar dagegen, zog daran und tat sein Bestes, um darüber zu stolpern, doch Naomi hakte kurzerhand den Karabinerhaken an ihren Gürtel und blieb dann stehen, um ein paar weiße Wildblumen zu fotografieren, die der Regen wie Sterne am Straßenrand aufgespült hatte. Im Wald benahm sich Follow besser und schnupperte an allem.

Naomi fotografierte einen umgestürzten Baumstamm, der von Farnen umgeben und mit Moos und Flechten in allen möglichen Farben bewachsen war: gelb, rostrot, moosgrün und besetzt mit Pilzen, die wie außerirdische Geschöpfe aus dem Stamm emporragten. Daneben standen zwei hohe Bäume, deren Wurzeln sich um den vermodernden Baumstamm schlangen, als wollten sie ihn umarmen.

Neues Leben, dachte sie, das aus Tod und Verfall erwächst.

Das Grün leuchtete nach dem starken Regen, und überall standen Wildblumen. Es duftete nach Erde, Tannen und Geheimnissen.

Nach einer Stunde hätte sie eigentlich wieder zurückgehen und sich die Küste für einen anderen Tag aufheben wollen. Doch nach dem dämmrigen, kühlen Dunst des Waldes wollte sie nun doch das Funkeln der Sonne auf dem Wasser sehen. Sie wollte das tiefere, rauere Grün der Landzungen, das Grau der Felsen gegen das Blau des Wassers und des Himmels einfangen.

Noch eine Stunde, dachte sie, dann würde sie zurücklaufen und ihre Pflichten erledigen.

Follow, der begeistert darüber war, endlich frei laufen zu dürfen, sprang voraus. Sie bog auf den Klippenweg ab, den er mittlerweile gut kannte. Er kläffte fröhlich und tänzelte kurz auf der Stelle, wann immer sie stehen blieb, um weitere Aufnahmen zu machen. »Hetz mich nicht!« Doch auch sie konnte bereits das Wasser riechen und lief ein wenig schneller.

Der Weg führte verhältnismäßig steil nach unten und war nach dem langen Regen so schlammig, dass sie schon bald wieder langsamer gehen musste. Den Hund würde sie baden müssen, ehe sie in den Ort fuhr.

»Daran hab ich gar nicht gedacht«, murrte sie leise und hielt sich an Ästen fest, damit sie auf dem weichen Boden nicht ausrutschte.

Aber es lohnte sich. Die ganze Mühe hatte sich gelohnt – für den einen Moment, als sich die Bäume lichteten und sich ihr der Blick aufs Wasser und die Landzungen öffnete.

Selbst auf die Gefahr hin auszurutschen machte sie ein Foto von der Aussicht – durch niedrig hängende Äste mit farnähnlichen Nadeln hindurch. Ganz unten war es hell und sonnig, doch aus ihrem Blickwinkel wirkte die Bucht geradezu mysteriös. Als läge dort ein Geheimnis, das sich erst durch einen Zauberspruch offenbaren würde.

Zufrieden lief sie ihrem Hund nach, der inzwischen wie ein Besessener bellte.

»Lass die Vögel in Ruhe! Ich will sie fotografieren.«

Sie kratzte ihre schlammigen Stiefel am Felsen ab und stieg darüber hinweg. Sie fing genau das diamantene Glitzern ein, auf das sie gehofft hatte, und kurz hinter dem Kanal ein Schiff mit roten Segeln.

Sie kümmerte sich nicht um den bellenden Hund, bis sie endlich eingefangen hatte, was sie wollte – bis die roten Segel sich harmonisch in das Bild einfügten. Als Follow auf sie zugerannt kam, ignorierte sie ihn und widmete sich stattdessen einer weiteren Aufnahme des Meeresarms.

»Hör mal, du musst auch mal warten können, du kannst nicht immer nur spielen. Was hast du denn da? Woher hast du das?«

Schwanzwedelnd stand er vor ihr – mit einem Schuh im Maul.

Mit einem Frauenschuh, stellte sie fest: Peeptoe, langer, dünner Absatz, knalliges Pink.

»Den nimmst du nicht mit nach Hause, das kannst du vergessen.«

Als er ihn vor ihre Füße fallen ließ, machte sie einen langen Schritt darum herum. »Und ich fass ihn auch nicht an.«

Doch als sie weiterging, packte er den Schuh erneut und rannte wieder voraus.

Über den groben Sand lief sie auf einen schmalen Kieselstreifen zu. Follow bellte so aufgeregt und schrill, dass sie ihn anbrüllte: »Hör endlich auf! Was ist denn los mit dir?«

Sie senkte die Kamera. Und mit einem Mal waren ihre Hände eisig kalt.

Der Hund stand am Fuß der Klippe und bellte etwas an, was auf dem schmalen Sandstreifen lag. Naomi zwang sich dazu, näher zu treten, bis ihre Beine zu zittern begannen und sich ein schweres Gewicht auf ihre Brust zu legen schien.

Sie sank auf die Knie, rang nach Luft und starrte auf die Leiche hinab.

Marla Roth lag mit Fesseln um die Handgelenke vor ihr – die Hände ausgestreckt, als wollte sie nach etwas greifen, was sie jedoch nicht erreichen konnte.

Das helle, funkelnde Licht wurde schlagartig grau. Die Luft war auf einmal nur mehr vom Dröhnen der Brandung erfüllt.

Dann leckte der Hund ihr übers Gesicht, winselte, versuchte, seinen Kopf unter ihre schlaffe Hand zu schieben. Das Gewicht fiel von ihr ab, und stattdessen breitete sich unerträglicher Schmerz aus.

»Okay. Okay. Bleib hier.« Ihre Hände zitterten, als sie Follow anleinte. »Bleib bei mir. Gott, o Gott… Mir darf nicht schlecht werden. Ich darf mich jetzt nicht übergeben.«

Sie biss die Zähne zusammen und zog ihr Handy heraus.

Sie wollte nicht bleiben, aber sie hätte auch nicht gehen können. Es spielte keine Rolle, dass die Polizei ihr aufgetragen hatte zu bleiben, wo sie war, und nichts anzufassen. Sie hätte das genauso gut auch ignorieren können. Aber sie wollte Marla nicht allein lassen.

Sie lief zurück zu den Felsen und kletterte so weit nach oben, bis der Wind über ihr feuchtes Gesicht strich. Der Hund zerrte an der Leine und bellte, bis sie einen Arm um ihn legte und ihn an sich zog.

Es beruhigte sie beide – zumindest ein bisschen. Es beruhigte sie zumindest so weit, dass ihr klar wurde, was sie noch tun musste. Erneut zog sie ihr Handy hervor und rief Xander an.

»Hey.« Seine Stimme übertönte die laute Musik und den Maschinenlärm im Hintergrund.

»Xander…«

Mehr als dieses eine Wort – der Klang ihrer Stimme bei diesem einen Wort – war nicht nötig. Sein Magen zog sich sofort zusammen.

»Was ist los? Bist du verletzt? Wo bist du?«

»Ich bin nicht verletzt. Ich bin unten am Strand. Ich … Es ist Marla. Sie ist … Ich habe schon die Polizei gerufen. Ich habe sie gefunden. Ich hab die Polizei gerufen, und sie kommen …«

»Ich bin schon auf dem Weg. Ruf Kevin an, er ist schneller bei dir, aber ich komme sofort.«

»Ist schon in Ordnung. Mir geht es gut. Ich kann warten. Ich höre die Sirenen schon. Ich kann sie schon hören.«

»Gib mir zehn Minuten.« Er legte auf, steckte das Telefon in seine Tasche und schwang sich auf sein Motorrad.

Auf ihrem Felsen starrte Naomi auf das Handy hinab, bis ihr dämmerte, dass sie es genauso gut auch wieder einstecken konnte. Sie stand nicht unter Schock, redete sie sich ein – wie sich das anfühlte, wusste sie genau. Sie war nur ein bisschen benommen, stand ein bisschen neben sich.

»Wir müssen warten«, sagte sie zu Follow. »Sie müssen ja erst den Weg runterkommen, also müssen wir warten. Jemand hat sie verletzt. Man hat sie verletzt, und bestimmt hat man sie auch vergewaltigt. Irgendwer hat ihr die Kleider weggenommen. Ihre Schuhe …« Naomi schluckte schwer und drückte ihr Gesicht in Follows Fell. »Und er hat ihr wehgetan. Das siehst du an ihrem Hals. Die blauen Flecken um ihren Hals. Ich weiß, was das bedeutet, ich weiß, was das bedeutet …« Erneut stieg Panik in ihr auf, aber sie drängte sie zurück und zwang sich, langsam zu atmen. »Ich werde nicht zusammenbrechen.«

Der Hund roch nach dem Regen, der von den nassen Bäumen getropft war, nach nasser Erde – nach nassem Hund. Sie klammerte sich daran. Solange sie den Hund bei sich hatte, konnte sie es überstehen.

Als sie sie kommen hörte, holte sie noch einmal tief Luft, dann stand sie auf.

»Ich bin hier«, rief sie.

Der Chief tauchte als Erster zwischen den Bäumen auf, gefolgt von einem uniformierten Polizisten, der einen Koffer dabeihatte. Dann kam noch einer mit einer Kamera um den Hals.

Sie konnte ihre Augen hinter den Sonnenbrillen nicht erkennen.

»Sie liegt dort drüben.«

Der Chief drehte den Kopf. Naomi hörte, wie er scharf die Luft einzog, bevor er sich ihr wieder zuwandte. »Ich möchte, dass Sie hier warten.«

»Ja. Ich warte.«

Sie setzte sich wieder – ihre Knie waren noch immer weich – und blickte übers Wasser, über die funkelnde Schönheit hinweg. Nach einer Weile entspannte sich auch Follow so weit, dass er sich setzte und sich an sie lehnte.

Dann hörte sie erneut jemanden kommen – zu schnell für den steilen, schlammigen Pfad. Follow sprang auf und wedelte freudig mit dem Schwanz.

»Ich soll hier warten«, wandte Naomi sich an Xander, sowie er bei ihr angekommen war.

Er kniete sich neben sie und zog sie in die Arme.

Sie hätte zusammenbrechen können – es wäre so einfach gewesen zusammenzubrechen. Und so schwach.

Dann strich er ihr über die Wange. »Ich bring dich hoch zum Haus.«

»Ich soll hier warten …«

»Vergiss es. Sie können auch oben mit dir reden.«

»Ich würde lieber hierbleiben. Ich würde das lieber nicht mit heimnehmen – nicht solange ich es nicht muss. Ich hätte dich nicht anrufen dürfen …«

»Quatsch.«

»Ich hab angerufen, bevor …«

Sie hielt inne, als der Chief auf sie zugelaufen kam. »Xander.«

»Ich hab ihn angerufen, nachdem ich Sie angerufen hatte. Ich war völlig durcheinander.«

»Verständlich.«

»Ich … Es tut mir leid, der Hund … Ich hab sie erst gar nicht gesehen. Ich hab fotografiert, und ich hab sie nicht gesehen. Er hatte einen Schuh im Maul – ihren Schuh, nehme ich an. Ich dachte nur … Es tut mir leid! Ich weiß, dass wir nichts hätten anfassen dürfen, aber ich hab sie ja erst nicht einmal gesehen.«

»Machen Sie sich deswegen keine Gedanken. Sind Sie wegen der Fotos hier heruntergekommen?«

»Ja, das mache ich oft. Ich … Wir … Ich meine, der Hund und ich sind vom Haus aus durch den Wald gegangen. Dort hab ich einige Zeit mit Fotografieren verbracht, aber ich wollte auch hier unten noch ein paar Fotos machen. Nach dem Regen. Da war ein Schiff mit einem roten Segel, und dann hatte Follow plötzlich den Schuh … einen pinkfarbenen Peeptoe mit hohem Absatz. Keine Ahnung, was er damit gemacht hat.«

Sam nahm eine Wasserflasche aus der Jackentasche und reichte sie ihr. »Trinken Sie mal ein bisschen Wasser, Liebes.«

»In Ordnung.«

»Sonst haben Sie niemanden gesehen?«

»Nein. Der Hund hat die ganze Zeit gebellt und gewinselt, aber ich hab nicht darauf geachtet, weil ich unbedingt dieses eine Foto machen wollte … Dann hab ich ihn angebrüllt und mich umgedreht. Da erst hab ich sie gesehen. Ich bin ein bisschen näher rangegangen, um mir ganz sicher zu sein. Und ich konnte sehen... Und da habe ich die Polizei angerufen. Ich hab erst Sie angerufen und dann Xander.«

»Ich möchte mit ihr nach oben ins Haus gehen. Ich möchte sie von hier wegbringen.«

»Ja, mach das.« Sam rieb Naomis Schulter. »Gehen Sie nach Hause. Bevor ich hier aufbreche, komme ich noch mal vorbei, um nach Ihnen zu sehen.«

Xander nahm ihre Hand und hielt sie fest, als sie den Pfad hinaufgingen. Sie sprachen erst wieder, als sie in den Wald eingetaucht waren.

»Ich hab ihr wehgetan...«

»Naomi!«

»Ich habe ihr am Freitagabend in der Bar wehgetan. Und ich wollte es. Sie ist mit einem schmerzenden Handgelenk gegangen, mit angeknackstem Stolz und voller Wut. Sonst wäre sie doch bei ihrer Freundin geblieben.«

»Ich hab dich angesehen und nicht sie. Soll ich mich deswegen jetzt auch schuldig fühlen? Soll ich versuchen, mir die Schuld zu geben, weil ich dich und nicht sie angesehen habe? Hier geht es nicht um dich oder um mich, Naomi. Es geht um den Hurensohn, der ihr das angetan hat.«

Sowohl der Tonfall als auch die Worte holten sie wieder in die Realität zurück. Die Ungeduld und die Wut, die dahinter bereits lauerte.

»Du hast recht. Vielleicht musste ich dich deshalb anrufen. Ich dachte mir schon, dass ich von dir nicht bedauert würde. Das würde alles nur noch schlimmer machen. Und es geht hier schließlich nicht um mich.«

»Dass du sie gefunden hast, hat natürlich mit dir zu tun. Dass du sie ansehen musstest. Du möchtest nicht bedauert werden, und das werd ich auch nicht tun, aber ich wünschte mir wirklich, du hättest heute früh woanders Fotos gemacht.«

»Ich auch. Wir haben heute früh noch auf der Terrasse gesessen. Und sie lag dort unten. Sie muss schon dort gelegen haben.« Naomi holte tief Luft. »Hat sie Familie?«

»Ihre Mutter lebt im Ort. Ihr Vater ist bereits vor Jahren abgehauen. Ihr Bruder ist nach der Highschool direkt zur Navy gegangen. Er ist ein paar Jahre älter als ich. Ich kannte ihn kaum. Und sie hatte Chip… Das wird ihn hart treffen.«

»Das ist ihnen egal…«

»Wem?«

»Den Killern. All das ist ihnen egal, sie denken nicht an all die anderen Leben, die sie auseinanderreißen. Er hat sie erwürgt. Ich hab die Male am Hals gesehen. Ihre Kleider lagen neben ihr. Ich glaube, diese pinkfarbenen Peeptoes hatte sie am Freitagabend an… ja, ich glaube schon. Sie muss bei ihm gewesen sein, seit sie die Bar verlassen hat.«

Er hätte sie am liebsten in den Arm genommen und zurück ins Haus getragen. Aber er begnügte sich damit, ihre Hand festzuhalten.

»Es hat ja keinen Zweck, dir einzubläuen, dass du nicht daran denken sollst, deshalb kann ich nur antworten: Ja, höchstwahrscheinlich hat er sie direkt aufgelesen, nachdem sie das Loo's verlassen hatte. Was danach passiert ist, wissen wir nicht. Es gibt bestimmt Methoden, mithilfe derer die Polizei feststellen kann, ob sie dort getötet worden ist oder woanders und dann nur dort abgelegt wurde.«

»Ja, da gibt es Methoden.«

Als sie den Wald hinter sich ließen, sahen sie vor sich die beiden Streifenwagen und Xanders Motorrad.

»Wenn er sie nicht dort getötet hat, warum hat er sie dann den ganzen Weg dorthin geschleppt? Warum hat er ihre Leiche nicht einfach im Wald liegen gelassen oder sie dort vergraben? Oder sie ins Wasser geworfen?«

»Ich weiß es nicht, Naomi. Aber wenn du heute früh nicht

ausgerechnet dort hingegangen wärst, wäre sie wahrscheinlich noch überhaupt nicht gefunden worden. Vom Haus aus hättest du sie nicht gesehen, so dicht, wie sie am Fuß der Klippe lag. Und vom Wasser aus? Vielleicht, wenn jemand ganz nah an die Küste herangekommen wäre. Vielleicht. Dass er sie dort abgelegt hat, hat ihm wahrscheinlich mehr Zeit verschafft, um sich aus dem Staub zu machen.« Als sie sich dem Haus näherten, blickte er sie an. »Soll ich Kevin mit seinen Leuten für heute wegschicken?«

»Nein. Nein, ich glaube, heute ziehe ich den Lärm der Stille vor. Und ich will streichen, glaube ich.«

»Streichen?«

»Das zweite Gästezimmer – das Zimmer meiner Onkel. Arbeiten könnte ich jetzt sowieso nicht mehr, und in den Ort will ich auch nicht fahren. Die Besorgungen können warten.«

»Okay. Ich helfe dir.«

»Xander, du musst in deine Werkstatt.«

»Ich soll dich nicht bedauern.« Er legte den Arm um ihre Taille und mäßigte seine Stimme. »Und das tue ich auch nicht. Aber ich bleibe hier, und deshalb werden wir gemeinsam streichen.«

Sie drehte sich zu ihm um, schmiegte sich an ihn und ließ sich einfach nur festhalten. »Danke.«

Weil es ihn und hoffentlich auch sie beruhigte, ließ er seine Hände über ihren Rücken wandern. »Streichen kann ich nicht besonders gut.«

»Ich auch nicht.«

Sie lief direkt nach oben, um schon mal ohne ihn aufzubauen. Sie wusste, dass er zunächst Kevin alles erzählen würde, damit sie es nicht tun müsste. Als er nach oben kam, hatte er eine Kühltasche dabei.

»Wasser und Cola. Streichen macht durstig.«

»Vor allem, wenn man es nicht besonders gut kann. Du hast es Kevin erzählt.«

»Der Chief kommt sowieso gleich, um nach dir zu sehen, deshalb hab ich es ihm lieber vorab schon erzählt. Er wird es fürs Erste für sich behalten und seine Leute auch, damit der Chief genügend Zeit hat, um es ihrer Mutter und Chip zu sagen.«

»Mason sagt immer, das wäre das Schwerste – es den Leuten mitzuteilen. Ich frage mich immer, wie schwer es für die Leute ist, es zu verarbeiten.«

»Ich glaube, es ist schlimmer, wenn du nichts weißt. Wenn sie noch nicht – oder womöglich sogar nie gefunden worden wäre. Die Ungewissheit ist unter Garantie schwerer.«

Naomi nickte und wandte sich ab. Einige der Mädchen, die ihr Vater getötet hatte, hatten jahrelang als vermisst gegolten. Selbst jetzt, nach all der Zeit, war das FBI immer noch nicht sicher, ob sie wirklich alle Opfer gefunden hatten.

Bowes gab alle paar Jahre neue Hinweise preis – für irgendein weiteres Privileg. Und wie Mason ihr vor vielen Jahren mal erzählt hatte, wegen der immer wieder neu aufflammenden Aufmerksamkeit.

»Also … magst du dieses Pipigelb nicht?«

Naomi versuchte, sich innerlich wieder in Balance zu bringen, und musterte die Wände. »Ich wusste doch, dass es mich an irgendwas erinnert.«

Er unterließ es, das Schweigen mit Small Talk zu füllen, während sie miteinander arbeiteten. Auch dafür war sie ihm dankbar. Es beruhigte sie, die Farbrollen über die Wände gleiten zu lassen, etwas Hässliches mit etwas Sauberem, Frischem zu überdecken.

Der Hund schaute vorbei, lief wieder hinaus und legte sich am Ende einfach auf die Türschwelle, um zu schlafen und ihnen gleichzeitig den Ausweg zu versperren, sodass sie ihn nicht würden zurücklassen können, ohne ihn aufzuwecken.

Sie hatten gerade zwei Wände vorgestrichen und diskutierten darüber, wer von ihnen die schlechtere Arbeit geleistet hatte, als der Hund urplötzlich aufsprang und zu wedeln begann.

Sam trat ins Zimmer.

»Ihr habt ja einen Wachhund hier?«

Naomi faltete die Hände, damit sie nicht zitterten. »Sind Sie … Es tut mir leid, ich kann Ihnen leider nicht mal einen Stuhl zum Sitzen anbieten. Wir könnten allerdings nach unten gehen …«

»Es dauert nicht lang. Ich wollte nur rasch nach Ihnen sehen.«

»Mir geht es gut. Ich brauchte etwas zu tun, daher …«

»Ja, hab ich schon gehört. Wenn Sie Angst haben, hier oben allein zu bleiben, dann kann ich heute Nacht einen meiner Männer zur Bewachung abstellen.«

»Sie wird nicht allein bleiben.« Als Naomi gerade etwas einwenden wollte, warf Xander ihr einen vielsagenden Blick zu. »Sieh es als Wiedergutmachung für den lausigen Anstreicherjob an.«

»Es wäre tatsächlich gut, wenn jemand bei Ihnen bliebe. Ich würde allerdings trotzdem gern wissen, um wie viel Uhr Sie heute früh das Haus verlassen haben.«

»So gegen Viertel vor acht? Ich weiß nicht mehr genau, wie lang ich gebraucht habe, um bis hinunter ans Ufer zu laufen. Zwischendurch hab ich immer wieder Aufnahmen gemacht, von Wildblumen … Ich kann sie Ihnen zeigen.«

»Ich zweifle nicht an Ihrer Aussage«, versicherte ihr Sam. »Ich versuche nur, ein Gefühl für den Ablauf der Ereignisse zu kriegen.«

»Ich war sicher eine gute Stunde im Wald. Dort, wo er

sich lichtet und man den Kanal sehen kann, hab ich ebenfalls einige Aufnahmen gemacht. Und unten hab ich diesen großen, flachen Felsen fotografiert – der erste, auf den man stößt, wenn man den Pfad hinunterläuft. Dort kam Follow dann mit dem Schuh zu mir gerannt. Ich hab nicht auf die Uhr gesehen, aber es war bestimmt schon nach neun. Dann wollte der Hund einfach nicht mehr aufhören zu bellen und zu winseln, woraufhin ich mich zu ihm umgedreht hab, um ihm zu sagen, dass er aufhören soll – und da hab ich sie gesehen.«

»Verstehe. Es tut mir sehr leid, Miss Carson.«

»Naomi. Naomi reicht vollkommen.«

»Es tut mir leid, Naomi – aber ich bin Ihnen tatsächlich sogar dankbar, dass Sie heute diesen Weg gegangen sind. Sonst hätte es bestimmt noch ein, zwei Tage gedauert, bis jemand sie gefunden hätte.«

»Du musst Chip Bescheid geben«, warf Xander ein. »Er ist zwar kein naher Angehöriger, aber du musst es ihm sagen, bevor er es von jemand anderem erfährt.«

Sam nickte, nahm seine Baseballkappe ab und fuhr sich durch das grau gesträhnte Haar. Dann setzte er die Kappe wieder auf. »Ich fahre zu ihm, sobald ich bei ihrer Mutter war. Wenn Ihnen noch irgendwelche Details einfallen, Naomi, oder wenn Sie mit jemandem darüber reden müssen, rufen Sie mich an. Dieses Haus sieht übrigens besser aus als je zuvor – na ja, zumindest seit ich auf der Welt bin. Ich bin nur einen Anruf weit entfernt«, fügte er noch hinzu, streichelte den Hund und fuhr wieder davon.

Als Naomi aus dem Albtraum aufschreckte, wurde sie regelrecht aus dem Keller unter dem umgestürzten Baumstamm im dunklen Wald gerissen. Es war derselbe Keller, in dem sie zuvor Marlas Leiche gefunden hatte …

Die Angst erwachte mit ihr – und damit auch die Bilder jenes Kellers, in dem ihr Vater gefoltert und gemordet hatte. All das Blut, der Tod …

Sie rang nach Luft, und jeder Atemzug fiel ihr schwer.

Dann packte jemand sie bei der Schulter. Sie hätte panisch aufgeschrien, wenn sie genügend Luft gehabt hätte.

»Ich bin's bloß, Xander. Warte!« Er drehte sie zu sich herum, eine Hand immer noch fest auf ihrer Schulter, und schaltete das Licht ein. Ein Blick in ihr Gesicht genügte, damit er unwillkürlich ihre Wange berührte. »Ganz langsam, Naomi. Sieh mich an, atme ganz langsam. Alles in Ordnung, mach ganz langsam. Du hyperventilierst sonst noch und wirst ohnmächtig. Sieh mich an!«

Sie atmete ein – Gott, wie das brannte! – und bemühte sich, langsam wieder auszuatmen. Dabei starrte sie ihn unverwandt an. Seine Augen waren so blau – ein tiefes, kühles Blau, wie Wasser, in dem sie versinken und sich treiben lassen konnte.

»So ist es besser. Alles in Ordnung. Mach noch ein bisschen langsamer. Ich hol dir Wasser.«

Sie hob die Hände und drückte sie gegen seine. Sie brauchte diese Augen noch ein bisschen länger.

Er redete weiter auf sie ein, ohne dass sie wirklich registriert hätte, was er sagte. Sie spürte lediglich seine Hände an ihrem Gesicht, sah das Blau seiner Augen. Das Brennen ließ allmählich nach, und die Last auf ihrer Brust fiel von ihr ab.

»Es tut mir leid. Es tut mir leid!«

»Sei nicht albern. Hier, hier ist Wasser, auf deinem Nachttisch. Ich geh nicht weg.« Er griff an ihr vorbei nach der Flasche und drehte den Verschluss auf. »Langsam trinken.«

Sie nickte und nahm einen Schluck. »Es geht mir gut.«

»Noch nicht, aber beinahe. Du bist ganz kalt …« Mit seinen rauen Arbeitshänden rieb er über ihre Arme, blickte dann über ihre Schulter und sagte: »Leg dich wieder hin.«

Als sie sich umdrehte, sah sie, dass Follow mit den Vorderpfoten auf dem Bett stand.

»Ich hab sogar den Hund aufgeweckt. Es tut mir wirklich leid, auch wenn ich damit auf deiner Skala sicher albern erscheine. Das war der Albtraum…«

Und zwar nicht ihr erster, dachte er. Allerdings war es das erste Mal, dass er sie derart panisch erlebt hatte.

»Unter diesen Umständen nicht überraschend. Komm wieder unter die Decke und wärm dich auf.«

»Weißt du, ich glaube, ich stehe lieber auf und versuche, ein bisschen zu arbeiten.«

»Um drei Uhr zwanzig in der Nacht wirst du nicht allzu viel zum Fotografieren finden.«

»Meine Arbeit besteht nicht nur aus Fotografieren.«

»Nein, wahrscheinlich nicht. Wir sollten runtergehen und ein paar Eier in die Pfanne hauen.«

»Eier? Mitten in der Nacht?«

»Nach deiner Uhr ist es nicht mitten in der Nacht. Ja, Eier. Jetzt, da wir sowieso wach sind…«

»Du musst aber nicht…«, begann sie, stand aber nichtsdestotrotz auf.

»Wir sind wach«, wiederholte er, lief eilig runter und ließ Follow raus. »Und schon ist er auf und davon. Waffeln«, fuhr Xander fort. »Du kannst doch bestimmt Waffeln machen.«

»Ja, das könnte ich, wenn ich ein Waffeleisen hätte. Aber das hab ich nicht.«

»Schade. Dann eben Rührei.«

Sie setzte sich einen Moment lang und zog die Knie an die Brust. Er ging einfach mit den Gegebenheiten um, dachte sie. Albträume, Panikattacken, verletzte Hunde am Straßenrand, Leichen am Fuß einer Klippe… Wie machte er das nur?

»Du hast Hunger…«

»Ich bin wach.« Er schnappte sich die Baumwollhose und

das T-Shirt, die er ihr am vergangenen Abend ausgezogen hatte, und warf sie in ihre Richtung.

»Magst du Eier Benedict?«

»Hab ich noch nie gegessen.«

»Die werden dir schmecken«, sagte Naomi und stand auf.

Er hatte recht. Ein Frühstück vorzubereiten beruhigte sie. Der gesamte Prozess – der Duft, eine gute Tasse Kaffee … Die rauen Kanten des Traums und der Erinnerung verblassten.

Und auch sie hatte recht gehabt. Er mochte ihre Eier Benedict.

»Warum hab ich so was nie zuvor gegessen?«, fragte er, als sie am Küchentresen saßen und frühstückten. »Wer ist überhaupt Benedict?«

Sie runzelte die Stirn und gestand dann lachend: »Ich habe keine Ahnung.«

»Wer immer es auch war – Respekt. Das beste Vier-Uhr-morgens-Frühstück, das ich jemals hatte.«

»Das war ich dir schuldig. Du bist gekommen, als ich dich angerufen habe, und du bist geblieben. Ich hätte dich nicht darum bitten können.«

»Nein, du bittest nicht gern um etwas.«

»Das stimmt. Wahrscheinlich ist das ein Makel, den ich gern als Selbstständigkeit interpretiere.«

»Es kann sicher beides sein. Auf jeden Fall solltest du dich daran gewöhnen, mich um gewisse Dinge zu bitten.«

»Und du hast mich aus meiner Panikattacke geholt. Hast du darin Erfahrung?«

»Nein, das war nur gesunder Menschenverstand.«

»*Dein* gesunder Menschenverstand«, korrigierte sie ihn. »Und du hast mich mit den Eiern abgelenkt.«

»Mit echt guten Eiern … Es ist gar nicht verkehrt, selbstständig sein zu wollen, das würde ich auch sofort unterschreiben. Und es ist sicher auch nicht falsch, um Dinge zu bitten. Du übertrittst damit eine Grenze, wenn du das tust… Wir haben da etwas, Naomi…«

»Etwas?«

»Ich muss an der Definition und am Rahmen dieser Sache noch ein bisschen arbeiten. Wie ist es mit dir?«

»Ich hab immer vermieden, Teil eines *Etwas* zu sein…«

»Ich auch. Komisch, wie es sich so schleichend entwickeln kann.« Mit einer Geste, die leicht und unbeschwert wie seine Stimme schien, ließ er seine Fingerkuppen über ihre Wirbelsäule tanzen. »Und jetzt sitzen wir hier noch vor Sonnenaufgang, essen diese leckeren Eier, die ich nicht mal kannte, während ein Hund, den du nicht mal wolltest, auf die Reste hofft. Ich bin ziemlich zufrieden damit – und deshalb bin ich wohl auch damit einverstanden, Teil dieses *Etwas* mit dir zu sein.«

»Und du stellst keine Fragen.«

»Ich reime mir gewisse Dinge gern zusammen. Vielleicht ist das ebenfalls ein Makel – oder ein Ausdruck von Selbstständigkeit.« Er zuckte mit den Schultern. »Manchmal hab ich auch nur das Gefühl, dass es gut ist zu warten, bis mir jemand die Antworten von allein gibt.«

»Manchmal sind es allerdings die falschen Antworten.«

»Dann wäre es auch dumm zu fragen. Du musst dich immer auf alle möglichen Antworten gefasst machen. Ich mag dich so, wie du bist – genau hier und genau jetzt. Also bin ich zufrieden damit.«

»Die Dinge können sich in die eine oder andere Richtung entwickeln.«

Warum konnte sie nicht einfach loslassen und nur hier im Augenblick sein?

»Ja, das können sie natürlich… Wie lang sind deine Onkel schon zusammen?«

»Mehr als zwanzig Jahre.«

»Das ist eine lange Zeit. Und für sie war es wahrscheinlich auch nicht jeden Tag nur Rosen.«

»Nein.«

»Wie lang sind wir denn deiner Meinung nach schon in einer Beziehung?«

»Ich weiß es nicht. Ich bin mir nicht sicher, ab wann ich rechnen soll.«

»Der Tag des Hundes. Lass uns den nehmen. Wie lang ist es her, seit wir den Hund gefunden haben?«

»Das müsste ungefähr ... knapp über einen Monat her sein, schätze ich.«

»Also, im Verhältnis ist das doch schon eine ganze Menge.«

Naomi lachte. »Für mich Weltrekord!«

»Daran solltest du arbeiten«, sagte er und grinste sie an. »Lass uns erst mal sehen, was uns Monat drei bringt. Für den Augenblick sollten wir allerdings aufräumen, wenn wir mit diesen leckeren Eiern fertig sind, mit einem Kaffee auf die Terrasse gehen und auf den Sonnenaufgang warten.« Als sie nichts darauf erwiderte, berührte er leicht ihren Arm und aß dann weiter. »Es ist dein Haus, Naomi. Niemand kann dir das Haus und seine Bedeutung wegnehmen – mal abgesehen von dir selbst.«

»Du hast recht. Und Kaffee auf der Terrasse hört sich perfekt an.«

19

Grübeln, Sorgen machen, hinterfragen – all das führte zu nichts. Trotzdem setzte Naomi sich hin und schrieb eine lange E-Mail an eine Freundin, die sie hoffentlich verstehen würde. Ashley McLean – inzwischen Ashley Murdoch – hatte sie noch immer daran erinnert, dass das Leben weiterging.

Beinahe hätte sie sie angerufen, weil sie Ashleys Stimme hatte hören wollen, doch aufgrund der Zeitverschiebung hätte sie die Freundin geweckt, noch ehe sie mit ihrem Mann, mit dem sie im kommenden Juni zehn Jahre verheiratet sein würde, hätte aufstehen müssen, um die Kinder für die Schule und sich selbst für die Arbeit fertig zu machen.

Und E-Mails waren grundsätzlich einfacher – sie selbst hatte hinreichend Zeit, um ihre Gedanken zu sammeln und Formulierungen zu überarbeiten. Und sie brauchte ja auch nur den Kontakt.

Es half – alles half: Frühstück machen. Den Sonnenaufgang mit jenem Mann zu beobachten, mit dem sie ein undefiniertes Etwas angefangen hatte. Sich für den Tag fertig machen, während Baulärm das Haus erfüllte.

Das Leben musste schließlich weitergehen.

Mit dem Hund als Beifahrer – warum hatte sie überhaupt versucht, ihnen beiden einzureden, dass er zu Hause bleiben müsste? –, fuhr sie runter in den Ort. Im Postamt gab sie ihre Pakete auf und ließ sich für zehn Minuten in Small Talk verwickeln.

»Zumindest einen Punkt können wir schon von der Liste streichen«, sagte sie anschließend zu Follow.

Sie fuhr die Water Street entlang. Sie schien belebter zu sein denn je – der Frühling brachte nicht nur Grün und Blumen mit, sondern auch Touristen. Sie schlenderten durch die Straßen, die Läden, mitsamt Kameras und Einkaufstüten.

Als Naomi nach einem Parkplatz suchte, sah sie, wie Boote zu Wasser gelassen wurden. Der Kajakverleih machte heute sicherlich ein gutes Geschäft.

Sie würde auch gern Kajak fahren lernen.

Sie fand einen Parkplatz, stellte den Wagen ab und drehte sich zu ihrem Hund um. »Du musst im Auto warten – ich hab dich ja gewarnt! Aber nach diesem Stopp können wir einen Spaziergang machen, bevor wir dann weiter zum Lebensmittelladen fahren. Mehr kann ich dir nicht anbieten.«

Follow versuchte trotz allem herauszuspringen, als sie den Kofferraum aufzog, um die Kiste rauszuholen. Als sie ihn daran hinderte, merkte sie wieder mal, wie sehr er an Gewicht und Muskeln zugelegt hatte. Den schwachen, klapperdürren Hund, der am Straßenrand entlanggehumpelt war, gab es nicht mehr.

Sie schloss den Kofferraum und musste sich einen Moment dagegenlehnen, um wieder zu Atem zu kommen. Als sie noch einen Blick zurückwarf, presste er sich ans Rückfenster, und seine blauen Augen blickten sie verzweifelt an.

»Ich kann dich nicht mit in den Laden nehmen. Begreif es doch.«

Sie hob die Kiste hoch, die sie am Boden abgestellt hatte, um den Kampf gewinnen zu können, und lief den Bürgersteig entlang. Dabei blickte sie sich erneut um. Inzwischen hatte er die Schnauze durch das halb geöffnete Fenster geschoben.

»Lass ihn nicht gewinnen«, murmelte sie und richtete den Blick wieder nach vorn.

Sie wusste, dass Jenny an diesem Morgen arbeitete, weil sie gestern Abend telefoniert hatten. Jenny hatte Naomi Mitgefühl und Trost angeboten, und sie hätte auf der Stelle Essen oder Alkohol vorbeigebracht – alles, wonach Naomi der Sinn gestanden hätte.

So leicht dargebotene Freundschaft war für Naomi genauso ungewöhnlich wie zehn Minuten Small Talk in der Post.

Ein angenehmer Zitrusduft schlug ihr entgegen, als sie die Tür zum Laden aufschob. Er war voller hübscher Dinge, und es war einiges los. Angesichts des geschäftigen Treibens überlegte sie, ob sie lieber in einem ruhigeren Moment wiederkommen sollte – wenn es den heute überhaupt geben würde. Doch Jenny, die gerade mit einem Kunden an einer alten Waschschüssel voller Seifen und Cremes stand, hatte sie bereits entdeckt und winkte ihr fröhlich zu.

Sie schlenderte auf die beiden zu, wobei sie mindestens ein halbes Dutzend Dinge sah, die sie gern mitgenommen hätte, und sie musste sich wieder daran erinnern, dass sie nicht zum Einkaufen gekommen war, dass ihr Haus gerade erst umgebaut wurde und sie fürs Erste nichts weiter kaufen *sollte*.

Letztendlich entschied sie sich dann doch für zwei schmiedeeiserne Kerzenleuchter, die ihr für die Bibliothek wie geschaffen zu sein schienen.

»Warte, ich nehme sie dir ab.« Als sie zu Jenny trat, nahm diese ihr die Kiste aus den Händen und stellte sie ab. Dann umarmte sie Naomi und drückte sie fest an sich. Sie roch dezent nach Pfirsichen. »Ich freue mich so, dich zu sehen!« Sie hob das Kinn und musterte Naomis Gesicht. »Geht es dir gut?«

»Ja, mir geht es gut.«

»Ist Xander bei dir geblieben?«

»Ja, ist er.«

»Gut. Wir werden jetzt nicht weiter darüber nachdenken. Es gibt im Ort kein anderes Thema mehr, aber wir denken jetzt nicht länger darüber nach.«

»Du hast schrecklich viel zu tun …«

»Die Bustouren haben uns in ihr Programm aufgenommen.« Jenny blickte sich zufrieden um. »Heute sind zwei volle Busladungen vor Ort. Der Deal ist schon vor Monaten gemacht worden. Deshalb müssen wir auch aufpassen, was wir vor den Touristen sagen.« Sie bückte sich und hob die Kiste auf. »Krista muss das hier sofort sehen. Komm mit, sie ist gerade nach hinten gegangen, und hier vorn werde ich im Moment nicht gebraucht.«

»Aber der Laden ist …«, hob Naomi an, doch Jenny zog sie bereits hinter sich her, marschierte quer durch den Laden und plauderte dabei die ganze Zeit fröhlich vor sich hin. Sie erinnerte Naomi an einen hübschen Vogel, der zwitschernd von Ast zu Ast flatterte.

Sie umrundeten einen Verkaufstisch, schlüpften durch eine Tür ins Hinterzimmer, das als Lagerraum und Büro gleichermaßen diente. Dort saß eine Frau mit gesträhnten braunen Haaren. Sie hatte sie zu einem Knoten zusammengedreht, der von zwei Essstäbchen zusammengehalten wurde.

»Ich hab gerade die Lieferung verfolgt – sie ist raus, dem Himmel sei Dank.«

»Naomi Carson hat Fotos für dich mitgebracht, Krista.«

Krista drehte sich mitsamt dem Stuhl um und schob ihre violette Lesebrille hoch. Sie hatte ein attraktives Gesicht mit weit auseinanderstehenden braunen Augen und einem breiten Mund mit vollen Lippen – und in ihrem linken Nasenflügel glitzerte ein winziger Rubinstecker.

»Wie schön, Sie endlich kennenzulernen! Setzen Sie sich einfach irgendwohin. Ihre Arbeiten gefallen mir sehr«, fügte sie hinzu. »Ich hab mir Ihre Website schon mehrmals angesehen und Jenny gedrängt, Sie hierher einzuladen.«

»Ich liebe Ihren Laden! Allerdings hab ich ihn bisher gemieden, weil ich einfach zu schwach bin… Ich hab mir Kerzenleuchter ausgesucht – und wahrscheinlich werde ich auch noch diesen ovalen Wandspiegel im Bronzerahmen mitnehmen müssen…«

»Das ist Jennys Arbeit.«

»Ich hab ihn aufgearbeitet, ja, er stammt ursprünglich vom Flohmarkt«, bestätigte Jenny. »Wie gesagt, Naomi hat Fotos mitgebracht.« Sie stellte die Kiste auf den übervollen Schreibtisch. »Ich hab sie mir auch noch nicht ansehen können.«

»Immer schön die Hackordnung einhalten«, lachte Krista und machte die Kiste auf. Dann setzte sie die Brille wieder auf, um sich die Fotos genauer anzusehen.

Naomi hatte sich für ein paar kleinere Ausdrucke entschieden: Wildblumenstudien, eine Viererserie des Meeresarms, eine des Bootshafens und ein weiteres Set von umgestürzten, überwucherten Baumstämmen.

»Sie sind wirklich geschmackvoll retuschiert und toll gerahmt! Machen Sie das selbst?«

»Das gehört zur Bearbeitung dazu.«

»Diese hier werde ich problemlos los.« Sie lehnte zwei Bilder an die Schachtel, trat einen Schritt zurück und nickte. »Ja, die können wir verkaufen. Und mit den Bustouristen sogar noch sehr viel mehr.« Erneut setzte sie die Lesebrille ab und tippte sich damit leicht gegen die freie Hand. Dann schlug sie einen Preis vor. »Unser Standard ist sechzig-vierzig«, fügte sie hinzu.

»Einverstanden.«

»Gut. Ich will sie nämlich wirklich haben! Und ich könnte auch noch mehr nehmen – vor allem Fotos der örtlichen

Flora und Fauna, Wasserszenen, Ortsszenen … Die könnte ich sogar ungerahmt verkaufen. Darüber sollten wir mal nachdenken. Und die Aufnahmen von der Bucht und der Marina könnte ich mir auch sehr gut als Postkarten vorstellen.«

»Postkarten kann ich herstellen.«

Krista drehte sich um und legte Jenny zwanglos den Arm um die Schultern. Naomi konnte ihnen ansehen, dass die beiden gute Freundinnen waren.

»Sie kann Postkarten herstellen! Weißt du, wie lang ich bereits auf der Suche nach ein paar hochklassigen Postkarten bin?«

Jenny grinste und legte nun ihrerseits den Arm um Kristas Taille. »Seit du den Laden eröffnet hast.«

»Seit ich eröffnet habe! Ich nehme unbesehen zwei Dutzend Postkarten, sobald Sie sie fertig haben. Nein, drei – drei Dutzend. Ein Dutzend geht doch im Handumdrehen an die B&Bs.«

»Unterschiedliche Motive?«

»Ganz wie Sie wollen«, entgegnete Krista. »Jen, du preist sie aus und stellst sie in den Laden. Such dir aus, wo. Sie ist meine rechte Hand«, sagte sie an Naomi gewandt. »Obwohl sie vorhat, mich alsbald hängen zu lassen …«

»Das dauert doch noch Monate! Ich weiß genau, wo ich die Bilder hinstelle.« Jenny packte sie zurück in die Kiste und nahm sie hoch.

»Wenn Sie ein paar Minuten Zeit haben, Naomi, dann drucke ich rasch einen Vertrag für Sie aus.«

»Natürlich.«

»Geh nicht, ohne dich von mir zu verabschieden«, sagte Jenny im Hinausgehen.

»Und wenn ich schon mal dabei bin, druck ich auch gleich einen Bestellschein für die Postkarten aus. Wie läuft die Arbeit oben an der Klippe?«

»Wirklich gut, deshalb brauche ich auch diese Kerzenständer – die gedrehten. Sie passen perfekt in meine Bibliothek. Der Spiegel wäre was für die Eingangshalle, glaube ich. Aber … das kommt von hier drinnen … was riecht hier eigentlich so gut?«

»Wir haben heute falschen Jasmin in unseren Duftschalen.«

»Falscher Jasmin ist mir für den Garten empfohlen worden, aber ich glaube, ich brauche ihn ebenfalls in Duftschalen.«

»Sagen Sie Jenny, sie soll Ihnen was mitgeben. Geht aufs Haus! Wir werden gute Geschäfte miteinander machen, Naomi.«

Naomi ging mit mehr, als sie gebracht hatte. Sie rechtfertigte die Einkäufe damit, dass das Haus schließlich Dinge *brauchte*. Und Krista hatte recht – sie würden tatsächlich gute Geschäfte miteinander machen, keine Frage. Vier der gerahmten Fotos waren bereits verkauft, noch ehe sie den Laden überhaupt verlassen hatte.

»Uns steht viel Arbeit bevor, Follow.«

Sie leinte den Hund an, und noch während seine Freude über den bevorstehenden Spaziergang ihn zu einem kleinen Tänzchen bewegte, lud sie die Einkäufe ins Auto und holte Kamera und Rucksack raus.

»Komm, wir laufen ein bisschen und fotografieren Postkarten!«

Als sie nach Hause kam, waren die Bauleute gerade drauf und dran aufzubrechen. Erneut erwies es sich als Vorteil, Männer im Haus zu haben: Die Fliesenleger trugen ihre Lebensmitteleinkäufe ins Haus, während Kevin ihr bei den Sachen aus dem Geschenkladen half.

»Du hast wahrscheinlich Jenny getroffen?«

»Ja, und Geld ausgegeben! Aber sie hat meine Fotos eigenhändig ausgestellt, und ich hab einen Vertrag für weitere Fotos bekommen.« Sie blieb im Wohnzimmer stehen, und ihre Zufriedenheit über den erfolgreichen Tag wurde noch übertroffen. »Du hast die Stuckrosette fertig gemacht! Das macht das Zimmer einfach besonders!«

»Wir haben heute viel geschafft. Wenn du mit nach oben kommst, kannst du sehen, was wir sonst noch alles gemacht haben.«

»Wenn du damit mein Badezimmer meinst, breche ich vielleicht in Tränen aus.«

Grinsend tätschelte er ihr den Arm. »Dann nimm Taschentücher mit.«

Fast hätte sie sie auch gebraucht.

»Du darfst erst morgen darauftreten«, warnte er sie.

»Das ist schon in Ordnung. Wenn ich heute schon hineinginge, würde mich das wahrscheinlich schier überwältigen. Es ist wunderschön geworden, Kevin! Wunderschöne Arbeit – dies alles!«

Sie hatte etwas Zurückhaltendes, Friedliches gewollt und hatte es bekommen: steingraue Fliesen, ein sanftes Perlgrau an den Wänden und eine weiße Granitplatte mit grauer Aderung. Die große Wanne mit den Löwentatzen wirkte rustikal, und die übergroße Dampfdusche mit den Glaswänden war einfach purer Luxus.

»Der gebürstete Nickel war die richtige Wahl«, stellte er fest. »Chrom wäre viel zu glänzend gewesen. Und auch die offenen Regale werden gut aussehen! Nach allem, was ich bislang mitbekommen habe, bist du schließlich eine ordnungsliebende Person.«

»Ich werde noch ein bisschen Blau hier reinbringen – mit Handtüchern, Flaschen… Ich hab bei Cecil ein paar alte blaue Flaschen entdeckt. Und Grün hole ich über eine Pflanze herein – vielleicht so einen kleinen Bambus…«

»Du solltest hier auch ein paar Bilder an die Wand hängen – die Fotos, die du vom Kanal gemacht hast.«

»Rahmen aus gebürstetem Nickel, dunkelgrau mattiert. Gute Idee. Finde ich großartig.«

»Das freut mich. Ich wusste nicht, ob du deinen Schreibtisch wieder hier drinnen haben wolltest, und hab ihn erst mal nicht bewegt.«

»Ach, darum kümmere ich mich vielleicht morgen, wenn der Raum wieder ganz nutzbar ist.«

»Wir haben auch Fortschritte in deinem Studio gemacht, wenn du es dir ansehen möchtest?«

Sie wollte alles sehen. In den nächsten zehn Minuten gingen sie alles Schritt für Schritt durch und diskutierten weitere Termine. Eine Ahnung keimte in ihr auf.

»Sag mal, Kevin, passt du hier gerade etwa auf mich auf?«

»Mag sein… Aber ich denke mal, Xander wird gleich kommen.«

»Und ich denke, deine Frau und deine Kinder fragen sich schon, wo du bleibst.«

»Keine Eile. Weißt du, ich wollte dich sowieso noch fragen…«

»Du schindest Zeit!«, unterbrach sie ihn. »Und ich bin dir wirklich dankbar dafür – aber mir geht es gut. Ich hab einen starken, wachsamen Hund, der mich bewacht.«

Kevin warf einen Blick auf Follow. Er lag neben der schlafenden Molly und betrachtete fasziniert seinen eigenen wedelnden Schwanz.

»Ja, das sehe ich.«

»Und ich hab einen braunen Gürtel.«

»Davon hab ich mehrere.«

»In Karate. Ich hätte auch den schwarzen machen können, aber braun hat mir gereicht. Außerdem hab ich diverse Selbstverteidigungskurse absolviert. Immerhin bin ich eine alleinstehende Frau, die viel ohne Begleitung unterwegs ist«, fügte sie hinzu, obwohl das natürlich nicht ihre ursprüngliche Motivation gewesen war.

»Ich will mich auch lieber nicht mit dir streiten, aber es ginge mir selbst besser, wenn ich hierbleiben könnte, bis Xander da ist. Und ich hab wirklich noch einige Fragen wegen des Badezimmers neben dem grünen Zimmer …«

Er lenkte sie ab, indem er Blenden und Brauseköpfe erörterte, bis urplötzlich Follows Kopf hochschnellte und er kläffend davonrannte. Molly gähnte nur, drehte sich auf die Seite und schnarchte weiter.

»Das muss Xander sein.«

»Du darfst gern noch bleiben und ein Bier mit ihm trinken.«

»Ich hätte wirklich nichts gegen ein Bier einzuwenden.«

Sie gingen hinunter. Follow tanzte bellend vor der Haustür auf und ab, und Naomi fragte sich kurz, ob sie mit Xander schon so weit war, dass sie ihm einen Schlüssel und den Alarmcode geben konnte. Doch darüber würde sie sorgfältig nachdenken müssen.

Als sie die Tür öffnete, rannte Follow hinaus und wurde liebevoll von Lelo empfangen.

»Da ist ja mein Junge! Da ist er ja!«

Sie beschäftigten sich einen Moment miteinander, dann richtete Lelo sich gerade auf. »Hey, Kev. Hi, Naomi. Ich hab dir etwas aufgemalt und einen Kostenvoranschlag erstellt.«

Die Naomi, die das Haus gekauft hatte, hätte Danke gesagt, die Mappe entgegengenommen und die Tür wieder zugemacht. Die Naomi, die sie in sich zu finden versuchte, holte erst einmal tief Luft. »Willst du nicht auch reinkommen? Kevin will noch ein Bier trinken. Du kannst ihm ja Gesellschaft leisten.«

»Zu einem Feierabendbier sag ich nicht Nein. Willst du auch ein Bier?«, fragte er den Hund.

»Er ist noch minderjährig«, erklärte Naomi, und Lelo musste lachen.

Naomi lief in die Küche, öffnete zwei Flaschen Bier und zog dann die Falttüren auseinander. »Ich hol mir einen Wein. Setzt euch doch – die Stühle draußen sehen nicht besonders aus, aber sie sind wirklich bequem.«

Sie hörte die beiden leise miteinander reden, während sie sich einen Wein einschenkte. Neugierig öffnete sie die Mappe auf der Küchentheke und begann, die Zeichnungen zu studieren.

Als sie hinaustrat, saßen Kevin und Lelo auf den verrosteten Eisenstühlen wie ein Pärchen an Deck eines Schiffs und blickten einträchtig zum Horizont.

Beide Hunde saßen am Geländer und taten es ihnen gleich.

»Lelo, du bist ja ein Künstler!«

Er kicherte und errötete leicht. »Ach, na ja … Ich kann ein bisschen zeichnen.«

»Du kannst fantastisch zeichnen! Und du hast das Grundstück in eine Gartenoase verwandelt, ohne ihm die Weitläufigkeit oder das Gefühl der Offenheit zu nehmen. Die Hochbeete auf der Terrasse – das ist eine tolle Idee.«

»Darf ich mal sehen?« Kevin griff nach den Zeichnungen und blätterte sie durch. »Die sind echt gut, Lelo. Richtig gut!«

»Ich hab eine Broschüre mit unterschiedlichen Pflastersteinen in verschiedenen Mustern beigelegt. Wir können bestellen, was immer du haben willst.«

Naomi nickte. Sie setzte sich auf die Bank, um sich den Kostenvoranschlag anzusehen. Er hatte mehrere Versionen davon erstellt: eine für das gesamte Gelände mitsamt Terrasse – ach du lieber Himmel! – und dann separate Auflistungen für einzelne Gartenabschnitte.

Aber ein bisschen Verhandlungsspielraum war da sicher mit einkalkuliert.

»Die Zahlen und Kalkulationen stammen hauptsächlich von meinem Vater.«

»Jede Menge Zahlen …« Sie würde das alles noch mal genau durchrechnen müssen, aber …

»Ich möchte auf jeden Fall die Hochbeete auf der Terrasse. Wenn ich den ganzen Tag gearbeitet hab, entspannt es mich, abends zu kochen.«

»Wenn du Xander nicht mehr willst, könntest du ja mich heiraten. Ich kann überhaupt nicht kochen«, sagte Lelo. »Aber ich esse schrecklich gern.«

»Ich behalte es im Hinterkopf. Vorn will ich den Garten auch unbedingt genau so, wie du ihn aufgezeichnet hast. Nur für die Fotos müssen noch mal fünf Prozent abgezogen werden.«

»Ich schicke meinem Vater eine SMS und hör mal, was er dazu sagt. Aber ich denke, dass er sich darauf einlassen wird.«

»Sag ihm auch, dass ich den Rest wahrscheinlich erst im Herbst machen lassen kann. Oder im nächsten Frühjahr. Bis die Container weg sind, könnt ihr vorne ohnehin nicht alles umsetzen, aber ein paar dieser Bäume und Sträucher möchte ich gern sofort haben.«

»Warte mal …«

Als Lelo sein Handy herauszog, sprangen beide Hunde auf und rannten die Terrassenstufen hinunter.

»Das muss Xander sein«, mutmaßte Kevin. »Hunde sind ein hervorragendes Frühwarnsystem.«

Die Hunde kamen zurückgerannt, Molly legte sich wieder hin, aber Follow rannte in einem fort rauf und wieder runter, bis Xander endlich ebenfalls auf der Terrasse stand.

»Feiern wir eine Party?«

»Sieht so aus.«

»Dann ist es ja gut, dass ich noch mehr Bier mitgebracht habe.« Er stellte das Sixpack, das er dabeihatte, ab und gab Naomi einen leidenschaftlichen Kuss. »Nur damit die beiden wissen, dass sie sich an andere Frauen halten sollten. Darf ich dir nachschenken?«

Sie blickte auf ihr Weinglas hinab. »Nein, ist schon gut«, sagte sie, immer noch ein wenig atemlos.

»Noch eine Runde?«, fragte Xander Kevin.

»Nein, eins reicht mir.«

Er sah zu Lelo hinüber, der über die Terrasse wanderte und dabei in sein Handy sprach. Seine Bierflasche war noch zu drei Vierteln voll.

»Also nur ich.« Xander ging mit dem vollen Sixpack hinein und kam mit einer eisgekühlten Flasche Bier wieder heraus. »Was macht ihr denn gerade?«

»Die Gartenplanung – du hast mir gar nicht erzählt, dass Lelo ein Künstler ist!«

»Ja, er ist wirklich begabt.« Xander setzte sich, atmete tief durch und nahm den ersten Schluck.

»Langer Tag?«, fragte Naomi.

»Ja, ich bin gerade erst fertig geworden.«

Lelo kam zurück. »Wir können nächste Woche anfangen.«

»Nächste Woche schon?«

»Mein Dad will erst noch selbst herkommen, um sich alles anzusehen – in Wahrheit allerdings wohl eher, um dich kennenzulernen. Er weiß gern vorab, für wen er arbeitet. Aber nächste Woche können wir anfangen. Wahrscheinlich am Dienstag. Und die fünf Prozent sind auch in Ordnung.« Lelo streckte die Hand aus. »Hand drauf. Ich würde dich ehrlich gestanden auch lieber küssen, aber dann würde Xander mich quer über die Terrasse schleifen.«

»Zuerst würde ich dich bewusstlos schlagen. Dann täte es nicht mal mehr weh.«

»Du bist ein wahrer Freund.« Lelo setzte sich wieder und streichelte erst Follow, dann Molly. »Du musst ihm unbedingt beibringen, dass er nicht deine Beete aufbuddelt oder sein Bein an den Sträuchern hebt.«

»Gott, daran hab ich überhaupt noch nicht gedacht.«

»Er ist ein guter Hund. Er wird es lernen.«

Naomi nahm noch einen Schluck Wein.

Sie waren diskret – sie kannten einander schon viel zu lange, diese Männer, trotzdem sah sie die Signale, die zwischen ihnen hin- und hergingen. Wie zuvor Xander atmete jetzt auch sie tief durch.

»Okay, Klartext. Ich bin keine zarte Frau, und ich brauche auch nicht beschützt zu werden. Ich mag das ohnehin nicht. Gibt es irgendwelche Erkenntnisse über den Mord an Marla?«

Lelo blickte auf seine Bierflasche hinab und schwieg.

»Sie ist inzwischen obduziert worden«, sagte Xander. »Und ein bisschen was ist durchgesickert. Es könnte aber auch Gerede sein …«

»Was könnte nur Gerede sein?«

»Sie ist vergewaltigt worden, wahrscheinlich mehrfach. Außerdem ist sie mehrmals gewürgt und mit einer Klinge verletzt worden. Und sie wurde heftig verprügelt.«

»Ich kapiere einfach nicht, wie ein Mensch das einem anderen antun kann«, murmelte Lelo. »Ich kapiere es nicht. Sie sagen, dass sie nicht dort unten umgebracht worden wäre, dort wäre sie nur abgelegt worden. Und ich hab auch gehört, dass Chip beinahe durchgedreht wäre.«

»Er hat sie geliebt«, sagte Kevin. »Er hat sie immer schon geliebt.«

»Es kann keiner aus Cove gewesen sein«, warf Lelo ein. »Wir wüssten es, wenn jemand hier wohnte, der dazu fähig wäre.«

Nein, schoss es Naomi intuitiv durch den Kopf, *ihr wisst nicht, wer mit euch zusammenlebt.*

Sie verlor sich in der Arbeit. Sie arbeitete selten nach einem anderen Terminplan als ihrem eigenen, fand es jedoch zur Abwechslung hochinteressant, Fotos nach Kristas speziellen Vorgaben zu produzieren.

Wenn sie mit ihrer Familie redete oder E-Mails schrieb, erwähnte sie den Mord mit keiner Silbe.

Sie hatte Xander letztlich auch keinen Schlüssel gegeben – er hatte schließlich auch nicht darum gebeten. Aber sie dachte nach wie vor darüber nach.

Obwohl es ihr gewaltige Stresskopfschmerzen bereitete, ging sie zu Marlas Beerdigung. Während des kurzen Gottesdiensts saß sie zwischen Xander, Kevin und Jenny. Es kam ihr vor, als wäre fast der gesamte Ort anwesend. Alle saßen mit ernsten Mienen da und kondolierten Marlas Mutter und Chip.

In der Kirche roch es stark nach Lilien – auf dem glänzenden Sarg standen rosafarbene und rundherum zusätzlich weiße in großen Körben.

Sie selbst war seit mehr als zehn Jahren nicht mehr in einer Kirche gewesen. Kirchen erinnerten sie zu sehr an ihre Kindheit, an gestärkte Sonntagskleider, an die Bibelstunden an den Mittwochabenden.

Und an ihren Vater, der mit tiefer Stimme von der Kanzel predigte und aus der Heiligen Schrift las. An die Aufrichtigkeit auf seinem Gesicht, wenn er von Gottes Willen, Gottes Liebe oder dem rechten Weg sprach.

Als sie jetzt in dieser Kirche saß, in der Sonnenstrahlen durch die Buntglasfenster fielen, und mit einem Pfarrer, der wohlvertraute Texte las, wünschte sie sich, sie wäre nicht gekommen. Sie hatte Marla nicht einmal gekannt und nur eine einzige – schwierige – Begegnung mit ihr gehabt.

Aber sie hatte sie gefunden, also hatte sie sich verpflichtet gefühlt mitzugehen.

Als sie schließlich hinaus in das ungefilterte Sonnenlicht trat und die reine, endlich nicht mehr duftende Luft einatmete, wurde sie von Erleichterung schier überschwemmt.

Xander dirigierte sie von den übrigen Trauergästen weg. »Du bist ganz blass geworden.«

»Es war eng da drinnen...« Und viel zu viele Leute hatten ihr verstohlene Blicke zugeworfen.

Der Frau, die die Leiche gefunden hatte.

»Ich werde zum Friedhof mitgehen«, sagte er. »Du brauchst aber nicht mitzukommen.«

»Ich glaub, ich will auch nicht... Ich käme mir vor wie ein Gaffer. Ich hab sie doch gar nicht gekannt.«

»Ich fahr dich heim und setz dich ab.«

»Ich hätte mit dem eigenen Auto herkommen sollen. Ich hab nicht nachgedacht.«

»Es ist kein großer Umweg«, hob er an, wandte sich dann aber Chip zu, der auf ihn zumarschiert kam.

Ein Bild der Trauer, dachte Naomi. Rot geränderter, trüber Blick, blasse Haut mit tiefen Schatten unter den müden Augen. Ein großer, schwerer, schwerfälliger Mann.

»Chip. Es tut mir so leid!«

Sie umarmten sich nach Männerart, dann blickte Chip Naomi an. »Miss Carson...«

»Naomi. Es tut mir so leid! Es tut mir so wahnsinnig leid!«

»Sie haben sie gefunden. Der Chief meinte, so wie... so wie sie sie dort hingelegt hatten, hätte es ansonsten eine Weile dauern können, ehe jemand sie gefunden hätte. Aber Sie haben sie gefunden, sodass sie sie holen und sich um sie kümmern konnten.« Tränen strömten aus seinen matten Augen. Er nahm ihre Hand in seine schweren Pranken. »Danke.«

Für gewöhnlich vermied sie es, Fremde zu berühren, ihnen zu nahe zu kommen, aber ihr Mitleid war schier überwältigend. Sie zog ihn an sich und umarmte ihn einen Moment lang.

Nein, daran dachten Mörder nicht – oder doch? Trugen Schmerz und Trauer noch zu ihrem Kick bei? Würzten ihn wie Salz?

Als sie wieder voneinander Abstand nahmen, wischte Chip sich mit den Fingerknöcheln die Tränen aus dem Gesicht. »Der Pfarrer hat gesagt, Marla wäre jetzt an einem besseren Ort.« Chip schüttelte den Kopf. »Aber hier ist doch der perfekte Ort. Es ist ein guter Ort. Sie hätte nicht zu einem besseren zu gehen brauchen.« Er schluckte. »Kommt ihr noch mit zum Friedhof?«

»Ich komme. Ich bring Naomi schnell nach Hause, dann komm ich nach.«

»Danke, dass Sie hier waren, Naomi. Danke, dass Sie sie gefunden haben.«

Als er wie ein verlorener Mann davonschlich, wandte Naomi sich ab. »O Gott, Xander…« Sie weinte um eine Frau, die sie gar nicht gekannt hatte.

20

Da die meisten Bauleute Marla gekannt hatten und die Trauerfeier besuchten, kehrte Naomi in ein ruhiges Haus zurück. Der Lärm beschränkte sich im Augenblick auf ihr Studio, aus dem leise Countrymusik und das Geräusch einer Nagelpistole drangen.

Trotzdem konnte sie sich nicht konzentrieren. Ganz gleich, welche Bilder sie sich auf den Bildschirm holte – sie sah immer nur verzweifelte Augen vor sich.

Also ging sie mitsamt Hund und Kamera hinaus, um Bilder für Lelo zu schießen: eine simple Routineaufgabe. Sie würde Abzüge für sich selbst machen, dachte sie, und später vielleicht ein Album über die Entwicklung des Hauses zusammenstellen.

Das würde sie dann in die Bibliothek stellen und es sich immer wieder ansehen, wenn der Prozess schon lang vorüber wäre.

Als der Hund ihr einen seiner Bälle vor die Füße legte, beschloss sie, sich auf diese Art abzulenken. Sie warf den Ball für ihn und sah ihm dabei zu, wie er ihm freudig hinterherjagte.

Als er zum dritten Mal mit dem Ball zurückkehrte und ihn ihr vor die Füße legte, spitzte er plötzlich die Ohren und begann, warnend zu knurren. Sekunden später hörte sie, wie sich ein Auto näherte.

»Das sind bestimmt die Bauleute. Die wollen sich doch auch nur ablenken.«

Doch dann sah sie den Wagen des Polizeichefs den Hügel heraufkommen.

Alles in ihr verkrampfte sich, und sie fühlte sich, als hielte eine eiskalte Faust sie fest im Griff. Sie hatte ihn bereits auf der Beerdigung gesehen. Wenn es einen Fortschritt in den Ermittlungen gäbe, hätte sie dort möglicherweise schon etwas gehört. Allerdings hätte er sich sicher nicht verpflichtet gefühlt, sie direkt zu informieren, nur weil sie nun mal die Leiche gefunden hatte.

Es gab nur einen plausiblen Grund, warum er gerade zu ihr kam.

Um sich zu beruhigen, legte Naomi Follow die Hand auf den Kopf. »Es ist schon okay. Ich habe ihn erwartet.« Sie liefen über die hügelige Rasenfläche auf Sam zu, als der gerade aus dem Wagen stieg.

»Die Brüder Kobie«, rief er ihr entgegen und nickte in Richtung eines Trucks.

»Ja. Wade und Bob arbeiten im Moment oben. Der Rest der Mannschaft ist zur Beerdigung gegangen.«

»Ich komme gerade vom Friedhof. Ich wollte gern mit Ihnen unter vier Augen sprechen, bevor der Rest von Kevins Leuten zurückkommt.«

»In Ordnung.« Ihr Magen krampfte sich erneut zusammen. Trotzdem wandte sie sich zum Haus um. »Ich hab immer noch nicht genug Stühle, aber auf der Terrasse vor der Küche ist es nett.«

»Ich hab gehört, Sie hätten Lelo für die Gartenanlage engagiert?«

»Sie wollen am Dienstag anfangen.«

»Sie machen tolle Fortschritte«, bemerkte er, als sie ins Haus traten.

Naomi nickte nur und marschierte nach hinten. Fortschritte, dachte sie – und wofür? Sie hätte es nie zulassen dürfen, dass sie sich in dieses Haus verliebte, in die ganze Gegend. Sie hätte es nie zulassen dürfen, sich in eine Beziehung mit Xander fallen zu lassen …

»Die Küche ist fabelhaft geworden.« Sam schob den Hut in den Nacken und blickte sich mit großen Augen um. »Was für eine Aussicht!« Als sie die Ziehharmonikatüren öffnete, schüttelte er anerkennend den Kopf. »Das schlägt ja wirklich alles! Haben Sie sich das selbst ausgedacht oder Kevin?«

»Kevin.«

»Sie falten sich so zusammen, dass alles offen wird … Schöner könnten Sie es hier gar nicht haben!«

Naomi setzte sich auf einen der Eisenstühle, und Follow schob seine Schnauze auf Sams Knie.

»Ich hab Sie in der Kirche gesehen«, begann Sam. »Gut, dass Sie hingegangen sind. Ich weiß, dass Sie sie nicht gekannt haben, aber was Sie von ihr mitbekommen haben, war nicht besonders freundlich.«

»Was ihr passiert ist, tut mir unendlich leid.«

»Ja, das geht uns allen so.« Er wandte sich von der Aussicht ab und blickte sie an. »Ich würde meinen Job nicht richtig machen, Naomi, wenn ich nicht ein paar Hintergrundinformationen über die Person eingeholt hätte, die die Leiche gefunden hat.«

»Nein. Ich hätte es Ihnen direkt selbst erzählen sollen. Das hab ich nicht getan. Ich wollte glauben, dass Sie nicht nachsehen würden und niemand es erfahren müsste.«

»Haben Sie deshalb Ihren Namen geändert?«

»Es ist der Mädchenname meiner Mutter und der Name meines Onkels. Er hat uns großgezogen, nachdem … Mein Onkel hat uns bei sich aufgenommen – meine Mutter, meinen Bruder und mich –, nachdem mein Vater verhaftet worden war.«

»Sie waren an seiner Verhaftung maßgeblich beteiligt.«

»Ja.«

»Das muss unglaublich hart sein für ein so junges Mädchen. Ich werde Sie nicht danach fragen, Naomi – ich kenne den Fall. Und wenn ich mehr darüber wissen will, komme ich leicht anders an Informationen. Ich möchte Sie nur fragen, ob Sie noch Kontakt zu Ihrem Vater haben.«

»Nein. Seit jener Nacht hab ich weder mit ihm gesprochen noch sonst irgendwie kommuniziert.«

»Haben Sie ihn nie besucht?«

»Niemals. Meine Mutter hat es getan, und am Ende hat sie deswegen Tabletten geschluckt. Sie hat ihn geliebt… oder vielleicht war sie ihm auch bloß hörig. Vielleicht ist das aber auch das Gleiche.«

»Hat er je versucht, Kontakt zu Ihnen aufzunehmen?«

»Nein.«

Einen Moment schwieg Sam. »Es tut mir leid, jetzt alles noch schwerer zu machen – aber Sie müssen die Ähnlichkeit doch auch gesehen haben. Die Fesseln, die Wunden – was er mit ihr gemacht hat… wie er sie getötet hat.«

»Ja. Aber er sitzt im Gefängnis, und zwar am anderen Ende des Landes. Und die schreckliche Realität ist nun mal, dass auch andere vergewaltigen, töten und quälen – dass andere das Gleiche tun wie er damals.«

»Das ist wahr.«

»Nur bin ich nun mal hier, und ich hab sie gefunden. So wie ich Ashley gefunden habe… nur dass Ashley noch am Leben war. Ich bin hier, und Marla wurde vergewaltigt, getötet und gequält, so wie mein Vater vergewaltigt, getötet und gequält hat. Also müssen Sie bei mir nachforschen.«

»Selbst wenn es so wäre – ich weiß natürlich, dass Sie sie nicht entführt und zwei Tage lang festgehalten haben, um ihr das anzutun. Außerdem waren Sie in der Zeit mit Xander zusammen. Ich kenne Xander seit seiner Kindheit, und ich glaube nie im Leben, dass er an so etwas beteiligt sein könnte. Und bei Ihnen glaube ich das auch nicht.«

Sie sollte dankbar dafür sein. Sie sollte erleichtert sein. Doch sie hatte für beides nicht die Energie.

»Aber Sie haben darüber nachgedacht. Als Sie herausgefunden haben, wer ich bin, haben Sie darüber nachgedacht. Und auch andere werden sich diese Gedanken machen. Manche werden denken, tja, so etwas liegt wohl in den Genen … Unser Erbe verbindet uns, macht uns zu dem, der wir sind. Naomis Vater ist ein Psychopath – was also macht das aus ihr?«

»Ich behaupte nicht, dass ich darüber nicht nachgedacht hätte. Das gehört nun mal zu meinem Job. Ich hab tatsächlich etwa zehn Sekunden lang darüber nachgedacht, weil wir hier in einem kleinen Ort leben, das ist nun mal eine Tatsache – aber ich bin eben auch gut in meinem Job. Ich bin nur gekommen, um Sie zu fragen, ob Sie noch in Kontakt mit Ihrem Vater stehen – oder er in Kontakt mit Ihnen –, auf die durchaus geringe Möglichkeit hin, dass die hiesige Tat dazu in Verbindung stehen könnte.«

»Er hat mich nicht mal angesehen, als sie ihn damals auf die Polizeiwache in West Virginia gebracht haben …« Sie sah es immer noch vor sich, minutiös und detailliert bis hin zum Sonnenstrahl, der damals das Wasser im Wasserspender hatte aufblitzen lassen. Bis hin zu den Staubflöckchen, die durch die Luft gewirbelt waren. »Ich kam gerade aus dem Zimmer, in dem ich hätte warten sollen. Ich hatte einfach nur für eine Minute rausgehen wollen, und genau im selben Moment brachten sie ihn in Handschellen herein. Er sah durch mich hindurch, als wäre ich nicht mal da. Ich glaube, ich war für ihn nie wirklich anwesend, präsent …«

»Sie sind in den letzten Jahren häufig umgezogen.«

»Das bringt der Job mit sich. Unsere Onkel haben uns,

so gut es ging, von der Presse abgeschirmt, von dem Gerede, dem Starren, der Wut. Sie haben ihr Leben für uns auf den Kopf gestellt. Aber der Schutzschild hielt nun mal nicht für immer. Alle paar Jahre handelt er irgendetwas zu seinen Gunsten aus – irgendein Privileg, irgendwas –, indem er den Fundort einer weiteren Leiche preisgibt. Dann kommt alles wieder zurück – im Fernsehen, im Internet, das ganze Gerede… Mein Bruder sagt immer, genau das will er, und zwar mehr als alle Privilegien, die er sich ausdenkt. Und ich glaube das inzwischen auch. Ich bin auch deshalb so oft umgezogen, damit ich mich nie lange genug an einem Ort aufhalte, dass jemand mich wiedererkennen könnte.«

»Trotzdem haben Sie sich dieses Haus gekauft.«

»Ich dachte, es würde funktionieren. Ich hab mich einfach in das Haus verliebt und mir dann eingeredet, dass ich es haben könnte – ein richtiges Zuhause an einem ruhigen Ort – und dass niemand es jemals erfahren müsste. Wenn ich an jenem Tag einen anderen Weg gegangen wäre, wenn jemand anders Marla gefunden hätte… Aber ich bin nun mal keinen anderen Weg gegangen. Trotzdem gibt es keinen Grund, jemandem davon zu erzählen.«

Als sie sich umdrehte, um ihn wieder anzusehen, tätschelte Sam ihr die Hand. »Es ist allein Ihre Sache, ob Sie es erzählen oder nicht.«

Sie wollte Erleichterung empfinden, konnte es aber nicht. Fühlte gar nichts. »Danke.«

»Das ist kein Gefallen. Ich hatte Hintergrundinformationen, ich bin den offiziellen Dienstweg gegangen. Aber ich werde sicher nicht herumlaufen und über die Privatangelegenheiten anderer Leute quatschen. Nur musste ich Ihnen diese Fragen stellen. Aber jetzt können wir es ja ad acta legen.«

»Ich… Ich will einfach nur herausfinden, ob ich hier leben

kann. Ich möchte die Zeit haben, es zumindest auszuprobieren.«

»Mir kommt es so vor, als würden Sie bereits hier leben, und Sie machen das wirklich gut. Ich werde jetzt etwas Persönliches sagen, und dann breche ich wieder auf. Mir ist klar, dass Sie Xander nichts davon erzählt haben.« Sam stand auf. »Sie tun ihm und sich selbst damit keinen Gefallen. Das ist meine ganz persönliche Meinung, aber es liegt an Ihnen, ob Sie ihm die Geschichte erzählen oder nicht. Passen Sie gut auf sich auf, Naomi.«

Er lief die Treppe runter, während Naomi sitzen blieb, aufs Wasser starrte, in die weißen Wolken, die darüber hinwegsegelten, und sich fragte, ob sie jemals wieder würde *fühlen* können.

Trauer und gedämpfte Gespräche waberten über den Friedhof, und Xander spürte, wie er Kopfschmerzen bekam. Er wollte nur noch weg, und auf der Fahrt zurück in den Ort schaltete er sogar das Radio aus. Er brauchte jetzt Ruhe.

Er hatte einiges zu tun – zumal er am Morgen diverse Dinge aufgeschoben hatte. Er hielt beim Ersatzteilhandel an, kaufte sich am Automaten ein Ginger Ale und im Laden ein paar Ersatzteile, die er benötigte, und fuhr dann weiter in die Werkstatt. Er warf einen Blick auf seinen Tagesplan und entschied sich dann aber trotz allem dafür, es locker angehen zu lassen. Ehe er den Mini Cooper auf die Hebebühne fuhr, schaute er noch in der Karosseriewerkstatt vorbei, um sich dort die Fortschritte anzusehen.

Er war, was Karosseriearbeiten anging, von seinen Qualitäten durchaus überzeugt, aber Pete war diesbezüglich schlicht und ergreifend begnadet. Wenn er seinen Job beendet hätte, würde der kaputte Escort wie neu aussehen.

»Von der Beerdigung zurück?«

»Ja.«

Pete schob seine Sicherheitsbrille zurecht. »Ich kann Beerdigungen nicht ausstehen.«

»Ich glaube, das geht den meisten Leuten so.«

»Manche Leute gehen gerne hin«, entgegnete Pete und nickte leicht. »Manche Leute sind so irre, dass sie richtiggehend darauf abfahren. Sie gehen sogar hin, wenn sie den Verstorbenen gar nicht kannten.«

»Es gibt alle möglichen Leute«, murmelte Xander und ließ Pete weiterarbeiten.

Als er den Mini fertig hatte, fuhr er ihn in den Abholbereich, strich ihn von seiner To-do-Liste und machte dann so lange Pause, damit er in seine Wohnung gehen und sich ein Sandwich machen konnte. Danach wandte er sich dem nächsten Auto auf der Liste zu.

Vier Stunden lang arbeitete er daran – was die Kopfschmerzen verstärkte und ihm einen steifen Nacken bescherte.

Er hatte Naomi gesagt, er würde Abendessen mitbringen. Also rief er bei Rinaldo an und bestellte überbackene Spaghetti, ehe er sich aufmachte, um die Werkstatt abzuschließen.

Er wollte sich gerade auf sein Motorrad setzen, als Maxie vom Rinaldo mit einem platten Hinterreifen vorfuhr.

»Oh Xander! Bitte!« Sie rang die Hände, als sie aus ihrem Auto sprang. »Ich weiß, dass du schon zugemacht hast, aber mit meinem Auto stimmt irgendwas nicht. Es macht auf einmal so merkwürdige Geräusche, und ich kann es kaum noch steuern.«

»Du hast einen Platten, Maxie.«

»Tatsächlich?« Sie drehte sich um und folgte mit dem Blick seinem Fingerzeig. »Wie ist das denn passiert? Ich bin doch nirgends drübergefahren? Es hat einfach angefangen zu holpern. Ich dachte, es läge am Motor.«

Sie fuhr sich mit der Hand durch ihre blonden Haare mit den violetten Strähnen und grinste ihn schief an. »Könntest du ihn für mich wechseln?«

Er ging am Wagen in die Hocke. »Maxie, dieser Reifen ist so kahl wie dein Großvater. Den Rest hast du ihm gegeben, indem du damit weitergefahren bist.«

»Muss da ein neuer drauf? Kannst du denn wenigstens für den Moment einen Ersatzreifen draufziehen?«

»Du hast keinen Ersatzreifen, du hast nur einen Notfallreifen, und damit kannst du nicht quer durch die Gegend fahren.« Er lief um das kleine Auto herum und schüttelte den Kopf. »Deine Reifen hatten schon vor fünfzehntausend Kilometern kein Profil mehr.«

Erschrocken riss sie die Augen auf. »Ich brauche *vier* neue Reifen?«

»Jepp.«

»Mist. Mist! *Mist!* Da geht das Geld dahin, das ich für mein Shoppingwochenende in Seattle mit Lisa angespart hab. Und jetzt komme ich auch noch zu spät zur Arbeit.« Sie versuchte es mit einem Flirt. »Könntest du nicht einfach diesen Reifen flicken, nur für jetzt, und … noch mehr Mist«, murmelte sie, als er sie unverwandt anstarrte. »Du hast den gleichen Ausdruck im Gesicht wie mein Vater.«

Das schmerzte ein bisschen, weil er nur zwölf Jahre älter war als sie. Aber er gab nicht nach.

»Der Reifen könnte platzen, und am Ende hast du noch einen Unfall. Ich mache dir den besten Preis, den ich nur machen kann, aber du musst dir wirklich neue Reifen leisten. Ich kann sie morgen für dich aufziehen – bis Mittag. Und ich kann dich mit zur Arbeit nehmen. Ich wollte sowieso dort Essen holen. Kann dich jemand nach der Arbeit heimbringen?«

Resigniert atmete Maxie tief aus. »Ich lauf einfach zu Lisa und übernachte dort.«

Auf das Risiko hin, erneut mit ihrem Vater verglichen zu werden, schüttelte Xander den Kopf. »Du gehst nicht allein, wenn der Laden zumacht. Nicht im Moment.«

»Derjenige, der Marla umgebracht hat, ist doch längst über alle Berge. Das war doch nur irgend so ein schrecklicher Perverser, der hier zufällig vorbeigekommen ist.«

»Ich mach dir einen Vorschlag. Ich ziehe dir die Reifen gratis auf, wenn du mir versprichst, nach Ladenschluss nirgends allein hinzugehen.«

»In Ordnung, in Ordnung. Ich frage meinen Dad, ob er mich abholt.« Als Xander sie mit zusammengekniffenen Augen ansah, verdrehte sie die Augen. »Ich verspreche es!« Dann legte sie sich die Hand aufs Herz.

»Okay.« Er reichte ihr seinen Ersatzhelm. »Wenn du unsere Abmachung nicht einhältst, berechne ich dir das Doppelte.«

»Oh Xander…« Trotzdem stieg sie lachend hinter ihm auf. »Eine Abmachung ist eine Abmachung, und zumindest komm ich diesmal cool zur Arbeit.«

Als er endlich oben auf der Klippe ankam, wollte er nur noch mit Naomi auf der Terrasse sitzen und vielleicht ein Bier trinken – und den ganzen Tag hinter sich lassen.

Noch während er das Take-away-Abendessen aus der Tasche nahm, kam Follow von hinten aus dem Haus gerast, um ihn zu begrüßen, als wäre er im Krieg gewesen.

Er hielt das Essen mit einer Hand hoch, damit der Hund es sich nicht schnappte, und streichelte ihn mit der freien Hand. Als dann auch noch ein Tennisball vor seinen Füßen landete, schoss er ihn mit dem Fuß weg, damit Follow fröhlich hinterherrennen konnte.

Überrascht stellte er fest, dass nur Naomis Auto vor dem Haus stand. Sofort fragte er sich, warum Kevin nicht auf ihn gewartet hatte. Trotz seiner Verspätung hatte er fest damit gerechnet, dass Kevin noch hier sein würde.

Er ging ums Haus herum nach hinten und kickte für Follow den Ball erneut über das Gras.

Naomi saß allein auf der Terrasse und arbeitete an ihrem Tablet. Auf dem kleinen Tisch neben der Bank stand ein Glas Wein.

»Ich wurde aufgehalten«, sagte er.

Sie nickte nur und machte weiter.

»Ich hol mir schnell ein Bier und stell das Essen schon mal in den Backofen.«

»Ja, in Ordnung.«

Er hielt sich nicht für sonderlich sensibel im Hinblick auf Stimmungen – zumindest hatten ihm in der Vergangenheit diverse wütende Frauen einen Mangel an Sensibilität bescheinigt –, aber er wusste durchaus, wann etwas im Busch war. Seiner Erfahrung nach wartete man dann am besten in aller Ruhe ab, bis aufs Tapet kam, was immer es war. Wenn man Glück hatte, ging es auch einfach vorbei.

Er kam mit seinem Bier zurück, setzte sich neben sie und streckte seine langen Beine aus. Himmel, fühlte sich das gut an!

»Wo ist Kev?«

»Zu Hause bei seiner Frau und den Kindern, denke ich.«

»Ich dachte, er würde hierbleiben, bis ich komme.«

»Ich habe ihn nach Hause geschickt. Ich brauche keinen Bodyguard.«

Man brauchte nicht hochsensibel zu sein, um schlechte Laune zu erkennen, wenn sie wie jetzt geradezu die Zähne fletschte. Er nahm einen Schluck Bier und schwieg.

Das Schweigen dauerte vielleicht zwanzig Sekunden.

»Ich kann es nicht leiden, dass ihr zwei euch abwechselt. Ich bin keine Idiotin, und ich bin nicht unfähig.«

»Das hab ich auch nie behauptet.«

»Dann hör auf, an mir zu hängen wie eine Glucke, und

bitte auch Kevin nicht länger darum. Es ist nicht nur beleidigend, es macht mich außerdem stinkwütend.«

»Es sieht so aus, als müsstest du beleidigt und wütend gemacht werden.«

»Du wirst für mich keine Entscheidungen treffen.«

»Marlas Leiche – kaum zehn Meter unterhalb der Stelle, an der du gerade sitzt, sagt mir, dass ich es sehr wohl kann.«

»Niemand schreibt mir etwas vor, und wenn du glaubst, dass du ein Recht darauf hättest, nur weil du mit mir schläfst, dann irrst du dich gewaltig.«

Aus dem Augenwinkel sah er, wie der Hund die Treppe hinunterschlich – wahrscheinlich auf der Suche nach einem ruhigen Plätzchen jenseits ihres Schusswechsels.

»Das ist doch Blödsinn. Es ist sogar völliger Blödsinn. Entweder du erzählst mir, welche Laus dir seit heute Morgen über die Leber gelaufen ist, oder du lässt es bleiben, aber ich erkenne durchaus, wenn jemand auf Streit aus ist. Ich bin nicht in der Stimmung für einen Streit, aber das kann sich jederzeit ändern.«

»Du engst mich ein, so einfach ist das.« Sie stand auf, schnappte sich ihr Glas Wein und legte das Tablet beiseite. »Ich habe dieses Haus gekauft, weil ich wirklich gern allein bin, und jetzt bin ich es nicht mehr.« Sie nahm einen großen Schluck. Es war bestimmt nicht ihr erstes Glas an diesem Abend.

»Aber das wäre leicht zu ändern. Wenn du versuchst, mich loszuwerden, dann musst du es nur sagen.«

»Ich brauche mehr Luft…«

»Solche Klischees sind noch größerer Blödsinn. Das kannst du besser.«

»Ich hätte gar nicht erst anfangen sollen… Dieses Etwas mit dir… Das alles ist zu schnell gegangen und mir zu kompliziert geworden.«

Wut und noch etwas, was er nicht ganz begreifen konnte, lagen in ihrer Stimme.

»Ich bin es leid, mich ständig eingeengt und behütet zu fühlen. Das muss aufhören. Einfach aufhören. Du, das Haus, der Garten … Gott, und der Hund. Das ist alles zu viel. Es ist alles ein Fehler, und es muss aufhören.«

Am liebsten hätte er etwas erwidert. Himmel, sie hatte ihn richtig verletzt, und da er nicht mit einem solchen Schlag gerechnet hatte, war er regelrecht fertig.

Kompliziert? Sie hatte natürlich recht. Auch um ihn herum bauten sich Komplikationen auf, von denen er nicht die geringste Ahnung gehabt hatte.

Aber sie zitterte, und sie atmete ein bisschen zu schnell. Sie stand schon wieder kurz vor einer Panikattacke, und er würde verdammt noch mal nur zu gern wissen, warum.

»Wenn du willst, dass ich gehe, dann gehe ich. Und wenn du willst, nehm ich auch den verdammten Hund mit. Ich zwinge mich niemandem auf. Aber du musst mir die Wahrheit sagen.«

»Das hab ich doch gerade! Es ist ein Fehler – es ist ein Fehler, und ich muss ihn korrigieren!«

»Indem du mich, den Hund, dieses Haus, alles, was du dir hier gerade erschaffst, einfach so mit Füßen trittst und wegwirfst? Das willst du doch nicht wirklich.«

»Du weißt doch gar nicht, was ich wirklich will.« Sie schleuderte ihm die Worte mit Wucht entgegen, doch ihre Wut klang eher nach Angst. »Du kennst mich doch gar nicht.«

»Ich kenne dich verdammt gut.«

»Tust du nicht! *Das* ist Blödsinn! Du kennst mich nicht, weißt nicht, wer oder was ich bin. Du kennst mich nur aus den paar Wochen, seit ich hier bin. Von der Zeit davor hast du doch keine Ahnung. Du kennst mich nicht.«

Und auf einmal war ihm alles klar. Das, was er nicht hatte begreifen können – was unter ihrer Wut und Angst gelegen hatte –, war *Trauer*.

»Doch, ich kenne dich.« Er stellte sein Bier beiseite und stand auf. »Ich weiß, wer du bist, wo du hergekommen bist, was du durchgemacht hast und was du jetzt alles versuchst, um davon wegzukommen.«

Sie schüttelte den Kopf und wich einen Schritt zurück. »Das kannst du nicht.« Sie presste die Lippen aufeinander, damit sie nicht bebten. Tränen glitzerten in ihren Augen, aber sie drängte sie zurück.

»Chief Winston hat es dir erzählt.«

Er hatte offenbar den Finger auf die Wunde gelegt. »Nein, ich hab gar nicht mit ihm gesprochen. Ich hab ihn seit der Beerdigung nicht mehr gesehen. Aber du hast ihn gesehen. Er hat mir nichts erzählt, aber du.«

Sie verschränkte die Arme, als wollte sie sich vor ihm beschützen.

Nicht vor ihm, dachte er. Verdammt noch mal, doch nicht vor ihm!

»Ich hab nie auch nur einen Ton gesagt…«

»Das brauchtest du auch nicht.«

Er drängte seine eigene Wut zurück. Später würde er sie äußern, aber nicht jetzt. Jetzt sprach er betont sachlich.

»Als du das erste Mal bei mir zu Hause warst, hast du das Buch in meinem Regal gesehen. Das Buch von Simon Vance. Du hast schlagartig so ausgesehen, als hätte dir jemand in den Bauch getreten. Es war nicht schwer herauszufinden. Im Buch sind Fotos. Du warst elf oder zwölf, nehme ich an. Noch ein Kind. Du hattest damals eine andere Frisur, bist inzwischen eben erwachsen geworden. Aber du hast immer noch dieselben Augen, denselben Gesichtsausdruck. Und Naomi ist auch kein ganz alltäglicher Name.«

»Du wusstest es…« Die Knöchel an ihrer Hand wurden weiß.

»Ich könnte mir natürlich wünschen, das Buch wäre nie da gewesen, um diesen Ausdruck auf deinem Gesicht hervorzurufen. Aber so war es nun einmal.«

»Du… Du hast es Kevin erzählt.«

»Nein.« Es lag so viel Zweifel in ihrem Blick, dass er kurz wartete, bevor er weitersprach. »Von der Wiege bis zur Bahre bedeutet nicht, dass ich ihm erzähle, was du nicht erzählt wissen willst.«

»Du hast es ihm nicht erzählt…« Ihre Finger lockerten sich wieder, und sie ließ die Hände sinken. »Du hast es die ganze Zeit über gewusst – hast es schon gewusst, bevor wir… Warum hast du nichts zu mir gesagt? Mich nicht gefragt?«

»Ich wusste es am Anfang nicht, deshalb hat ja auch das Buch noch dagestanden. Als ich es dann wusste, wollte ich diesen Gesichtsausdruck bei dir nie wieder sehen. Und okay, ich hab gehofft, du würdest es mir sagen, bevor ich es dir ins Gesicht sagen müsste. Aber du hast es gerade auch provoziert.«

»Du hast nicht…« Sie wandte sich ab, wobei sie mit dem Handrücken über die Stelle zwischen ihren Augenbrauen rieb. »Du hast es mir nicht ins Gesicht gesagt. Das haben andere getan, deshalb weiß ich ganz genau, wie es sich anfühlt. Wie sich das hier anfühlt, weiß ich nicht.« Sie stellte ihr Weinglas aufs Geländer und presste die Finger auf die Lider. »Ich brauch eine Minute…«

»Wenn du schreien musst – damit kann ich umgehen. Ich kann auch damit umgehen, wenn du weinen musst. Aber ich ziehe Schreien vor.«

»Ich werde weder schreien noch weinen.«

»Ich glaube, die meisten Leute würden beides tun. Aber du bist nicht wie die meisten Leute.«

»Genau darum geht es ja …«

»Ach, halt doch den Mund.«

Sein wütender Kommentar schockierte sie so sehr, dass sie zu ihm herumwirbelte.

»Halt endlich mal den Mund!« Jetzt ließ er seiner Wut freien Lauf. »Bist du eigentlich bescheuert? Vielleicht kenne ich dich wirklich nicht, ich hab dich nämlich für klug gehalten. Wahrhaft klug. Aber vielleicht bist du ja doch dumm genug zu glauben, du wärst nicht in Ordnung, nur weil du deine DNA mit einem psychotischen Mistkerl teilst.«

»Er ist ein Monster. Er ist mein Vater.«

»Mein Vater kann einen Vergaser nicht von einem Bremsbelag unterscheiden, besitzt zwei Golfclubs und hört gerne Fahrstuhlmusik.«

»Das ist nicht dasselbe.«

»Und warum nicht? Warum zum Teufel nicht? Wir sind Blutsverwandte, er hat mich großgezogen – meistens zumindest –, und wir sind trotz allem so unterschiedlich, wie man es sich nur vorstellen kann. Er liest höchstens ein Buch pro Jahr, und wenn, dann nur irgend so einen Bestseller. Jedes Mal, wenn wir länger als eine Stunde zusammen sind, geraten wir aneinander.«

»Das ist nicht …«

»Und was ist mit deinem Bruder?«

Damit überraschte er sie, genau wie er beabsichtigt hatte.

»Ich … Was soll mit Mason sein?«

»Was für ein Mann ist er?«

»Er ist … toll. Er ist klug. Nein, er ist brillant und sehr zielstrebig.«

»Also kann er so sein, wie er ist, mit dem gleichen Erbe wie du – aber du selbst, du bist … beschädigt?«

»Nein. Nein – ich weiß ja, dass es nicht so ist. Intellektuell weiß ich es, aber irgendwie fühlt es sich trotzdem so an.«

»Überwinde es endlich.«

Sie starrte ihn an. »Es… überwinden?«

»Ja. Überwinde es. Leb dein Leben. Dein Vater ist das Allerletzte, aber das bedeutet noch lang nicht, dass das auch für dich gilt.«

»Mein Vater ist der berüchtigtste Serienkiller des Jahrhunderts.«

»Das Jahrhundert ist ja noch jung«, sagte er achselzuckend.

Erneut starrte sie ihn an. »Gott. Ich verstehe dich nicht.«

»Dann verstehst du vielleicht das: Es beleidigt mich und macht mich wütend, wenn du denkst, ich würde etwas anderes für dich empfinden, nur weil dein Vater Thomas David Bowes ist. Wenn du denkst, ich würde anders handeln, weil du vor siebzehn Jahren ein Leben gerettet hast – zweifelsohne sogar mehr als eins! Und wenn dieser ganze beschissene Blödsinn der Grund dafür ist, dass du versuchst, mich von dir wegzuschieben, dann hast du Pech gehabt. Ich lass mich nämlich nicht so leicht wegschieben.«

»Ich weiß nicht, was ich sagen soll…«

»Wenn du dich von mir trennen willst, dann benutze Bowes nicht als Werkzeug, um mich auszuhebeln.«

»Ich muss mich setzen.«

Sie setzte sich auf die Bank. Da der Hund offensichtlich glaubte, dass sie in Not war, kam er zurück und legte seinen Kopf auf ihr Knie.

»Ich hab das nicht so gemeint«, murmelte sie und streichelte den Hund. »Das mit dem Hund oder dem Haus hab ich nicht so gemeint. Und das mit dir auch nicht. Ich hab mir eingeredet, ich müsste es so meinen – es wäre besser für uns alle, wenn ich es ernst meinen würde. Für jemanden wie mich ist es leichter umherzuziehen, als Wurzeln zu schlagen, Xander.«

»Das glaub ich nicht. Ich glaube, das hast du dir nur so zurechtgelegt. Wenn du es tatsächlich glauben würdest, hättest du das Haus nicht gekauft. Du würdest es nicht renovieren. Und ganz bestimmt hättest du den Hund nicht aufgenommen, ganz egal wie lang ich auf dich eingeredet hätte.« Er trat zu ihr und setzte sich wieder neben sie. »Allerdings hättest du mit mir geschlafen. Das konnte ich schon sehen, als du zum allerersten Mal die Bar betreten hast.«

»Ach, tatsächlich?«

Xander griff wieder nach seinem Bier. »Ich hab ein Gespür dafür, wenn eine Frau es will. Aber wenn du die ganze Zeit über diesen Blödsinn geglaubt hättest, wäre nichts aus uns beiden geworden.«

»Das sollte es auch nicht.«

»Viele gute Dinge passieren trotz allem. Wenn Charles Goodyear nicht so ungeschickt gewesen wäre, hätten wir keinen vulkanisierten Gummi.«

»Was?«

»Wasserfesten Gummi – Reifen zum Beispiel, Goodyear-Reifen. Er wollte Kautschuk hitzeunempfindlich machen, hat das Experiment dann aber aus Versehen auf die heiße Herdplatte gestellt – und siehe da, jetzt haben wir wasserfesten Gummi.«

Verblüfft rieb sie sich die schmerzenden Schläfen. »Ich hab den Faden verloren.«

»Es muss nicht immer alles geplant sein, damit es funktioniert. Vielleicht haben wir beide ab und zu gedacht, wir sollten es besser bleiben lassen, aber wir haben trotzdem weitergemacht. Und es funktioniert gut.«

Ihr Lachen überraschte sie selbst. »Wow, Xander, bei deiner romantischen Beschreibung kriege ich ja richtig Schmetterlinge im Bauch! Das klingt ja wie ein Sonett!«

Stimmt, stellte er fest und beruhigte sich allmählich wieder. »Du willst Romantik? Ich könnte dir Blumen schenken.«

»Ich hab leider keine Vase.« Sie seufzte. »Ich brauche keine Romantik. Ich wüsste gar nicht, was ich damit anfangen sollte. Ich hab es gerne, wenn ich mit beiden Beinen auf der Erde stehe. Und seit ich dieses Haus gesehen habe, war das nicht mehr der Fall. Heute ... Da war die Beerdigung. Die hat mich hart getroffen, weil es mich wieder an all die Leute erinnert hat, denen mein Vater Leid zugefügt hat. Nicht nur den Frauen, die er umgebracht hat – auch den Leuten, die sie geliebt haben.«

»Es hätte mir auch so schon leidgetan, dass du sie gefunden hast. Aber da ich ja wusste, welche Erinnerungen es in dir aufwühlen würde, hat es mir umso mehr leidgetan. Hast du mit deinem Bruder und deinen Onkeln schon darüber geredet?«

»Nein. Nein, warum soll ich es für sie auch noch mal aufwühlen? Ich wollte mit niemandem darüber reden. Vor allem nicht darüber, welche Erinnerungen dadurch wieder wach geworden sind.«

»Es ist deine Sache, ob du es erzählst oder nicht. Kevin und Jenny könnten gute Freunde für dich sein, aber wenn du ihnen nicht vertraust, tust du ihnen und dir damit keinen Gefallen.«

»Chief Winston hat im Hinblick auf dich das Gleiche gesagt. Er hat sogar genau dasselbe Wort gewählt. ›Du tust ihm keinen *Gefallen*.‹«

»Willst du mir erzählen, was er sonst noch gesagt hat?«

»Ich wusste es sofort, als er vorfuhr.« Sie schloss die Augen, spürte den Hund zu ihren Füßen, den Mann neben sich. »Meine Welt ist zusammengebrochen. Einfach zusammengebrochen. Ich hatte insgeheim damit gerechnet – weil ich die Leiche gefunden hatte, würde er mich bestimmt überprüfen müssen. Trotzdem ist die Welt um mich herum zusammengebrochen. Er war sehr direkt – aber nett. Er würde es niemandem erzählen, sagte er, er hätte es bislang nicht erzählt und würde es auch in Zukunft nicht tun. Bisher weiß sonst auch nur meine Familie davon, weil ich immer weitergezogen bin, bevor irgendetwas herauskommen konnte.«

»Bist du gegangen, noch ehe du erfahren hast, ob sich das Verhalten der anderen ändern würde, wenn sie es wüssten?«

»Ja, womöglich, aber ich habe diese Veränderungen erlebt, und sie sind schrecklich. Sie rauben dir alles«, sagte sie leise, »und sie zerschmettern dich.«

»Ich sitze hier und trinke ein Bier, wie ich mir genau das gewünscht habe, seit ich heute die Werkstatt zugemacht hab. Im Backofen steht warmes Essen, und dort draußen geht gerade die Sonne unter. Nichts hat sich geändert oder muss sich ändern. Du solltest dich daran gewöhnen.«

Nichts musste sich ändern. Konnte das wahr sein? War es wirklich möglich?

»Vielleicht können wir einfach noch eine Weile sitzen bleiben, bis ich mich daran gewöhnt habe?«

»In Ordnung.«

Stunden später, als außer den Bars längst alles für die Nacht zugemacht hatte, die Straßen im Ort ruhig wurden und nur mehr die Straßenlaternen ihr milchiges Licht in der Dunkelheit verbreiteten, beobachtete und wartete er.

Er hatte sich die Zeit genommen, die Routineabläufe an der Hauptstraße mit ihren Läden und Restaurants zu studieren. Die Frauen zu studieren, die jene Läden abschlossen oder von ihren Jobs als Beiköchin oder Kellnerin nach Hause gingen.

Er hatte ein Auge auf eine hübsche junge Blondine geworfen, aber er würde auch nicht wählerisch sein. In der Spätschicht arbeiteten in der Pizzeria mindestens drei Frauen. Er würde sich schon eine aussuchen – aber die hübsche junge Blondine wäre seine erste Wahl.

Das Wohnmobil hatte er auf einem Campingplatz gelassen, der gute zwanzig Kilometer entfernt war. Dort war er ganz legal angemeldet. Wenn sie nur wüssten, was er dort in seinem Wohnmobil gemacht hatte! Allein die Vorstellung entlockte ihm ein Schmunzeln.

Seine Aufregung fühlte sich an, als würde sich in seinem Bauch ein heißer Ball bilden, sobald die Hintertür des Restaurants aufging.

Die heiße Blondine – genau wie er gehofft hatte.

Und sie war allein!

Er schlüpfte aus dem Auto, das in einer dunklen Ecke des Parkplatzes stand. Den mit Chloroform getränkten Lappen hielt er an seiner Seite.

Er benutzte gern Chloroform, das war so schön altmodisch. Sie wurden zuverlässig ohnmächtig, selbst wenn ihnen meistens auch ein bisschen schlecht wurde, aber das trug alles nur zu dem Prozess bei.

Sie lief allein über den Parkplatz. Ihre festen jungen Titten wippten, und ihr strammer Hintern schwenkte hin und her. Er blickte zum Restaurant zurück, um sich zu vergewissern, dass niemand herauskam, und bewegte sich behände auf sie zu.

Im selben Moment glitt Scheinwerferlicht über den Parkplatz, und er musste in den Schutz der Dunkelheit zurückspringen. Die kleine Blonde wartete, bis das Auto gedreht hatte, dann zog sie die Beifahrertür auf.

»Danke, Dad!«

»Kein Problem, Liebes.«

Am liebsten hätte er irgendwo dagegengetreten, irgendwas zerschlagen, als sie davonfuhr und er geil und aufgewühlt allein zurückblieb. Ihm traten sogar Tränen in die Augen. Dann ging die Tür erneut auf.

Zwei weitere Frauen kamen heraus. Er sah sie im Licht über der Tür, hörte ihre Stimmen, ihr Lachen, als sie miteinander redeten.

Dann kam auch einer der Jungen heraus. Er und die jüngere der beiden Frauen nahmen einander bei der Hand und spazierten zusammen davon.

Die Frau drehte sich noch mal um und rief über die Schulter: »Viel Spaß morgen! Komm gut nach Hause!«, woraufhin die zweite Frau über den Parkplatz lief. Sie war nicht ganz so jung wie die beiden anderen und auch nicht annähernd so hübsch – und auch nicht blond, wie er es sich gewünscht hätte –, aber sie würde reichen. Sie würde schon reichen.

Summend zog sie ihre Handtasche auf, um ihren Schlüssel herauszuholen.

Er musste nur hinter sie treten. Absichtlich ließ er ihr einen Moment lang Zeit, Angst zu empfinden, ihr Herz schneller schlagen zu lassen, ehe sie sich umdrehte.

Dann drückte er ihr das Tuch aufs Gesicht, packte sie um die Taille, während sie strampelte, während ihre erstickten Schreie heiß gegen seine Hand drängten. Im Nu erschlaffte sie.

Alles in allem hatte es keine zwanzig Sekunden gedauert, bis sie hinten im Auto lag, die Handgelenke und Knöchel gefesselt und mit Klebeband über dem Mund.

Er fuhr vom Parkplatz und dann quer durch die Stadt, wobei er sorgfältig darauf achtete, die vorgeschriebene Geschwindigkeit einzuhalten und beim Abbiegen zu blinken. Bis er die Stadtgrenze passiert hatte, schaltete er noch nicht einmal das Radio ein. Dann drehte er die Scheibe runter, um seine heißen Wangen zu kühlen, und warf im Rückspiegel einen Blick auf die Gestalt unter der Decke.

»Wir werden jetzt ein bisschen Spaß haben. Wir zwei werden eine richtig gute Zeit haben.«

FOKUS

Der Zuschauer sieht oft mehr als der Spieler.

James Howell

21

Als der Sonntagmorgen anbrach, wollte Xander nur noch schlafen, bis die Sonne hoch am Himmel stand. Am Freitagabend war er gleich dreimal zu Notfällen gerufen worden, sodass er für den Auftritt am Samstag nicht hatte proben können, und überdies war er gleich zweimal aus dem Bett geholt worden.

Sie hatten die Bar in Union gerockt – Auftritt, Stimmung sowie Honorar waren super gewesen –, aber erst um zwei Uhr nachts war er todmüde in Naomis Bett gefallen.

Als Follow ihn um fünf Uhr früh weckte, knurrte er nur.

»Ich stehe schon auf«, murmelte Naomi ihm zu.

Er grunzte zustimmend und schlief wieder ein.

Leicht desorientiert, wachte er drei Stunden später allein auf. *Naomi!* – schoss es ihm durch den Kopf, und er rieb sich mit beiden Händen übers Gesicht. Du lieber Himmel, er würde sich dringend rasieren müssen – nicht gerade seine Lieblingsbeschäftigung. Dann fiel ihm wieder ein, dass es Sonntag war. Sonntags brauchte man sich nicht zwangsläufig zu rasieren.

Die Sonne schien durch die Glastüren. Vom Bett aus blickte er über das ruhige Wasser in der Bucht. Ein paar Boote – Frühaufsteher – dümpelten im Blau.

Er mochte Boote genauso wenig wie Rasieren, aber der Anblick gefiel ihm.

Im Moment jedoch wäre ihm eine Tasse Kaffee entschieden lieber. Er stand auf, zog seine Jeans an und entdeckte sogar ein frisches T-Shirt, das er irgendwann mal sauber gefaltet auf die Kommode gelegt hatte.

Dankbar dafür, dass er nicht das Shirt anziehen musste, das er am Abend zuvor durchgeschwitzt hatte, zog er es sich über den Kopf – und stellte sofort fest, dass das Waschmittel, das sie benutzte, ganz offensichtlich besser roch als seins.

Er hatte Kevin und Jenny gebeten mitzukommen – und dann hatte er Naomi überredet, für ein paar Stunden mit ihnen nach Union zu fahren. Er hatte sich darüber gefreut, dass sie da gewesen war, und vor allem war es ihm wichtig gewesen, dass Kevin sie anschließend sicher nach Hause gebracht hatte.

Sie hatte ihm einen Schlüssel gegeben und ihm den Alarmcode verraten, obwohl er sich immer noch nicht sicher war, ob dies nur für eine einzige Nacht gegolten hatte oder für immer gelten sollte. Das wusste sie wohl selbst nicht so genau.

Ihr … *Arrangement* wäre deutlich einfacher, wenn er ein paar Sachen bei ihr zu Hause deponieren dürfte. Doch dieses Territorium war für ihn ungewohnt.

Er hatte noch nie zuvor mit einer Frau zusammengewohnt, nicht einmal halbwegs. Seine eigene Wohnung mochte nicht so groß sein wie Naomis Haus, aber sie gefiel ihm trotzdem.

Und doch stand er jetzt zum wiederholten Mal aus ihrem Bett auf, trug ein T-Shirt, das sie für ihn gewaschen hatte, und hatte vor, mit ihr Kaffee zu trinken.

Dieses Etwas zwischen ihnen bestand aus zahlreichen beweglichen Elementen, und er musste immer noch herausfinden, wie sie alle zusammenpassten.

Aber das würde ihm schon gelingen, sagte er sich, als er sich auf die Suche nach ihr machte – und auf die Suche nach Kaffee. Er bekam doch für gewöhnlich immer heraus, wie die Dinge zusammenpassten.

Er hörte ihre Stimme und machte sich auf den Weg zu ihrem zeitweiligen Arbeitszimmer.

Die Fenster standen weit offen, und der Hund lag unter ihrem Arbeitstisch.

Die Sonne ließ ihre Haare in zahlreichen Gold-, Bronze- und Karamellschattierungen aufleuchten. Mit einem länglichen Werkzeug schnitt sie Passepartouts zurecht, während sie leise vor sich hin murmelte. Neben ihr summte ein Drucker, aus dem sich gerade ein postergroßer Ausdruck auf das Tablett schob.

Es dauerte fast eine Minute, bis er merkte, dass es der postergroße Ausdruck seiner Hände war, die das Jane-Austen-Buch hielten.

Fertig gerahmt und retuschiert, lehnte ein weiteres Bild seiner selbst an der Wand. Es war die Aufnahme, die sie früh am Morgen gemacht hatte: hinter ihm der Sonnenaufgang, sein Blick auf sie gerichtet.

Weitere Posterausdrucke – seine Bücherwand, wieder seine Hände, ein Sonnenaufgang über der Bucht – hatte sie an eine Art Ständer gehängt, und auf einem großen Tablett lagen kleinere Ausdrucke.

Die Hunderute klopfte eifrig zur Begrüßung, und nachdem Follow nie die Hoffnung zu verlieren schien, stand er auch sofort auf und brachte Xander einen Ball.

Zerstreut legte er dem Hund die Hand auf den Kopf und warf Naomi einen Blick zu.

Sie war vollkommen in ihre Arbeit vertieft, von Sonnenlicht überflutet, ihre schlanken Hände hantierten geschickt mit dem Werkzeug herum, und ihre dunkelgrünen Augen waren fest auf ihre Kunstwerke gerichtet. Der lange, schlanke Körper in dem hellblauen Shirt und in der Kakihose, die ihr bis zu den Knöcheln reichte – und dann bloße Füße.

Das war sie, so passte es. So passte es zumindest für einen

Teil, dachte er. All diese beweglichen Elemente passten doch hervorragend zusammen. Weil er sie liebte.

Hätte das Universum ihn nicht vorwarnen können? Er brauchte ein bisschen Zeit, musste sich erst darauf einrichten, musste …

Sie blickte auf und sah ihn an.

Der Sturm seiner Gefühle raubte ihm geradezu den Atem. Einen Augenblick lang fragte er sich, wie Menschen so leben konnten – wie sie so viel für jemand anderen empfinden konnten.

Er trat zu ihr, zog sie in die Arme und küsste sie, als wäre er schier am Verdursten.

Nach diesem Moment würde ihrer beider Leben nie mehr so sein, wie es gewesen war. Und auch er würde nicht mehr nur sein, wie er gewesen war.

Liebe veränderte alles.

Sie verlor das Gleichgewicht und hielt sich an seinen Schultern fest. Ihr schwirrte der Kopf, ihr Herz raste, und die Knie wurden ihr weich. Überwältigt klammerte sie sich an ihm fest und ließ sich mit ihm durch die heiße Welle tragen.

Als er sie ein Stück von sich zurückschob, legte sie ihm beide Hände an die Wangen und holte tief Luft. »Wow … und guten Morgen.«

Er legte einen Moment lang zärtlich seine Stirn an ihre.

»Ist alles in Ordnung?«, fragte sie ihn.

Nein, dachte er, sagte aber laut: »Du solltest immer Sonnenlicht tragen. Es steht dir fabelhaft.«

»Und du solltest immer ausschlafen.«

»Niemand in der echten Welt dort draußen betrachtet acht Uhr früh an einem Sonntagmorgen als Ausschlafen.« Um die Fassung wiederzuerlangen, wandte Xander sich den Ausdrucken zu. »Du hast gearbeitet.«

»Ich hab Aufträge. Die Galerie, das Internet, Krista.«

»Du hattest recht mit den Händen.«

»Oh ja. Unzählige Zugriffe auf meiner Website, eine Menge Downloadaufträge, Ausdrucke und Poster von deinen Händen und der Bücherwand. Ich muss mehr Material bestellen.«

Skeptisch betrachtete er die Kisten und Stapel im Zimmer. »Noch mehr?«

»Noch mehr. Solange mein Studio noch nicht fertig ist, kann ich nicht so effizient arbeiten, wie ich es gern täte. Vielleicht breche ich ja meine eigene Regel und mache Kevin ein bisschen Dampf. Aber im Moment geht es so einigermaßen. Du bist spät nach Hause gekommen«, fügte sie hinzu und angelte das fertige Poster aus dem Drucker.

»Ja. Ich war gegen zwei hier. Der Hund ist wach geworden.«

»Ich hab euch beide gehört.«

»Tut mir leid.«

»Nein, ich finde es beruhigend, dass er hinunterläuft und bellt, als wollte er einen Eindringling in Stücke reißen. Allerdings vermute ich mal, dass er abhauen würde, sobald es wirklich jemand wäre, den er nicht kennt. Ihr habt gute Musik gemacht gestern Abend.«

»Ja, wir waren gut drauf.«

Sie hängte das Poster auf und trat an das große Tablett. »Wie findest du die?«

Er wollte ihr eigentlich antworten, dass er nach dem ersten Kaffee einen Blick darauf werfen würde, weil sich diesbezüglich ein starkes Verlangen zurückgemeldet hatte, doch dann sah er, dass es die Fotos seiner Band waren – mitsamt Werkzeug und der kaputten Windschutzscheibe. Er nahm den Stapel und schaute sie durch.

»Oh Mann, Naomi! Die sind toll! Richtig toll! Dave sagt

auch schon die ganze Zeit, er kann sich nicht entscheiden, welche Bilder er wofür benutzen soll …«

»Deshalb hab ich ein paar ausgedruckt. Du hast sie ja alle auf dem Computer gesehen, aber manchmal helfen einem Ausdrucke bei der Auswahl.«

»Das finde ich nicht. Sie sind alle großartig. Du hast ja sogar einige in Schwarz-Weiß gemacht.«

»Düster, was?« Als würde sie glatt selbst noch einmal gucken müssen, blickte sie ihm über die Schulter. »Ziemlich gefährlich. Jeder von euch sollte eins für sich behalten. Ich rahme sie euch auch. Und ihr solltet eins aussuchen, um es bei Loo aufzuhängen.«

»Ja, vielleicht. Ja. Dieses Schwarz-Weiße fürs Loo's, weil es besser zur Atmosphäre passt.«

»Ja, das finde ich auch.«

»Dave kriegt noch einen nervösen Tic, weil er sich nicht entscheiden kann.« Er legte die Ausdrucke wieder aufs Tablett zurück. »Jetzt brauch ich einen Kaffee.«

»Nur zu. Ich muss noch ein paar Sachen fertig machen, dann komm ich auch runter. Du könntest den Hund rauslassen«, fügte sie hinzu. »Der Tag ist viel zu schön, um ihn die ganze Zeit über drinnen einzusperren.«

»Das gilt nicht nur für ihn. Wir könnten die 101 entlangfahren. Mit dem GTO oder mit dem Motorrad, wie du möchtest.«

»Dann lieber mit dem Cabrio. Da könnte ich auch ein bisschen Ausrüstung mitnehmen. Und den Hund.«

»Wir fahren bei mir vorbei und holen es.«

Als Xander das Zimmer verließ, rannte Follow ihm nach.

Er würde sich heute freinehmen – von der Arbeit, vom Rasieren, von sämtlichen Gedanken daran, was er tun müsste oder nicht, von der Tatsache, dass er Naomi liebte.

Natürlich gab es Menschen, die sich häufiger verliebten

und entliebten, als einen Ölwechsel vornehmen zu lassen, aber zu diesen Menschen gehörte er nicht.

Und ein so starkes Gefühl hatte er noch nie in seinem ganzen Leben gehabt. Es war eine gänzlich neue Erfahrung für ihn.

Er würde es erst mal eine Weile sacken lassen, um ganz sicherzugehen, dass es nicht nur eine momentane Verwirrung war.

Follow war noch auf der Treppe, als er auf einmal leise knurrte und zur Tür rannte. Er bellte zweimal kurz hintereinander, dann blickte er Xander an, als wollte er ihn auffordern: *Na los, komm schon, kümmern wir uns darum!*

»Ja, ja, ich komm ja schon. Warum hab ich mir nicht erst einen Kaffee besorgt?«

Xander zog die Haustür auf. Neben Naomis Auto stand ein schwarzer Chevy Suburban, aus dem ein großer Mann mit hellbraunem Haar ausstieg.

Er trug eine Sonnenbrille, einen dunklen Anzug und Krawatte – und wirkte so offiziell, dass Xander sofort wusste: *Polizei.*

Allerdings keiner aus dem Ort. Er war verärgert, dass Naomis schöner Sonntag durch weitere Fragen über Marla verdorben werden würde.

Der Mann beäugte den Hund, der neben Xander stand, und sah dann zu Xander empor.

»Wer sind Sie?«

»Sie sind derjenige, der hier unangemeldet vorgefahren ist«, entgegnete Xander im gleichen barschen Tonfall, »also darf ich ja wohl zuerst erfahren, wer Sie sind.«

»Special Agent Mason Carson. FBI.« Mason zog seinen Ausweis heraus und hielt ihn hoch – die andere Hand legte er an den Griff seiner Dienstwaffe. »Und wer sind Sie, wenn ich fragen darf?«

»Schon gut.« Xander legte Follow die Hand auf den Kopf. »Er ist okay. Xander Keaton.«

Die Sonnenbrille verdeckte zwar Masons Augen, aber Xander wusste auch so, dass er ihn musterte.

»Der Mechaniker …«

»Genau. Naomi ist oben und macht noch eine ihrer Arbeiten fertig. Ich wäre Ihnen dankbar, wenn Sie die Hand von der Pistole nähmen. Ich hatte heute noch keinen Kaffee, und so langsam macht es mich nervös.«

Mittlerweile hatte Follow sich an Mason herangetraut und schnüffelte an dessen Schuhen, und Mason strich ihm über den Kopf. »Trinken Sie häufiger Kaffee hier?«

»Es ist zur Gewohnheit geworden. Wenn Ihnen das nicht passt …«

»Gegen einen Kaffee hätte ich auch nichts einzuwenden.«

Follow kam mit einem Ball angerannt und warf ihn Mason vor die Füße, und als Mason lächelte, sah Xander die Ähnlichkeit mit Naomi.

Seiner Meinung nach lächelte sie nicht annähernd oft genug, aber wenn sie es tat, sah sie genauso strahlend aus wie ihr Bruder.

»Sie wird sich riesig freuen, Sie zu sehen.«

Xander wartete auf Mason, der nicht so offiziell unterwegs war, als dass er nicht zuerst den Ball für Follow werfen konnte. Dann wandte er sich um.

»Wenn wir nach Norden fahren«, rief Naomi gerade aus dem Hausflur, »könnte ich sogar ein bisschen … Mason! O Gott, Mason!«

Sie flog förmlich die letzten Stufen herunter.

Mason fing sie auf und schwenkte sie herum.

Das, dachte Xander, war eine echt tiefe Liebe.

Als Naomi lachte, konnte er die Tränen in ihrem Lachen hören und sah sie im Sonnenlicht in ihren Augen glitzern.

»Was machst du denn hier? Warum hast du mir nicht gesagt, dass du kommst? Du hast ja einen Anzug an! Du siehst so … Oh, du hast mir so gefehlt!«

»Du hast mir auch gefehlt.« Mason strahlte und hielt seine Schwester ein wenig von sich weg. »Du hast ein Haus! Und einen Hund!«

»Ja, verrückt, oder?«

»Es ist ein tolles Haus! Und ein großartiger Hund. Und du hast … einen Mechaniker.«

»Einen … oh!« Sie lachte und drückte Mason erneut an sich. »Xander, das ist mein Bruder Mason.«

»Ja, wir haben uns draußen schon vorgestellt. Ich mache Kaffee.«

»Ich mach ihn schon. Komm, ich zeig dir das Haus!«, rief sie Mason zu. »Wir fangen mit der Küche an. Bis jetzt ist sie das schönste Zimmer.«

»Das Haus ist riesig!«

»Mit reichlich Platz für dich und Seth und Harry, wenn ihr mich besuchen kommt. Und ich hab auch Gram und Pop überredet, spätestens im Herbst vorbeizukommen. Eure Zimmer sind noch nicht ganz fertig, aber wir lassen uns was einfallen. Wie lange kannst du bleiben?«

»Äh …«

»Hast du schon etwas gegessen?«

»Ja, einen Bagel auf der Fähre.«

»Da haben wir was Besseres. Auf der Fähre? Woher kommst du denn? Ich dachte, du wärst in New York?«

Er gab einen weiteren vagen Laut von sich, und Xander beäugte ihn aufmerksam. Naomis Freude wurde dadurch allerdings nicht im Geringsten getrübt. Xander entschied sich spontan gegen seinen ursprünglichen Plan, sich einen Kaffee mitzunehmen und die Geschwister erst einmal allein zu lassen.

Er würde fürs Erste hierbleiben.

»Ich bin mit den Onkeln für später am Tag am Telefon verabredet. Sie haben kein Wort darüber verloren, dass du hier in der Gegend bist.«

»Man hat mich nach Seattle gerufen.« Mason blieb stehen, und sein Blick fiel auf die Küche und auf die Aussicht durch die Glastüren. »Wow, Nome, das ist großartig!«

»Ja, ich liebe es auch. Xander, vielleicht gehst du schon mal mit Mason raus auf die Terrasse? Ich bringe euch sofort Kaffee.«

»Klar.«

»Wahnsinn«, kommentierte Mason, als Xander die Ziehharmonikatüren aufzog. »Das musste ihr ja gefallen! Sie hat sich ins Meer verliebt, als sie zum allerersten Mal an einem Ufer stand. Ich hab immer damit gerechnet, dass sie sich an der Ostküste niederlassen würde, aber, na ja, sie hat sich das hier ausgeguckt. Wie lange schlafen Sie schon mit meiner Schwester?«

»Dieses Gespräch sollten Sie erst mit ihr führen, und dann können wir uns unterhalten. Aber bevor sie herauskommt, sollten wir noch schnell darüber reden, warum Sie hier sind. Es ist nicht nur ein Überraschungsbesuch bei Ihrer Schwester, Sie haben beruflich hier zu tun, nicht wahr? Bis jetzt hat sie es nur noch nicht gemerkt«, fügte Xander hinzu, »weil sie sich so freut, Sie zu sehen.«

»Ich treffe mich in einer Stunde mit dem hiesigen Polizeichef.«

»Wenn Sie hierhergekommen sind, um mit ihm über Marla zu plaudern, ist das dann FBI? Oder einfach nur der Bruder, der zufällig auch beim FBI ist?«

»Das überlässt mein Supervisor mir. Sie haben Marla Roth gekannt?«

»Ja.«

»Kannten Sie auch Donna Lanier?«

Schlagartig wurde Xander kalt. »Ja. Was ist mit ihr passiert?«

»Ich weiß noch nicht, ob ihr etwas passiert ist. Ich wäre Ihnen dankbar, wenn Sie mir Zeit lassen würden, das mit Naomi zu besprechen.«

Sie kam mit drei weißen Kaffeebechern auf einem Tablett heraus. »Wie wäre es mit Waffeln? Ich hab ein Waffeleisen gekauft«, sagte sie an Xander gewandt. »Wir könnten doch einen Sonntagsbrunch machen. Ich hab zwar keinen Champagner da, aber Orangensaft.«

»Im Moment reicht mir Kaffee. Entspann dich.« Mason legte ihr den Arm um die Schultern und rieb ihren Oberarm. »Du hast bestimmt schon eine Million Fotos von diesem Ausblick hier gemacht.«

»Womöglich sogar zwei Millionen. Und der Ort ist ebenfalls bezaubernd. Wir müssen dich unbedingt herumführen. Wir könnten uns auch Kajaks leihen – das wollte ich schon die ganze Zeit machen! Xander, warum haben wir uns noch nie Kajaks geliehen?«

»Warum sollte ich in einem Boot in einem Loch sitzen – mit einem Paddel in der Hand?«

»Aber es wäre doch eine ganz neue Perspektive …«

»Mir gefällt diese hier immer noch ganz gut.«

»Landratten können hier ausgiebig wandern. Du hast mir immer noch nicht gesagt, wie lang du bleibst.«

»Ich weiß es selbst noch nicht. Seth und Harry kommen auch.«

»Was? Wann? *Heute?*«

»Nein, du lieber Himmel, nicht heute.« Amüsiert nahm Mason einen Schluck Kaffee. »Sie werden es dir wahrscheinlich sagen, wenn du nachher mit ihnen telefonierst. Vielleicht kommen sie sogar für ein paar Wochen – sie arbeiten zumindest daran.«

»Gott, dann muss ich Betten kaufen! Und Champagner! Und Vorräte! Wenn du glaubst, ich kann kochen«, sagte sie an Xander gewandt, »dann warte erst mal ab, bis Harry uns bekocht!« Strahlend vor Freude, wandte sie sich wieder an Mason. »Meinst du, du könntest sogar zur selben Zeit hier sein wie sie?«

»Ich kann's versuchen.«

Xander trank seinen Kaffee. Er sah Naomi an, dass sie allmählich etwas ahnte.

»Stimmt irgendwas nicht?« Sie wurde blass. »O Gott, Harry und Seth – ist einer von ihnen krank?«

»Nein. Nein, es geht ihnen gut.«

»Was ist denn dann? Irgendetwas ist doch, du ... Du hast mir nicht gesagt, dass du kommst.« Sie trat einen Schritt zurück und musterte ihn eingehend. »Und du sagst mir nicht, wie lang du bleiben willst. Du verheimlichst mir etwas.«

»Sollen wir uns nicht setzen?«

»Sei ehrlich mit mir. Hat es etwas mit Marla Roth zu tun? Bist du wegen des Mordes hier?«

»Wenn jemand in der Nähe meiner Schwester ermordet wird, und meine Schwester findet die Leiche, dann weckt das natürlich mein Interesse.«

»Du bist also hier, um mit Chief Winston zu sprechen.«

»Ich bin hier, um dich zu sehen *und* um mit Chief Winston zu sprechen.«

»Okay.« Sie nickte. Ihre Freude war sichtlich gedämpft. »Er wird sich bestimmt über den Beistand freuen. Du musst nicht so herumeiern, Mason, ich weiß doch, was du beruflich machst.«

»Es geht nicht nur um Marla ... Eine weitere Frau wird vermisst. Eine weitere Frau aus dem Ort.«

»Was? Wer? Wann ist ... Wusstest du davon?« Sie fuhr zu Xander herum.

»Nein… Seit wann wird sie überhaupt vermisst?«

»Donna Lanier hat das Restaurant Rinaldo etwa gegen Viertel vor zwölf in der Freitagnacht abgeschlossen. Sie ist als Letzte gegangen und wurde zuletzt von zwei Kollegen gesehen, die um dieselbe Zeit gegangen sind. Ihren Aussagen zufolge wollte sie nach Olympia fahren, um das Wochenende mit ihrer Schwester und einer Cousine zu verbringen. Allerdings steht ihr Auto noch immer auf dem Parkplatz, und sie ist nie bei ihrer Schwester und der Cousine aufgetaucht und hat sie auch nicht kontaktiert.«

»Sie könnte sich spontan umentschieden haben«, begann Naomi.

»Ihr Koffer liegt hinten im Auto. Sie wollte direkt nach der Schicht hinfahren. Seit dreiundzwanzig Uhr fünfundvierzig am Freitagabend hat niemand mehr von ihr gehört oder etwas gesehen, sie hat ihre Kreditkarte nicht mehr benutzt, keine Nachrichten verschickt, keinen Anruf getätigt.«

»Donna. Ist sie brünett?« Naomi war zwar blass geworden, aber ihre Stimme klang fest, als sie sich an Xander wandte. »Anfang vierzig, rundes, fröhliches Gesicht?«

»Ja. Sie und Loo sind eng befreundet. Sie sind zusammen zur Highschool gegangen. Dass sich jemand auf der Durchreise zufällig Marla geschnappt haben könnte, steht für Sie nicht mehr zur Debatte? Sie glauben, wer auch immer das getan hat, hat auch Donna verschleppt?«

»Ich halte das für sehr wahrscheinlich.«

»Sie sagt zu jedem *Süße*…« Langsam ließ sich Naomi auf einen Stuhl sinken. »Das ist mir schon kurz nach meinem Umzug aufgefallen. Ich bin ins Restaurant gegangen, um mir etwas zum Mitnehmen zu bestellen, und sie hat zu mir gesagt: ›Ich lass es gleich für Sie fertig machen, Süße.‹ Oder: ›Wie geht es Ihnen heute Abend, Süße?‹«

»Ihre Tochter geht aufs College. Sie hat sie überwiegend

allein großgezogen. Sie ist geschieden, und der Vater hatte kein Interesse an dem Kind. Die Tochter lebt nicht mehr bei ihr.«

»Es tut mir leid …« Naomi stand auf und trat auf Xander zu. »Du kennst sie schon dein Leben lang. Es tut mir so leid!«

»Ich hab nie erlebt, dass sie jemandem wehgetan hätte. Sie ist ganz anders als Marla. Stehen solche Killer nicht immer nur auf einen Typ? Sie ist fünfzehn Jahre älter, brünett, tatkräftig – und überhaupt nicht auf Aufmerksamkeit aus wie Marla.«

»Ich muss erst mit dem Polizeichef reden und mehr Informationen einholen …«

»Wie hast du überhaupt davon erfahren?«, wollte Naomi wissen.

»Nach dem Fall Marla Roth hab ich mit Chief Winston Kontakt aufgenommen. Hast du geglaubt, ich würde nichts davon erfahren, Naomi? Du liebe Güte, ich bin FBI-Agent! Natürlich erfahre ich es, wenn meine Schwester in ihrem Garten eine Leiche findet.«

»Sie lag nicht in meinem Garten. Und du redest nur in diesem Ton mit mir, damit ich nicht so mit dir rede. Ich hab es dir nur deshalb nicht erzählt, weil es doch keinen Zweck gehabt hätte. Ich wollte dich und die Onkel nicht beunruhigen. Kommen sie deshalb her?«

»Ich hab ihnen nichts davon erzählt. Noch nicht.« Mason ließ die letzten beiden Wörter eine Weile in der Luft hängen. »Allerdings hab ich wegen Marla Roth sofort mit Chief Winston Kontakt aufgenommen, ihm meine Nummer gegeben und ihn gebeten, mich zu informieren, falls sonst noch etwas passiert. Und prompt passiert etwas.«

»Wenn ihr zwei euch darüber in die Haare kriegen wollt, bitte schön.« Xander zuckte resigniert mit den Schultern. »Ich finde das für beide Seiten ziemlich zwecklos. Ich hol mir lieber noch einen Kaffee.«

»Du hättest mir sagen müssen, dass du den Chief angerufen hast! Und du hättest mir sagen können, dass du hierherkommst, um mit ihm persönlich zu reden.«

»Und du hättest mir erzählen müssen, dass du eine Leiche gefunden hast.«

»Wenn ich das nächste Mal eine finde, bist du der Erste, der es erfährt.«

»Mach keine Witze darüber, Naomi.«

»Mach ich gar nicht.« Sie schloss die Augen. »Ich mache keine Witze. Mir wird übel beim Gedanken daran. Ich weiß nicht, wie du deinen Beruf ausüben kannst. Ich weiß, warum, und ich verstehe sehr wohl, warum du dir genau diesen Beruf ausgesucht hast, aber ich weiß nicht, wie du das erträgst. Wie du es Tag für Tag aushältst, damit konfrontiert zu werden. Ich hab alles getan, um das Ganze aus meinem Leben auszublenden, um Mauern zu errichten. Und du tust genau das Gegenteil. Ich kann stolz auf dich sein, und ich bin es auch, und trotzdem frage ich mich, wie du das aushältst.«

»Ich halte es aus, eben weil ich all das tue. Wir sollten uns darüber unterhalten, wenn wir wieder allein sind und wenn ich ein bisschen mehr Zeit habe.«

»Chief Winston weiß, wer wir sind. Er hat mich überprüft, nachdem ich die Leiche gefunden hatte.«

»Ja, das habe ich mir schon gedacht.«

»Xander weiß es auch. Ich hab es ihm erzählt.«

»Du …« Erstaunt sah Mason seine Schwester an. Dann wanderte sein Blick zu Xander, der gerade wieder auf die Terrasse trat. »Stimmt das?«

»Ja. Sie müssen sich insofern keine Gedanken machen über alles, was Sie sagen.«

»Ich kann sowieso nicht allzu viel sagen. Ich muss jetzt erst einmal zu Chief Winston. Aber ich komme wieder.« Mason legte seine Hände auf Naomis Schultern. »Ich komme nach dem Treffen wieder. Dann kannst du mir das Haus zeigen und alles, woran du bereits gearbeitet hast.«

»In Ordnung.«

Er küsste sie auf die Stirn. »Bis später«, sagte er zu Xander.

Als Mason gegangen war, setzte Xander sich auf die Bank. »Können wir noch eine Minute hier sitzen bleiben?«

»Ich sollte …«

»Ich brauch das jetzt. Ich hoffe inständig, dass ihr nicht das Gleiche passiert ist … Sie ist einer der besten Menschen, die ich kenne, und sie und Loo … Ich muss Loo anrufen. Sie hat es bestimmt auch schon gehört. Wir hätten es wahrscheinlich auch erfahren, wenn wir nicht gestern Abend einen Auswärtsauftritt gehabt hätten. Sie will bestimmt mit mir reden, aber ich muss erst mal für eine Minute hier sitzen.«

Naomi setzte sich neben ihn und nahm seine Hand. »Wir bleiben einfach ein bisschen hier sitzen, und dann solltest du womöglich zu ihr fahren. Es ist besser, bei ihr zu sein, als sie nur anzurufen.«

»Du hast recht. Aber ich lasse dich hier nicht allein. Nicht ehe wir wissen, was zum Teufel hier vor sich geht.«

Dies ist jetzt nicht der richtige Zeitpunkt, um ihm zu widersprechen, schoss es ihr durch den Kopf. »Ich komm ganz einfach mit. Ich schicke Mason eine Nachricht, damit er Bescheid weiß, und fahr mit dir.«

22

Masons Eindruck von Sunrise Cove deckte sich mit dem von Naomi: Der Ort hatte Charme, und die Lage am Wasser trug beträchtlich zu seinem Reiz bei. Er hätte ein paar freie Tage unter Garantie genossen. Vielleicht hätte er sich Jetskis geliehen oder dieses Kajak, auf das seine Schwester so versessen zu sein schien. Anders als Naomi konnte er sich allerdings nicht vorstellen, hier dauerhaft zu leben. Er wohnte gern in der Stadt, wo ständig irgendetwas passierte. Er genoss das schnelle Tempo – eins, das mit ihm Schritt hielt.

Sie zog die Stille vor, liebte die Einsamkeit. Er brauchte Bewegung, Gespräche, wollte Teil eines Teams sein. Die Arbeit war ihnen beiden wichtig – sie fing Momente ein und brachte sie zum Sprechen. Ihm lag eher etwas an Verhaltensweisen und Regeln und der Suche nach Beweggründen.

Ihm war natürlich klar, was sie beide dadurch kompensierten und dass sie damit versuchten, gegen ihre Herkunft anzukämpfen.

Naomi versuchte seiner Meinung nach oft viel zu angestrengt, die Vergangenheit auszublenden und zu verdrängen. Er hingegen konnte gar nicht aufhören, sie zu studieren. Er widmete sein Leben der Verfolgung all derjenigen, die wie sein Vater lebten, um zu zerstören, und wahrhafte Lust in dieser Zerstörung empfanden.

Was er von Xander Keaton oder Naomis Beziehung zu ihm halten sollte, wusste er nicht. Noch nicht. Auch das würde er sich genau anschauen müssen.

Die Tatsache, dass sie Keaton von Bowes erzählt hatte, sagte ihm, dass sie eine ernsthafte und, wie er hoffte, gesunde Bindung anstrebte – etwas, was sie sich ihr ganzes Leben lang versagt hatte, wenn man mal von ihrem engsten Familienkreis absah.

Was Keaton anging ... Der erste Eindruck hatte Mason an einen von Harrys Ausdrücken denken lassen: »cooler Kunde«. Aber er hatte durchaus ein paar Beobachtungen gemacht: Wie er sich vor dem Haus aufgebaut hatte, während Naomi noch drinnen gewesen war und bevor Mason sich ihm vorgestellt hatte. Dann sein fester, aber trotzdem beiläufiger Tonfall – und die Tatsache, dass er Mason vorgeschlagen hatte, erst mit Naomi darüber zu reden, als Mason ihn nach ihrem Beziehungsstatus gefragt hatte.

Auf den ersten Blick, dachte sich Mason, während er seinen Wagen auf dem kleinen Parkplatz neben der Polizeiwache abstellte: ein selbstbewusster Mann, der seine Schwester beschützen würde. Dafür war er zunächst mal dankbar.

Doch wie jeder Bruder, der etwas auf sich hielt und zudem beim FBI war, würde er ihn überdies gründlich durchchecken.

Mason marschierte auf das Gebäude zu, stellte überrascht fest, dass die Wache sogar über eine kleine Veranda verfügte, die erst kürzlich frisch gestrichen worden und so sauber gefegt war wie ein Wohnzimmer.

Als er eintrat, hatte er sofort ein Déjà-vu, wie jedes Mal, wenn er eine Kleinstadtwache betrat.

Ob Naomi auch schon hier drinnen gewesen war?, fragte er sich. Würde sie die Ähnlichkeiten zu Pine Meadows erkennen? Natürlich. Es sah zwar nicht komplett identisch aus – und selbstverständlich hatten sich Möblierung und technische Ausstattung in den vergangenen siebzehn Jahren, die sein Vater jetzt schon im Gefängnis saß, weiterentwickelt.

Aber die ganze Szenerie, die Atmosphäre war verblüffend ähnlich. Es roch nach Kaffee und Backwaren, und drei Schreibtische und diverse Plastikstühle dienten als eine Art Empfangstheke und Großraumbüro zugleich.

Ein uniformierter Beamter saß an einem der Schreibtische und musterte Mason von oben bis unten.

»Kann ich Ihnen helfen?«

Du weißt ganz genau, wer ich bin und warum ich hergekommen bin, schoss es Mason durch den Kopf. Aber dir gefällt die Vorstellung nicht, dass ein Außenseiter, vor allem einer vom FBI, sich in eure örtliche Angelegenheit einmischt.

Die Reaktion war ihm nicht neu.

»Ja. Special Agent Mason Carson. Ich bin mit Chief Winston verabredet.«

Der Deputy lehnte sich auf seinem Stuhl zurück und bedachte Mason mit einem leicht abschätzigen Blick, der ihm zu verstehen geben sollte, wie egal ihm das war. »Können Sie sich ausweisen?«

Mason griff gerade nach seinem Ausweis, als ein Mann aus einem der hinteren Büros heraustrat. Auf dem großen blauen Kaffeebecher in seiner Hand stand »CHIEF«.

»Mike, noch höher auf deinem Ross, und die Luft wird dünn.« Dann trat er mit ausgestreckter Hand auf Mason zu. »Sam Winston. Freut mich, Sie kennenzulernen, Agent Carson.«

»Danke, dass Sie Ihre Zeit für mich opfern, Chief.«

»Kommen Sie mit nach hinten. Möchten Sie auch einen Kaffee? Er ist gar nicht so übel.«

»Ich hatte gerade einen bei meiner Schwester, danke.«

Sie betraten ein Büro mit Fenster. Auf der breiten Fensterbank standen zahlreiche Pokale, ein paar gerahmte Fotos und ein wild wuchernder Philodendron.

Der Chief hatte den Schreibtisch so ausgerichtet, dass er

sowohl durchs Fenster gucken als auch die Tür im Blick behalten konnte. Zwei Besucherstühle – gerade Rückenlehnen, sehr sachlich – standen seitlich davor.

»Setzen Sie sich.«

Sam ließ sich hinter seinem Schreibtisch nieder, der so aussah, als stünde er schon seit Generationen dort.

»Zuallererst muss ich Ihnen mitteilen, dass wir immer noch nichts von Donna Lanier gehört haben. Ihre Schwester, ihre Tochter und die Cousine sind bereits auf dem Weg hierher. Wir konnten sie davon nicht abbringen. Donnas Auto war verschlossen, aber die Schlüssel lagen gleich daneben – es liegt also auf der Hand, dass die ganze Sache auf dem Parkplatz ihren Anfang genommen hat …«

Mason nickte nur. »Ich möchte gern den Parkplatz und ihre Wohnung sehen, wenn möglich.«

»Lässt sich machen.«

»Sie haben erwähnt, dass Miss Lanier allein lebt und – Ihren Erkenntnissen nach – nicht in einer Beziehung ist …«

»Das ist richtig. Donna ist geschieden und lebt seit Jahren allein. In letzter Zeit hat sie sich ein paarmal mit Frank Peters zum Essen oder auf einen Drink getroffen, und ich glaube, da ist auch ein bisschen mehr gewesen. Aber das ist eine freundschaftliche Angelegenheit und auf beiden Seiten eher nichts Ernstes. Frank war im Loo's, als Donna am Freitag das Rinaldo abgeschlossen hat. Er war mit ein paar Freunden in der Bar, sie sind erst gegen eins gegangen.«

Mason nickte wieder und beschloss, sich vorläufig noch keine Notizen zu machen. »Kommt das häufiger vor?«

»Regelmäßig. Frank und seine Kumpels gehen immer freitagabends ins Loo's, um nach der Arbeitswoche Dampf abzulassen.«

»Hätten Sie etwas dagegen, wenn ich mal mit ihm spreche?«

»Nein. Und er bestimmt auch nicht. Er ist schon lang mit Donna befreundet. Er hat Angst um sie, und ich muss zugeben, ich auch. Es sieht ihr einfach nicht ähnlich, ohne ein Wort zu verschwinden. Sie ist eine verantwortungsbewusste Frau mit einer Tochter, die sie über alles liebt, und einem Job, der ihr gefällt. Sie hat Freunde. Und eins steht fest, Agent Carson: Freiwillig ist sie von diesem Parkplatz nicht verschwunden und hat die Schlüssel auf dem Boden liegen lassen. Sie hatte das Wochenende mit ihrer Schwester und ihrer Cousine schon seit Monaten geplant. Sie hat nur noch über ihre Reise geredet – und dass sie Hot-Stone-Massagen haben würden.«

»Ich will Ihnen da auch nicht widersprechen. Mir ist klar, dass es so aussieht, als würde ich Fragen zu gewissen Verhältnissen stellen, die Sie längst geklärt haben. Sie kennen sie ja auch wesentlich besser als ich. Aber manchmal sieht man von außen – mit einem unverstellten Blick sozusagen – etwas, was ansonsten übersehen würde.«

Sam blickte auf seine Tasse hinab, verzog leicht das Gesicht und nahm einen Schluck. »Da bin ich ganz Ihrer Meinung, und Sie können mir gern alle Fragen stellen. Aber ich weiß eben auch, was hier vor sich geht, ich kenne die Leute, die hier wohnen. Und ich weiß, dass niemand aus dem Ort tun könnte, was Marla angetan worden ist. Ich weiß auch, dass wir Leute hier haben, die nur für ein paar Stunden bleiben, ein paar Tage vielleicht, und die sich unten an der Marina aufhalten, in Läden, Bars und Restaurants, auf Wanderwegen. Sie mieten Boote und Kajaks.« Sam stellte seinen Kaffeebecher ab. »Die kenne ich nicht.«

»Sie glauben, Marla Roth ist von einem Außenstehenden entführt und getötet worden.«

»Davon bin ich felsenfest überzeugt.«

»Erzählen Sie mir mehr von ihr.«

»Von Marla?« Sam atmete laut hörbar aus. »Sie war das absolute Gegenteil von Donna. Marla war einunddreißig und immer schon ziemlich wild. Sie ließ sich von ihrem Mann scheiden, der sie abgöttisch liebte und es bis heute tut. Der um sie trauert. Mit ihm können Sie auch reden, aber Chip Peters hätte sich eher beide Arme abgeschnitten, als Marla auch nur anzufassen.«

»Peters …« Natürlich wusste er das bereits, er hatte die Verbindung auch gesehen.

»Ja, richtig – Frank ist Chips Onkel. Frank und Darren Peters – Chips Dad – leiten seit fast sechzehn Jahren gemeinsam die Sea-to-Sea-Tours. Chip arbeitet mit ihnen zusammen. Aber ich sage Ihnen, mit dem Mord hat er nichts zu tun – und Frank ebenso wenig.« Sam nahm einen weiteren Schluck Kaffee. Er schien sich zusehends zurückzuziehen. »Aber da sollten Sie sich natürlich ein eigenes Bild machen.«

»Hab es Ärger rund um die Scheidung?«

»Sind Sie geschieden?«

»Nein.«

»Ich auch nicht, aber von angenehmen Scheidungen hab ich selten gehört.«

»Meinen Informationen zufolge hat Chip – also Darren Peters junior – ein aufbrausendes, fast schon gewalttätiges Temperament.«

»Da sind Sie falsch informiert«, entgegnete Sam. »Er hatte eine Schwäche für alles, was mit Marla zu tun hatte. Ja, er hatte einmal eine Auseinandersetzung mit dem Blödmann, mit dem Marla sich vor ein paar Jahren eingelassen hat. Ich hab einen Bericht darüber – ich mach Ihnen eine Kopie. Der Typ hatte es schon länger auf Marla abgesehen, Chip bekam Wind davon – via Marla – und stutzte den Blödmann zurecht. Ein Schlag reichte, und der Kerl lag am Boden. Es gibt zahlreiche Zeugen des Vorfalls. Chip ließ sofort von ihm ab, obwohl er es nicht gemusst hätte. Ansonsten hat er seine Fäuste nur ein-, zweimal darüber hinaus benutzt – und zwar jedes Mal wieder wegen Marla. Er ist ein schwerer Mann, Agent Carson. Für gewöhnlich reichte ein Schlag. Ein Mann, der zu Gewalttätigkeit neigt, hört nicht nach einem Schlag auf.«

»Wurde nie Anzeige erstattet?«, wollte Mason wissen.

»Nein. Im Fall des Blödmanns – eines gewissen Rupert Mosley – hab ich selbst mit ihm geredet. Er und Marla hatten damals beide ein Veilchen, und ihres stammte von Rupert. Ich hab damals zu ihm gesagt, ich würde selbstverständlich die Anzeige wegen Körperverletzung gegen Chip aufnehmen, und sie könnten sich gern eine Zelle teilen, nachdem ich nämlich nur zu gern auch die Anzeige wegen Körperverletzung von Marla entgegennehmen würde. Er entschied sich dagegen und für einen Ortswechsel. Er ist runter nach Oregon in die Nähe von Portland gezogen. Ich hab ihn für beide Nächte, die infrage kommen, überprüft. Er hat ein Alibi, aber ich geb Ihnen gern auch seine Daten.«

»Ja, danke. Darf ich fragen, warum Chip und Marla sich getrennt haben?«

»Sie wollte ihre Freiheit. Sie wollte immer schon mehr – sie hatte nie von irgendwas genug. An jenem Freitagabend ist sie im Loo's auf Ihre Schwester losgegangen, kurz bevor sie verschwunden ist.«

»Wie bitte? Was?«

Sam lehnte sich auf seinem Stuhl zurück – nicht aufreizend wie zuvor der Deputy, sondern mit einer entspannten, sogar amüsierten Körpersprache. »Wissen Sie davon gar nichts? Tja, Marla war schon immer der Typ, die unbedingt ihren Willen durchsetzen wollte – und vor einer Weile hat sie sich in den Kopf gesetzt, Xander Keaton für sich gewinnen zu wollen.«

»Keaton.«

»Ja – anscheinend hatten sie während der Highschool-Jahre mal was miteinander, und das reichte Xander für alle Zeiten. Außerdem hält er große Stücke auf Chip. Geschieden oder nicht – er hätte sich nie mit Marla eingelassen. Und dann kam noch hinzu, dass Xander wohl ein Auge auf Ihre Schwester geworfen hat – was wohl jedem klar war, der auch nur halbwegs hingesehen hat. Marla hatte etwas dagegen und fing an, Naomi herumzuschubsen. Im wahrsten Sinne des Wortes.«

»Sie hat Naomi angefasst?«

»Mehrmals. Sie hat ihr eine Szene gemacht und Schimpfwörter an den Kopf geworfen.«

»In der Bar?«, fragte Mason nach. »Im Loo's – am selben Abend, als sie verschwunden ist?«

»Genau. Zeugen berichten übereinstimmend, wie es ablief. Marla hat angefangen, Naomi hat ihr mehrmals gesagt, sie möge sie in Ruhe lassen, doch Marla hat sie wiederholt geschubst. Dann hat Naomi ihre Handgelenke gepackt – das sagen alle – und sie so herumgedreht, dass Marla zu Boden gegangen ist. Anschließend ist Naomi gegangen. Marla war wütend, ist zur Toilette gestürmt, hat sich dort übergeben, sich mit ihrer besten Freundin gezankt und ist dann rausmarschiert. Und danach hat sie niemand mehr gesehen, bis Naomi sie unten an den Klippen gefunden hat.«

Obwohl sich sein Magen verkrampft hatte, sagte Mason mit gleichmütiger Stimme: »Sie haben Naomi überprüft, ihren Hintergrund, ihre Bewegungen…«

»Ja.«

»Sie wissen, dass Thomas Bowes unser Vater ist.«

»Ja.«

»Und dass Naomi ihn seit dem Tag, an dem er verhaftet wurde, weder gesehen noch gesprochen hat.«

»Ja. Ich weiß auch, dass Sie ihn bis zum heutigen Tag fünf Mal im Gefängnis besucht haben.«

»Und ich werde es wahrscheinlich wieder tun. Wenn der eigene Vater ein Serienmörder ist und man hat es beruflich mit Kapitalverbrechen zu tun, dann ist es klug, sich genau anzusehen, wozu man leicht Zugang hat.«

»Leicht würde ich es nicht nennen, aber klug ist es auf jeden Fall. Ich hab vorhin behauptet, ich würde die Leute in meiner Stadt gut kennen, Agent Carson. Naomi ist noch nicht lang da, aber ich hab einen verdammt guten Eindruck von ihr. Sie hat mit dem Ganzen nichts zu tun. Ich habe sie nicht im Visier.«

»Und Keaton?«

»Ihn auch nicht.« Sam winkte ab. »Ich bin kein Psychologe oder Verhaltensexperte – jedenfalls nicht mehr als jeder andere Polizist –, aber ich hab auch eine Schwester. Ich nehme an, Sie möchten wissen, was Keaton für ein Mann ist. Er arbeitet hart. Er hat einen engen Freund, den er kennt, seit sie Kleinkinder waren – mir sagt so etwas was. Er hat einen Sinn fürs Geschäft, obwohl man das auf den ersten Blick nicht meinen sollte. Er ist kein Angeber. Er liest wie ein Gelehrter – ich hab noch nie jemanden mit so vielen Büchern kennengelernt. Er spielt mit Freunden in einer Band, und es lohnt sich wirklich, sie sich anzuhören. Ich hab ihn ein-, zweimal mit Ihrer Schwester gesehen, und ich möchte meinen, dass er noch nie jemanden so angesehen hat, wie er Naomi ansieht. Wir sind geübte Beobachter, Agent Carson.« Sam lächelte schief. »Er hängt an ihrer Angel, würde ich sagen.«

Sams Stuhl knarrte, als er sich wieder aufrecht hinsetzte.

»Xander mag Donna – die meisten von uns mögen sie. Sie ist ein Schatz, und es macht mich wirklich krank, hier zu sitzen, ohne auch nur die geringste Ahnung zu haben, wo sie steckt oder was ihr passiert ist. Wenn Sie uns einen Hinweis liefern könnten, wäre ich Ihnen wirklich dankbar. Eine Sache muss ich noch erwähnen – die Information ist gerade erst hereingekommen. Ein junges Mädchen – ein hübsches Ding, eine gewisse Maxie Upton – hat während der Freitagschicht mit Donna zusammengearbeitet. Normalerweise hätte auch ihr Auto auf dem Parkplatz gestanden, wo Donna geparkt hat, aber sie hatte auf dem Weg zur Arbeit einen Platten und hat gerade noch rechtzeitig Xander in der Werkstatt angetroffen, bevor er aufbrechen wollte. Sie hat mir heute Morgen erzählt, er wollte ihr keinen Ersatzreifen aufziehen – er meinte, ihre Reifen hätten samt und sonders kein Profil mehr, und sie bräuchte einen komplett neuen Satz. Er wollte die Reifen für sie besorgen, und er hat sie sogar zur Arbeit gefahren – unter der Bedingung, dass sie ihren Vater anriefe, damit er sie nach der Schicht abholen käme. Sie musste ihm hoch und heilig versprechen, nicht nach Hause zu laufen, nicht mal zu einer Freundin, die nur einen Block entfernt wohnt. Sie hat das Restaurant kurz vor Donna verlassen – und im selben Moment ist auch ihr Vater vorgefahren.«

»Ist sie der gleiche Typ wie Marla Roth?«

»Jünger – Maxie ist neunzehn, aber körperlich ähnelt sie eher Marla als Donna. Blond und hübsch. Ich hab mich schon gefragt, ob Donna womöglich nur zweite Wahl war … Wenn Maxies Wagen ebenfalls auf dem Parkplatz gestanden oder wenn Xander ihr nicht das Versprechen abgenommen hätte, nach der Arbeit nicht allein nach Hause zu gehen, wäre vielleicht gar nicht Donna verschwunden …«

»Möglich.«

»Wagen Sie eine Hypothese, Agent. Ich nagle Sie auch nicht darauf fest, wenn sich die Dinge ändern.«

»Es wäre schon möglich«, wiederholte Mason. »Vielleicht

ist der Täter ein Opportunist. Niemand konnte voraussehen, dass Marla Roth allein nach Hause gehen würde – und das zu dieser Uhrzeit. Der Mörder hat seine Chance gesehen und sie ergriffen. Die Wahrscheinlichkeit, dass zwei Frauen in einem so kleinen Ort und in diesem Zeitraum von verschiedenen Tätern verschleppt werden, ist verdammt gering. Miss Lanier war allein – an einer abgelegenen Stelle auf dem Parkplatz – und hätte jemandem, der wusste, wann die Schicht zu Ende war, die perfekte Gelegenheit geboten.«

»So etwas wüsste man schon nach einem einzigen Tag, den man hier verbringt.«

Mason hatte nur durch den Ort fahren müssen, um es selbst zu sehen.

»Er muss sie irgendwo hinbringen – hier in der Gegend, sagen wir, in einem Umkreis von vielleicht dreißig Kilometern –, irgendwohin, wo er allein ist. Er hat Marla zwei Tage lang festgehalten, und in der Zeit hat er sie vergewaltigt und gequält. Er braucht einen einsamen Ort, aber nachdem er ihre Leiche hier an den Klippen abgelegt hat, dürfen wir wohl annehmen, dass dieser Ort mit einem Auto zu erreichen ist. Er braucht ein Auto, einen Kombi oder einen Truck, um sie zu transportieren. Aber ich erzähle Ihnen gerade nichts, was Sie nicht längst wissen.«

»Nein, bis jetzt nicht«, stimmte Sam ihm zu. »Innerhalb dieses Radius gibt es diverse Ferienhäuser und Hütten, manche um den Ort herum, manche weiter entfernt. Die nähergelegenen haben wir überprüft, mitsamt den Leuten, die dort wohnen, und wir haben auch mit Eigentümern und Verwaltern gesprochen.«

»Vielleicht sollten Sie den Bereich ausweiten und die hiesigen Ranger bitten, auch die Hütten und Ferienhäuser im Nationalpark abzuklappern. Der Park ist nicht weit weg und gut geeignet für die Zwecke des Täters – abgeschieden und ruhig. Der Mann ist ein Weißer, zwischen fünfundzwanzig und vierzig – wahrscheinlich eher zum jüngeren Ende hin.«

»Wie kommen Sie darauf?«

»Ein reiferer Mann wäre wahrscheinlich geduldiger und würde sich mehr Zeit lassen, um sein Opfer erst mal auszuspähen. Dieser Täter jedoch geht sofort drauflos. Er hätte wahrscheinlich eine jüngere Frau als Donna vorgezogen. Donna hat er nur genommen, weil sie eben da war. Wäre er reifer, würde er vermutlich warten, bis er eine neuerliche Chance bei seinem ausgespähten Opfer bekommt. Nachdem er Donna erst mal hat, spielt das allerdings keine Rolle mehr. Sie befriedigt seine Bedürfnisse, wenn ich das so sagen darf.«

»Ist sie wirklich ein Ersatz? Ich hab ein bisschen was darüber gelesen«, fügte Sam hinzu. »Verkörpert sie jemand anderen?«

»Möglich. Es ist noch zu früh, um Genaueres sagen zu können, aber ich vermute mal, dass er ein sexueller Sadist ist. Was er da tut, verschafft ihm Lust. Er ist nicht impotent, aber möglicherweise kann er nur zum Höhepunkt kommen, indem er das Opfer vergewaltigt und ihm Schmerzen zufügt. Daraus zieht er seine Befriedigung. Er hat Marla Roth zwei volle Tage lang festgehalten, und da Sie bislang keine zweite Leiche gefunden haben, hat er Donna Lanier wohl immer noch in seiner Gewalt. Zwar ist die Tötung der ultimative Höhepunkt, aber er weiß auch, dass es dann vorbei ist. Deshalb zögert er es möglichst lang hinaus.« Halb wünschte Mason sich jetzt einen Kaffee. »Dass er zwei Frauen in so kurzer Zeit entführt hat, zeigt doch, dass er an einem für ihn optimalen Ort gelandet ist. Es ist eine Kleinstadt, aber in einer zu allen Seiten offenen Lage. Die Leute hier gehen ihren Alltagsroutinen nach, die er im Handumdrehen studiert hat. In einem so kleinen Ort mit einer derart niedrigen Gewaltkriminalitätsrate fühlen die Leute sich sicher, gehen unbesorgt allein nach Hause oder überqueren im Dunkeln einen einsamen Parkplatz. Ich nehme an, die meisten Leute hier schließen ihre Häuser oder ihre Autos auch nicht ab. Ich könnte jederzeit im Ort herumlaufen, unter diverse Sonnenblenden gucken und würde dort wahrscheinlich jede Menge Autoschlüssel finden.«

»Da haben Sie nicht unrecht.«

»Er kennt solche Orte, hat wahrscheinlich einige Zeit damit verbracht, sie zu studieren. Und er hat schon früher getötet.«

Erneut lehnte Sam sich ein Stück vor. »Genau das hat mir mein Bauchgefühl auch gesagt. Es war nicht sein erster Mord.«

»Sein Vorgehen scheint mir viel zu effizient zu sein, als dass es seine erste Tat gewesen wäre. Er hat die Leiche bewusst an dieser Klippe abgelegt, weil er wollte, dass sie dort gefunden würde. Er genießt die Angst, die allgemeine Aufregung. Er hat ihren Körper gefesselt und geknebelt und dort abgelegt, weil er so seine Dominanz demonstriert. Auf dem Klebeband oder dem Körper haben Sie keine Fingerabdrücke gefunden. Er ist also erfahren genug, um Handschuhe zu benutzen – und ein Kondom. Er handelt kontrolliert und vorausschauend. Und er fällt nicht auf«, sagte Mason nach kurzem Zögern. »Wenn er nicht von hier ist, dann präsentiert er sich als Gast: freundlich – andererseits auch wieder nicht *zu* freundlich.«

Sam nickte. »Er provoziert keinen Krawall, streitet nicht mit irgendeinem Ladeninhaber, trinkt in der Bar nicht zu viel …«

»Genau. Nichts an ihm bleibt anderen im Gedächtnis. Höchstwahrscheinlich hat er bereits in dieser Pizzeria gegessen. Vermutlich war sein Vater körperlich und emotional dominant, seine Mutter eher unterwürfig. Sie hat nie widersprochen. Sie hat immer getan, was von ihr gefordert wurde. Dieser Mann hat keinen Respekt vor Frauen. Er beherrscht sie rein durch die Gewalt. Leider werde ich Ihnen erst mehr sagen können, wenn er die nächste Leiche ablegt.«

Sam schnaubte. »Dann hilft nichts von dem, was Sie mutmaßen, Donna weiter – es sei denn, wir finden ihn zufällig in einem Ferienhaus.«

»Wenn er bei seinem Muster bleibt, wird er sie heute Nacht noch töten und ihre Leiche irgendwo hinbringen. Es tut mir leid.«

»Wie treffsicher sind Sie? Ihr Chef hat mir erzählt, Sie wären gut – gut genug, um diesen Fall schnell aufklären zu können. Ich weiß, was Profiling ist.«

Mason zögerte kurz. »Sie sind seit mehr als zwanzig Jahren verheiratet, und Sie lieben Ihre Frau immer noch. Sie haben zwei Kinder, die für Sie der Mittelpunkt der Welt sind. Auf der Highschool haben Sie Football gespielt, und Sie denken gern an jene ruhmreiche Zeit zurück. Aber Sie wissen auch, dass es nur Erinnerungen sind, dass das Hier und Jetzt für Sie wichtiger ist. Ihre Frau versucht, Sie davon zu überzeugen, dass Sie sich gesünder ernähren, und Sie lassen sich darauf ein – für den Moment zumindest. Sie sind organisiert und offen und das nicht nur in Ihrem Job. Dies ist Ihre Stadt, es sind Ihre Leute, und Beschützen und Dienen sind für Sie nicht bloß hohle Worte. Ihre Männer mögen Sie. Sie führen sie mit fester Hand, schnüren aber keinem die Luft ab.«

Leicht verlegen und sichtlich beeindruckt blickte Sam auf seinen Kaffeebecher hinab. »Nach so kurzer Bekanntschaft war das ziemlich akkurat. Wie sind Sie darauf gekommen?«

»Sie tragen einen Ehering, und auf der Fensterbank stehen Bilder von Ihrer Frau … von Ihrer Frau und Ihren Kindern. Die Kinder sind mittlerweile Teenager, aber auf manchen Fotos sind sie noch ein wenig kleiner. Dort steht ein Footballpokal, allerdings eher im Hintergrund. Die Pokale vom Softball und vom Volleyball – von Ihren Kindern – sind prominenter aufgestellt. Sie trinken grünen Tee, hätten aber lieber einen Kaffee. In dem Fach dort liegt ein Joghurt-Riegel, allerdings machen Sie nicht den Eindruck, als wären Sie der Typ dafür.«

»Wer hätte nicht lieber einen Donut?«

»Versteht sich von selbst. Ihr Deputy ist verärgert, weil Sie sich mit mir treffen, aber als Sie ihn in seine Schranken verwiesen haben, war er nicht sauer. Sie selbst waren einverstanden, sich mit mir zu treffen, weil Sie jede Hilfe annehmen, die Sie kriegen können. Sie haben mich und meine Schwester überprüft, aber Sie betrachten uns nicht als schuldig, nur weil wir mit unserem Vater blutsverwandt sind. Glauben Sie mir, manche tun das.«

»Es gibt überall Idioten.«

»Ja. Sie kennen die Gegend, Sie kennen die Leute, und Sie glauben nicht, dass jemand von hier Marla Roth getötet oder Donna Lanier entführt haben könnte. Ich bin bereit, Ihre Einschätzung in Betracht zu ziehen, wenn Sie bereit sind, meine in Betracht zu ziehen.«

»Klar bin ich bereit. Geben Sie mir ein paar Minuten Zeit? Ich lasse die Ferienhäuser im Nationalpark überprüfen und erweitere den Radius auf vierzig Kilometer. Dann gehen wir gemeinsam zum Parkplatz sowie heim zu Donna. Wir könnten draußen ein bisschen herumlaufen. Wenn Sie zu Fuß durch einen Ort gehen, bekommen Sie ein besseres Gefühl dafür.«

»Ja, gute Idee.« Mason erhob sich. »Steht das Angebot für Kaffee noch?«

»Im Aufenthaltsraum haben wir jede Menge.« Sam lächelte. »Auch grünen Tee.«

»Ich glaube, ich nehme lieber einen Kaffee.«

Naomi hatte eine Nachricht von Mason bekommen.

»Er schreibt, dass er noch ein paar Stunden wegbleibt. Bist du dir sicher, dass ich mitkommen soll? Ich will nicht, dass Loo sich in meiner Anwesenheit unwohl fühlt.«

»Wenn ich den Eindruck habe, schicke ich dich weg.«

»Hart, aber fair.« Sie trat einen Schritt zurück und betrachtete die Möbel, die sie aus dem Keller heraufgeschafft hatten. Noch besaß sie nicht besonders viel, und nichts von dem, was sie besaß, gehörte ins Gästezimmer.

Aber für den Moment wirkte der Raum zumindest dadurch nicht so leer.

»Ein Bett kann ich für heute Abend nicht mehr besorgen, aber so hat er wenigstens einen Sessel – der neu aufgepolstert werden muss –, einen Tisch und eine Lampe. Und die Wände sehen gut aus. Nackt, aber sauber und frisch gestrichen.« Sie wandte sich zu Xander um und streckte die Hand aus. »Sollen wir den Hund zu Loo mitnehmen? Deine Entscheidung.«

»Der Hund wird ihr gefallen. Sie war ganz verrückt nach Milo.«

»Gut, er kann gut trösten. Ich muss mich nur noch schnell umziehen und ein bisschen Make-up auflegen, dann können wir fahren.«

»Wozu?« Er zog sie aus dem Zimmer zur Treppe. »Wir gehen doch nicht auf eine Party.«

»Ich bin nicht mal geschminkt!«

»Du bist wunderschön.« Er sah ihr überraschtes Blinzeln, als sie die Treppe runterliefen. »Was ist? Du hast doch einen Spiegel. Ich brauche es dir doch nicht zu sagen.«

»Aber es ist schön, es zu hören.«

»Du bist doch sowieso meistens ungeschminkt.«

»Wenn ich das Haus verlasse, versuche ich, mich wenigstens ein bisschen zurechtzumachen.«

Nachdem sie sich entschieden hatten, den Hund mitzunehmen, mussten sie ihr Auto nehmen, und er marschierte bereits darauf zu, während Follow voller Vorfreude vorausrannte.

»Ich hab die Papiere vergessen…«

»Ich hab sie. Und ich fahre.« Er zog die Kofferraumklappe für den Hund auf und setzte sich ans Steuer. »Schau an, dies ist das erste Mal, dass ich mich auf den Fahrersitz einer Frau setze und nicht schlagartig die Knie auf Höhe der Ohren habe. Du hast ganz schön lange Beine, Baby!« Trotzdem schob er den Sitz noch ein klein bisschen zurück. Sie sah ihn stirnrunzelnd an.

»Was ist?«, fragte er.

»Hast du in deinem Leben je auch nur fünf Minuten auf eine Frau mit kürzeren Beinen gewartet, die noch ihre Tasche holen musste?«

»Du hast doch überhaupt keine Tasche. Ich bewundere das.«

»Darum ging es bei der Frage nicht.«

»Ja, ja, ich hab gewartet. Ich glaube übrigens, dass Frauen es mögen, wenn Männer auf sie warten. Und Tatsache ist doch, dass die meisten Frauen stundenlang daran arbeiten könnten und trotzdem nicht so aussähen wie du. Warum sollte ich also warten?«

Schnaubend legte Naomi ihren Gurt an. »Das ist wirklich eine ganz fantastische Mischung aus Kompliment und Arroganz. Ich kann mich nicht entscheiden, ob ich stellvertretend für alle Frauen ernsthaft geschmeichelt oder ernsthaft verärgert sein soll.«

»Süße, du bist nicht wie alle Frauen.«

»Ich bin mir zwar nicht sicher, was das bedeutet, aber ich glaube, du verstehst auch das als Kompliment. Gib mir auf jeden Fall ein klares Signal, wenn ich dich und Loo allein lassen soll. Wo wohnt sie überhaupt?«

»Über der Bar. Sie hat oben eine Wohnung eingerichtet.«

»Gehört ihr das ganze Haus?« Dann endlich fiel bei ihr der Groschen. »Das Haus gehört euch beiden.«

»Für mich war es eine Investition, und weil sie oben wohnt, hat sie eben auch keine Mieter – oder *wir* haben keine Mieter –, die sich über den Lärm aus der Bar beschweren könnten. Ich weiß überhaupt nicht, was ich zu ihr sagen soll.«

»Es wird dir schon was einfallen. Du kannst so etwas gut.«

»Ja, der Hund und ich.«

Vor Loos Haus stellte er den Wagen ab und trommelte kurz mit den Fingern auf das Lenkrad.

»Sie ist in der Bar. Unten ist Licht. Dabei machen wir am Sonntag vor vier Uhr nicht auf.«

Als er ausstieg, nahm Naomi die Leine, die sie immer in der Mittelkonsole aufbewahrte, doch Xander ließ den Hund aus dem Auto, noch ehe sie ihn festmachen konnte. Sie wollte schon ein Veto einlegen, aber Follow blieb schwanzwedelnd neben Xander stehen.

»Gibt es hier keinen Leinenzwang?«

»Ich würde sagen, diese zehn Schritte sind verhältnismäßig ungefährlich.« Xander griff in seine Tasche, zog die Schlüssel raus und schloss auf.

Laute Musik drang aus der Anlage, harter Rock mit kreischenden Gitarren. Naomi war noch nie tagsüber in der Bar gewesen. Der Raum wirkte größer, vor allem da die Stühle immer noch auf den Tischen standen und in den Nischen keine Gäste saßen.

In einer engen, hochgekrempelten Jeans und einem schwarzen Tanktop, das ihre muskulösen Arme und Schultern betonte, bearbeitete Loo den Fußboden mit einem Mopp.

»Scheiße«, murmelte Xander, bevor er hinter die Theke eilte und die Musik ausschaltete.

Loo wirbelte herum, packte den Mopp wie einen Baseballschläger – und ließ ihn wieder sinken, als sie Xander erkannte.

»Du machst dir noch die Ohren kaputt.«

»Rockmusik muss laut sein.«

»Warum machst du Justins Job?«

»Weil es hier einmal richtig sauber sein soll. Warum bist du nicht oben auf der Klippe und versuchst, im Höschen dieser Blondine zu landen?«

»Weil ich sie mitgebracht habe.«

Loo drehte sich um, sah Naomi und stieß zischend die Luft aus. Noch ehe sie irgendetwas sagen konnte, beschloss Follow, dass es an der Zeit war, bei Loo vorstellig zu werden, und trottete auf sie zu.

»Ist das dieser halb tote Hund, den du gefunden hast?«

»Ja.« Xander kam hinter der Theke hervor.

»Sieht ziemlich gesund aus. Du hast ja blaue Augen, was?« Sie streichelte Follow über den Kopf. »Okay. Nett von euch vorbeizukommen. Aber ich muss hier fertig werden. Ich sollte vielleicht mal für eine Woche zumachen, Peitschen und Ketten rausholen und den Leuten den Arsch versohlen, damit sie hier mal ordentlich sauber machen. Wenn du nicht jede Sekunde hinter ihnen her bist, dann wischen sie gerade mal über den Fußboden und denken, sie wären fertig.«

Wie ein Roboter machte sie sich wieder an die Arbeit.

Xander sah ihr einen Moment lang zu, dann fuhr er sich mit der Hand durchs Haar. Er trat zu ihr und nahm ihr den Mopp weg. Dann legte er einfach die Arme um sie.

»Ich muss fertig werden, verdammt noch mal, ich muss hier heute noch fertig werden!«

»Komm schon, Loo!«

Sie wehrte sich noch einen Moment lang, dann packte

sie ihn hinten am T-Shirt. »Xander, ich hab solche Angst! Donna – wo steckt sie nur? Was ist mit ihr passiert? Wie kann das sein …«

Als sie zu weinen begann, hielt er sie einfach fest.

23

Da sie sich ihrer Rolle nicht sicher war, beschloss Naomi, sich erst mal nützlich zu machen. Leise trat sie hinter die Theke und studierte die Kaffeemaschine. Dann warf sie einen Blick auf die Vorräte. Loo schien ihr nicht der Typ für Tee zu sein.

Sie fand Becher und machte sich an der Maschine zu schaffen, während Loo noch immer um Fassung rang.

»Ich weiß gar nicht, was ich tun soll«, schluchzte sie. »Ich muss irgendetwas tun…«

»Wir setzen uns jetzt erst mal hin.«

Xander dirigierte Loo zu einer Nische, und Naomi rief ihnen nach: »Ich mach uns allen Kaffee.«

Loo wischte sich die Tränen aus dem Gesicht. »Die Maschine ist ein bisschen kompliziert…«

»Naomi ist praktisch in einem Restaurant großgeworden, Loo. Setz dich.«

»Wenn sie sie kaputt macht, kaufst du mir eine neue«, knurrte sie. »Außerdem hätt ich jetzt lieber einen Whiskey.«

»Dann mach ich Irish Coffee«, rief Naomi herüber. »Xander?«

»Nur eine Cola.«

Als sie saß, nahm sich Loo eine Serviette aus dem Ständer und schnäuzte sich. »Sie wissen *nichts*. Sam ist gestern Abend hier vorbeigekommen – auf die winzige Chance hin, dass sie beschlossen hätte, doch zu Hause zu bleiben, und bei mir geblieben wäre. Niemand weiß was – niemand hat sie gesehen oder von ihr gehört.«

»Ich weiß, Loo.«

Der Hund schob sich unter dem Tisch hervor und legte seinen Kopf in Loos Schoß.

Er machte das großartig.

»Sie hat seit Wochen von nichts anderem als von diesem Trip geredet – manchmal hätte ich ihr am liebsten eine Socke in den Mund gesteckt. Sie hat sogar versucht, mich zu überreden mitzukommen, hat auf mich eingeredet... Ich hab wirklich nichts gegen ein paar Tage in einem Spa, aber ihre Schwester nervt. Wenn ich gesagt hätte, ich fahre mit, wenn ich bei ihr gewesen wäre...«

»Das ist Blödsinn, Loo.«

»Nein, ist es nicht.« Erneut füllten sich ihre Augen mit Tränen. »Ist es *nicht*! Ich wäre vorbeigefahren und hätte sie abgeholt.«

»Und vielleicht wärst *du* dann diejenige, von der niemand etwas gesehen oder gehört hätte.«

»Ach, und das ist kein Blödsinn?« Sie wischte sich die Tränen weg und knüllte die Servietten zusammen. »Ich kann gut auf mich aufpassen. Donna... Sie ist einfach zu weich. Sie ist weich.«

Mit einem Glas Irish Coffee, den sie fachgerecht mit geschlagener Sahne gemacht hatte, und einem Glas Cola trat Naomi zu ihnen an den Tisch.

»Ich geh mal mit dem Hund spazieren, damit ihr zwei ein bisschen allein sein könnt.«

»Der Hund stört nicht.« Loo streichelte Follows Ohren. Dann sah sie zu Naomi auf. »Und du auch nicht. Meine Bemerkung von vorhin tut mir sehr leid. Das war unhöflich.«

»Na ja, er ist ja schon einmal in meinem Höschen gelandet... Gott sei Dank wollte er es noch nie anziehen.«

Loo lachte rau, dann kamen ihr erneut die Tränen. »Du

störst wirklich nicht. Hol dir auch etwas zu trinken, und setz dich zu uns.«

»In Ordnung. Ich wollte nur zuerst was sagen: Schuld ist nur die Person, die sie entführt hat. *Wenn ich dies getan oder jenes nicht getan hätte* ändert doch nichts. Die einzige Person, die etwas ändern könnte, ist diejenige, die Donna entführt hat.«

Loo starrte in ihren Kaffee, und Naomi ging sich ebenfalls eine Cola holen.

»Sie ist meine beste Freundin«, sagte Loo leise. »Seit der Highschool. Wir hatten gar nicht viel gemeinsam, aber wir wurden trotzdem Freundinnen. Ich war ihre Trauzeugin, als sie dieses Arschloch heiratete, so wie sie meine war, als ich Johnny heiratete. Und ich weiß nicht, wie ich es ohne sie überstanden hätte, als er starb.« Sie seufzte und schniefte. »Sie hat mir davon abgeraten, Dikes zu heiraten. Als ich es dann doch tat, war sie wieder meine Trauzeugin.«

Sie nahm einen Schluck Kaffee, dann blickte sie Naomi mit hochgezogenen Augenbrauen an. »Das ist ein verdammt guter Irish Coffee.«

»Ich hab bei einem Meister gelernt.« Naomi schob sich neben Xander auf die Bank. »Ich weiß ja nicht, ob es hilft – aber mein Bruder ist gerade hier. Er trifft sich im Moment mit Chief Winston. Und er ist beim FBI.«

»Sam hat das FBI gerufen?«

»Ehrlich gesagt weiß ich nicht, wer wen gerufen hat, aber auf jeden Fall haben wir einen FBI-Agenten zur Unterstützung hier.«

»Er hat sie – wer auch immer dieser Scheißkerl ist – seit Freitagabend in seiner Gewalt. Hier wird gemunkelt, was Marla alles angetan wurde, und jetzt ist Donna …«

Xander legte seine Hand auf die von Loo. »Tu das nicht, Loo. Wir werden wahnsinnig, wenn wir das tun.«

»Ich bin gestern Nacht überall herumgefahren – einfach die Straße entlanggefahren, um nach ihr zu suchen, um nach … *irgendwas* zu suchen. Mit meinem Baseballschläger und meiner .32.«

»Du lieber Himmel, Loo! Du hättest mich anrufen sollen.«

»Das hätte ich beinahe auch getan.« Sie drehte die Hand um und verschränkte ihre Finger mit seinen. »Wen sonst sollte ich anrufen, wenn ich gegen die Wand renne? Und so oft kommt es auch wieder nicht vor, dass ich etwas allein nicht in den Griff kriege. Das wirst du noch herausfinden, wenn ihr zusammenbleibt«, sagte sie zu Naomi. »Wenn du gegen die Wand läufst oder mit dem Rücken zur Wand dastehst, dann könnte niemand Besseres bei dir sein.«

»Ach komm schon, Loo!«

»Aber sie soll doch wissen, dass du nicht nur ein hübsches Gesicht hast!«

»Da hab ich schon hübschere gesehen – und auch hübschere gehabt«, sagte Naomi und wurde erneut mit einem rauen Lachen belohnt, genau wie sie gehofft hatte. »Du brauchst ein bisschen Kunst hier an den Wänden, Loo.«

»Das hier ist eine Bar.«

»Und es ist eine gute Bar. Ich rede nicht von den üblichen Kunstdrucken. Es gibt da dieses Foto von den Wreckers – das müssen Sie mir abkaufen! Aber ich hab auch noch eins von Xander und Follow, als Schattenriss im Sonnenaufgang. Ich hab es bearbeitet, damit ihre blauen Augen noch mehr auffallen. Es würde gut hierher passen, und ich schenk es dir, wenn es dir gefällt. Für mich wäre das kostenlose Werbung.«

»Du hängst mich hier nicht an die Wand!«

Loo zog erneut die Augenbrauen hoch. »Mach ich wohl, wenn's mir gefällt. Das hier ist meine Bar.«

»Zur Hälfte gehört sie mir.«

»Dann hänge ich es eben in meine Hälfte.« Sie drückte seine Hand, versetzte ihm einen leichten Klaps und widmete sich wieder ihrem Kaffee. »Ihr beiden habt mich ein bisschen beruhigt, und dafür bin ich dankbar.«

»Du solltest hier mal rauskommen. Wir könnten doch gemeinsam Mittag essen gehen.«

Mit einem schiefen Lächeln schüttelte Loo den Kopf. »Wenn ich mich so aufrege, mache ich lieber sauber. Anschließend bin ich dann wieder ruhiger. Wenn du was von deinem Bruder hörst – über ihren Aufenthaltsort –, dann sag mir bitte Bescheid, okay?«

»Versprochen.«

»In Ordnung. Und jetzt geht und nehmt diesen Hund mit, bevor ich ihn behalte. Mir geht's wieder einigermaßen gut.«

»Wenn du irgendetwas brauchst, ruf mich an.«

»Mach ich. Ich hoffe immer noch, dass sie sie finden und dass es ihr gut geht. Daran werd ich mich klammern.«

Als sie gingen, fing sie wieder an zu wischen.

Weil Naomi fest daran glauben wollte, dass Mason zumindest eine Nacht bleiben würde, musste Xander mit ihr zum Supermarkt fahren – der zum Glück sonntags für ein paar Stunden aufhatte. Sie kaufte ein, was sie für eins von Masons Lieblingsgerichten brauchte.

Die Einheimischen, die sich gerade im Supermarkt aufhielten, wussten über Donna schon Bescheid – und als sie dazustießen, wurde Xander augenblicklich gefragt, ob er irgendwas Neues erfahren hätte. Als sie wieder draußen waren, holte Naomi tief Luft.

»Ich hätte es wissen müssen. Ich hätte mich besser mit dem begnügt, was ich noch zu Hause habe.« Sie rutschte auf den Beifahrersitz und spürte, wie sich in ihrem Kopf dröhnende Schmerzen zusammenbrauten. »Für dich muss es noch schlimmer gewesen sein als für mich. All das Gerede«, fügte sie hinzu, »die Fragen, die Spekulationen …«

»Jeder, der hier wohnt, kennt sie. Sie machen sich einfach nur Sorgen.«

»Vielleicht weiß Mason ja etwas, was weiterhilft. Ich weiß, er ist mein Bruder, Xander, aber er ist unglaublich klug. Er merkt sich alles, vergisst nichts, und seit seiner Kindheit beschäftigt er sich mit nichts anderem. Einmal hab ich ihn dabei erwischt, wie er sich am Computer über Serienkiller schlaugemacht hat. Er konnte die Webseite nicht schnell genug wegklicken, als ich reinkam. Ich war so wütend, richtiggehend außer mir, dass er so etwas tat, sich über so was informierte … aber dann sagte er nur, er müsste das alles doch wissen. Je mehr er wüsste, umso besser könnte er damit umgehen.«

»Ich finde, das klingt logisch.«

»Fand ich nicht. Warum konnten wir nicht einfach *normal* sein, leben wie alle anderen auch? Ich hätte alles getan, um so zu sein wie alle anderen – ich bin zu Footballspielen gegangen, hab fürs Jahrbuchkomitee und für die Schülerzeitung gearbeitet, war mit Freunden Pizza essen, während er die Psyche von Serienkillern und anderen Mördern studierte. Er hat sich damals schon mit Viktimologie und forensischen Methoden befasst.«

»Klingt so, als hättest du auch einiges gelesen.«

»Manches nur, weil er so fest entschlossen war, es zu seinem Lebenswerk zu machen, aber … Irgendwann ist er sogar nach West Virginia gefahren und hat unseren Vater im Gefängnis besucht. Mehrmals sogar.«

»Und das stört dich.«

»Damals hat es mich gewaltig gestört. Vielleicht stört es mich tatsächlich immer noch, ein bisschen zumindest, aber ich musste irgendeines Tages akzeptieren, dass er es nicht einfach so hinter sich lassen wollte.«

Das war besser als jede Therapie, stellte sie fest. Mit einem *Freund* zu reden. Vielleicht war das nicht die richtige Bezeichnung für ihn – und doch war er ihr Freund. Es beruhigte sie auszusprechen, was sie bewegte, und ihr Herz diesem Freund auszuschütten.

»Mason stellt sich der Vergangenheit und versucht, sie zu verstehen, damit er den nächsten Serienmörder aufhalten kann. Ich weiß das, und trotzdem kann ich mir doch wünschen, er hätte einen anderen Weg gefunden, um Leben zu retten. Er hätte immerhin auch Arzt werden können.«

»Hat er je Leben gerettet?«

»Ja. Hast du von diesem Mann gehört, der kleine Jungen verschleppt hat? In Virginia? Über einen Zeitraum von drei Jahren hat er fünf entführt, zwei von ihnen umgebracht und die Leichen in ein Waldgebiet an einen Wanderweg gelegt.«

»Der Appalachen-Killer.«

»Mason hasst es, wenn die Presse ihnen Namen gibt. Aber es stimmt. Er hat zu dem Team gehört, das ihn identifiziert und ihn aufgespürt hat – und somit den drei Jungen, die er noch in seinem Keller eingesperrt hatte, das Leben rettete. Er rettet Leben, und um das tun zu können, muss er nun mal verstehen, wie jemand denkt, der kleine Jungen entführt, sie quält, sie in Käfigen hält wie Tiere und sie dann tötet.« Mittlerweile waren sie vor ihrem Haus angekommen. »Ich bin stolz auf ihn. Deshalb muss ich wohl auch akzeptieren, dass er einen Großteil seines Lebens an düsteren Orten verbringt.«

»Er verbringt einen Großteil seines Lebens damit, diese düsteren Orte auszuheben. Da besteht ein Unterschied.«

Sie hatte nach einer Einkaufstüte gegriffen, hielt aber inne. »Ja, das tut er, oder? Und ich sollte langsam lernen, es genau so zu sehen.«

Als sie die Einkäufe in die Küche gebracht hatten, holte sie eine Flasche Wein.

»Ich werde jetzt wohl mit einer größeren Kochaktion anfangen. Das Putzen schieb ich auf. Wenn ich mich aufrege oder Stress habe, neige ich eher zum Kochen.«

»Hab ich ein Glück. Ich wollte eigentlich nach Hause fahren, als dein Bruder kam, damit ihr ein bisschen Zeit für euch habt. Aber du hast Schweinekoteletts gekauft …«

»Du hast sie gekauft«, korrigierte sie ihn. »Und alles andere, was sich in diesen Tüten befindet.«

»Ich muss doch schließlich auch meinen Teil beitragen. Ich liebe Schweinekoteletts.«

»Magst du gefüllte Koteletts nach Mittelmeer-Art?«

»Bestimmt.«

»Gut, denn genau die koche ich. Dazu gibt es geröstete Kräuterkartoffeln, gedämpften Spargel, Brezelbrot und Crème brûlée mit Vanilleschoten.«

Er hatte gar nicht gewusst, dass es Crème brûlée auch außerhalb von Restaurants gab.

»Ich bleib auf jeden Fall zum Abendessen.«

»Dann würde ich vorschlagen, dass du nach draußen verschwindest.«

»Gib mir eine Aufgabe.«

»In der Küche?«

»Definitiv nicht in der Küche.«

Auch er musste etwas tun, um seine Sorgen zu vertreiben, stellte sie fest.

»Cecil hat einen Tisch und bisher vier Stühle für mich zurückgestellt. Ich wollte eigentlich Kevin bitten, sie abzuholen und zu Jenny zu bringen, aber wenn du sie herholen und sauber machen könntest, hätten wir sogar einen Tisch, an dem wir dieses großartige Essen zu uns nehmen könnten. Und sag jetzt nicht, dass du mich hier nicht allein lassen willst«, fügte sie hinzu, bevor er irgendetwas in der Art sagen konnte. »Ich hab den Hund. Ich hab eine Alarmanlage und ein Set hervorragender japanischer Messer.«

»Sämtliche Türen bleiben verschlossen, bis ich wiederkomme – oder bis Mason da ist.«

»Schon schade – immerhin ist es so ein schöner Tag, und ich arbeite gern bei offenen Türen, aber für einen Esstisch mache ich sie sogar zu.«

»Behalt dein Handy bei dir.«

»Ja, mach ich. Weißt du, wie du die Rücksitze in meinem Auto umlegen musst, um die Ladefläche zu vergrößern?«

»Ich bin Mechaniker, Naomi. Ich glaube, das kriege ich schon hin. Sag du lieber Cecil Bescheid, dass ich vorbeikomme. So sparen wir ein bisschen Zeit.« Er zog sie an sich und gab ihr einen Kuss, und dann zeigte er auf den Hund. »Jetzt hast du Wachdienst.«

Naomi rief kurz Cecil an, steckte dann das Handy in die Gesäßtasche ihrer Jeans und rieb sich die Hände. »Dann wollen wir doch mal kochen!«

Während der Hund mit einem Knochen beschäftigt war, konnte sie sich vollauf darauf konzentrieren. Kochen – der Vorgang selbst, die Aromen, die Farben – bescherte ihr einen klaren Kopf und verdrängte ihre düsteren Gedanken und Sorgen.

Der Teig ging bereits, die Kartoffeln waren im Ofen, und auch die Crème brûlée war beinahe fertig, als der Hund mit einem Mal die Ohren spitzte.

Ihr Herz machte einen kleinen Satz – womöglich warf sie sogar einen flüchtigen Blick auf das große Küchenmesser, das auf dem Schneidebrett lag –, aber dann zwang sie sich, sich wieder aufs Kochen zu konzentrieren.

Dann hörte sie, wie Xander Stühle auf die hintere Veranda schleppte.

Sie wischte sich die Hände an einem Geschirrtuch ab, das sie sich in den Hosenbund gesteckt hatte, und lief hin, um aufzumachen.

»Er hat Stein und Bein geschworen, dass dies die Stühle wären, die du wolltest.«

»Stimmt.«

Xander runzelte die Stirn. Die Sitzkissen waren verblichen, zerrissen, hässlich gemustert, das Holz stellenweise zersplittert. »Aber ... warum?«

»Sie werden hinreißend aussehen.«

»Wie soll das gehen?«

»Wenn sie erst neu gestrichen und mit dem Stoff aufgepolstert werden, den ich mir ausgesucht hab – die Sprossenstühle werden schieferblau und die mit Lehne salbeigrün.«

»Du willst sie streichen?«

»Jenny wird das für mich übernehmen. Davon lass ich lieber die Finger. Und bis sie sie zu sich nimmt, können sie von mir aus hässlich sein. Ich hab Lappen und Holzreiniger – fürs Abendessen können wir sie zumindest präsentabel herrichten.«

»Für mich sehen sie eher aus wie präsentables Brennholz, aber wie du willst.«

»Was ist mit dem Tisch?«

»Den hab ich auch geholt – er muss ein bisschen bearbeitet werden, aber es ist ein gutes Stück.«

»Ich meine, brauchst du Hilfe, um ihn aus dem Auto zu holen?«

»Später.« Wenig überzeugt warf er den Stühlen einen zweifelnden Blick zu. »Ich bin gleich wieder da.«

»Ich hol dir schon mal alles, was du zum Reinigen brauchst.«

Sie holte Lappen aus dem Wäscheraum, füllte einen Eimer mit Wasser und trug ihn auf die Terrasse. Xander kam ungefähr gleichzeitig mit ihr zurück – hinter dem riesigen Fliederstrauß in einem großen kobaltblauen Krug konnte sie nicht mal sein Gesicht sehen.

»Hier.« Er setzte den Krug ab. »Ich hab dir Blumen mitgebracht und gleich auch etwas, wo du sie hineinstellen kannst.«

Überrascht blickte sie ihn an. »Ich…«

»Die Blumen hab ich geklaut. Der Krug ist immerhin gekauft.«

»Es ist… Sie sind perfekt! Danke!«

Er stand da und betrachtete stirnrunzelnd die Stühle, die er offensichtlich als Zeit- und Geldverschwendung ansah – und musste schwer schlucken.

»Hoffentlich wird das Abendessen gut.« Er nahm einen Lappen und tauchte ihn in den Eimer. »Ist alles okay?«

»Ja, absolut… Ich muss mich bloß weiter um das Essen kümmern.«

»Ja, mach ruhig weiter. Ich reinige erst mal diese grässlichen Stühle hier.«

Sie lief hinein, schnappte sich die Flasche Wein und nahm sie mit ins Badezimmer – wo immer noch keine Lampe installiert war und das nach wie vor neue Armaturen und eine Handtuchstange brauchte.

Ihr Herz setzte für einen Schlag aus, schlug dann umso heftiger, stolperte, taumelte – alles auf einmal. Dieses Gefühl hatte sie noch nie zuvor erlebt. Das war keine Panikattacke – obwohl sie insgeheim beträchtliche Panik empfand.

Er war mit dem Flieder in einem blauen Krug die Treppe hochgekommen und hatte den Krug einfach abgestellt. Geklaute Blumen in einem alten Krug, den er in seinen großen, schwieligen Händen trug…

… und sie hatte sich verliebt.

So schnell konnte das doch nicht gehen! So einfach konnte das doch nicht sein! Es *durfte* nicht sein!

Aber es war so. Sie wusste genau, welches Gefühl sie da gerade zerriss, auch wenn sie es zuvor noch nie empfunden hatte.

Sie atmete tief ein und wieder aus und nahm einen kräftigen Schluck Wein.

Und was war als Nächstes dran?

Dann beruhigte sie sich wieder. Es musste gar nichts als Nächstes passieren. Es würde alles ganz einfach so weitergehen können, bis …

Nur dass im Moment nichts passierte.

Sie würde schleunigst die Koteletts füllen müssen.

Dann hörte sie ihn lachen. Er redete draußen auf der Terrasse mit dem Hund. Der Fliederstrauß – er war so üppig, so wunderschön … Unwillkürlich hob sie die Hand ans Herz, damit es nicht erneut anfing zu stolpern.

Dann zog sie ihr Handy heraus und machte ein paar Aufnahmen von den Blumen.

Als sie gerade angefangen hatte, die Koteletts zu füllen, hörte sie Masons Stimme. Er lief die Treppe hoch auf die Terrasse.

Xander trat an die Tür. »Komm, der Tisch fehlt noch. Die Stühle sind schon sauber, auch wenn sie immer noch hässlich sind.«

»Ihr Charme muss einfach erst zur Geltung kommen.«

»Wie auch immer. Ich freue mich jedenfalls aufs Essen. Es riecht schon richtig gut.«

»In einer Stunde ist es fertig.«

»Wunderbar.«

Während sie die Koteletts weiter stopfte, schleppten er und Mason den großen Esstisch die Treppe herauf. Dann steckte Mason den Kopf zur Küchentür hinein.

»Sind das etwa … gefüllte Schweinekoteletts?«

»Ich weiß schon, wie ich dich weichkriege.«

Er küsste sie auf beide Wangen. »Danke! Warum hast du so schäbige Stühle gekauft?«

»Wenn sie restauriert sind, sehen sie nicht mehr schäbig aus.«

»Wenn du das sagst… Der Tisch gefällt mir. Ist das Scheunenholz?«

»Ja.«

»Der ist für die Ewigkeit gebaut.«

Endlich war sie mit dem Füllen der Koteletts fertig, schob sie in den Ofen und trat hinaus auf die Terrasse. »Oh, seht mal, wie nach der Reinigung die Maserung herauskommt! Sie brauchen nur ein bisschen Pflege.«

»Sie haben ziemlich viele Schrammen und Kratzer«, stellte Xander fest.

»So was nennt man Charakter. Und Jenny hat gesagt, sie kann das wieder in Ordnung bringen. Ich will euch nicht die Stimmung verderben, Mason, aber ich dachte, wenn wir jetzt vielleicht darüber reden, was du bei deinem Gespräch mit Chief Winston in Erfahrung gebracht hast, dann bräuchten wir uns nicht beim Abendessen damit aufzuhalten.«

Er warf ihr einen prüfenden Blick zu, dann nickte er. »Ich kann euch nicht allzu viel erzählen, was ihr nicht ohnehin schon wisst. Alle Anzeichen deuten darauf hin, dass Donna Lanier am Freitag kurz vor Mitternacht vom Restaurantparkplatz entführt wurde. Ihr Auto war abgeschlossen, und es wurde auch nicht mehr bewegt, seit sie um vier Uhr nachmittags ihre Schicht angetreten hat. Drei andere Angestellte haben bis Schichtende mit ihr zusammengearbeitet. Eine davon – Maxie Upton – hat ein paar Minuten vor Donna das Gebäude verlassen. Die anderen beiden waren Gina Barrows und Brennan Forrester. Maxie parkt für gewöhnlich immer in derselben Ecke, wie die meisten Angestellten, allerdings war ihr Auto in der Werkstatt. Bei Ihnen«, sagte er zu Xander.

»Ja, sie kam mit einem Platten, nachdem ich bereits abgeschlossen hatte. Alle vier Reifen waren völlig blank. Ich wollte sie damit nicht weiterfahren lassen und hab ihr deshalb einen Handel vorgeschlagen. Ich würde ihr einen Freundschaftspreis für die Reifen machen und sie zur Arbeit fahren – sofern sie ihren Vater anriefe, damit er sie später nach der Schicht abholen käme. Sie wollte eigentlich zu Fuß gehen, aber nach dem, was Marla zugestoßen ist, wollte ich nicht, dass sie um Mitternacht allein nach Hause oder zu einer Freundin geht.«

»Was für ein Glück, dass Sie so einen guten – persönlichen – Kundendienst anbieten.«

»Ich kenne sie seit ihrer …« Xander, der am Geländer gelehnt hatte, richtete sich gerade auf. »Wollen Sie damit andeuten, dass er es auf sie abgesehen hätte? Hat er darauf gewartet, dass Maxie zu ihrem Auto geht?«

»Möglich. Ich halte es sogar für wahrscheinlich. Sie ist jünger, blond, ähnelt körperlich im Gegensatz zu Donna eher dem ersten Opfer. Ich hab mit ihr gesprochen. Ihr Vater war noch nicht da, als sie rauskam, und sie war vielleicht zwanzig Sekunden lang allein dort draußen. Mittlerweile sagt sie, sie wäre schon etwas nervös geworden und hätte überlegt, ob sie wieder hineingehen sollte. Sie meinte, das hätte bestimmt daran gelegen, dass Sie sie zuvor gewarnt hätten. Aber dann kam ihr Vater, und sie hat nicht weiter darüber nachgedacht.«

»Sie sagten, Donna wäre mit Gina und Brennan rausgekommen.«

»Kurz nachdem der Vater Maxie abgeholt hatte. Die beiden haben sich gemeinsam auf den Heimweg gemacht – sie sind in einer Beziehung – und ließen Donna das Lokal abschließen.«

»Dann hat er sich Donna genommen, weil sie eben da war?«, fragte Naomi.

»Es gibt einen Grund, warum wir jemanden erst als Serienmörder betrachten, wenn drei gleichgeartete Verbrechen vorliegen.«

»Mason!«

»Ich glaube trotzdem, dass es sich um dieselbe Person handelt. Ich halte den Täter für einen Opportunisten – bei Marla Roth hat er eine Gelegenheit gesehen und sie genutzt. Bei Donna hat er eine Gelegenheit gesehen – und sie ebenfalls genutzt. Er war auf diesem Parkplatz oder irgendwo in der Nähe und hat dort gewartet, was mir sagt, dass er die Routineabläufe rund um das Restaurant beobachtet hatte, und er hatte sicher auch sein Opfer zuvor ausgespäht. Die Umstände haben seinen ursprünglichen Plan zunichtegemacht. Also hat er sich die nächstbeste Frau gegriffen.«

»Du lieber Himmel.« Xander wandte sich ab und starrte aufs Wasser.

»Diese junge Frau und ihre Eltern werden niemals mehr ihre vier abgefahrenen Reifen oder den Mann vergessen, der ihr ein Versprechen abgenommen hat. Chief Winston hat sich bereits ähnliche Verbrechen angesehen, aber ich werde das noch einmal überprüfen, die Parameter einengen und vermisste Personen hinzufügen. Deputys und Ranger überprüfen Ferienhäuser und Hütten im Umkreis von gut vierzig Kilometern.«

»Weil er einen Zufluchtsort braucht«, warf Naomi ein.

Einen Keller, einen ehemaligen Erdkeller tief im Wald.

»Ja. Ich überprüfe auch Einheimische, aber ich neige dazu, Winston zuzustimmen, dass der Täter von außerhalb kommt – und die niedrige Kriminalitätsrate stützt diese These. Trotzdem wird er Einzelpersonen hier aus der Gegend scharf im Auge behalten.«

»Niemand glaubt, dass es jemand ist, den sie kennen, dem sie nahestehen«, sagte Naomi. »Bis es dann so weit ist.«

»Chief Winston ist ein guter Polizist. Klug, gründlich und kein bisschen auf sein Hoheitsgebiet bedacht, als dass er keine Hilfe von außen akzeptieren würde. Er tut alles, was in seiner Macht steht. Allerdings kann ich ihm helfen, noch mehr zu tun. Einer unserer Computerspezialisten durchsucht gerade die Namen sämtlicher Mieter und Eigentümer der Ferienhäuser. Wir fahren auch noch persönlich dort vorbei, aber wir lassen sie auch schon mal durchs System laufen. Es tut mir leid. Ich wünschte, ich könnte euch mehr sagen.«

»Immerhin bist du hergekommen.« Naomi schlang die Arme um ihren Bruder und legte den Kopf an seine Schulter. »Bleibst du ein paar Tage?«

»Zumindest heute Nacht. Vielleicht auch noch morgen. Aber zuallererst muss ich aus diesem Anzug raus. Ich hab eine Reisetasche im Auto, wenn du mir sagst, wo ich sie hinstellen darf…«

»Ich habe leider noch kein richtiges Bett für dich. Das gibt es erst bei deinem nächsten Besuch. Komm, wir holen deine Tasche, und ich zeig dir, wo du schläfst.« Sie blickte Xander an. »Ich komme gleich zurück und helfe dir, den Tisch nach drinnen zu bringen.«

Als er allein war, blickte Xander erneut übers Wasser und in den sich herabsenkenden Abend hinein. Ihr Bruder hatte nur deshalb eingewilligt, über Nacht zu bleiben, argwöhnte er, weil er erwartete, am Morgen die nächste Leiche zu finden.

Nach dem Essen und dem guten Kaffee, den Naomi in ihrer schicken Maschine gemacht hatte, stand Xander auf. »Ich muss langsam nach Hause.«

»Oh.«

»Du hast Dinge zu erledigen. Ich hab Dinge zu erledigen.« Wenn der FBI-Agent ein paar Türen weiter schlafen würde, wäre sie auch so in Sicherheit. »Wir sehen uns morgen.«

»Okay, aber …«

Er zog sie einfach hoch und küsste sie fest und leidenschaftlich. Vielleicht war es ein bisschen, als würde er sein Territorium markieren, da ihr Bruder dabeisaß, aber darüber wollte er nicht weiter nachdenken.

»Danke für das Abendessen. Bis dann«, sagte er zu Mason und ging.

»Meinetwegen hätte er nicht fahren müssen«, murmelte Mason. »Mein scharfer Verstand hat mir längst eingeflüstert, dass er hier schläft.«

»Er wollte uns Zeit für uns allein geben, und er will zu Loo. Das ist seine Geschäftspartnerin. Sie und Donna sind eng befreundet.« Automatisch begann sie, den Tisch abzuräumen.

»Setz dich eine Minute. Nur eine Minute«, sagte Mason und griff nach ihrer Hand. »Ich muss dich etwas fragen. Wie ernst ist es mit dir und dem Mechaniker?«

»Du sagst das so, als hätte er keinen Namen.«

»Ich arbeite daran. Gib mir ein bisschen Zeit. Meine Schwester, die immer wie ein umherziehender Eremit gelebt hat, hat plötzlich ein großes Haus, das sie renovieren lässt, einen Hund und schläft mit einem Typen, den ich gerade erst kennengelernt habe. Das ist ein bisschen viel in so kurzer Zeit.«

»Wenn du mittendrin steckst, kommt es dir gar nicht so vor. Ich will nicht so weit gehen zu behaupten, ich hätte das Haus *erkannt*, aber ich hab das Potenzial erkannt, das darin steckt. Und das Potenzial für mich. Ich wusste erst, dass ich dazu bereit war, mich hier niederzulassen, als ich es gesehen habe. Und dann war ich wirklich bereit. Einen Hund wollte ich nie haben, aber dann ist es einfach so passiert. Und jetzt kann ich mir mein Leben ohne ihn gar nicht mehr vorstellen.«

»Es ist ein toller Hund.«

Mehr noch, dachte sie: Er war ihre Familie geworden. »Ich hätte ihn ins Tierheim gebracht, wenn Xander mich nicht daran gehindert hätte.«

»Warum hat er denn nicht den Hund genommen?«

»Er hat seinen gerade erst verloren.«

»Ah.« Mason nickte. Das verstand er vollkommen. »Aber du hast meine Frage nicht beantwortet. Wir nennen so was Deflektion.«

»Ich lenke nicht ab. Ich arbeite mich nur langsam heran. Es ist ernster, als ich ursprünglich geplant hatte. Viel ernster, als ich mir hätte vorstellen können, und ernster, als ich es mir zutraue. Aber er ist …« Sie war sich nicht ganz sicher, ob sie es ihrem Bruder oder sich selbst würde erklären können. »Ich fühle bei ihm mehr, als ich mir jemals vorstellen konnte. Er hat herausgefunden, wer ich bin. Simon Vances Buch stand bei ihm in der Bücherwand – diese Bücherwand musst du sehen! Ich hab Fotos davon gemacht.«

»Ich bin schockiert«, sagte Mason, und Naomi musste lachen.

»Na ja. Anscheinend hab ich meine Reaktion auf Vances Buch nicht annähernd so gut verborgen, wie ich gedacht hätte, und Xander hat sich die Wahrheit zusammengereimt. Aber, Mason, er hat nichts zu mir gesagt, und er hat auch sein Verhalten mir gegenüber nicht verändert. Er hat es niemandem erzählt, noch nicht mal seinem besten Freund. Weißt du, was mir das bedeutet?«

»Ja.« Mason legte seine Hand auf ihre. »Es wird trotzdem noch eine Weile dauern, bis ich ihn beim Namen nennen kann. Ich mag ihn, und ich weiß, dass das für dich eine Rolle spielt. Aber ich will aufrichtig zu dir sein, weil du mir wichtig bist. Ich hab ihn überprüft.«

»Du liebe Güte!«

»Du bist meine Schwester, meine Familie. Und wir teilen

etwas, was kaum jemand teilt und die meisten nicht einmal verstehen würden. Ich musste es tun, Naomi. Mit zwanzig hatte er ein paar Zusammenstöße mit der Polizei, wenn es dich interessiert.«

»Nein, interessiert mich nicht.«

Mason ging über ihre Äußerung hinweg. »Ruhestörung, Zerstörung fremden Eigentums – und eine Prügelei in einer Bar, die er offensichtlich nicht begonnen, aber auf jeden Fall beendet hat. Zahlreiche Strafzettel wegen zu schnellen Fahrens, bis er etwa fünfundzwanzig ist. Mehr nicht. Ich finde es eigentlich nicht schlecht, dass er ein paar Ecken und Kanten aufweist, die er aber überwunden hat. Ich finde es gut, dass er einen Streit beenden kann. Unverheiratet, nicht geschieden, keine Kinder. Die Werkstatt gehört ihm allein, die Bar und das Gebäude, in dem sich die Bar befindet, gehören ihm zur Hälfte. Winston hat eine hohe Meinung von ihm.«

»Bist du jetzt fertig?«

»Ja.«

»Gut. Denn jetzt räumen wir das Geschirr in die Spülmaschine und skypen mit den Onkeln, und danach führe ich dich im Haus herum.«

»Okay. Nur eins noch, aber dann bin ich wirklich fertig. Macht er dich glücklich?«

»Ja, und das war der größte Schock für mich. Und er hilft mir dabei, über den Moment hinauszudenken. Ich hatte mich zu sehr daran gewöhnt, nur im Hier und Jetzt zu leben. Es gefällt mir, auch mal an morgen zu denken.«

»Dann fange ich vielleicht an, ihn Xander zu nennen. Was ist das überhaupt für ein Name?«

»Wirklich, *Mason Carson*!«

»Ach, hör doch auf!« Dann stand er auf, um ihr mit dem Geschirr zu helfen.

Er wartete bis kurz nach zwei Uhr morgens, um über die stillen Straßen zu den Wäldern in der Nähe der Klippen zu fahren. Seinen Wagen parkte er am Randstreifen.

Vielleicht waren um diese Uhrzeit Streifenwagen unterwegs, um nach Leuten wie ihm zu suchen. Aber seiner beträchtlichen Erfahrung nach war es dazu noch viel zu früh, vor allem in einem so kleinen Ort mit nicht mal einer Handvoll Polizeibeamter.

Und es würde ja nicht lang dauern.

Er hatte sie in eine Plastikplane eingewickelt, weil sich diese Methode als die beste erwiesen hatte. Er musste sich ein bisschen anstrengen, um sie herauszuzerren und zu schultern. Er war stolz darauf, dass er stärker war, als er aussah, aber sie war auch wesentlich schwerer, als ihm normalerweise lieb gewesen wäre.

Alles in allem war sie eine Enttäuschung gewesen. Sie hatte sich nicht gewehrt, jedenfalls nicht mehr nach den ersten beiden Stunden. Und es machte ihm einfach keinen Spaß, wenn sie gar nicht erst versuchten zu schreien oder zu betteln, wenn sie nicht um ihr Leben kämpften und so schnell ohnmächtig wurden, dass er sie fast schon aus reiner Langeweile tötete.

Viel zu sehr wie diese hagere alte Hexe, die er sich im gottverlassenen Kansas gegriffen hatte, als er die andere, auf die er ein Auge geworfen hatte, nicht hatte bekommen können.

Oder die mit dem dicken Hintern, aus Louisville. Oder …

Es hatte keinen Zweck, über vergangene Fehler nachzugrübeln, sagte er sich, als er die Leiche auf seiner Schulter zurechtrückte und die Stirnlampe auf den Weg richtete.

Er würde aufhören müssen, derlei Fehler zu wiederholen, und sollte sich öfter daran erinnern, dass Geduld eine Tugend war.

Die Stelle hatte er sich bereits ausgesucht, indem er sich von den Fotos auf Naomis Website hatte inspirieren lassen.

Dankbar ließ er Donnas Leiche am Weg hinter einem umgestürzten Baumstamm zu Boden gleiten. Mit routinierten Bewegungen rollte er sie aus der Plane und nahm sie dann noch mal in Augenschein, während er gleichzeitig die Plane zusammenlegte, um sie wieder mitzunehmen.

Nur keine Verschwendung.

Er zog sein Handy raus und machte ein letztes Erinnerungsfoto von Donna Lanier.

Dann ging er, ohne der Frau, die er getötet hatte, noch einen weiteren Gedanken zu widmen. Sie war Vergangenheit, und sein Weg führte in die Zukunft.

Er überquerte die Straße gerade so weit, dass er die weitläufige Silhouette des Hauses auf der Klippe vor dem sternklaren Himmel sehen konnte.

Schlaf gut, Naomi, dachte er. *Ruh dich aus. Bald sehen wir uns, und dann werden wir viel Spaß miteinander haben.*

24

Ein junges Paar aus Spokane mit einem Baby im Tragerucksack fand sie am sonnigen Montagnachmittag während einer Wanderung.

Binnen weniger Minuten stand Sam Winston vor der Leiche einer Frau, die er seit dreißig Jahren gekannt und gemocht hatte.

Kurz darauf bahnte sich auch Mason einen Weg durch das Unterholz.

»Ich hatte gehofft, dass es nicht so enden würde.«

»Es tut mir sehr, sehr leid, Chief.«

»Das ganze Dorf wird erschüttert sein. Na ja.« Entschlossen, seine Arbeit genau für seine Leute gut zu machen, rieb sich Sam mit beiden Händen übers Gesicht. »Gefesselt und geknebelt, nackt wie Marla. Die Wunden sind schlimmer – er hat sie schlimmer zugerichtet und verprügelt.«

»Möglicherweise steigert sich seine Erregung, oder … es kann auch Frustration sein, weil sie nicht seine erste Wahl gewesen war.«

»Er hat sämtliche Fußspuren beseitigt – hier können Sie sehen, wie er über den Boden gewischt und die Piniennadeln darübergeworfen hat. Er ist also vorsichtig. Er musste sie hierhin tragen, höchstwahrscheinlich von der Straße aus den Weg herunter. Sie wiegt gute hundert Kilo, also hat er Kraft.«

Vorsichtig, damit er nichts durcheinanderbrachte oder beschädigte, hockte Mason sich hin, studierte die Wunden, die Position des Körpers.

»Sie ist nicht zur Schau gestellt worden, aber er hat auch keinen Versuch unternommen, sie zu bedecken oder zu begraben. Kein schlechtes Gewissen, nichts Symbolisches. Er war einfach nur fertig mit ihr, hat die Leiche hier hingelegt und ist wieder gegangen.«

»Sie hat ihm nichts bedeutet.«

»Nein. Das erste Opfer lag anders da – so wie die Arme ausgestreckt waren … und wie er die Schuhe dagelassen hat. Sie war ihm wichtiger – vielleicht hat er sie als Stellvertreterin für jemand anderen benutzt. Sie war jünger, blond, attraktiv, schlank …«

»Wie Maxie es gewesen wäre.«

»Ja. Wir sind nicht weit entfernt vom Haus meiner Schwester. Ist dieser Wanderweg beliebt?«

»Ja. Ein bisschen weiter westlich in Richtung Nationalpark gibt es zwar mehr Wanderer, aber auch in diesem Bereich halten sich Gäste auf. Er wollte, dass sie gefunden würde.«

»Da stimme ich Ihnen zu. Haben Sie etwas dagegen, wenn ich ein paar Fotos mache?«

»Nein, nur zu. Wir machen auch welche – ich wollte nur zuerst gern eine Minute mit ihr allein sein.«

Und, gestand Sam sich selber ein, er konnte kaum dem drängenden Bedürfnis widerstehen, sie zu bedecken. Aber er setzte sich darüber hinweg.

»Mein Deputy – Sie haben ihn vermutlich gesehen – nimmt gerade oben an der Straße die Aussagen des Paares auf, das sie gefunden hat. Die beiden haben ein drei Monate altes Baby dabei. Ihr erster Urlaub als Familie.« Sam seufzte. »Den werden sie so schnell nicht mehr vergessen.« Er blickte in den Wald, in das Grün, das jetzt im Frühling immer satter wurde. »Wir lassen das hier absperren. Und wenn wir hier alles erledigt haben, werd ich wohl mit der Schwester und der Tochter reden müssen …«

»Soll ich mitkommen?«

»Danke für das Angebot, aber die beiden kennen mich. Es wird hoffentlich ein bisschen leichter für sie sein, wenn sie es von jemandem erfahren, den sie kennen.«

Naomi wusste, dass mit dem Tod ein Prozess einsetzte, und mit einem Mord wurde dieser Prozess offiziell. Aber sie wollte nicht, dass Xander so vom Tod seiner Freundin erfuhr.

Durch das Haupttor der Werkstatt konnte sie ihn nirgends entdecken, deshalb lief sie auf den Lärm zu und sah einen seiner Leute, der gerade Münzen in den Getränkeautomaten warf.

»Ist Xander da?«

»Ja, klar. Hinten in der Maschinenwerkstatt – geradeaus und dann nach rechts. Sie können ihn gar nicht verfehlen.«

»Danke.«

Er saß auf einem Hocker hinter einem Motor auf einem Gestell und hielt einen Schraubenschlüssel in den ölverschmierten Händen.

»Kugellager im Eimer, Kurbelwelle im Eimer.« Er nahm ein anderes Teil ab, betrachtete es stirnrunzelnd und warf es achtlos in eine Plastikwanne. »Und da fragt er sich, warum der Motor klopft.«

»Xander…«

Sie hatte seinen Namen ganz leise ausgesprochen, trotzdem hatte er ihre Stimme über den Lärm und die Musik hinweg gehört. Und als er ihr Gesicht sah, trübte sich sein Blick.

»Ach, verdammt.«

»Es tut mir leid, es tut mir so leid!«

Sie trat auf ihn zu und streckte die Hände aus, aber er rückte mit dem Hocker nur ein Stück nach hinten und hob die Hand. »Nicht. Ich bin voller Schmieröl.«

»Das ist doch egal.«

»Nein, ist es nicht.« Mit einer abrupten, wütenden Bewegung griff er nach einem Lappen und rieb sich damit über Unterarme und Hände. Dann warf er ihn zu Boden und trat an ein kleines Waschbecken.

Mit dem Rücken zu ihr schüttete er sich ein Pulver in die hohle Hand und schrubbte es mit einer Bürste ab.

»Wo haben sie sie gefunden?«

»Ich weiß es nicht genau. Es tut mir leid, ich weiß nur, dass Chief Winston vor einer halben Stunde meinen Bruder angerufen und ihm Bescheid gesagt hat. Ich wollte nicht, dass du es nur zufällig erfährst.«

Er nickte und schrubbte weiter. »Ich wusste es gestern Abend schon. Nachdem sie sie bis gestern Abend nicht gefunden hatten ... Aber solange sie nicht gefunden wird, musst du dir einreden, dass es noch eine Chance gibt.«

Er verrieb das Pulver auf seinen Oberarmen, dann drehte er das Wasser an. »Ich muss es Loo sagen.«

Ach, zum Teufel ... »Soll ich mitkommen?«

»Dieses Mal nicht.«

Er zerrte ein paar Tücher aus dem Papierspender an der Wand, trocknete sich ab und warf das Papier in einen Abfalleimer.

»Sie müssen erst noch ihre nächsten Angehörigen benachrichtigen. Ich weiß nicht, wann das sein wird.«

»Loo wird mit niemandem reden. Sie mischt sich da nicht ein.«

»Es tut mir so leid, Xander. Ich wünschte mir, ich könnte etwas tun.«

»Das hast du schon. Du bist gekommen, um es mir zu sagen.«

Als sie wieder auf ihn zutrat, blickte er auf seine Hände hinab.

»Sie sind jetzt sauber genug«, sagte sie und schlang die Arme um ihn.

»Ja, wahrscheinlich.« Er hielt sie schweigend fest, während um sie herum der Arbeitsalltag dröhnte.

»Bleib so lange bei Loo, wie du willst – wie sie es braucht. Nur wenn du im Ort übernachtest, sagst du mir dann Bescheid?«

»Ich komm auf jeden Fall zu dir, ich weiß nur noch nicht, wann. Wenn Kevin und seine Leute gehen, bevor ich da bin und bevor dein Bruder zurück ist, bleib zu Hause.« Er machte einen Schritt zurück. »Bleib im Haus, und schließ die Türen ab. Versprich mir, dass du das tust.«

»Ja. Mach dir um mich keine Sorgen. Kümmere dich jetzt um Loo.«

»Ja. Ich muss hier noch ein paar Dinge erledigen und den Leuten Bescheid geben, dann geh ich sofort zu ihr.«

Als sie nach Hause kam, schloss sie sich in ihrem Übergangsstudio ein, damit sie nicht mit Kevin oder einem von den Bauleuten reden musste, sonst würden sie vielleicht spüren, dass sie etwas erfahren hatte.

Die Zeit zog sich endlos dahin, während sie versuchte, sich in ihre Arbeit zu vertiefen. Sie fühlte sich eingesperrt und ruhelos und gab schließlich auf. Mit dem Hund ging sie in den schmalen Garten hinterm Haus und warf ein paar Bälle.

Als Kevin die Terrassentreppe runterkam, konnte sie ihm ansehen, dass die Nachricht inzwischen die Runde gemacht hatte.

»Xander hat mich angerufen. Er meint, er wäre in etwa einer Stunde da. Naomi, ich bleibe, bis er oder dein Bruder kommt. Ich setz mich auch in den verdammten Van, wenn du…«

Instinktiv trat sie auf ihn zu und nahm ihn in die Arme.

»Was zum Teufel ist hier los? Jenny hat ein paar Nachbarn mitsamt Kindern zu Besuch, deshalb brauche ich mir keine Sorgen zu machen, dass sie allein sein könnte. Wir haben uns hier nie Gedanken machen müssen. Donna … Gott, ausgerechnet Donna! Ich kann es nicht fassen!«

»Ich weiß. Ich weiß.«

»Er sagte, Loo hätte sich wieder einigermaßen gefangen. Sie will zu Donnas Haus. Donnas Schwester und Tochter und wahrscheinlich die ganze Familie sind inzwischen dort. Sie musste ihm versprechen, dass sie sich vom Mann der Schwester nach Hause fahren lässt. Er darf erst weiterfahren, wenn sie sicher daheim ist und hinter sich abgeschlossen hat. Über so etwas mussten wir nie nachdenken. Meine Kinder laufen in der Nachbarschaft herum, und wir haben uns nie Sorgen gemacht …«

»Ich muss wieder rein.« Naomi wandte sich zum Gehen. »Ich gehe rein und schließe ab. Du musst nach Hause fahren, du musst bei deiner Familie sein.«

Sein Gesicht war wie versteinert. »Ich bleibe hier, bis Xander da ist. Jenny ist mit Dutzenden von Leuten zusammen.«

»Dann lass uns zusammen reingehen.«

»Er meinte, es wäre genau wie bei Marla gewesen.« Die Härte in seinem Gesicht verwandelte sich in Trauer. Langsam gingen sie die Treppe hinauf, während der Hund zwischen ihnen hertrottete. »An einem Freitagabend – genau wie bei Marla. Er hat sie dort drüben abgelegt.«

»Da …« Naomi lief ein Schauder über den Rücken, als er auf den Wald zeigte, den sie beinahe schon als ihr Eigentum betrachtete.

»Westlich der Klippe. Du kannst dort nicht mehr allein herumlaufen, Naomi.« Wie ein Freund, ein Bruder, nahm er ihre Hand. »Das darfst du nicht – nicht, bevor sie ihn gefasst haben.«

»Mach ich auch nicht, keine Sorge. Setz dich.«

In ihrem Wald, dachte sie. Am Fuß ihrer Klippe und in ihrem Wald.

Weil es dort abgelegen war, versuchte sie, sich einzureden. Weil er dort ungesehen durch die Dunkelheit hatte schlüpfen können. Nur darum ging es, aber das allein war ja schon schlimm genug.

Sie setzte sich auf den Stuhl neben ihn.

»Dein Studio ist fast fertig«, sagte er unvermittelt. »Übermorgen kannst du anfangen, es einzurichten.«

Sie würden von etwas anderem reden, stellte sie fest, von etwas anderem als dem Unaussprechlichen.

»Ich kann es kaum erwarten.«

»Wir bringen den Schreibtisch und sämtliche Gerätschaften für dich rein. In gut zwei Wochen sind wir hier fertig. Na ja, in drei. In drei Wochen sind wir fertig.«

»Du hast das Haus zum Leben erweckt, Kevin.«

»Das haben wir gemeinsam gemacht«, sagte er.

Im selben Moment sprang der Hund auf und rannte von der Terrasse runter.

»Das ist Xander«, sagte Naomi. »Follow weiß es einfach – wahrscheinlich hat das Motorrad einen besonderen Klang. Wenn es Xander ist, bellt er nicht mal mehr.«

»Xander ist verrückt nach dir, das weißt du. Und der Hund auch – aber ich rede jetzt von Xander. Er würde mich mächtig in die Mangel nehmen, wenn er wüsste, dass ich das jetzt sage, aber ich brauche, glaub ich, im Moment etwas Gutes, um die Dinge auszubalancieren. Ich hab noch nie erlebt, dass er so verrückt nach jemandem gewesen wäre.«

»Noch nie?«

Lächelnd schüttelte er den Kopf. »Du bist die Erste.«

Naomi stand auf, um Xander zu begrüßen, der mit dem Hund die Treppe heraufkam.

»Wie geht es Loo?«, fragte sie.

»Es hat sie schwer getroffen. Echt schwer.« Xander wirkte erschöpft. Er atmete tief aus. »Aber sie hat sich zusammengerissen und mit Donnas Tochter geredet. Sie ist jetzt bei ihr. Hast du was von deinem Bruder gehört?«

»Nein. Ich muss mich dazu zwingen, ihn nicht ständig anzurufen. Er wird uns schon erzählen, was er erzählen darf.«

»Sagt ihr mir Bescheid, wenn es neue Erkenntnisse gibt?« Kevin stand auf. »Ich hab das Gefühl, es würde allein schon etwas nützen, wenn man nur *irgendetwas* wüsste. Ich fahre jetzt nach Hause. Pass gut auf Naomi auf, Xan.«

»Das hab ich vor. Das Gleiche gilt für dich und Jenny.«

Sobald Kevin gegangen war, setzte er sich. »Ihre Tochter – du kennst sie nicht – ist schier zusammengebrochen. Ich konnte nichts mehr ausrichten, deshalb bin ich gefahren. Es ist besser, wenn sie mit Loo zusammen ist.«

»Kevin meint, sie wäre dort drüben im Wald gefunden worden.«

Xanders Blick wurde starr, doch er nickte. »Irgendwo dort – verdammt nah dran an deinem Haus. Genau wie bei Marla.«

»Wahrscheinlich aus dem gleichen Grund. Hier befindet er sich außerhalb des Orts, es gibt kaum noch Häuser, kaum Verkehr auf der Straße – oder auch auf dem Wasser, je nachdem, von wo er kommt.«

»Ja, das steckt wahrscheinlich dahinter. Aber wenn Maxie das eigentliche Ziel gewesen wäre, wie Mason behauptet hat, dann hätte er einen bestimmten Typ im Visier, oder? Jung, blond, attraktiv, schlank. So wie du.«

»Und ich kann dir versprechen, dass ich besser als jede andere junge blonde Frau in diesem Ort auf mich aufpassen kann. Ich verspreche dir, Xander, keine unnötigen Risiken einzugehen und vernünftige Vorsichtsmaßnahmen zu ergreifen. Außerdem haben beide Frauen, die er getötet hat, im Ort gelebt und gearbeitet. Er hat sie bestimmt zuerst ausgespäht oder zumindest ihre Routineabläufe gecheckt. Ich habe keine Routinen – und dir geht schon genug durch den Kopf, auch ohne dass du dich ständig um mich sorgen müsstest.«

»Nichts, was mir durch den Kopf geht, wäre wichtiger als du.« So wie er sie dabei ansah, raubte es ihr regelrecht den Atem.

Erneut rannte der Hund von der Terrasse runter, diesmal jedoch kläffend.

»Das ist bestimmt Mason.« Sie legte eine Hand auf Xanders Arm. »Dieser Mistkerl verschleppt die Frauen im Dunkeln – und ich wette, er schleicht sich auch von hinten an wie ein Feigling. Er tritt ihnen nicht bei Tageslicht gegenüber.«

»Du hast bestimmt recht. Ich bin einfach nur nervös.«

Er entspannte sich ein wenig, als Mason in Follows Begleitung um die Ecke bog.

»Ich muss noch ein paar Anrufe erledigen. Wenn ich fertig bin, komm ich runter und erzähle euch alles, was nicht vorerst geheim bleiben muss. Xander, das mit Ihrer Freundin tut mir leid. Mein Beileid.«

»Danke.«

»Ich sehe mal nach, was ich fürs Abendessen dahabe«, sagte Naomi zu Xander.

»Ich könnte auch Pizza bestellen oder so – du brauchst nicht extra zu kochen.«

»Ich bin ebenfalls nervös, da hilft es mir zu kochen.«

»Hast du schon mal darüber nachgedacht, dir einen Grill anzuschaffen? Grillen könnte ich nämlich auch – du weißt schon, Steaks, Koteletts, sogar Fisch.« Er zuckte unbeholfen mit den Schultern, als sie an der Tür stehen blieb. »Ich könnte dir doch manchmal bei den Mahlzeiten helfen.«

»Ich hab mir tatsächlich neulich erst ein paar Grills im Internet angeschaut.«

»Du kannst einen Grill doch nicht online kaufen!« Ehrlich entsetzt sah er zu ihr hinüber – in seinem Blick lag fast schon ein Hauch von Mitleid. »Du musst ihn sehen und …«

»Streicheln?« Sie zwinkerte ihm zu. »Und mit ihm sprechen?«

Sein Mitleid verwandelte sich schlagartig in kühle Verachtung. Am liebsten hätte sie laut gelacht.

»Du musst ihn *sehen*«, wiederholte er.

Summend machte sie sich daran, ihre Vorräte zu sichten, um ein Abendessen zusammenzustellen.

Kurz darauf kam Xander rein, nahm sich ein Bier und setzte sich an die Küchentheke. »Ich kaufe den Grill.«

»Was?«

»Ich hab gesagt, ich kaufe den Grill.«

Gerade hatte sie noch über Hühnerbrüstchen mit Knoblauch, Kräutern und Wein nachgedacht, doch jetzt drehte sie sich zu ihm um. »Den Grill? Ernsthaft, Xander …«

»Grills sind eine ernste Angelegenheit, stimmt.«

Wieder musste sie lachen. »Ich bin die Letzte, die behaupten würde, dass ein Küchengerät nichts Ernsthaftes wäre. Deshalb informiere ich mich ja auch im Internet, schau mir alles an und stelle Vergleiche an.«

»Hast du jemals einen Grill gekauft?«

»Nein, aber …«

»Ich kümmere mich darum.«

Endlich hatte er wieder etwas anderes im Sinn als Trauer. Sie dehnte das Gespräch ein bisschen aus. »Du weißt doch gar nicht, was ich haben will – welche Marke, welche Größe.«

»Du kannst einen Grill genauso wenig online kaufen wie ein Auto.«

»Hast du denn jemals einen Grill gekauft?«

»Kevin hat schon zweimal Grills gekauft, und ich war jedes Mal dabei.«

Naomi stellte ihre Zutaten bereit. »Na ja, vor dem Sommer haben wir ja noch eine Menge Zeit, um uns zu entscheiden.«

»Das ist die falsche Herangehensweise – sogar schon zum zweiten Mal, wenn man die ganze Onlinesache mit einrechnet. Wenn du den richtigen Grill hast, kannst du ihn das ganze Jahr über benutzen, vor allem wenn du ihn wie hier direkt draußen vor die Küche stellen kannst.«

Sie holte einen Topf für den Reis aus dem Schrank und setzte Wasser auf. Dann stellte sie sich an die Küchentheke und begann, Knoblauch klein zu hacken. »Ich hatte ja keine Ahnung, dass du es mit dem Grillen so ernst meinst.«

»Ich kaufe den Grill.«

Das würden sie noch sehen. »Kannst du Karotten schälen?«

Stirnrunzelnd nahm er einen Schluck Bier. »Bestimmt.«

Sie holte Karotten aus dem Gemüsefach, nahm einen Sparschäler und schob alles zu ihm rüber. »Gut, dann schäl du die Karotten.«

»Ich dachte, die schabt man mit einem Messer ab?«

Jetzt war es an ihr, ihn mitleidig anzublicken. »Klar, wenn du den ganzen Tag dafür brauchen und eine Riesenschweinerei machen willst? Du machst einfach …« Sie schnappte sich eine Karotte und den Schäler und machte es ihm vor.

»Okay, okay, ich hab's verstanden.«

Als Mason wiederkam, sah er Xander vor einem kleinen Berg Karottenschalen sitzen. Stirnrunzelnd starrte er die Karotte an, die er gerade schälte. Seine Schwester stand am Herd und dünstete Knoblauch.

Wie heimelig, dachte er.

»Mason, weißt du noch, wie man einen Blumenkohl in Röschen zerlegt?«

»Äh…«

»Ja, klar weißt du das noch.«

Sie reichte ihm ein Messer und legte den Blumenkohl auf ein Schneidebrett.

»Ich mag keinen Blumenkohl.« Trotzdem setzte er sich und schnappte sich das Messer. Er hatte sich umgezogen und trug jetzt ein altes Harvard-Crimson-Shirt und Jeans.

»Doch, du magst ihn, wenn ich ihn in Butter und Kräutern schwenke. Wie schön, gleich zwei Beiköche zu haben«, fügte sie hinzu.

»Das ist fast wie zu Hause.« Mason schnitt den dicken Strunk heraus und teilte den Blumenkohlkopf in zwei Hälften. »Wie in New York, nur dass du jetzt der Chefkoch bist und nicht Harry.«

»Wenn sie herkommen, ordne ich mich auch unter, aber erst wenn ich vorher meine Kochkünste unter Beweis stellen konnte. Ich hab ja noch ein bisschen Zeit, um ein eindrucksvolles Menü zusammenzustellen und die Gästezimmer fertig zu machen. Hoffentlich kann Jenny bis dahin die Stühle aufarbeiten.« Sie legte die Hühnerbrüste in die Pfanne mit dem heißen Fett. Sofort fingen sie an zu brutzeln.

»Ich sehe zu, dass ich ebenfalls hier sein kann. Vielleicht kann ich von Seattle aus arbeiten.«

Sie schwiegen eine Weile, dann legte Mason das Messer beiseite und griff nach seinem Weinglas. »Okay, ich erzähl euch jetzt mal alles, was ich verraten darf. Nach allem, was ich gesehen habe, und den Beweisen, die wir zusammengetragen haben, ist Donna Lanier vom selben Täter wie Marla Roth entführt und getötet worden. Endgültige Klarheit wird die Obduktion bringen. Die Details brauchen euch nicht zu interessieren«, fügte er hinzu und widmete sich weiter dem Blumenkohl. »Aber ich bin felsenfest davon überzeugt, dass Lanier nicht seine erste Wahl war. Chief Winston teilt meine Meinung. Sie war einfach da, und wie schon das erste Opfer wurde auch sie an einem anderen Ort festgehalten und umgebracht. Anschließend hat er sie an den Fundort gebracht, wo irgendjemand schon bald auf sie stoßen würde. Wir sollen also wissen, dass er da ist – dass er auf der Jagd ist. Er ist arrogant, genießt die Aufmerksamkeit und die Angst, die er heraufbeschwört. Er ist intelligent, organisiert und erfahren.«

»Du meinst, er hat so was schon mal gemacht«, hakte Naomi nach. »Das meinst du mit ›erfahren‹.«

»Ja. Es ist wahrscheinlich kein Zufall, dass er beide Opfer an einem Freitagabend entführt und sie bis Sonntagabend festgehalten hat. Wir könnten jetzt darüber spekulieren, ob er die Wochenenden freihat oder sie ihm die Privatsphäre bieten, die er für seine Taten braucht ...«

»Sie glauben immer noch, dass er hier lebt.« Xander war mit der letzten Karotte fertig und wartete nervös auf Masons Antwort.

»Ich kann bislang nicht ausschließen, dass der Täter hier in der Stadt oder in der Umgebung lebt und arbeitet.«

»Und warum nicht?«, wollte Xander wissen. »Hier gab es zuvor nie eine Vergewaltigung oder einen Mord.«

»Möglicherweise hat er zuvor nicht hier sein Unwesen getrieben. Vielleicht hat er jemanden bei einer Wanderung überwältigt oder eine Frau auf der Durchreise entführt und die Leiche dann versteckt oder vergraben. Vielleicht ist er auch erst kürzlich durch eine Erbschaft, eine Scheidung oder sonstige Umstände an den entsprechenden Ort gelangt, den er jetzt für seine Taten nutzen kann. Wir haben inzwischen die meisten Ferienhäuser überprüft und ausschließen können. Wir überprüfen allerdings noch die Saisonarbeiter, Mieter, neu Zugezogene, Feriengäste, die in der Gegend waren, als das erste Opfer entführt wurde. Und ich sehe mir auch weiterhin ähnliche Verbrechen an und analysiere sie. Wenn ich irgendein Muster finde, stehen uns die Ressourcen des FBI zur Verfügung. Ich hab einen meiner Kontakte aus der Abteilung für Verhaltensanalyse gebeten, alte Akten durchzusehen und mein vorläufiges Profil zu überprüfen, um zu sehen, ob ich auf der richtigen Spur bin oder in die falsche Richtung steuere. Aber ganz gleich, ob die unbekannte Person nun wirklich hier lebt und arbeitet oder ob sie nur zufällig hier gewesen ist – sie ist auf jeden Fall nicht wieder verschwunden. Es ist einfach zu gut gelaufen, um schon weiterzuziehen.«

»Naomi passt in sein Schema.«

»Xander!« Verärgert wendete Naomi das Hühnchen.

»Ja, das stimmt. Ich glaube auch, dass er es auf einen bestimmten Frauentyp abgesehen hat – und da würde Naomi perfekt dazupassen. Ich baue darauf, dass sie alle notwendigen Vorsichtsmaßnahmen ergreift.«

»Ich hab doch gesagt, dass ich das tue.«

»Ich liebe dich, Naomi.«

Sie seufzte schwer. »Ich liebe dich auch, Mason.«

»Also sei vorsichtig! Ich weiß zwar, dass du klug bist und dich wehren kannst, aber ich mache mir trotzdem Sorgen um dich.«

»Und ich mache mir allmählich Gedanken um dich, Special Agent Carson. Du weißt doch selbst, dass man diese sogenannten notwendigen Maßnahmen, die Zivilisten ergreifen sollen, gar nicht sklavisch einhalten kann.«

»Du könntest ein paar Wochen in Seattle verbringen«, schlug Xander vor. »Mit deinem Bruder zusammen sein, ein bisschen shoppen gehen, ein bisschen arbeiten. In der Zwischenzeit könnten Kevin und seine Leute die Böden fertig machen.«

»Zum einen haben Kevin und ich einen Zeitplan, und die Böden kommen erst ganz zum Schluss. Außerdem geh ich hier nicht weg, um nach Seattle zu flüchten, nur damit mein kleiner Bruder auf mich aufpassen kann.«

»Du bist nur zwei Jahre älter als ich«, wandte Mason ein. »Und kleiner bin ich längst nicht mehr.« An Xander gewandt, fügte er hinzu: »Sie wird es nicht tun. Ich bin im Geiste schon all meine Gespräche mit ihr durchgegangen, und ich bin immer gegen dieselbe Mauer gelaufen. Aber nach einer Geschichte fühlen Sie sich vielleicht besser – hast du ihm schon von diesem Straßenräuber erzählt, Naomi?«

»Daran hab ich schon seit Jahren nicht mehr gedacht!« Naomi griff nach der Weinflasche, goss Wein über das Hühnchen, legte den Deckel auf die Pfanne und verringerte die Hitze.

»Was denn für ein Straßenräuber?«

»In New York. Naomi hatte College-Sommerferien und arbeitete im Restaurant. Eines Abends beschloss sie, zu Fuß nach Hause zu gehen.«

»Es war ein schöner Abend«, fügte sie hinzu.

»Das fand der Straßenräuber auch. Auf jeden Fall kam er mit einem Messer auf sie zu und forderte ihr Geld, ihre Uhr, Ohrringe und Handy.«

»Ich hätte ihm auch alles gegeben, so wie unsere Onkel es sicher eine Million Mal gepredigt haben.«

»Bestimmt.« Mason zuckte mit den Schultern. »Aber das Arschloch dachte wohl, er hätte eine hilflose, ängstliche Frau vor sich. Und eine hübsche noch dazu. Also hat er sie begrapscht.«

»Und er hat dabei höhnisch das Gesicht verzogen«, warf Naomi ein und musste grinsen, als sie sich die Situation wieder vor Augen führte.

»Sie hat ihm in die Eier getreten, ihm die Nase gebrochen,

die Schulter ausgerenkt und dann die Polizei gerufen. Als die Polizisten kamen, lag er immer noch heulend am Boden.«

»Er hätte mir nicht an den Busen fassen dürfen. Er hätte mich nicht anfassen dürfen.«

»Du hast ihm die Nase gebrochen?« Fasziniert musterte Xander ihre schmalen, eleganten Hände. »Du brichst wohl gern Nasen …«

»Die Nase ist das optimale und zuverlässigste Ziel – für Angriff und Verteidigung. Deine gefällt mir auch ganz gut …« Sie legte die Karotten, den Blumenkohl und den Brokkoli, den sie selbst vorbereitet hatte, in ein großes Sieb und trat damit ans Spülbecken, um alles abzubrausen. »Also sei vorsichtig.«

»Sag mir einfach Bescheid, wenn du nicht in der Stimmung bist, dich von mir begrapschen zu lassen.«

Sie lachte. Dann kam sie mit dem Gemüse wieder an die Theke, um die Karotten klein zu schneiden. »Du wirst der Erste sein. Ausgezeichnete Blumenkohlröschen und geschälte Karotten! Wenn ihr mit dem Hund rausgehen wollt oder so, entlasse ich euch beide hiermit aus der Pflicht. Ihr habt etwa eine halbe Stunde Zeit.«

»Sind Sie mit dem Motorrad hier?«, fragte Mason Xander.

»Ja.«

»Ich würde es mir gern mal ansehen.«

»Klar.« Xander ging mit ihm hinaus und umrundete das Haus. »Nur damit Sie Bescheid wissen: Die Gartenarbeiten fangen morgen an. Und zwar ziemlich früh.«

»Was heißt früh?«

»Gegen sieben. Vielleicht sogar ein bisschen früher.«

»Also genauso früh wie der Bautrupp. Na gut. Ich wollte Ihnen übrigens noch sagen, dass ich tatsächlich von Seattle aus arbeiten und ein paarmal in der Woche vorbeikommen könnte … während Sie vielleicht ansonsten ein Auge auf sie haben könnten. Das wollte ich nicht erwähnen, solange sie in der Nähe war.«

»Das hab ich mir bereits gedacht. Allerdings ist mir wirklich wohler, seit ich weiß, dass sie so einem Arschloch im Zweifel die Schulter ausrenken könnte. Trotzdem …«

»Trotzdem. Ich verstehe im Übrigen nichts von Motorrädern.« Mason neigte den Kopf und betrachtete das Motorrad. »Es sieht allerdings beeindruckend aus.«

»Danke.«

»Beide Frauen wurden hier vor Ort entführt, deshalb muss ich diese Gegend hier jetzt als sein Jagdrevier ansehen. Und Naomi ist genau sein Typ. Sie kauft ein, geht zur Bank und hat im Ort zu tun … Sie ist genau der Typ, nach dem er sucht.«

»Das denke ich auch. Ich werde von jetzt an jede Nacht bei ihr verbringen. Wir spielen am Freitag im Loo's. Ich werd dafür sorgen, dass sie mitkommt und dass Kevin und Jenny bei ihr bleiben, bis die Bar zumacht.«

»Wenn ich mir freinehmen kann, komme ich ebenfalls. Sie wird vorsichtig sein, aber ich glaube, der Typ arbeitet zügig und packt sich seine Opfer blitzschnell.«

Während er sprach, musterte Mason das Haus, als suchte er nach Sicherheitslücken.

»Keins der beiden Opfer wies Anzeichen auf, dass es sich verteidigt hätte. Sie hatten also keine Chance, sich zu wehren. Jeder kann überraschend überwältigt werden, und wenn er noch so vorsichtig ist, Kampfsport und Selbstverteidigung beherrscht … Also wird sie sich damit abfinden müssen, eine Zeit lang nicht mehr so viel Zeit für sich allein zu haben, wie sie es sicher gern hätte.«

»Es klappt ganz gut, wenn Leute um sie herum sind.«

»Ja, ich wette, besser als sie geglaubt hat. Sie ahnt vermutlich nicht, dass Sie sie lieben.«

Xander erwiderte schweigend Masons Blick.

»Ich sage das nur, weil sie der wichtigste Mensch in meiner Welt ist. Wir haben einen Albtraum durchlebt, aus dem wir nie mehr ganz herausgekommen sind, weil er immer noch in einer Zelle in West Virginia sitzt. Unsere Mutter war nicht stark genug, um am Rande dieses Albtraums weiterzuleben. Naomi hat sie gefunden – sie kam eines Tages nach Hause, um in der Schulpause etwas von daheim zu holen. Da war unsere Mutter bereits tot.«

»Ich weiß – zumindest einen Teil der Geschichte kenne ich. Nachdem ich das mit Bowes herausgefunden hatte, hab ich alles nachgelesen, was ich finden konnte. Und ich hab auch den Artikel gefunden, den sie damals für die *New York Times* geschrieben hat. Ich wollte nicht versehentlich einen wunden Punkt bei ihr berühren, deshalb hab ich das alles gelesen. Das mit Ihrer Mutter tut mir leid, Mann.«

»Naomi hat es deutlich schwerer getroffen. Ich, klar, ich hab auch erst mal damit leben müssen, aber ich bin nicht derjenige, der persönlich mitbekommen hat, was unser Vater getan hat. Ich hab keiner Frau geholfen, aus dem Erdkeller herauszukommen, und sie halb durch den Wald getragen. Ich bin nicht aus der Schule gekommen und habe unsere Mutter tot in ihrem Bett gefunden. Naomi kann das nicht klar trennen. Und sie würde es ganz sicher abstreiten«, sagte er, »aber ein Teil von ihr hält sich nach wie vor für unwert, wahrhaft geliebt zu werden.«

»Da irrt sie sich.«

»Ja, da irrt sie sich. Wir waren in Therapie, wir hatten die Onkel, aber niemand sonst hat solche Bilder im Kopf wie sie – all das, was unsere Eltern sich, uns und anderen angetan haben. Deshalb denkt ein Teil von ihr, sie könnte niemanden lieben außer mich und die Onkel und sie selbst wäre es nicht wert, geliebt zu werden.«

»Na ja.« Xander zuckte mit den Schultern. »Sie wird sich daran gewöhnen müssen.«

Die Schlichtheit dieser Aussage entlockte Mason ein Lächeln. »Sie tun ihr gut. Das hat mich erst ein bisschen irritiert, aber darüber bin ich jetzt hinweg.«

»Haben Sie mich überprüft?«

»Oh ja, sofort.«

»Ich hätte mich auch gewundert, wenn Sie es nicht getan hätten. Ich werde sie nie verletzen. Nein, das ist Blödsinn«, sagte Xander sofort. »Wie könnte ich das behaupten? Natürlich werde ich sie verletzen. Jeder macht oder sagt irgendwann etwas Dummes oder Gemeines oder benimmt sich wie ein Arschloch und tut jemand anderem weh. Was ich meine, ist…«

»Ich weiß, was Sie meinen, und ich glaube Ihnen. Also, Freundschaft?«

»Ja, Freundschaft.«

Sie schüttelten einander die Hände.

Dann studierte Mason erneut das Motorrad. »Würdest du mich vielleicht mal fahren lassen?«

»Hast du je zuvor auf einem Motorrad gesessen?«

»Nein. Aber ich bin FBI-Agent, ich sollte so ein Motorrad fahren können, oder? Was wäre, wenn ich mich auf Verbrecherjagd auf ein Motorrad schwingen müsste, und der Verbrecher würde entkommen, nur weil ich es nicht kann? Das fände keiner von uns gut.«

Amüsiert griff Xander nach dem Helm. »Okay.«

»Wirklich? Meinst du das ernst?« Mason strahlte wie ein Junge am Weihnachtsmorgen, als er den Helm entgegennahm.

»Klar. Wenn du es kaputt machst, zahlst du die Reparatur. Wenn du in der Notaufnahme landest, wird das Abendessen kalt. Aber das würd ich überleben.«

»Ich hab gar keinen Motorradführerschein.«

»Du bist doch beim FBI.«

»Richtig.« Entzückt schwang Mason sich auf den Sitz. »Und was muss ich jetzt tun?«

Es dauerte nicht lange, und Naomi kam an die Haustür, weil sie Masons Jubelschreie und das Grollen der Maschine gehört hatte.

»Ist das … Ist das Mason auf deinem Motorrad?«

»Ja.« Xander saß mit dem Hund auf der Treppe.

»Wann hat er denn Motorrad fahren gelernt?«

»Gerade eben.«

»Du lieber Himmel! Hol ihn sofort davon runter, bevor er sich verletzt!«

»Es geht ihm gut, Mama.«

Sie schnaubte. »Tja, dann hol ihn eben runter, weil das Abendessen fertig ist.«

»Ich mach schon.«

Er stand auf, während sie wieder im Haus verschwand. Mason wartete, bis seine Schwester ihm den Rücken zugedreht hatte, dann ruckte er am Lenker, sodass das Motorrad kurz auf dem Hinterrad weiterfuhr.

Naomis Bruder lernte schnell.

25

Ihr Haus war schon eine Weile voller Leute, lärmender Werkzeuge und Maschinen gewesen. Und jetzt war auch noch ihr Vorgarten voller Leute und lärmender Werkzeuge und Maschinen. Am liebsten wäre sie in den Wald oder zur Küste runtergelaufen, um Ruhe zu finden, aber sie würde ihrem Bruder, Xander und ihrem eigenen gesunden Menschenverstand nicht zuwiderhandeln. Ein paar Stunden lang machte sie das Beste daraus, indem sie die Rodung des Geländes dokumentierte, während Lelo alte verholzte Sträucher und hässliche Baumstümpfe, die sie inzwischen nicht mal mehr zur Kenntnis genommen hatte, mit einer massiven Kette ausriss, die hinten an seinem Traktor befestigt war.

Das Schreddern von Holz und das Jaulen der Kettensägen und Arbeitsmaschinen vermischten sich mit den Geräuschen von Nagelpistolen und Sägen.

Follow liebte es.

Irgendwann flüchtete Naomi nach drinnen, setzte Kopfhörer auf und blendete den Lärm mithilfe von Musik aus.

Als ihr jemand auf die Schulter tippte, sprang sie vor Schreck fast aus dem Stuhl.

»Entschuldigung!«, sagte Mason.

»Gott, ich wusste nicht, dass du schon zurück bist.«

»Bei dem Lärm hättest du nicht mal gehört, wenn ein Flugzeug gelandet wäre – und dazu lässt du dir noch Lady Gaga in die Ohren dröhnen?!«

»Lady Gaga und diverse andere helfen mir, den Rest zu

ertragen.« Sie setzte die Kopfhörer ab und stellte ihre Playlist auf Pause. »Haben sie … Haben sie sie obduziert?«

»Ja. Ich kann dir leider nicht viel sagen. Sie hatte ab etwa neun Uhr am Freitagabend nichts mehr gegessen oder getrunken. Es ist das Gleiche wie bei Marla. Es wurde sogar dasselbe Messer benutzt. Keine Fingerabdrücke, keine DNA, keine Haare außer den eigenen. Er ist verdammt vorsichtig. Na ja, ich gehe ein bisschen raus auf die Terrasse und arbeite in der Sonne weiter. Morgen fahre ich wieder nach Seattle, und – Überraschung – es soll Regen geben.«

»Ich wüsste nicht, wie du bei dem Lärm draußen arbeiten sollst …«

»Ich kann jederzeit gut abschalten und mich auf das Wesentliche konzentrieren. Die sind schön …« Er nickte zu den Fotos auf ihrem Bildschirm hinüber. »Hast du die hier im Wald aufgenommen?«

»Ja. Ich hab gerade die Downloads und Aufträge überprüft. Und ich glaube, ich mache noch ein paar mehr Lesezeichen mit Naturmotiven. Sie verkaufen sich echt gut.« Weil sie seine Gesellschaft ein bisschen länger genießen wollte, begann sie zu scrollen. »Das hier, das nicht, nein, ja. Das hier. Und dann … das vielleicht.«

»Warte mal. Ist das …«

»Ein überwucherter umgestürzter Baumstamm.«

»Moos, Pilze und Flechten …«

»Und sogar kleine Bäume wachsen aus dem alten Stamm hervor. Ich liebe es einfach, wie sie da rausprießen, wie sie – bei diesem hier zum Beispiel – ihre Wurzeln um den umgestürzten Stamm schlingen.«

»Ziemlich cool.« Mason legte ihr die Hand auf die Schulter und beugte sich vor, um das Foto genauer zu betrachten. »Wann hast du das aufgenommen?«

»Oh, schon vor ein paar Wochen. Es ist ziemlich gefragt.

Ich dachte, ich bearbeite es noch ein bisschen und mache dann ein Lesezeichen daraus.«

»Ja, das kann ich mir gut vorstellen. Es gefällt mir. Na ja, ich gehe jetzt besser arbeiten und lasse dich ebenfalls weitermachen.«

Naomi hatte gerade wieder angefangen, als ihr erneut jemand auf die Schulter tippte. Diesmal zuckte sie zumindest nicht ganz so heftig zusammen.

»Entschuldigung.« Kevin tätschelte ihr beruhigend die Schulter. »Ich wollte nur fragen, ob du bereit bist, in dein Studio umzuziehen.«

»Ist es wirklich schon fertig?«

»Es ist wirklich schon fertig, und morgen früh können wir anfangen, hier zu arbeiten.«

»Dann bin ich bereit. Ich fahr schnell alles herunter, ziehe die Stecker und so.«

»Wir können ja schon mal die ganzen Utensilien raustragen – das Grafikbrett für die Retusche und so.«

»Und ich brauch noch diese Arbeitstische, die ich gekauft habe. Sie stehen unten im Keller.«

»Die haben wir schon hochgebracht und auch alles andere, was du entsprechend markiert hattest.«

»Ich muss Jenny Bescheid sagen, dass ich den Schreibtisch jetzt brauche, wenn sie es schafft …«

»Oh, das weiß sie längst. Ich halte sie auf dem Laufenden.«

»Dann trage ich das jetzt mal rüber.«

»Himmel, das hätte ich fast vergessen.« Kevin tippte sich an den Kopf. »Lelo und sein Dad brauchen dich draußen. Wir räumen die Sachen für dich um.«

»In Ordnung.« Sie fuhr den Computer runter und zog den Stecker. Über die Hintertreppe lief sie durch das Haus zur Vorderseite.

Die beiden hatten Fragen zu Farbe, Höhe, Wildwuchs, Grassamen, und sie beantwortete eine Frage nach der anderen, diskutierte mit ihnen und überlegte insgeheim, wie großartig es sich nächstes Jahr anfühlen würde, wenn alles fertig wäre und die Stille sie umgäbe wie ein Gottesgeschenk.

Dann lief sie wieder die Treppe hinauf. Seltsamerweise war die Tür zu ihrem Studio verschlossen und die Crew nirgends zu sehen.

Sie schob die Tür auf – und erstarrte.

Der Schreibtisch, den sie in Cecils Scheune entdeckt hatte, stand schimmernd am Fenster und der Ledersessel, den sie sich gekauft hatte, gleich dahinter, und auf dem Tisch standen ihr Computer, die Postfächer und ihre Schreibtischlampe sowie eine kleine, gedrungene Vase mit Wildblumen.

Ihre Ausrüstung und ihre Utensilien waren genau so arrangiert worden, wie sie es skizziert hatte – und die Scheunenschiebetür ihres neuen Wandschranks stand offen, damit sie die Regale innen sehen konnte.

Die Wände in dem warmen Cognacton bildeten einen wunderbaren Hintergrund für ihre gerahmten Ausdrucke.

Mit gefalteten Händen, als würde sie beten, stand Jenny da und bebte regelrecht vor Aufregung, während Kevin neben ihr stand und breit grinste.

»Sag mir, dass es dir gefällt. Bitte, bitte sag es!«

»Mein Gott, ich …«

»Sag erst, dass es dir gefällt!«

»Ja, natürlich! Ich wäre ja verrückt, wenn es nicht so wäre! Du hast den Schreibtisch fertig gemacht – das hast du mir gar nicht gesagt!«

Jenny riss beide Arme hoch. »Überraschung!«

»Es ist … Es ist genau so … wie ich es wollte. Besser, als ich es mir jemals hätte vorstellen können. Einen solchen Arbeitsraum hab ich noch nie gehabt. Ich hatte immer nur

Übergangslösungen ...« Benommen lief sie auf und ab. »Oh! Der Boden! Die Dielen sind ja abgezogen!«

»Kleiner Trick.« Kevins Grinsen wurde noch breiter. »So kommen die Originaldielen wieder zum Vorschein. Ich dachte, hey, lass es uns hier drinnen schon mal fertig machen – es hat zwar länger gedauert, aber du brauchst dann zumindest nicht alles wieder rauszuschleppen, wenn wir mit den Böden anfangen. Zumindest hier ist schon mal alles fertig.«

»Nicht ganz«, wandte Jenny ein. »Sie braucht noch einen hübschen Zweisitzer dort drüben und einen Tisch – irgendwas Bequemes, wohin sie sich zum Nachdenken zurückziehen kann. Und einen Teppich, Kissen, eine Decke ... Und ... du findest schon, was du haben willst. Aber du magst es!«

Gerührt fuhr Naomi mit den Fingern über die Blütenblätter der Wildblumen. »Abgesehen von meiner Familie hat sich noch nie jemand so viel Mühe für mich gegeben.«

»Na, wir gehören ja jetzt quasi zur Familie.«

Ihr traten Tränen in die Augen. »Jenny ...«

Jenny trat auf sie zu und nahm sie in die Arme. »Ich bin so glücklich! Ich bin glücklich, dass du glücklich bist!«, sagte sie und verdrückte ebenfalls ein Tränchen.

»Vielen, vielen Dank! Vielen Dank, du bist echt die Beste!«

»Nein – ich!«

Lachend trat Naomi einen Schritt zurück. »Ihr beide.«

»Ja, das sind wir! Wir haben uns schon Sorgen gemacht, dass Lelo dich nicht lange genug draußen würde ablenken können, aber das hat er ja zum Glück geschafft.«

»Ach, darum ging es also?«

»Wir sind die Besten! Die besten Heimlichtuer! Trotzdem muss ich jetzt langsam los.«

»Ich fahre Jenny schnell nach Hause.«

»Er macht sich mittlerweile sogar Sorgen, wenn ich allein Auto fahre. Alle sind so aufgewühlt ... aber daran wollen wir jetzt nicht denken.« Mit einer Geste wischte Jenny die traurigen Gedanken beiseite. »Du wirst dich jetzt auf deinen neuen Schreibtischstuhl setzen und es genießen.«

»Ja, absolut. Danke! Euch beiden! Euch allen!«

Als sie wieder allein war, tat sie genau das, was Jenny ihr aufgetragen hatte. Sie setzte sich hin – und genoss es. Dann stand sie wieder auf und sah sich alles noch einmal ganz genau an.

Über das Vergnügen, in ihrem eigenen Studio zu stehen, hörte sie sogar über den Lärm hinweg.

Da Follow offensichtlich Masons Gesellschaft vorgezogen hatte und all ihre Utensilien genau an der richtigen Stelle lagen, verlor Naomi bald im besten Sinne jedes Zeitgefühl. Die Produktivität und die Freude darüber, endlich in einem wohlsortierten, organisierten Raum arbeiten zu können, bescherten ihr die Gewissheit, dass sie sich viel zu lange mit Übergangslösungen begnügt hatte, nur weil sie sich zuvor immer geweigert hatte, sich irgendwo fest niederzulassen.

Niemand jagte sie mehr – außer ihre eigenen Geister und Neurosen, dachte sie. Doch es war allmählich an der Zeit, dies ad acta zu legen und endlich daran zu glauben, dass die Vergangenheit endgültig vorbei war. Sie hatte ein Zuhause, und hier würde sie sehen, wie es Sommer würde, und dann würden sich die Luft und das Licht wieder ändern, wenn der Herbst käme. Sie würde Feuer machen gegen die Kälte des Winters und da sein, wenn der Frühling wiederkäme.

Sie hatte ein Zuhause, dachte sie wieder, als sie das letzte Foto auf ihre Website lud. Sie hatte Freunde, gute Freunde. Sie hatte einen Mann, den sie… Na gut, vielleicht war sie immer noch nicht vollkommen bereit für das, was sie für Xander empfand. Aber sie war zumindest bereit dafür zu sehen, was morgen passierte, nächste Woche oder… Vielleicht konnte sie sich ja von Woche zu Woche hangeln.

Das war doch schon mal eine Verbesserung.

Vor allem jedoch war sie bereit, glücklich zu sein – wahrhaft glücklich.

Und jetzt war es an der Zeit – schon fast zu spät, stellte sie fest, als sie auf die Uhr guckte –, um runterzugehen und etwas zu essen zu machen.

Sie nahm die Hintertreppe, wobei sie sich im Geiste notierte, dass sie dringend Lampen für diesen Bereich kaufen musste, und betrat beschwingt die Küche.

Mason saß vor seinem aufgeklappten Laptop an der Küchentheke, und um sich herum hatte er Landkarten ausgebreitet, ein paar Notizblöcke bereitgelegt – und sich einen Becher mit dampfendem Kaffee genommen.

»Hey, ich dachte, du wolltest draußen in der Sonne arbeiten?«

»Ich brauchte mehr Platz.«

»Ja, das sehe ich. Kein Problem. Ich hab noch genug Platz, um die Farfalle mit Shrimps zuzubereiten, die ich heute Abend machen will.«

»Ich hab Xander gebeten, Pizza mitzubringen. Er ist schon auf dem Weg.«

»Oh.« Naomi, die bereits die Kühlschranktür aufgemacht hatte, blickte sich um. »In Ordnung. Wenn ihr Lust auf Pizza habt, dann muss ich mir keine Arbeit machen.«

Sie schob die Kühlschranktür wieder zu und beschloss kurzfristig, dass sie auf der Terrasse essen würden.

»Wo ist denn Follow?«

»Er wollte raus. Für heute sind alle gegangen.«

»Das sehe ich – oder vielmehr, ich höre es. Ich hab länger gearbeitet, als ich vorhatte. Du musst dir unbedingt mein Studio ansehen.« Erneut packte sie die Begeisterung. »Es ist fertig – und es ist großartig geworden! Im Keller will ich mir eine Dunkelkammer einrichten. Ich entwickle zwar nicht mehr allzu oft Filme, aber Kevin meinte, es wäre kein Problem, dort unten die entsprechenden Anschlüsse zu legen. Es wäre also echt ruhig, und ich würde den Raum, den ich habe, komplett ausnutzen.« Sie drehte sich zu ihm um und stellte fest, dass er sie stumm beobachtete. »Ich quatsche die ganze Zeit, während du arbeitest. Ich geh besser nach draußen und lasse dich in Ruhe deine Arbeit fertig machen.«

»Nein, setz dich doch. Ich muss etwas mit dir besprechen.«

»Ja, klar. Ist alles in Ordnung? Nein, ist es natürlich nicht.« Sie schloss kurz die Augen. »Ich war so in meiner eigenen kleinen Welt gefangen, dass ich Donna und Marla ganz vergessen habe. Dass ich deine Arbeit vergessen habe.« Sie setzte sich zu ihm an die Küchentheke. »Für den Moment ist mir das alles nicht mal mehr real vorgekommen. Donnas Beerdigung ist übermorgen, und Xander… Es ist bereits die zweite Beerdigung, seit ich hierhergezogen bin, die zweite schreckliche Beerdigung.«

»Ich weiß. Naomi…«

Er hielt inne, als der Hund reingerannt kam, auf der Stelle tänzelte und sofort wieder hinausrannte.

»Das muss Xander mit der Pizza sein«, sagte Naomi und wollte schon aufstehen.

»Bleib sitzen.«

»Du hast etwas herausgefunden.« Sie legte ihm die Hand auf den Arm. »Über die Morde.« Als Xander die Küche betrat und die Pizza auf die Theke am Kochblock legte, drehte sie sich mitsamt Hocker zu ihrem Bruder um. »Was ist es?«

»Lass mich so anfangen… Naomi, das hier ist das Foto, das du im Wald gemacht hast. Der umgekippte Baumstamm.«

Stirnrunzelnd betrachtete sie das Foto, das er auf seinem Laptop geöffnet hatte. »Ja, das stimmt. Warum hast du es dir runtergeladen?«

»Das hier hab ich gestern aufgenommen, als wir Donnas Leiche entdeckt haben.« Er klickte ein weiteres Foto an. »Es ist derselbe Baumstamm.«

»In Ordnung. Ja.«

»Donnas Leiche lag direkt am Weg, hinter diesem Baumstamm. Man läuft acht Minuten in den Wald hinein – ohne gut hundert Kilo auf der Schulter. Das hat mich irritiert. Warum hat er sie so weit in den Wald hineingetragen? Wenn er wollte, dass sie gefunden würde – warum trägt er sie dann so weit? Nimmt so viel Zeit und Mühe auf sich? Warum gerade diese Stelle?«

»Ich weiß es nicht, Mason. Vielleicht wollte er ein bisschen Zeit schinden, ehe sie gefunden würde?«

»Nein, das wäre nicht zielführend. Aber dieser Ort, genau hier ...« Er tippte auf den Bildschirm. »Der hatte einen Zweck. Du hattest dieses Foto seit zwei Wochen auf deiner Website.«

Schlagartig wurde ihr eiskalt. »Wenn du damit andeuten willst, dass er ... dass dieses Foto ihn inspiriert oder bewirkt haben könnte, dass er sie ausgerechnet dort abgelegt hat ... Das ergibt doch keinen Sinn! Ich hab Dutzende Fotos in der Gegend gemacht.«

»Eins musste er sich ja aussuchen.« Mit grimmiger Miene studierte jetzt auch Xander die Aufnahme.

»Das ist doch sicher nur ein blöder Zufall«, beharrte Naomi. »Verstörend zwar, aber ein Zufall. Ich kannte ja die Opfer kaum. Ich bin doch erst seit März hier.«

Schweigend wechselte Mason zu einem anderen Foto – einem Bild der Klippe – und holte ein weiteres auf den Bildschirm. »Das hier ist dein Foto und das andere ein Polizeifoto. Ebenfalls seit ein paar Wochen auf deiner Website, Naomi.«

Immer tiefer sickerte die Kälte in ihren Körper.

»Warum sollte jemand meine Fotos als Vorlage benutzen, um Leichen dort abzulegen? Das ergibt doch keinen Sinn. Das ergibt überhaupt keinen Sinn!«

»Hör auf«, sagte Xander streng und legte ihr die Hand auf die Schulter. »Hör auf damit. Atme tief durch.«

Sein Tonfall bewirkte, dass das Gewicht auf ihrer Brust ein wenig leichter wurde.

»Es ergibt trotzdem verdammt noch mal keinen Sinn.«

»Aber was er Marla und Donna angetan hat, ergibt Sinn, oder was?«

»Nein, nein, aber das … das ist doch pathologisch!« Sie blickte Mason flehend an. »Ich weiß genug darüber, was du machst, um es zu verstehen. Aber ich verstehe nicht, wie du einfach diese Fotos nehmen und auf den Gedanken kommen konntest, dass der Killer ein Fan meiner Bilder wäre.«

»Es steckt mehr dahinter.«

Xander hatte jetzt beide Hände auf ihre Schultern gelegt, und obwohl er die Anspannung in ihren Muskeln wegknetete, merkte Naomi, dass er sie damit auch zum Bleiben zwingen wollte.

»Was hast du noch herausgefunden?«

Mason nahm für einen Moment ihre Hand und drückte sie. Dann holte er ein weiteres Bild auf den Bildschirm. »Diese Aufnahme hast du im Februar im Death Valley gemacht. Ich hab mir von den dortigen Behörden die Aufnahme eines Leichenfundorts schicken lassen.«

Naomi zitterte inzwischen am ganzen Leib.

»Das Opfer war Mitte zwanzig, weiß, blond, lebte und arbeitete in Vegas. Sie führte ein riskantes Leben – als Stripperin, Junkie, Nutte. Bei Sam Winstons Suche nach ähnlichen Verbrechen ist sie nicht aufgetaucht, weil die örtliche Polizei die Tat ihrem Zuhälter zugeschrieben hatte – der dafür bekannt war, seine Mädchen auf bestimmte Aufgaben vorzubereiten… Naomi, im Januar hast du das hier in Kansas aufgenommen – am Melvern Lake. Dort wurde die Leiche einer Achtundsechzigjährigen gefunden.« Er holte das entsprechende Foto auf den Bildschirm. »Sie lebte allein, und nachdem in ihr Haus eingebrochen worden war und gewisse Gegenstände mitgenommen worden waren, hielt man das Ganze für einen Raubüberfall, der aus dem Ruder gelaufen war.«

»Aber es war kein Raubüberfall«, sagte Naomi leise. »Was ihr angetan wurde, war das Gleiche wie…«

»Es gibt ein Muster. Vor Weihnachten bist du nach Hause geflogen.«

»Ja. Ich hab mein Auto am Flughafen stehen lassen. Für die eine Woche, die ich zu Hause war, wollte ich nicht so weit fahren.«

»Dieses Foto hier hast du im Battery Park gemacht, und das hier ist das Polizeifoto eines Leichenfundorts – wieder ein Opfer mit hohem Risiko: Prostituierte, Junkie, Anfang, Mitte zwanzig. Blond.«

»Donna war nicht blond. Und diese ältere Frau vom Melvern Lake…«

»Donna war nicht seine erste Wahl. Er hat ein Muster, Naomi.«

Die Kälte – wie eine gezackte Eiskugel – setzte sich in ihrem Bauch fest. »Und er benutzt meine Arbeit…«

»Es gibt noch mehr.«

»Wie viele?«

»Ich kann bei vier weiteren Opfern eine Verbindung über die Fotos herstellen. Und dann gibt es noch die Vermissten – vermisst in einer Gegend, in der du zuvor Aufnahmen gemacht hast. Ich brauche mehr Daten – Daten und Orte, die du in den letzten zwei Jahren besucht hast. Du führst doch Buch, oder?«

»Ja. Ich blogge allerdings immer erst dann über einen Ort, wenn ich schon wieder weg bin – da bin ich vorsichtig. Aber ich führe Buch darüber, wo ich war, das stimmt: an welchem Tag ich welche Aufnahmen gemacht habe. Ich hab alles auf dem Computer gespeichert.«

»Schick mir alles, bitte. Und wenn du weiter zurück auch Buch geführt hast, brauche ich das ebenfalls.«

Sie konzentrierte sich auf Xanders Hände, die warm und fest auf ihren Schultern lagen. »Seit ich vor sechs Jahren New York verlassen habe, hab ich Tagebuch geführt. Ich hab alles dokumentiert.«

»Ich brauche alles. Es tut mir leid, Naomi.«

»Er ist doch nicht einfach über meine Seite gestolpert und hat beschlossen, meine Fotos zu benutzen, oder? Er folgt mir, entweder im wahrsten Sinne des Wortes oder anhand des Blogs und meiner Fotos. Wie weit bist du zurückgegangen?«

»Zwei Jahre.«

»Aber du glaubst, das geht schon länger so.«

»Ich werde es herausfinden.«

»Er folgt dir nicht – er stalkt dich.« Als Naomis Schultern unter seinen Händen nur mehr steifer wurden, drehte Xander sie auf dem Hocker zu sich herum. »Du kannst damit umgehen, weil du es musst. Sie kommt damit klar«, sagte er zu Mason, ohne den Blick von Naomi abzuwenden. »Er stalkt dich seit mindestens zwei Jahren. Sein bevorzugtes Opfer ist blond, weil du blond bist. Sie waren alle wie du – das hat dein Bruder bislang nur nicht ausgesprochen.«

»Es ist bislang nur eine Hypothese. Ich brauche mehr Informationen.«

Xander warf Mason einen kurzen Blick zu. »Du versuchst doch nur, sie so schonend wie nur möglich darauf vorzubereiten, weil du Angst hast, dass sie zusammenbrechen könnte. Aber das ist für dich nicht der richtige Weg, Naomi, oder?« Er sah ihr direkt ins Gesicht. »Du wirst nicht zusammenbrechen.«

»Ich werde nicht zusammenbrechen …« Trotzdem hatte sie das Gefühl, als versuchte ein Teil von ihr verzweifelt, sich aufrecht zu halten. »Er … Er entführt sie und behält sie immer für mindestens zwei Tage bei sich, damit er sie vergewaltigen und foltern kann. Und wenn er sie verprügelt und vergewaltigt hat, sie gewürgt, sie lang genug mit dem Messer traktiert, sie gefesselt und geknebelt im Dunkeln gehalten hat, erwürgt er sie.« Sie holte zitternd Luft, und als sie sich wieder ein bisschen beruhigt hatte, wandte sie sich an Mason. »Genau wie unser Vater. Das hier ist viel zu sehr wie bei unserem Vater – es ist viel zu ähnlich, als dass es einfach nur bedeutet: Es gibt dort draußen auch noch andere grausame, kranke Männer, die so etwas tun. Er bringt sie um wie Thomas Bowes – und er folgt mir, genau wie ich ihm in jener Nacht gefolgt bin.«

»Ich glaube, er hat Thomas Bowes genau studiert – vielleicht hat er ihm geschrieben oder ihn sogar besucht. Ich glaube wirklich, er hat ihn studiert. Er ist hier, und unseren Erkenntnissen zufolge hat er erstmals zwei Frauen am selben Ort getötet.«

»Weil auch ich am selben Ort bin.«

»Ja. Und wie ich es sehe, hat er sich weiterentwickelt. Seine Methode ist zwar nicht genau die gleiche wie damals bei Bowes, aber er imitiert sie.«

Das ist kein Zufall, und es gibt dafür keine Entschuldigung, ermahnte sie sich. Die Fakten waren klar und eindeutig. Sie musste sich ihnen stellen.

»Warum ist er dann nicht auf mich losgegangen? Ihr sagt beide, die anderen wären ein Ersatz gewesen. Warum hat er sich nicht mich geschnappt? Es muss doch zahllose Gelegenheiten gegeben haben.«

»Weil es dann vorbei wäre«, sagte Xander düster. »Entschuldigung«, wandte er sich an Mason. »Aber das ist die einzige logische Schlussfolgerung.«

»Ja, da stimme ich dir zu. Ich muss zwar noch ein paar mehr Fakten analysieren, aber mit allem, was ich derzeit in der Hand habe, hab ich bereits Chief Winston und den Koordinator der Verhaltensanalyse-Einheit überzeugt, ein Team hierherzuschicken. Unser Täter ist clever, organisiert, zielorientiert und beharrlich. Aber er ist auch arrogant – und seine Arroganz, diese speziellen Orte als Ablagestellen auszuwählen, wird ihm das Genick brechen. Wir werden ihn dingfest machen, Naomi. Ich brauche nur erst mal die Daten von dir. Das hat im Augenblick oberste Priorität.«

»Ich geh sofort hoch und schicke dir die Dateien per E-Mail.« Sie glitt vom Hocker und lief schweigend über die Hintertreppe nach oben.

»Sie glaubt bestimmt, dass sie das hier nicht wird behalten können.« Masons Geste schien sowohl das Haus als auch Naomis ganzes Leben zu umfassen. »Dass sie es aufgeben muss. Bowes und alles, was sie je hinter sich lassen wollte, hat sie wieder eingeholt.«

»Ja, das glaubt sie sicher. Aber da irrt sie sich.«

Mason nickte, wollte schon aufstehen, setzte sich dann aber wieder. »Geh du ihr nach. Du hast diese Rolle übernommen, solange ich nicht da war. Außerdem stammen wir beide von ihm ab. Sie braucht jetzt jemanden, der diese Last nicht ebenfalls mit sich herumschleppt.«

»Ich kümmere mich um sie.«

Sie saß an ihrem Schreibtisch – ihrem wunderschönen restaurierten Schreibtisch in ihrem wunderschön eingerichteten Studio. In dem Raum, der sie noch vor weniger als einer Stunde so glücklich und hoffnungsvoll gemacht hatte.

Hatte sie sich wirklich eingeredet, hatte sie wirklich daran *geglaubt*, dass die Vergangenheit vorbei wäre? Es ist nie vorbei, dachte sie jetzt. Nie. Die Geister würde sie niemals loswerden.

Wieder hatte sich das Leben eines Killers mit ihrem verwoben.

Als sie Schritte hörte, klappte sie ihren Laptop auf und suchte die Dateien heraus.

»Es dauert noch ein paar Minuten«, sagte sie ruhig und beherrscht, als Xander hereinkam.

»Ja, das denke ich mir.« Er wanderte herum, betrachtete den Raum eingehend. »Schick, aber nicht zu nobel. Die Balance war sicher schwer zu finden.«

»Du solltest wieder runtergehen. Du und Mason solltet die Pizzas essen, bevor sie noch kälter werden.«

»Ich hab nichts gegen kalte Pizza.«

»Hier kannst du sowieso nichts ausrichten, Xander.«

»Da irrst du dich. Du brauchst noch einen Stuhl hier drinnen. Wie soll man sonst hier rumhängen und dich nerven, während du arbeitest? Warum spuckst du nicht einfach aus, was dir im Kopf herumschwirrt? Ich kann mir einiges davon ohnehin denken.«

»Ich soll es ausspucken? Fangen wir doch mal damit an, dass Donna noch leben würde, wenn ich mir nicht in den Kopf gesetzt hätte, mich hier niederlassen zu wollen.«

»Ah, direkt mitten hinein ins Klischee?« Er schüttelte den Kopf. »Ich dachte, du wärst klüger. Das war noch nicht mal eine Herausforderung. Wie viele andere wären denn noch gestorben, wenn du weitergezogen wärst, bis dein Bruder schließlich hinter das Muster gekommen wäre? Und wie groß wäre die Chance gewesen, dass außer ihm noch jemand die Verbindung zu deinen Fotos hätte herstellen können?«

»Das weiß ich nicht. Aber die Wahrscheinlichkeit, dass ich

gerade zum zweiten Mal in meinem Leben mit einem Serienkiller in Verbindung stehe, ist doch wohl ziemlich hoch.«

»Da hast du eben Pech gehabt.«

Sie atmete scharf ein. »Ich habe *Pech* gehabt?«

»Ja. Du hast nun mal das Pech, dass dort draußen ein Irrer herumläuft, der besessen ist von dir und der deinen Scheißvater nachahmt. Aber du bist nicht der Grund, sondern der Vorwand – der Grund, die *Ursache* dafür liegt im Hirn dieses kranken Scheißkerls begründet. Genau wie bei deinem Vater.«

»Das spielt doch keine Rolle. Vorwand oder Grund – das ist doch egal. Es ist egal, was in ihren Köpfen vor sich geht, was sie dazu bewegt zu töten. Wichtig ist nur, dass ich die ersten zwölf Jahre meines Lebens unter einem Dach mit einem Monster gelebt und ihn geliebt habe! Dass ich in einem Haus und in einer Gegend aufgewachsen bin, die heute als Thomas David Bowes' Schlachtfeld bekannt ist. Und dass alles, womit ich aufgewachsen bin, uns nach New York gefolgt ist, bis meine Mutter sich lieber das Leben genommen hat, als damit weiterzuleben. Dass es mir folgt und seitdem eine Spur des Todes quer durch dieses Land zieht.« Sie konnte jetzt nicht weinen. Tränen wären sinnlos gewesen. Aber die heftige Wut, die sie empfand, fühlte sich genau richtig an. »Und es spielt eine Rolle, dass ich versucht habe, mir einzureden, ich könnte etwas haben, was die meisten Menschen haben: ein Zuhause, Freunde, Menschen, die mir etwas bedeuten – sogar einen blöden Hund. All das!«

»Du hast all das.«

»Und es war – es *ist* – reine Fantasie. Ich hab mich davon einlullen lassen und geglaubt, es wäre real, aber …«

»Aber was? Willst du jetzt wieder packen, abhauen, das Haus verkaufen, den Hund abgeben?«

Naomi dachte kurz darüber nach. »Manchmal haben

Menschen so kaputte Wurzeln, dass sie gar nicht erst versuchen sollten, sich irgendwo niederzulassen.«

»Das ist Blödsinn, und es hält selbst der wohlwollendsten Überprüfung nicht stand. Ich lass es dir durchgehen, sofern du dich tatsächlich selbst bemitleiden willst. Aber es war schwach. In dir steckt mehr, Baby.«

»Du weißt doch gar nicht, was in mir steckt, *Baby*.«

»Ich weiß es, und weil ich es weiß, weiß ich auch, dass du nicht vor einem solchen Scheißkerl abhaust.« Er stützte sich mit beiden Händen auf die Schreibtischplatte und beugte sich zu ihr vor. »Und ich weiß auch, was ich in dir gefunden habe – und das lass ich nicht einfach wieder los. Hier hast du alles, was du brauchst, und du wirst hierbleiben.«

Sie sprang auf. »Sag mir nicht, was ich tun soll.«

»Doch, ich sage es dir. Du wirst bleiben, weil alles, was du willst und brauchst, hier ist. Hier ist, was dich glücklich macht. Und ich brauche dich – auch deshalb wirst du bleiben.«

»Es ist mein Leben, und ich treffe meine Entscheidungen selbst.«

»Vergiss es. Wenn du versuchst abzuhauen, hol ich dich hierher zurück.«

»Hör auf, mir zu sagen, was ich tun soll. Hör auf, mich anzuschreien.«

»Du hast doch damit angefangen. Vielleicht hast du es noch nicht begriffen – wegen dieser ganzen ›Ich hab das Erbgut eines Monsters‹-Geschichte, die du ständig wiederholst. Aber du empfindest etwas für mich.«

»Wie kannst du so was sagen? Wie kannst du das so gering schätzen?«

»Weil du dem Ganzen viel zu viel Bedeutung gibst. Du bläst es so sehr auf, dass man einfach eine Nadel hineinstecken sollte. Und weil ich etwas für dich empfinde. Ich liebe dich, verdammt noch mal, und deshalb wirst du bleiben. So ist es und nicht anders.«

Sie taumelte zurück und wurde blass.

Xander verdrehte theatralisch die Augen. »Lass gut sein. Atme einfach mal tief durch. Schrei zurück. Wenn du sauer bist, gerätst du nicht in Panik. Und vielleicht hätte ich das Ganze ja auch ein bisschen großartiger aufgezogen, wenn ich im Moment nicht so stinkwütend auf dich wäre.«

Vielleicht aber auch nicht, dachte er, aber das war im Augenblick egal.

»Sonnenlicht in deinen Haaren, Morgenlicht ... Du hast dort gestanden und an einer Sperrholzplatte gearbeitet, warst ganz von Sonnenschein eingehüllt, und ich hatte auf einmal das Gefühl, jemand hätte mich über die verdammte Klippe geworfen. Und deshalb gehst du nirgends hin, streich das ganz einfach von deiner Liste.«

»Es wird nicht funktionieren.«

»Du solltest mal versuchen, deinen Pessimismus mit ein bisschen Zynismus auszugleichen. Es funktioniert doch längst«, fügte er hinzu. »Für uns beide. Ich weiß, was funktioniert und was nicht. Wir funktionieren, Naomi.«

»Das war vor ...« Als er die Augenbrauen hochzog, fuhr sie sich mit der Hand durchs Haar und rang um ihre Fassung. »Siehst du denn nicht, was passieren wird? Ich bete inständig darum, dass Mason recht hat. Sie werden ihn finden und ihm das Handwerk legen. Ich kann nur hoffen, dass ihnen das gelingt, bevor er wieder zuschlägt. Aber wenn sie ihn finden, dann bricht alles wieder auf. Ich, mein Vater und dieser Irre – wir sind miteinander verbunden. Und die Presse ...«

»Ach, scheiß doch auf die Presse. Das hältst du aus.«

»Du hast ja keine Ahnung, wie das ist.«

»Du hältst es aus«, wiederholte er ohne den leisesten Zweifel in der Stimme. »Und du wirst nicht allein sein. Du wirst nie wieder allein sein müssen. Du kannst auf mich zählen.«

»O Gott, Xander …«

Als er auf sie zutrat, versuchte sie zunächst zurückzuweichen und schüttelte den Kopf, doch er packte sie einfach und zog sie an sich. »Du kannst auf mich zählen. Und das wirst du auch, verdammt noch mal.« Dann küsste er sie – sanfter als jemals zuvor. »Ich liebe dich.« Küsste sie noch einmal und hielt sie fest. »Gewöhn dich daran.«

»Ich weiß nicht, ob ich das kann.«

»Das weißt du erst, wenn du es versuchst. Wir gehen nirgends hin, Naomi.«

Sie atmete langsam ein und wieder aus. »Ich will es versuchen.«

»Das reicht mir schon.«

ABGLEICH

Wahres Glück finden wir an jedem Ort
nur in uns selber.

Samuel Johnson

26

Es kam ihr vor wie ein Verhör. Natürlich wusste sie, dass es keins war, aber als Mason am Morgen in ihr Studio kam, einen Klappstuhl aufstellte und sich hinsetzte, verwandelte er ihr Heiligtum in einen Verhörraum.

»Du hast nicht gut geschlafen«, stellte er fest.

»Nein, nicht besonders gut. Du aber auch nicht.«

»Doch, ganz gut, nur leider nicht sehr lang. Ich hab bis spät in die Nacht gearbeitet.«

»Du bist nicht zum Frühstück runtergekommen.«

»Weil es im Morgengrauen stattfindet.« Er lächelte sie schief an. »Ich hab mir einen Bagel genommen, Kaffee getrunken und mit den Fliesenlegern gesprochen. Das Zimmer, das du für die Onkel vorgesehen hast, nimmt allmählich Gestalt an. Sie werden es lieben.«

»Ich bin mir nicht sicher, ob sie herkommen sollten.«

»Naomi, es fühlt sich für dich unter Garantie so an, als würde gerade dein ganzes Leben in sich zusammenfallen. Du musst trotzdem weiterleben.«

»Wenn ihnen etwas zustoßen würde …«

»An Männern ist der Täter nicht interessiert.«

»Er ist an *mir* interessiert, und sie gehören zu mir.«

»Sie werden so oder so kommen. Denk eine Zeit lang einfach nicht daran. Ich fahr kurz in den Ort und treffe mich dort mit dem Team. Wir werden von der Polizeiwache aus arbeiten. So hat sich noch nie eine Ermittlung auf ihn konzentriert, Naomi. Das wird alles verändern.«

»Was auch immer wir tun, wird nicht verändern, was bereits geschehen ist.«

»Nein.«

»Und ich weiß, Herr Dr. Carson, wie ungesund und unproduktiv es ist, wenn ich ständig darüber nachgrübele.«

Dass sie es wusste und trotz allem tat, irritierte sie zutiefst.

»Aber womöglich brauch ich einfach noch ein paar Tage zum Grübeln.«

Er nickte verständnisvoll. »Du solltest deine Stärken ausleben. Und du warst schon immer ein Meister im Grübeln.«

»Ähnlich wie du, Mason.«

»Eine andere Stärke von dir«, fuhr er fort, »ist deine Beobachtungsgabe. Du siehst sowohl die kleinen Details als auch das große Ganze. Das ist ein Vorzug, der uns noch nützen wird.«

»Meine scharfe Beobachtungsgabe hat mich nicht im Mindesten darauf aufmerksam gemacht, dass ich zwei Jahre lang von einem Serienkiller verfolgt wurde.«

»Länger, denke ich – und da du den Hinweis jetzt ja bekommen hast, könntest du doch mal versuchen, dich an Dinge und Personen zu erinnern, die dir aufgefallen sind. Du kannst diese Erinnerungen auffrischen, indem du dir deine Fotos noch mal ansiehst – wo und wann und was um dich herum so los war.«

Länger, über dieses Länger hätte sie am liebsten nachgegrübelt, aber sie presste sich die Finger auf die Lider und zwang sich nachzudenken. »Wenn ich arbeite, achte ich nicht auf die Leute um mich herum. Ich blende sie eher aus.«

»Um sie auszublenden, musst du sie erst mal bemerken. Du weißt mehr, als du glaubst, und ich kann dir helfen, es wieder an die Oberfläche zu holen.«

Sie musste zwar einen Seufzer unterdrücken, sagte sich dann aber, wenn sie sich schon einer Therapiesitzung gegenübersah, dann konnte es genauso gut bei ihrem Bruder sein.

»Sag mir erst, wie lang das deiner Meinung nach bereits so geht.«

»Kanntest du Eliza Anderson?«

»Ich weiß nicht…« Naomi rieb sich die Schläfen, hinter denen sich ein leichter Kopfschmerz bemerkbar machte. »Ich glaube nicht. Mason, ich bin Dutzenden von Leuten begegnet. Bei Aufnahmen, in der Galerie, bei Reisen, in New York. Da waren Motelangestellte, Kellnerinnen und Tankwarte, Ladenbesitzer, Wanderer – unzählige Personen. Und sich daran zu erinnern…« Urplötzlich fiel es ihr wie Schuppen von den Augen. »Warte. Liza… Ich glaub, sie hat Liza geheißen. Ich hab noch am College – in meinem zweiten Studienjahr – von ihr gehört. Das war, nachdem sie getötet worden war. Aber Mason, es war wirklich nicht so, wie du denkst. Damals waren sich alle sicher, dass es ihr Exfreund gewesen war. Er war ihr gegenüber schon früher gewalttätig geworden, deshalb hatte sie sich ja auch von ihm getrennt. Sie war misshandelt und vergewaltigt worden. Und sie wurde erstochen, oder nicht? Und – Gott – sie haben sie im Kofferraum ihres eigenen Autos gefunden…«

»Woran kannst du dich bei ihr erinnern?«

»Ich kannte sie gar nicht. Sie war ein Jahr über mir. Aber ich *er*kannte sie wieder, als ich ihr Bild in den Nachrichten und im Internet gesehen habe, gleich nachdem es passiert war. Wir hatten keine gemeinsamen Kurse, und auch privat gab es keine Berührungspunkte, aber sie ging hin und wieder in das Café, in dem ich während der ersten zwei Collegejahre gejobbt hab, bevor ich dieses Praktikum bei diesem Fotografen bekam. Ich hatte sie tatsächlich bedient, daher konnte ich mich an ihr Gesicht erinnern.« Und jetzt hatte sie dieses Gesicht auch wieder vor Augen. »Blond, kurzer blonder Pagenkopf«, sagte sie und deutete die Länge mit der Handkante an. »Sehr hübsch. Höflich genug, um sogar mit der Kellnerin zu sprechen und Danke zu sagen. Ich weiß noch, dass sie blond war – und dass sie dort getötet wurde, wo ich zur Schule ging. Aber sie wurde weder für einen längeren Zeitraum festgehalten noch erwürgt.«

»Ich vermute trotz allem, dass sie sein erstes Opfer war. Ich glaube, er hat Panik bekommen, bevor er auch nur versuchen konnte, sie zu erwürgen. Die Tat machte einen ziemlich chaotischen, hektisch ausgeführten, beinahe schlampigen Eindruck – und er hatte Glück. Wenn sich die Ermittlungen zunächst nicht ausschließlich auf den Ex konzentriert hätten, wäre er wahrscheinlich nicht so leicht davongekommen. Sie hatte am besagten Abend einen Streit mit ihrem Ex.«

»Daran kann ich mich erinnern, ich hab es auf dem Campus gehört.« Sie zwang sich zur Ruhe und versuchte, sich zu konzentrieren. »Er – der Exfreund – hat versucht, sie zurückzugewinnen, und darüber ist ein Streit entbrannt. Er hat sie bedroht. Leute haben gehört, wie er zu ihr sagte, sie würde das noch bereuen – dafür würde sie bezahlen. Außerdem hatte er kein Alibi.«

»Und sie hatten keine Beweise. Ganz gleich, wie hart und lange sie ihn verhört haben, er ist nie von seiner Geschichte abgewichen. Er sei allein in seinem Zimmer gewesen und habe geschlafen – während sie überfallen, getötet und in den Kofferraum ihres Autos geworfen wurde. Sie sah ein bisschen aus wie du.«

»Nein. Nein, überhaupt nicht.«

»Deine Haare waren länger, aber alles in allem ähnlich. Sie war nicht so groß wie du, aber auch sie war groß und schlank.«

Er schwieg und blickte sie aus seinen warmen braunen Augen an. Naomi wusste, dass gleich etwas noch Schlimmeres kommen würde.

»Sag es.«

»Ich glaube, er hat sie als Ersatz benutzt, genau wegen dieser Ähnlichkeiten. Vielleicht ist er an dich nicht herangekommen, deshalb hat er sich einen Ersatz gesucht. Und dann ist er in den Rausch des Tötens geraten, er hat Gefallen daran gefunden, seine Ersatzopfer zu überwältigen. Mit der Zeit hat er sich weiterentwickelt, dazugelernt und seine Methode verfeinert.«

»Mason, das ist zehn Jahre her. Du redest von zehn Jahren.«

»Anfangs lagen seine Morde zeitlich weit auseinander. Monate vergingen, einmal sogar ein Jahr. Er experimentierte mit seiner Methode, studierte dich, studierte Bowes. Vielleicht ist er dabei sogar in einen Wettstreit mit Bowes getreten. Bowes hat zwölf Jahre unentdeckt gemordet – das ist zumindest inzwischen unsere Annahme. Du und ich, wir wissen beide, dass es auch länger gewesen sein könnte.«

Sie konnte nicht mehr still sitzen und stand auf, trat ans Fenster und blickte aufs Wasser.

Friedlich lag die Bucht vor ihr.

»Ich weiß nicht recht, warum, aber wenn ich glauben soll, dass es zehn Jahre sind, dann fühlt es sich irgendwie weniger intim an. Dann geht es nicht um etwas, was ich selbst getan oder nicht getan hätte – und damit hätte Xander recht. Ich bin bloß der Vorwand. Gott, ich hab mich in den ersten Jahren nach jener Nacht im Wald so oft gefragt, was ich getan oder nicht getan hatte, dass mein Vater all diesen Mädchen wehtun musste.«

»Das ist mir genauso gegangen.«

Sie sah ihn überrascht an. »Wirklich?«

»Ja, natürlich. Und die Antwort war: Nichts. Wir haben gar nichts getan.«

»Ich hab lang gebraucht, um das zu akzeptieren, um jede Schuld von mir zu weisen. Diesmal werde ich nicht so lange brauchen. Nicht in der Sache und nicht mit ihm. Und er wird nicht damit durchkommen, dass er mich als Vorwand zum Töten missbraucht.« Sie drehte sich zu ihrem Bruder um. »Er wird nicht damit durchkommen.«

»Die Zeit des Grübelns ist also vorbei?«

»Ganz genau, das ist sie. Ashley. Liza muss ungefähr genauso alt gewesen sein wie Ashley, als ich sie gefunden habe.«

»Daran hatte ich gar nicht gedacht.« Mason lehnte sich nachdenklich zurück. »Das könnte ein Auslöser gewesen sein. Nicht notwendigerweise das genaue Alter, aber auch sie war Collegestudentin. Du hast einer Collegestudentin das Leben gerettet. Inzwischen bist du selbst am College, und er geht dorthin, um sich dich oder einen Ersatz zu schnappen. Um zu vollenden, was Bowes begonnen hat.« Mason stand auf. »Ich muss runter in den Ort. Kannst du bitte noch mal den Zeitraum überprüfen, in dem Eliza Anderson getötet worden ist – die Tage, bevor es passiert ist? Versuch, dich in die Zeit, in die Abläufe damals hineinzuversetzen – Kurse, Arbeit, Studium, soziales Leben …«

»Ich hatte damals kein nennenswertes Sozialleben, aber in Ordnung. Ich werde alles tun, um dich zu unterstützen. Und Mason, du musst mir auch einen Gefallen tun.«

»Welchen denn?«

»Es ist etwas, wozu ich bisher nicht in der Lage war. Ich möchte mit unserem Vater reden.«

»Lass uns zuerst den Täter finden.« Mason trat zu ihr und nahm sie in den Arm. »Ist bei dir und Xander alles in Ordnung?«

»Warum?«

»Ihr habt euch angeschrien, als ihr gestern hier oben wart. Und als du wieder runterkamst, warst du immer noch aufgebracht.«

»Er provoziert mich, damit ich stattdessen keine Panikattacke kriege. Meistens funktioniert es. Und er hat gesagt, dass er mich liebt. Na ja, er hat es nicht wirklich gesagt – er hat es rausgeschrien und geflucht. Ich weiß gar nicht, wie ich damit umgehen soll.«

»Wie willst du denn am liebsten damit umgehen?«

»Wenn ich das wüsste, würde ich es einfach tun…«

»Du weißt es doch.« Er drillte ihr die Fingerspitze mitten auf die Stirn. »Du grübelst doch nur noch darüber nach. Ich sag Bescheid, wenn ich spät komme.«

Sobald Naomi allein war, fragte sie sich kurz, ob sie noch eine Weile weitergrübeln sollte. Stattdessen setzte sie sich wieder an den Schreibtisch und klickte diverse alte Dateien an.

Und nahm sich selbst mit auf eine Zeitreise ins College.

Zwei Stunden lang machte sie sich Notizen, dann nahm sie ihre Kamera und ging nach draußen, um Pause zu machen. Der ausgelassene, wenn auch über und über schmutzige Follow ließ von den Gärtnern ab, um auf sie zuzurennen.

»Tut mir leid!«, rief Lelo. »Aber er hatte Spaß.«

»Das sieht man.« Sie würde sich die Zeit nehmen müssen, den Hund zu baden, dachte sie, machte dann aber erst mal Fotos von den neu angelegten Gartenwegen. Unter anderem fotografierte sie auch einen der Gärtner, den sie im Stillen sofort als Traumtypen bezeichnete – groß, geradezu golden, gut gebaut und verschwitzt, stützte er sich mit nacktem Oberkörper auf einen Spaten. *Traumtypen bei der Arbeit*, dachte sie und sah sofort eine Serie von Fotos vor sich. Vielleicht einen Kalender, stellte sie sich vor, und dann kamen ihr Xander bei der Arbeit an einem Motor und Kevin mit einer Nagelpistole in den Sinn.

Sie hielt sich länger draußen auf, als sie vorgehabt hatte, und ließ den schmutzigen Hund wieder bei den Gärtnern zurück, als sie ins Haus zurücklief.

In ihrem Studio nahm sie sich eine Flasche Wasser und schrieb Mason eine SMS.

Wer war, chronologisch betrachtet, das nächste Opfer? Ich stelle gerade die Aufzeichnungen über meine Collegejahre zusammen, hab sie heute Abend für dich fertig.

Innerhalb weniger Minuten hatte er ihr zwei weitere Namen und zwei Daten gemailt. Die Frau, die acht Monate nach Eliza Anderson tot aufgefunden worden war, hatte er als mögliches, die zweite – wiederum fast acht Monate später – als wahrscheinliches Opfer bezeichnet.

Sie nahm sich das mögliche Opfer vor.

Und tauchte wieder in die Vergangenheit ein. Dachte an einen fernen Tag am Campus, an dem ein kühler Novemberwind wehte. Genau dort war Eliza Anderson von der Bibliothek zu ihrem Auto gegangen, um zum Wohnheim zu fahren, wo sie mit Freundinnen zusammenwohnte. Dann dachte sie an einen schwülen Sommer in New York, als ein Mädchen – gerade erst siebzehn – von zu Hause weggelaufen war und später erwürgt und mit deutlichen Spuren von Gewalt und Stichverletzungen in einer Mülltonne hinter einem Obdachlosenasyl gefunden wurde. Sie dachte an ein bitterkaltes Wochenende im Februar, an dem sie mit ihrer Fotografiegruppe nach New Bedford gefahren war und später eine verheiratete Mutter von zwei Kindern zu ihrem abendlichen Yogakurs fuhr – und an der Felsenküste tot aufgefunden wurde, die Naomi erst am Nachmittag fotografiert hatte.

Sie verkniff sich das Mittagessen, füllte ihren Magen mit Wasser und mit zu viel kaltem Kaffee und trieb sich weiter. Als sie die Kopfschmerzen nicht länger ignorieren konnte, schluckte sie zwei Advil und schrieb ihre Notizen so zu Ende, dass hoffentlich auch jemand anderer sie würde nachvollziehen können.

Erschöpft musste sie sich schließlich eingestehen, dass Jenny recht gehabt hatte. Sie benötigte einen Zweisitzer im Studio. Wenn sie eine Couch gehabt hätte, hätte sie sich jetzt für ein kurzes Nickerchen darauf zurückziehen können.

Andererseits… Hätte sie jetzt einen Zweisitzer gehabt, dann würde höchstwahrscheinlich im Nu ein schmutzstarrender Hund darauf liegen. Am besten sollte sie den Hund jetzt sofort baden und sich dann überlegen, was sie zum Abendessen zubereiten wollte. Denn jetzt, da sie aufhörte zu arbeiten, hatte sie auf einmal schrecklichen Hunger.

Sie verließ das Studio, nahm einen Moment lang die Stille wahr – und stellte fest, dass dieses Haus für sie beinahe genauso erfrischend war wie ein Nickerchen.

Sie würde sich eine Handvoll Kekse einverleiben, um den schlimmsten Hunger zu stillen, würde den Hund baden und sich *dann* Gedanken um das Abendessen machen.

Als sie jedoch über die Hintertreppe in die Küche kam, stellte sie fest, dass sie das Haus nicht für sich allein hatte. Die Ziehharmonikatüren standen weit offen, und fast hätte ihr Herzschlag ausgesetzt, wenn sie nicht Xanders Stimme gehört hätte.

»Verdammt, leg dich jetzt endlich hin! Sehe ich so aus, als hätte ich eine Hand frei, um dieses verdammte Ding zu werfen?«

Sie trat auf die Terrasse.

Er saß auf einem Rollhocker und baute ein schrankgroßes Etwas aus Edelstahl zusammen. Der Rest des… *Ungeheuers*, schoss es ihr durch den Kopf, lag auf einem Klapptisch hinter ihm.

Der Hund – sauber und nach Hundeshampoo duftend –

schob seine Schnauze unter Xanders Arm, um den Ball in seinen Schoß zu legen.

»Vergiss es.«

»Ist das etwa ein … Grill?«

Er blickte auf. »Ich hab dir doch gesagt, dass ich einen Grill kaufe.«

»Der ist … riesig.«

»Beschwer dich nicht.« Er setzte einen Akkuschrauber an und drehte eine Schraube fest.

»Kann man die denn nicht schon zusammengebaut kaufen?«

»Warum sollte ich mir etwas von jemandem zusammenbauen lassen, wenn ich es selbst zusammenbauen kann?« Um Zeit zu gewinnen, schleuderte Xander den Ball übers Terrassengeländer.

Einen atemlosen Moment lang befürchtete Naomi, der Hund würde hinterherspringen, aber er rannte nur mit flatternden Ohren die Treppe hinunter.

»Du hast einen Grill gekauft – und dann gleich den Cadillac unter den Grills.«

»Das hab ich doch gesagt.«

»Und du tust, was du sagst, du tust es einfach.«

»Warum sollte ich irgendwas sagen, wenn ich es dann nicht tue?« Er drehte sich um und sah sie an. »Was ist?«

»Ich hatte Kopfschmerzen«, sagte sie nachdenklich. »Und ich war müde – im Kopf, im Körper, im Geist. Ich wünschte mir, ich hätte eine Couch im Studio, damit ich dort ein bisschen schlafen könnte. Aber der Hund musste gebadet werden …«

»Hab ich schon erledigt. Ich weiß allerdings nicht, ob es was nützt, weil vorn jede Menge Dreck rumliegt, in dem er sich gleich wieder wälzen kann. Nimm eine Schmerztablette, und leg dich ein bisschen hin.«

»Nein, die Kopfschmerzen sind mittlerweile weg, und ich bin auch nicht mehr so müde. Ich hatte sowohl Kopfschmerzen als auch Müdigkeit verdient, weil ich vergessen hab, etwas zu Mittag zu essen, und stattdessen zu viel Kaffee getrunken habe.«

»Ich werde nie verstehen, wie man vergessen kann zu essen. Dein Magen sagt doch: Fütter mich. Und dann fütterst du ihn und machst ganz einfach weiter.«

Naomi seufzte. Es überraschte sie, dass es kein trauriger oder frustrierter Seufzer war. Es war ein zufriedener Seufzer. »Xander …« Sie trat auf ihn zu, legte ihm die Hände ums Gesicht und küsste ihn. »Du hast den Hund gebadet. Du hast einen Grill gekauft – und zwar einen, der aussieht, als bräuchte er eine eigene Postleitzahl.«

»So groß ist er nun auch wieder nicht.«

»Und du baust ihn zusammen. Ich mache das Gleiche mit dem Abendessen.«

»Was redest du denn da? Das ist ein *Grill*. In etwa vierzig Minuten werd ich ihn anfeuern und die Steaks braten, die ich unterwegs gekauft habe.«

»Du hast *Steaks* gekauft? Du grillst *Steaks*?« Sie starrte das teilweise zusammengebaute Monster an. »Heute Abend?«

»Ja, heute Abend. Vertrau mir. Ich hab mir einen großen Salat zusammenstellen lassen, und wenn du dich nützlich machen willst, könntest du vielleicht Kartoffeln waschen, die ich dann ebenfalls auf den Grill legen werde.«

Als sie gerade mit den Vorbereitungen beginnen wollte, kam Mason herein. »Ich zieh mich nur schnell um und schau mir dann an, was du zusammengestellt hast. Dann können wir reden. Ich habe Xanders Truck vor dem Haus gesehen.«

»Er ist auf der Terrasse und baut einen gigantischen Grill zusammen.«

»Einen Grill?« Mason trat über die Schwelle. Nach einem

Augenblick des Schweigens hörte sie ein andächtiges, entzücktes: »Wow. Na, das nenn ich einen Grill!«

»Es wird einer.«

»Warte, ich helfe dir.«

»Du hattest immer schon zwei linke Hände«, rief Naomi, doch ihr Bruder warf ihr bloß einen verächtlichen Blick zu.

»Du weißt auch nicht alles.« Mason schlüpfte aus seinem Jackett, zog sich die Krawatte aus und krempelte die Ärmel hoch.

Naomi blieb in der Küche und hörte ihnen zu. Es konnte alles so normal sein, stellte sie fest – inmitten des Grauens konnte es tatsächlich völlig normale Zeiten geben.

Sie war dankbar dafür.

Und sie hätte tatsächlich Vertrauen haben sollen. Obwohl Naomi an Masons Beitrag ihre Zweifel hatte, tat Xander nach vierzig Minuten genau das, was er versprochen hatte.

Er feuerte den Grill an.

»Ich bin beeindruckt. Und er ist wunderschön. Groß, aber wunderschön.«

»Er wird abgedeckt.« Xander wies auf die Hülle, die immer noch in der Verpackung lag. »Du benutzt ihn, er kühlt ab, die Hülle kommt drüber. Jedes Mal.«

»Na klar«, versprach sie. »Diese Seitenbecken sind ja praktisch! Und dann hat er auch noch so viel Stauraum …« Sie zog die Türen weit auf. »Da ist ja noch eine ganze Schwenkgrill-Ausstattung!«

»Ja, ich kann dir zeigen, wie du sie benutzt.«

»Ich bin in einem Restaurant großgeworden. Ich weiß, wie man einen Schwenkgrill befestigt und benutzt. Und das werde ich auch alsbald tun. Ich mach nur schnell die Kartoffeln fertig.«

»Schrubb sie einfach ab, und wirf sie in die Glut.«

»Ich zeig dir einen Trick. Wenn ich gewusst hätte, was mir bevorsteht, hätte ich ein bisschen flüssiges Raucharoma besorgt.«

»Ich hab welches. Haben sie mir als Dankeschön mitgegeben. Da ist welches drin. Warum?«

»Wart's ab!«

Sie verquirlte Öl, ein paar Tropfen Raucharoma und Knoblauch in einer Schüssel.

»Es sind doch nur Kartoffeln.«

»Nicht mehr, wenn ich mit ihnen fertig bin.« In einer zweiten Schüssel mischte sie Salz, Pfeffer und noch mehr Knoblauch. Dann nahm sie eins ihrer kleinen Messer und schnitt Ecken aus den Kartoffeln.

»Warum …«, begann er, aber sie winkte nur ab und strich Butter in die Einschnitte. Dann besprenkelte sie sie mit Salz, bevor sie die ausgeschnittene Ecke wieder hineinsteckte.

»Das ist aber viel Mühe für …«

Sie brummte warnend, rieb die Kartoffeln mit der Ölmischung ein, gab die restliche Würze darüber und packte sie dann in Folie.

»Vertrau mir«, sagte sie und reichte ihm die drei Päckchen.

Als Mason herunterkam, saßen sie bereits auf der Gartenbank, und Follow lag zu ihren Füßen.

»Das ist echt ein beeindruckendes Ding«, sagte er und musterte den Grill erneut. Dann ließ er sich auf der Terrasse nieder und lehnte sich gegen das Geländer. »Soll ich bis später warten?«

»Nein. Schon in Ordnung. Ich hatte eine Menge Zeit, darüber nachzudenken. Wir sollten jederzeit alles wissen.«

»Okay. Unserem Profil zufolge ist die unbekannte Person Ende zwanzig bis Anfang dreißig …«

»Also eher mein Alter«, sagte Naomi.

»... und hat sich auf dem Campus wahrscheinlich als Student getarnt.«

»Was für ein Campus?«, fragte Xander.

»Du bist nicht auf dem neuesten Stand.«

»Nein, er hat gerade den Grill zusammengebaut, als ich runterkam, deshalb hab ich noch nicht mit ihm darüber geredet.«

»Okay, wir glauben mittlerweile, dass das erste Mordopfer eine Studentin auf Naomis College gewesen sein könnte – während Naomis zweitem Studienjahr.« Rasch informierte er Xander über die jüngsten Erkenntnisse. »Ich hab noch nicht all deine Notizen gelesen, Naomi, aber zumindest diejenigen, die zeitlich passen könnten. Du warst in einem Fotografie-Club und bist gelegentlich mit einem der Mitglieder ausgegangen. Du hast noch auf dem Campus gewohnt, und du hast in einem Coffeeshop namens Café Café gearbeitet. Du hast mehr bezahlt als die anderen, damit du ein Einzelzimmer im Wohnheim hattest.«

»Ich hab gleich im ersten Jahr gemerkt, dass ich keine Zimmergenossin haben wollte. Die anderen wollten immer Partys feiern, während ich arbeiten wollte, und außerdem hatte ich ab und zu immer noch Albträume. Ich hab Überstunden im Café gemacht und so die Mehrkosten gedeckt.«

»Und an dem Abend, als Eliza Anderson getötet wurde, bist du gegen neun Uhr von der Arbeit weggegangen.«

»Es war ein Freitagabend – ich hab es nachgeschlagen, und dann fiel es mir auch wieder ein. Freitags hab ich meistens gegen neun aufgehört zu arbeiten, bin in mein Zimmer gegangen und hab ein paar Stunden gelernt. Selbst wenn das Wetter schlecht war, bin ich zu Fuß zum Campus gegangen. Es waren ja nur ungefähr zehn Minuten. Dort kam dann, kurz bevor ich aufbrechen wollte, Justin vorbei – der Typ, mit dem ich damals zusammen war. Er wollte mir eine der Aufnahmen zeigen, die er an jenem Tag für seine Mappe angefertigt hatte. Ich mochte seine Fotos, deshalb war ich wahrscheinlich auch mit ihm zusammen. Wir sind dann gemeinsam mit einem weiteren Mädchen aus dem Club zum Wohnheim zurückspaziert.«

»Ihr wart zu dritt – das hatte der Täter nicht erwartet. Er hat dich beobachtet, kannte deine Routinen. Und nachdem du in einer Gruppe unterwegs warst, konnte er nicht auf dich zugreifen. Also nahm er den Ersatz – die erstbeste Alternative.«

»Eliza.«

»Sie hat die Bibliothek gegen halb zehn verlassen. Ihr Auto stand dort auf dem Parkplatz – sie wohnte in einem Wohnheim ein Stück abseits vom Campus. Sie war mit niemandem zusammen, aber im Wohnheim war an dem Abend eine Party geplant, daher wurde sie erwartet. Wir glauben, dass sie gewaltsam in ihr Auto geworfen wurde – wir wissen, dass sie später darin vergewaltigt und getötet worden ist –, aber zuvor ist sie genötigt worden, an einen abgelegenen Ort zu fahren, wo er seine Absicht ungehindert in die Tat umsetzen konnte. Dann legte er ihre Leiche in den Kofferraum, fuhr mit dem Auto zurück und stellte es wieder auf dem Parkplatz ab. Er muss blutbesudelt gewesen sein. Wahrscheinlich stand sein eigenes Auto ganz in der Nähe. Er hat sich umgezogen und sich dann wahrscheinlich an einen Ort zurückgezogen, an dem er sich verstecken konnte. Bis sie am nächsten Tag gefunden wurde, war er dann über alle Berge.«

Naomi stellte sich die Angst vor – dieselbe schreckliche Angst, die sie auch in Ashleys Augen gesehen hatte.

»Wenn er meinen Terminkalender kannte, dann hat er mich bestimmt länger als eine Woche beobachtet.«

»Möglich, oder er hat einfach jemanden gefragt. Aber dass es ein Freitag war, hat sich als signifikant erwiesen. Vielleicht war er ja selbst irgendwo Student und hätte sich ansonsten freinehmen müssen. Womöglich ist er sogar auf dasselbe College gegangen und hat dort erst seine Obsession entwickelt.«

»Ich habe mich nie unsicher gefühlt. Ich hätte es doch bemerkt oder gespürt, wenn jemand aus meiner Umgebung mir aufgelauert hätte. Jemand, den ich ständig auf dem Campus, in den Kursen, im Café gesehen hätte. Aber so war es nicht.«

»Woher wusste er dann, wohin du gehen würdest?«, fragte Xander. »Woher wusste er, wo er dich finden würde?«

»Wenn er nur genau genug hingesehen hat, gut mit dem Computer umgehen konnte?« Mason zuckte mit den Schultern. »Du kannst mehr oder weniger jeden finden, wenn du dir nur Mühe gibst. Ich spiele mit dem Gedanken, dass du ihn kanntest, Naomi. Aus New York.«

»Dass ich ihn kannte …«

»Dass du ihn *kennst*«, korrigierte Mason sich selbst. »Vielleicht nur flüchtig. Vielleicht war es jemand, der hin und wieder in Harrys Restaurant kam. Du hast ihn womöglich bedient. Er könnte jeden – ganz beiläufig – nach dir gefragt haben. Vor allem wenn er ungefähr im selben Alter ist wie du. Jeder würde denken, dass er in dich verschossen wäre – irgendwas Unschuldiges, irgendein Vorwand, mithilfe dessen er alles in Erfahrung bringt, was er wissen will. *Oh, Naomi, sie studiert Fotografie* oder *Naomi geht im Herbst aufs College, um Fotografie zu studieren.* Er sagt: *Wow, auf die Columbia?* Und die Antwort: *Oh nein, irgendein College auf Rhode Island. Wir werden sie vermissen.*«

»Stimmt«, gestand Naomi ein. »Es wäre ziemlich leicht.«

»Im Sommer vor deinem zweiten Jahr hat Bowes einen weiteren Namen und einen Fundort preisgegeben. Es ging natürlich durch die Presse. Vances Buch ist erneut auf der Bestsellerliste gelandet«, fügte Mason hinzu. »Und der Film wurde im Fernsehen ausgestrahlt.«

»Ja, ich erinnere mich«, sagte Naomi. »Ich hatte damals in den ersten Wochen am College panische Angst, dass mich jemand damit in Verbindung bringen würde. Aber das ist nicht geschehen. Oder zumindest dachte ich, es wäre nicht geschehen.«

»So etwas könnte das Ganze ausgelöst haben. Bowes bekam jede Menge Aufmerksamkeit, viel Post, Besucher – ab Juli, als er den Deal machte, durften ihn mehr Reporter denn je interviewen. Erst im Oktober ließ die Aufmerksamkeit wieder ein bisschen nach.«

»Und im November kam dieser Mann nach Rhode Island, wahrscheinlich meinetwegen.«

»Wir überprüfen die komplette Korrespondenz, Besucherbücher – an die Aufzeichnungen von vor zehn Jahren kommst du natürlich nicht so leicht dran wie an aktuelle. Aber er hat Spuren hinterlassen, hat wahrscheinlich eine Art Beziehung zu Bowes entwickelt – oder glaubt das zumindest. So wie er glaubt, eine zu dir zu haben.«

»Er hat ja auch eine zu mir.«

»Alles, woran du dich erinnerst, hilft. Deine Erinnerung an jenen ersten Freitagabend hilft uns, weil wir so deine Bewegungen nachvollziehen können und damit auch seine. Und du hast dich an noch etwas anderes aus Collegezeiten erinnert.«

»Die Club-Reise in meinem ersten Jahr. Am Wochenende des President's Day. Es war bitterkalt, aber wir haben uns auf ein paar Kombis verteilt und sind nach New Bedford gefahren. Unser Motiv sollte der Strand im Winter sein. Wir machten stundenlang Aufnahmen am eiskalten Strand, dann sind wir zum Essen in die Stadt gefahren. Und mir ist eingefallen, wie eine Studentin, die mir gegenübersaß – Holly, an den Nachnamen erinnere ich mich leider nicht mehr – eine Bemerkung darüber machte, wie manche Typen mich anstarren würden. Ich hätte doch längst einen Freund. Sie zeigte rüber zur Bar und grinste, ich sah mich um, aber der Typ, auf den sie zeigte, hatte uns bereits den Rücken zugedreht.« Erneut durchlebte Naomi die Situation, genau wie bereits am Nachmittag. »Sie stand auf – wahrscheinlich um zur Toilette zu gehen –, blieb dann aber an der Theke stehen und bestellte sich ein Bier. Sie war im Abschlussjahr, das weiß ich noch. Sie trat neben ihn, und ich hörte sie sogar sagen, er könnte ihr doch mal ein Bier ausgeben. Ich wäre schließlich vergeben, sie nicht. Er marschierte einfach raus. Ohne sie anzusehen, marschierte er direkt nach draußen, was sie wütend machte. Und ich fühlte mich auf einmal unbehaglich und bloßgestellt. Ich führte es darauf zurück, dass sie ein bisschen angetrunken war, was mich verlegen machte, genau wie ihre Bemerkung, Barbiepuppen wie ich würden eben immer die gesamte Aufmerksamkeit auf sich ziehen, und er hätte mich doch schon am Strand beobachtet. Wir haben noch ein paar Aufnahmen in der Stadt gemacht, dann sind wir weiter nach Bridgeport gefahren, haben dort in einem Motel übernachtet und am nächsten Tag noch mehr Bilder geschossen. Eigentlich hätten wir noch dableiben und erst am Montag zurückkommen sollen, aber dann braute sich ein heftiger Sturm zusammen, und wir beschlossen heimzufahren und stattdessen in der Nähe des Campus zu fotografieren. Von der Frau, die er getötet hat, hab ich erst heute früh von dir erfahren.«

»Wer war sie?«, fragte Xander.

»Sie hat in dem Restaurant gearbeitet, in dem ihr früher am Abend gegessen hattet. Sie hatte an jenem Freitag um sieben Feierabend und fuhr direkt zu ihrem Yogakurs in einem Fitnessstudio in der Stadt. Am nächsten Morgen stand ihr Auto immer noch dort auf dem Parkplatz, und ihr Mann war außer sich vor Sorge. Sie haben die Leiche am Sonntagmorgen unten am Strand gefunden, an dem Naomis Club den Freitagnachmittag verbracht hatte.«

»Das ist doch kein Zufall. Hat er ihren Wagen benutzt?«, fragte Naomi. »So wie bei Liza?«

»Nein. Wir glauben, dass er ein eigenes Auto hatte. Er hat sie entweder betäubt oder sie gezwungen, bei ihm einzusteigen.«

»Mitte Februar«, murmelte Xander. »Da war es kalt, windig, und ein Sturm braute sich zusammen. Er hat sie ganz bestimmt nicht draußen umgebracht. Vielleicht hatte er sich ja ein Motelzimmer gemietet, oder er fuhr einen Kombi.«

»In der Gegend gibt es jede Menge Motels. Die Polizei vor Ort hat jedes einzelne überprüft. Es ist nichts dabei herausgekommen.«

»Er hatte genug Zeit, sich einen Plan zurechtzulegen«, sagte Xander. »Um sich vorzubereiten. Du breitest eine Plane aus, begehst die Tat. Machst den Fernseher oder das Radio an, sie ist geknebelt. Wer sollte das hören?«

»Ich wünschte mir, ich wäre aufgestanden und zur Theke gegangen, um ihn mir anzusehen. So hätte ich dir jetzt eine Beschreibung geben können.«

»Holly hat ihn gesehen. Vielleicht erinnert sie sich ja.«

Naomi schüttelte den Kopf. »Sie war angetrunken, und das Ganze ist zehn Jahre her. Ich kann mich nicht mal mehr an ihren Nachnamen erinnern und hab keine Ahnung, wo sie heute steckt.«

»Dein Bruder ist beim FBI. Ich wette, er kann sie finden.«

»Ja, und das werden wir auch. Sie ist die Einzige, die unseren Erkenntnissen nach noch wissen könnte, wie er aussieht. Oder zumindest wie er damals ausgesehen hat. Es ist auf jeden Fall einen Versuch wert. Willst du mal Pause machen?«

»Nein, mach ruhig weiter. Du hast ein Mädchen aus New York erwähnt, das von zu Hause weggelaufen war. Im Juli …«

Auch diesbezüglich berichtete Mason von ihren Erkenntnissen, unterbrach sich aber, als Xander aufstand, um die Steaks auf den Grill zu legen.

»Erzähl mir vom nächsten Opfer«, drängelte Naomi. »Dann kann ich über Zeit und Ort nachdenken und versuchen, mich zu erinnern, was ich ungefähr zu dieser Zeit getan habe.«

»April in meinem zweiten – deinem Abschlussjahr. Frühlingsferien. Du, ich und die Onkel sind nach South Carolina gefahren und eine Woche in diesem Strandhaus gewesen, das Seth gefunden hatte.«

»Ja, daran erinnere ich mich noch. An vier der sechseinhalb Tage, die wir dort waren, hat es geregnet.« Sie lächelte in sich hinein. »Wir haben in einem fort Scrabble gespielt und Filme ausgeliehen. Aber … das sind neun Monate? Neun Monate, die dazwischenlagen. Eskaliert so etwas für gewöhnlich nicht?«

»Ja, und ich nehme an, dass er in der Zwischenzeit geübt und eine weitere Leiche – oder mehrere – entsorgt hat.«

»Das endet wie bei … bei Bowes. Selbst wenn ihr ihn findet, könnt ihr euch niemals sicher sein, wie viele er wirklich getötet hat.«

»Darüber machen wir uns Gedanken, wenn wir so weit sind.«

»Aber …«

»Wie wollt ihr eure Steaks?«, ging Xander dazwischen.

»Oh. Ah. Medium rare für mich, medium für Mason.« Sie stand eilig auf. »Ich mach noch schnell eine Salatsoße.«

Sie würden erst mal eine Pause einlegen, dachte sie, ein bisschen Normalität genießen. Anschließend würde sie wieder an jene verregnete Woche am Strand denken und an alles, was danach gekommen war. Sie würde nicht aufgeben.

27

Als sie sich nachts an ihn schmiegte, wurde Xander wach.

»Du hast nur wieder geträumt…« Er nahm sie in den Arm und hoffte, sie würde wieder einschlafen. »Alles okay?«

»Er hat mich gejagt… durch den Wald, am Strand entlang, überall, wo ich auch hingegangen bin. Er war direkt hinter mir, aber ich konnte ihn nicht sehen. Dann bin ich in ein Loch gefallen – nur dass es ein Keller war. Und als er mir das Seil um den Hals legte, war es mein Vater.«

Xander lag einen Moment still da. »Ich bin kein Psychiater, aber das ist ziemlich eindeutig, oder?«

»Ich träume oft von diesem Keller. In meinen Träumen kann ich ihn sogar riechen. Ich komme nie raus, in meinen Träumen… Und er kommt immer zurück, bevor ich ihm entkommen kann.«

»Er kommt nicht aus dem Gefängnis raus.«

»Aber er hat einen Lehrling oder einen Konkurrenten, wie immer man es nennen will. Ich kann mit dieser Angst nicht leben, Xander. Bevor das alles passiert ist, vor jener Nacht damals, hab ich geträumt, ich hätte einen kleinen Hund gefunden und dürfte ihn behalten oder ich bekäme das brandneue, glänzende Fahrrad, das ich mir so sehr gewünscht hatte. Natürlich will ich nicht mehr so klein und unschuldig sein, ich wünsche mir meine Kindheit beileibe nicht zurück, aber ich will nicht weiter mit der Angst leben. Ich bin aus diesem Keller rausgekommen. Ich bin herausgekommen. Und ich hab Ashley rausgeholt. Ich will keine

Angst mehr haben vor allem, was passiert ist oder noch passieren wird.«

»Gut. Sehr klug. Kannst du jetzt weiterschlafen?«

»Nein.« Sie rollte sich auf ihn. »Und du auch nicht.« Sie schob ihre Finger zwischen seine Haare und küsste ihn leidenschaftlich. »Ich hab gewisse Absichten …«

»Okay«, stieß er hervor, ehe sie sich erneut über seinen Mund hermachte, »das merke ich.«

»Solche doch nicht!« Sie lachte leise. »Oder nicht *nur* solche. O Gott, ich liebe es, deine Hände zu spüren, so fest und stark, als könntest du mich zerbrechen.«

Seine harten, starken Hände legten sich um ihre Hüften. »Du zerbrichst nicht so leicht.«

Nein. Das stimmte. Das hatte sie beinahe vergessen. Sie zerbrach nicht so leicht. Sie folgte mit den Zähnen seiner Kinnlinie und seinem Hals, und ihre Lust wuchs, als sie seinen schnellen Puls unter ihren Lippen spürte.

Sein Herz pochte fest gegen ihre Brust. Dieses Herz hatte er ihr geschenkt. Noch wusste sie nicht, was sie damit anfangen sollte, aber sie wollte keine Angst mehr davor haben, geliebt zu werden.

Sie würde sein Geschenk nicht fürchten.

Stark, dachte sie. Er war stark – körperlich und seelisch. Er hatte einen starken Willen. Und auch sie selbst würde nie schwach sein, nie ihre eigene Stärke vergessen. Seine Stärke würde sie daran erinnern, sie herausfordern.

Sie rappelte sich auf. Schon wieder im Mondschein, dachte sie – im Mondschein, wie bei ihrem ersten Mal, als sie gerade erst zusammengekommen waren. Licht, Dunkelheit und Schatten mischten sich und versüßten die Luft.

Sie nahm seine Hand und legte sie sich auf die Brust, damit er ihren Herzschlag spürte.

»Ich bin, was du brauchst.«

»Ja, das bist du.«

Einen Moment lang drückte sie ihre Hände auf seine. »Jeder sollte etwas haben, was er braucht.«

Dann drang er in sie ein, ganz langsam, und sie dehnten den Moment wie einen feinen Silberdraht.

Langsam und geschmeidig begann sie, sich zu bewegen. Quälend erregend – mit glühendem Feuer im Blut. Er zwang sich, sie das Tempo vorgeben zu lassen, hielt sich selbst zurück, um sich nicht einfach an sie zu klammern und sie zu nehmen, sich Erlösung zu verschaffen.

Lust, die scharf war wie eine Klinge. Verlangen, das so intensiv war, dass es brannte. Und Liebe – so tief und doch so neu, dass sie ihn schier überflutete.

Als wüsste sie es, lächelte sie ihn an. »Warte.« Mit genüsslich entrücktem Blick rollte sie die Hüften und trieb ihn an den Rand der Qual. »Warte. Dann kannst du dir nehmen, was du brauchst. Nehmen, was du willst. Wie du es willst. Warte einfach.«

Ihm stockte der Atem, als er sie beobachtete. Ihr Kopf neigte sich nach hinten, sie bog den Rücken durch, hob die Arme über den Kopf. Und dann hielt sie in der Bewegung inne – wie eine Statue, gebadet in Mondlicht.

Sie gab einen kleinen Laut von sich, halb Schluchzen, halb Triumphschrei – dann lächelte sie wieder, schlug die Augen auf und blickte ihn an.

Er hielt es nicht mehr länger aus. Er drehte sie auf den Rücken und vögelte sie wie ein Besessener. Vielleicht war er ja tatsächlich besessen. Ihre atemlosen Seufzer trugen nur mehr zu seinem Tempo bei.

Er nahm sich, was er brauchte, was er wollte. Nahm es sich, bis für sie beide nichts mehr übrig war.

Und das war alles – für sie beide.

Am nächsten Morgen betrachtete Xander finster eine Krawatte, als wollte er entscheiden, ob er sie umbinden oder sich damit erhängen sollte.

»Ich glaube, Donna wäre es egal, ob du eine Krawatte trägst oder nicht.«

»Ja. Aber ... ich bin Sargträger. Ihre Tochter hat Kevin und mich gebeten, den Sarg zu tragen.«

»Oh. Das wusste ich nicht.« Das war bestimmt hart für ihn. Sie trat an ihren Schrank – der dringend aufgeräumt werden musste. Die meisten Kleider, die sie sich aus New York hatte schicken lassen, lagen noch immer in Kartons.

»Du brauchst wirklich nicht mitzugehen.«

Mit der Hand auf einem schwarzen Kleid, hielt sie inne. »Wäre es dir lieber, wenn ich nicht mitginge?«

»Nein, so meine ich das nicht. Ich will nur sagen: Du musst nicht. Fühl dich nicht verpflichtet.«

Natürlich wäre es leichter, zu Hause zu bleiben, dachte sie, und in aller Ruhe in einem stillen, leeren Haus zu arbeiten, solange die beiden Arbeitercrews bei Donnas Beerdigung sein würden. Und er stellte es ihr frei.

»Ich kannte sie nicht besonders gut, aber ich mochte sie. Ich weiß, dass ich für die Tat nicht verantwortlich bin, aber ich fühle mich nichtsdestoweniger damit verbunden. Du hast natürlich unzählige Freunde hier, aber wir sind ein Paar. Es geht nicht um Verpflichtung, Xander. Es geht um Respekt.«

»Ich bin so wütend ...« Er warf die Krawatte aufs Bett und zog sich ein weißes Oberhemd an. »Ich habe es die ganze Zeit unterdrückt, aber seit heute Morgen bin ich echt wütend, weil ich eine liebenswerte Frau hin zu einem Loch auf dem Friedhof tragen muss.«

»Ich weiß.« Sie legte das Kleid aufs Bett und trat an ihre Unterwäschekommode. »Und du solltest wütend sein.«

Während sie sich anzog, griff er erneut nach der Krawatte

und legte sie sich resigniert um. »Krawatten sind etwas für Banker und Anwälte«, beklagte er sich. »Oder, wie Elton John mal gesagt hat, für Söhne von Bankern und Anwälten.«

In Unterwäsche drehte sie sich zu ihm um und band ihm den Knoten. »Onkel Seth hat mir das beigebracht. Er fand damals, jede Frau sollte einem Mann die Krawatte binden können und ihn dabei ansehen. Eines Tages wüsste ich schon, warum.« Lächelnd strich sie den Stoff glatt. »Und jetzt weiß ich es. Sieh dich an, Xander Keaton. Frisch rasiert.« Sie strich ihm über die Wange. »Und mit Krawatte.« Sie neigte den Kopf zur Seite. »Wer bist du noch mal?«

»Es wird nicht anhalten.«

»Und das ist auch gut so.« Sie legte ihre Wange an seine. »Diesmal helfe ich dir da durch. Lass mich bitte.«

Er stieß einen leisen Fluch aus, der in einem Seufzer endete, und legte die Arme um sie. »Danke. Sag mir, wenn du gehen willst. Das Rinaldo hat heute für die Öffentlichkeit geschlossen, die Trauergäste wollen sich hinterher dort treffen, aber wenn du …«

»Lass mich dir einfach helfen, es durchzustehen.«

»Gut. Du bist halb nackt – nein, mehr als halb –, und ich bin es nicht. Das ist nicht fair.«

»Ich bin gleich nicht mehr nackt. Vielleicht könntest du Follow noch rauslassen und nachsehen, ob er alles hat, was er braucht? Ich will ihn nicht allein draußen lassen, während wir weg sind.«

»Wir könnten ihn ja mitnehmen.«

»Nein, wir nehmen keinen Hund mit zu einer Beerdigung. Es geht ihm gut im Haus, solange er einen Kauknochen und seine Plüschkatze hat. Und einen Ball. Ich bin in zehn Minuten fertig.«

»Du bist die erste und einzige Frau, die das sagt und es auch schafft. Hey!« Er schnipste mit den Fingern in Richtung des Hundes, der sofort seinen Ball ins Maul nahm und mit dem Schwanz wedelte. »Wir gehen nach hinten in den Garten, Kumpel, und stehen hier nicht länger im Weg.«

Xander griff nach seinem Jackett und lief mit dem Hund aus dem Schlafzimmer hinaus auf die Terrasse. »Schließ hinter mir zu«, rief er Naomi über die Schulter hinweg zu.

Sie tat wie geheißen. Dann schlüpfte sie in das Kleid, das sie nicht getragen hatte seit... Sie konnte sich nicht mal mehr erinnern, wann sie es zuletzt angehabt hatte. Jetzt machte sie sich also schon für ihre zweite Beerdigung in Cove fertig.

Er wartete am Waldrand, bis Naomi und dieser Schmierölaffe, mit dem sie sich eingelassen hatte, in ihrem Auto wegfuhren. Dann wartete er noch weitere fünf Minuten. Manchmal drehten die Leute um und kamen noch mal zurück, weil sie irgendwas vergessen hatten. Seiner Mutter passierte das ständig, und einmal hätte sie ihn beinahe erwischt, als er in der Kaffeekanne kramte, in der sie ihr Bargeld vor Dieben versteckte. Nicht dass sie schon einmal bestohlen worden wäre – außer von ihrem Sohn.

Er wartete also und beobachtete aus dem Schutz der Bäume heraus die Straße, bevor er auf das Haus zuging.

Er hatte fast einen Kilometer weit entfernt geparkt – vom Ort aus betrachtet in der entgegengesetzten Richtung. Er hatte sogar ein weißes Taschentuch an den Seitenspiegel gebunden, als wollte er damit eine Panne signalisieren.

In das Haus einzudringen würde ein netter kleiner Bonus sein. Er hatte gesehen, wie sie lebte, was sie hatte. Er wollte ihre Sachen berühren, ihre Kleider. Sie riechen. Vielleicht sogar ein kleines Souvenir mitnehmen, das sie nicht vermissen würde, jedenfalls nicht sofort.

Er wusste von der Alarmanlage, aber mit so etwas war er schon häufiger fertiggeworden. Er hatte sich vieles angelesen und geübt. Möglicherweise hatte sie ja auch vergessen, sie einzuschalten – so was passierte ständig. Er musste es ja wissen.

Mehr als einmal war er direkt in die Häuser hineinmarschiert, geradewegs ins Schlafzimmer, wo irgendeine blöde Kuh gerade schlief.

Er tötete sie nicht immer. Man musste die Dinge ein bisschen abwechslungsreich gestalten, sonst konnte sich irgendwann selbst ein hirntoter Polizist die Vorgänge zusammenreimen. Manchmal benutzte er Ketamin – ein Pikser, und sie wurden ohnmächtig. Chloroform dauerte länger, aber es war ungemein befriedigend, wenn sie sich *wehrten*.

Wenn sein Opfer erst einmal bewusstlos war, fesselte und knebelte er es, und falls er es am Leben lassen wollte, verband er ihm die Augen. Dann konnte er sie nach Herzenslust vergewaltigen. Am berauschendsten war es, wenn sie aus der Bewusstlosigkeit erwachten, *während* er sie vergewaltigte.

Dann variierte er immer ein bisschen. Mal tötete er sie, mal tötete er sie nicht. Das Töten gefiel ihm sogar noch besser als die Vergewaltigung, aber manchmal musste er sich diese Freude auch versagen. Er verprügelte sie, oder er ließ es bleiben. Er schlitzte ein bisschen an ihnen herum oder auch nicht.

Er hielt immer seinen Mund, sodass sie sich nicht an seine Stimme erinnern konnten – es sei denn, er hatte ohnehin vor, sie zu töten. Er hinterließ auch nie DNA, weil er immer ein Kondom benutzte.

Sobald der Zeitpunkt gekommen wäre, sich Naomi vorzunehmen – und es würde schon bald so weit sein –, würde er sich viel Zeit lassen. Vielleicht würde er sie sogar wochenlang festhalten.

Die blöde Schlampe hatte schon viel zu viel Glück gehabt – sie hatte offensichtlich genug Geld, um sich so ein großes Haus zu kaufen, und sie war obendrein blöd genug, sich ein so *abgelegenes* Haus zu kaufen.

Er hatte schon öfter die Gelegenheit gehabt, sie sich zu greifen. Wie oft hatte er schon darüber nachgedacht. Oh ja, er hatte viele Male darüber nachgedacht. Aber das Warten, das lange Warten war besser. Inzwischen war er – Himmel auch! – ein regelrechter *Aficionado*. Oh, was für Dinge er mit ihr machen würde!

Aber nicht heute. Heute würde er kaum die Gelegenheit dazu haben.

Wer hätte gedacht, dass er die beliebteste Frau in der ganzen Stadt umgebracht hatte? Er hatte das Gerede gehört – er sorgte immer dafür, dass er es hörte. Zu der Beerdigung würde das gesamte Dorf kommen. Eine bessere Chance, ins Haus einzudringen und sich alles einzuprägen, würde es doch gar nicht geben.

Und dort würde er sie sich auch schnappen können, da war er sich beinahe sicher. Er müsste dafür nur den Schmierölaffen für ein paar Stunden – oder für immer – aus dem Weg räumen. Und dafür sorgen, dass ihr kleiner Arschlochbruder wieder abreiste und andernorts Special Agent spielte.

Aber erst wollte er sich die Gegebenheiten einprägen.

Er ging direkt die Einfahrt hinauf.

Er hatte Dietriche dabei und wusste, wie er sie benutzen musste. Für den Fall, dass sie die Alarmanlage eingeschaltet hätte, hatte er ein Lesegerät dabei, mit dem er ihren Code knacken könnte, noch ehe der Alarm losginge.

Wenn nicht, dann würde er eben einfach wieder abschließen und sich zurückziehen. Sie würden denken, es wäre ein Fehlalarm gewesen. Aber das Lesegerät hatte ihn eigentlich noch nie im Stich gelassen. Er hatte gutes Geld dafür bezahlt.

Er sah sich die Blumenkübel auf der vorderen Terrasse

an. *Home, sweet home*. Insgeheim wünschte er sich, er hätte ein bisschen Unkrautvernichter oder Salz mitgebracht. Sie würde sich doch bestimmt wundern, wenn ihre Blümchen welkten.

Als er die Dietriche herausholte, hörte er den Hund kläffen, machte sich aber seinetwegen keine Sorgen. Er hatte ein paar Hundekekse in der Tasche – und er hatte gesehen, wie der blöde Hund mit den Gartenleuten und den Schreinern gespielt hatte. Er hatte sogar beobachtet, wie Naomi mit ihm in den Ort gefahren war und wie der Hund sich von jedem hatte streicheln lassen.

Aber als er gerade anfangen wollte, mit den Dietrichen zu hantieren, wurde das Bellen lauter und schärfer und ging schließlich in ein tiefes, grollendes Knurren über.

Er hatte ein Messer dabei – *geh niemals ohne Messer aus dem Haus* –, aber wenn er den verdammten Hund umbringen müsste, dann würde das die Überraschung verderben. Allerdings gefiel ihm die Vorstellung, dass der Hund ein Stück Fleisch aus ihm herausreißen könnte, ebenso wenig.

Er dachte kurz darüber nach.

Er würde als Erstes nach hinten zu den Glastüren gehen. Dort würde der Hund ihn sehen können – und die Hundekekse ebenso. Sie könnten sich durch die Scheibe anfreunden. Möglicherweise hatte sie dort nicht mal abgeschlossen.

Er ging ums Haus herum, merkte sich die Fenster auf der vom Ort abgewandten Seite – aus solcher Nähe hatte er sich diese Seite des Hauses nie ansehen können. Hier boten Bäume zusätzlichen Schutz.

Er nahm die Treppe auf die Terrasse. Noch mehr Blumenkübel. Ja, er würde mit Unkrautvernichter zurückkommen und den Blumen einfach nur zum Spaß eine ordentliche Dosis verpassen.

Dann setzte er ein breites, freundliches Grinsen auf, zog einen Hundekeks heraus und trat an die Glastüren.

Der Hund war nicht mal da. *Na, das ist ja ein Wachhund*, dachte er verächtlich und zog ein Paar Latex-Handschuhe an, um zu überprüfen, ob die Türen verschlossen waren.

Der Hund – viel größer, als er ihn in Erinnerung gehabt hatte – flog förmlich gegen die Scheibe, bellte, knurrte und schnappte nach ihm. Erschrocken taumelte er zurück und riss die Hände hoch, als müsste er sein Gesicht schützen. Das Herz schlug ihm bis zum Hals, und sein Mund war schlagartig trocken. Er zitterte.

»Scheißköter!«, zischte er atemlos vor Wut. Erneut versuchte er zu lächeln, obwohl in seinem Blick der blanke Hass stand, und hielt dem Hund einen Hundekeks hin. »Ja, Arschloch«, flötete er betont freundlich, »schau mal, was ich dir mitgebracht habe. Ich hätte es vergiften sollen, du hässliche Scheißtöle.«

Trotz seines beruhigenden Tonfalls und der in Aussicht gestellten Bestechung wurde das Bellen eher noch lauter. Als er probehalber einen Schritt auf die Tür zumachte, zog der Hund die Lefzen hoch und fletschte die Zähne.

»Vielleicht schieb ich dir besser das hier in den Hals.« Er zog das Messer und hieb damit ein paarmal in die Luft. Doch statt zurückzuweichen, sprang der Hund an der Scheibe hoch und stellte sich auf die Hinterbeine. Er kläffte wie verrückt, und seine unheimlichen blauen Augen funkelten wild.

»Ach, scheiß doch drauf.« Seine Hand zitterte, als er das Messer wieder einsteckte. »Ich komm wieder, du Scheißköter, ich komm wieder. Und dann schlitz ich dir den Bauch auf wie einer Forelle und nehm dich aus. Und sie muss mir dabei zusehen.«

Ihm brannten heiße Tränen der Wut in den Augen, als er wieder von der Terrasse stürmte. Mit geballten Fäusten eilte er ums Haus herum und stampfte dann die Einfahrt hinab.

Er würde wiederkommen. Und sie und die verdammte Töle würden dafür *bezahlen*, dass sie ihm den Tag verdorben hatten.

Xanders Meinung nach hatte noch nie jemand so dringend aus seinem Anzug rausgewollt wie er. Sobald er ihn sich vom Leib gerissen hätte, würde er ihn in Naomis Schrank stopfen und ihn dort vergessen.

»Ich bin dir wirklich dankbar, dass du mitgekommen bist«, sagte er, als er in ihre Einfahrt einbog. »Es tut mir leid, dass es so lange gedauert hat.«

»Die Leute haben sie wirklich geliebt. Ich glaube, wenn du genauso viel Lachen hörst, wie du Tränen siehst, dann ist das ein Beweis dafür. Die Leute haben sie geliebt und werden sie niemals vergessen. Ich wäre gern noch geblieben, was ich bei so einem Anlass mit so vielen Menschen nicht oft sage, aber ich hätte tatsächlich noch bleiben wollen. Und ich hab das Gefühl, ein Teil der Gemeinschaft geworden zu sein. Oder zumindest hab ich eine Grenze überquert und befinde mich nicht länger jenseits der Gemeinschaft.«

Er stellte das Auto ab, blieb dann aber noch einen Moment lang sitzen. »Du hast dieses Haus gekauft, und niemand sonst war bereit, so viel Zeit und Geld hineinzustecken und eine Vision wahr zu machen. Du kaufst vor Ort ein, engagierst hiesige Handwerker, und das allein zählt schon eine Menge. Du hast deine Werke bei Krista aufgehängt, so was fällt den Leuten auf. Und du bist mit mir zusammen. Auch das fällt den Leuten auf.«

»Ja, bestimmt. Naomi aus New York und unser Xander. Ich hab gehört, wie jemand das gesagt hat – gerade deshalb hat es mich auch so überrascht, dass ich diese Grenze jetzt überschritten habe.«

»Du wirst wahrscheinlich immer Naomi aus New York bleiben. Aber das hat ja auch was. Gott, ich muss aus diesem Anzug raus!«

»Und ich muss den armen Hund rauslassen. Wir waren länger weg, als wir geplant hatten. Ist das Lelo?«, fragte sie unvermittelt.

Xanders Blick wanderte zum Truck seines Freundes. »Er muss hier irgendwo sein. Die anderen kommen bestimmt auch gleich.«

Sobald sie die Tür aufgeschlossen und den Alarm deaktiviert hatte, kam der Hund aus dem Haus gerannt, tänzelte um sie herum und wedelte und leckte und drückte sich an sie. »Okay, okay, ich weiß ja, wir waren lange weg.« Doch als sie die Haustür aufschieben wollte, hielt Xander sie auf.

»Er wird sofort wieder voller Erde sein. Lass ihn hinten raus.«

Obwohl er eigentlich sofort nach oben hatte gehen wollen, um sich umzuziehen, blieb er erst mal unten, während Follow nach hinten rannte, wieder zurückkam und erneut nach hinten rannte.

Irgendetwas stimmt hier nicht, dachte er.

»Ich lass ihn raus«, rief Naomi, während Xander misstrauisch nach hinten ging. »Du willst dich sicher sofort umziehen und zur Arbeit fahren.«

»Ich geh über die Hintertreppe rauf.«

Er entspannte sich erst wieder, als er den Grund für Follows Nervosität entdeckte. Lelo, der sich bereits seine Arbeitsklamotten übergestreift hatte, stand hinter den Glastüren und schüttete Erde in den ersten von zwei Behältern.

Grinsend hob er den Daumen.

»Hey«, sagte er, als Xander die Tür öffnete. »Da seid ihr

ja wieder.« Lachend stellte er den Sack mit Erde ab und streichelte Follow. »Ich hätte ihn ja rausgeholt, aber die Tür war abgeschlossen. Zuerst war er ziemlich aufgeregt, was? Ja, warst du! Hast gezittert und gewinselt. Aber er hat sich schnell wieder beruhigt, als er mich gesehen hat. Tut mir leid wegen der Nasenabdrücke an der Scheibe.«

»Deine oder seine?«, fragte Xander.

»Ha, ha. Ich hab's auf der Beerdigung nicht ausgehalten. Es war das erste Mal, dass ich Loo weinen gesehen habe, und das… Wow. Die anderen kommen bestimmt auch gleich, nehm ich an. Ich hab einfach die Fliege gemacht…«

»Ja.« Naomi musterte die Pflanzgefäße. Lelo hatte recht gehabt: Es sah wirklich so aus, als gehörten sie hierhin, sie hatten für ihre Bedürfnisse die perfekte Größe und waren nur wenige Schritte von der Küche entfernt. »Sie sind perfekt, Lelo. Sie sind wundervoll. Ich liebe sie.«

»Ja, sieht ganz gut aus. Ich hab dir auch gleich ein paar Kräuter mitgebracht, Tomaten, Paprika und so. Ich pflanz sie dir ein.«

»Die hast du bereits mitgebracht?«

Er rückte seinen zerbeulten Cowboyhut zurecht. »Ich war sowieso in der Gärtnerei. Was du nicht willst, nehm ich einfach wieder mit nach Hause. Meine Mum steckt die Pflanzen schon irgendwo in die Erde.«

»Kann ich sie mir denn mal ansehen? Ich würde sie gerne selbst einpflanzen. Es wäre schön, den Tag damit ausklingen zu lassen – indem ich etwas wachsen lasse.«

»Na klar. Setz sie ein, wann immer du willst. Ach, und Xander? Es ist ja schon eine Weile her, seit du für meinen Dad gearbeitet hast, aber du solltest doch wohl hoffentlich noch wissen, dass man nicht auf frischer Saat rumtrampelt!«

»Das war ich nicht.«

»Na ja, irgendjemand muss es ja wohl gewesen sein. Ist aber nicht schlimm, ich lass es frisch durchharken.«

»Wovon sprichst du?«

»Na, vorne… Ist nicht weiter schlimm. Ich wollt dich nur ein bisschen aufziehen.«

»Komm, sehen wir uns das an. Naomi, halt den Hund zurück.«

»Du kommst dafür schon nicht ins Gefängnis, nur weil du über die frisch eingesäte Erde gelatscht bist«, murmelte Lelo und ging voran. »Aber wenn wir schon mal hier sind, kann ich auch gleich die Pflanzen holen. Du könntest die zweite Palette nehmen, wenn du keine Angst hast, dir den Anzug schmutzig zu machen.«

»Vielleicht verbrenne ich ihn ja auch einfach.«

Es kostete sie einige Mühe, aber am Ende gelang es Naomi, den Hund davon abzuhalten, hinter den Männern herzurennen. Sie nahm ihn mit hinein und leinte ihn an.

Als sie aus der Haustür trat, hockten Xander und Lelo über der Erde und musterten sie. Schlagartig hatte Naomi ein mulmiges Gefühl.

»Ich bin nicht nur nicht hier drübergelaufen, sondern meine Füße sind auch noch größer als dieser Fußabdruck, nur dass du es weißt.«

»Ja, das sehe ich. Ich dacht ja nur, weil die Spuren nach hinten gehen… Wahrscheinlich war das einer von Kevins Jungs.«

»Die sind gestern noch vor euch gegangen und waren heute noch nicht hier.« Er spähte zu Naomi hinüber, die sich immer noch abmühte, den an der Leine zerrenden Hund zurückzuhalten.

»Sitz!«, fuhr sie ihn an, und zu ihrer – und wahrscheinlich auch Follows – Überraschung, setzte er sich tatsächlich.

»Dein Bruder ist ein bisschen größer als ich«, rief Xander.

»Auf seine Füße hab ich nicht geachtet, aber ich wette, sie sind ähnlich groß wie meine. Größe siebenundvierzig?«

»Ja. Ich weiß seine Größe, weil er sie schon seit der Highschool hat. Es war nicht leicht, Schuhe in seiner Größe zu finden.«

»Das brauchst du mir nicht zu erzählen. Ruf ihn an, Naomi. Jemand ist hier draußen gewesen und hat herumgeschnüffelt.«

»Scheiße, Xan.« Lelo richtete sich wieder gerade auf. »Daran hab ich ja gar nicht gedacht! Vielleicht war der Hund deshalb so aufgeregt, als ich kam?«

Xander lief den erst kürzlich gepflasterten Weg herauf. »Du hast ihn eingespeichert, oder?« Kurzerhand nahm er Naomi das Handy aus der Hand und scrollte ihre Kurzwahlliste durch. »Bring den Hund nach hinten, aber nicht... Entschuldigung. Lelo, bring den Hund nach hinten, und halt ihn von der frischen Erde fern.«

»Klar. Die Hintertür war aber abgeschlossen«, sagte er zu Xander. »Die Haustür auch. Ich muss zugeben, dass ich an beiden gezogen hab, weil ich dachte, ich lass Follow besser raus, so aufgeregt, wie er war. Das Haus war abgesperrt, Naomi. Ich glaube nicht, dass jemand reingekommen ist. Wahrscheinlich wollte irgendwer nur mal sehen, was du hier oben so treibst.«

»Vielleicht.« Sie reichte ihm die Hundeleine. »Danke.«

Als sie sich umdrehte, um ins Haus zu gehen, packte Xander sie am Arm.

»Ich muss nachsehen, ob etwas gestohlen worden...«

Er schüttelte nur den Kopf, während er am Handy weiter auf Mason einredete. »Ja, sie sind ziemlich deutlich. Du kannst Größe und Profil klar erkennen. Ja. Ja, wir sind hier.« Dann reichte er Naomi das Handy. »Warte hier. Ich seh drinnen nach.«

»Es ist *mein* Haus, Xander, und es sind *meine* Sachen. Ich werde nicht hier stehen bleiben und Däumchen drehen, während du für mich unter dem Bett nachsiehst.«

Er hätte geflucht, wenn es nicht reine Energieverschwendung gewesen wäre. »Gut. Dann gucken wir eben gemeinsam.«

Sie liefen zuerst nach oben, wo sie sich direkt ihrem Studio zuwandte. Doch noch nicht mal die Erleichterung darüber, dass anscheinend nichts angerührt worden war, minderte ihre Wut.

Xander überprüfte in der Zwischenzeit den Wandschrank, die Toilette und begann dann, systematisch von Zimmer zu Zimmer zu gehen.

»Es ist nichts gestohlen oder angefasst worden«, murmelte sie. »Ich weiß genau, wo alles steht. Wenn du gerade dabei sein solltest, dir zu überlegen, wo du deinen Kram aufbewahren willst, dann weißt du schon mal Bescheid.«

»Ich sehe noch schnell im Keller nach.« Als sie ihm einen vielsagenden Blick zuwarf, fluchte er letztendlich doch. »Unter Garantie ist am Alarm, an den Schlössern und an Follow niemand vorbeigekommen. Ich muss trotzdem nachsehen.« Eilig zog er Jackett und Schlips aus. »Mason dürfte jede Minute hier sein. Ich will nur schnell hinuntergehen und mich kurz umgucken. Du kannst dir derweil was anderes anziehen oder nicht, aber wenn du draußen rumlaufen willst, solltest du besser aus diesen Wolkenkratzern heraus.«

Sofort warf Naomi ihre schwarzen Pumps von sich. »Schon erledigt. Und du hast recht. Hier ist niemand hereingekommen, und ich bin dir dankbar dafür, dass du so gründlich bist und sogar im Keller nachsiehst. Ich ziehe mich jetzt um.«

»Gut.« Er zögerte. »Weißt du, Lelo ist nicht so blöd, wie er aussieht.«

»Er sieht nicht blöd aus – und ja, klar wird er sich gewisse Dinge zusammenreimen, wenn die Polizei und das FBI hier rauskommen, nur weil augenscheinlich jemand über meinen frisch eingesäten Rasen gelaufen ist.« Sie holte tief Luft. »Meinetwegen, erzähl's ihm.«

»Was denn?«

»Was er deiner Meinung nach wissen sollte. Ich werd es Jenny und Kevin erzählen. Ich werde ihnen alles erzählen.«

»Gut.« Er legte ihr die Hände an die Wangen. »Du hast die Grenze überschritten, Naomi, weil du es so wolltest. Und der Rest gehört nun mal dazu, jetzt da du auf der anderen Seite stehst. Ich bleib nicht lange weg.«

Als sie wieder allein war, schlüpfte sie in eine knielange Jeans und in ein T-Shirt. Sie hatte immer noch vor, Lelos Pflanzen einzusetzen. Verdammt, sie würde ihre verdammten Hochbeete bepflanzen! Vielleicht hatte sie tatsächlich Angst – aber blöd war sie schließlich nicht. Und über der Angst lag eine heftige, eiskalte Wut.

Und daran würde sie sich festhalten.

Sie trat hinaus auf die Terrasse, sah Lelo, der mit dem Hund Ball spielte, und stand für einen Moment nur da, um übers Wasser und die grüne Landschaft zu blicken, die jetzt ihre war.

Sie brauchte sich nicht erst zu sagen, dass sie unter allen Umständen daran festhalten würde. Sie wusste es bereits.

28

Die anderen Agenten mit ihren dunklen Anzügen und Sonnenbrillen kannte sie nicht, aber wahrscheinlich ähnelten sie alle denjenigen, die siebzehn Jahre zuvor in West Virginia in ihrem Elternhaus sowie im Wald jeden Stein umgedreht hatten – nur dass sie damals nicht daneben gestanden hatte, so wie jetzt. Sie hatte die Berichterstattung, sobald sich ihre Mutter schlafen gelegt hatte, auf dem Fernseher in ihrer sicheren Unterkunft angesehen.

Mittlerweile war sie außerdem kein Kind mehr; und es war *ihr* Haus, *ihr* Grundstück.

Also verteilte sie kalte Getränke und stellte einen Krug mit Eistee auf die Terrasse, weil Eistee sie an die Sommer in New York erinnerte. Harry hatte immer Minze aus seinem Küchengarten hinzugegeben.

Sie mischte sich nicht ein, stellte keine Fragen, war aber präsent.

Wenn er sie gerade – mit einem Fernglas oder so – beobachtete, würde er sehen, dass sie präsent war.

Sam Winston trat auf sie zu und rückte seine Baseballkappe zurecht. »Es tut mir leid, Naomi. Tatsache ist, dass hier jemand womöglich ausgenutzt hat, dass das Haus leer stand, vielleicht nur um seine Neugier zu befriedigen. Point Bluff hat die Leute immer schon neugierig gemacht.«

»Aber Sie glauben, dass mehr dahintersteckt.«

Er holte tief Luft. »Ich glaube, wir werden alle erdenklichen Vorsichtsmaßnahmen ergreifen und jeden Stein umdrehen müssen. Das FBI hat Leute, die diese Fußabdrücke analysieren und uns sagen können, wie groß und schwer der Mann ist, welche Schuhgröße er hat und sogar was für Schuhe er getragen hat. Wenn es der Mann ist, nach dem wir suchen, ist ihm diesmal ein Fehler unterlaufen.«

»Ja.«

Womöglich aber nicht der Fehler, den der Chief meinte, schoss es Naomi durch den Kopf. Er hatte einen Fehler begangen, indem er auf ihr Grundstück eingedrungen war. Er hatte einen Fehler begangen, indem er ihre Wut heftiger angestachelt hatte denn die Angst.

Sie lief zu Lelos Truck hinüber – die Ermittler hatten ihn weggeschickt, genau wie seine beiden Männer, die zur Arbeit gekommen waren. Jetzt würde sie endlich die Pflanzen holen und sie zumindest schon mal auf die Gefäße verteilen.

Als sie jedoch keine auf der Ladefläche des Trucks fand, argwöhnte sie, dass Lelo sie wohl bereits auf die Terrasse gebracht haben müsste. Sie nahm den Hund an die Leine, damit er bei der Beweissicherung nicht störte, und lief mit ihm nach hinten.

Tränen traten ihr in die Augen, als sie die Paletten und Pflanztöpfe auf der Terrasse stehen sah. Daneben lagen ihre Gartenhandschuhe, ein Spaten und eine Harke.

»Er ist wirklich ein Schatz«, wandte sie sich an den Hund. »Erinner mich daran, dass ich endlich einen kleinen Mountain-Dew-Vorrat anlegen sollte. Das ist Lelos Lieblingsgetränk.«

Obwohl Follow sichtlich Einwände hatte, band sie ihn am Geländer fest. »Du musst jetzt bei mir bleiben, damit sie dort vorn ihre Arbeit tun können.« Um ihn zu besänftigen, stellte sie ihm einen Napf mit Wasser hin und legte auch noch ein paar Leckerli dazu. Dann ging sie vor ihm in die Hocke und kraulte ihn zwischen den Ohren. »Hast du ihn verjagt, du großer, starker Hund? Hat eine gute Fee dich an jenem Tag für mich an die Straße beordert?« Sie legte die Stirn an seine. »Hast du ihm genauso viel Angst eingejagt wie er dir? Aber wir lassen uns von ihm keine Angst einjagen. Wir beißen ihn, wir beide, wenn er es noch einmal versucht.«

Sie drückte ihm einen Kuss auf die Schnauze und blickte ihm in die treu dreinblickenden Augen. Sie hatte sich in diesen Hund verliebt, genau wie sie sich in Xander verliebt hatte. Wider besseres Wissen.

»Ich kann anscheinend nichts dagegen tun.«

Sie stand auf und trat zu ihren hübschen neuen Hochbeeten, um die Pflanzen einzusetzen.

Xander kam zu ihr, als sie gerade die Erde um eine Tomatenpflanze festdrückte. Der Hund lag dösend in der Sonne.

»Sie sind vorn so gut wie fertig. Es gibt wohl keinen Grund mehr, warum die Gartencrew morgen nicht weiterarbeiten sollte … und Kevins Leute im Übrigen auch.«

»Das ist gut.« Sie griff nach einer Paprikapflanze. »Weißt du, warum ich das hier tue?«

»Ich ahne es, aber sag's mir.«

»Ich pflanze all diese Kräuter und das Gemüse, um es zu wässern, es wachsen, blühen und Früchte ansetzen zu sehen. Dann will ich ernten und essen – und daran erinnert werden, dass all dies begonnen hat, indem ich dies hier getan habe. Das bedeutet mir etwas. Ich muss mal recherchieren, aber ich glaube, Kohl kann man auch noch im Herbst auspflanzen.«

»Warum willst du Kohl pflanzen?«

»Ich kenne da ein paar äußerst schmackhafte und interessante Kohlgerichte.«

»Ich bin gespannt.«

Er sah ihr zu, während sie weiterarbeitete.

»Er ist davongelaufen«, sagte er nach einer Weile, und Naomi nickte.

»Ja, das hab ich gesehen.«

»Was hast du gesehen?«

»Die Fußabdrücke. Man muss kein Experte sein, um zu diesem Schluss zu kommen. Die Spuren, die zum Haus führen, sind anders als diejenigen, die wieder wegführen. Auf seinem Rückweg liegen sie viel weiter auseinander und sind unregelmäßiger – da hat sich jemand schnell bewegt, ist fast gerannt. Hier hinten ist er eher *geschlendert*. Der Mistkerl! Der arrogante, überhebliche Mistkerl. Ich hab keine Ahnung, ob er wirklich vorhatte einzubrechen oder ob er nur mal gucken wollte. Aber als er ging, war er nicht mehr annähernd so arrogant und überheblich. Der Hund hat ihm Angst gemacht.«

Follows Rute pochte auf den Verandaboden, als sie ihm einen Blick zuwarf.

»Ich glaube, er ist hier hergekommen und wäre auch ins Haus eingedrungen, wenn die Tür nicht verschlossen gewesen wäre – vielleicht hatte er auch vor, sie aufzubrechen, aber der Hund hat ihm Angst eingejagt und sein Territorium verteidigt. Er hat verteidigt, was uns gehört.«

»Genau das Gleiche haben die Ermittler vor ein paar Minuten auch gesagt. So sehen sie es auch.«

»Na, bin ich nicht klug?«

Er zog eine Augenbraue hoch. »Offensichtlich.«

»Ich bin so wütend! Ich sollte wahrscheinlich erst mal wieder runterkommen, bevor ich noch mehr pflanze. Wenn man so unglaublich wütend ist, sollte man vielleicht besser nichts Lebendes pflanzen … Am Ende ernten wir noch bittere Tomaten.« Sie zog ihre Handschuhe aus und warf sie zu Boden. »Er hat sie wieder benutzt, Xander. Er hat Donna benutzt – hat die Tatsache ausgenutzt, dass alle, die sonst hier gewesen wären, bei ihrer Beerdigung waren. Mir wird ganz übel, wenn ich nur daran denke.«

»Dann denk besser an das hier: Dieser streunende Hund

ist, so wie du, von Ort zu Ort gewandert und letztlich geblieben, genau wie du geblieben bist. Und er hat diesen Scheißkerl verjagt. Wie du schon gesagt hast, Naomi: Er ist nicht vom Grundstück geschlendert. Sein Herz hat gerast, und seine Knie haben gezittert.«

»Ja, verdammt. Verdammt richtig«, murmelte sie und lief aufgebracht auf der Terrasse auf und ab. »Und wenn er es wieder versucht, wird er keine Gelegenheit mehr haben, mit rasendem Herzen abzuhauen. Dann wird er nämlich zu Boden gehen. Wenn er glaubt, ich wäre ein leichtes Ziel, auf das er losgehen kann, wann immer ihm der Sinn danach steht, dann hat er sich geschnitten.«

»Du darfst nur nicht sorglos und unachtsam werden …«

Sie fuhr zu ihm herum. Ihre grünen Augen blitzten. »Mache ich etwa einen unachtsamen Eindruck?«

»Bis jetzt nicht.«

»Und das wird sich auch nicht ändern.« Sie beruhigte sich ein wenig. Sie würde ihre Wut so lange zügeln, bis sie sie tatsächlich brauchte. »Glaubst du, Kevin und Jenny könnten einen Babysitter organisieren? Ich würde sie gern hierher einladen, ich möchte es ihnen lieber gleich erzählen, aber nicht in Anwesenheit der Kinder.«

»Ich kümmere mich darum, wenn du dir sicher bist.«

»Ja, das bin ich.«

»Um wie viel Uhr?«

»Wann es ihnen am besten passt. Ich mach hier noch schnell sauber. Dann können sie jederzeit kommen.«

Naomi fragte sich, wo genau sie über ihren Vater reden sollte. Die spärliche Möblierung im Wohnzimmer machte es schwierig. Um den Esstisch herum auf Campingstühlen zu sitzen erschien ihr zu unbequem. Letztlich entschied sie sich für den Ort, an dem sie sich selber am besten entspannen konnte, und räumte noch mehr Stühle auf die Küchenterrasse.

»Soll ich gehen?«, fragte Mason.

»Musst du denn noch arbeiten?«

Sollte sie etwas zu essen anbieten? Aber was in aller Welt passte zu einem solchen Geständnis?

Mein Vater ist ein Serienkiller. Hier, versucht mal diese Krabbenbällchen.

»Ich meine, natürlich hast du Arbeit … aber …«

»Das Team trifft sich noch zu einem Briefing, allerdings kann ich mir die Informationen auch später beschaffen, wenn du lieber möchtest, dass ich bleibe. Das Ganze ist auch so schon schwer genug für dich.«

»Warum war es eigentlich nie so schwer für dich?«

»Ich war in jener Nacht nicht im Wald. Ich bin nicht in diesem Keller gewesen. Ich hab Mom nicht gefunden. Sie war sein letztes Opfer.«

»Du warst nie sein Opfer.«

Sie musste wieder daran denken, wie sie mit Mason im Café gesessen hatte, nachdem sie aus dem Kino gestürmt war. Er war noch so jung gewesen – und trotz allem bereits so stark, so ruhig.

»Du hast dich früh entschieden, kein Opfer zu sein – alles zu sein, was er *nicht* war. Und ganz gleich, wie sehr ich es geleugnet, ignoriert, verdrängt hab – ich *war* sein Opfer. Aber das ist jetzt vorbei. Geh zu diesem Briefing. Finde einen Weg, um dem Ganzen ein Ende zu setzen, Mason.«

Sie stellte ein Tablett zusammen – Käse, Cracker, Oliven. So wäre sie zumindest beschäftigt, bis Xander von seinem bevorstehenden Arbeitseinsatz zurückkäme und Mason aufbräche.

»Weißt du eigentlich, wie viele Menschen ihrer Tankanzeige keine Beachtung oder keinen Glauben schenken?«

»Hmm?«

»Mehr als du denkst. Am Ende bezahlen sie mehr als das Doppelte einer normalen Tankfüllung, und dann regen sie sich darüber auf – als müsstest du den Pannendienst gratis anbieten. Schmeckt das überhaupt?«

Schau ihn dir an, dachte sie. Da regte er sich über einen Fremden auf, der vergessen hatte zu tanken, und wusste mit Rosmarin- und Sesam-Crackern rein gar nichts anzufangen. Er kraulte den Hund und fragte sich allen Ernstes, ob er so etwas Erlesenes essen könnte.

»Du hast mir mal Flieder mitgebracht…«

Er runzelte die Stirn. »Ja. Soll das eine Aufforderung sein?«

»Vielleicht. Aber du hattest den Flieder in einen alten blauen Krug gestellt. Und genau da war es.«

»Was?«

Er hat nicht wirklich zugehört, schoss es ihr durch den Kopf. Sie war mit einem Bruder aufgewachsen – sie wusste genau, wann ein Mann ihr nicht zuhörte.

Umso besser.

»Du hast es mir gesagt, und ich sage es dir jetzt.«

»Okay…«

»Geklauter Flieder in einer alten blauen Vase.«

»Das war doch keine große Sache.«

»Da irrst du dich. Es war sogar eine sehr große Sache, für mich die größte Sache in meinem Leben. Genau da war es, Xander, genau da wusste ich, dass ich mich in dich verliebt hatte. Nur wusste ich nicht, wie ich damit umgehen sollte«, fuhr sie fort. Und endlich hörte er ihr zu – sein Blick war unverwandt auf ihr Gesicht gerichtet. »Was ich für dich empfinde, hab ich noch nie für jemanden empfunden. Ich hab nicht mal geglaubt, dass ich es je empfinden könnte – und deshalb wusste ich auch nicht, was ich damit anfangen sollte. Allmählich kann ich es mir besser vorstellen.«

»Und wie?«

»Ich freue mich darüber, dass du mich liebst. Ich bin dankbar dafür, echt dankbar, dass es gerade jetzt passiert ist, da ich gemerkt habe, dass ich aufhören muss, in einem fort vor etwas wegzulaufen. Dass ich es zumindest versuchen muss. Ich bin glücklich, dass es gerade hier passiert ist, wo wir beide sein wollen. Und ich hoffe, dass du mit mir hierbleiben willst.«

»Flieder ...«

»Flieder.«

»Lelo muss Flieder in seinen Gartenplan mit aufnehmen.«

»Er soll dort hinten hin – damit wir ihn von der Terrasse aus sehen können. Ich hab ihm schon gesagt, dass ich ihn selbst einpflanze.«

»Wir beide pflanzen ihn ein.«

Sie hatte einen Kloß im Hals, und Tränen schimmerten in ihren Augen. »Wir beide pflanzen ihn ein.«

Er machte ein paar Schritte auf sie zu und nahm ihr Gesicht in beide Hände. »Ich ziehe zu dir. Du wirst ein bisschen Platz für mich freiräumen müssen.«

Die erste Träne lief ihr über die Wange. »Hier ist genug Platz.«

»Das sagst du jetzt.« Er küsste ihr die Träne weg – und dann die zweite, die ihr über die andere Wange lief. »Wart ab, bis ich Kevin erzählt habe, dass er eine Garage bauen muss.«

»Eine Garage?«

»Ein Mann braucht eine Garage.« Er gab ihr noch einen Kuss. »Eine Garage für drei Autos – an der Nordseite des Hauses, mit einer Tür zum Wäscheraum.«

»Du denkst schon länger darüber nach.«

»Ja, ich habe nur darauf gewartet, dass du dich endlich mit dem Gedanken anfreundest. Ich liebe dich, Naomi.«

Sie legte ihre Hände über seine Handgelenke und drückte sie. »Ja, ich weiß. Gott sei Dank liebst du mich. Und ich liebe dich so sehr, dass wir dringend eine Garage bauen müssen. Aber warte, eine Garage für *drei* …«

Weiter kam sie nicht, weil er sie in eine Umarmung zog und leidenschaftlich küsste. Und dann hob er sie zum Entzücken des Hundes auch noch hoch und wirbelte sie herum. »Genau du hast mir gefehlt!«, flüsterte er ihr zu.

»Du hast zu mir gesagt, du würdest mich glücklich machen, und das tust du. Aber es ist mehr als das. Du hast mir geholfen zu verstehen, dass ich es auch *verdiene*, glücklich zu sein. So weit bin ich in tausend Therapiestunden nicht gekommen.« Mit einem Seufzer löste sie sich aus seiner Umarmung. »Ich bin immer noch ziemlich daneben, Xander.«

»Wer wäre das nicht?«

Im selben Moment winselte der Hund und rannte zur Haustür.

»Das Frühwarnsystem besagt: Kevin und Jenny sind gekommen.«

Naomi holte tief Luft. »In Ordnung …«

»Es wird schon alles gut werden. Hab Vertrauen.«

»Ich werde mir was von dir leihen … Mein Vorrat ist ziemlich erschöpft.«

»Versuch einfach, ihn regelmäßig aufzufüllen. Ich lass die beiden rein.«

Sie brachte das Tablett hinaus, stellte es auf den Klapptisch und ging wieder rein, um Gläser, Teller und Servietten zu holen. Sie hörte Jenny lachen.

Als sie gerade eine Flasche Wein entkorkte, kam Jenny zu ihr in die Küche.

»Großartiges Timing! Oh Naomi, jedes Mal, wenn ich hierherkomme, hast du mehr geschafft. Es fühlt sich bestimmt verrückt an, inmitten dieses ganzen Durcheinanders zu leben – aber ich finde es fabelhaft, die Fortschritte zu sehen!«

»Wie schön, dass ihr kommen konntet! Ich weiß, es war kurzfristig …«

»Es passte trotzdem gut. Meine Eltern waren ohnehin zum Abendessen da, und sie haben die Kinder mit zu sich genommen. Das macht allen Spaß.« Sie nahm Naomi in den Arm. »Es tut mir leid, dass du schon wieder solchen Ärger hattest. Kevin hat erzählt, hier hätte jemand rumgeschnüffelt, während wir bei Donnas Beerdigung waren. Es war sicher nur ein Kind, das sich das Haus ansehen wollte.«

»Ich glaube, es war … etwas anderes. Aber das ist Teil dessen, worüber ich mit euch sprechen will.«

»In Ordnung. Du hast dich wirklich darüber aufgeregt. Ich sollte es nicht so leicht abtun.«

»Ich hab mir überlegt, wir könnten draußen sitzen.«

»Perfekt. Oh, hat Lelo die Hochbeete gebaut? Die sind ja wundervoll! Du machst diese Terrasse wirklich zu einem tollen Außenwohnraum! Kevin, guck dir diese Pflanzgefäße an!«

»Klasse«, sagte er, sowie er mit Xander dazukam. »Wie geht es dir, Naomi?«

»Es ging mir schon mal besser. Andererseits …« Sie blickte Xander an. Liebe war wichtiger als alles andere. »Warte, Jenny, ich schenk dir ein Glas Wein ein. Und dann komm ich auch gleich zum Thema und bringe es hinter mich.«

»Das klingt ernst.«

»Ist es auch.«

»O Gott, du bist aber nicht krank?« Jenny packte sie am Arm. »Stimmt etwas nicht, bist du …«

»Jenny«, sagte Kevin ruhig und zog sie zurück auf den Stuhl. »Komm, setz dich wieder.«

»Entschuldigung. Es tut mir leid. Ich bin jetzt still.«

Naomi schenkte Jenny und sich selbst Wein ein, konnte sich dann aber nicht durchringen, sich ebenfalls hinzusetzen. »Okay, dann fang ich wohl mal an. Carson war der Mädchenname meiner Mutter ... und es ist der Name meines Onkels. Mason und ich haben unseren ursprünglichen Familiennamen vor langer Zeit offiziell ändern lassen. Davor hießen wir Bowes ... und unser Vater ist Thomas David Bowes.«

Sie hatte nicht mit rätselnden, verständnislosen Blicken gerechnet, und es brachte sie aus dem Konzept.

»Vielleicht weiß wirklich nicht jeder, wer das ist, Naomi«, warf Xander ein. »Vielen ist es auch schlichtweg egal.«

»Der Name kommt mir irgendwie bekannt vor«, murmelte Kevin, »so als müsste ich ihn kennen.«

»Thomas David Bowes«, fuhr Naomi fort, »hat mindestens sechsundzwanzig Frauen getötet – und das sind lediglich die Morde, die er bislang zugegeben hat. Er hat sie zwischen 1986 und 1998 begangen ... bis August 1998, um genau zu sein. Da wurde er verhaftet.«

»Bowes. Ja, ich erinnere mich wieder«, sagte Kevin langsam. »Das war irgendwo im Osten.«

»In West Virginia. Er hat seine Opfer vergewaltigt, gefoltert und erwürgt.«

»Das war dein *Vater*?« Jenny griff nach Kevins Hand und starrte Naomi an. »Lebt er noch?«

»Ja. In West Virginia gibt es keine Todesstrafe.«

»Ist er aus dem Gefängnis ausgebrochen? Ist er jetzt hier?«

»Nein. Nein, er ist immer noch in Haft. Er sitzt seit siebzehn Jahren im Gefängnis. Und vor siebzehn Jahren haben wir auch unseren Nachnamen geändert und sind fortgezogen. Aber es ändert nun mal nichts an der Realität. Ihr habt euch als Freunde erwiesen, und ihr helft mir Tag für Tag, mich hier zu Hause zu fühlen. Daher musste ich es euch verraten.«

»Ich glaube, ich erinnere mich noch daran. Wir waren noch

Kinder«, sagte Kevin zu Xander. »Es gab da sogar einen Film. Ich hab ihn vor ein paar Jahren im Fernsehen gesehen.« Sein Blick wanderte zu Naomi. »Du hast das Mädchen gefunden, das er in seiner Gewalt hatte, stimmt's? Du hast das Mädchen gefunden und ihm geholfen. Du hast es zur Polizei gebracht.«

»Ich habe den Film nie gesehen und auch das Buch nicht gelesen. Ich weiß nicht, wie nah sie sich an die wahren Begebenheiten gehalten haben.«

»Ziemlich nah«, warf Xander ein. »Sie ist Bowes eines Nachts in den Wald gefolgt, ist in den Erdkeller unter einer ausgebrannten Hütte gestiegen und hat dort das Mädchen gefunden.«

»Ihr Name ist Ashley«, ergänzte Naomi.

»Ashley. Sie hat Ashley gefunden, ihr hinausgeholfen, ist kilometerweit mit ihr durch den Wald gelaufen und hat dafür gesorgt, dass sie ihr helfen würden. So haben sie ihn schließlich erwischt. So haben sie ihn dingfest gemacht.«

»Vor siebzehn Jahren, sagst du?«, hakte Jenny nach. Sie war ganz blass geworden und sah Naomi inzwischen mit weit aufgerissenen Augen an. »Da warst du ja erst … O Gott! Naomi!« Sie sprang auf, drückte Kevin ihr Weinglas in die Hand und schlang die Arme um Naomi. »Mein Gott, du armes kleines Mädchen! Du warst ja noch ein *Baby.*«

»Ich war fast zwölf. Ich …«

»Ein Baby«, wiederholte Jenny. »Es tut mir so leid – es tut mir so unendlich leid! Gott, hat er dir auch etwas angetan? Hat er …«

»Er hat mich nie angerührt. Er war streng, und manchmal war er tagelang weg. Aber er hat Mason oder mich nie angerührt. Er war Presbyter in der Kirche, und er hat für eine Kabelfirma gearbeitet, er hat wie jeder ganz normale Familienvater Rasen gemäht, die Veranda gestrichen … Und er hat Frauen ermordet.«

Jenny nahm sie umso fester in die Arme und wiegte sie sanft hin und her. »Man denkt nie an die Familien von … An sie denkt man nie wirklich – und wie es für sie sein muss. Du hättest es uns nicht zu erzählen brauchen«, sagte sie und ließ Naomi los. »Es muss hart für dich sein, darüber zu sprechen.«

»Ich hatte nie vor, es jemandem zu erzählen. Ich wollte einfach nur hier leben – einfach hier sein … aber …« Sie warf Xander einen vielsagenden Blick zu. »Ein paar Dinge haben sich verändert.«

»Sie hat geglaubt, ihr könntet euch vielleicht von ihr zurückziehen«, warf Xander ein, »weil ihr sie jetzt mit anderen Augen seht.«

»Xander …«

»Moment. Es gab immer schon Leute, die es sich zusammengereimt hatten und sich entweder von ihr zurückgezogen haben oder im Gegenteil auf einmal scharf auf all die Details waren. Spätestens dann hat sie ihre Sachen gepackt und ist abgehauen.«

»Manche Leute sind die Spucke nicht wert, die du brauchst, um über sie zu reden. Hast du das wirklich von uns gedacht?«, wollte Jenny wissen. »Das grenzt an eine Beleidigung.«

»Ich …«

»Du solltest dich entschuldigen.«

»Ich … Es tut mir leid!«

»Angenommen. Kevin, angenommen?«

Er grinste in sein Bier hinein. »Klar doch.«

Als Naomi die Hände vors Gesicht schlug und um Fassung rang, nickte Jenny Xander zu und bedeutete ihm, sich um Naomi zu kümmern. Er stand augenblicklich auf und legte die Arme um sie.

»Komm, beruhige dich …«

»Wo ist mein Wein?« Jenny drehte sich zu Kevin um, nahm

ihm ihr Weinglas ab und wischte sich eine Träne aus dem Gesicht. »Ich brauch jetzt auch ein paar Minuten… Ich sehe gerade nur ein kleines Mädchen vor mir – ein paar Jährchen älter als unsere Maddy –, das mit einer Situation fertigwerden muss, mit der ein kleines Mädchen niemals konfrontiert sein sollte. Wenn du nicht willst, dass es jemand erfährt, Naomi, erfährt es auch niemand.« Schnaubend zog sie Naomi von Xander weg. »Zum Teufel, Männer sind in solchen Zeiten einfach nicht zu gebrauchen. Wir gehen ein paar Minuten rein. Ich nehme den Wein mit.«

»Sie ist echt unbezahlbar«, sagte Xander, als Jenny Naomi ins Haus zog.

»Welche von den beiden?«

»Ich glaube, beide. Wir haben verdammtes Glück.«

»Ja. Und jetzt erzähl mir, was Bowes mit Marla und Donna zu tun hat und wer hier um Naomis Haus geschlichen ist.«

Xander setzte sich und erzählte es ihm.

Am nächsten Morgen war Naomi gerade dabei, Kaffee zu machen, als sie Mason die Treppe runterkommen hörte. Sie nahm den Teller, den sie für ihn schon bereitgestellt hatte, aus dem Wärmer.

»Kaffee und ein warmes Frühstück? Womöglich sollte ich auch herziehen. Sind das etwa Eier Benedict? Im Ernst?«

»Ich hatte Lust zu kochen, und Xander mag sie so gern. Du trägst heute schon wieder deinen Anzug…«

»So machen wir das beim FBI. Ich bin spät nach Hause gekommen. Solange Xander hier ist, werde ich ab und zu in der Stadt übernachten – eher häufiger als selten –, bis wir mit dieser Sache fertig sind. Danke!« Er nahm seinen Kaffee entgegen und nippte daran. »Aber Eier Benedict und so guten Kaffee werde ich im Diner nicht bekommen.«

»Wirst du mit dieser Sache fertig, Mason?«

Er blickte sie aus seinen klaren braunen Augen an – er hatte die Augen ihres Vaters. Und trotzdem war er kein bisschen wie ihr Vater.

»Ich werde nicht aufhören, bevor ich ihn nicht zur Strecke gebracht habe. Er trägt Wolverine-Wanderschuhe der Größe dreiundvierzig. Das Profil ist schon ein bisschen abgenutzt, also hat er sie schon eine Weile.«

»Das kannst du am Schuhabdruck erkennen?«

»So machen wir das beim FBI«, sagte er wieder. »Wir gehen davon aus, dass er zwischen achtzig und dreiundachtzig Kilo wiegt, und er ist zwischen eins achtundsiebzig und eins zweiundachtzig groß – jedenfalls nach der Schuhgröße, der Schrittlänge und der Tiefe des Abdrucks zu urteilen. Er ist weiß, wahrscheinlich um die dreißig. Das ist wesentlich mehr, als wir noch vor ein paar Tagen wussten.«

»Jetzt müssen wir nur noch herausfinden, wen ich kenne, der von durchschnittlicher Größe und Gewicht und etwa in meinem Alter ist … und mich umbringen will.« Sie hob die Hand, bevor Mason etwas sagen konnte. »Das meine ich gar nicht sarkastisch. Ich zermartere mir schon die ganze Zeit darüber den Kopf.«

»Vielleicht kennst du ihn gar nicht. Oder dir ist nicht klar, dass du ihn kennst. Aber er kennt Bowes. Ich werde heute noch all seine Besucher und die gesamte Korrespondenz überprüfen – und das ist nur der Anfang. Dann fahre ich zu ihm.«

»Du … Du fährst nach West Virginia?«

»Es ist doch ziemlich unwahrscheinlich, dass er zum einen von Bowes' Tochter besessen ist, zum anderen Bowes' Taten nachahmt – und dann keinen Kontakt mit ihm gehabt haben soll.«

Naomi gab sich einen Ruck. »Soll ich mitfahren?«

»Das könnte noch nötig werden, Naomi, aber noch ist es

nicht so weit. Lass mich den ersten Schritt allein machen. Aber wenn wir das Gefühl haben, es könnte helfen, wenn du mal mit ihm redest, würdest du es dann tun?«

»Darüber hab ich bereits nachgedacht. Ja. Ich werde zurückgehen, ich schaffe das. Ich tue es, um mich selbst und jede andere Frau zu retten, die dieser Pseudo-Bowes als Opfer ausersieht. Mason, nicht die Angst vor Bowes – oder nicht in erster Linie – hat mich immer davon abgehalten, mich wieder mit ihm zu beschäftigen. Es war das Bedürfnis, alles zu leugnen. Vielleicht musste ich es ja auch so lange leugnen, bis ich es voll akzeptieren konnte. Ich hab mich davon auf so viele Arten definieren lassen – aber das will ich jetzt nicht mehr. Ich hab es gestern Abend Kevin und Jenny erzählt, und es war okay.«

»Das ist ein guter Schritt, um dich neu zu definieren. Der erste war, dass du dieses Haus gekauft hast. Da hast du bereits Grundlegendes in deinem Leben geändert. Und du veränderst die Dinge weiter, indem du dieses Haus umbaust und zu deinem eigenen machst. Und bis du so weit warst, hast du das getan, was du tun musstest.«

»Xander liebt mich.«

»Das habe ich gemerkt.«

»War ja klar ... Ich gewöhne mich allmählich daran, einen Mann zu haben, der mich liebt und der mir trotzdem Zeit und Raum zum Atmen lässt. Gestern Abend konnte ich ihm endlich sagen, dass ich ihn ebenfalls liebe. Sosehr ich auch normal sein wollte – ich hab nie geglaubt, dass ich mal jemanden treffen würde, der die ganze Wahrheit kennt und mich trotz allem liebt. Jemand, den auch ich lieben kann. Es fühlt sich an wie ... ein Wunder.«

»Wenn ich gekonnt hätte, hätte ich genau ihn für dich ausgesucht.«

»Das bedeutet mir sehr viel. Wir haben beschlossen, dass

er zu mir zieht. Dass er nicht mehr nur hier übernachtet, sondern richtig einzieht. Gott …« Sie presste die Hand auf ihre Brust und atmete tief aus. »Das ist … gewaltig.«

»Wie geht es dir dabei?«

Die klassische Therapeutenfrage sah ihrem Bruder ähnlich, dachte sie. Aber selbst das war für sie okay.

»Ich bin nervös. Nicht ängstlich, nur nervös. Und glücklich. Und ein bisschen überwältigt, weil wir anscheinend jetzt eine Garage für drei Autos anbauen.«

»Die Onkel werden durchdrehen.«

»Ich weiß. Ich warte erst mal ab, bis sie ihn kennenlernen. Sie sollen ihn zuerst kennenlernen … find ich. Mason, bring das zu Ende, bevor sie herkommen. Bring es zu Ende.«

»Ich arbeite daran.«

29

Innerhalb von einem Tag brachte Xander alle Sachen, die er um sich herum haben wollte, ins Haus auf der Klippe. Die größte Herausforderung stellten die Bücher dar. In die Bibliothek passten sie nicht alle.

»Ich hätte nie gedacht, dass dieses Haus zu klein für etwas sein könnte.«

Xander zuckte mit den Schultern und musterte die Regale, die bereits voller Bücher waren. Trotzdem standen noch zahlreiche Bücherkisten auf dem Boden.

»Du willst doch sowieso nicht alle Bücher an einem Fleck. Wir sollten sie einfach im Haus verteilen.«

»Es sind zu viele, um sie zu verteilen.«

»Jetzt sag mir bloß nicht, dass ich welche wegwerfen soll.«

»Das fiele mir im Traum nicht ein.« Vielleicht hatte sie ganz kurz daran gedacht, hatte den Gedanken aber sofort wieder verworfen. »Ich weiß trotzdem nicht, wo wir sie hinstellen sollen. In Kisten aufbewahrt zu werden haben sie nicht verdient. Wie sollen wir denn da wissen, was sich wo befindet?«

»Kevin könnte doch noch eine Bücherwand bauen …«

»Ich hätte gern noch eine Bücherwand«, überlegte Naomi. »Aber ich wüsste nicht, wo.«

»Im Keller. Du willst dort unten doch auch eine Dunkelkammer einrichten.«

»Ja, irgendwann mal.«

»Und ich könnte ein Büro brauchen. Viel benötige ich

nicht, nur ein Zimmer für meinen Schreibtisch und ein paar Akten.«

»Aber du willst doch kein Büro im Keller!«

»Das wäre mir egal«, entgegnete er. »Dann stehen wir uns auch gegenseitig nicht im Weg. Und unten ist jede Menge Platz – reichlich Platz für eine Bücherwand. Bis dahin sind sie in den Kisten doch gut aufgehoben. Ich zahle auch alles, was mit dem Büro und mit der Wand zusammenhängt.«

Er stellte sich durchaus auch eine Tür zum Garten vor. Aber das brauchte er ihr ja jetzt noch nicht zu sagen.

»Ich hab genug Geld, Naomi. Und im Moment hat es mehr Sinn, es hier zu investieren, statt es in eine weitere Mietwohnung zu stecken – das hatte ich nämlich auch schon überlegt. Außerdem hab ich dann ja quasi eine zusätzliche Mietwohnung, wenn Jimmy in die Wohnung über der Werkstatt einzieht. So ein schlaksiger Typ mit einem jämmerlichen Ziegenbärtchen, er arbeitet für mich.«

»Ja, ich weiß, wer das ist. Du … Du hast sie schon vermietet?«

»Jimmy macht im Juni seinen Abschluss an der Handelsschule, und er möchte eine eigene Wohnung. Und ich finde es gut, wenn jemand über der Werkstatt wohnt. Es ist ein guter Deal für beide Seiten, zumal ich die meisten Möbel dalassen kann. Du willst bestimmt nicht meinen ganzen Schrott hierhaben.«

»Und du?«

»Ich will die Bücher. Die sind nicht verhandelbar«, sagte er. Dann nahm er eine zerlesene Taschenbuchausgabe von *Der illustrierte Mann* zur Hand. »Hast du das gelesen?«

»Ich hab den Film gesehen.«

»Das ist nicht dasselbe.« Er drückte ihr das Buch in die Hand. »Es ist gut. Also, wenn du keine anderen Pläne für den Keller hast, kann ich Kevin bitten, dass er sich mal Gedanken zu einer Bücherwand und einem Büro macht.«

»Ich will dort unten nur die Dunkelkammer. Sonst hab ich keine Pläne.«

»Gut. Dann machen wir es so. Fragst du dich schon, worauf du dich eingelassen hast?«

»Nein. Ich frage mich eher, warum ich es nicht schon früher angedacht habe. Wir könnten trotzdem ein paar Bücher verteilen. Morgen kommen neue Möbel. Oder zumindest könnten wir uns schon mal überlegen, wo wir sie hinstellen wollen.«

Sie schob das Taschenbuch in die Gesäßtasche ihrer Jeans und beugte sich schon über eine Kiste, doch er kam ihr zuvor.

»Die sind zu schwer.«

»Der kleine Sitzbereich im Wohnzimmer«, sagte sie. »Das wäre doch ein guter Anfang.«

Erst als sie das Haus durchquerte, wurde ihr die Stille bewusst. Die Arbeiter waren für heute gegangen, und nur Xander und der Hund waren noch da. Das Haus kam ihr auf einmal kleiner vor, stellte sie fest, seit sie mit einem Mann und einem Hund darin lebte. Und sie hatte fast den Eindruck, als hätte das Haus es von vornherein darauf angelegt.

Es fühlte sich einfach natürlich an.

Im Geist arrangierte sie bereits die Wohnzimmermöbel, die sie noch kaufen musste – und fügte ihrer Liste noch einen kleinen Blumenhocker hinzu, auf dem eine interessante Topfpflanze stehen würde. Und …

»Im Keller steht doch noch ein offenes Regal mit vier Regalbrettern. Eigentlich wollte ich es rausstellen und Blumentöpfe darin lagern, aber man könnte es genauso gut als Bücherregal hernehmen – und vielleicht ein paar schöne Kleinigkeiten dazwischenstellen. Fotos oder so. Es hat einen Metallrahmen und Einlegeböden aus Holz.«

»Du willst wahrscheinlich, dass ich es jetzt hole.«

»Wozu hat man einen Mann im Haus, wenn er einem noch nicht mal etwas aus dem Keller holt?«

»Genau.«

»Ach, und weißt du, was? Ich sehe es regelrecht vor mir. Cecil hat noch so ein altes Radio – du weißt schon, eins mit Kuppel, im Vintage-Stil. Das würde oben auf dem Regal ganz sicher toll aussehen. Es funktioniert zwar nicht mehr, aber …«

»Das heißt noch lange nicht, dass man es nicht wieder zum Laufen bringen könnte.«

»Tja, wozu hat man einen Mechaniker im Haus, wenn er noch nicht einmal ein altes Radio reparieren kann, das für das Wohnzimmer einfach perfekt wäre? Ich glaube … Nein, ich bin mir sicher, dass ich mich jetzt schon daran gewöhnt habe.«

»Ich hole das Regal. Und wie wäre es, wenn ich mich daran gewöhne, einen Wein zu trinken, während wir es aufbauen?«

»Hervorragende Idee.«

Ausgerüstet mit je einem Weinglas, machten sie sich daran, Bücher ins Regal zu stellen.

»Hast du eigentlich mit Loo geredet?«

»Ja. Und sie ist stinkwütend. Nicht auf dich«, fügte er sicherheitshalber hinzu, als er ihren Gesichtsausdruck sah. »Naomi, du kannst ihr schon ein bisschen mehr zutrauen! Sie ist stinkwütend, dass dieser Bastard dich seit dem College stalkt. Stinkwütend, weil er Donna getötet hat. Und sie will jetzt aufpassen. Es kommen auch Leute ins Loo's, die nicht ortsansässig sind. Um etwas zu trinken oder eine Kleinigkeit zu essen. Oder um am Freitagabend der Band zuzuhören. Sie wird die Augen offen halten.«

Nach einem Mann um die dreißig, der durchschnittlich

groß und schwer war und Wolverines trug, dachte Naomi, sagte aber nichts.

»Mason fährt nach West Virginia ins Gefängnis, zusammen mit jemandem von der Verhaltensanalyse-Einheit.«

»Das kann sicher nicht schaden.«

»Sie haben ein paar Namen…«

Xander ließ das Buch fallen, das er gerade aus der Kiste genommen hatte. »Warum hast du mir das nicht gesagt?«

»Ich hab keinen davon wiedererkannt. Aber sie werden jeden verhören, der irgendwie auffällig geworden ist – jeden, der Bowes je besucht oder häufiger mit ihm korrespondiert hat.« Sie hob das Buch auf und stellte es ins Regal. »Sie sehen sich alles genau an: den Lebensstil, Reisen…«

»Gut. So hat noch nie jemand nach ihm gesucht. Und ich will einfach nicht glauben, dass er so schlau ist, dass er ihnen durchs Netz schlüpfen könnte.«

»Das sieht Mason genauso. Ich selbst muss noch ein bisschen daran arbeiten, bis ich es ebenso sehe. Er könnte ja inzwischen längst über alle Berge sein. Er könnte zumindest für den Moment weitergezogen sein.«

Doch als sie die Leiche von Karen Fisher, einer Teilzeitkellnerin und Prostituierten aus Lilliwaup, etwa einen Kilometer von Point Bluff entfernt am Straßenrand fanden, wussten sie, dass er nicht weitergezogen war.

Das Beste an einem Presseausweis – und seiner war echt – war, dass man damit überall reinkam. Die kleine Hure rührte alles wieder auf. Reporter aus Seattle kamen und sogar ein paar nationale Korrespondenten.

Und er war mitten unter ihnen. *Das* wäre eine Geschichte, dachte er. Wenn er sie selbst schreiben könnte, würde er damit glatt den Pulitzerpreis gewinnen. Und dann würden die *New York Times*, die *Washington Post* und all die anderen

Dinosaurier, die ihm nie einen Job hatten geben wollen, ihn feiern und in den Himmel loben.

Nur dass Zeitungen heutzutage keine Zukunft mehr hatten. Inzwischen waren Blogs angesagt.

Er konnte überall arbeiten, und das tat er auch. Er war zuvor schon ab und zu an den Ort des Geschehens zurückgekehrt und hatte über seine eigene Tat gebloggt, doch diesmal war er zum ersten Mal vor, während und nach der Tat vor Ort.

Was einerseits befriedigend und schier zum Schreien komisch war. Andererseits wusste er auch, dass er viel länger nicht mehr in der Gegend würde bleiben dürfen.

Es wurde allmählich zu heiß, dachte er, während er das Geseier des Polizeichefs – dieses Arschloch! – und des arroganten FBI-Manns aufzeichnete.

Inzwischen war die Zeit reif – er konnte es regelrecht *spüren* –, um seine Odyssee zu beenden. Es war an der Zeit, mit Naomi wegzufahren, lange Gespräche mit ihr zu führen und dann eine Menge Spaß mit ihr zu haben.

Und schließlich würde er ihrem Leben ein Ende setzen.

Danach würde er wieder auf Reisen gehen. Vielleicht den Sommer über nach Kanada und im Winter nach Mexiko.

Sorglos und frei wie ein Vogel. Und unzählige Opfer, die er sich suchen könnte, wann immer er Lust dazu hätte. Immer im Andenken an Naomi Bowes.

Eines Tages würde er die Geschichte aufschreiben. Er würde ein Buch schreiben – und zwar nicht für Geld. Er würde warten müssen, bis er sich irgendwo niedergelassen hätte, in Argentinien zum Beispiel. Dann würde er das Buch schreiben und selbst verlegen, und darin würde er all diesen Arschlöchern und arroganten Mistkerlen unter die Nase reiben, was er geleistet hatte.

Er machte sich Notizen auf seinem Tablet und schoss ein

paar Fotos. Dass er gerade Mason vor der Linse hatte, gefiel ihm besonders.

Hey, hier drüben, Blödmann! Ich bringe demnächst deine Schwester um! Erst werde ich sie auf alle möglichen Arten vergewaltigen, und dann erwürg ich sie, wie es dein alter Herr schon hätte tun sollen.

Womöglich würde er dem alten Bowes sogar ein Foto von ihr schicken. Es gab Mittel und Wege, um so etwas in den Knast zu schmuggeln – er hatte es längst ausprobiert. Das wäre wirklich das Sahnehäubchen.

Ja, das würde er tun – und dann noch einen draufsetzen. Er würde seine Bilder online stellen: jede einzelne Schlampe, die er je fertiggemacht hatte. Ein Hoch auf das Internet.

So würden alle wissen, dass er Bowes übertroffen hatte. Er hatte sie alle hinter sich gelassen. Der Green-River-Killer und Zodiac wären nichts gegen ihn.

Um die Aufmerksamkeit der Ermittler auf sich zu ziehen, stellte er sogar eine Frage.

Schaut mich an, schaut mich an, schaut mich an!

Er hätte auch noch eine zweite gestellt, aber das hässliche Luder neben ihm kam ihm zuvor.

Sein Bericht würde in diesem bescheuerten Daily-Crime-Blog veröffentlicht werden, für den er als Freiberufler arbeitete. Er setzte sich mit seinem Laptop in die Pizzeria, weil die meisten anderen Medientypen sich in die Motels oder in das Café mit Aussicht auf die Bucht zurückgezogen hatten.

»Kann ich Ihnen etwas bringen?«

Er blickte auf. Es war die hübsche Blonde, die er sich ursprünglich als Opfer ausgesucht und dann verpasst hatte.

Du solltest eigentlich längst tot sein.

»Entschuldigung, was haben Sie gesagt?«

»Oh, ich war mit den Gedanken ganz woanders…« Er

lächelte sie breit an. »Hab für einen Moment vergessen, wo ich bin.«

»Ich kann auch noch mal wiederkommen.«

»Nein, schon okay. Würden Sie mir eine Cola bringen? Und ja, ich könnte auch was essen. Eine Calzone bitte.«

»Gern.«

Binnen zwei Minuten stand sein Getränk vor ihm. »Bleiben Sie länger in der Gegend?«, erkundigte sie sich. »Sie waren schon mal hier, nicht wahr?«

»Ich bin Reporter ...«

»Oh.« Ihre Augen wurden traurig und stumpf.

»Entschuldigung.« Sofort lullte er sie in sein Mitgefühl ein. »Sie kannten sie wahrscheinlich ... Donna Lanier. Sie hat hier gearbeitet.«

»Richtig.«

»Es tut mir wirklich leid. Wenn Sie irgendetwas sagen möchten – wenn ich etwas über sie schreiben soll ...«

»Nein. Nein danke.«

Als sie davoneilte, musste er sich ein Grinsen verkneifen.

Vielleicht würde er sie sich ja doch noch schnappen. Vielleicht würde er einfach noch mal auf sie zurückkommen, und dann würde er Naomi zwingen zuzusehen, wie er die kleine Schlampe mit dem kleinen Knackarsch und den festen Titten fertigmachte.

Die kannst du nicht mehr retten, würde er zu Naomi sagen. *Nicht wie damals Ashley. Und wenn ich mit ihr fertig bin, wenn ich mit* dir *fertig bin, dann werde ich auch deiner Freundin Ashley einen kleinen Besuch abstatten, um zu vollenden, was dein alter Herr nicht mehr geschafft hat.*

Während er seine Calzone aß, lauschte er den Unterhaltungen an den Nachbartischen. Kleinstädte waren doch überall gleich, dachte er. Wenn du wissen willst, was los ist, brauchst du nur lang genug an derselben Stelle sitzen zu bleiben.

Er erfuhr beispielsweise, dass der Mechaniker gerade bei der Fotografin einzog – in das große Haus oben auf Point Bluff. Dass die Leute Angst hatten und dass ihnen die Ermittlungen nicht schnell genug voranschritten.

Warum in aller Welt ist er immer noch auf freiem Fuß?, fragten sie sich.

Weil er klüger und besser ist als sie, hätte er am liebsten geantwortet.

Er erfuhr auch, dass manche Leute spekulierten, der Killer würde sich irgendwo im Nationalpark verstecken.

Er sitzt hier, ihr Arschlöcher.

Und er erfuhr, dass Naomis neuer Fickfreund am Freitagabend in der Bar auftreten würde.

Also begann er, sich einen Plan zurechtzulegen.

»Lucas Spinner.« Mason tippte erneut auf das Foto auf der Küchentheke. »Bist du dir ganz sicher, dass der Name dir nichts sagt?«

»Absolut sicher.« Trotzdem studierte sie das Gesicht – jung, dichtes, wirres braunes Haar, ein Bart, der dringend gestutzt werden musste. »Warum kommst du immer wieder auf ihn zurück?«

»Er hat einen Presseausweis einer kleinen Zeitung aus Ohio und hat Bowes zwischen Juli 2003 und August 2004 sechs Mal besucht. Danach hat er noch anderthalb Jahre lang mit ihm korrespondiert. Seitdem ist er verschwunden – angeblich gestorben, während er versuchte, 2006 ein Buschfeuer in Kalifornien zu löschen.«

»Aber wenn er tot ist …«

»*Angeblich*«, stellte Mason richtig. »Kurz darauf beginnt ein Briefwechsel zwischen Bowes und einem gewissen Brent Stevens, der Queens als seinen Wohnort angibt. Aber es gibt in diesem Zeitraum keinen Brent Stevens in Queens. Und ich hab die Korrespondenz gelesen, Naomi – ich schwöre dir, Stevens' und Spinners Briefe wurden von ein und derselben Person verfasst. Er versucht zwar, hier und da ein bisschen zu variieren, aber Syntax und Terminologie sind einfach zu ähnlich. Wir lassen die Briefe gerade von einem Experten analysieren.«

»Du glaubst also, das ist der Mann, nach dem wir suchen.« Sie nahm Spinners Foto wieder in die Hand.

»Manche von Stevens' Briefen sind in Gegenden abgestempelt worden, in denen du dich ebenfalls aufgehalten hast. Dann hört auf einmal alles auf, und er verschwindet komplett von der Bildfläche.«

»Und das macht dir Sorgen.«

»Weil es wahrscheinlich alles andere als aufgehört hat. Er hat bloß einen anderen Kommunikationsweg gefunden. Ein geschmuggeltes Handy, geschmuggelte Nachrichten… jemanden, der wegguckt, wenn Bowes unter Beobachtung den Gefängniscomputer benutzen darf. So was kommt vor.«

»Vielleicht ohne Haare, ohne Bart…« Naomi schüttelte den Kopf. »Ich scanne das Foto ein und bearbeite es mal ein bisschen, während du nach West Virginia fliegst. Dann bist du vor Ort, sofern ich etwas herausfinde, und könntest ihn direkt danach fragen.«

»Mittlerweile ist er älter, denk daran.«

»Du hast gesagt, er fällt nicht weiter auf. Mit den Haaren und dem Bart würde er doch auf jeden Fall auffallen. Es wäre interessant zu wissen, wie er ohne Bart aussieht. Bis morgen früh bin ich so weit«, versprach sie ihm. »Und jetzt los. Wir wollen den Auftritt ja nicht verpassen.«

Während sie noch überprüfte, ob die Hintertüren verschlossen waren, und Follow einen Kauknochen hinlegte, damit er beschäftigt war, sah Mason auf die Uhr. »Eine Bar, eine Rockband, Freitagabend. Das wird bestimmt nett. Aber ich kann allerhöchstens für zwei Stunden bleiben. Wir fahren morgen um sieben Uhr dreißig los.«

»Sagst du mir Bescheid, wenn du mit ihm gesprochen hast?«

»Ja, ich schicke dir eine SMS. Und wenn es irgendetwas gibt, was du sofort wissen solltest, dann ruf ich dich an. Für dich gilt im Übrigen das Gleiche«, fügte er hinzu, als sie die Alarmanlage aktivierte und nach draußen trat.

»Wir waren lange nicht mehr zusammen aus.«

»Das letzte Mal an meinem einundzwanzigsten Geburtstag. Du kamst nach Hause, um mich zu überraschen.«

»Seitdem nicht mehr?«

»Nein. Wir sind in die Bar gleich neben dem *Treffpunkt* gegangen, weißt du noch? Und ich hab meinen ersten legalen Drink mit dir, Seth und Harry getrunken. Dann bist du mit mir in dieses komische kleine Lokal gegangen …«

»In Chelsea – ein winziger Laden! Und ein Mädchen hat dich angemacht.«

»Ich hätte sie womöglich auch angemacht, aber ich hatte ja bereits ein Date.«

Lachend schloss Naomi die Augen und hielt ihr Gesicht in den Wind, während Mason sich ans Steuer setzte.

»Lass uns einen Pakt schließen. Einmal im Jahr, ganz gleich, wo wir gerade sind, treffen wir uns irgendwo und gehen in einer Bar was trinken. Und wenn wir irgendwann hundertzehn sind.«

Er streckte die Hand aus und krümmte den kleinen Finger, und sie hakte sich mit ihrem kleinen Finger ein.

»Selbst wenn du bis dahin Mutter von fünf Kindern bist«, fügte er hinzu.

Sie schnaubte. »So weit wird es schon nicht kommen.«

Doch, dachte er. *Wird es.*

Er sah sie hereinkommen. Er hatte immer wieder zur Tür geschaut, gewartet – als sie die Bar betrat, verspürte er ein Ziehen in den Lenden. Hellgelbes T-Shirt, enge Jeans.

Hatte ihren kleinen Bruder dabei, und nach einem Blick auf die Bühne, wo der Mechaniker und seine schmierige Affenbande irgendeinen uralten Rolling-Stones-Scheiß hämmerten, begann der kleine Bruder, sich ein wenig umzusehen.

Also drehte er sich weg und griff nach seinem Bier.

Einen Hocker am Ende der Theke zu finden war kein Problem gewesen. Die meisten Leute wollten eher einen Tisch – er nicht. Ein Mann allein an einem Tisch zog Aufmerksamkeit auf sich. Ein Typ, der an der Bar saß und ein Bier trank, weniger.

Er drehte sich auf dem Hocker gerade so weit um, dass er sie aus dem Augenwinkel beobachten konnte, während sie sich durch die Menge schob, um sich zu diesem Arschlochschreiner mit seiner Arschlochfrau an den Tisch zu setzen.

Er hatte schon darüber nachgedacht, die Frau – Jenny – einfach nur so umzubringen, aber sie war wirklich nicht sein Typ.

Vielleicht – wenn er irgendwann mal wiederkäme, nur so zur Erinnerung – würde er ihr einen kleinen Besuch abstatten. Aber um mit ihr zu spielen, fehlte ihm die Zeit.

Es ging jetzt nur noch um Naomi. Er würde sie eine Weile beobachten, sein Bier austrinken und ein anständiges Trinkgeld hinterlassen. Kneipenleute erinnerten sich nur an diejenigen, die zu wenig oder deutlich zu viel daließen.

Anschließend hatte er einiges vor. Es würde eine großartige Nacht werden.

»Du hast mir ja erzählt, dass sie gut sind«, schrie Mason über die Musik und die Stimmen der Leute hinweg, »aber du hast nicht erwähnt, dass sie *so* gut sind.«

Erfreut knuffte ihn in die Seite. »Sie sind echt gut!« Dann wanderte ihr Blick zu Xander.

Oh ja, und ich bin mit dem Bandleader zusammen.

Sie legte Jenny eine Hand auf die Schulter und beugte sich zu ihr rüber. »Wir sind ein bisschen später dran, als wir vorhatten. Ich geh schnell an die Theke und hol uns eine Runde. Seid ihr bereit?«

»Ja, klar.«

Sie drückte noch kurz Jennys Schulter und wandte sich zur Theke um. Weil sie ein paar Worte mit Loo wechseln wollte, steuerte sie die Mitte an und sah sich auf dem Weg ein wenig um.

Am hinteren Ende der Theke saß ein Mann mit Baseballkappe, die er sich tief ins Gesicht gezogen hatte. Er starrte zwar augenscheinlich in sein fast leeres Bierglas, doch Naomi *spürte* förmlich seinen Blick auf sich.

Dann rieb er sich mit den Fingern über den Nasenrücken und drehte sich von ihr weg. Unwillkürlich bekam sie eine Gänsehaut. Trotzdem – oder vielleicht gerade deshalb – wechselte sie spontan die Richtung und trat ans andere Ende der Bar.

»Hey, Naomi!« Krista sprang von ihrem Tisch auf und fiel Naomi um den Hals. »Wir haben gerade das Bild von Xander mit dem Hund verkauft – zehn Minuten vor Ladenschluss!«

»Das ist ja großartig.«

»Wir brauchen mehr Fotos von dir.«

»Die bekommst du.«

»Können wir uns nächste Woche mal zusammensetzen und darüber reden?«

»Klar. Schick mir einfach eine E-Mail, wir finden schon einen Termin.«

Sie drehte sich gerade noch rechtzeitig um, um zu sehen,

wie der Mann mit der Baseballkappe zum Ausgang schlenderte.

Es war nichts, sagte sie sich. Wahrscheinlich gar nichts. Dann trat sie zu Loo an die Theke.

»Der Typ, der gerade rausgegangen ist, hat dich beobachtet«, sagte Loo, noch ehe Naomi das Wort ergreifen konnte.

»Das hab ich gesehen. Er hat allein am Ende der Theke gesessen.«

»Er hat mir nicht gefallen.«

»Warum nicht?«

Loo zuckte mit den Schultern. »Er hat dort fast zwei Stunden lang gesessen und an einem Bier genuckelt – und hat dabei die ganze Zeit zur Tür gestarrt. Er hat den Kopf gesenkt, als wollte er niemandem in die Augen sehen.« Erneut zuckte sie mit den Schultern und legte ein Spießchen mit zwei dicken Oliven über den Glasrand des Martinis, den sie gerade fertig machte. »Aber er hat dich beobachtet, definitiv. Auch am Tisch.«

»Ich konnte ihn kaum sehen. Du?«

»Nein, nicht besonders gut ... Luce, die Bestellung ist fertig! Wie gesagt, er hat die ganze Zeit den Kopf gesenkt gehalten. Anfang dreißig, würd ich sagen, womöglich braune Haare unter der Kappe. Lange, dünne Finger. Er hat sich ständig im Gesicht herumgefummelt. Ziemlich nervös, wenn du mich fragst.« Sie machte sich an die nächste Bestellung, stellte zwei Bierkrüge unter den Zapfhahn und füllte sie beide gleichzeitig. »Aber vielleicht bin ich ja auch nur überempfindlich wegen dieser ganzen Geschichte ...«

»Es ist aber alles in Ordnung zwischen uns, oder?«

»Es gibt keinen Grund, warum es nicht so sein sollte. Terry, Bestellung ist fertig! Bist du zum Quatschen oder zum Trinken gekommen?«, fragte sie Naomi.

»Beides vermutlich. Eine Runde für den Tisch. Kevin

möchte ein Bier, Jenny einen Wein und ich auch. Ein Corona Lime für meinen Bruder. Es tut mir so leid, Loo.«

»Dir braucht nichts leidzutun. Wenn du darüber reden willst, reden wir, wenn ich mal nicht so schreien muss. Das Schätzchen dort auf der Bühne liebt dich übrigens über alles.«

»Ich werd versuchen, es nicht zu vermasseln.«

Lachend stellte Loo die beiden Weingläser auf ein Tablett. »Na, du denkst ja positiv!«

Naomi trug das Tablett zum Tisch zurück und servierte die Drinks. Lucy kam mit dem Rest vorbei und nahm das Tablett wieder mit.

»Jenny hat erzählt, sie hätten eine CD aufgenommen.« Mason nahm einen Schluck aus seiner Corona-Flasche. »Die will ich haben. Die Onkel werden die Musik lieben.« Dann seufzte er tief. »Ich dachte schon, du würdest nie mit den Getränken wiederkommen.«

»Sie haben viel zu tun, und ich hab kurz mit Loo reden wollen. Da war so ein Typ …«

Sofort stellte Mason sein Bier ab. »Was für ein Typ?«

»Nur so ein Typ an der Theke. Wir hatten beide das Gefühl, dass er mich beobachtet hätte.«

»Wo ist er?«

»Er ist gerade gegangen.«

»Hast du ihn dir ansehen können?«

»Nein. Mason …«

»Und Loo?«

»Nicht wirklich.«

Er stand sofort auf und eilte zur Theke.

»He, ich wollte ihn gerade überreden, mit mir zu tanzen.«

»Er ist gleich wieder zurück – und er kann tanzen.« Naomi griff nach ihrem Weinglas. Sie wünschte sich, sie hätte den Mann vom Tresen nicht erwähnt.

Als Mason zurückkam, beugte er sich vor und raunte ihr ins Ohr: »Anfang dreißig, sagt sie, weiß, kurze braune Haare, durchschnittlich gebaut, fast ein bisschen schmächtig, etwa eins achtundsiebzig.«

»Ja, würd ich auch sagen. Und ich könnte dir auf Anhieb zwanzig weitere Typen hier drin zeigen, auf die das mehr oder weniger auch zutrifft.«

»Aber ihr hattet beide dieses Gefühl – und so ein Gefühl ist wichtig. Ich schicke dir jemanden, der morgen mit dir eine Zeichnung anfertigt.«

»Mason ...«

»Die Leute sehen mehr, als sie glauben, vor allem Leute, die gut beobachten können. Es kann nicht schaden.«

»Okay, okay. Und jetzt tanz mit Jenny. Sie will tanzen, und Kevin kriegst du nur mit vorgehaltener Waffe auf die Tanzfläche.«

»Ja, ich könnte wirklich ein bisschen tanzen gehen.« Er nahm noch einen Schluck Bier und zog Jenny auf die Tanzfläche.

Kevin blickte ihnen grinsend nach. Naomi wandte ihre Aufmerksamkeit wieder der Bühne zu und begegnete Xanders Blick.

Mit *diesem* Gefühl konnte sie leben.

Angenehm müde und entspannt, setzte sich Naomi in Xanders Truck, und Ky beugte sich durchs Fenster. »Du willst ganz sicher kein Bier mehr trinken, Mann?«

»Ich hab seit zehn Minuten Rufbereitschaft.«

Ky schüttelte den Kopf. »Ein Bier wird dir schon nichts anhaben, Junge.«

»Ein Bier könnte mich den Führerschein kosten. Ich hole das ein anderes Mal mit euch nach.«

»Du darfst nicht das Gefühl haben, dich nach dem Auftritt nicht entspannen zu können, nur weil ich da bin«, sagte Naomi.

»Es ist immer das Gleiche, wenn ich Dienst habe. Außerdem möchte ich jetzt gern nach Hause fahren.«

»Ich wette, der Hund muss dringend raus.«

»Genau. Und es gibt auch noch andere Möglichkeiten, um sich zu entspannen.«

Naomi lächelte. »Ach ja?«

»Ich zeig es dir.«

Nachdem der Hund draußen gewesen war und sich für die Nacht hingelegt hatte, zeigte er ihr, warum es zu Hause im Bett viel schöner war als bei einem Bier.

Als sein Handy um Viertel nach vier klingelte, wünschte Xander sich aufrichtig, er hätte Jimmy für die Friedhofsschicht eingeteilt – trotz erster Nacht in seiner eigenen Wohnung, noch dazu in weiblicher Begleitung.

»Mist, Mist, *Mist.*« Er griff zum Telefon und starrte düster auf das Display. »Keaton? Hmm. Okay. Ich hab verstanden. Es dauert vielleicht eine Viertelstunde.«

»Du musst fahren …«

»Leere Batterie wahrscheinlich. Auf halbem Weg zum Ort. Ich werde es mir ansehen, Starterkabel anschließen, wenn es denn wirklich die Batterie ist, und dann bin ich in einer halben Stunde wieder da.«

»Willst du Kaffee?«, murmelte sie.

»Unbedingt, aber ich mach ihn mir selbst. Schlaf weiter.«

»Brauchst du mir nicht zweimal zu sagen«, murmelte sie und nickte sofort wieder ein.

Nicht mal der Hund stand auf. Xander sah zwar Follows leuchtende Augen, als er sich anzog, doch der Hund rührte sich nicht, als er runterging, um sich schnell einen Kaffee zu machen, bevor er losfuhr.

Mit einem Thermobecher voller Kaffee lief er zu seinem Truck.

Dreißig, vierzig Minuten, dachte er und warf einen letzten Blick aufs Haus. Die Türen waren verschlossen, der Alarm angeschaltet, der Hund lag direkt bei ihr.

Naomi würde nichts passieren.

Trotzdem wünschte er sich, er hätte Jimmy die Schicht übertragen. Er hatte von dem Typen in der Bar gehört – der Kerl war ihm selbst aufgefallen. Er hatte abseits dagesessen, mit gesenktem Kopf, und hatte Naomi nicht aus den Augen gelassen, als sie hereingekommen war.

Andererseits hatte er auch einen Mann bemerkt, der allein an einem Tisch gesessen und Naomi ausgiebig gemustert hatte, während sie die Bar durchquert hatte. Auch auf ihn hatte die Beschreibung gepasst.

Doch dann hatte sich eine Frau zu ihm gesetzt und sich an ihn geschmiegt.

Dieser mordlustige Bastard brach außerdem doch nicht in Häuser ein, rief er sich ins Gedächtnis. Trotzdem warf er noch einen letzten Blick in den Rückspiegel, als er davonfuhr.

»Ford Escape, Baujahr 2013, mit Fun-Finder-Wohnwagen«, murmelte er. »Den kann ich gar nicht übersehen.«

Er wurde langsamer, als er um die Biegung kam, und tatsächlich: Da stand der SUV mit dem Wohnwagen auf dem Seitenstreifen. Die Warnblinkanlage war eingeschaltet.

Xander fuhr näher heran und stellte sich Nase an Nase vor den liegen gebliebenen Wagen. Ein Mann stieg auf der Fahrerseite aus.

Ein Grund, warum er Jimmy nicht die Nachtschicht übertragen hatte, war, dass der Killer bevorzugt freitagnachts auf Jagd ging. Zwar jagte er eigentlich Frauen, aber Xander hatte kein Risiko eingehen wollen.

Der Mann hob die Hände und blinzelte ins Scheinwerferlicht. Dann wandte er sich um zu seinem SUV und sprach mit einer zweiten Person, während Xander ausstieg.

»Keaton?«

»Ja.«

»Mike Rhoder. Sie waren ja richtig schnell. Er springt einfach nicht mehr an. Ich hab mein Kind hinten im Wagen. Wir wollten nach Olympia, um dort zu campen. Ich bin rechts rangefahren – er musste mal –, und dann ist der Wagen nicht wieder angesprungen. Klickt nur noch. Nein, Bobby, wir sind noch nicht da.« Er verdrehte die Augen. »Schlaf einfach weiter.«

Xander trat ins Scheinwerferlicht. »Machen Sie die Haube auf, dann seh ich's mir mal an.«

»Ich dachte schon, wir würden jetzt bis morgen früh hier festhängen. Da hätte meine Ex mir aber die Meinung gegeigt! Hoffentlich brauche ich keine neue Batterie.«

Er entriegelte die Motorhaube, und Xander beugte sich über den Motor, während der Mann sich wieder an seinen SUV lehnte.

»Es dauert nicht mehr lang, unser Auto wird jetzt repariert. Ist doch ein richtiges Abenteuer, Kumpel, oder? Und dann sind wir auch schon beinahe da, versprochen.«

»Versuchen Sie mal zu starten«, rief Xander zu ihm rüber.

»Klar, kann ich machen.«

In seinem Tonfall war nicht die leiseste Spur von Erregung zu hören gewesen, die Xander hätte warnen können, als er plötzlich jäh zurückgeschleudert wurde. Der Schlag auf die Schläfe tat weh, Xander sah Sterne, und dann wurde es dunkel um ihn herum.

»Oder aber ich mache das hier. Wie wär's mit noch mehr Schlägen, nur zur Sicherheit?«

Er hob den Wagenheber hoch über den Kopf, als plötzlich an der Biegung Scheinwerfer aufleuchteten.

Fluchend ließ er den Wagenheber wieder sinken. Er versetzte Xander mit der Stiefelspitze einen Stoß, sodass er vom Randstreifen rollte.

Das Auto wurde langsamer. Der gute Samariter ließ das Fenster runtergleiten.

»Alles in Ordnung, Kumpel?«

»Ja, klar. Ich krieg schon Starthilfe, aber danke fürs Anhalten.«

»Kein Problem. Gute Nacht.«

Als das Auto weiterfuhr, wischte er sich den Schweiß von der Stirn. Das war knapp gewesen. Der eine Schlag musste genügen. Er hatte jetzt keine Zeit für mehr.

Er schlug die Motorhaube zu, stieg in den SUV und fuhr zur Klippe.

Er sah auf die Uhr und lächelte. Genau nach Plan. Er würde den Wohnwagen abseits der Straße abstellen, weit genug in ihrer Einfahrt, dass niemand darauf aufmerksam würde, und gleichzeitig nicht so nahe am Haus, als dass sie oder der verdammte Hund ihn hörte.

Er hatte darüber nachgedacht, den Hund zu vergiften, und sogar recherchiert, wie er es anstellen müsste. Aber sämtliche Varianten hätten ihn zu viel Zeit gekostet und wären zu wenig vorhersehbar gewesen. Er brauchte etwas Schnelleres.

Er hatte daran gedacht, den Hund zu erschießen, was zwar befriedigend gewesen wäre, aber Krach machen und ihr die Chance geben würde wegzurennen oder sich zu verstecken.

Ein Messer? Würde bedeuten, dass er zu dicht an diese Reißzähne heranmüsste.

Am Ende hatte er sich dafür entschieden, sie einfach ihre Morgenroutine erledigen zu lassen, die er schon unzählige Male beobachtet hatte.

Sie würde den Hund durch die Schlafzimmertür rauslassen und dann runter in die Küche gehen.

Er musste nur warten.

Der Hund weckte sie wie immer um fünf. Sie griff neben sich, weil sie hoffte, Xander wäre inzwischen zurückgekommen, doch dann fiel ihr wieder ein, dass er ja gerade erst vor einer guten halben Stunde weggefahren war.

»Ich steh ja schon auf, ich steh ja schon auf«, brummte sie, als der Hund seinen morgendlichen Tanz aufführte.

Sie ließ ihn raus und überlegte kurz, ob sie wieder ins Bett krabbeln sollte. Doch die Routine steckte ihr im Blut. Sie schlüpfte in Baumwollhose und Tanktop und verließ das Schlafzimmer.

Sie würde Waffelteig machen – aber erst Kaffee. Wenn Xander bis dahin immer noch nicht zurück wäre, würde sie ihm eine SMS schicken und ihn fragen, wann er ungefähr käme.

Oder würde er es übergriffig finden, wenn sie ihm jetzt schriebe?

Sie machte in der Küche Licht an, stellte die Kaffeemaschine an und programmierte sie auf einen zusätzlichen Schuss Espresso.

Während der Kaffee durchlief, holte sie eine Schüssel, Eier, Milch, Mehl und Zucker aus dem Schrank – und hörte sofort auf, die Zutaten zusammenzustellen, als der Kaffee fertig war. Mit dem Becher in der Hand trat sie an die Ziehharmonikatüren.

Sie wollte den Morgen riechen.

Sowie sie die Glastüren aufschob, hörte sie eine Bewegung hinter sich.

30

Sie wirbelte herum, sah ihn – und schleuderte ihm den heißen Kaffee entgegen. Der Becher traf ihn auf der Brust, und der heiße Kaffee spritzte ihm ins Gesicht. Er schrie auf, ließ den Lappen fallen, den er in der Hand gehalten hatte, und ließ ihr so gerade genug Zeit, um zurück zum Messerblock zu springen.

Sie schnappte sich das erstbeste, drehte sich um – und ließ das Messer sinken.

»Dir ist hoffentlich klar, dass du mit einem Messer nicht gegen eine Pistole ankommst.« Er fuchtelte kurz mit der .32er in seiner Hand. »Leg es wieder weg. Du hast mein Hemd ruiniert, dafür wirst du büßen.«

»Sie haben dich schon im Visier.«

»Ja, das glaubst du wohl, aber Tatsache ist, dass ich es mir genau so vorgestellt habe.«

»Warum?«, wollte sie wissen.

»Darüber reden wir später. Und dazu werden wir viel Zeit haben.« Er grinste und fuhr sich mit der Hand über den Nasenrücken.

»Ich bin nicht…«

Die Geste, das sarkastische Zucken seines Mundes – irgendetwas daran kam Naomi bekannt vor.

»Chaffins!«

»Du hast lang gebraucht.« Erfreut grinste er. »Ja, ich habe mir die Augen lasern lassen – danach brauchte ich keine Brille mehr. Eine Nasenkorrektur, ein anständiger Haarschnitt – und ich bin ein bisschen dicker geworden. Es ist ja auch schon eine Weile her, Carson. Oder sollte ich dich besser Bowes nennen?«

»Wie konntest du… Wir waren Freunde!«

»Blödsinn. Du hast mich doch nicht mal eines Blickes gewürdigt, bis ich den Vorsitz über das Jahrbuchkomitee übernommen und dich bei der Schülerzeitung hab mitmachen lassen.«

»Es liegt daran, dass ich dir nicht genug Aufmerksamkeit geschenkt habe? In der *Highschool*?«

»Ach bitte. Als wär nicht klar gewesen, dass ich in dich verliebt gewesen bin. Ich hatte inzwischen viele Frauen. Mädchen. Alte.« Er grinste breit. »Alle. Ich hab rausgefunden, wer du wirklich warst. *Ich* habe es herausgefunden, und ich hab einen Deal mit dir gemacht. Du hast gelogen und mir diese verdammte Polizistin auf den Hals gehetzt, die mir gesagt hat, ich soll den Mund halten.«

Wie hatte ihr damals der Wahnsinn in seinen Augen entgehen können? Wieso hatte sie damals nicht gesehen, was sie heute sah?

»Ich hab keinen Deal mit dir gemacht.«

»Hast du wohl, verdammt noch mal, und dann hast du meine Idee geklaut. Du hast die Geschichte selbst geschrieben. *Mein* Name hätte darunter stehen müssen! Es war *meine* Geschichte.«

»Es war niemals deine Geschichte.«

»Weil du Thomas David Bowes' Tochter bist?«

Wenn er die Pistole senkte, sie nur ein einziges Mal senkte, dachte sie, dann hätte sie noch eine Chance. Sie würde schnell sein müssen, aber sie hätte eine Chance.

»Es ist immer nur um meinen Vater gegangen.«

»Vielleicht, ja, er hat diese Geschichte losgetreten, aber ich hab deinen Vater schon vor langer Zeit in den Schatten gestellt. Es hat eher mit deiner Mutter zu tun.«

»Mit meiner Mutter?«

»Ich hab doch gesagt, wir reden später. Los, beweg dich.«

»Meine Mutter…« Er würde sie nicht erschießen – er würde sie nicht so schnell töten. Also blieb sie stehen. »Erzähl mir, was meine Mutter damit zu tun hat.«

»Na gut. Ich schenk dir noch eine Minute. Aber wenn du auch nur das kleinste Problem machst, schieß ich dir ins Knie. Es wird dich nicht umbringen, aber es tut höllisch weh.«

»Meine Mutter«, sagte sie erneut und blickte auf die Zeitanzeige auf dem Herd hinter ihm. Wo in aller Welt blieb Xander?

»Deine Mutter? Abgesehen von ein paar Vögeln und streunenden Katzen, die ich getötet hatte, war sie die erste Tote, die ich je gesehen hab. Mann, das war wie eine Offenbarung! Sie war kalt, und dann diese Augen… Ihre Augen! Ich war so was von erregt!« Er lachte, als er Naomis angewiderten Gesichtsausdruck sah. »So was spielt sich alles im Gehirn ab, Carson. Ich bin dazu geboren, genau wie dein alter Herr. Ich hab ausführlich recherchiert. Ich wette, dein kleiner Bruder und ich könnten uns verdammt gut darüber unterhalten.«

»Lass die Finger von ihm.«

»Er interessiert mich nicht. Es ging immer nur um dich. Als wir dort auf dem Boden hockten mit dem kalten, toten Körper deiner Mutter, da wusste ich, dass ich es eines Tages mit dir tun würde. Dann fand ich heraus, wer du warst, das machte es noch viel, viel besser. Und jetzt beweg dich, sonst zertrümmere ich dir die Kniescheibe. Vielleicht tue ich das ja sowieso. So hab ich noch nie angefangen…«

Er wich zurück, als der Hund wie eine Kanonenkugel gegen die Scheibe donnerte.

Wildes Gebell und Chaffins' Schreie gellten durch die Luft.

Als er die Pistole auf die Glastür richtete, riss Naomi die

Hände hoch. »Nicht! Nicht! Ich gehe mit dir. Ich gehe mit.« Mit erhobenen Händen stellte sie sich an die Tür.

Es war immer noch Zeit, es gab immer noch eine Chance, dachte sie verzweifelt. Xander würde zurückkommen. Sie würde entweder so dicht an ihn herangehen, dass sie versuchen könnte zu kämpfen – oder aber so weit von ihm weg, dass sie davonlaufen könnte …

»Zur Haustür, und zwar schnell, sonst …«

Im selben Moment schob Follow den Türschlitz weiter auf und machte sich bereit zu springen.

Als Chaffins die Pistole wieder herumschwang, stürzte sie sich auf den Hund.

Der Schmerz war so scharf, dass die Beine unter ihr nachgaben. Sie hörte den Hund aufjaulen, und ihre Seite brannte. Der Raum drehte sich um sie, und sie stolperte über den Hund.

»Schlampe! Blöde Schlampe, blöde Schlampe!« Verschwommen sah sie sein Gesicht, die wahnsinnige Wut in seinen Augen. »Willst du es so? Willst du eine Kugel in den Kopf? Vielleicht soll es ja so sein!«

Verwirrt starrte sie auf die Pistole. Warum sah sie plötzlich so klein aus? Als wäre sie Hunderte von Kilometern weit entfernt.

Und dann war sie verschwunden. Sie hörte Schreie, meinte, irgendetwas krachen zu hören, aber alles war unendlich weit weg, hatte nichts mehr mit ihr zu tun. Sie trieb davon.

»Sieh mich an! Verdammt noch mal, Naomi, mach die Augen auf! Du bleibst verdammt noch mal bei mir!«

Brennend kam der Schmerz zurück, als wäre sie gebrandmarkt worden. Sie riss die Augen auf – und schrie.

»Ja, das hat dich wach gemacht. Es tut mir leid, es tut mir so leid … aber ich muss Druck ausüben.« Xander presste seine Lippen auf ihre. »Ich muss dir wehtun, es tut mir leid …«

»Xander …« Sie hob die Hand, die sich nicht mal wie ihre eigene anfühlte, und berührte zittrig seine Schläfe. »Du blutest ja! Du blutest stark!«

»Ja. Du auch. Hilfe ist schon unterwegs. Sieh mich einfach nur an. Rede mit mir.«

»Hattest du einen Unfall?«

»Nein. Du kommst wieder in Ordnung. Alles wird wieder gut.«

»Ich kann nicht …« Jetzt kam die Erinnerung wieder und stieg durch den Schmerz auf. »Follow! Der Hund! Der Hund!«

»Bleib ruhig liegen, hörst du? Bleib liegen! Er ist okay. Er wird ebenfalls wieder gesund. Hörst du mich? Hörst du die Sirenen? Hilfe ist unterwegs.«

»Er war im Haus, und er wollte den Hund erschießen. Das konnte ich nicht zulassen. Er … die Pistole. Er hat eine Pistole.«

»Nicht mehr. Mach dir seinetwegen keine Sorgen. Ich hab ihm für dich die Nase gebrochen«, murmelte Xander und legte seine Stirn an ihre.

»Ich wollte mich wehren. Ich wollte es versuchen, aber der Hund – er kam, um mich zu retten. Ich muss die Augen zumachen.«

»Nein, das tust du nicht! Du musst mich ansehen. Du musst wach bleiben … Hier hinten!«, schrie er. »Beeilt euch, um Himmels willen! Ich kann die Blutung nicht stoppen!«

»Es war der Nerd von der Highschool.«

»*Was?*«

»Chaffins. Anson Chaffins. Sag es Mason«, sagte sie noch. Dann wurde sie ohnmächtig.

Im Krankenwagen kam sie immer mal wieder zu sich, hörte Wortfetzen und Stimmen. Sie spürte, dass Xander ihre Hand hielt, und fluchte leise, als sie den Hund auf der Liege neben sich sah.

»Anson Chaffins«, murmelte sie wieder.

»Ich weiß. Sie haben ihn. Und sie wissen Bescheid. Entspann dich jetzt.«

Das nächste Mal wurde sie wach, als sie einen Gang entlanggeschoben wurde – verschwommen helles Licht über ihr, Stimmen, die medizinische Fachbegriffe riefen wie in einer Folge von *Grey's Anatomy*.

»Ich gebe Ihnen jetzt was gegen die Schmerzen«, hörte sie jemanden sagen und antwortete: »Oh ja, ja bitte!«

Weil sie ihn Naomi nicht begleiten ließen, stritt sich Xander wütend mit der stämmigen Krankenschwester herum, die ihm den Weg versperrte. Wenn sie ein Mann gewesen wäre, hätte er sie womöglich niedergeschlagen.

Er überlegte bereits, ob er es nicht trotzdem tun sollte.

»Sie müssen diesen Hund hier rausschaffen, und Ihre Kopfwunde muss untersucht werden.«

»Der Hund ist verletzt. Er ist angeschossen worden!«

»Ich gebe Ihnen die Nummer der Notfall-Tierklinik. Aber Sie müssen …«

»Sie werden sich um diesen Hund kümmern!«

»Und zwar schleunigst.« Mit wild entschlossenem Gesichtsausdruck trat Mason zu ihnen und zückte seinen Dienstausweis. »Die Kugel ist ein Beweisstück und muss sofort sichergestellt werden. Der Hund ist ein wichtiger Zeuge und muss auf der Stelle behandelt werden.«

»Er ist ein Held, verdammt noch mal.«

»Ganz genau. Ich schlage vor, Sie holen jetzt einen Arzt und lassen diesen Hund für die OP vorbereiten, sonst – und ich schwöre es Ihnen – lasse ich Sie verhaften wegen der Behinderung von Bundesermittlungen.«

Sie ließen ihn immer noch nicht zu Naomi, aber gestatteten ihm zumindest, bei Follow sitzen zu bleiben, während sie die Kugel entfernten und die Wunde versorgten. Und dann reinigten sie auch gleich seine Wunde und nähten sie mit ein paar Stichen.

»Er wird es überleben. Es wird vielleicht noch eine Weile wehtun … und er wird noch eine Zeit lang humpeln. Aber ich hab ihm Antibiotika verabreicht und gebe Ihnen den Bericht für Ihre Tierärztin mit. Sie sollte ihn sich in ein paar Tagen noch mal ansehen.«

»Danke.«

»Er wird vielleicht noch eine Stunde schlafen. Er scheint ein braver Hund zu sein.«

»Er ist ein verdammt guter Hund. Bitte, o Gott, kann jemand mir etwas über Naomi sagen? Naomi Carson. Nur … Scheiße!«

»Halten Sie still!« Die junge Ärztin, die seine Wunde genäht hatte, warf dem Chirurgen einen alarmierten Blick zu.

»Sie ist ein Profi. Halten Sie bitte einfach noch ein paar Minuten still, ich sehe derweil nach Miss Carson.«

Noch ehe er gehen konnte, kam Mason durch die Tür. »Wie sieht's aus?«

»Beiden Patienten geht es gut. Allerdings ist der eine Patient wesentlich kooperativer als der andere.«

»Wo ist sie? Wie geht es ihr? Scheiße, graben Sie gerade in meinem Schädel nach Gold? Das hat wehgetan!«

»Sie ist noch im OP. Aber sie wird durchkommen. Es war ein glatter Durchschuss. Durch ihren Körper in den des Hundes.«

»Ihr Beweis, Special Agent.«

»Danke.« Mason nahm die Schale mit der Pistolenkugel

entgegen. »Sie hat eine Menge Blut verloren, und eine Kugel richtet immer Schaden an, aber zumindest ist keins der Organe beschädigt. Es war nur eine Fleischwunde. Sie werden sie über Nacht hierbehalten – und dich wahrscheinlich auch.«

Xander rüstete sich bereits zum Kampf. Er war aufs Äußerste entschlossen. »Ich bleibe bei ihr. Und der Hund auch.«

»Schon alles arrangiert. Kannst du schon deine Aussage machen? Es kann natürlich auch noch warten.«

»Nein, mir geht es gut. Sag mir nur eins: Wo ist Chaffins jetzt?«

»In einer Zelle in Sunrise Cove, aber offiziell in Bundesgewahrsam. Er wird gerade von einem Arzt untersucht, und seine Verletzungen werden behandelt. Du hast ihm unter anderem die Nase gebrochen, drei Zähne ausgeschlagen und zwei Rippen gebrochen.«

»Tatsächlich?« Xander blickte auf seine Hand hinab, krümmte die schmerzenden Finger und betrachtete seine aufgeplatzten, geschwollenen Knöchel.

»Danke. Ich weiß, dass du sie liebst, aber ich liebe sie schon länger – und daher: Danke, dass du meiner Schwester das Leben gerettet hast.«

»Keine Ursache.«

Mason zog sich einen Hocker heran. »Okay, und jetzt erzähl mir, was passiert ist.«

Xander berichtete, wie es abgelaufen war. »Ich hätte es kommen sehen müssen. Ich hab es gesehen, allerdings war es da bereits zu spät. Ich hab sogar den Scheiß mit diesem kleinen Jungen auf dem Rücksitz geglaubt. Als ich wieder zu mir kam, wusste ich, dass er hinter ihr her war. Ich hab dich noch aus dem Wagen angerufen. Und als ich gerade hinter seinem Wohnwagen geparkt hatte und zum Haus gelaufen bin, hab ich den Schuss gehört.« Er schloss die Augen. »Ich hab den Schuss gehört ... Ich hab sie schreien gehört. Als ich reinkam, stand er geifernd über ihr und hielt ihr die Pistole an den Kopf. Ich hab ihn von ihr weggeschleudert und ihn bewusstlos geschlagen. Sie und der Hund lagen blutend am Boden ... Überall war so viel Blut! Ich hab mir ein paar Küchenhandtücher geschnappt und auf die Wunde gepresst – das soll man doch so machen. Es hat ihr wehgetan. Ich hab ihr wehgetan.«

»*Er* hat ihr wehgetan«, korrigierte Mason ihn.

Sie träumte, sie würde langsam und träge durch klares blaues Wasser schwimmen. Sie tauchte auf, trieb ein wenig an der Oberfläche, tauchte das Gesicht unter und glitt weiter dahin, umgeben von Wärme.

Dann wieder zersägten in ihrem Traum Biber Bäume mit Kettensägen, die tief und rhythmisch dröhnten. Sie tauchte wieder auf und meinte zu sehen, dass der Hund neben ihr auf einer Liege lag und schnarchte. Sie lachte im Schlaf, hörte Xanders Stimme.

Was immer sie dir gegeben haben, davon hätte ich auch gern etwas.

Lächelnd tauchte sie wieder ein.

Sie dachte an Mondschein, der in Streifen über ihr Bett fiel, und sie dachte daran, wie es sich anfühlen würde, in diesem Licht Sex mit ihm zu haben.

Als sie die Augen aufschlug, sah sie, dass es Sonnenstrahlen waren, die durchs Fenster drangen.

»Da ist sie ja. Bleibst du dieses Mal bei mir?«

Sie drehte den Kopf und blickte Xander in die Augen.

Er sah müde aus, dachte sie – und blass. Und an der Schläfe schien er eine Wunde zu haben.

»Wir ... hatten einen Unfall ...«

»Eigentlich nicht.«

»Ich kann mich nicht erinnern…« Sie drehte erneut den Kopf und sah Follow, der sie von seinem Krankenbett aus beobachtete. »Er schläft auf einer Liege. Und wir sind… Wir sind in einem Krankenhaus. Er hat auf mich geschossen. Er hat auf uns geschossen.«

»Beruhige dich.« Xander drückte sie wieder in die Kissen zurück. »Anson Chaffins…«

»Ja. Ja, jetzt erinnere ich mich wieder. Ich erinnere mich wieder an alles. Er ist ins Haus eingedrungen.«

»Du hast den Hund rausgelassen. Er hatte schon auf dich gewartet, ist durch die Tür geschlüpft und hat dich in der Küche angegriffen. Mason sagt, du wärst mit ihm zur Schule gegangen.«

»Ja. Er war eine Klasse über mir. Wir hatten eigentlich nur ein paar Monate lang miteinander zu tun – durch das Jahrbuchkomitee und die Schülerzeitung. Aber er war bei mir, als ich meine Mutter gefunden habe. Er sagte – nach all den Jahren hat er es mir so erzählt –, es wäre für ihn wie eine Offenbarung gewesen. Er behauptet, das wäre Veranlagung – er und mein Vater wären schon so auf die Welt gekommen. Als er dann die Leiche meiner Mutter gesehen hätte, hätte ihm das die Augen geöffnet… ihn erregt… Die ganze Zeit…«

»Mach dir jetzt keine Sorgen mehr deswegen.«

»Wie schlimm bin ich verletzt? Sei ehrlich mit mir.«

»Tja, Baby, sie haben ihr Möglichstes getan…« Er lachte, als sie ihn mit offenem Mund anstarrte. »Damit wollte ich nur deinen Pessimismus heilen! Dir geht es gut. So gut, wie es jemandem gehen kann, der angeschossen worden ist. Er hat deine linke Seite getroffen, direkt über der Taille, ein glatter Durchschuss, direkt in den rechten Hinterlauf des Hundes. Ihm geht es auch gut. Ich würde sagen, diesmal braucht er keinen Kragen der Schande.«

»Keinen Kragen der Schande…« Sie streckte die Hand aus und strich Follow übers Fell. »Niemals. Stattdessen kriegt er eine Heldenhose.«

»Du hast dich über den Hund geworfen, oder? Er wollte den Hund erschießen, und du hast dich vor ihn geworfen.«

»Hättest du das nicht getan?«

»Doch.« Xander atmete tief aus. Er fühlte sich zittriger, als er zugeben wollte. »Doch, wahrscheinlich. Wir Idioten.«

»Aber wie bist du verletzt worden? Dein Kopf war voller Blut…«

»Kopfwunden bluten unverhältnismäßig heftig.«

»Er hat dich weggelockt, oder? Er war der Pannen-Notruf. Das war er. Er hätte dich umbringen können.«

»Hat er aber nicht.«

»Aber er hätte es tun können.«

»Hat er aber nicht. Gewöhn dich daran.« Er legte sich ihre Hand auf die Lippen und hielt sie dort fest. »Ich muss mich immer noch an den Gedanken gewöhnen, dass er dich beinahe umgebracht hätte… Aber es ist ihm nicht gelungen. Wir sind beide noch hier. Jesus, Naomi, ich wusste gar nicht, dass ich solche Angst haben kann! Ich wusste nicht, wie schlimm das ist. Als ich dich da liegen sah und all das Blut…«

»Hast du mich gerettet?«

Wieder drückte er ihre Hand an seine Lippen. »Du hättest das Gleiche für mich getan.«

»Ja. Wahrscheinlich. Und jetzt sind wir ja beide hier.« Sie lächelte, als Follow seine Nase unter ihre freie Hand schob. »Wir sind alle drei hier. Und Chaffins?«

»In Haft. Sie bringen ihn später woandershin, aber ich weiß ehrlich gesagt nicht, wohin. Es ist überall in den Nachrichten. Ich hab gestern Nacht noch ein bisschen auf dem Smartphone gelesen – es wird einfach überall von ihm berichtet. Sie haben leider deine Verbindung zu Bowes bekannt gegeben … tut mir leid.«

»Das ist mir egal. Es spielt keine Rolle mehr. Ich hätte nie zulassen dürfen, dass es überhaupt eine so große Rolle für mich spielt. Wie lange muss ich noch hierbleiben? Ich will wieder nach Hause.«

»Sie wollen dich noch einmal untersuchen, aber sie haben gesagt, womöglich könntest du heute schon entlassen werden.«

»Ich muss nach Hause, Xander, aber erst muss ich ihn sehen. Ich muss Chaffins sehen. Meinen Vater hab ich weder gesehen noch gesprochen, aber bei Chaffins muss es anders laufen.«

»Okay. Dann lass uns mal zusehen, dass du hier rauskommst. Mal sehen, was Mason für uns erreichen kann.«

Es dauerte noch zwei Stunden, bis sie allen Papierkram erledigt und sämtliche Belehrungen abgenickt hatten. Naomi musste sich in einen Rollstuhl setzen und das Krankenhaus über den Hintereingang verlassen, wo Mason bereits mit dem Auto wartete. Er half ihr aufstehen, und dann nahm er sie kurz in den Arm. »Du hast auch schon mal besser ausgesehen.«

»Ich hab mich auch schon mal besser gefühlt.«

Mit seiner Hilfe setzte sie sich auf den Beifahrersitz, während Xander und Follow sich die Rückbank teilten.

»In der Stadt wimmelt es nur so von Presseleuten. Wenn du zum Gefängnis willst, kannst du sie nicht komplett umgehen.«

»Spielt keine Rolle.«

»Er hatte einen Presseausweis«, sagte Mason und fuhr los. »Er war sogar bei unserer Pressekonferenz, hatte ein Motelzimmer gebucht – obwohl er auch im Wohnwagen geschlafen hat, wenn er ihn nicht gerade zu anderen Zwecken nutzte.«

Ein cleverer kleiner Nerd, der mit ihr zum Schulball gegangen war und ein paar ungeschickte und vergebliche Annäherungsversuche unternommen hatte.

Und von Anfang an ein Monster gewesen war.

»Er hat seine Opfer dort festgehalten – wie Bowes seine im Keller.«

»Ja. Immer wieder unter anderem Namen auf unterschiedlichen Campingplätzen. Er hat sich im Lauf der letzten Jahre zahlreiche neue Identitäten zugelegt. Und er kennt sich gut mit Computern aus.«

»Das war immer schon so.«

»Er hat sogar Buch geführt über seine Opfer – Namen, Orte, Daten. Er hat Fotos gemacht. Wir haben genug Beweise, um ihn mehrmals lebenslänglich hinter Gitter zu bringen. Du wirst nie wieder Angst vor ihm haben müssen.«

»Ich hab auch keine Angst vor ihm. Hast du den Onkeln Bescheid gegeben, dass es mir gut geht?«

»Ja. Ich hab mit ihnen geredet, mach dir keine Sorgen.«

»Ich will nicht, dass *sie* sich Sorgen machen. Ich ruf sie an, sobald wir zu Hause sind.«

»Und dann nimmst du eine von diesen Tabletten«, sagte Xander, »und schläfst dich erst mal aus.«

»Meinetwegen. Willst du immer noch zu Bowes fahren?«

»Ja.« Mason nickte. »Aber das hat Zeit.«

Er fuhr in den Ort und hielt auf dem Parkplatz direkt vor dem Revier, den sie für ihn reserviert hatten. Als Xander Naomi aus dem Auto half, stürzten von allen Seiten Reporter auf sie zu und schleuderten ihnen Fragen entgegen.

»Follow auch – er soll auch den Hund sehen.«

Sam Winston machte ihnen die Tür auf und trat den Reportern entgegen. »Hören Sie sofort auf zu schreien, sonst lasse ich jeden Einzelnen von Ihnen wegen Ruhestörung einsperren! Glauben Sie mir, ich hab das Recht dazu – das hier ist meine

Stadt.« Kaum war die Tür hinter ihnen ins Schloss gefallen, nahm er Naomis Hand. »Und Ihre Stadt ist es auch. Fühlen Sie sich der Situation wirklich gewachsen? Sind Sie sich sicher?«

»Ja. Es wird auch nicht lang dauern.«

Dieses Revier unterschied sich nicht wesentlich von der damaligen Wache, schoss es ihr durch den Kopf. Sie hatten ihren Vater bestimmt auch in eine der Zellen hinter jener Stahltür gesperrt …

»Mason, Xander und Follow. Wir alle.«

Es tat weh, den Rücken gerade zu halten, aber sie riss sich zusammen. Sie wollte ihm um jeden Preis aufrecht und gerade gegenübertreten.

Sowie sie die Zelle betrat, rollte sich Chaffins von der Pritsche, auf der er gelegen hatte. Trotz seiner blutunterlaufenen Augen, der geschwollenen, verpflasterten Nase und der aufgeplatzten Lippe präsentierte er grinsend seine frischen Lücken im Gebiss. »Der kleine Bruder, der Schmierölaffe und das Hündchen. Hast du etwa Angst vor mir, Naomi?«

»Nicht im Geringsten. Ich wollte nur, dass wir dich alle mal in deinem neuen natürlichen Lebensraum sehen.«

»Ich komm wieder raus«, giftete er sie an, und sofort knurrte Follow leise.

»Nein, du kommst nie wieder raus.«

»Ich komme raus, und dann komm ich zu dir. Du wirst dich für alle Zeiten umblicken müssen.«

»Nein, werde ich nicht.« Sie legte Xander eine Hand auf den Arm und spürte, wie er bebte. »Lasst ihr uns eine Minute allein?«

»Natürlich.« Aber zuerst trat Xander noch auf Chaffins zu und schleuderte ihn blitzschnell gegen die Gitterstäbe. Naomi hörte zwar nicht, was er ihm ins Ohr flüsterte, aber Chaffins wurde kreidebleich im Gesicht.

»Scheißkerl, ich hätte dich zu Tode prügeln sollen.«

»Hast du aber nicht«, entgegnete Xander. Dann machte er einen Schritt zurück und warf Naomi einen Blick zu. »Beweg dich nicht vom Fleck.«

»Mach dir keine Sorgen.« Sie nahm Xanders Hand und küsste seine zerschlagenen Knöchel. »Und du auch nicht, Mason. Es dauert nur eine Minute.«

»Ich bleib an der Tür«, sagte ihr Bruder.

Naomi wartete. Sie musterte Chaffins, sah den Jungen vor sich, der er früher gewesen war, und das Monster, zu dem er inzwischen geworden war.

»Vielleicht schreiben sie ja sogar Bücher über dich.«

»Ja, verdammt richtig, das werden sie tun.«

»Vielleicht drehen sie sogar einen Film. Den kranken Ruhm, den deine Art so sehr genießt, kannst du meinetwegen haben. Das ist mir vollkommen egal. Aber du und ich und alle anderen hier werden wissen, dass du bereits verloren hattest, als du zu mir kamst. Du hast verloren, Chaffins. Ich habe meinen Vater ins Gefängnis gebracht, und er hat mir sogar mal etwas bedeutet. Jetzt hab ich dich ins Gefängnis gebracht, und du bedeutest mir nichts.«

»Du hast Glück gehabt. Nächstes Mal …«

»Träum davon. Ich hoffe, du träumst davon. Träum von mir, in jeder kalten, dunklen Nacht.«

»Du wirst von mir träumen.«

»Nein. Ich werde dich vergessen, so wie ich dich schon vor Jahren vergessen habe. Ich bin die Tochter eines Monsters. Monster machen mir längst keine Angst mehr. Und jetzt komm, Follow. Wir gehen und besorgen dir einen schönen Knochen.«

»Komm wieder, komm auf der Stelle wieder – ich bin noch nicht fertig mit dir!«

»Aber ich bin fertig mit dir.«

Und mit diesen Worten marschierte sie hinaus.

»Fühlst du dich jetzt besser?«, fragte Xander.

»Ja. Ja, wirklich. Aber, o Gott, noch viel besser werde ich mich fühlen, wenn wir zu Hause sind und ich diese Tablette genommen habe.«

Während der Fahrt schloss sie die Augen. Jetzt musste sie nur mehr heimkommen, alles andere konnte sie hinter sich lassen.

Sie atmete tief durch vor Erleichterung, als das Auto endlich hielt.

»Jetzt erst mal die Schmerztablette... Aber ich möchte auch gern noch ein bisschen auf der Terrasse sitzen oder liegen. He, wessen Auto ist das?«

Bevor Mason etwas sagen konnte, flog die Haustür auf.

»O Gott. O Gott!«

Tränen flossen, als Seth heruntergestürmt kam und die Beifahrertür aufriss. »Wag es nicht, allein auszusteigen! Warte, ich trage dich.«

»Ihr seid gekommen, ihr seid hier! Ihr seid beide hier! Wie habt ihr das gemacht? Nein, du kannst mich nicht tragen – ich kann wirklich allein gehen.«

»Du gehst nirgends hin!« Harry warf Xander einen neugierigen Blick zu. »Bist du Xander?«

»Ja. Warte, ich nehme sie.«

Xander schob seinen Arm unter ihren Hintern, schlang den anderen um ihren Rücken und hob sie vorsichtig hoch.

»Bring sie direkt ins Bett. Wir haben alles für sie vorbereitet.«

»Nein, bitte, mir geht es gut! Ich will doch noch ein bisschen draußen auf der Terrasse sitzen... und ich muss euch doch beide umarmen!«

»Ich hole Kissen.« Seth eilte davon.

»Ich hab pinke Limonade gemacht, kannst du dich noch daran erinnern?«

»Mit zerstoßenem Eis …« Sie nahm Harrys Hand, während Xander sie die Treppe hinauftrug. »Seit wann seid ihr denn hier? Wie seid ihr überhaupt so schnell hierhergekommen?«

»In einem Privatjet. Wir haben da gewisse Beziehungen … Mein kleines Mädchen!«, rief er und küsste ihre Hand. »Deine Kollegen meinten, wir dürften reingehen, Mason. Sie hatten bereits alles überprüft. Und es war ein Putztrupp da …«

»Ja, das Haus ist wieder sauber«, erklärte Mason an Naomi gewandt.

Auf der Terrasse wartete Seth bereits mit Kissen und einer leichten Decke. Auf dem Tisch stand eine kleine Vase mit Blumen.

»So, hier kannst du sie absetzen.«

Als Naomi endlich saß, ließ Seth sich auf die Knie nieder und schlang die Arme um sie. »Meine Süße, meine Kleine!«

»Nicht weinen, nicht weinen, mir geht es gut.«

»Sie braucht jetzt erst mal eine Tablette. Es tut mir leid«, sagte Xander, »aber sie braucht jetzt wirklich eine Schmerztablette.«

»Ich hole dir etwas Limonade, um sie hinunterzuspülen. Willst du auch Limonade?«, fragte Harry Xander.

»Ich hätte schrecklich gern ein Bier.«

»Ich hole dir ein Bier. Mason?«

»Ich muss gleich wieder los. Ich komme so schnell wie möglich wieder.«

»Sei zum Abendessen wieder da. Ich koche uns etwas Spektakuläres.«

Als Harry in die Küche eilte, stand Seth auf. Immer noch weinend, drehte er sich um und zog Xander in eine feste Umarmung.

»Äh.« Xander sah in Naomis tränenfeuchte, strahlende Augen. »Okay …«

»Du wirst für alle Zeiten ein Held für mich sein!« Schniefend trat Seth einen Schritt zurück. »Sie ist das Licht meines Lebens – sie und Mason sind unser Ein und Alles.«

»Sie hat auch mein Leben beträchtlich aufgehellt.«

»Ich muss los.« Mason küsste Seth auf die Wange. »Setz dich und atme mal tief durch.«

»Noch nicht. Dieser gut aussehende Junge …« – er warf Naomi einen schelmischen Blick zu und zog die Augenbrauen hoch – »braucht Eis für seine Fingerknöchel. Ich hoffe inständig, du hast diesen hässlichen Mistkerl in Grund und Boden geprügelt.«

»Er hat ihm die Nase gebrochen und drei Zähne ausgeschlagen«, murmelte Naomi.

»Gut gemacht.«

Im nächsten Moment kam Harry mit einem großen Glas voll schaumiger rosafarbener Flüssigkeit auf zerstoßenem Eis und mit Zitronenspalte heraus und reichte Naomi das Glas. Für Xander hatte er ein Bier mitgebracht – in einem Pilsglas. Dann nahm er genau wie Seth Xander fest in den Arm. »Ich bin Harry, und das da ist mein Lieblingsmädchen. Ich freue mich sehr, dich kennenzulernen, Xander.«

»Ganz meinerseits.« Xander angelte ein Tablettenröhrchen aus der Tasche und ließ eine Pille in die offene Hand fallen. »Hier, nimm die.«

»Eigentlich würd ich gern warten, bis …«

»Nimm sie.«

Seufzend tat sie wie geheißen und wandte sich dann Harry zu. »Deine pinke Limonade ist einfach unerreicht!«

»Möchtest du dazu irgendwas essen? Etwas Weiches, Beruhigendes? Käseeier auf Toast?«

Und wieder flossen die Tränen. »Mein Lieblingsessen, wenn ich krank war, Harry …«

»Ich mach euch beiden ein paar Eier. Und auch der Hund

kriegt was Spezielles. Heute gibt es etwas Besseres als Hundefutter für dich, mein tapferer Junge.« Follow warf ihm seinen ergebensten Blick zu und legte den Kopf auf Harrys Bein. »Du kriegst irgendwas mit Rindfleisch. Wir nennen es Bœuf à la Follow.«

Als Harry hineinging, humpelte Follow hinter ihm her. Noch ehe Xander sein Bier austrinken konnte, kam Seth mit einem Ziplock-Beutel voller Eis wieder heraus.

»Hier. Setz dich auf die Bank, Naomi kann ihre Beine ja auf deinen Schoß legen. Du kühlst deine Hand und trinkst dein Bier. Genieß die wunderschöne Aussicht. Das ist der schönste Tag in unserem Leben! Sind deine Kissen in Ordnung, Liebes?«

»Ja, alles wunderbar. Alles gut.«

»Wenn du fertig bist, kann Xander dich nach oben tragen, damit du ein bisschen schlafen kannst. Wir bleiben hier. Hier unten.«

»Ich bin so froh, dass ihr hier seid.«

»Ich gehe Harry helfen. Ruft, wenn ihr was braucht.«

Als er hineingegangen war, nahm Naomi einen Schluck Limonade und lächelte beseelt. »Es fühlt sich an wie ein Traum. Wusstest du, dass sie herkommen wollten?«

»Mason hat es mir erzählt. Sie sind heute früh aufgebrochen.«

»Du wirst sie mögen.«

»Ich mag sie jetzt schon. Was könnte man an ihnen *nicht* mögen? Ich hab ein Bier und bekomme Käseeier …« Er legte den Eisbeutel beiseite und zog sein Handy aus der Tasche. »Ich bekomme schon seit Stunden unzählige Anrufe und SMS. Alle wollen wissen, wie es dir geht, und wollen dich besuchen. Um Blumen und Essen vorbeizubringen und Gott weiß was sonst noch.«

»Alle?«

»Nenn mir irgendeinen Namen – und ich wette, er ist dabei.«

Fühlt sich an wie Familie, dachte sie. Wenn man Freunde um sich herum hatte und Teil einer Gemeinschaft war, konnte es sich tatsächlich so anfühlen wie Familie.

»Wir könnten ja noch ein paar Leute einladen – Harry liebt es, für viele zu kochen. Und wie schön, dass sie alle vorbeikommen wollen. Ich bin nur wahnsinnig müde. Die Tablette wirkt bereits.«

»Morgen. Sie können morgen kommen, sofern du dich entsprechend fühlst.«

»Das ist wahrscheinlich besser. Für den Moment fühlt es sich so okay an.«

»Ja?«

»Ja. Ich frag dich lieber nicht, was du zu ihm gesagt hast, aber ich danke dir dafür, dass er daraufhin kreidebleich geworden ist.«

»Du hast ihn fertiggemacht.«

»Ich hab ihn fertiggemacht.« Sie nickte. »Ich bin dort, wo ich sein will, mit demjenigen, mit dem ich zusammen sein will, und ich werde mir keine Gedanken mehr um Blutsbande und die Reaktion von Leuten machen, die mir vollkommen egal sind.«

»Gut.«

»Und ich liebe diesen Flecken hier, ich liebe es, aufs Wasser zu blicken und zu wissen, dass ich es von jetzt an jeden Tag tun werde.«

»Es ist wirklich schön hier. Wir sollten hinten im Garten heiraten.«

»Ja, es wäre ein guter Flecken, um … Wie bitte?«

»Im Herbst wär's schön, mit all den Farben.« Nachdenklich nahm er noch einen Schluck Bier. »Im Oktober. So hättest du immer noch genügend Zeit, um dir Blumen und das

Kleid auszusuchen und worüber Frauen sich sonst noch alles Gedanken machen.«

»Heiraten? Das …«

»So machen wir's.« Er rieb mit seiner großen Hand über ihre Wade. »Bis Oktober gewöhnst du dich an den Gedanken. Bis dahin ist noch Zeit genug.«

»Hältst du das wirklich für einen passenden Antrag?«

»Ich fand ihn perfekt«, rief Seth von der Tür herüber. Dann wischte er sich über die Augen und verschwand wieder im Haus.

»Ich kauf dir einen Ring, und wir richten uns hier ein wunderschönes Leben ein.«

»Ich hab doch gar nicht gesagt, dass …«

»Du wirst es sagen«, entgegnete er. »Ich liebe dich, Naomi. Das hier ist der Anfang, das Ende und alles dazwischen.« Er blickte sie aus seinen klaren blauen Augen direkt an. »Und du liebst mich.«

»Ja, das tue ich. Wirklich. Ich hab nur nie darüber nachgedacht zu heiraten.« Sie griff nach seiner verletzten Hand und legte den Eisbeutel wieder darauf. »Aber ich glaube, ich könnte mich daran gewöhnen.«

»Gut, also im Oktober. Alles andere handeln wir noch aus.«

»Die Onkel wollen bestimmt eine Riesenshow daraus machen.«

Xander zuckte mit den Schultern. »Warum auch nicht? Shows schaden nicht, solange das hier stimmt.« Er beugte sich vor und gab ihr einen Kuss.

Solange Liebe da ist, dachte sie und seufzte. Und ein guter, starker Ort, um sich ein gemeinsames Leben aufzubauen.

Ein Leben voller Sonnenaufgänge und Flieder, voller Freunde und stiller Momente.

Und mit einem fabelhaften Hund.